天雪香铺

碧海心○著

Tianxue Xiangpu
Bihaixin Work

重庆出版集团
重庆出版社

图书在版编目（CIP）数据

天雪香铺/碧海心著．—重庆：重庆出版社，2009.6
（凤鸣九霄）
ISBN 978-7-229-00560-3

Ⅰ．天… Ⅱ．碧… Ⅲ．长篇小说－中国－当代 Ⅳ．I247.5

中国版本图书馆CIP数据核字（2009）第046823号

天雪香铺
TIANXUE XIANGPU

碧海心　著

出 版 人：罗小卫
责任编辑：李　子　宋艳歌
责任校对：郑　葱
装帧设计：余一梅

重庆出版集团
重庆出版社 出版

重庆长江二路205号　邮政编码：400016　http://www.cqph.com
重庆现代彩色书报印务有限公司印刷
重庆出版集团图书发行有限公司发行
E-MAIL:fxchu@cqph.com　邮购电话：023-68809452
全国新华书店经销

开本：720 mm×1 000 mm　1/16　印张：25.5　字数：414千
2009年6月第1版　2009年6月第1版第1次印刷
ISBN 978-7-229-00560-3
定价：36.00元（全两册）

如有印装质量问题，请向本集团图书发行有限公司调换：023-68706683

版权所有　侵权必究

目录

第一章　香铺诞生　001

01 · 坠落悬崖　001
02 · 穿越时空　005
03 · 初到长安　009
04 · 天雪香铺　012
05 · 初至江府　016
06 · 遭遇命案　020
07 · 撬到金矿　024
08 · 江老太爷　028
09 · 美貌侍女　032
10 · 年轮似箭　036
11 · 揭出真相　039
12 · 生死相随　043

第二章　月下妖花　047

01 · 飘雪公子　047
02 · 七侠古镇　051
03 · 迭罗之花　054
04 · 迷乱之林　058
05 · 禁忌之咒　061
06 · 保护契约　065
07 · 悠扬之笑　068

第三章　无头鬼灵　072

01·冒失丫头　072
02·花园女鬼　075
03·暗探张府　079
04·花园巧遇　083
05·兰秀小院　088
06·离别誓言　092
07·鬼灵真身　097
08·怪由心生　102

第四章　寒冰山庄　107

01·冰山少主　107
02·寒冰山庄　111
03·半路遇袭　115
04·继续上路　118
05·到达山庄　122
06·尸毒作祟　126
07·心有芥蒂　130
08·误会消除　133
09·小指约定　138
10·生者何辜　142
11·冷漠壁障　146
12·竹院小楼　149
13·缘起缘落　153
14·诱惑之声　156
15·离别之时　160
16·吾心所选　163
17·孽障之缘　167
18·陨星逐月　170
19·染血之剑　174
20·鼎剑之湖　178
21·幻灭之景　182
22·琉璃结界　186
23·萝香依旧　190
24·深爱亦过　193
25·一日美好　196
26·鸟与风筝　199
27·星陨真身　202
28·相伴而坠　205
29·妖魃噩梦　208
30·暗之守护　210

第一章　香铺诞生

01 · 坠落悬崖

我要死了。

不是跟你开玩笑,我真的要死了。

因为我不是武侠小说中的人物,跳崖生还率是百分之百,还附带许多赠送产品,如秘籍、美女、财宝。

我只是个21世纪的普通人,没有过人的天赋,也没有传奇的身世。

要非说我有什么出色的地方的话,那就只有我倒霉的运气了。

一个月前,我失去了我的父母,我在这世上唯一的亲人;随后,从小就说要保护我的苏文也离开了我,跟我最要好的朋友跑了;为了缓解郁闷的心情而出来旅游,却不小心坠落悬崖。

等我的死讯传出的时候,所有人都会认为我是自杀吧!

这崖够高的,这么久还没到底,既然这么有空,不如想象一下死后众人的反应好了。

仔细想想,我的人缘还真是够差的,除了苏文和希隐,好像也没有别的朋友了,他们会为了我哭吗?不,我不要他们知道我死了。一旦他们知道,一定会如释重负吧,一直妨碍他们的人死了,他们终于可以名正言顺地在一起了。

虽然我并不爱苏文,但他们的背叛还是在我的心头重重地插了一刀。为什么要让我一次性地失去全世界呢?

还没到底,这崖也太高了,我不禁大叫起来:"这崖也太高了吧,要再这样的话,以后都没人想在这儿跳崖了。"

忍不住呵呵笑了起来,谁那么无聊来跳崖啊!

闭上眼睛,睡一觉好了,在睡梦中死去应该就不会很痛了吧。

好香啊,若有若无的香气围绕在身边,充斥在鼻间,给我以温暖的感受。

缓缓地张开双眼,一片白色,让我瞬间感觉失去了视觉。但随即,我发现,这色彩来自身旁的花儿。

很多不知名的花儿,在我身旁静静地盛开,散发出淡淡的幽香。

撑起身体,慢慢地坐了起来,怀疑自己是不是在天堂。仔细想想,自己也没做过什么坏事,难道真的是天堂?

手脚并用,猛地跳了起来,四处张望着,什么?我竟然在一个花坛中?

走到边缘,跳下花坛,平稳着陆。

"你醒了吗?"一个声音传来,我连忙看去,没有人。

是错觉吗?揉了揉眼睛,往前走去,却撞上了一个胸膛。

"哎哟!"我不争气地坐到了地上。

"没事吧?"声音再次传来。

我抬头看去,如果可以选择的话,我宁愿自废双眼,也不愿意去看他。要知道,这一眼,毁了我的整个人生。

我揉着鼻子,用很不雅的姿势看着面前的人,却在瞬间——流出了鼻血。

面前的男子有着长长的银发,有着银白的双眸和动人的微笑。微风吹过,掀起他雪白的衣裳,飘然不似凡尘中人。

我不知道该怎么形容他的脸,只知道,从小到大学到的所有词语都不足以表达我此刻的震撼,太美了,是的,太美了,不是英俊,而是美,超越性别的美丽,倾倒众生。

"天使",我脑海中瞬间闪现过这个词,原来真的有天使的啊,这样看来,我是真的在天堂了。

"只是撞了一下,怎么就流了鼻血?"面前的天使皱了下眉头,伸出手抬起了我的脸。

我呆呆地看着他,没有在意他的动作是否有调戏之嫌,或许应该这么说,被天使调戏,我愿意。

但他随后的一句话,彻底毁灭了他在我心目中的形象。

"你长得好丑啊。"

"什么?"我的嘴巴瞬间张大了,怀疑自己的耳朵是否失灵了。

"我说你长得好丑啊。"他收回手,掏出镜子,自恋地摸着自己的脸,"还是我最漂亮。"

我的头顿时发晕,眼前飞过几十只黑乌鸦:"那个,这位天使,你能不能别说得这么直接啊?"

天使立刻瞪大了双眼,但马上又抱着肚子狂笑了起来。我不知道他在笑些什么,但敏感地感觉到与我有关,于是,狠狠地盯着他,希望他笑死算了。

好不容易,他停止了大笑,将视线集中到我的身上:"原来现在还有这样的傻瓜啊,你该不会认为自己到了天堂吧?"

"不是天堂吗?"我条件反射般地想到,魔鬼也很美丽,"难道这里是地狱,那你是?"

原来他不只自恋厉害,变脸也很厉害:"你要是敢把嘴里的话说出来,我就把你打到下地狱。"

我最大的优点就是识时务,所以立刻捂住了自己惹祸的嘴,谄媚地笑着。

自恋男点了点头,似乎很满意我的表现:"很好。"

看他的面色缓和了,我不怕死地放下了自己的手:"这不是天堂,也不是地狱,难道——我没有死?"

他点了点头,我的心顿时放了下来,但他接下来的话又让我可怜的心脏提了起来:

"你确实没有死,不过,你现在是我的奴隶了。"

"什么?"我从地上跳了起来。

他点点头:"不错不错,弹跳能力挺好,看来身体不错。"

"不是说这个的时候吧,为什么我是你的奴隶啊?"我维护着自己的人权。

他挑了挑眉,本来是无比性感的动作,但我已没有心情欣赏了。

"因为你压坏了我的花。"他指着花坛中的花,果然,有一片花倒下了,呈现出一个大字形。晕,怎么会是这么丢脸的姿势。

不对,现在不是愧疚的时候,我抬起头,努力进行干涉:"我承认弄坏了你的花,不过,你不能因为这样就要我做你的奴隶。"

他冷下了脸:"你该不会想推卸责任吧。"

我害怕地低下头:"不是,只是,只不过是一片花,怎么能这样?"

"这种花极其罕见,我天天都要用它的汁液敷脸。你压倒了这么大一片,我得有多少天不能敷脸了。毁了我这张美丽的脸,你难道不会内疚吗?"

我目瞪口呆地看着他,就几天不敷脸,至于毁了他的脸吗?

可他越说越激动:"还是说,你认为只有你的生命最宝贵,花的生命就很低贱吗?"

"当然不是。"我慌忙辩解着,"不管是花,还是人,每种生物都有平等生存的权利,没有哪种生物会比其他生物更高贵,人也不例外。"

"如果你真的这么想的话,就为你的行为负起责任。"

"负就负,谁怕谁?"我激动地冲昏了头脑。

"很好。"他嘴边露出奸计得逞的笑容。

"啊?"我意识到自己上了当,可话已经说了出去,收不回来了。

自恋男走近了我:"那么,我们来签契约吧。"

"等等。"我后退了一步。

他的眼神蓦然一凉,冷笑道:"你该不是反悔了吧?"

我挺起胸膛:"我才不会言而无信呢。"

他的眼神缓和了下来:"那你想干什么?"

"既然签契约,总要有一个期限吧,我总不能一生做你的奴隶啊。"

他看似认真考虑了一会儿,报出了期限:"二十年。"

"一年。"

"十五年。"

"两年。"

"十年。"

"三年。"

"五年。"我和他同时报出了双方都满意的数字。

"好,就五年。"他满意地点了点头,我却心里不是滋味。

"怎么了?"

"没什么,就是感觉自己像待价而沽的猪似的。"我郁闷着,还自己给自己报价呢,太不应该了。

他好心地安慰我:"你比猪好看一点点,真的。"怕我不相信,他还用手做了个细微的手势。

我翻了个白眼:"你还是别安慰我了。"

他毫不介意,激动万分,仿佛得到了新玩具的小孩:"我们来签契约吧。"

瞬时,我有种上了贼船的感觉,后来的事实证明,我的预感是正确的。

02·穿越时空

"以我二人的鲜血为盟,结下永生不变的契约。"

他的这个契约很奇特,需要用血,因此他咬破了自己的手指头,不过我就方便了,刚才流的鼻血就是现成的。

"告诉我你的名字。"

"如月,我叫水如月。"仿佛受了蛊惑,我脱口而出我的名字。

"如月,现在呼唤我的名字。"他的声音浅浅传来,让我一阵恍惚,"我叫月痕。"

"月痕。"

"很好,现在我们的契约成立了。"

他将手从我的额头放下来,我立刻清醒了很多,却惊奇地发现我放在他额头上的手上的血居然不见了,吓得我马上放下了手,却发现他的额头有了一个血红的弯月。

察觉到我的目光,他拿起镜子,放到了我的面前:"你也有哦。"

镜中的自己满脸鼻血,甚是吓人,额头上赫然也有一个弯月。

"好了,如月,跟我来吧。"他擅自把我从震惊中拉了回来。

"哦。"我答了一声,忽然想到了一个问题,"你不是人类吧?"

他停住了脚步,神色复杂地看着我:"你真的要知道吗?"

"当然咯。"我想都没想就回答,"没理由我做人家的奴隶,却不知道自己主人的身份吧。"

他吸了一口气:"好吧,我告诉你,其实,我是一只——狐狸精。"

我愣住了,他苦涩地笑了:"害怕了吗?"

据他后来说,我当时的举动大大出乎他的意料,而他也在那个时候决定,不管用什么卑鄙的方法,都要把我拴在身边。

我一把抱住了他的头,仔细地摸索:"真的吗?那你的耳朵呢?怎么找不到啊?"

我从小到大都有一个怪癖,就是见到可爱的动物就会情不自禁地上去揪它的耳朵。结果,我所有朋友家的动物一见到我,三天都不敢回家。

可眼前的狐狸好像要胆大一点,没有逃跑,只是保持痴呆状态,我忍不住狠狠地揪向他那张倾国倾城的脸,手感还不错,再揪两下。就这样,这一天我没有揪到他的耳朵,却过足了揪脸的瘾。

"赶快去洗个澡,换上衣服。"月痕一脚把我踢到了澡堂里,丢下了一身衣服,酷酷地走了。

报复,这绝对是报复。就因为我把他的脸给揪肿了吗?太小气了。

我碎碎地念着,直到洗完了澡,才停止了唐僧般的啰唆。

穿上衣服,我惊奇地发现居然是一身古装,不会吧,难道传说中的剧情真的在我身上重演啦?穿越时空,遇到帅哥,终成眷属。

"喂,你洗好了没有?"刚耽误一会儿,那个小气鬼就在门口不客气地叫唤起来。

"好了,好了。"我答道,决定要问一问时间问题。

走出浴室,就看到他等在门口。天,才一会儿不见,他居然又换了一身衣服,不过依然是白色的。

"你的衣服都是白色的吗?"我决定先解决眼前的疑问。

他愣了一下,点了点头:"是啊。"

"为什么啊?你为什么那么喜欢白色呢?"

他的答案却让我吐血："因为这样比较不显头皮屑。"

乌鸦大哥再次出现了，好黑啊！

"那个，请问——"我顿了一下，鼓起了勇气，"请问现在是哪个朝代？"

我闭上眼睛，害怕他又给我一个吐血的答案，可他半天都没有出声。

我轻轻地张开眼睛，却看见了他吐血的画面，他颤抖地把手放在了我的头上："你不是摔下来的时候撞坏了脑子吧？"

"你什么意思？"我不满地嘟起嘴。

他叹了口气，仿佛很无奈于我丰富的想象力："现在是2007年9月4日，朝代嘛，中华人民共和国。"

"啊？"我不好意思地红了脸，"呵呵，我还以为穿越时空了呢。"

"穿越时空？"他好奇地看着我。

"是啊。"我答道，"谁叫你让我穿这种古装啊，我还以为回到了古代呢！"

"你很想回到古代吗？"

想了想，我答道："我也不知道，不过现在好像很流行穿越时空。打开电视，点击网络小说，全都是这样的故事呢。女主角机缘巧合回到了古代，然后遇到男主角，经历重重波折，最终获得幸福。"

"你也想这样吗？"他认真地问道。

我耸了耸肩膀："我无所谓啊，反正都已经没有亲人了，到哪儿都是一样。"

他震了一下，随即深沉地看着我，半晌没有说话。

"对了，这里只有你一个人吗？"我打破了僵硬的气氛，开始没话找话。

他点了点头："是啊。"

"一个人住不寂寞吗？"

"寂寞？"他愣了一下，随即抬头看向了远方，"到底寂不寂寞呢？我也不知道，太久了，我都忘了什么是寂寞了。"

我的心锐利地疼了一下，因为他寂寞的表情，于是我又做出了一个让我终生后悔的动作，我摸了摸他的头，把他纳入怀中："乖，以后我会陪着你的，你就不会寂寞了。"

"你会一直陪着我吗？"怀中的他寂寞地问着。

"会的会的。"强烈的母性情怀和同情心使我没有时间考虑，结果，我又说出了这句让我终生后悔的话。

第一章·香铺诞生

·007·

"谢谢。"他勾起嘴角,露出个迷人的微笑。我赶忙转过头去,不能再失血了。

"喂,给我去做饭。"

"喂,地板脏了。"

"喂,该浇花了。"

"喂——"

我在心里诅咒了他几千遍,几天来,他都没叫我休息过,我不由怀疑他是不是和李英宰有亲戚关系,怎么折磨人的手段都这么相像。

"喂——"

"停。"还没等他开口,我叫了声"STOP","我有名字的好不好,你可以叫我如月、小如、小月,就是别叫我'喂'。"

"那,笨月月好了。"

我立刻仪态万千地晕倒了,这家伙,真是有让人疯掉的本事。

"笨月月,我叫你做的都做完了吗?"

"做完了。"我没好气地回答。

"那我们走吧。"

"走?到哪里去啊?"我好奇地看着他。

他微笑着看着我:"穿越时空啊。"

"什么?"我的嘴巴大得可以装进一个鸡蛋。

他无辜地看着我:"你不是喜欢这个吗?"

我回过神来,一把抓住了他:"你可以穿越时空吗?"

"那当然。"他很臭屁地甩了下头,"我可是大名鼎鼎、玉树临风、英俊潇洒(后面省略500个词)……"

"够了够了。"我急忙喊停,这家伙的自恋程度真的不是盖的。

"你不想去吗?"他有些受伤地看着我。

我的心又抽紧了,真讨厌这种感觉,用力地甩甩头:"当然不是,我们走吧。"

"嗯。"他用力地点点头,拉起我的手,另一只手甩出一个白色的空洞,"走吧。"

就这样,在一只超美艳的狐狸精的带领下,我踏上了我的穿越历程。

03·初到长安

在扭曲的空间中晕得七荤八素,终于接触了地面,我长舒了一口气,小说中的人都是睡一觉就到目的地了,怎么我就没有这样的运气呢?

"你怎么样了?"

抬起头,月痕担心地看着我。我摇摇头,给了他一个肯定的微笑:"没事。"

他如释重负地点点头,我接着问道:"现在是哪个朝代啊?"

他摸了摸下巴:"大约是唐代吧。"

我暴汗:"大约?你该不会不知道目的地就随便跑来了吧?"

他轻松地耸耸肩:"有什么关系?反正是穿越,到哪儿都是一样嘛。"

"那倒也是。"我点点头表示同意,随即再一次陷入暴汗中,"我说,我们是在哪里啊?"

他四周看看,摇摇头:"不知道。"

忍住想暴扁他的心情,我认真仔细地观察着环境。

这是一间屋子,装饰得很豪华(当然是以古代的标准,至于我是怎么知道古代的标准的,那当然是靠我异常发达的想象力咯)。仔细看看,古代的家具还真是少,只有屏风、桌子以及貌似小床的椅子(姑且称其为卧榻吧),还有一张床。

不过,那张床也太大了吧,几乎占了半个房间,等等,床上好像有人。

我拉了拉月痕的衣服,示意他朝床看去:"那里好像有人哦。"

"太好了。"他高兴地叫道,"可以去问问我们是在哪里了。"

他大步向前走去,掀开床上的帷帐:"请问,这里是哪里啊?"

我翻了个白眼,拜托,万一睡的是个姑娘家该怎么办呢?

可是,现实情况永远比预想的要严峻,我们谁也没想到,那帷幕下的,是一对男女。

"啊——"女子叫出了声,用被子紧紧地裹住了自己的身体。

她身旁的男子毫无羞愧之色，只是用色迷迷的目光盯着月痕，接着抬起了手，托住了月痕的下巴："没想到这里还有这样的美人，来，让大爷好好乐乐！"

月痕的脸上闪过凛然之色，还没等我出言阻止，男子已经重重地撞到了墙上，脑袋与墙壁发出清脆的唱和声，随即掉落在地上，一动不动。

"他该不会是死了吧。"我拽住月痕的衣角，不会吧，刚来这里就闹出了人命。

"我手下留情了，他只是晕了。"月痕冷酷地看着男子。

说真的，我很佩服房中的女子，从月痕掀开帷幕的那一刻她就开始叫，一直坚持到了现在。月痕被她叫得头上起了大大的"井"字："住嘴！"

在月痕的一声狂吼中，女子识相地闭上了嘴。

"只要你好好回答我的问题，我就不会伤害你，明白了吗？"

女子点了点，这时，门口传来了脚步声，来人在门口停住了："嫣红啊，你叫什么啊？"

女子吞了吞口水，转头回答道："没什么？是王大爷太厉害了，妈妈你回去吧。"

老鸨在门口干笑了两声："好，那你们慢慢乐着。"

脚步声渐渐远去，月痕挑了挑眉，露出一个算你识相的表情："好，现在开始回答我的问题。"

女子点了点头："大爷，您请问，只要我知道的一定说。"

月痕满意地点点头："很好，第一个问题，我们在什么地方？"

"嫣翠楼。"

"嫣翠楼？"月痕显然不是很明白。

"就是妓院。"我附在他耳边给他解释着，不能让人家知道他老人家这么大年纪了还不知道妓院是什么地方，太没面子了。

月痕似懂非懂地点点头："第二个问题，现在是什么朝代，我们在哪座城市？"

嫣红用看白痴的目光看了他半天，直到他不耐烦到出现发飙的先兆，她才开口答道："现在是贞观年间，你们在长安城。"

"那我们岂不是在都城了吗？"我发挥了我优秀的历史才能。

嫣红点点头，表示赞成，不过她看我们的目光，仿佛是看到了傻瓜二人组。

"我们走吧！"我拉拉月痕的衣袖，这里的房间隔音效果太差了，实在是让人受不了。

月痕点点头，伸出食指戳着嫣红的眉心："眠，忘。"

"那他呢？"我拉住要走的月痕，指指靠墙的男人。

他皱了皱眉头，伸手一拂，男人顿时回到了女人的身边，睡得跟个死猪似的，刚才发生的事仿佛幻觉一般。

"等他们醒来，不会再记得见过我们的事情。"月痕重新放下了帷帐，回头对我说。

我点点头，表示"你办事，我放心"："那我们现在到哪儿去啊？"

月痕一手揽过我："又要飞了，别晕了哦。"

这次飞行的距离并不长，所以时间也很短，几乎是一瞬的时间，我就着陆了。

"这又是哪里啊？"我看着四周，不知道身旁的大仙又把自己带到了他不知道的什么地方。

"长安城外的草地上。"月痕自信满满地答道。

"啊？"我张大了嘴，恨不得给他一脚，没办法，自从认识他以后我的脾气就没好过，而且越来越暴力了，"那我们岂不是还要走回去？"

他随手变出了一把扇子："一来，可以散散步；二来，可以欣赏一下古代的美景。怎么样，不错吧？"

我咬牙切齿地答道："确实很好啊。"

月痕满意地点点头："那我们走吧。"

"等等。"我叫住这只显摆的狐狸，"你该不会打算就披着这头白发、带着这对白色的眼睛进城吧？"

"哎？不可以吗？"他自恋地摸着他的秀发。

"当然不可以，你该不会想被守城的人抓进大牢吧？"真是受不了这个白痴。

他在原地挣扎了许久，终于决定向现实妥协，把一头白发和瞳孔变成了黑色。

即使将头发和眼睛变成了黑色的，月痕依然引起了轰动，从守门的士兵到街上的男女，所有人都用爱慕的目光给他行着注目礼。

"哇，男女通吃啊。"我跟在他身后，如同一只不起眼的小狗，不过倒是相当惬意。

可这家伙就是不让我轻松，一把揽过我，大摇大摆地给大家进行展览。

"这些人的眼神好讨厌哦。"他把头伸进我的发丝中，低低地絮叨。

路人原本柔情似水的目光瞬间充满了杀气，我浑身的鸡皮疙瘩顿时长了出来，腿差点不争气地发起了抖。

"喂,你不会想一直这么走下去吧?"我不满地看着他,这家伙想走遍整个京城吗?

他抓了抓后脑勺:"我也不知道,你说呢?"

给了他一个白白的眼球,我张望了一下,盯住了右边墙上的告示,跳了起来:"就是这个。"

"什么啊?"他凑过头看过来,"租房告示?"

我一把拉起他跑进店里,顺手关上了店门,把围观的人阻绝在了外面。

"我们不如在这里开个店好了。一来可以安定下来,二来也可以融入社会,怎么样?"

他想了一下,点点头:"不错,是个好办法。"

"对了,你有钱吗?"我想到了关键的问题,在这里,人民币可没有用。

他狡黠地笑着:"你可别忘了,我是妖精啊!"

我也顺着他狡黠地笑了起来,昭示着长安两大奸商正式诞生了。

"那我们开个什么店呢?"他征求着我的意见。

我脑海中闪现过他住过的山谷:"香铺好了。你种过那么多的花,还会做护肤产品,开个香铺最合适了。"

"好。"月痕赞成地拍起了手,"就是香铺了。"

就这样,我们紧握双手,两眼湿润,畅想着以后的时光:可爱的银子,我来了。

04 · 天雪香铺

凭借着月痕坚实的经济基础,我们在长安最繁华的大街上开了一家香铺。

"喂,月痕,我们要不要请人来舞狮啊?"

"随便。"

"那我们要不要来个开业大酬宾啊?"

"随便。"

"那我们要不要请些漂亮的小姐来当店员呢？"

"随便。"

在听了无数次的随便后，我终于到了极限，跳上床榻，把他手里装葡萄的盘子抢了过来。

"喂，你有没有认真听我说话啊？"

他不耐烦地掏了掏耳朵："那些事你决定就好了嘛，不用问我啊。"

我抓起一把葡萄丢进嘴里："那可不行，香铺又不是我一个人的，你也是老板之一啊，当然要一起决定咯！"

"那天雪好了。"趁我不注意，他又抢回了盘子。

"什么？"我一时没理解过来。

"香铺的名字啊？"他继续吃着东西，"叫天雪好了。"

"天雪。"我缓缓念着这个名字，"很好听哦，有什么寓意吗？"

"当然。"他终于有了精神。

"哎？"我专心地听着他接下来的话。

"这代表我的毛皮每天都像雪一样的白皙无瑕，怎么样？是不是很美丽啊？"他浑身上下地摸着自己，脸上充满了自恋的色彩。

我的胃里顿时一阵翻江倒海，抹抹嘴角："还好我今天还没吃饭。"

"你饿了吗？"他从榻上跳了下来。

对这么一个没有常识的狐狸，我已经没有打击他的心情了。

"是啊，饿了。"

"走，我们去吃饭。"

"好，你想吃什么？"

"鸡。"

"你确定你真的是狐狸精，而不是黄鼠狼精吗？"

虽然在长安街上开了店，但开头我提出的那些政策一项都没有实施，倒不是因为月痕反对，主要是我也有了私心。

因为有月痕在，所以我并不缺钱；而且，我们都是喜欢清静的人，不喜欢太热闹的场面，所以，几乎是约定好了一般，我和他，都没有去招揽客人，只是，每天把门打开，他靠在床榻上吃葡萄和烧鸡，我趴在柜台上看着人来人往，直到天黑，道声晚安。

这样的日子也许过于平淡,但我们都乐于此道,在喧闹的街市中营造一片安静,是很有成就感的事情。

偶尔也有些不怕死的花痴前来发痴,但都被店里商品的价格给吓跑了;少许没被吓跑的,在坚持了几天后,终于在月痕的漠视中伤心离去,口口声声说要出家为尼,不过我也没看见附近尼姑庵人数增加,难道她们去了很远的地方吗?每当我思考这个问题的时候,月痕就会用看白痴的眼神看我半天,所以我索性就不想了。

"笨月月,我饿了。"月痕以手撑头,眯着眼睛看着我。

上次一个花痴因为他的这个动作而喷了一天的鼻血,不过我的免疫力比较强,所以很坚定地站在了这里。

"你想吃什么啊?"从柜台走过来,我抬头看看太阳,到中午了啊。

"我想吃你前几天给我煮的咖喱饭。"

"又是咖喱饭?"

"因为好吃嘛。"他撒起了娇,样子十分可人,成功地激起了我一身的鸡皮疙瘩。

"好了好了,你不要这个样子,我去做就是了。"我投降地举起了双手。

可就在这时,改变我们生活的人走了进来,虽然他只是一个普通人,但是,生活就是这样,像一个循环的锁链,每个人被别人引导,也引导着别人,在一个叫"轮"的大圈子中转动。

"请问,有人吗?"

虽然要去做饭,但作为一个商人,顾客永远是上帝。

"有,请问你要买些什么?"我走到了柜台里。

"哦,我想要一些宁神的香料。"来人回答着。

我的眼前一亮,和这几天清一色的女人不同,终于来了个男性生物:一袭白衣,面目俊朗,剑眉星目,一名如阳光般耀眼的美少年。

我只是不屑地看着他:如果他不穿白的,我也许还会发下花痴;可惜啊,我家有一只绝美的狐狸精,穿着白衣,那叫一个美,比起他你就差远了啊。

我摇摇头,深深为这个没有自知之明的人感到悲哀。

"姑娘?"

"啊?"我抬起头,看见他用询问的目光看着我。

他勾起了一个微笑:"请问有宁神的香料吗?"

"有。"我干脆地答道,"要多少?"

"给我二两吧。"

"好的,请问要哪种?"我用生意的口吻问着。

他有些不明白:"还分种类的吗?"

"是的,有上下两等。"我答道。

"那上等的好了。"他不皱眉头地答道。

"好的,一共是一百两。"哼,宰你没商量。

他抬了抬眉头:"一百两?不知道是怎么样的香料,居然有此价值?"

我把香料放在桌上:"不好意思,这是商业机密。"

"机密?"

我想起来古代还没有商业机密这个词,只好解释着:"就是秘密的意思,不过绝对是物超所值,因为我们装香料的盒子都是紫檀木做的。"

他拿起桌上的盒子:"原来如此。"

随即他爽快地掏出几锭银子放在了桌上,我一过秤,足有一百五十两。

抬头看他已经出门了,连忙叫住他:"喂,等等。"

"怎么了,姑娘?"他回头看着我,怀疑的神情让我一阵不爽。

"你的银子多了。"

"哦,那就算麻烦姑娘的谢礼好了。"

有钱人了不起吗?我的火更大了,随手从桌子上拿起了一个瓶子,扔给了他。

他一把接住:"这是什么啊?"

"香水,女人用的,你可以送给心上人。"

玻璃的瓶子,在阳光下发出耀眼的光芒,显现出七彩的美丽,他看呆了。

"这是玻璃。"我想起这时代玻璃还是稀奇物,在他开口回绝之前,我堵住了他的话,"可是很珍贵的哦,里面的香水也是我们精心制造的,就当还你那五十两。剩下的,就当是对你大驾光临的谢礼好了。"

他被我呛得一时没说出话来,在他开口之前,我又一次先下手为强:"慢走不送。"

他愣了一会儿,随即给了我一个大大的笑容,和这个笑容相比,刚才的那些仿佛都是假的。我一时愣住了,没想到有人可以笑得那么阳光。

"那就多谢了。"他拱一拱手,大步离去。

"喂。"一只白皙的玉手在我眼前晃荡,"人都走了,就不用发呆了。"

"啊？"回过神来,却发现眼前的月痕看起来相当不爽,"你怎么了？"

"我饿了,快去给我烧饭,然后给我大扫除。"他大叫着。

"什么？"

"还不快做。"

没想到,即使到了古代,我的命运似乎完全没有变,还是一个奴隶似的可悲人物,我忍不住仰首长叹,为了我命途多舛的人生。

05 · 初至江府

"好无聊啊。"我趴在桌上,第无数次地打着哈欠。

"是啊。"月痕也百无聊赖地嚼着蜜饯。这家伙,自从来这里之后,就没停过吃,可不管怎么吃都不会胖,真是让人嫉妒到想自杀。

"哎,月痕,找点事情做做吧,太无聊了。"我走到他身边。

"既然你那么无聊,就把整个屋子打扫一下好了。"他眯起眼睛看着我,眼睛闪烁出魔鬼的光芒。

我一把揪住他的脸:"反正你也那么无聊,我帮你整整容好了。"

"啊,快放开我这倾国倾城、人见人爱、花见花开的俊脸。"他大叫起来。

"整成什么样子好呢？好,就整成对面王大妈卖的馒头好了。"我加大了手劲,揪得他惨叫连连,而我,就在这惨叫声中寻求着满足。呵呵,注意,这不是变态,而是合理利用资源。

在经历无数次的失败后,他终于成功地揪住了我的头发,把我带倒在床上。

"说,你还敢不敢？"顶着一头乱糟糟的头发,月痕得意地骑在了我的身上,志得意满。

"我宁死不屈。"打起架来,他那头引以为豪的长发就是致命的弱点了,轻轻伸手,呵呵,他又在我的掌心中了,我忍不住仰天长笑,爽。

"咳咳咳……"一阵咳嗽声传来,打断了我们的美好时光(至少对于我来说是这样的)。

"我们这里是香铺,不治疗伤风感冒。"月痕看都没看来人,只是继续和我手里的头发做斗争。

悻悻地放开他的头发(没办法,我的皮比较薄),我发现来的是个陌生人,家仆打扮,红着脸看着我们。

红着脸?我意识到现在我和月痕有多暧昧,他骑在我的身上,而且两个人都衣衫不整、头发凌乱,简直就像——被捉奸在床。

我连忙从床上跳了下来,整理着头发:"你有什么事吗?"

他转过身去,不好意思地看我整理衣襟:"我到门外等姑娘。"

说完,仓皇而逃。

"小心。"

"啊!"

我无奈地扯了扯嘴角,都叫他小心了,怎么还是绊上了门槛?

迅速走到门口,我低头看着呈"大"字形趴倒的小书童,眼睛里冒着圈圈,看样子已经晕了。

伸出手去:"起来吧。"

他看见我的手后,充分体现了人类的运动极限:瞪眼——跳起——后退几十步,这些几乎是在一瞬间完成的。

"姑娘请自重。"他的手几乎抱住了整个胸膛。

"拜托,我只是想扶起你而已。"给了他一个很白的白眼球,我很直接地告诉他我对他不感兴趣。

"啊?"他的脸又红了。

实在不想把人生都浪费在看他的脸红上,我问起他来这里的目的:"你要买些什么吗?"

书童摇了摇头,还是羞羞答答地不敢看我:"我不是来买东西的。"

"那你来干什么的啊?"我抱臂看着他,这家伙,总不是专门来"捉奸"的吧。

"我家公子有请。"

"你家公子是哪根葱啊?"我在大脑中仔细检索着,可是没有要和某位公子见面的记录。

"就是前几天来这里买香料的那位。"书童答道,每次提到他家公子的时候,他的脸上都会闪耀出崇拜的光芒。

"买香料?"我很容易就想到了,因为来这里的男性生物少得可怜,基本上要好几天才会来这么一位,"哦,我想起来了,有什么事吗?"

"公子只要我交代你:你的谢礼出了些问题。"书童低头说道。

"谢礼?"我想到了那瓶香水,难道有人对它过敏?

"到底是怎么回事?"月痕走了出来,郁闷,他居然又换了一身衣服!

我鄙视地看着这只自恋的狐狸:"那天给他的香水出了点问题,我要去看看。"

月痕也藐视地盯了我半天:"貌似那香水是我配的。"

"那又怎样?"我不满地看着拆我台的月痕。

"你不知道里面的成分,怎么能解决问题呢?"

"说重点。"

他赞许地看着我:"我也一起去。"

知道就算拒绝也没有用,我转头对书童说:"可以吗?"

书童点点头:"当然。"

坐在宽敞的马车中,我再次确定了那位阳光公子是个有钱人(因为我想起他时只记得他最后的笑容,所以只好叫他阳光公子了),呵呵呵呵,有发展前途。

看着我色迷迷的表情,月痕很不爽地狠狠用拳头砸向我的头。

"哎哟,你干吗啊?"我捂着头,怒视着他。

月痕很轻松地揉了揉手:"打笨蛋。"

"你?看招。"我张牙舞爪地扑了上去。

"两位,到了。"

被我们挤到一角的书童挑起车帘,勉强地笑着。可怜的孩子,可能从小到大都没看过美女和野兽打架(当然,他是野兽哦,事实也确实如此,他是狐狸精嘛)。

"哇,好大的宅子。"虽然已经有心理准备了,但下车的时候我还是吃了一惊。

"江府。哎,你们公子姓江吗?"我转头问着书童。

书童不可思议地看着我,那样子比第一次看见我的时候还要吃惊:"你不知道我们家公子吗?"

我歪头看着他："你家公子很有名吗？"

"那当然，我家公子可是十省八县有名的翩翩公子，玉树临风、英俊潇洒、才识过人、高尚伟大……"一提起他家公子，那个羞涩的书童顿时变成了专职的绕口令专家。

"岩松，好了。"终于，有人制止了书童的啰唆；不然，我就要被那一堆一堆的形容词给压死在地上了。

"你很有名吗？"看着罪魁祸首，我提出了疑问。

他微微一笑："虚名而已，姑娘不必介怀。在下江祁风，不知姑娘如何称呼？"

"我叫水如月，你叫我如月就好。"我笑着答道，又回头指着月痕，"他是月痕，和我一样是香铺的老板。"

"原来是水姑娘和月公子，那，请吧。"他指着大门，示意我们进去。

"好。"我跟了上去。

走了几步，却发现月痕还站在原地，抱着双臂看向远方，怎么那么像——闹别扭？

"怎么不走啊？"走回原地，拉起他的衣角。

他没有转过头来："你一个人就好了嘛。"

"你发什么神经啊？香水又不是我配的。"我强制地扳过他的脸。

他眼中隐含的怒气让我心头一惊："你到底怎么了？"

"为什么让他叫你如月？"

原来是因为这个，小气的狐狸。

"为什么他不能叫？"

"因为，因为你是我的奴隶，没有我的允许，任何人都不可以叫你的名字。"

"啊？"我的下巴几乎是立刻地掉了。

我的手狠狠地与他的头亲密接触了一下："白痴，就算他叫我的名字又怎样？这世上只有你一个人是叫我笨月月的啊；而且，我们有这世上唯一一个宝贵的契约，不是吗？"

他摸向我额头的红印，沉默半晌，蓦地嘴角勾起笑容："是啊，笨月月。"

"水姑娘？怎么了？"回过头去，江祁风正站在原地等我。晕，他不会一直在看好戏吧，强烈要求他付钱。

"没事。"我拉起月痕，向大门走去，还不忘打击一下小气的狐狸精，"你和那个岩松不会是兄弟吧？"

"为什么这么问？"

"因为你们都那么会用形容词，而且都那么恶心。"

"什么？"

我想，从那时起，江府的所有人（包括江祁风）就开始佩服我了，因为，在大庭广众之下，就在别人家的大门口，我居然和一个男人打了起来，场景那叫一个壮观，不信？月痕脸上和手上的抓痕可以为我作证。

06·遭遇命案

"哇，好大啊！"走到江祁风家的客厅，我忍不住再次感慨起来，虽然古代的地皮并没有现代的那么贵，但是，这幢宅子也太大了吧，简直是用钱堆起来的。

"哇，是古董也。"我一下扑上了他家的桌子，抱住了一个花瓶，眼冒"金"星。

"水姑娘，这花瓶虽然做工精细，但不是古董哦。"江祁风走到我的身边，微微笑着，纠正着我的错误。

"对你来说不是，但对我来说是哦。"我拿着花瓶仔细观看，来到唐朝虽然到处都是文物，但做工这么好的我还是第一次看见，好想偷一个回去啊。

江祁风微笑着看着我贪婪的表情："既然水姑娘喜欢，那这个就送给你了。"

"真的吗？"我抱着花瓶大叫道，眼睛都笑成了月牙。

"不准要。"又是月痕，那个妨碍我发财的家伙。

"为什么？"我回头疑惑地看着他。

他没有给我答案，只是狠狠地瞪着我，用眼神告诉我，你要是敢要的话就死定了。

害怕一个人被丢在古代的我，只好依依不舍地把花瓶放回原位，委屈地绕着手指，站到了一边。

可是月痕的心情好像很好，他满意地看着我，踱到了我的身边："乖，我回去给你买更好的。"

不理他,哼,买东西花的钱还不是我赚的。

注意到江祁风意味深长的眼神,我重新整理出自己的笑容:"江祁风是吧,你的书童找我来,说是我的谢礼出了问题,到底是怎么回事呢?"

江祁风微震,我不知道自己是说了什么话让他如此震惊,直到他的书童大喝无礼的时候我才意识到,在古代我应该叫他江公子,而不是全名。

"岩松。"江祁风制止自己的书童,大笑了出来,"自从成人后,不知道多少年没有人叫过我的名字了,水姑娘,你真是快人快语啊。"

看着他满意的眼神,我彻底无语,这就是所谓的上等人的下等情结吧。我只好扯了扯嘴角,谢谢他的夸奖,并且保证,以后都这么叫他,满足他那变态的渴求。

"我们还要回去开店呢,到底有什么事,说吧。"月痕再次开口了,语气还是那么不友善,不知道他是为了什么,和江祁风这么犯背。

江祁风止住了笑声,恢复了淡淡的微笑:"事实上,我把你给我的香水送给了堂妹,结果,她死了。"

"死了?"我一惊,差点跌倒在地上,"这不可能,那种香水顶多就是让皮肤不好的人过过敏,绝对不可能置人于死地的。"

"我也相信,不是你们做的。"江祁风用信任的眼神看着我,我不禁心里一暖。

知道自己在别人心目中并没有嫌疑,我慢慢镇定了下来:"也是哦,那天之前我们并不认识,而我也不知道你会来买香料,更不会想到,因为你多给了钱而送了一瓶香水给你。"

江祁风点了点头:"确实,这也是我请你们来而不是让官府抓你们来的原因。"

月痕似乎很不满有人比他还拽:"哼,官府能奈我何?"

我用力扯了下他的衣角,制止他点火的行为,笑着对江祁风说道:"那还真是要感谢你呢,那么,你堂妹的死因知道了吗?"

江祁风肯定地说:"已经验过了,是中毒死的。"

"毒——是下在我的香水里面的吗?"我顿了一下,接着问道。

他点了点头,赞许地看着我。

"知道是什么毒吗?"大约是因为他肯定的注视,我顿时充满了信心。

江祁风摇了摇头:"不知道,这也是我找你们来的原因。"

看着江祁风冷漠的表情,我有一种感觉,他并不伤心,只是因为自尊心受到了挑战,才会想找到凶手。

"可以带我们去看看吗?"我突然有一种冲动,想替那个可怜的女子讨回一点公道。

他似乎并不意外我的决定:"可以。"

绕过层层叠叠的回廊和花园,我终于明白什么叫做"一入侯门深似海"。景色美则美矣,可惜,养在深闺的女子,一辈子都只能看到同样的景色,被束缚在同一个地方。那个死去的年轻女孩,恐怕连家里的大门都不知道长得什么样子吧。

"在想什么?"月痕看着我发呆的表情,微微皱眉。

给了他一个大大的笑容,我感激地看着他:"我在想,能遇到月痕,像现在这样生活,真是太幸福了。"

一双温柔的大手轻轻抚过我的头,月痕浅笑着:"那当然,和我这个天下第一美男子在一起,想不幸福都难。"

这家伙,总是在气氛良好的时候说一些煞风景的话,不过,为了维护我已经破损的形象,我决定放过这个傻瓜。

"水姑娘,到了。"江祁风推开一扇房门,立在门口,请我进入。

一踏进去,我立刻闻到了一丝清香,是茉莉花的味道,清新淡雅,想必死去的那位小姐也如茉莉般洁白可人吧。

古代女子的闺房几乎是她们前半生的归宿,尤其是大户女子,大门不出,二门不迈。这间房装饰得清新典雅,满室兰馨,书架上、桌案上,都是满满的书籍。

"看来这位江小姐很爱读书啊。"我走到窗边,仔细地看着一幅尚未绣好的鸳鸯图。

江祁风点了点头:"的确,我这位堂妹少有才名,可惜红颜薄命,这么早就死去了。"

看着他不甚伤心的表情、平铺直叙的语调,我冒出了一股火气:"看这幅鸳鸯图融情其中,看来江小姐已经有心仪之人了。那位公子如果知道江小姐已经死去了,不知会如何伤心呢!"

他的眼中寒光一闪,似乎意识到了我在讽刺他:"我这个堂妹平时并不出门,想必并没有什么心仪之人;何况斯人已去,就算再伤心也不能起死回生了。"

这算什么?告诉我人已经死了,就不要多管这些闲事了吗?我对他的印象急转直下,迅速把他归入了混蛋一类。

"那瓶香水呢?"月痕意识到了我们谈话中的不友好,打断了我们的谈话。

江祁风指向妆台:"在那里。"

月痕走了过去,打开瓶口要闻,我已经抢了过来:"你想死啊?"

他轻笑,揉了揉我的头:"这个对我是没用的。"

说罢又从我的手中抢走了瓶子,闭上眼睛放到鼻尖清嗅,随即猛然睁眼,眼中甚多不悦:"有人在这里面加了云烟草。"

"云烟草?"我咀嚼着这个陌生的名词,毕竟不是医学专业毕业的,我对这些东西了解甚少,转头看看江祁风,他也和我一样,满脸迷茫。呵呵,心情大好,看来笨蛋不止我一个。

"云烟草是一种很罕见的药草,一般只长在深山中,就算行医的人也未必知道。它本无害,但只要一接触到水,就会变成毒物。少量的云烟草并不会置人于死地,但如果吸食过量,就会沉迷在自己的幻觉中,不可自拔,最后死去。"月痕轻转着手中的瓶子,玻璃在阳光的照耀下洒落满地光彩。

"幻觉吗?"我轻叹着,想到了那幅鸳鸯图,不知是怎样的幻觉让她不愿醒来,"世事如云烟,只有梦才是最美好的吗?怪不得是云烟草。"

月痕举起小瓶,透过它看着迷离的日光:"人就是这样,永远只顾着追求虚幻的,而不会珍惜眼前的。"

看着七彩的光在月痕的面颊闪动,我不禁心里一动:"的确啊。"

江祁风冷冷地看着我们这两个批判世界的哲学家:"难道你们不是人吗?"

趁月痕还没来得及露馅,我先回答了他:"当然是,只不过我们更珍惜眼前的东西。"

说完我对月痕微微笑着,他也正好看过来,眸光如水,清澈流连,对上他的眼,就仿佛踏进了一条透明的小溪,溪水来回浮动,净澈心扉。

江祁风看着两人相对而视的情景,也仿佛痴了,沉浸在这宁静的氛围中。

"表哥?听说你把凶手抓回来了?"一声尖利的嗓音打破了美好的环境。

我最先反应过来,抽离了自己的目光,这么一动不动盯着别人看,真的很丢脸;倒是月痕,丝毫不以为意,只是有些愤怒地看着闯进来的人。

"诗诗,你怎么来了?"江祁风有些许的不自然,大约他也意识到,不眨眼地看着两个互相对视的人是很失礼的一件事情。

闯进来的女子二八年华，青春年少，甚是美貌，头上梳着盘龙髻，上面插着根金镶玉的步摇，穿着薄薄的丝质衣服，上面绣着百蝶穿花的底纹，显得高贵典雅。

可惜，她的眉眼过于凌厉，配上典雅的装扮，很不协调，尖利的嗓音暴露了她暴躁的脾气，美则美矣，可惜无魂。

"你就是那个卖香的女人吧？"她环视屋内，一眼就注意到了我，"你这个坏女人，还我姐姐的命来。"

自从来这里之后，我的运气就没有好过，不是被迫当奴隶就是被人捉奸在床，现在，居然还被一个疯女人追赶。哎，这漫漫倒霉路，什么时候是个头啊！

07 · 撬到金矿

看到不顾一切扑过来的她，我唯一的反应就是后退。那尖锐的指甲，落到脸上的滋味可不是好受的。

终于，我踏上了穷途末路，后背已经抵在了书桌上，避无可避。

我认命地闭上眼睛捂住脸，期盼着月痕能快点抓住这个疯女人。

沉寂半天，没有声响，我慢慢睁开眼，透过眼缝看着外面的世界，怎么会这么安静呢？难道月痕把她给杀了？

被自己的设想震惊的我，连忙放下了手，却看见让我无语的一幕，月痕紧紧地抓住了这个叫诗诗的女人的手，而这个花痴正发痴地看着月痕那近乎完美的脸孔，口水横流。

"咳咳咳。"不甘心被忽视的我猛烈地咳嗽起来。

终于，我成功地唤醒了花痴女的神经；但立刻，我就意识到了我行为的错误，因为她几乎是马上，再次扑向了我。

"诗诗，不得无礼。"这回换江祁风抓住了她的手。

如果说我一生佩服过什么人的话，那就是这个女人了，她在江祁风抓上她的手的瞬间赖在了他的身上。

"表哥,慕雨表姐死得好可怜啊,你一定要替她报仇啊。"诗诗大小姐哭着的同时还不忘环上江祁风的腰,我晕。早知道唐代民风开放,但没想到居然开放到了这种程度,主动投怀送抱?

"我知道了。"看着怀中撒娇的美人,江祁风面不改色,直视着窗外。我深深地佩服着他的定力,这么柳下惠,该不会是同性恋吧?

"那你为什么不把那个女人送到官府去,还把她带到慕雨姐的房间来啊?"诗诗继续撒着娇,挑战我脆弱的神经。

这个刁蛮的坏女人,香铺又不是我一个人开的,干吗什么事都只找我一个人啊,就算你暗恋月痕也不能这么没操守吧?要知道,女人何苦为难女人!

"因为她不是凶手。"江祁风言简意赅地回答了怀中美人的问题。

"什么?"诗诗终于从他怀中抬起了头。

江祁风趁势将其推开,退到了一旁:"水姑娘,让你见笑了,这位是我的表妹陈诗诗。"

"诗诗,这位是水姑娘。"

"哼!"为什么回答我永远都是这么一句?

"这位是香铺的另一位老板——月公子。"

为什么,看顾月痕的永远都是爱慕的目光?老天爷,你也太不公平了!

"香水不是她卖的吗?凶手不是她还会有谁?"陈诗诗用厌恶的眼光盯着我,吓得我起了一身的鸡皮疙瘩。

"香水虽然是她卖的,但制作者却是月公子。"江祁风淡淡地说道,"而且,我买香料的时候是临时起意,在这之前并不认识他们。所以,他们不可能是凶手。"

陈诗诗点了点头,用崇拜的目光看着江祁风:"表哥,你好厉害哦,我怎么没想到这点啊?"

这女人绝对有做神经科大夫的天分,刚刚把我吓得出了一身鸡皮疙瘩,现在又把我恶心得出了一身鸡皮疙瘩,真乃强人也。

看着我如同吃了两只苍蝇般的表情,江祁风自嘲地笑笑,这一刻,我感觉他并不轻松。大户人家的公子爷,为虚名家规所累,连不喜欢的女子都不能干脆地拒绝,这是——寂寞,对,是寂寞,和月痕不同,但都是寂寞。

"让我们帮忙吧。"对上江祁风惊异的双眼,我重复了我的话语,"让我们来帮忙吧,虽然我们不是凶手,但真凶是将毒下在我们的香水里的。这一举动,严重侮辱了本店的产品,所以,我们要找出他,让他赔偿。"

"对不对?"我转头看着月痕,用眼神告诉他,我想找到凶手,为那个陌生的女子做一点事情。

月痕无奈地点点头,嘀咕了一句:"麻烦精。"

我和江祁风一起踏上了回客厅的道路。陈诗诗这个没节操的女人,将有异性没人性的精神发挥到了极致,紧紧跟在月痕的身边,时不时扭扭小脚、闹闹头晕,不一会儿就奸计得逞地与我们拉开了很大的距离。

比起月痕,我更加同情陈诗诗,因为我太了解这只狐狸精了,看起来温柔儒雅,但其实在他天使的面孔下有一颗魔鬼的灵魂。上次就有一小姐在他面前闹自刎,他看都没看,只吩咐她别弄脏了地面,害得人家第二天就嫁了村口卖臭豆腐的王二麻子。可怜王麻子四十好几了,娶了个如花似玉的老婆,激动得新婚第二天在炸臭豆腐的时候心脏病突发,见阎王去了。

第一天嫁人,第二天守寡,那位小姐只好看破红尘,遁入空门,现在已经成了城北尼姑庵的住持师太了。每次进城来她都不忘怂恿我去当尼姑,要不是我心脏承受力比较强,早就受不了她的死磨硬泡了,由此可见那只狐狸的魅力和冷血。

不过,现在不是担心别人的时候,因为,我正竖起两只耳朵听着江祁风对家人的介绍。

江家是武林名家,又世代从商,所以家业很大。他的父亲是家中的老大,而他正是父亲的独子,也就是传说中的长房长孙。

他父亲还有两个弟弟,一个很早就死了,留下一个儿子,名叫江亦风,剩下的那个弟弟就是死去的江慕雨的父亲。他还有一个女儿,名叫江温雨。

"那,那位陈小姐呢?"我好奇地看着他,一大家族的人住在一起很正常,可陈诗诗明显不是他父亲家的亲戚。

"她是我母亲妹妹的女儿,来这里探亲的。"江祁风解释着,可我从他浅浅的眼眸中,能感觉到他对这个表妹的不屑。

不过,我是完全可以理解的。那个陈诗诗,哪里是来探亲的,分明是来钓男人的,想借婚姻跳入龙门,却不知道豪门里最多黑暗,我止不住摇头叹息。我宁愿和月痕做两只飘荡江湖的小虫子,也不愿意在这个锦衣玉食的大笼子里被束缚一辈子。

心中冒出的这个想法让我无限惊异,和月痕认识不过一月,可是我已经深深地依恋上他。这样不好,我知道,因为,我们的契约只有五年。五年之后,他是他,我是我。

这个认识让我的心里极其不舒服,我忍不住紧紧皱起了眉头。

"诗诗虽然为人刁蛮,但心地并不太坏。"江祁风以为我皱眉头是因为讨厌陈诗诗。

我连忙从落寞的情绪中恢复过来:"我知道,不然你也不会让她留在这里,对吧?"

他抬起头,深深地看了我一会儿,直看到我身上发毛,才开口:"水姑娘真是我的知音,如果早碰到你该有多好!"

"现在也不晚啊!"我笑嘻嘻地拍拍他的肩膀,"从今天起,你就是我的好兄弟了。"呵呵,找个有钱人做朋友,太划算了。

可是这笨蛋一点反应都没有,就在我考虑是不是要把他绑起来威逼利诱的时候,他终于说话了(后来我才知道,他也是第一次这样说不出话来,由此可见我的功力也很高强):"好,我江祁风一生孤独,以后你就是我的朋友,如月。"

"哎?江祁风,你叫我的名字啊。"我惊喜地抬起头,太好了,成功地攀到了一个有钱人。

"是祁风。"他举起手指在我面前晃荡。

"祁风。"我很乖地叫了出来,尾巴摇上了天,他就像一个巨大的金矿,此时不挖,更待何时?

"很好。"他笑着摸摸我的头,温度透过发丝传到了皮肤上,我不由轻颤:这是怎样一个男人啊,有着温柔的笑容,却有着凉薄的体温。

我不由伸出手抓住他的手:"你不冷吗?"

感受着我手心的温暖,他的面容从惊异变为柔和:"如月,你是多么让人惊异的一个女子啊!"

让人惊异?我怎么没觉得?

就在我用唯物辩证法的观点仔细思考这个问题的时候,岩松很不合时宜地出现了。

"公子,老太爷吩咐您去大厅。"

"老太爷,是你爷爷吗?"我看着江祁风。

他笑着点了点头:"真聪明。"

"咳咳咳!"岩松再次剧烈地咳嗽起来,就在我考虑是否要替他请个大夫的时候,他自觉得到了足够的重视,"水小姐,你是否能放开我们家少爷的手?"

我这才发现我和江祁风正以怪异的姿势站立着,他的手放在我的头上,而我的手又压在他的手上。远远看去,还以为我是妖精转世,头上长角了呢。

我敢肯定,现在在岩松的心中,我绝对是一个水性杨花、不知羞耻的女人,刚和月痕春风几度,又来勾引他家少爷。

难道唐代真的是我的衰代吗?看来,还是应该赶快换一个朝代。

08·江老太爷

在岩松不屑、鄙视加轻蔑的注视中,我硬着头皮、厚起脸皮蹭到了江家客厅。

刚进客厅,我就注意到一道灼人的目光停驻在我的身上。抬头望去,是坐在主座的一位老人,鹤发童颜,年纪虽老却没有半分颓废之感,威严而镇定,这样的老人才配做一家之长。再看厅上的其他人,都噤声低头,由此可见这老太爷多么有威严。

我坚定地回视着他,他们怕他,可我不怕,我们的目光在空中相遇,撞击出闪烁的火花。

半晌,他哈哈大笑:"风儿,不替我介绍一下吗?"

江祁风像是领悟了什么似的,笑着向众人介绍我:"这位是水如月水姑娘,也是香铺的老板之一。如月,这是——"

"那瓶害死慕雨的香水就是她给的吗?"坐在左手第一位的中年人猛然抬起头看着我,打断了江祁风的话,看样子,他应该就是死去的江慕雨的父亲——江其天。

"是的。"我勇敢地回视着他,"但是我没有下毒。"

"下毒的人会说自己下了毒吗?"她身边站立的女子冷笑着,应该就是江温雨了。

不知道有多少人死在她那张尖利的嘴上,可惜她碰到的是我,我看都没看她就回了过去:"下毒的人也不会傻到自投罗网吧。"

"你——"她伸出手指指着我,略略发抖。

我毫不犹豫地瞪视着她,开玩笑,她家老头我都敢瞪,何况她这小羔子。

"好了好了。"江老太爷发话了,"我也相信这位水姑娘不是凶手,那么,你可以走了。"

"我不要。"我在众人害怕的目光中拒绝了,"我要帮忙查出江姑娘的死因。"

"哦?为什么?"江老太爷似乎一下就来了兴趣。

"因为凶手利用我的香水下毒,侮辱了我的产品,这个理由够充分了吗?"我直视着他,重复了刚刚说过的理由。

"如果我说不够充分呢?"老太爷也直视着我,不过眼中的慈爱多于威慑。

"那我只有说,是因为我是女人的缘故了。"我看着他不解的眼神,"女人应该帮女人的,不是吗?"

"哈哈——"他仰天大笑,"女人应该帮女人吗?这就是你们女人的事了,我一个大男人也不好插手了,随便你了。"

江祁风闻言大喜:"爷爷同意了?"

江老太爷点了点头,随即沉下头:"既然大家都在这里,我也不妨把话说开,慕雨孩儿第一天拿到香水,第二天就惨遭杀害,我不认为是外人做的。"

"父亲的意思是我们自己人做的案吗?"江其天惊慌地问道。

右边第一位的中年人点了点头:"没错,我也是这么觉得的,祁风,这件事关乎我们江家的颜面,你一定要好好调查,给慕雨一个公道。"

在他的旁边站着一位年轻人,眉眼和江祁风很相似,但是似乎缺少他那种气质,站在那里半天我都没有注意到他,可见他和江祁风比起来是多么地不显眼。由此看来,那个年轻男子就是江祁风早逝的二伯的独子江亦风。

"知道了,父亲。"江祁风向他老爹江如天行了个礼,随即开口准备说话。

"月公子,等等我,我的头好晕啊。"

郁闷,陈诗诗这个女人,到现在都还没放弃装晕吗?我考虑是不是要送一套和服给她,反正背后有一个大枕头,走哪就可以睡哪儿。

月痕如阵风般的冲进大厅,可见陈诗诗紧迫盯人的厉害,要是让她晚生N年,估计已经成了女篮国家队的主力了。

"笨月月。"月痕一见我就扁起了嘴,一副泫然欲泣的模样。

从后面抱住我的腰,他跟鸵鸟似的把头埋在我的发丝中,悄悄咬着我的耳朵:"那个女人好可怕啊。"

早已经习惯了他的另类撒娇方法的我对他的举动早已见怪不怪,可我忘记了屋子里还有一大堆第一次见到月痕的普通人。

放眼望去,果然,惊倒一片,只是不知道是因为月痕的长相还是因为他夸张的行为。

"咳咳咳。"岩松这小娃儿,咳嗽还咳上了瘾,"水姑娘,这里是大厅,可否请你检点一些?"

瞎子都看到了是月痕主动黏上我的,可是,他却请我检点一些,郁闷中。

生气归生气,我也知道我们这个姿势确实太让人有想象空间了,所以我连忙挣开了月痕的怀抱,敲了敲他的头:"别胡闹了。"

月痕似乎对我的举动相当不满,但大约也是注意到了众人的注视,所以也只是撇撇嘴,并没有做出更夸张的行为。

"爷爷,这位就是香铺的另外一位老板月痕月公子。"江祁风向众人作着介绍。

"月公子。"陈诗诗在这个时候跳了出来。

"哼,真是乡下来的野丫头,这么无礼。"江温雨看着跳进来的陈诗诗,轻蔑地说道。

陈诗诗没有料到大厅会聚集了这么多人,顿时瞪了江温雨一眼,低下头,噤声止步。

"好了,既然话都说完了,大家就退下吧。"老太爷下了命令,在场的各位仿佛解脱了似的松了一口气。

"祁风,给月公子和水姑娘安排好房间。"走出两步,老太爷仿佛想起了什么似的又走了回来,所有人的神经立刻又紧绷了起来。我发誓,他是故意的,因为在他转身的一瞬,我分明看清了他嘴角恶作剧般的笑容,又是一个恶魔。

"是,爷爷。"

"不用了。"我连连摆手,"我们的店离这里不远,用不着这么麻烦。"

所有人又都倒吸了一口气,后来我才知道,我是第一个敢跟江老太爷说不的人,也是因为这样,我得到了他很高的评价。

江老太爷也没意识到我会拒绝,愣了一下,随即又点点头:"既然如此,就随便你们了。"

"呵呵呵呵。"我此时只有笑了,其实我并不是不想住下来,想象一下,我从来没有住过这么豪华的宅子,怎么会不想住下来呢?可是,月痕这家伙,在香铺的时候就总是以害怕为由钻到我的房间里,在香铺也就算了,这里可是江宅,我的形象已经够差了,为了我所剩无几的名节,只好忍痛割爱。

月痕好像没有意识到我内心的想法,单纯地为我拒绝入住江家感到高兴,一副抢到糖果的小孩样子。

"我们现在应该怎么做啊?"走出大厅,看天色还早,我和月痕自然留了下来,说是为了研究案情,其实是在消耗粮食。

月痕埋头对付着一锅炖鸡,根本无暇理我。我郁闷地抬头看着江祁风,当然,手里还端着两盘糕点,不吃白不吃。

江祁风用几乎是温柔的目光看着我(我敢肯定,这家伙以前肯定没谈过恋爱,所以连温柔都没学会):"你说呢?"

我的嘴里塞得满满的,半天才说出一句:"那你把事情的经过说一遍嘛。"

"不可以隐瞒什么哦。"在他开口之前,我又加上了一句。虽然这小子没什么想法,但我明显看出,他家的那些女眷都对他垂涎三尺,这小子在家里的行情比唐僧还要好。

他点了点头,没有丝毫不爽的样子:"那天我是应邀出去谈生意,回来的时候正好路过你们的香铺,想起爷爷最近睡得不太好,所以想买一些宁神的香料。"

我点点头:"然后我就送了你那瓶倒霉的香水。"

"我把那瓶香水带回了家。"说到这里,他微微有些脸红,"本来我是不想送人的,因为那瓶子实在是可喜,在阳光下会闪闪发光。"

看着他形容瓶子时眼睛发光的情景,我不禁轻笑出声,想起前几天托月痕带回来的瓶子,连忙从口袋里掏了出来,递到了他的手上。

"这是?"他看着手中的紫色星形瓶子,眼中冒出了惊艳的光彩。

"这是紫水晶,比玻璃要珍贵多了哦。你看,是不是很漂亮?"阳光的照耀下,紫光在空中浅浅摇晃,映入了他幽黑的眼眸。

"这里面是什么?"他注意到瓶中装着东西,"泥土吗?"

我接过瓶子："不是的哦,这是愿望沙。"

"愿望沙?"他诧异地看着我,咀嚼着这个从来没有听过的名词。

"是啊。"我点了点头,"有来自大海的沙子,也有来自沙漠的沙子;有这里的,也有别国的,各种颜色的沙子混在了一起。很漂亮是吧,你在纸上写上自己的愿望,放入瓶中,佩戴在身上,愿望就会实现哦。"

"真的如此神奇吗?"他从我手中拿过瓶子,赞叹出声。

我耸了耸肩："是有这个传说啦,不过我没试过。"

他没有说话,只是痴迷的看着瓶子,看着那迷人的紫光。

我不禁笑了出来,被我的笑声惊醒的他脸红了,不好意思地把瓶子递给了我："失礼了。"

我把瓶子塞回到他的怀中："失什么礼啊?我倒觉得你刚才的样子比平常要可爱多了,这个送给你,希望你一直都那么可爱。"

"送给我?这么珍贵的东西?"他愣愣地看着我,脸上因害羞而冒出的红晕和瓶子闪烁出的紫光互相辉映,那情景,直到今天,我一直都记得,瞬间的美丽,无与伦比。

美丽的情景总是转瞬即逝,但是,如果把它储存在记忆中,它就永远都不会褪色。当你老去的时候,它会成为你人生中最亮丽的一笔记忆。

09 · 美貌侍女

"是啊,送给你。"我狠狠地敲敲他的头,打破他痴呆的状态,"现在,你该跟我说你回家以后的事情了。"

"好。"他开心地将瓶子宝贝似的塞入怀中,然后才开了口,"那天我正在这亭中欣赏那瓶香水,不想她们三个来逛花园,老远就看到了我手中瓶子闪的光,所以就向我要。"

我点了点头,自然知道他所说的她们三个是指他的两个堂妹和那位诗诗表妹,可怜的江祁风,就算万般喜爱那只瓶子,恐怕也不能拒绝几个妹妹的要求吧。

"她们三个都很喜欢那只瓶子,我也不知道该给谁好。"

嗯嗯,能理解,毕竟都是妹妹,又没有特别喜欢的,当然难以抉择了。如果是我的话,一个大脚丫就把她们踹飞了,哼哼,你大姐喜欢的东西都敢抢,不想活了。

我想得那叫一个摇头晃脑、眉飞色舞,倒是把江祁风给吓了个半死:"如月,你怎么了?"

打断本姑娘的思绪,我不耐烦地给了他一个白眼:"没事,继续说。"

"哦,好。"他也没有在意我的态度,接着说道,"后来温雨堂妹和诗诗表妹就为了这件事争了起来,我不胜烦恼,所以就将它送给了慕雨堂妹。她——很高兴,但是我没想到,就因为一瓶香水,害了她的性命。"

我拍拍他的肩:"不是你的错,凶手只不过是借香水下手罢了;就算没有香水,恐怕她也难逃一劫。"

他惊异地看着我:"你不怀疑诗诗和温雨吗?"

我摇摇头:"连你也说你那表妹,心地还不错,只是嘴有些不饶人。江慕雨死了她未必有多伤心,但毕竟还不敢杀人;至于江温雨嘛,就算再嫉妒,也不至于会谋害自己的亲姐姐。最重要的是,我今天看过她,她悲伤的表情,不像是假的。"

他点了点头:"我也是这么觉得的。"

"那你有什么线索吗?"我看向他。

他摇了摇头:"没有什么有用的线索,慕雨平时性格温和,很少与人结怨,我实在想不出来会有什么人恨她恨到杀了她。"

"那是谁最先发现江慕雨死了的呢?"

"是她的侍女小萍。"江祁风说道,"她被吓得尖叫,恰巧我就在附近,所以——"

我的眼睛一亮:"小萍是江慕雨的贴身丫头吗?"

"是的。"江祁风点点头,"她们从小一起长大,感情很好。"

"走吧。"我跳了起来。

"去哪儿?"他奇怪地看着我。

"去找小萍啊,既然她们感情那么好,又朝夕相处,那么她肯定知道小姐和哪些人有间隙啊。"我兴奋地说道。

"是这样吗?"他充满疑问地看着我,看来男人太单纯,还是不太好。

接收到我像看稀有动物般的眼神,他不好意思地挠挠头:"女孩子的事情,我一向不太明白。"

我理解地笑笑:"那小萍现在在哪里?"

"小萍自从那天被惊吓后,一直卧床不起,现在正在厢房中休息。"江祁风走出亭子,给我带着路。

我心领神会地站了起来:"你们家对下人还真够好的,在厢房休息。"

他笑了笑:"因为原先她是和慕雨一起休息的,现在慕雨的房间没人敢去,所以只有把她安排在厢房中。"

"这样啊。"我跳出亭子,平稳着地。

"不带月公子一起去吗?"

我指指亭子里的月痕:"你现在要是有办法把他从鸡的面前拉开,我才要佩服你呢。"

"那我叫下人多给他送些好了。"江祁风笑着说,"免得他总是来捣乱。"

"什么?"我看向他。

"没什么。"他给了我一个大大的笑容,如同相遇时一样阳光,逆光在他身上洒上细细的金光,像一幅飘逸的剪影,我不禁再次中招,愣住了。

"咳咳咳!"刚走近厢房,就听到一阵咳嗽声,还好我比较聪明,能分得清男人和女人的声音,不然肯定会冤枉岩松小弟弟。

江祁风打开房门,挡在我的面前,伸手挥散空气中的药味,才示意我进去。

"大少爷,您怎么来了?"一个柔弱的声音低声响起,我放眼看去,满脸病容的女子,梳着简单的堕马髻,却没有丝毫凌乱。病痛并没有掩盖她的美丽,因咳嗽而起的红晕反而把她衬得娇羞无比,人见人怜。

这样的女子,只是一个丫鬟,不知道江慕雨会美成什么样子,我不禁想象起来,不由从江祁风的背后跳出去想跟她打个招呼。在看见江祁风后面的我后,小萍的脸上闪过了一丝异样的神色,虽然迅疾,但却被一直注意着她的我看到了,难道她把我当成假想敌了?

"小萍,这是水姑娘,是来帮忙查慕雨的案子的。"

小萍点了点头,眼中瞬时溢满了泪光:"公子,小姐死得好冤枉啊。"

江祁风点了点头:"我知道,你放心,我一定会替慕雨讨回一个公道的。"随后又将头转向了我:"如月,这里就交给你了,我在外面等着。"

"好。"我答应着,江祁风这个傻瓜,虽然迟钝,但起码还知道,有一个大男人在场,女孩子有些话是不好意思说的。

看着他走出去,我关好了房门,走到窗边,打开窗户,回头对小萍笑道:"女孩子是需要阳光滋润的哦。"

斜斜的光从窗子中映照进来,房间瞬间明亮起来,我笑着看着小萍,光亮使她看起来精神不少。

"多谢水小姐关心。"小萍坐在床上,眼神复杂地看着我,"请恕小萍身体不好,不能起床谢恩。"

我摆摆手:"谢什么恩啊?举手之劳而已。还有,叫我如月就好,水小姐好生疏啊。"

小萍摇了摇头,脸上并没有多余的表情:"您是小姐,我是丫头,不可以逾矩的。"

"我也不是小姐啊,我也只是一个下人而已。"事实如此,而且我比下人还不如,是个奴隶,而且主人还是个要鸡不要命的"黄鼠狼"。

小萍愣了一下,似乎不相信我说的话(难道是我的气质太好了,完全不像一个下人),随即又恢复了冷漠的表情:"水小姐说笑了。"

"是真的哦。"我靠近她,努力让她看清楚我眼中的真诚。

"少爷从来不会叫别的女子的名字。"她突然冒出了一句。

我没有在意:"什么?这怎么可能?他明明叫了什么诗诗啊、温雨啊,对了,他不还叫了你小萍吗?"

"那是因为小姐们是他的亲戚,从小一起长大;而我是一个丫头,除了小萍没有别的称呼。除了家中的女眷之外,大少爷从来没有叫过别家小姐的名字,认识再久的都没有。"小萍的眼中闪烁过——一丝苦涩?

"是吗?"我转着自己的发丝,"我不知道哦,那我不是很荣幸?"

"你认识大少爷多久了?"她突然抬头看我。

"三天吧。"第一天他买香水,第二天他堂妹死掉,第三天他请我来,还真是忙碌的三天呢。

她的眼中再次闪过诧异的神色:"那水小姐真是很特别呢,多少名媛淑女想让大少爷记住自己的名字都不能如愿呢。"

我摆摆手:"随便啦,管他呢,我可以问你一些事情吗?是关于你家小姐的。"

小萍点点头:"既然是大少爷吩咐的,您问吧,我知道的一定说。"

"那你先自己说吧,等你说完了,我再问吧。"我用下巴示意她先说,这样,对于病人来说,是最好的提问方法了。

她笑了笑:"水小姐真是审人的老手啊。"

我也笑了出来:"过奖了。"

在一个温暖的午后,我曾在一个美丽少女的闺房中,听她说着自己的故事。我知道,她已经在我的心中留下了痕迹,就算有一天,她不在了,也会一直处于我的记忆深处,经久不灭。我,留下了她的存在。

10·年轮似箭

四岁那年,我被卖进江府,当时小姐也只有五岁,从那时起,我就一直跟着她。

小姐待人极好,从来没有把我当下人看待,待我如同亲姐妹一般,吃的喝的都分给我,晚上还要和我一起睡。那时的我刚刚离开家,特别害怕黑暗,常常从梦中惊醒,可是小姐总是耐心地哄着我。因为这个,她经常睡不好觉,第二天起来眼睛都是肿的,但她从来没有怪过我。

我就一直和小姐在一起,直到今天。小姐上个月刚满十八岁,你没见过她吧?她是整个江家,不,整个京城,最美丽的女人,温柔善良,待人真诚。

我最大的愿望,就是和小姐在一起,永远不分开。可是,事与愿违,小姐这么年轻就走了,留下我一个人。

我永远都忘不了那天,我离开小姐去拿清洗干净的衣服,回来的时候,就看见小姐倒在了床上。我刚开始还以为她睡着了,可是无论怎么推她她都没有醒过来。

然后,我就叫了起来;然后,大少爷就来了;再后来,大家都来了;最后,我就什么都不知道了。

醒过来的时候,我被带到了这里,再也不能回小姐的房间了,那个我住了十几年的房间。

说到这里,小萍沉默了下来,半天没有说话,只是看着窗外渐渐西落的夕阳,眼神悲伤而凄楚。一个人被留下的感觉,我知道,只是我的运气很好,碰到了月痕。

不管多么伤心,该说的始终要说。因为,这是唯一能为死者做的事情。

"你家小姐平常有交往什么不好的人吗?"

小萍摇了摇头:"没有,我说过了,小姐待人很好,从来没有和别人结过怨。"

"一个都没有吗?"我毫不放弃。

小萍再次摇了摇头:"小姐死后,我也往这方面想过,可是,小姐平常都只在家中,相熟的也只有表小姐和温雨小姐,怎么可能和人结怨呢?"

"是吗?"我知道,再问也问不出什么来了,那位慕雨小姐在她的心中毫无瑕疵,更不可能有什么仇人。

"那你好好休息吧,我不吵你了。"给了她一个微笑,我推开门,迈了出去。

"怎么样?"江祁风靠在门边的墙上,已经等候多时了。

我摇摇头:"没什么特别的,看来你那位堂妹真是一个完美的女人,连个仇人都没有。"

"你有很多仇人吗?"他好奇地看着我。

"有啊,一大堆呢。"我开玩笑地回答着他。

"这样啊。"他也笑了出来,"不过慕雨真是个美丽的女子,连死去的样子都那么地美丽、安详,就像睡着了一样。"

"是这样吗?"我好奇地看着他。

"是的。"他点了点头,"小萍叫了以后,我是第一个赶到房间的,刚看到慕雨的尸体的时候,我也认为她只是睡着了。"

等等,我记得月痕和我说过,怎么会这样?太不对劲了。

"怎么了?"他看着我瞬息万变的脸色,有些担心。

"我们走。"不管三七二十一,我拉起他的手,把他拖向亭子。月痕,一定要找他。

哎?这路不对啊,到底是哪里啊,该死的有钱人,建那么大的房子干什么啊?管它呢,随便走一条好了。

"错了,是那边。"江祁风伸出手指向右边。

我都忘了,这里还有一个认识路的人,急急忙忙又拖起他,往右边赶去。

在江小弟的正确指挥下,我终于到达了月痕的所在地,这家伙,居然还在吃。

"这家伙是猪吗？你说是不是啊？"

旁边的人半天没有反应，我诧异地抬眼望去，却见江祁风的头转向另一边，不知是夕阳的作用还是别的怎么回事，他的脸上有微微的红光。

大约是注意到了我的注视，他结结巴巴地说着："我还有事，你去找月公子吧。"

说完他甩开我的手跑远了，像只落荒而逃的兔子，我这才发现我是一直抓住他的手的，难道，他害羞了？

"人都走远了，你还想看多久？"嘲讽声在身后响起，语气相当地不善。

转过身，月痕已经来到了我的身后，黑色的瞳孔透出了微微的银光，我知道，这是他发怒的前兆，所以急忙采取"转移视线"战术。

"月痕，我知道谁是凶手了。"

"现在才知道啊。"虽然他一副不吃惊的表情，但脸色已经好看多了。我抹了把汗，暂时摆脱了危机，我可不想大半夜的不睡觉，而要打扫整个香铺。

"你早就知道了吗？"我用探寻的目光看着他。

"你可别忘了，本大爷可是法力高强的狐仙啊。"

"狐狸精就狐狸精嘛，还狐仙呢！"我低声拆着他的台。

"笨月月。"

"什么？"我一个激灵，他不会听见了吧。

"时候不早了，我们回去吧。"他淡淡地说着，向大门的方向走去。

"好。"谢天谢地，我庆幸万分地跟了上去。

"笨月月。"

"什么？"

"晚上洗完碗后记得打扫整个香铺。"

"什么？"扑通，我与大地母亲有了一个很亲密的接触。

第二天一早，我和月痕又踏上了江府的大门，江祁风已经在大门口等待多时了。在见到我的那一瞬间，他差点从高高的门槛上摔下去。

"如月，你的眼睛怎么了？"

"没什么。"我有气无力地回答着江祁风，"只是昨晚没睡好而已。"

"你的脸色真的很不好，要不要找个厢房休息一下啊？"江祁风关心地看着我。

我感到身后都快被灼出两个洞来了，连忙摆手拒绝道："不用了，我很好，我们快进去吧,我有事情对你说。"

背后的灼热感终于稍微缓解,但在我说有事情跟江祁风说的时候又猛地炙热起来,我暗暗叫苦,恐怕今天晚上又难逃一劫了。

既然横竖都是死,那就让我死得壮烈一些吧!横着一条心,我拖着江祁风到了没人的地方,也不管他的脸是像西红柿还是像桃子,更不在意岩松那杀死人的目光。

就这样,江祁风的清白成功地被我给毁了,整整一天,我都拖着江祁风坐在人来人往的前厅。

"来,祁风,吃一颗葡萄。"

"来,祁风,喝杯酒。"

"祁风,你累不累?我来帮你捶背好了。"

"祁风,明天陪我去上香好不好?"

几乎江家所有的人都被我们吸引到了前厅,除了江老太爷及江祁风他爹娘外,其他人的目光中除了鄙视还是鄙视。当然,这是看我,他们看江祁风的眼神中,充满了惋惜和可怜,我试着翻译了一下其中的含义:呜呼哀哉,世风日下,人心不古,一个花季少男就这样被一个水性杨花的女人给勾引走了。

江祁风的脸皮并不像我这样千吹不破、万剑不穿,实际上,从他踏进前厅的那一刻起,他的脸就没有白过,一直都是煞红煞红的,仿佛一只被煮熟的螃蟹。

看着这样的他,我真的有了一种逼良为娼的切身感觉,不知道晚上又会受到月痕怎样的惩罚,我的人生,真的是一片灰暗。

11·揭出真相

"拜托,你给点反应好不好?我也是很辛苦的。"看见江祁风那一副被非礼的表情,我的罪恶感也很深重啊。

"如月,这样可以吗?"江祁风抬起头咧了下嘴,随即又低着头,死活不敢看我的脸。老天爷啊,谁能告诉我,这真的是那个传说中的独挑江湖大梁,行侠仗义、除暴安良的剑风公子吗?

我不满地举起酒壶,给他加点勇气好了。

"哎?没酒了。"我摇了摇酒壶,"你家的藏酒阁在哪里啊?"

早就听说江家的藏酒阁藏品丰富,终于可以去见识一下了。

看着我奸笑的面孔,江祁风认命地指出了路:"出门往右走,到厨房后再右转,有一个后院,那里就是了。"

"真不愧是有钱人家啊,连装个酒都要盖间院子。"我嘀咕着,提着酒壶往门外走去。

"在哪里呢?"我提着酒壶左看右看,该死,又迷路了。

"是这边。"一个声音在我耳旁响起。

"谢谢啊。"我回过头,手中的酒壶砰然掉地,一把匕首砍了过来。

"啊!"我连忙后退,却没有站稳身体,坐到了地上,"小萍。"

匕首再次挥了过来,避无可避,我闭上眼睛,任本能引导着自己,大叫起来:"月痕,救命。"

"这个时候才想得到我吗?"听到戏谑的声音在耳边响起,我狂跳的心瞬间冷静下来。

"你怎么才来啊?"我抱怨地看着他,赖在冰冷的地上不肯起来。

月痕无奈地叹了口气,从地上把我拖了起来:"快点起来,小心着凉了。"

"如月,怎么了?"转过身,江祁风已经跑着过来了,"刚才我听到你在叫救命,发生什么事了?"

月痕朝小萍努努嘴:"不就是这个吗?"

"小萍?"江祁风看着眼前的女子,惊叫出声,"小萍,你不是生病了吗?不在房里养病,来这里干什么?"

"看看她手里的刀。"月痕出言提醒,"她刚才差点用那玩意送我家笨月月上了青天。"

"小萍,这是怎么回事?"江祁风看着她手里的匕首,吃惊地叫道。

"拜托你不要叫了,我的耳朵要爆炸了。"真受不了这个笨蛋,用得着这么吃惊吗?

"可是——"江祁风看着眼前柔弱的女子,不忍相信她会拿刀杀人。

"就是为了把她引出来,我才牺牲了一天的色相。"我用力揉揉自己的肩膀,被别人鄙视和愤恨的目光照射了一天了,好酸啊。

"你早就知道?"江祁风吃惊地看向我,可怜的孩子,自从认识我之后,他就没有聪明过。

我点了点头:"嗯,我也是昨天跟她说完话后才知道的。"

"你是怎么知道的?"一直沉默的小萍开口了,她冰冷的眼神如刀般在我身上戳着窟窿。

实在受不了她的注视,所以我选择了躲在月痕的背后:"因为江祁风的话,他说你家小姐死的时候都美艳绝伦。可是据我所知,因云烟草而死的人虽然在精神上很幸福,但肉体上很丑陋,嘴角会有大量的口水,身上的衣服也会因幻觉而凌乱;可是,你家小姐太过洁净整齐了。"

"所以你就想到了我?"小萍看着我,颜色稍有缓和。

"是的。第一个发现她尸体的人是你,能那么冷静地替她擦洗身体的人也只有你;可是,你昨天对我说,发现你家小姐的尸体后就大叫了起来,然后昏了过去,这和事实并不相符。"我看着她的脸色,生怕她一个不爽又给我一刀。

"原来是我自己说漏嘴了。"小萍苦笑了一下,"家中那么多人都没发现,你居然一下就猜到了,真不愧是大少爷注意的女子,那你是如何知道我会杀你的呢?"

我摇摇头:"拜托你别再说什么大少爷注意的女子了,就因为你有这样的想法,才会想杀我的吧。本来我是不知道的,但是你昨天一直说着江祁风对家中女子的冷淡,然后我又想起了江慕雨房中的鸳鸯绣图,我想,她恐怕也是喜欢你家少爷的吧。"

小萍点了点头:"没错,小姐一直深爱大少爷,可惜,落花有意,流水无情。"

听了这样的话,我不禁看向江祁风,他别过脸去,脸上有些微的不自在。

"我知道你对家中的女眷有敌意,因为你昨天曾经假装无意地跟我提起诗诗和温雨与你家小姐有矛盾,我想,你一定是想把嫌疑引向她们吧,所以,我才出此下策,引蛇出洞。"我看着小萍,可惜她,聪明反被聪明误。

小萍抬头看天,微微笑着,风华绝代:"不错,我确实是想陷害她们,小姐一个人在地下一定很孤单。如果你不出现,她们早已下去陪她了。"

"小萍,你还想杀人?"江祁风后退一步,看着眼前的女子,眼中满是震惊。

"是啊。"小萍浅浅笑着,"如果不是水姑娘突然出现我早已成功了。"

"你为什么要这么做?"

"因为我喜欢你。"小萍忽然深情地看着江祁风,"所有接近你的人都该死。"

江祁风握剑的手微微颤抖,后退了几步,几乎无法站稳身体。

我走上去托住了他,他回过头看着我,眼中充满了无助的色彩。这个男子,在江湖中游刃有余,却在女子的情网中狼狈不堪。

"你很残忍。"我看向小萍,直接说出了我的评语,"不是因为你的行为,而是因为你的话语。你隐瞒了事实的真相,只为了守护一个死了的人,而不惜伤害还活着的人。"

"我不知道你在说什么?"小萍后退了一步,一直平淡如水的脸庞开始出现慌乱的神色。

我知道自己压对了:"难道不是吗?如果你是因为嫉妒而杀死了你家小姐,怎么会帮她收拾尸体,应该放任她丢人现眼,这样也可以清除自己的嫌疑,难道不是吗?"

"不,事实是——"

"事实就是,你家小姐是自杀的。"我斩钉截铁地说道,"确切的说,是死于她对云烟草的依赖。"

"你说什么?"江祁风扯住了我的衣角,"慕雨自杀?这怎么可能?"

"可能的哦。"小萍的声音低声传来,当她抬起头看向江祁风,眼中竟是满满的恨意,"如果小姐不是因为喜欢上了他,怎么可能落到今天这个地步?"

"是我的错吗?"江祁风看向眼前女子愤怒的眼眸,疑问万分。

"当然是你的错。"小萍冷笑着看向他,"我从小是苗人家的女儿,被人拐卖到了这儿,只有小姐一个人对我好,所以,看见小姐那么伤心,我,就给了她一点云烟草,没想到,她居然就此上了瘾。"

"我还记得那天,小姐回房后是那么开心,她举着手中的瓶子给我看,告诉我,这是她心爱的堂哥送给她的,所有人都要这个,可是堂哥偏偏给了她,她好开心啊;可是,没想到,那个精美的瓶子居然是她的催命符。"

"因为太过激动,小姐在香水中加了过量的云烟草,结果——"

"都是你的错,如果你早点回应小姐的感情,小姐就不会死。"小萍举起匕首,指向江祁风的心脏。

江祁风毫不躲闪,只是喃喃地说:"是我的错吗?"

"笨蛋。"我实在看不过去了,狠狠地给了江祁风一个毛栗,"当然不是你的错。"

他的眼神清明了一些,但仍然满溢着悲伤。被这眼神看着的我,相当地不好受:"你根本就不喜欢她啊,如果勉强地说爱她,到最后也只会伤害她。她的死,是自己的问题。"

"你是说小姐的死是自作自受吗?"小萍听到话后无比激动,那颤抖的刀刃微微地偏向我。

我索性豁了出去:"难道不是吗?喜欢上一个人却不敢去说,也不敢争取,只有在虚幻的梦境中寻求幸福,并因此丧命,这种怯懦的行为难道是正确的吗?还有你,明知道云烟草有害,却为了你所谓的忠心而将其交到你家小姐的手上,这难道不是错误的吗?"

"我做错了吗?"小萍握刀的手猛烈地颤抖起来。

"一个女人在痛苦的时候最需要的是别人的安慰,而你做了什么?你把一个魔鬼献给了她,并最终夺取了她的生命,却还以她的名义到处杀人,这就是你所谓的爱吗?"我看着她,眼中满是痛苦。同样失去过,知道那种痛苦,如果不是坠落悬崖,遇见月痕,我是不是也会做出同样的事情?

"是我害死了小姐?"小萍步步退后,"是我害死了小姐吗?你告诉我!"

"我说过了吧,不是你,害死她的是她自己的欲望。"我怜悯地看着她,希望可以挽回这个可怜的女子。

可惜,一切都太晚了。

12 · 生死相随

有时候,我会想,到底是不是我的错,才令一个人结束了自己的生命。当我这么问月痕的时候,他总是宠溺地看着我的眼,抚摸着我的发丝,告诉我,结束她生命的人不是我,而是她自己的心,心既已死,身将何依?

直到今天我都没法忘记小萍自尽时的样子,那是我第一次亲眼看见有人在自己的面前死去。她用原本准备杀我的刀刺进了自己的心脏,那么决绝,没有丝毫的迟疑,血液满满地浸染了她的衣服,与她的躯体一起混杂在泥土中。那么冷艳的红,那么刺眼的红,我第一次看见,终生难忘。

她断气前,曾绝望地看着我:"水姑娘,你是我见过的最聪明的人,那么,请你告诉我,我现在死去,能不能见到小姐,她会不会原谅我?"

我不知道该对她说些什么,一任泪水淹没了自己的视线,只能拼命地点点头,看着一个娇艳如花的生命在眼前消逝,却不知道该做些什么。

"我看,还是把她和她家小姐葬在一起吧。"月痕突然上前,拥住我的肩头,让我的泪洒落在他的怀中。

听到月痕的话,小萍身体一震,眼中出现了感激的神色,随后充满期待地看着江祁风。在得到肯定的答案后,她笑了,一笑倾城。

在那凄美的笑容中,她走了,带走了所有的是非争论,如今,只有那冰冷的月光和她自尽时曾被血染的石阶证明她确实存在过。

江家大小姐因病暴毙,侍女小萍殉主而亡,因感其忠心,特将其和小姐一起埋葬,引为天下典范。

一件血案就这么地变成了一桩感人事迹,我不禁感慨人类的虚假,这么多年都没有改变过;不过,这样也好,她们毕竟在一起了,不知来生,她们是否还可成为主仆,以续前缘。

我这么对月痕说的时候,他总是神秘地笑笑,在经历了无数次后,我终于受不了了,结果用十只烤鸡换到了我的答案:"我想,小萍想做男子多过想做侍女。"

是这样吗?也许吧,那轰轰烈烈而绝望的感情,不是爱还是什么?她们还真的算得上是生同寝,死同穴,那么,也是幸福的吧。

我们毕竟只是旁观者,在观望之后又回到了原点——天雪香铺,继续着我们平淡而真实的生活。

可是,作为当事人,江祁风的心灵严重受损了,所以他经常来找我聊天,每次都害得我半夜不能睡,起床打扫卫生。

"如月,你说,这是我的错吗?"

"我不是说过了吗?不是。"

"可是,我的心里好难受啊。"

"不难受,不难受。"

"我真的受不了了,如月,安慰安慰我吧。"

看着眼前死皮赖脸的男人,我再次叹了口气,这个男人,真的是传说中的以冷静镇定著称的剑风公子吗?怎么我越看他越像个无赖。

"江公子,你就那么无聊吗?一天到晚赖在我的店里。"卧榻上的月痕冷冷地看着他,这段时间,他也被吵到受不了了。

"可是,只有在这里我才感觉很自在啊。"江祁风一屁股坐在了卧榻上,拿起月痕的食物,狠狠地啃了一口。

"一边去,不准吃我的东西。"月痕紧紧护住胸前的食物。

"不要那么小气嘛。"

"走开。"

看着他们每天上演的戏码,我摇摇头,他们两个的感情好像越来越好了,每天都要闹上一次才舒服;不过,有月痕挡着江祁风,我也乐得轻松。

可是,门外那恐怖的眼神让我不寒而栗,每次江祁风来这里的时候,岩松都会自告奋勇地跟来,却从不进门,只是在门口站着,连我递给他的食物也拒不接受,仿佛吃了那个就会被鬼附身似的,我们店里是有一只狐狸精,可是,绝不会附身的。

我敢肯定,岩松一定把我们的香铺当成了魔窟,他最尊敬的公子一到了这里就会变得很不正常。为了守护他的公子不被我们所害,他唯有日日夜夜看守着这里。

其实,月痕巴不得岩松赶紧把他家公子带走,因为自从江祁风来了之后,他每天吃的东西都要少掉一大半,可是,天总是不遂狐狸精的愿。

而我,总是含笑看着这两个滑稽的男人,然后,趴在柜台上,有时凝视,有时小憩,有时看天,过着我幸福的每一天。

在这里,还要顺便说一下,因为我太聪明的缘故,江祁风常常会介绍一些奇案给我,所以我才会说,他是改变我们生活的人。自从认识了他,我们的生活变得丰富多彩,时而破案,时而抓贼,现在,基本上整个长安的人都知道,我们的香铺专门管那些奇怪的事情,所以,在街上,你常常会听到这样的谈话:

"张大妈,怎么了?这么愁眉苦脸的。"

"哎,别提了,我家的鸡昨晚又被偷了。"

"该不会是闹黄鼠狼了吧？"

"不会啊，昨晚我是把鸡锁在屋里的，还特地检查过，不可能是黄鼠狼啊。"

"那该不会是闹贼吧？"

"你别吓我啊。"

"对了，我听说街上有一家天雪香铺，专门管这种事情，你不如去看看好了。"

"真的吗？那我下午就去看看。"

然后我们总是会说："对不起，我们香铺并不管这些事情。"

在好说歹说、附带银子地劝走了报案人后，我总是会关上店门，和我家的狐狸精来一次亲密接触。

"月痕，你昨天晚上又到哪里去了？"

"没有啊。"

"嘴角还有鸡毛呢。"

"没有啊。"他总是在抹嘴角的时候发现自己上了当，然后舔着脸蹭过来，"我昨晚饿了嘛。"

"所以就去偷人家的鸡吃？"

"我下次再也不了。"

"你上次和上上次也是这么说的。"

"我真的错了嘛，笨月月，不要生气了嘛。"

随后我总会捏肿他的脸，然后大摇大摆地上街买一大堆的食物，搬回家，喂养这只贪吃的狐狸。看到食物的时候，他的眼睛亮晶晶的，充满了幸福的神色，这个时候，我也很幸福。

生活并不平静，也许有风雨，也许有波折，但是，只要和我在一起的人是他，那么，我便什么也不害怕。

我们的天雪香铺，我今生的家，在长安大街上，在我们的心中，正式诞生了。

第二章　月下妖花

01 · 飘雪公子

香铺的午后，街上的人变得少了，我懒懒地趴在柜台上，晒着暖暖的阳光（本来这是绝不可能的，但是，在我的理论、月痕的实践下，柜台顶上的砖瓦被一大块玻璃所取代，街上的人绝对看不出来，正所谓既安全又实用），看着门外千年不变的风景，想着晚上该吃些什么。

"江祁风那家伙好像很久都没有来过了。"我无聊地找月痕聊天。

"很想他吗？"月痕斜卧在睡榻上，半眯着眼睛看我。

我挥了挥手："只是觉得奇怪，那家伙自从我们帮他破案后每天都要来蹭饭，可是这段时间都没看见他，难道是被岩松给关起来了？"

"你傻了吗？"月痕很不给面子地奚落我，"以他江祁风的武功，怎么可能被一个小书童关起来，何况那个书童一副忠心耿耿的样子。"

"那到底是怎么回事呢？"我走到月痕身边，拿起桂花糕，入口即化，感觉真好。

"谁知道。"月痕耸耸肩。

舔舔嘴角的余甜，我无意地说道："好奇怪啊，平常觉得他烦，可是好久不见还有一点想念呢。"

"啊,你干什么?"

愣神之中,我已经被月痕压倒在榻上,他低下头,瞳孔慢慢变得银白,对视着我的眼睛:"我告诉你,我们总有一天是要离开的。"

"我知道啊。"我奇怪地看着他,"怎么了?"

"就算你再留恋这里也没有用。"他说了这句后就再也不肯开口,只是直直地看着我。

我想了半晌,恍然大悟:"你该不会是以为我喜欢上江祁风了吧?"

月痕脸色微红,别过头去,对于我猜破他心事这一点仿佛很不好意思。

"这是不可能的,我才没有爱上他。"我认真地看着月痕。

他的头转了过来,眼中满是疑虑。

"是真的。"我直视着他不信任的眼神,"我很清楚这一点,我不是这个时代的人。在这里,只有你和我是一起的。"

"只有我和你是一起的。"他重复着我的话,瞳孔逐渐变黑,脸色也好看多了。

"是啊,我可是你可爱的奴隶呢。"

"可爱?"他斜睨着我,眼中满是不屑,"这个词和你有关系吗?"

"什么?"我火上心头,一把揪住了他的头发,看着他吃痛的表情心中无限开心。

"你这个笨女人,竟然敢拽主人的头发。"他也毫不示弱,伸出双手揪住了我的脸蛋,使劲挤压,我的眼泪都出来了。

"咳咳咳!"我发誓,江家的人绝对都有肺结核,不然怎么那么喜欢咳嗽。

"你怎么来了?"月痕放开我的脸,坐起身来闲适地整了整衣襟。

"怎么,不欢迎吗?"江祁风走过来,帮我把凌乱的头发别至耳后。

月痕一把抢过我,纳入自己的怀中:"看来你很有自知之明啊。"

看见两人一触即发的情景,我的冷汗都流了出来,他们两个倒是没什么,可是,每次吵完后收拾东西的人还是我啊。

一定要转移话题,一定要在他们乱扔东西之前阻止他们,我东张西望,企图找到一点借口。

就在这个时候,我看见了江祁风身后的陌生男人,为了解燃眉之急,我病急乱投医,一把揪住了他的袖子,叫了起来。

"哇,好帅的男人。"晕,我在说些什么啊,就在我悔到肠子都青了的时候,那两个人终于成功地被我的话吸引了注意力。

"哼,没想到你的眼光那么差,跟了我那么久一点长进都没有。"月痕整了整衣袖,鄙视地看着我。

"哎?原来如月你喜欢这一型的啊。"江祁风促狭地看着我,冲我眨了眨眼睛。

我暗暗叫苦,其实我连这个男人是高是矮、是胖是瘦都不知道,只是随口那么一说,万一他是一个超级无敌大丑男,那我的光辉形象还不全给毁了。

"姑娘,你还没抓够吗?"

"啊?"我这才发现我一直抓住别人的衣角不放。

连忙放开他的衣服,我却发现了一个让我晕厥的事实,这个男人居然也穿着一件白色的衣服。江祁风自从那天看见月痕后就再也没有穿过白色的衣服了,大约是意识到了差距,可是,这个男人居然也穿着白色的衣服,天哪,今天我一定会被笑死。

认命地抬头看着眼前的男人,我有了一瞬间的出神,原来,白色,是最适合他的。

眼前的男子,有着白皙的皮肤、坚毅的鼻梁、紧抿的嘴唇,如冰雕般的脸孔,全身上下还带着仿佛来自雪山的清凉气息与绝傲气质。

白色的衣裳穿在他的身上,更衬托了他冷傲的气质,仿佛就是天生为他而制的。

如果说白色穿在月痕身上是妖魅,穿在江祁风身上是阳光,那么,穿在眼前男子的身上,就是冷傲。

"咳咳咳、咳咳咳!"

"江祁风,你抽风啊?"我回过身,瞪着江祁风,这家伙真的被岩松传染了吗?

可是,我看到的是江祁风无辜的眼神和月痕尴尬的神色。

我指着月痕:"该不会是你在咳嗽吧?"

看见他发青的脸色和别扭的神情,我知道,又猜中了。

"呵呵,怪不得呢,我就说嘛,真不愧是我家月痕,连咳嗽都是那么地英明神武、气宇不凡,呵呵。"这个时候,已经顾不上面子了,我把不要脸的资质发挥到了极致,只求晚上别再劳动了。

"这还差不多。"呵呵,这单纯的家伙最吃这一套了。

"祁风,差不多了吧,我没有多余的时间可以浪费。"冰山公子开口了,仿佛对

第二章 月下妖花

· 049 ·

我的行为相当鄙视。

"哦,好。"江祁风转过身给我们介绍着,"这位是温染雪温公子,染雪,这两位就是我跟你说的月公子和水姑娘。"

"温染雪?好奇怪的名字。"温柔和冰冷,完全不相符的两个词语,居然在这个冰山面瘫男的身上得到了统一。

看到他一脸讶异的神情,江祁风捧腹大笑起来:"染雪啊染雪,我们的名号在这里可是完全行不通的,尤其在这位水姑娘的眼里,我们恐怕连王二麻子都不如。"

"王二麻子何许人也?"温染雪面容稍动,好奇地看着江祁风,难道是江湖上最近新出的高手?

"就是如月最爱吃的臭豆腐的出售者啊。"江祁风对着我努努嘴。

"江祁风。"被涮了一道的温染雪剑眉微拧,瞪着江祁风。

"好了,不开玩笑了。"江祁风毫不在意他的注视,耸耸肩随便找了个板凳坐下,"我们谈正事吧。"

"你会有什么正事?只有一堆麻烦而已。"月痕坐到榻上,一脸寒冰地看着他。

不过我倒是很理解他,就是因为江祁风这个大嘴巴,才给我们香铺带来了一大堆麻烦;现在,它倒不像香铺,而像是侦探社了。

江祁风也早就习惯了月痕的冷言冷语,根本就没放在心上,只是看着我说着:"你上次不是问过我,是不是很出名吗?江湖上现在有三大公子,分别是飞絮公子、飘雪公子和剑风公子。"

"不用说,你就是那传说中的剑风公子了?"我看着他,心中充满了鄙视,好好的孩子,叫什么"贱疯",太没有前途了,不过好像有点道理,自从和他混熟了之后,才发现他并不像传说中那么飘然出尘,反而是又无聊又无耻。由此可见,江湖传说并不怎么可信。

江祁风点了点头,丝毫没有意识到我心中的鄙视,指着旁边的冰山男说:"这位就是和我齐名的飘雪公子——温染雪。"

嗯,不错不错,江湖上的人还是有点品味的。飘雪是我最爱听的歌,这个词用在冰山男身上还是很合适的,又飘逸又冰冷。

就在这平常的一天,我认识了传说中的三大公子之一的飘雪公子。现在想想,应该是命运的线将我们几个人联系在一起的。不过,相识,就是一种缘分,所以,我一直对这场相遇心存感激。

02 · 七侠古镇

"你得羊痫风了啊?"看着我摇头晃脑的样子,月痕的脸色又阴沉了下来。

"啊?没有。"我低下头,打死也不再看月痕的脸,太黑了。

"好了,我们说正事吧。"江祁风打破了突然沉闷的气氛。

"到底是什么事啊?"我也好奇地看向他,江湖有名的两大公子还有解决不了的事情吗?

"事情是这样的。"遇到沉默寡言的温染雪,江祁风只好担任起解说员的重任,"最近我们碰到了一起少女失踪事件。"

"少女失踪事件?"刚听完江祁风的解释,我立马跳了起来。

江祁风点了点头:"没错。"

"在哪里发生的?"我皱起眉头,身为女子的我一听到这件事,立刻就按捺不住了。

"就在距离这里不远的七侠镇。"

"七侠镇?"我无知地看着他。这也不能怪我,自从来这里后,我的活动范围也只有长安而已,根本就没有出过远门。

"是啊,最近在那里有一场比武,所以有很多的武林人物都聚集在那里。"江祁风笑着解释。

"比武?武林人物?"江大哥,你赢了,因为你说的这些已经成功地挑起了我的兴趣。

我闪着亮晶晶的眼睛冲到了月痕的面前,蹲下来拼命摇着他的衣袖:"月痕,月痕……"

他俯视着我,眼中闪耀着戏谑的光芒:"很想去吗?"

我猛烈地点头,用几乎是崇拜的目光看着他。

他托着下巴,假装考虑地看着我:"怎么办呢?告诉我,我为什么要让你去呢？"

我考虑了一下，立刻开了窍："因为你是我的主人，又是那么伟大高尚，肯定会满足我这个奴隶小小的要求的，对吧？"

果然，月痕的眼睛笑开了花："看在你这么诚恳的份上，我就勉强同意了吧。"

"耶，太好了。"我跳了起来，"那还等什么，我们走吧！"

江祁风笑着点了点头："你们想现在动身就最好，我们走吧。"

"等等。"月痕突然出声喊停。

我看着月痕，他不会这个时候突然反悔了吧！

看着我可怜兮兮的表情，月痕叹了口气："我说，笨月月啊，那个七侠镇怎么说也有数百里，你不会什么东西都不带吧？"

"对哦。"我才想起来这个世界是没有汽车那么快的交通工具的，坐马车的话再怎么快也要好几天的。

"再说了。"他看见我开窍的表情很是开心，"我也要收拾一下我的化妆品啊，出门好几天，不好好做护理的话，皮肤会起痘痘的，弄不好还会有黑眼圈哦。"

我看着江祁风想笑又不敢笑的表情以及温染雪少有的变色，不禁觉得，有这么一个主人，也是——挺丢脸的。

"哇，祁风，我们坐的是你家的豪华马车吗？"我一坐进马车中，立刻感到了有钱人的力量。这辆马车和上次接我们至江府的略有不同，大约是因为要走长途，马车内部很宽广，角落里还放着几床被子。

"那当然，你怎么知道的啊？"江祁风摇头晃脑地得意着。

我撇撇嘴："看看里面那夸张的设计，就知道肯定是你的手笔。"江小弟有一个坏习惯，就是生怕别人不知道他有钱，所以家中的一切用品都是金雕玉饰的。我承认，确实是很好看啦，可是，这样做，在我们这些穷人的心里留下了巨大的伤痕。

江祁风的脸一下子就垮了下来："是吗？"

看着他如霜打茄子般的表情，我于心不忍："不是啦，仔细一看，还是很好看的。"

"是吗？"他的头马上抬了起来，再次露出了那得意的表情，"我就知道，这辆马车可是我亲手设计的哦，你猜猜看，有什么玄机？"

总不至于是会突然跳出几个裸男吧？我心不在焉地看着马车，对于他的创意实在是没什么信心。

"是有隔层吧？"一直沉默着的温染雪开口了。

我惊奇地看到江祁风闭上了嘴，脸上第一次露出了嫉妒的表情。

"真是什么事都瞒不过你。"江祁风讪讪地说着，顺手拉开了身后的隔层。

"哇。"我一下子提起了兴趣，里面虽然没有传说中的美男，但是，有我热爱的桂花糕和其他零食。

江祁风把那些东西一股脑地丢在了我的怀里："怎么样？不错吧？"

我用力点了点头："是啊，是啊，很不错。"

旁边的月痕的头已经整个地掉了下来，当然，是被我怀里的食物吸引的。于是，在江湖两大公子的面前，我和月痕又爆发了一场争食大战，直到我们快拆了整个马车，直到江祁风跪下求我们不要毁了他的辛苦成果，直到温染雪拔出了手里的剑、考虑要不要用武力来阻止我们的时候，我们才停了下来。不过，江祁风和温染雪丝毫没有得意的表情，因为他们气馁地发现，我们停下来，是因为所有的食物都被我们吃光了。

五天的路程，是那么丰富多彩，当然，这是在我和月痕不懈的努力下，不过，那两位公子好像不是很开心，难道是因为我们把所有的东西都给吃完了？

到了七侠镇，我才发现三大公子在江湖中是多么有名，从下马车的第一刻起我就深刻地感受到了这一点。

马车是直接停在七侠镇最大的旅馆"武林客栈"门前的。刚刚停下，客栈的掌柜就带着笑脸迎了上来，告诉我们已经预备下了最好的房间。

跟着掌柜走进旅店，我抽空问了一下江祁风："我们还没停车，他怎么知道是我们啊？"

江祁风很得意地说道："那当然是因为我独特的设计咯。"

原来这厮把江府的标志挂在了马的头上，当然，又是金子做的。可怜的马儿啊，头上顶着这么大一牌牌，都快要压傻了。

一进旅馆，所有人的目光都集中到了我们的身上，具体来说，是集中在我旁边的三个男人身上，江祁风和温染雪就不必说了，月痕更是顶着一张祸国殃民的脸孔，几乎客栈里所有女人爱慕的目光都投射在他们的身上。

"那位公子是谁啊？好像不是三大公子之一。"

"不知道,不过既然是和那两位在一起,必定也是了不起的人物。"

"就是,不过他长得还真是英俊呢。"

"他们身后的那个女人是谁啊?"

"谁知道,说不定是谁的小妾。"

"比武这样的大事都跟了过来,真是不要脸,不识大局。"

我晕,都是陌生人,为什么待遇差别就这么大。我一眼看去,发出议论的几乎都是客栈里的女人,而男人们都只是举着酒杯,或是用嫉妒的目光扫视着那三个男人,或是用审视的目光扫视着我。

我不禁长了一片鸡皮疙瘩。月痕仿佛是注意到了我的不适,靠近了我一点,拉住了我的手。感受到他温暖的体温和身上淡淡的清香,我的精神不由一振,给了他一个感激的目光。

那一刻,我没有在乎周围的目光,也没有在乎旁边的流言飞语,只知道,月痕在我身边,他会保护我,我很安心。

直到多年之后,我仍然无法忘记,那一天,所感受到的温暖。

03 · 迭罗之花

"武林客栈"果然不愧是金字招牌,大门看起来宏伟大方,内部也建设得相当精巧。我们住的地方在最偏僻的东角,风生水起,环境幽静,连佣人都是专门的。

"江公子,温公子,这就是特地为你们准备的东来院。"

东来院,紫气东来?好大的口气啊,不过习武之人,最重要的恐怕就是心境和环境了,由此看来,这座院子确实相当适合他们居住。

"好大的院子啊,好多的房间啊。"一踏进院子,我除了这两句话什么都说不出来了。

江祁风看着大叫的我,轻笑出声:"是啊,这么多的房间,我们可以一天住一间。"

"何止？"我摇了摇食指，感叹他想象力的低下，"我们可以上半夜住一间，下半夜再住一间，早上起来再住一间。"

"不错不错，就这么办好了。"江祁风大笑起来。

"我决定了。"我举起手臂，"等我将来有钱了，要造一堆房子，我住一间拆一间，呵呵，看谁比我拽。"

月痕哭笑不得地看着我："你还是不要糟蹋祖国的土地和建材了。"

真是没有幽默感的狐狸精，我叹了一口气，决定和他绝交五分钟。

在院中逛了半天，我发现他们三人已经在长亭中坐好休息了。

"好啊，你们背着我偷偷吃好东西。"我一把抓起梅花馅包子，大饱口福。

月痕看都没看我一眼，用力对付着眼前的烧鸡，还不忘挖苦我一番："貌似是有人先不顾义气地跑去玩了吧？"

我想了半天，实在是找不到回他的话，只好不和他计较，转头看向两人："这次那个飞絮公子会来吗？也是和你们住在一起吗？"

温染雪沉默不语，对我的孤陋寡闻早已习惯，还是江祁风人比较好，回答了我的疑问："他为帮心上人求药，远走关外，现在还没赶回来呢。"

"哎？真的吗？真是一个好男人呢。"没想到在这个世界还能碰到杨过型的好男人，我不禁提起了兴趣。

江祁风点了点头："江湖上是这么传言的。"

"传言？你不知道吗？"我看着江祁风，不可思议地说道。

江祁风浅笑着："他一向深居简出，我和染雪都和他不熟，所以对他的事情也知之甚少。"

"这样啊。"我点点头，不死心地继续追问道，"那他是怎样的一个人呢？"

"我们也只见过他几次，不足以知道。"温染雪少有地开口了，"不过江湖传言，他是一个相当温柔的男子，对所有人都很谦逊有礼。"

"这是不可能的吧？"

温染雪第一次深刻地凝视着我，问出了心中的疑问："为什么？"

我轻轻一笑："因为，一个人就算脾气再好，也会有讨厌的人啊，不可能对每个人都那么好。能这么做的，要么是傻子，要么就是个懦夫，但是，江湖有名的飞絮公子必然不会是两者之一。"

"所以呢？"温染雪提起了兴趣。

我深吸了一口气："所以，唯一的可能就是，他在作假，传说中的飞絮公子是一个虚伪的人。"

"哈哈哈哈！"江祁风笑了起来，"痛快痛快，第一次听到有人说柳白絮是个虚伪的人，我想那家伙恐怕做梦也想不到吧。"

温染雪的嘴角也露出了些微的笑容，虽然转瞬即逝，但被我敏捷地捕捉到了。那是我一生中所见到的最美丽的笑容之一，仿佛冰山上的阳光，短暂而永恒，华丽而温暖。

"不过说真的，我平时看那家伙的时候也很不顺眼呢，总是笑着，让人不寒而栗。"江祁风托着下巴，若有所思地说着。

我拍了拍他的肩膀："该不会是你看人家长得比你帅，嫉妒人家吧？"

江祁风自恋地甩了甩头发："少来，我这张脸，古今少有，到哪儿去找比我还好看的男人。"

我摇摇头，无奈地打击着他："不好意思，据我所知，这里就有两个。"

"什么？"

"哈哈哈哈。"

水如月的实践证明，无聊的时候找几个笨蛋来消遣，绝对是最佳的放松方法。

在路上的时候，我和月痕光顾着抢食，没有时间听他们直接说案情，这就导致了我们来到这里之后要恶补知识。

"这么说，那些少女都是在来到七侠镇之后才失踪的了？"我听完大致案情，提出了心中的疑问。

江祁风点了点头："可以这么说。"

"那她们的失踪有什么共同点吗？你们凭什么断定是同一个人做的？"

江祁风赞赏地看了我一眼："第一，她们都是在夜晚失踪的；第二，失踪的时候她们都没有挣扎和叫喊；第三，也是最重要的一点，在她们失踪的现场，都发现了这个。"

他从长袖中掏出了一朵花，一朵黑色的花，散发着浓郁的香气，但那香气仿佛包含着淡淡的血腥味，给我一种奢靡到毁灭的感觉。

"这是什么？"我看着它，"我从来没听说过黑色的花。"

"这是迭罗花。"月痕不知什么时候抬起了头，注视着江祁风手中的花朵。

江祁风的脸上露出惊喜的表情:"我就知道,找你们是对的,怎么样?有什么线索吗?"

月痕深深地看了他一眼:"你是希望知道一切,还是希望找回失踪的少女?"

江祁风的脸上露出不解的表情:"这两者有什么区别吗?"

月痕点点头:"有,如果你希望找回少女的话,就什么都别问,让我们来做;如果你非要问它的来历的话,那么,我们不会再管这件事情。"

和江祁风一样,我也吃了一惊,但是,我知道,月痕这么说绝对有他的原因,所以我转过头,忽略了江祁风求救的眼神。

"好。"出乎所有人的意料,温染雪干脆地答应了,"我们可以答应,但是,你必须在五日后,也就是比武之期之前,解决事件;否则,你就必须告诉我们所有的事情。"

我看向月痕,又看向温染雪,他仿佛知道我要说什么似的摇了摇头:"没有商量的余地。"

"好。"月痕也干脆地答应了,"不过,在我们调查期间,你们不得跟踪我们,还要给予我们所需要的一切东西。"

"成交。"温染雪答应了月痕的条件,随即站起身,走出长亭,"那我就拭目以待了。"

江祁风看了看我们,又看了看温染雪,最终决定随他而去。

"你们要小心啊,需要帮忙的话就尽管说。"临走时他还不忘丢下一句。

"知道了。"我笑着答应了,不忍让他担心。

随后,我和月痕就陷入了长久的沉默,他不说话,我也没说。

终于,他打破了沉默:"你不问我吗?"

我笑着摇了摇头:"其实你不说,我也猜到了几分。"

"哦?"他眨眨眼睛,有些惊奇地看着我。

"不要小看我。"我不爽地回了他一个白眼,"在你提出不要他们帮忙的时候,我就猜到了,这不是人做的吧?"

月痕笑着摇了摇头:"女人啊,还是不要这么聪明的好。"

"这么说我猜对了是吗?"忽略他的遗憾口气,我问道。

他点了点头,给了我一个肯定的答案:"没错,从我看到迭罗花的那一刻起我就知道这件事不是人做的。迭罗之花,不是人间之花。"

的确，它不是人间之花，那种残忍又华丽的美丽，不是人间应该有的。

也是从那天起，我知道，外表越美丽的事物，往往越残忍，就如那深邃如夜的迭罗花，其实染满了鲜血一样。

04 · 迷乱之林

"迭罗之花，是地狱之花，充满了罪恶的气息。""但是，在人间的月圆之夜，结合少女的鲜血，可以让妖怪得到巨大的力量。"

我听着月痕的话，不禁微微颤抖，这美丽的花儿居然沾染那么多的罪恶。

"这么说，那些少女现在还活着啰？"

月痕点了点头："可以这么说，但是，如果我们不能在月圆之夜之前找到她们的话，她们就死定了。"

"今天是初十。"我掰起手指算起来，"月圆之夜，是五日后？"

月痕点了点头："没错。"

我无奈地笑笑："看来，我们的时间很紧张了，温染雪还真是算得清楚呢。"

月痕浅笑："那位温姓公子确实是人中龙凤。"

"哎？你该不会是暗恋他吧？"我看着月痕额上因听到这话冒出的"井"字，更加得意地说道，"原来你喜欢这个类型的啊，哈哈哈哈。"

就在我得意地大笑的时候，月痕的嘴角突然露出了邪恶的笑容，我心知不妙，连忙想逃，可是，已经晚了。

这只臭狐狸起身向前，单手抓住了我的下巴，那张美丽得让人嫉妒的脸孔与我的脸相距甚近，我似乎能感觉到他的气息喷在我的脸上，淡淡的苹果清香，可恶的狐狸，吃了那么多烧鸡，居然还是那么香。

"你，你要干什么？"我没面子地发现自己已经紧张到结巴了。

他看着我惊慌失措的样子，笑得更加邪恶："证明啊。"

"证明，证明什么？"

"证明我喜欢的不是男人啊。"

看着他的脸越贴越近,我的身体也越绷越紧。"啊——",终于,不在沉默中爆发,就在沉默中灭亡。

咦?狐狸怎么不见了?

"臭女人,你居然敢踩我的脸。"

我愣愣地看向脚下,才发现,刚才我的爆发,把月痕推倒在地上,随后的一跳,又正好踩在了他的脸上。

"啊?对不起,你没事吧?"我连忙扶起他,拿起衣袖开始擦他脸上的脚印。

"水如月。"月痕的眼睛眯了起来。

"哎呀,我又不是故意的,你不要那么小气嘛;再说,是你自己先要靠过来的。"

"你还敢找理由?"

"啊,救命,不要掐我的脸。"

我的前半生,在梦中都没有想到,有一天会和一只狐狸精一起旅行,还会在长亭中和他打得不亦乐乎,浑身上下脏兮兮的。

可是,事实就是事实,既然它发生了,那么,我们只有接受。

"月痕,现在我们该怎么办?"

现在,我们已经换了干净的衣服,大摇大摆地在七侠镇最豪华的客栈的雅间中吃着早饭,钱?当然是江祁风这个冤大头来付啰。

"什么怎么办?"

"咳咳咳、咳咳咳!"我一下子被包子卡住了喉咙,该死的江祁风,一定是被你传染了。

月痕伸出手拍着我的后背:"又没有人跟你抢,你吃得那么急干什么?"

我使劲地咽下包子,瞪着他:"还不是你的错,你该不会忘了吧,你答应温染雪会在五日内破案的。"

他笑着拍了拍我的头:"你以为我是你吗?"

什么意思?我也不健忘啊。

"那现在你想怎么做呢?"我努力忽略了他的鄙视口气。

他笑了笑:"你仿佛忘了我的真实身份了。"

我撇了撇嘴:"怎么可能忘嘛,你不就是一狐狸——精?"

看到我若有所思的表情,他笑了起来,指了指自己的鼻子。

"那我们赶快吧?"我一下从椅子上跳了起来,拉起他朝门口冲去。

他坐在椅子上稳如泰山:"干什么?"

我急躁地看着他:"你还用说?找江祁风帮忙,找些失踪女子的衣物啊。"

"你是说说这个吗?"月痕自袖中抽出了一条手绢,扔到了我怀中。

"这是什么?"我看着手绢,好香的味道,但是,不是月痕身上的味道,"这是?你什么时候弄到的啊。"

他轻佻地笑了笑:"在某人半夜流口水的时候出去弄到的。"

"这么说你已经找到那妖怪的所在了?"

月痕轻轻地点了点头:"没错。"

"那为什么不救人呢?"我不解地看着他。

"因为,现在救不了。"月痕举起桌上的茶盅,轻轻地抿了一口。

"那什么时候可以救?"

"月圆前一天。"

"出来吧!"

"啊?又被发现了?"

月痕这家伙说什么都不肯让我和他一起去救人,不过,脚长在我自己的身上,所以,呵呵,该走还是走。

"不是说过让你乖乖待在家里吗?"月痕皱着眉,脸色少有的严肃。

我举起手:"我只是怕那么多女孩你不好救,我可以帮忙嘛。"

他看了我一会儿,叹了口气:"就算叫你回去你也不会听的对不对?"

我点点头:"不愧是我的主人,这么了解我。"

"如果,你真的是我的奴隶那就好了。"他转过身,低语着。

"什么?"我问道。

"没什么。"他背对着我,"想跟来就快点,时间不等人。"

看到他少有的认真的神色,我也懂事地没有插科打诨,只是听着他的指挥,听话地跟在他的身后。

不久之后,我们的面前出现了一座树林,郁郁葱葱,如传说中精灵所居住的国度。

"想不到这七侠镇附近还有这么美丽的地方。"我看着树林,浅浅笑着。

月痕戏谑地看着我:"所以才有些笨蛋死不瞑目。"

"什么意思?"我看着他,不懂得他话中的意思。

他将手放在空中,蓦然停住了,仿佛接触到了什么东西:"结界,幻灭。"

突然之间,我眼前的景色转变了,浓密的树林消失了,出现在我面前的是一个巨大的山洞,风吹入其中,传来低低的回声,仿佛猛兽的低吼声。

"这是什么?"我指着山洞,无比惊诧。

月痕轻轻一笑:"猛兽的住所啊。"

"那刚才的树林呢?"

"那是一种幻术结界,如果你那么走进去,最后的结果,就是走到妖怪的嘴边,然后——"他没有继续说下去,只是似笑非笑地看着我。

美丽的树林,它的真实却是妖怪的陷阱。我无法想象,当那些被美丽所吸引的人,走到妖怪的嘴边的时候,该是何等绝望的表情。我只知道,月痕在我身边,他一定不会让我有事的。

所以,我鼓起勇气,一路跟随着他,绝不放开他的手。

05·禁忌之咒

漆黑的山洞中,太阳都仿佛被驱逐了,我磕磕碰碰地跟着月痕,一个不小心,一头撞到了他的后背上。

"啊——对不起。"我撑起身体,连忙道歉。

"原来你的眼睛是长在背后的。"嘲讽的声音再次传来,哎?这么近?

我抬起头,月痕不知什么时候已经转了过来,所以我是直接撞到了他的胸前。

"这也不是我的错啊,我又不是你,在黑暗中又看不清楚。"我勇敢地回视,虽然我并看不清他的脸在什么地方。

月痕轻叹了一口气:"真是个麻烦精。"

"我要真的是麻烦精还好了,起码也算得上精的水平了。"我嘟着嘴,不满地嘀咕。

他俯身抱起了我:"是啊,'精'大小姐,现在我们要赶快了。"

知道情势紧急的我,没有挣扎地接受了他的决定,我可不是不懂事只会害羞的小女生,分得清轻重缓急;而且,被人抱着走总比自己走路省力;何况,抱着自己的还是个帅哥。

越接近山洞的深处,血腥味也更加浓郁,空气越为阴冷,我不禁往月痕的怀中缩了缩,寻求温暖。

月痕仿佛意识到了什么似的,更加用力地拥紧了我:"冷吗?"

"还好。"已经到了面对犯人的时候了,我不想加重月痕的负担。

他仿佛知道我的心意,轻声对我说着:"现在能看到了吗?"

我抬眼看去,山洞的最深处有一些红色的光华,勉强能使我看清山洞。

我点点头:"嗯。"

他放下我,脱下身上的外衣,披在了我的身上:"现在听我说,前面有两条路,妖怪就在洞的深处,被抓的女子应该在左边那条路的尽头的石室中。"

"是要我去救那些女子吗?"我看着他。

他点点头:"没错,决斗时妖怪可能拿她们当人质,所以你要尽快救走她们。"

我穿上他的外衣:"好,我去。"

他拉住转身的我:"别急。"说完他在我的手中画了一个咒符,"女子可能有很多,你进去后,给她们看这个符咒,她们就会乖乖地跟着你走。"

"嗯,我走了。"我转过身向左边走去。

看着他清瘦的身影,我忍不住又转了回去,跑到了他的身边,从后面抱住了他的身躯。

他的身体一怔,随即,笑声低低地传来:"怎么了?害怕了吗?"

我拼命摇摇头:"你一定要小心,别忘了,你是主人,不可以丢下自己的奴隶不管。"

他愣了一下:"放心吧,在使唤你尽兴之前,我是不会死去的。"

我轻轻捶着他的后背,鼻子有些许哽咽:"谁怕谁啊,你有本事尽管来。"

随即我马上转身,跑向左边的岔道,努力不让自己的眼泪掉落。

石室的门并不难打开，大约是妖怪对自己很有信心，所以并没有锁门。想到这里，我心中的担忧不由又加重了一层。

"不要吃我，不要吃我。"看到我走进去，所有的女子都往后退着，紧紧地靠在了石室的墙上。

"我不是妖怪，是来救你们的。"我走近她们，试图跟她们说清楚。

但是，这些可怜的女子已经受刺激太深，完全不相信我说的话。无奈之下，我只好举起手，让她们看到月痕给我画的符咒。

符咒发出淡蓝色的光华，瞬时之间，所有女子都镇定下来了，怔怔地看着我，一动不动。

"现在，跟我来，我带你们出去。"

我走在前面，带领她们，踏上出洞的旅程，一路上，并没有人来阻止，虽然也有磕碰，但总算平安地把她们送到了外面，我不由得长舒了一口气，可想到还在里面的月痕，我的心不由得又七上八下起来。

"你们。"我抬起手对着女孩们，"在这里等我，我去找人，千万不可以离开，懂了吗？"

她们毫无反应，但我知道，我的命令是绝对的，所以也放心地再次朝山洞中走去。

山洞的深处，红色和蓝色的光华交错，我站在门口，不敢贸然进去，害怕打扰到月痕，影响战局。

不久之后，红光渐渐衰微，逐渐消失，我知道，月痕赢了。

"月痕，你还好吗？"我小心翼翼地走进山洞。

"你怎么来啦？"月痕站在山洞一角，皱起眉头看着我，"不是让你去救那些女子吗？"

我朝着他的方向快步跑了过去："已经都办好了，我担心你有事，所以——"

"什么？你居然把我的祭品都带走了？"一个干涩的嗓音传来。

我转过头去，在山洞的另一角，有着另一个身影，因为他穿着黑色的长袍，所以我刚才没有发现他。

"人类？"我看着他，没有半分妖怪的特征，完完全全是个老人。

月痕点了点头："不过是个羡慕妖怪力量的人类而已，居然做出这种伤天害理的事情。"

黑衣老人干涩地笑了起来:"你当然会这么说,因为你天生就是妖怪,天生就拥有力量,可我天生是个人类,我只是追求自己一直想要的东西,有什么错?"

"你当然错了。"没有等月痕说话,我已经脱口而出,"人类追求自己想要的东西并没有错,可是,如果这种追求是建立在牺牲他人的基础上的,就不对。别人也有追求的权利,你的行为就是剥夺了他们的权利,你又有什么资格?"

他看了我一会儿,突然眼睛定格在我的额头上:"哈哈哈哈,原来是禁忌之咒,怪不得你这么嚣张呢,不出一丝力就得到别人梦寐以求的东西,很得意吧?"

我听了他不知悔改的言辞,顿时气就不打一处来:"妖怪的力量就真的那么重要吗?这世上的东西都是公平的,有得必有失。他们虽然有巨大的力量和永恒的生命,可是伴随着这些的是永久的孤独。人类虽然弱小,但是,我们有友情、亲情、爱情这些宝贵的东西,在我看来,这些东西比什么力量都重要。"

"哈哈哈哈。"他仰头大笑着,"友情?亲情?爱情?可惜,一切都太晚了。"

"迭罗之花,绽放你的美丽吧!"他大声喊着咒语,身体慢慢地雾化,和周围的花朵融为一体。

月痕的脸上露出诧异的神情:"你疯了吗?这样做的话你也会死的。"

"死也要拉上一个妖怪。"黑衣老人大叫着扑了过来。

月痕轻轻躲闪着:"笨蛋,这种力量是打不倒我的。"

"是吗?"我看到他嘴角露出残忍的笑容,身体一转,向我扑来,原来,他的目标,从一开始,就只有我。

我瞪大了眼睛,不敢相信,我的生命,在这里就要结束了。

可是,一切仿佛在一瞬间发生,我的身上发出了一片红光,撞开了他的身躯,他狠狠地摔到了山崖上。

"原来是生死契约,居然和这个女孩共用生命,你疯了吗?"

这是黑衣老人留下的最后的话,在我听来是,因为在我撞开他后,我的意识也慢慢地模糊了。

在我倒地之前,一双充满暖意的手臂接住了我,我摔入一个满是香气的怀抱。

在昏迷的前一秒,我仿佛听到了一个低低的叹息:"如果知道了一切,你会不会恨我?"

06 · 保护契约

"不要,香肠超人,不要追我,啊——"我大叫着跳了起来,却撞上了一个硕大的头颅。

"哎哟。"倒霉的江小弟抱着头蹲到了地上,"如月,你醒了啊?"

我痛得摸着头,好大的一个包:"你是不是想要我刚醒就再睡过去啊?"

江祁风站起身来,委屈地看着我:"我只是想看看你醒了没有,谁知道你会突然醒过来啊。"

我瞪了他一眼,看看四周,确定自己是在东来院的豪华客房之中,长舒了一口气。

"对了,你刚才说的香肠超人是谁啊?"江祁风又凑了过来,"不会就是本案的犯人吧?"

我狂汗,看着他好奇的眼神,无奈地摇摇头:"那个,不是。"

总不能告诉他,我最近吃多了香肠,结果在梦中香肠超人来找我报仇吧?

"那犯人到底是谁啊?"江祁风又凑了过来。

我一把把他推过去:"你自己去问别人吧,我头晕着呢!"

"这也是我感兴趣的地方。"一个冰冷的嗓音在房间里响起,我这才发现,温染雪也在房间里,晕,他还真是有装鬼吓人的天分。

"啊?"我不明所以地看着他,他也有感兴趣的东西吗?

"被救回来的所有女子都失去了被抓后的记忆,完全不知道发生了什么事情。"温染雪举起手中的茶杯,轻尝了一口,转头看向我。

我急忙低下头去,好有穿透力的眼神,我可没有本事当着这样的眼神撒谎:"这个啊,我也不知道呢,你也看到了,我也晕过去了,所以,呵呵呵呵。"

实在说不出话来,我只好以笑来掩饰,心里却想起了那次在妓院中月痕所使用的法术,肯定是那个家伙捣的鬼。

"是这样吗？"温染雪疑惑地看向我，眼中充满了——不信任。

"啊——哈哈哈哈，是啊是啊。"月痕，你个死家伙到哪里去了，我的脸都要抽筋了。

"你发疯了啦，除了笑就不会做别的动作了吗，该不会是被吓傻了吧。"一个戏谑的声音传来，我连忙如同看到救星般的向门口望去，是月痕。

"月痕，你到哪里去了啊？"我看向他，怎么说我也是因为他的失误才晕过去的，他居然看都不看我，太不负责任了。

月痕只是靠在门上，懒洋洋地看着我："忙了那么久，我当然要好好地补补觉咯。"

说完他还爱怜地摸了摸自己的脸，从长袖中掏出了一面镜子："睡眠不好，可是会长黑眼圈的。喂，你们仔细看看我的脸，是不是长痘了？"

我一阵狂汗，额头冒出了汗珠，看向江祁风和温染雪，他们的状况也和我差不多。

"那个，如月，你好好休息，我去给你弄些吃的来。"江祁风这小子，太没有义气了，居然一个人私逃。

"我也有事，你们先聊吧。"晕，居然连温染雪也这样。

看见他们两个几乎是仓皇而逃的背影，我不满地嘟起了嘴："叛徒！"

"怎么样？头还晕吗？"月痕轻轻走到我的床边，摸着我的头。

我伸了个大大的懒腰："除了有点饿之外，完全没问题。"

"是吗？"月痕浅笑着，"果然啊，笨蛋是不会有事的。"

"什么？"我瞪着他，我才刚醒过来而已，他就想让我气得再晕过去吗？

"本来就是嘛。"月痕笑着抚上我的脸，"笨月月，笨月月，不笨，怎么能叫这个名字呢？"

"这样也可以反衬出你的聪明，是吧？"我不给面子地揭露他的真实想法。

"咦？变聪明了嘛。"月痕用另外一只手抚摸着自己的下巴，"果然是和我在一起的关系吧。"

"切。"我转过头，不给他继续炫耀的机会。

忽然脑中灵光一闪，想起了黑衣老人倒下前说过的话，忍不住又转过头看向月痕："月痕，那个老头最后说的话是什么意思，什么是禁忌之咒，什么是生死契约，共用生命是什么意思？还有，我身上发出的红光是什么东西？"

是我的错觉吗？月痕眼中闪过一丝愧疚的光芒，随即又恢复了原状，仿若未被风吹拂过的湖面，平和清澈，没有一丝杂质。

"你问了我这么多问题，想要我先回答哪个呢？"月痕交抱双臂，好整以暇地看着我，嘴角挂着若有若无的微笑。

"一个个地回答。"我严肃地看着他，给了他一个你敢撒谎就死定了的表情。不知为什么，他刚才的眼神在我的心上如一片阴霾般挥之不去。

"好好好。"他颇为轻松地看着我，"首先，我和你订立了契约，在你成为我的奴隶的这段时间里，我当然要保护你的安全，那个契约可以起到这个作用，这个契约在人类心中应该是禁忌吧。"

"第二。"他伸出两个手指，在我的面前晃了晃，"实际上和第一个是一个意思，在你成为我奴隶的时间内，就算受了伤也会很快好起来，因为通过这个契约，我的一部分妖力会转移到你的体内，不过真是一小部分，那个老头会错意了。"

"那么那阵红光就是你的妖力在保护我吗？"我试探地问道。

"不错不错。"月痕哈哈一笑，纤细的手指抚上我的头，"真的变聪明了，就是这个意思。"

"真的是这样吗？"我看向月痕，眼中还有着一丝狐疑。

月痕表情痛苦地捂着胸口："oh，天哪，这是为什么啊，为什么我忠贞的爱护你的心要忍受你的猜测和怀疑的折磨呢？"

"好了好了。"在他说出更多恶心的词语之前，我毅然地阻止了他。

"明白了就好。"月痕优雅地将额前的长发朝后捋去，浅笑着看我，"睡了那么久，饿了吧。走，我们去吃饭。"

看着月痕伸出的手，白皙修长，我用力地搭了上去，不客气地打痛了他。哼，居然比我这个女人的手都要漂亮，不可原谅。

但是，还是算了吧，毕竟，我们现在可是生命共同体，等等，这样说是不是太自恋了，我好像只是一个附加品吧。不过，附加品也是很重要的嘛，就像，蜗牛壳？

"不想了不想了。"甩开那些乱七八糟的念头，"为什么我是蜗牛壳啊？"

头昏脑涨的瞬间，脑海中再次闪现出月痕的目光，那，果然是错觉吧！反正我只是个普通的人类，月痕只是捉弄我玩而已；反正契约也只有五年，五年之后，之后——

突然发现，很讨厌想象五年之后的世界，没有月痕，一个人流浪的世界。

忍不住抬头,看月痕迎着光的背影,日光在他的身上仿佛被过滤了一样,变成了银色的光华,那么晶莹美丽,又是那么——遥远。

我不禁握紧了月痕的手,想要把一切的不确定抛开撕烂,把心中那讨厌的恐惧感丢弃,鼻头渐渐开始发酸。

仿佛感应到了我的情感,月痕虽然没有回头,但却更加用力地反握着我,仿佛在用行动告诉我:

笨蛋,我不会丢下你的。

我吸了吸鼻子,就算,这是我的错觉,就算,他是骗我的,真的,好高兴。

抬头看向月痕,他黑色的长发在风的吹拂下缓缓飘扬,阳光细碎地洒落在上面,闪烁出点点的亮光,仿若黑色绸缎上的宝石,典雅美丽。伸出手握住一缕,我跑上前,走在他的身边,与他并排行走。

即使只有短短五年,月痕,我要和你共同进退,就像这样,陪在你的身边,直到,命运和你将我驱逐的时候。

就算到了那个时候,不管我的心中是恨你还是感激你,我永远也不会忘却,这些陪伴在你身边的日子。

如同悬崖上的花朵,即使每一次回忆起都会将我狠狠摔落,我也愿意,用全部的生命和鲜血去采摘。

07·悠扬之笑

"吃慢点,别像饿鬼似的。"江祁风一边拼命地吃着酱肘子,一面还不忘教训我。

我一把抓起鸡腿,不屑地看着他:"你自己慢点才对,破案出力的又不是你,我饿着呢,别跟我抢。"

"就是就是。"月痕抱着烧鸡埋头大啃,一面还不忘声援我。

就在我摇头晃脑地准备夸奖他的时候,他又冒出了一句:"最累的可是我,你们都不准跟我抢。"

"嘿嘿，那要看你的本事了。"江小弟用迅雷不及掩耳盗铃之势端走了整盘鸡翅，奸笑着看着我们。

"小子，找死。"几乎是异口同声，我和月痕大叫出来，并且同时扑向了他。

一场夺食大战再次开场，两个男人的混乱中，我计上心来，张口就咬，也不管咬到的是食物还是人。

"哎哟，谁咬我？"

"哈哈，小子，活该。哎哟，水如月，你给我等着。"

在宽敞的厢房中，食物、桌椅和人类，不对，还有狐狸精漫天飞舞，如同狂欢节一般，所有人都乐在其中。

"你们全部给我住手。"哎呀，好像不是所有人。

冰冷的嗓音深深地刺激着我的耳膜，我不禁停住了动作，看向声音的来源，不是别人，正是传说中的飘雪公子——温染雪。

不过，现在的他，更像染血公子，他的身上，挂满了原本在盘子中的食物，头顶还顶着被月痕啃过两嘴的烧鸡，嘴角正在微微抽搐，不对，额头也开始抽搐了，哇，已经过渡到全身了。

不好的预感袭上我的心头，我缓缓后退，向门口进军。

"你们想到哪里去？"冰冷的魔音再次袭来。

"没、没有。"我连连摆手，摇着头，生怕一个倒霉被爆扁一顿。

咦，你们？我连忙看向身边，那两个混小子居然先我一步，已经跑到了门口，只剩下我一个人还在屋中呆站着。

"我说，你们啊。"我扭头瞪向他们，狠狠地鄙视着这两个没义气的男人。

两个小人连连摆手眨眼，示意我不要再刺激那个已经暴怒到崩溃边缘的男人了。

但是，好像已经晚了。

"你们——"飘雪公子就是飘雪公子，在如此狼狈的情境下还能从容地取下身上的烧鸡，"居然敢——"

我缩着头，准备迎接这男人的愤怒。

"弄脏我的衣服，不知道白衣服很难洗的吗？"

"没错，没错，确实难洗，月痕的就很难洗。"我赞同地点了点头，但是，等等，这是什么跟什么嘛。

抬起头,一个鸡翅明确地砸中了我,插入了我的发髻中。

我一回头,江祁风的鼻子上插了个大蒜,月痕的脸则被烧鸡亲密接触了。两个人还处在呆痴中,仿佛不相信会被攻击。

我又转过头,罪魁祸首正捧腹大笑着:"哈哈哈哈,你们的样子太丢人了,哈哈哈哈。"

我再次回过头,不顾频繁180度大转弯的头有着断裂的危险,同后面的两个男人交换了眼神,果然是患难见真情。

"三、二、一。"几乎是同时,我们三个潇洒地回敬了温染雪,并且得意地看向他,一副有种你就来的表情。

"你们等着。"温染雪随手捡起了一个盘子,再次开战。

"救命啊,月痕。"

"我如花似玉的脸啊。"

"染雪,我错了,放过我吧。"

喧哗声再次在屋中响起,与刚才不同的是,所有的人都加入了战争,那肆无忌惮的笑声飘扬开来,所有的烦恼都随着这笑声烟消云散。

"这里又没有洗发露,油好难洗啊。"我一面搓着头发一面抱怨着那几个不懂得怜香惜玉的笨蛋。

不过,大家都那么开心地笑着,从来没有过,特别是温染雪,第一次见他起,他就仿若一座冰山,华丽却不能靠近。他用自己出众的气质设立了一座结界,拒绝别人的窥视,也拒绝别人的靠近。

但是,这次却不同,他笑了,发自内心地大笑着,虽然还有些生硬,可是,真高兴啊,大家能一直这么开心多好啊。

"一副思春的表情,在想什么呢?"戏谑的嗓音从梁上悠悠地响起。

我忙抬起头,不出所料,月痕悠闲地坐在上面,居然又在大啃着烧鸡。

"我说,你确定自己不是黄鼠狼吗?"我叉起腰,不客气地指责他。

他的嘴角蓦然勾起,在我意识到不对之前,一根鸡骨头精确地再次插入我好不容易洗净的头发上。

"月痕!"我用低沉的嗓音缓缓地喊出他的名字,明明白白地告诉他,我,现在,很不,爽。

"别生气,别生气。"动作优雅地至梁上飘下,月痕不以为意地扔了样东西给我。

我一把接过,准备砸回去,可它的外壳成功地让我停止了动作:"洗发露?"

月痕点点头:"我可不认为以古代的条件可以洗干净。"

"从哪里弄来的啊?"我惊喜地再次开始洗头。

"从香铺带来的啊!"月痕轻松地耸耸肩。

"什么?"平静已久的火气再次升起,"我怎么从来都不知道。"

"你又没问过我。"

"月痕?"我捧起水,趁他不备狠狠地泼了过去,"你找死。"

第二章 月下妖花

第三章　无头鬼灵

01·冒失丫头

从七侠镇回来也有一个星期了,温染雪因为有事已经回到了他的寒冰山庄,江祁风也因为有事去了江南,偌大的长安仿佛又只剩下我和月痕两个人了。

"哎,月痕,有一点点冷清对吧?"我看向卧榻上的月痕,他也在百无聊赖地吃着点心。

"怎么?想江家小子了?"月痕挑起细眉,微眯着眼睛看着我。

我看出他并无发怒的迹象,于是放心地点了点头:"是啊,前几天大家还在一起玩,今天就只剩下我们两个了,果然是有一点点寂寞啊。"

月痕微叹着走过来,摸上我的头:"笨月月,你要记住,我们总有一天是要离开的,现在就这么不舍得了,那离开的时候你会怎么样呢?"

我抬起头看着月痕:"我知道有些人命中注定是要分开的,但,就因为如此,我才希望,还在一起的时候能开心一些。"

糟糕,眼眶又有些湿润,不知道说的是江祁风还是月痕。

月痕似乎也有些感伤,没有说话,气氛就随着我们二人的沉默而沉寂下来,一时有些让人窒息。

"喂,温染雪是把我们当成朋友了吧?"为了打破现在的僵局,我只好随口找话题。

"嗯。"大约是体会到了我的心思,月痕笑着点了点头,"他大概还从来没有那么开心地笑过吧。"

"有可能。"

"不过。"月痕摸了摸下巴,"那小子疯起来可真的够呛。"

听到他的话,我不禁回想起那天的场景还有江祁风鼻子上的大蒜,忍俊不禁,大笑了起来。

就在这时,一个不速之客打破了我们欢畅的气氛。

"请问,有人在吗?"一个细弱的女声传了进来。

月痕的耳朵抖了抖,随后耸耸肩对我说道:"人在门口,去看看吧。"

我点点头,走到门口,奉献给客人一个一百分的微笑:"你好,请问有什么需要的吗?"

"这个——"来人低垂着头,两只小手在裙上揉搓个不停,仿佛要把衣服揉破。

趁这个机会,我仔细观察了一下她,十五六岁年纪,梳着两个小辫,着淡黄色的外衣,一看就是大户人家丫头的穿着。不过,看她现在局促不安的样子,更像一只刚出壳的绒毛小鸡。

忍住笑,我询问起她来:"姑娘,我们香铺各色商品一应俱全,请问你是要香料、香水,还是别的什么护肤品。"

听到我的话,小姑娘猛地抬起头,连忙摆起手:"不是的,我不是来买东西的。"

"哦?"听到她的话,我不禁一愣,不是来买东西的,难道又是那些乱七八糟的事件?天,饶了我吧。

正准备开口回绝,小鸡已经先我一步开口了:"我听说你们这里会管一些官府不管的事情。"

"官府不管的事情?"我笑着看着她,"官府都管不着的,我们平民百姓又怎么能管呢?"

"不是不是,我不是这个意思。"被我反驳后,小丫头又紧张了起来,"我是说,听说你们会管一些奇怪的事情。"

"奇怪的事情?比如?"我扬起眉毛,学着月痕的样子眯眼看她。

不过好像并没有带来很好的效果,她咬咬唇,说出了一句匪夷所思的话:"比如说,无头鬼。"

"无头鬼？"忍住心中的惊异,我笑着说,"姑娘,你可能弄错了,那是道士和和尚的事情。"

"你们可以的。"听到我的回答,小鸡用她那水汪汪的眼睛坚定地看向我,"我知道,我听江公子说过的。"

"江公子？"听到这句话,我的心凉了一半,那个该死的江祁风,虽然如此,我还是抱着侥幸心理,"请问是哪个江公子？"

"就是剑风大侠江公子啊。"提到江祁风,小丫头的胆子仿佛微微变大了,眼中闪出兴奋的光芒,"上次他和我家少爷聊天的时候我偷听到的,他说你们专门管这些事情。"

江祁风,你给我等着!

咬牙切齿地问候了江祁风全家后,我成功地保持住微笑:"那么,你说的无头鬼是什么意思呢？"

"这个——"小丫头看了看周围,然后期待地看着我。

虽然她的附近并没有一个人,虽然知道让她进去就意味着接受了这个委托,但我的良心还没有狠到让一个小姑娘在门口站着。

没办法,让开一条路:"请进。"

"谢谢。"小姑娘兴高采烈地小跑进去。

看着她无比愉悦的背影,我开始怀疑她是扮猪吃老虎,隐藏在羊皮下的大尾巴狼。

无奈地跟随她进去,什么时候开始,我们香铺的正业不再是卖香料了。

"你又把麻烦带回来了。"刚进门,月痕凉飕飕的嗓音成功地把我钉在了门上。

"呵呵,呵呵呵呵。"我掩饰地笑着,一面努力想着该怎么解释。

"你就是那个人妖男啊。"小丫头的一阵惊呼成功地把我解救了出来。

"你说什么？"月痕的注意力成功地被吸引住了。

真是幸运啊,躲过一劫,但是,等等,人妖男？

一颗巨大的汗珠从我的脑门上滚下,她到底是胆子太大了,还是想早点去投胎？

"是啊,没错,就是江公子说的那个样子。"小丫头激动地跳到月痕面前,从上到下,从左到右仔细地观察后下了结论。

"江祁风?"月痕的眼睛眯得只剩下一条线了,屋中的气温已经降到了零下。

"哇,你们香铺好凉快啊。"小丫头打了个喷嚏,完全没有注意到月痕的不爽。

"人妖男,你们这里放冰块了吗?"

"不要叫我人妖男。"月痕咬着牙齿说道。

"为什么呢?"小丫头歪过头,诧异地说道,"人妖男不是形容男人长得很好看的意思吗?"

"什么?"我和月痕异口同声地叫了出来,"谁告诉你的?"

"江公子啊。"小丫头眨眨眼睛,似乎很诧异我们不知道,"江公子说这位姑娘经常叫他人妖。"

"这个——"这回轮到我无语了,貌似我是那么叫过他,而且他还问过我这是什么意思,当时我的解释是——

巨大的汗珠从我的头上不断地翻滚而下,事情的元凶貌似是我。

"水如月?"知道实情的月痕用那只剩一条缝的眼睛看向我。

"哎呀,哈哈哈哈,开玩笑开玩笑,哈哈哈哈哈哈。"我慌忙掩饰着,"那个,姑娘,你找我们到底有什么事情啊?"

提到她的委托,她的表情立刻严肃了起来,没有再提出人妖的问题,我暂时松了一口气,虽然月痕此刻的目光快把我的后背灼出两个大洞来。

02·花园女鬼

"事情是这样的。"小丫头的身体僵了僵,脖子微微地缩起,"最近,府里经常出现奇怪的事情。"

看到她不自然的表情,我和月痕对视了一下,随即又看向小丫头。

"你们府上?哪个府?"月痕开口了,貌似他也提起了一丝兴趣。

"哦,失礼了。"她现在才发现还没有介绍过自己,"我叫小夭,我们府上,就是长安西城的张氏绸缎庄。"

"就是那个有名的瑞祥绸缎庄吗?"我问道,好像江祁风跟我说过,他和那个府上的公子关系不错。

"没错没错。"小夭拼命地点头。

"然后呢?"月痕不耐烦了,开始追问起她。

小夭沉默了一下,随即艰难地开了口:"最近府上在闹鬼,据看到的人说,那个鬼没有头。"

"没有头?"

"嗯。"小夭点了点头,"实际上,我也看到了。"

"哦?"月痕挑起了眉毛,"说说看。"

"我是服侍我们家大小姐的,那天晚上,我去厨房给小姐端夜宵,可是厨房还没有准备好,于是我就等了一段时间,回去的时候,为了赶时间,我决定走捷径。"

"那个捷径,就是闹鬼的地方吗?"我问道。

"没错。"小夭点了点头,"自从二夫人死了之后,她生前居住的小院就开始闹鬼,本来我也是不信的,所以那天才会从那里插路,可是,可是——"

仿佛回想起了恐怖的东西,她抓紧了裙角,有些颤抖。

"没事没事。"我走到她身边,扶她坐下,递给了她一杯茶水,"大胆地说,现在是白天呢,没什么好怕的。"

"嗯。"她感激地看了我一眼,随即再次开口,"在我经过花园的时候,听到了一阵脚步声。"

"脚步声,鬼不是没有脚后跟的吗?哪里来的脚步声?"我不禁诧异地问道。

月痕斜瞄了我一眼,没有说话,看向小夭:"继续。"

"好的。"小夭点点头,继续说道:"我以为也是府里的下人,于是就回头看去,然后,然后——"

"就看见了没有头的鬼吗?"月痕随手拿起一块糕点,并没有什么诧异。

"是的。不仅如此——"小夭停住了,欲言又止。

"那个鬼还是你们二夫人?"月痕微微一笑,问道。

小夭猛地抬起头:"没错,但是,你怎么知道的,人妖男?"

正为猜测正确而得意的月痕在听见人妖男这几个字后,再次板起了脸:"不许再这么叫我。"

"为什么？你很好看啊。"小夭不知所以地看向他，眼中充满了不解。

看着月痕颜色多变的脸，我抑制住想笑的欲望，走上前帮他解围："小夭，事情是这样的，我们家主人比较害羞，只要听到别人说他好看，就会很不好意思，所以，你以后叫他月公子就好。"

"是这样吗？"小夭询问地看向月痕。

月痕借坡下驴地点点头，给我一个赞许的眼神："没错，就是这样的。"

"哦，月公子真是特别。"小夭终于改了口。

"小夭是吧？"缓和了脸色的月痕再次开口，"我有个问题想要问你。"

"什么？"小夭专注地看着月痕。

"你说过的吧，那个鬼是无头鬼，那么你们怎么确定那就是你们的二夫人呢？"月痕端起点心盘，边吃边问道。

"因为，她身上穿的衣服是二夫人平常穿的，自二夫人死后，那些衣物就一直没人动过。"

"你家二夫人死的时候有什么异常吗？"我也问道，"比如说，有头吗？"

小夭道："二夫人是病逝的，死的时候没有什么不正常的。"

仔细观察她的脸色，发现并没有什么异常，我再次问出了心中的疑问："那个鬼只有晚上才出现吗？"

"没错，而且只是出现在二夫人生前居住的园子里。"

我和月痕对视了一下，他对我微微点头。

"好，小夭，你的委托我们接下了。"

"真的吗？"小夭从椅子上跳了起来。

"嗯。"

"那你们什么时候可以跟我去？"

"随时都可以。"

跟随着小夭从后门进入了张府，我再一次体会到了历史中的盛世王朝，果然不愧是唐朝的国都，一个绸缎庄都这么豪华。

"抱歉，月公子，水小姐，因为委托你们是我们家小姐私下决定的，老爷和公子并不知情，所以无法带你们从正门进入。"看着我东张西望为贫富差距愤愤不平的表情，小夭以为我是因为从后门进入而生气。

"没事,小夭,你不用在意。"我摆摆手示意她不用担心,"怎么说你们也是大户人家,这种事不宜张扬我是懂的。"

"那我就放心了。"小夭松了口气似的拍了拍胸脯。

"哦,到了,请跟我来。"

大户人家都是这样吧,江慕雨这样,张大小姐也是这样,住在这种花团锦簇、层檐叠阁的地方,不寂寞吗?

"这边请。"穿过无数的长廊,小夭终于把我们带到了张大小姐接待我们的厅堂。

"两位请稍候,我去请我家小姐出来。"小夭行了个礼,随后进入了内堂。

"这个张府还真是有钱,小姐的住处都这么宽敞。"我爱不释手地鉴赏着桌上的古董,头也不回地对月痕说道。

"怎么?羡慕了?"月痕轻巧地跳到茶几上,斜看着我。

我摇摇头:"一点也不。"

"哦?"月痕一副诧异的表情,"拜金女也有转性的时候啊。"

我不以为意地耸耸肩,跳到他的身边坐起:"对我来说,不自由毋宁死。"

"不自由毋宁死?水姑娘果然不凡,小女子佩服。"一个悦耳的声音从内堂响起,随着声音的发出,一袭碧波缓缓浮出。

绿色的衣物在她的身上并不俗气,反而展现出大家闺秀的矜持模样,那绿衣在她的身上并不过分鲜艳,反而像沉淀了的江南的春天,轻轻柔柔地飘荡在她的身旁。

绿雪含芳簪简单地将她的头发盘了起来,在她的头上相得益彰,雪白的肌肤,红唇似血,就仿佛雪地里的红玫瑰,翠绿的枝叶,高贵而美丽。

"水姑娘果然如传闻中一样好看。"女人最大的毛病大概就是喜欢互相打量,果然,在我看她的时候,她也在注视着我。

"没有没有,跟你不能比。"我连忙从茶几上跳下来,摆手说着大实话,本来嘛,和她在一起我就像陪衬一样,不过和月痕在一起久了,早就不在意这些了。

"水姑娘真是快人快语。"张大小姐也没有反对我的话,只是掩唇轻笑,手上的链坠发出悦耳的声音。

"湮月见过月公子。"张湮月一个转身,给茶几上的月痕道了个万福。

湮月,我华丽地被吓到了,我是如月,她湮月,要埋没我吗?应该没那么巧吧!

呵呵呵呵。我的嘴角抽搐了几下,究竟是怎样的美貌和自信,连月光也会被湮没。

03 · 暗探张府

"不用客气。"月痕随意地摆了摆手,从茶几上一跃而下,单手搭在我的肩上,"你找我们来就是为了查无头鬼的事情吗?"

张湮月的眼中闪过一丝诧异,随即点了点头:"没错,我正是为了这件事才委托你们的。"

"那把你知道的说出来吧。"月痕一把拉起我坐到椅子上,不客气地自桌上抓起一个苹果。

"我知道了。"张湮月看到月痕的表现,并没有表现出不妥的样子,反而在看他的眼神中增添了几丝敬佩。

我不禁大叹,美女就是这样的,平时被人恭维多了,见到对自己不屑一顾的,总是要格外注意。

"二娘是在上个月初十去世的。"张湮月回想着,"丧礼也办得很顺利,没有出现什么问题。"

她顿了顿,接着说道:"可是,自这个月初五起,园中就开始闹鬼了。"

"那之前是不是发生了什么事?"我问道。

张湮月看了我一眼,点点头:"嗯,这个月初一的家族会议中,父亲决定把兰秀院,也就是二娘住的地方改成染坊。"

"把一个不大的院落改成染坊?"我诧异地问道,以瑞祥绣庄的实力,还需要在家中建一个染坊吗?

"是这样的。"张湮月把我的不解看在眼里,缓缓向我解释道,"家父刚刚争取到为皇室制衣的差事,为了避嫌,所以准备在家里再建一个染坊。"

"原来是这样。"我点了点头,但是,心中还存在着一丝疑问,真的只是这样吗?

"随后就出现了无头鬼吗?"月痕嘴里叼着苹果核,随口问道。

"没错。"张涅月说道,"本来是决定初六动工的,结果在初五的晚上就出现了二娘的鬼魂。"

"哦?"月痕微挑柳眉,"那么是谁第一个看见鬼的?"

"是父亲大人。"张涅月答道,"初五晚上第一个看见鬼的是父亲。"

"哦?"月痕似笑非笑地看着她,"敢问令尊大人是去干什么的?"

张涅月脸色一肃:"父亲与二娘是夫妻,可能是去悼念吧。"

"结果就看见鬼了吗?"月痕耸耸肩,"还真是巧得很呢。"

"月痕。"看见张涅月越来越难看的脸色,我连忙出声制止月痕。

月痕斜过头看了我一眼,听话地闭上了那张气死人不偿命的嘴。

"张小姐。"我看向张涅月,"你既然请我们调查此事,那我们自然不能放过任何可能性,至于令尊第一个看见鬼是否是巧合,也是我们接下来要调查的事情。"

"我明白了。"张涅月的脸色缓和了一些,"我知道的都和你们说了,接下来的事情你们问小夭就可以了,我有些不舒服,先告退了。"

看着她拂袖离去的背影,我叹了口气,略微无奈地看向月痕:"主人大人,这样会讨女孩子厌的哦。"

"是吗?"月痕看向我,眼中充满了狡黠的光华,"为什么我看你还挺开心的?"

"哪有?"我连忙背过头去,这只该死的狐狸精,这都被他看出来了,好嘛,我承认,看他这么能抵抗美女的诱惑,我是很开心啦,不对,不是很,只是一点点,只有一点点的啦。

"两位。"小丫头,不对,是小夭出言打破了我们的旁若无人。

"哦,小夭,能带我们去兰秀院吗?"我提出了第一个要求,要了解案情,最好的莫过于回到原点。

小夭点了点头:"可以是可以,但是——"

又来了,欲言又止的表情再次出现在她的脸上,摆摆手,我直接说道:"有什么问题你可以直说。"

小夭点了点头,脸上露出愧疚的神色:"那个,我请你们来是小姐私下决定的,所以——"

"所以我们不能在宅子里大摇大摆地露面是吧?"我叹了口气,"说吧,是要我们扮成丫头还是下人?"

"那个,我只有丫头的衣服。"小夭低头转着手指头,随即又抬起头看着月痕,不好意思似的说道,"不过你长得那么人妖,应该是没有问题的。"

天,这个小夭真的不懂得人妖的意思吗?那为什么,她每一次都能用得那么准确呢?带着对她的无限佩服,我近距离地欣赏着月痕的变脸大法。

"我不是说过——"重复了无数遍的话再一次从月痕的口中挤出。

"不要叫你人妖,不然你会害羞的是吧?"小夭顺口地接过,"没想到你这么容易害羞,不过你放心,以你的容貌,绝对配得上人妖这个词。"

"小夭,带我们去换衣服吧。"在月痕爆发前,我连忙转移了话题,如果再不阻止的话,恐怕要调查的不是闹鬼事件,而是张府全府神秘死亡事件了。

"好。"

边换衣服,我边听小夭诉说着府中的大致情形。

张老爷张奇凡的父母亲都已经去世,如今张府由他做主,张夫人宋丹青,也就是张湮月的母亲,除了张湮月外,还有一个儿子张昊日,也就是江祁风的朋友,张府的大公子。刑兰秀,也就是张奇凡的小妾,育有一子张仰日,可惜先天不足,是个痴呆,而且在三四岁的时候就死去了。

"你家小少爷的名字是谁取的,大夫人吗?"系上腰带,我整理着发髻。

"水小姐你怎么知道?"帮我系上绸带的小夭倾慕地问道。

"我猜的。"

"好厉害,那你还猜到了什么?"小夭歪着头看着我,一副佩服的神色。

"我还猜到——"微微一笑,我说道,"你家大夫人的家室很显赫,对不对?"

小夭点了点头:"是啊,我家大夫人的表哥就是当朝宰相。可是你是怎么知道的呢?"

"啊,很简单的啊,张府这么大的产业,怎么可能娶一个普通人家的姑娘呢?"

"原来是这样。"小夭点了点头。

"月痕,你好了没?"在小夭再次开口前,我大声叫了月痕的名字,不是存心隐瞒,只是,这件事情还是一团迷雾,在拨开它之前,不想打草惊蛇。

"好了。"随着一声不满的回答,一个白色的身影从屏风后转了出来。

"吧嗒、吧嗒",伴随着两个下巴掉落的声音,我和小夭呆呆地看着她,哦,不对,是他。

原来真的有这种人,再粗糙简单的衣服都不能掩饰那动人的风韵。普通的白色布料在他的身上比什么都要高贵,头发只是用绸带简单地束起,却比任何首饰都更能衬托出他的出尘脱俗。跟他比起来,张湮月只是一株人类刻意栽培的玫瑰,而他,则是在上天的无比恩宠下创造的宝石。

"你真的是好——"

一面呆呆地看着月痕,我也不忘及时地把小夭的嘴堵起来,美人是养眼的,会杀人的美人可就不怎么养眼了。

"看够了没有。"蓦地勾起一抹倾国倾城的微笑,月痕施施然地飘到了我们的面前。

"嗯、嗯。"虽然嘴上这么说道,我却继续发着愣,毫不眨眼地盯着他的脸。

"那,我们出发吧。"月痕的细指抚过我的脸,一把抓起我的手朝门口走去。

"不要小夭给我们带路吗?"我回头看着还保持痴呆状态的小夭。

"用不着了。"月痕不爽地甩甩头,"这里离兰秀院很近,而且那个小丫头只会碍事而已。"

是吗?我看你只是讨厌她叫你人妖而已吧。想是这么想,可是打死我我也决不敢说出口,不然,后果可就严重了。

就在我暗爽到内伤的时候,月痕大人开始问话了:"你是不是发现了什么?"

"嗯。"我点了点头,所以才不方便当着小夭的面说出来,"其实也算不上什么发现,只是觉得那个二夫人也未免太惨了一些,生了个痴呆儿子还死了,随后她也病死了,死了还没多久,居住的屋子就要被改建。这一切,真的很不合情理。"

"还有就是,最重要的一点,为什么是没有头的。"我低头思索着,"是不想别人认出她吗?如果是这样,她就不用穿着过去的衣服,但是——"

一个清脆的声音响起,当然,伴随着我的头痛,月痕干脆地给了我一脑瓜:"笨蛋,本来就笨的脑袋,再这么苦思冥想下去,小心变得更笨。"

"那你是怎么认为的?"想不出答案的我,一手捂着头,求助地看向月痕。

看着我求助的眼神,狐狸精的尾巴都要翘了出来:"依我看,八成是人类弄的鬼。"

"哦?何以见得?"我立刻满足了他的虚荣心,摆出一副好学的样子。

"就像你说的那样,她没有头。"

"你认为?是他人假扮的?"我恍然大悟。

月痕点了点头:"据我所知,要做到这件事,最少都有两种方法。"

"真的吗?哪两种?"我连忙竖起耳朵听着。

"这个嘛。"看着我求知的表情,月痕索性卖起了关子,"先去看看兰秀院再说吧。"

"月痕,告诉我嘛,求求你啦。"一把抓住他的袖子,我一副不达目的决不罢休的表情。

"咦?帅哥?"月痕忽然往我身后一指。

回头的瞬间,我惊呼上当,但花痴的本能让我失去了得到答案的机会,再次回过头的时候,月痕已经走出很远。

"笨月月,我先去了哦。"

"喂,你等等我。"我提起裙角,大步跑了起来。

臭月痕,被我抓到你就死定了,我非要,非要,罚你三天没有鸡肉吃,哼!

04·花园巧遇

"臭月痕,被我抓到你就死定了。"放下裙角趴在石上,我一边喘气,一边不知不觉地把心中所想说了出来。

"你,帮我把这些书搬到书房去。"一阵俊朗的男声传来,不过现在的我已经没有心情看帅哥了,只想快点追上那欠打的月痕。

"快点啊。"又一阵催促声。

我不耐烦地往声音的来源看去,一个年轻帅哥在长廊中也正不耐烦地看着园子中的我,莫非?

我看看四周,没有人,再次看向他,我用手指着自己的鼻子:"我?"

帅哥秀眉一拧:"不是你是我吗?"

看着我呆呆的样子,他又是一声:"快点过来啊。"

"我说——"挽起袖子,正准备教训他要懂得怜香惜玉,突然想起,我现在的身份是张府的丫头,人在屋檐下,不得不低头,我忍,"是。"

极其不情愿地走过去,提起裙角跨过栏杆,我站在了年轻帅哥的面前,抬头看着他:"请问您有什么吩咐?"

刚才火急火燎的他现在却一副悠闲的样子,开始围起我打起了圈圈:"我以前怎么没有见过你?你是服侍谁的?湮月吗?"

听到他的话,我大致可以确定,他就是张府的大公子张昊日了,于是低头行礼道:"回少爷的话,是的。"反正本来就是张湮月请我们来的,要是出了差错,就让她替我们顶好了。

"哦。"他点点头,继续围着我转着圈子。

青色,不仅仅是淡泊的表示,也可以是华贵的表示,至少,在这个男人的身上,是这样的。

青色的丝绸裹在他的身上,就像春初新生的枝丫,充满了生命的力量,给人一种活力的气息,与他身上的气质完全地融合起来,构成了一种豪门的贵气。

他的眉眼不是很深刻,就像是柳枝在水中画出的纹路,但是很清晰;接近他,就像接近阳光,不是很耀眼,却很舒心,像三月的暖阳照耀在身上,整个身心都舒缓了起来。

"我说,你的耳朵是不是有毛病?"错觉,刚才绝对是错觉,这家伙不是三月的暖阳,而是八月的烈日。

抱着敬业的精神,我再忍:"回少爷的话,没有。"

"哦?"他大声地发出疑问,但,我发誓,他的语气中有着浓浓的戏谑的成分。

屏住呼吸,我索性不再开口,这种时候,多说多错,不说不错。

不出所料,我的战术取得了战略性的胜利,不一会儿,他兴趣索然地停止了打圈,站到我的面前,俯视着我:"去,帮我把书搬到书房去。"

我认命地低头搬起书,走了两步,却被他叫住了。

"书房在那边,你不知道吗?"

看着他诧异的表情,我低头答道:"回少爷的话,奴婢刚进府没多久,不认得什么路,不如,找个其他人帮你搬吧。"

"不用了。"他用无情的言语打碎了我逃跑的心思,"我给你带路好了,你跟我来吧。"

在心里问候了他无数遍之后,我无奈地搬起那堆无比高大的书,跟在他的后面，离月痕和兰秀院越来越远。

"少爷，还没到吗？"我吃力地把头从书的后面伸了出来，问着前面浅青色的背影。

"还早着呢。"他头也不回地回答我。

"可是——"我看着路旁的景色，"都走了半个时辰了，而且这个地方我们都已经走过三次了啊。"

走过两次我还可以认为府中有相似的地方，可是，这已经是第三次了，难道他也迷路了？

"是吗？我怎么没看出来，继续吧，就快到了。"欠揍的声音从前方传来，但是，却有着无法掩盖的笑意。

混蛋，敢耍我，你姑奶奶我不和你玩了。

大把的火气冲头而出，我一把丢掉手中的书，满眼冒火地看向张昊日："那就请少爷自己去吧。"

扔下这句话，我回头就走，发誓再也不和这个没有风度的小人搭腔。

"你站住。"

谁会理你？不理他的我继续前进着。

"我叫你站住。"

继续忽视中。

"你——"

"站住。"

就在这句话的间隔中，一本书精确地砸中了我的头，掉落在我的脚边。

我的手渐渐地捏紧，回头看向他。

"我看你还敢不敢——"本来得意的神色在看到我脸色的瞬间变得局促不安起来，"不理——"

"不理什么？"我捡起地上的书，慢慢地走近他。

他在我的逼视下不断后退："不理——我。"

"哦？"我学着月痕的样子高高地扬起眉毛，露出一个微笑，"那，现在我就如你所愿，好好地理你。"

"那个，不用客气——"自卫的本能让他摇起了头。

"太晚了。"对他露出一个自以为完美的微笑，我扑了上去，用手中的书仔细地问候了他那张肤质极好的俊脸。

"哎哟,你居然敢打我的脸。"

"臭丫头,小心我把你赶出去。"

"大姐,我错了,放过我吧。"

"真的,我错了,我再也不敢了,不要再打我的脸了。"

"要不,你换个别的地方打打?"

抗议无效,辩驳无效,请求无效,在驳回了他无数个要求后,在发泄完心中所有的不满后,我心满意足地停下手,欣赏我半个时辰的劳动成果。

"不错,不错。"我不顾他的反抗捧起了他那张被我改造过的大饼脸,"现在要顺眼多了。"

"你,你到底是谁?"他一手捂着脸,眯起眼看着我。

"你家的丫头啊。"我叉起腰,满意地看着他。

"胡说,丫头怎么会有这么大的胆子。"

"怎么?丫头就没有脾气吗?丫头就不是人吗?就注定要受你们这些所谓的主子的欺负吗?还是说,你出生在富贵家庭就这么了不起吗?"我的脸色肃然起来,这个年代最讨厌的就是这种无聊的封建制度,想到这里,我不禁无比感谢社会主义制度,最起码,不用受这种窝囊气。

"我——我又没有这么说。"看见我再次变脸,他的语气又软了起来。

"很好。"我点了点头,"记住,以后不可以欺负丫头了。"

"知道了。"他呆呆地点点头,完全屈服在我具有震撼力的气势下。

"很好。"说完,我转头就走,丢下他和一地凌乱的书籍。

"喂,你到哪儿去?"他在后面大叫道。

本来已经不想和他打交道了,但是,在这个节骨眼上,我突然有了一个不幸的发现,那就是——我迷路了。

"喂。"我无奈地转过头去,"你,能不能带我去湮月院啊。"不能告诉他我要去兰秀院,只好先回到湮月院了,叹了口气,我向他提出了要求。

"没问题。"他答应得倒是很爽快,让我不禁怀疑起他有阴谋。

于是,在他的面前捏了捏手指,我开始发出威胁的警告语:"我说,你最好不要耍花样哦。"

"不会不会。"他举起双手保证着。

"那堆书怎么办？"走了几步,我回头看着案发现场。

张昊日随意地摆摆手："没关系,待会儿叫几个下人来收拾就是。"

话音刚落,看到我鄙视的眼神,自尊心受挫的他连忙改口："我是说,待会儿我自己来收拾。"

"这还差不多。"

"喂,大姐,你叫什么名字？"

"你今年多大了？"

"婚配没有？"

"什么时候进府的？"

……

天哪,怎么会有一个男人这么啰唆,接下来的一段时间中,我不胜其烦,无数次地想把他当场掐死,或是把他的舌头拔出来喂狗。

拼命抑制住自己想杀人的欲望,好不容易熬到了目的地,我冷冷地看向他："到这里就可以了,你回去吧。"

"哦。"看到我冰冷的眼神,本来还想说话的他识时务地闭上了嘴,转头往回走去,背影看起来无比孤独。

"等一下。"看着他无比委屈的模样,我心中有了一点点犯罪感。

"什么什么？"听到我的叫声,他无比开心地回过头,"是不是要我陪你进去啊。"

"不是。"我无情地打破了他的幻想。

"哦。"他再次可怜兮兮地撇撇嘴,"那有什么事啊？"

"你的脸。"我指了指他的脸,"回去用鸡蛋敷一下,消肿会比较快。"

"知道了。"不知道是不是会错了意,他一副欢欣鼓舞的样子,"你不用担心,我很快就会和以前一样英俊的。"

"知道了知道了,你快点去敷吧。"头痛到极点的我,捂住自己的额头,不住地摆手让他消失。

他的心情瞬间变得很好,蹦蹦跳跳地走了几步,回过头："等我敷好了再来找你,等着我啊。"

这个家伙,是有受虐倾向吗？无语地望向苍天,我翻翻白眼。

"糟了,月痕一定等了很久了。"蓦然发现,月痕已经被我遗忘很久了,要是他发起火来,后果真的很严重,啊,真是头痛啊。

再次提起裙角,我大步向兰秀院跑去,老天爷,你告诉我,今天难道是世界马拉松日吗?

05 · 兰秀小院

不同于其他院子的富丽堂皇,兰秀小院给人一种典雅的气息,这位二夫人虽然出身不显赫,但是品味并不低俗。

院中种满了兰花,远远望去,就是一片蓝色的海洋,而那所居住的小屋,就像是海洋中的一艘小船。

"很漂亮,是吧?"

往院中看去,月痕站在一片兰花丛中朝我说话,微风袭过,带起片片花瓣,拂过他乌黑的长发、白皙的脸庞和淡粉的嘴唇,浓浓的花香和他身上淡雅的体香交融,此刻的他,像花精多于像狐狸精。

"嗯,确实很漂亮。"我呆呆地看向他,完全没有顾及自己的形象,不过,自从认识他之后,我就没有什么形象可言了。

看着我花痴的样子,他颇为优雅地叹了口气,走到我的身边,伸出食指弹弹我的额头:"你的口水流出来了。"

"哦。"我伸出手往嘴上擦了擦,眼睛还是一眨不眨地盯着他。

"怎么会这么久?"被我盯得得意扬扬的月痕还是没有忘记我让他久等的事情,真是只超小气的妖精。

"这个——"经他一提,我不禁想起刚才的白痴公子,只好敷衍地笑笑,"我迷路了。"

"迷路?"月痕挑高了柳眉,哇,果然原版的就是不一样,威慑力十足。

"是啊是啊。"我连忙点头,总不能告诉他,我和一个傻小子在逛花园吧。

月痕低下头,在我的身上闻了闻,脸上有着薄薄的怒意:"迷路了怎么会有男人的味道?"

狐狸的鼻子都是这么灵的吗?

"就是因为迷路了,所以我找了个府中的下人问路,大概就是那个时候染上的味道吧。"我眨着眼睛继续编瞎话。

"那个人一定很久没洗过澡了吧。"月痕直视着我的眼睛,"不然,怎么可能只是问问路,就染上了这么浓烈的味道。"

"哈哈哈哈。"我嘴角抽搐地拍了拍月痕的肩膀,"果然不愧是主人大人,真是聪明,那个下人的确很臭,问路的时候我都差点被熏死了。"

张小公子,对不起了啊,为了我的生命安全,你就牺牲一下吧,大不了我过几天烧纸给你啊。

"是吗?"月痕的嘴角勾起了那经典的似笑非笑的神情。

"嗯嗯嗯。"我拼命地转移着话题,"对了,你在这里有什么发现?"

"有一点。"月痕的声音传来,我心中松了一口气,总算是过了这一关。

可是,他的下一句话,又再次把我打入了谷底:"先把这件事了结,回去之后,我再跟你慢慢算账。"

"能不能放过我?"我可怜兮兮地看着他,眼中冒出了晶亮的液体。

"你说呢?"轻轻地掰了掰手,指头发出清脆的响声,月痕的脸上露出令我毛骨悚然的神情。

"我知道了。"死心地低下头,在心中再次问候了张小公子的全家后,我彻底地认了命。

"小夭,能不能带我们去看看张老爷和张夫人。"在兰秀院逛了一圈之后,我们回到了湮月院,顺便找小夭帮个小忙。

"为什么?"小夭奇怪地看着我们。

"没什么。只是想调查一点事情,可以吗?"我回答道。

小夭没有多问地点了点头:"可以是可以,待会儿我要帮小姐送些新绣图过去,你们可以跟我一起去,不过千万不可乱说话哦。"

"放心吧。"我爽快地答应了,"我们绝对不会捣乱的。"

"那就没问题了。"

跟随小天走了大约二十多分钟,就到达了张府议事的地方,这是一个很大的厅堂,布局很简单,屋中摆放着一张红木大桌,围绕着大桌的是十几张红木大椅,并不奢华,丝毫看不出是丝绸大户议事的地方。

此刻坐在正中间的应该就是张家的老爷了,看到他的第一眼,我被他单薄的身体震住了,一个如此瘦弱的人在主持着整个张府吗?

问题随后得到了解决,整间屋子中只有一个女子,她坐在张老爷的旁边,不会错的,那就是出身名门的张府大夫人宋丹青。四十多岁的样子,身材容貌保养得都很好,只是面目太过严肃,给人一种不怒而威的感觉,作为男人可能会有一番作为,可是,作为女人,太死板了,怪不得张老爷会纳邢兰秀为妾,这样的女人,怕是不会太有趣。

"小天见过老爷。"

"什么事?"听到张奇凡开口,我微微皱眉,如此虚弱的声线,应该静养才对,怎么会跑来主持什么会议。

"回老爷的话,小姐新近完成了几幅绣图,让我拿来给老爷夫人看看。"小天说完,示意我们把绣图送上去。

"湮月真不愧是我的女儿,这次我们争取到为皇室制衣的差事,她也出了不少力。"接过我们手中的绣图,张夫人对自己的女儿倒是不吝称赞。

"那都是托老爷和夫人的福。"旁边的月痕突然接上一句。

我惊愕地看向他,死狐狸转性了?他却正在和张老爷对视着,不一会儿,转过头来,对我诡异地一笑。

"啊?是你?"一个熟悉的声线传了过来。

我的头上冒出了一粒汗珠,白痴公子,他居然也在这里。

旁边的月痕听到这句话,看看张昊日又看看我,瞳孔微微收缩,银色的光华在其中隐隐闪烁——发怒的先兆。

"你是新进府的丫头吗?"张夫人的注意力完全转移到了月痕的身上,并且随着她的问话,全屋人的视线大多转到了月痕的身上,只有那个不怕死的张小弟在死死地盯着我。

"回夫人的话,是的。"月痕微微点头,举手投足间尽是难以言喻的风情,只听得屋中一片吸气声。

"叫什么名字?"

"回夫人的话,奴婢名叫小月。"月痕浅浅一笑,红唇白齿,宛若玫瑰含雪。

看到月痕的表现,宋丹青眉头一皱,看向我们身后的小天:"跟你说过多少遍了,绣图是重要的东西,不要随便交给刚进府的人,你把我的话当耳边风吗?"

身后的小天连忙跪下:"奴婢一时疏忽忘记了,请夫人饶命。"

看着小天的可怜样,我的内疚之情泛滥起来,也开口求起了情:"夫人,您千万别怪小天,今天湮月院的下人都有事,小天姐姐实在找不到人,我们才求她带我们来的,求您就原谅她这一回吧。"

"你又是谁?"张大夫人的火气成功地被引到了我的身上,被她的目光盯上,我的身上顿时一片火热。

"回夫人的话,我叫小水。"哎,月痕叫了小月,我也只能叫小水了,真是难听,月痕,你要补偿我。

"小水?小月?水性杨花,一听就不是什么好名字。"听到我的名字,张夫人的火气越发地大了起来。

什么?名字也有错,我彻底地对这个刁难人的夫人无语了。

"夫人,议事要紧,我看就放过她们吧。"一直沉默的张老爷发话了,阿弥陀佛,你替我们求情我是很高兴啦,但是拜托你还是注意自己的身体吧,不要边说话边那么喘气,要是喘死了说不定我还得给你哭丧陪葬呢。

"下人有错当然要处置,不然我们凭什么打理整个张府。"女人发起火来还真是恐怖,此刻的张夫人丝毫没有给丈夫面子,一心想着要处置我们。

"母亲,父亲的话没错,议事要紧,一两个下人的事还是待会儿再说吧。"关键时刻,还是张小弟,不对,是张大哥见义勇为,挺身而出,"而且绣图不是也平安地送过来了吗?我看不如大事化小小事化无,放过她们吧。"

张夫人的目光终于从我的身上移开,看向张昊日,我暗自松了口气,好炽烈的目光,仿佛要把我给燃尽。

忍不住看向身边的月痕,跟他分享劫后余生的喜悦。他却正注视着张昊日,眼中充满了不善的神色,注意到我的注视后,转头看向我,脸上不再是似笑非笑的表情,而是浓浓的怒意,昭示着我,水如月,你死定了。

"既然昊日这么说,我就暂且放过你们了,小天,把她们两个给我关进柴房,等我稍后发落。"张夫人终于发号施令。

"是。"小天连忙从地上爬了起来,一把揪住我们往屋外揪去。

屋中人的目光跟随我们离去的身影,各有千秋,张老爷是茫然的目光,张夫人是愤怒、嫉妒的神色,其余男人是色欲的目光。当然,这些全都是冲着月痕去的,在他的身边,我只能当个小小的陪衬,虽然不甘心,但也无可奈何。

我看向旁边的月痕,他的目光正紧紧地锁定着一个人——张昊日,天哪,他不会是gay吧!

再看着张小公子,他正看着我,脸上挂着欠扁的淫荡笑容,仿佛在叫嚣着:"感谢我吧,快点感谢我吧。"

给了他一个超级鄙视的眼神,我再次看向身边的月痕,他居然还在看着张昊日,一排汗珠从我的额头涌下,难道我的身边就没有正常一点的人存在吗?

虽然有些混乱,但在众人的眼神当中,我暗暗体会到了一些事情,也许,那就是打开无头鬼之谜的重要钥匙。

06·离别誓言

"小夭,真是对不起了。"走进柴房,我还忙着跟她道歉。

小夭连忙摆了摆手:"没事没事,我们当下人的都已经习惯了,但是水姑娘,你们是我家请来查案的,关在这里真的可以吗?"

呜呜呜呜,真是个好姑娘啊,这种时候还想着放我们走。

"没事,我们是自愿的,对吧,月痕?"我回头笑着对月痕说。

"哼。"小气的狐狸精听到我的话后,索性背对着我坐下,打定主意不再理睬我。

"哎"我长叹了一口气,打起精神笑着对小夭说,"我们没事的,你先忙你的去吧,要是有需要的话我们会叫你的。"

"那好吧。"仿佛看到了我和月痕之间的不正常,小夭也没有多说,转身走了。

看着小夭离去的背影,我忍不住再次叹了口气:"哎——"

接下来的任务比张府的案子还要棘手,这只小气的狐狸精,每次生气都难哄得很,上次是给他讲了一整晚我小时候的糗事,上上次是帮他把衣橱里的衣服全部洗了一遍,上上上次是——

这次不知道他又能想出什么法子来折磨我,该不会,要我劈光柴房里的所有木柴吧?

想到这里,我不禁又离他远了几步,惹不起我还躲不起吗?

"你躲我干什么？"听到我的脚步声,月痕的耳朵动了动,转过头,怒气冲冲地看着我,"还是说,那么想离开我吗？"

这到底是什么跟什么嘛?

"你不是不理我吗？"听到他的话,我索性更加退后,靠着墙和他瞪视,"和我说话干吗？"

"我——我忘记了。"听到我的抢白,他磨叽半天,冒出了这么一句。

这样——也可以吗?我扶住头,自从认识他以后,我这头痛的毛病就再也没有好过。

忍不住摇摇头,再次抬起头,准备再次和那个不讲理的狐狸精沟通。

抬头的瞬间,我的鼻子却撞了一堵墙,不过,是一堵柔软的墙。

"哎哟。"我捂住鼻子,抬头瞪视月痕,"你想干什么啊？"

两手撑在墙上,低头俯视着我的月痕,邪邪地笑道:"你说呢？"

还用说,准是想把我打一顿咯。

四处查找逃生方法的我,却在突然间发现,月痕,比我高好多好多,撑在墙上的月痕,俯下头看我的月痕,挡住了所有的光线,墙和他之间,仿佛形成了一个世界,而我在世界的中心。

"那个,和解可以吗？"逃生无路的我,摇起了投降的白旗。

"哦？"月痕挑起柳眉,"你想怎么和解？"

"要不,我给你说我的糗事。"

回答是摇头。

"那么,我帮你洗全部的衣服。"

回答还是摇头。

"不然,我给你买下全长安的鸡。"

摇头。

"实在不行,我给你当小狗好了。"无奈之下,我只好抛弃了整个人格。

"不行。"月痕干脆地拒绝了我。

"什么？"我大惊失色,不是吧,他,前几天他还很想在我的脖子上套条狗链的,怎么今天就改变主意了,还是说,他又有更加变态的点子了。

"那你想要什么？"抬头看着他,我的眼中闪现出晶莹的泪花,希望能感动这个硬心肠的白痴。

"很简单,一个誓言。"月痕放开右手,在我的面前伸出一个手指头。

"誓言？什么誓言？"我好奇地看着他,这么大的火只要一个誓言吗？

"你发誓,在我们离开这个地方的时候,不会因为任何原因而要求留下来。"

"就是这个？"我好奇地看向他,这个不是一开始就说好的吗？

"就是这个。"月痕认真地点了点头,表情无比严肃。

"好,我发誓。"怎么样都好,只要他不再生气,即使要我发誓让天上下刀子我都愿意,"要怎么发啊。"

"用你的爱情和幸福发誓。"

越来越莫名其妙了,自从苏文和希隐背叛了我之后,我早就不相信什么爱情了。至于幸福,现在的日子,就够幸福的了,只要月痕不丢下我,我才不会一个人留下呢。

"好,我,水如月,以我的爱情和幸福发誓,在离开的时候,绝对不会因为任何理由而留下来,不然,就会失去全部的爱情和幸福。"

"可以了吧？"发完誓,我抬头看着他。

"嗯。"他默默地点了点头,却没有看出来有多么开心。

"你也真是奇怪,你是我的主人嘛,我不想走,你拖我走就是了,干吗要发这种誓啊。"松了口气的我还不忘埋怨他。

背过去的月痕叹了口气:"如果你真的要留下,我想,我是无法拒绝你的。"

"什么？"

"没什么。"

半晌,他又发出一句:"对不起。"

"你说什么？"

"没什么。"

笨蛋月痕,说话这么小声,我怎么可能听得到,有谁能告诉我,刚才的两句他说的是什么啊!

"那你现在不生气了吧。"解决了大问题之后,心情更是无比轻松。

月痕再次转过头，狠狠地在我的头上砸了一个毛栗："说，刚才的男人是怎么回事？"

"那个啊。"我捂住头笑了笑，"我不是说过我迷路了吗？就是向他问的路。"

"你不是说是向下人问的路吗？"月痕无情地拆穿了我的谎言。

"呵呵，当时我也不知道他是张府的公子啊。"我摸着头，继续撒着弥天大谎，女性的优秀直觉告诉我，如果告诉月痕我和张昊日一起待了一个多时辰，他绝对会翻脸，所以，还是继续行骗吧。

"真的吗？"月痕的眼中满是怀疑。

"当然当然。"我连连点头，"你想啊，这世上不是所有人都像主人您这么有品味，一看就是大人物，像他那样的小混混，他不说我怎么会知道他是张府的大公子呢？"

"那倒也是。"狐狸精自恋的本性救了我一命。

"就是说啊……"我继续发挥着不要脸的精神，把知道的所有褒义词都说了三遍，成功地让月痕的脸上开出了花。

"月痕，你刚才对张老爷和张夫人做了什么？"

转眼间我们在柴房已经被关了几个时辰，窗外的太阳早已西下，我从沉沉的午睡中醒来，发现自己正缩坐在月痕的怀里。

看到我醒来，月痕放开抱我的双手，靠着墙伸了个懒腰，随后又伸回继续揽着我的腰："我在邀请他们啊。"

"邀请什么？"我好奇地仰起头看着他。

"邀请他们参加宴会。"月痕的嘴角噙着笑容，"今晚的宴会。"

"哦？"我一下子提起了兴趣，"那我们作为主办人员，应该什么时候出场呢？"

月痕浅笑着拍了拍我的头："也差不多了。"

"那我们走吧。"风风火火的作风让我立刻跳了起来，导致了我的头一片晕眩。

"笨蛋，小心点。"月痕一把扶住我，无奈地摇了摇头。

"那我们走吧。"兴奋地走到门口，我的眼睛亮晶晶，等着看月痕施展传说中的开锁大法。

看着我期待的眼神，骄傲的神色再次展现在月痕的脸上，他慢条斯理地做了几个准备动作，缓缓地走了过来。

"水大姐。"熟悉的声音再次传了过来，打断了月痕的展示过程。

"啊？张昊日。"我不可思议地看向窗外，张小弟正兴奋地对我摇着手，手上的是——钥匙？

"哎，你怎么知道我的名字？"听到我叫他，张小弟又是一阵兴奋。

"哦，我听别人说的。"我随口答着他，不敢看一旁月痕漆黑的脸。

"你看，我来救你了。"张小弟再次摇摇手中的钥匙，"从我姐那儿偷来的，厉害吧。"

"的确，够厉害的。"我摸着头，对于他不懂得出现的时机这一点深感佩服。

"你等着，我给你开门啊。"以为被我夸赞的张小弟蹦蹦跳跳地走到门口，低头捣弄着门锁。

不一会儿，门就被打开了，张昊日一个箭步冲了进来，跑到我的身边："你没事吧？他们没有欺负你吧？有没有挨打？"

"没有，没有，没有。"连续回答了他的问题，我一把抓住旁边月痕的手低头走了出去。

月痕的手在我抓住他的瞬间猛然用力，箍得我生疼，我不解地看向他，他却高高地把头转向另一边。

"那个，小月是吧，你也没事吧？"张昊日看到抓住我手的月痕。

"哼。"面对张昊日的关心，月痕只轻蔑地给了他一个鼻音。

我的头上冒出一粒汗珠，怎么说人家也是主人，还是来救我们的，这也太不给面子了吧。

"不好意思，她被吓坏了。"我连忙替月痕解释着。

张昊日奇怪地看了月痕一眼，脸上倒没有生气的神色："没事，也是我母亲太不讲道理了。"

"没有的事，是我们不懂规矩。"我想起待会儿的宴会，随口敷衍着他。

"那你们现在怎么办？"张昊日看着我们，眼中是温暖的关心。

看着他的神情，我心中有了一丝不忍："我们打算先去躲躲，等风头过了再说。"

张昊日点了点头："也可以，你们先躲一段时间，等母亲的气消了，我再把你们接回来就是。"

"那，我们先走了。"月痕的手握得越来越用力，我也没有心情再和张昊日闲聊下去了，于是慌忙道别，抓住月痕飞奔了出去。

"等一下。"张昊日叫住我,递给我一个钱袋,"这些你先拿着,够你们过几天生活了。"

我看着钱袋,对骗他有了更大的内疚:"这怎么好意思呢?"

"没事。"张昊日一把抓住我空着的手,将钱袋塞了进去。

还没等我说出感谢的语句,月痕已经先出手了,他一把将钱袋夺去,高高地扔了出去,然后抓住我就走,丝毫没有回旋的余地。

可怜的张小弟在原地看着我们的背影,又看看丢在地上的钱袋,一时愣在了那儿。

被月痕拖在身后的我,呆呆地看着他的背影,下午他还好像很喜欢张昊日,怎么晚上就变心了,真是狐狸心海底针啊。

07·鬼灵真身

"月痕,你抓疼我了。"我在月痕的身后大叫着,可他却当做没听到,继续抓着我的手往前走。

连续地被忽视了之后,我索性不再叫唤,疼痛的手也渐渐地开始麻木,没有任何感觉。

低头跟着月痕走的我,却突然撞上了他的后背,怎么突然间停下来,想撞死我吗?

捂着鼻子瞪着他,我打定主意再也不和他说话了。

月亮透过云层照射了下来,透过月光,我看见了月痕脸上的怒色,如同千年的冰霜,万古不化。

这样的他,我不敢直视,他会不会一气之下丢了我?无边的恐惧包裹住了我的心灵,令我更加不敢开口。

"为什么不说话?"他的声音传来,如此冰冷的嗓音,如同刀片般割到我的身上。

"你在生气——"分不清是肯定句还是疑问句,我冒出了一句。

"为什么骗我?"

我抬起头看着他,感觉鼻子渐渐地酸了起来:"我害怕你生气。"

"那你对现在的后果很满意吗?"月痕高高地挑起了眉,不同于平常的戏谑,是真正的愤怒。

"不,不满意。"我害怕地低下头。

"是吗?"月痕冷笑起来,"哼,我看你很高兴嘛。"

笨蛋月痕,你哪只眼睛看见我高兴了啊。

"我没有。"

"没有吗?看来你已经准备好惹怒我,然后离开我留在这里,我没说错吧?"

"我没有。"该死的月痕,你在说什么啊,越说越离谱。

"哼。"又是一声冷哼,把我的怒火高高地挑了起来。

我忍不住再次抬起头,愤怒的目光在接触到他寒冰般的脸庞的瞬间崩溃了,忍耐已久的泪水夺眶而出:"我,我又不是故意的。"

"你哭什么?"月痕的口气不再那么强硬,声线有了明显的慌张。

听到他的问话,我不禁更加伤心,索性蹲到地上大哭起来,也不管会不会有人听到:"呜呜呜呜呜呜,我又不是故意骗你的,跟你说你肯定会生气,所以我才不跟你说的,谁知道张昊日那个混蛋会来救我啊。"

"是这样吗?"月痕的语气中有明显的怀疑。

他的语气让我更加伤心:"这个时候了谁会骗你啊,你这个笨蛋,那么想赶我走吗?好啊,你丢下我好了,你走啊走啊。"

一边叫着,我一边推开月痕的双手,不让它们触碰到我。

"我什么时候说过要赶你走了。"月痕索性也蹲了下来,一把将缩成一团的我抱住,也不管我那没轻没重的手狠狠地砸在他的胸膛上。

"你明明就是要赶我走。"仿佛坐在天平上,月痕的气焰弱了起来,我的气焰瞬间就强盛起来,"下午不是才刚刚发过誓吗?你为什么就那么怀疑我会留下来呢?"

"我——"月痕张了张口,却始终什么都没有说出。

"你你你,你什么你?你就那么不信任我吗?"我抬起头,狠狠地用食指戳着他的额头,"我不是早就说过吗?我们之间有着唯一一个宝贵的契约。

"契约？"月痕目光深沉地看着我。

我撩开刘海，给他看那血红的印记："不就在这儿吗？只要它还存在，我们就永远在一起，不是吗？为什么？为什么不相信我？为什么要我离开？"

"不会的，我不会丢下你的，更不会让你离开的。"月痕的目光在看到印记的瞬间坚定起来，用力抱住我，似乎在发着誓言。

"你发誓。"在他抱住我的瞬间，我的右手做出了个"V"形手势，索性把下午的账连本带利地算回来。

"我发誓。"

"这还差不多。"早知道流泪大作战对月痕这么管用，我早就用这一招了，真是失算了，害我以前吃了那么多的苦，决定了，这以后就是我的杀手锏了。

"喂，月痕。"

"什么？"

"我们是不是该去了结事件了。"虽然月痕的怀里香香的，很舒服，但是一直这么抱着也不是办法吧。

"再等一会儿。"月痕仿佛刚得到玩具的小孩，一旦抓住就不想放手。

"再等下去鬼都跑光了啦。"我用力推开他，告诉他事情的急迫和重要性。

"也是。"月痕想了想，点点头，"还是早点了结把你带回去比较好，免得那个张小子图谋不轨。"

我无语了，真想撬开他的脑瓜看看，里面到底装了些什么东西。

月下的兰秀院，是由于失去了主人的关系吗？气氛一下子由静谧转变为诡异。

一片片随风招展的兰花仿若只只鬼手，在悄无声息之中，抓住任何进入兰秀院的生物，吸吮他们的生气，直到死去。

"哇，真是阴风阵阵啊。"蹲在兰花丛中，我不断地搓着身上的鸡皮疙瘩。

"嗯，是有那么点味道。"月痕笑嘻嘻地蹲在我的旁边，阴暗的环境丝毫没有影响到他。

"你说无头鬼什么时候会出现。"我问月痕，真怕它还没出现，我就被疙瘩给挤死了。

"应该快了吧。"月痕百无聊赖地看了看四周，突然眼神一室，"来了。"

"哪里哪里？"顺着月痕目光的方向，我看了过去。

朦胧的月光下，开始什么都看不到，但过了没一会儿，一个雾蒙蒙的白影出现在我的视野中，月白色的衣裙，飘飘荡荡地披在她的身上，好憔悴的身体。

白影越走越近，我紧张地扯着月痕的衣服，顺着白影的裙角往上看去，她，真的没有头。

"月痕。"我一把抱住月痕，惊异自己的感觉。

"放心，没事。"月痕迅速地抱住我从兰花丛中站了起来，朝白影叫道，"游戏已经结束了。"

白影转了过来，仍旧是没有头颅，我一把拉住月痕："月痕，你确定那是人吗？"

月痕浅浅一笑："我说过了吧，游戏该结束了，张老爷。"

"张奇凡？"我一愣，这个鬼竟是他？

"抓鬼，抓鬼。"

就在这时，一小队人从黑夜处跑了过来，手中拿着火把，把白影，或者说，把张奇凡围在了中间，为首的，正是宋丹青。

"这是怎么回事？"我悄声问着月痕。

月痕微微一笑，凑在我耳朵旁边："没什么，只是给她稍微下了一个暗示而已。"

"什么暗示？"

"今晚无头鬼会出现。"

我的嘴角挂出幸灾乐祸的表情："那你给张奇凡下的是什么？今晚扮成无头鬼出现吗？"

"错了。"月痕微微摇头，"是让他把平常晚上做的事情再做一遍。"

"原来如此。"我点了点头，无比崇拜地看着月痕，这样的话，我们以后出去买东西，就对那些商贩下个暗示，岂不是全部都不用付钱了？

"是谁？"火光中，我和月痕也被完全暴露了，不过此时的月痕和我都已经换回了刚进府时穿的衣物。

"小水？"果然，张夫人只认出了我，"你在这里干什么？"

"来揭露无头鬼的真相。"月痕挡在我的前面，直视着宋丹青的目光。

"你是——小月？"宋丹青看着女变男的月痕，不确定地问道。

"是月痕。"月痕不耐烦地掏了掏耳朵，打定主意不承认自己曾经男扮女装过。

"你们到底是谁？"宋丹青严厉地看着我们，府中的家丁也防备地盯着我们，随时准备着把我们抓去送官。

"母亲,是我请他们来的。"张湮月终于站了出来,拦在我们和张夫人之间。

"请他们来干什么?"宋丹青严厉地看着自己的女儿。

"请他们来调查无头鬼的事情。"即使是张湮月,也不敢直视自己母亲的目光。

"我说过的吧,这是张府的家事,你怎么能找几个外人来管呢?"宋丹青丝毫没有给女儿面子,"何况,家丑不能外扬,你怎么能这么做?"

张湮月看到母亲发怒,连忙跪了下来:"母亲,是女儿的错,但是,为皇室制衣也是当务之急,无头鬼之事一日不解决,染坊便一日不能建成,女儿也是为整个家族着想啊。"

听到张湮月的辩解之辞,张夫人的脸色稍稍好转:"我知道你也是为这个家好,但是,不管怎么样,这件事你做得太鲁莽了。"

"你们够了没有,我们可是很忙的,赶快把事情解决了,让我们好回去吃晚饭。"一向讨厌别人啰唆的月痕毫不客气地打断了她们母女的温情戏。

"你到底是谁?"对待外人,宋丹青可就没有那么客气了,依旧是一副棺材脸。

"'天雪香铺'听说过吧,我们是香铺的主人。"月痕轻轻地拨弄着我的刘海,看也不看她一眼。

"原来你们就是江兄说的人妖男和暴力女,怪不得呢。"一直沉默的张小弟,不开口则已,一开口惊人。

"人妖男?"

"暴力女?"

"江祁风,你死定了。"

看着我们恶狠狠的神情,张昊日一时摸不着头脑:"怎么了?江兄说那是夸奖人的词语啊。"

"谁说的?"我和月痕异口同声地叫了出来。

"江兄说是你们说的。"张昊日更加费解地看着我们。

我和月痕的脑门上同时出现了一颗汗珠,好像,似乎,我是称呼过江祁风人妖,可是,暴力女我没说过啊,难道,月痕?

看着我瞪视的目光,月痕连连摆手,小声地求饶:"那个,我是无意中说的,呵呵,那个,我解释的意思可是褒义词哦,而且,你也乱解释了人妖的意思啊,我们扯平了好不好?"

看着旁边的人看笑话般的兴趣盎然的神色,我暂时压下了怒火,给了月痕一个秋后算账的眼神。

"经过我们的调查,无头鬼的真身,就是——"我用手指着白影,大声叫出让场内所有人惊异的名字,"张奇凡张老爷。"

08·怪由心生

"什么?"

"不可能!"

"老爷是鬼,开玩笑的吧。"

"怪不得这几天晚上都没有看到老爷,原来是这么回事啊。"

听到我说的话,院中的所有人沉默了半晌,随即如一锅粥般的沸腾了。

"肃静。"不愧是大夫人,宋丹青一声低吼就成功地让所有人安静了下来。

"来人,把这两个大放厥词的家伙给我抓起来。"听到她的命令,家丁开始陆续向我们接近。

"什么?"难道我真的要见识唐朝的监狱了吗?

"怎么?想杀人灭口吗?"看着身边围拢的人群,月痕轻蔑地笑笑。

"给我动手。"

几乎是同时,一跃而上的家丁全部飞了出去,整齐地排在宋丹青的面前,如同睡着了一般。

月痕轻轻地拍拍手,示意众人,他已经手下留情了:"你们最好不要挑战我的耐性,不然,我不确定,会不会把你们变成真的鬼。"

听到月痕赤裸裸的威胁,张府的众人脸色均是一变。

看到他们的神情,月痕不屑地笑笑,伸出左手,往兰花地中随手一指,只是一瞬间,刚才还好好存在着的兰花丛就从这个世界上永远地消失了,只剩下淡蓝色的冥火在焦黑的土地上飘扬。

"妖？妖术？"张府的人都后退了一步，用惊异的眼神看着我们。

"没见过世面吗？"我一步踏上去，"这叫武功，武功懂吗？中国功夫。"

我一面解释着，一面示意月痕不要太夸张了，把事情闹大了我们可就没办法在这里混下去了，月痕只是耸耸肩，一副无所谓，此处不留爷自有留爷处的表情。

"你说鬼是父亲，可有什么证据吗？"张湮月愣了半晌，突然冒出了一句。

月痕不屑地看着其他人，随后一指无头的白影："他在那里不就是最好的证据吗？而且，若他不是张老爷，你们的张老爷在哪里呢？"

张府的众人面面相觑，看着他们的表情，我拉了拉月痕的衣袖："你还是跟他们解释清楚吧，不然说不定他们还有什么稀奇古怪的问题呢。"

月痕看着我，点了点头，伸出两只手指："要扮成无头鬼灵并不是什么难事，据我所知，最起码有两种方法。"

"其一。"月痕解释道，"就是在头上蒙上一块黑布，在身上穿上比较明亮的衣服，这样，当他在黑夜中出现的时候，大家的目光就会集中在他的身上，而不会注意甚至忽视他头上的黑布，从而达到他的目的。"

"这是不可能的。"宋丹青听完月痕的解释，冷笑道，一边从家丁手中接过火把，"你们看，根本没有什么黑布。"

月痕看着她的表现，只是不置可否地笑了笑："所以，他用的是第二种方法，因为第一种方法在火光中就会曝光。"

"那到底是什么？"张湮月好奇地问道，看起来比起为父亲的名誉被毁生气，她对月痕的推理秀更加感兴趣。

"他没有脚。"月痕答非所问地说道。

"废话，鬼当然没有脚。"宋丹青不耐烦地说道。

"月痕你是说？"经过他的提示，我恍然大悟，"原来如此，怪不得！"

看到我的表情，月痕满意地摸了摸我的头："你也来秀一下好了。"

"没问题。"给他敬了一个标准的礼，我开始了水如月推理秀，"没有脚的原因也是他没有头的原因。"

"因为，他把头缩进了脖子里。"

"你是说？"张小弟惊异地看着白影，然后再看向我。

我点点头："没错，他的脖子所在的位置放置的是他的头，也就是说，他把头缩进了衣服里。"

"不可能。"张湮月矢口否认,"父亲比二娘还要高,把头缩进去也不可能变矮吧。"

月痕说的时候怎么没看到你反应这么强烈?

暗骂了她几句后,我再次开口,给他们解释起这个大谜题:"这很容易解释,我不是说过了吗?他没有脚,那是因为他把腿折了起来,小腿固定在大腿上,也就是说,他现在是跪着走的。"

"这怎么可能?"张湮月后退了几步,眼神中充满了怀疑。

"没什么不可能啊。"我摇摇头,"我调查过,张老爷年轻的时候练过武,轻功尤佳,做到这种事情应该是轻而易举的。"

"不是吗?"我突然看向一直没有出声也没有动弹的白影,"张奇凡张老爷。"

"哈哈哈哈。"白影蓦地爆出一阵笑声,随后除去了伪装,"你说得没错,游戏结束了。"

看着穿着怪异的张老爷,宋丹青后退了一步,眼中的怀疑变成了现实:"怪不得,怪不得你这几日如此奇怪,到底是为什么?你为什么要这么做?"

张奇凡看着宋丹青,半晌摇了摇头:"丹青啊丹青,我一直盼着你能真心悔过,没想到,到了今日,你居然还会问我到底为什么这么做。"

宋丹青看着与平时不同的夫君,头皮一阵发麻,但仍坚持问道:"我到底做了什么要你这般对待我?"

张奇凡看着死不悔改的宋丹青,再次摇了摇头:"丹青,你我夫妻二十余载,你为我生儿育女,打理张府,我感激你,可是,你千不该万不该,不该害死兰秀。"

"你说我害死了那个贱人?"宋丹青脸色微变,"有什么证据?"

"证据?还要什么证据?"张奇凡自嘲地笑笑,"我和兰秀自小青梅竹马,私定终生,可我太过懦弱,听从家族的安排娶了家境优越的你,兰秀知道后并没有再嫁他人,作为补偿,几年后我娶了兰秀为妾。"

"可是,自从兰秀入府后,你可曾给过她一天好脸色看?不仅如此,在她怀孕的时候,你居然趁我不在,指派她和工人一起干活,接触染料过多导致我们的第一个孩子是个痴儿。"张奇凡越说越激动,仿佛要把几十年的苦水通通地倒出来。

"这样也就算了,可就在兰秀不在家的时候,仰日居然掉入了水井之中,你敢说这和你无关?"

看着张奇凡的质问,宋丹青脸色发青,但仍然不发一词。

"仰日死后,兰秀终日郁郁不乐,生病后又没有得到很好的照顾,最后逝去,可你在她死后还不到一个月,就要把她居住了十几年的兰秀院给改成染坊。你说,你过不过分?"

宋丹青呆呆地看着张奇凡,仿佛从未认识过他,半晌,浅浅地笑了起来:"哈哈哈哈。"

这一声笑,给她平板的脸平增了几分色彩,仿佛变成了另外一个人:"你终于说出来了,这么多年,你,你终于说出来了。"

宋丹青后退几步,突然扯掉了身上的绫罗绸缎,通通地扔到脚下:"你当我心甘情愿吗?我一个书香世家的小姐,因为家族的利益嫁给你,从此弃文从商,帮你打理整个张府,还替你生了一对儿女,本来我也想,就这样过一辈子了。"

"可是,儿子才刚满月,你就迫不及待地娶回了那个女人,你是在我的心上捅刀子啊。"宋丹青捂着自己的心口,"我宋丹青为什么那么辛苦地替你打理生意,怀着孩子还要帮你整理账目,为了那些个绸缎吗?我难道缺那些东西吗?还不是为了我们这个家。"

"你?"听到宋丹青的话,张奇凡惊异地上前一步,想仔细看清这个成亲几十年可自己依然不了解的女人,在她冰冷的脸孔下,也有着火山般的情绪吗?

宋丹青一指戳着张奇凡的胸口:"你说我对她不好,我问你,有几个女人甘心和别人共享自己的夫君?啊?你告诉我?"

"我……"张奇凡张了张口,却不知道该说什么。

"是,那孩子生下来白痴了是我的错,但是,我还没有狠心到去杀一个小孩,你口口声声说我害死了她们母子,我问你,她邢兰秀生病之后我对她做了什么?大夫我没请过?上好的药材我不给她?你天天待在她那里,几年不进我的房门,我可说过一句?若不是我撑着整个张府,你以为,你现在装鬼穿的衣服从哪里来?"

"丹青。"

"我是不对,但是你又何曾对过,这么多年,你可曾对我们母子三人负过责?你,张奇凡,有什么资格对我说这些?"

"母亲。"张湮月终于忍不住,一下子扑在母亲的怀中,大声地哭了起来。

看着混乱的场面,我悄悄地拉拉月痕的袖口:"月痕,我们走吧。"水如月定律——最好不要管别人的家事,因为那会让你里外不是人。

"喂,月痕,你说他们家会怎么样?"月色很美,风也很轻,在这样的环境中散步是很闲适的一件事,尤其是你的同伴还是一位帅哥。

"谁知道。"月痕随口说道,但看到我失意的表情,随即又改了口,"他们终究是一家人,解释清楚了应该不会有什么事情了。"

"真的吗?"听到月痕的话,我立刻恢复了精神,神采奕奕地看着他。

"嗯。"月痕认真地点了点头,"我保证。"

"只要邢兰秀的鬼不会出来捣鬼。"月痕又加上了一句。

"什么意思?"我仰头看着他,"难道,是那些兰花吗?"

月痕点了点头:"嗯,我能感觉得到,那些兰花上,有着刑兰秀的不甘心和怨恨。"

"所以你才烧了它们吗?"一开始我就觉得不对劲,月痕很爱惜花,也是因为这个原因我才成了他的奴隶,他怎么可能随随便便就毁掉那些美丽的花儿呢?原来是这样。

"烧了就没事了吗?"

"差不多吧。"月痕轻轻点点头,"只要,张奇凡的心不再和那些怨恨有共鸣。"

"原来如此,怪由心生——啊。"我陷入了沉思中,所谓的怪到底是些什么呢?这次事件的缘由到底是兰花,还是张奇凡的心。现在的我,还不明白。

"喂,月痕,果然,男人很花心的哦。"沉默了半晌,我又冒出了一句。

"没错哦。"月痕肯定地点了点头,"所以,你千万不能爱上男人哦。"

"嗯。"我点了点头,给了他一个肯定的答案。

旁边的月痕听到我的回答,得意得像捡到了几块金子,尾巴差点冒了出来。

"你怎么了?我变老处女你那么开心吗?"

月痕只是笑眯眯地,没有回答我。

我给了他一个鄙视的眼神,大步向前走去。

"男人很花心,可是男妖精是很痴情的哦。"

"你说什么?"

"没什么。"

难道我的耳朵出问题了吗?最近好像总是出现幻听呢!不过,如果能一直这样生活下去的话,即使五官都不能使用了,即使生命即将终结,只要我的嘴角还能弯起弧度,我也会一直笑着,直到最后,最后的最后。

第四章　寒冰山庄

01·冰山少主

武林中有三大公子,分别是剑风公子、飘雪公子和飞絮公子。

武林中还有三大山庄,分别是天曜山庄、月冥山庄和寒冰山庄。

寒冰山庄有一个堪比冰山的少主人,人称冰山少主。

他,就是——飘雪公子温染雪。

"哈哈哈哈、哈哈哈哈。"我一边大笑着一边叫着月痕,"月痕,你快来看,快来看。"

"什么?"月痕懒洋洋地从卧榻上爬起,向我走近。

我举起手中的《江湖月报》:"你看,这里有介绍温染雪的哦。"

"那有什么好笑的?"月痕伸了个懒腰,用看白痴的目光看着我。

"你看你看。"我一手指着报纸,读了起来,"这个专栏是面向广大女性的,也就是说,介绍的都是江湖十大钻石王老五哦。"

"哦?"月痕稍微提起了一点兴趣,"温染雪他也是?"

"是啊是啊。"我连连点头,"不光是他,江祁风,还有那个什么柳白絮也是哦。你看,这里是说温染雪的:英俊的容貌,冰山般的气质,优越的家室,高超的武艺,广阔的人脉,简直就是所有未嫁女子的选夫标准。"

"这样啊。"月痕也凑过头来,和我一起看了起来。

"还有呢。"我意犹未尽,"这里说的是江祁风,你看,把他夸得,我都好像不认识他了。"

"的确。"月痕点了点头,同意我的看法。

"你说?我要是把他平常的行为给揭露出去,有多少女人会难过得要自杀?"我兴趣盎然地找到了新游戏。

月痕苦笑着摇摇头:"你最好不要。"

"为什么?"我狐疑地看着月痕,平常有这种事他总是第一个赞成的。

"因为——"月痕的脸上突然露出一个大大的笑容,手指向门口,"他就在你的面前。"

"哦。"我点点头继续看着报纸,"什么?"

我猛地放下报纸,看着江祁风似笑非笑的面孔,立刻又把报纸拿了起来遮住脸,硕大的汗珠从我的头上一颗颗地滴了下来。

一把扯下我遮脸的报纸,江祁风从容地把头凑了过来,龇牙咧嘴地说道:"我好像听说某人要揭露出我的真面目?"

"啊?"我装起傻来,"有吗?没有吧。"

"是吗?"看着江祁风不断靠近的脸孔,我开始转移话题,"哦,我说的是温染雪,你听错了,啊哈哈哈哈。"

染雪大哥,对不起你了。

"这样啊。"江祁风听到我的话后退回了原地,脸上露出了和刚才月痕脸上相似的笑容。

"你该不会告诉我,温染雪也在这里吧?"我看着他幸灾乐祸的脸孔,紧张地缩起脖子,难道真的躲得了初一,躲不了十五?

江祁风奖励似的拍了拍我的头,眼睛眯得只剩下一条缝了:"恭喜你,答对了。"

"不至于吧。"我无语地望着苍天,求助地望向江祁风,"告诉我,你是在开玩笑,对吧?"

"抱歉,真的是很不巧。"一阵冷冰冰的嗓音洗涤了我脆弱的心灵。

"温——大哥?"看着门口出现的冰凉的身影,我双手捂住头,已经把自己降成了小弟的身份。

"好久不见了，水姑娘。"

缓缓地走进来，温染雪站在我们的面前，他的脸孔瘦削了，但，这丝毫没有影响到他清俊的面容，让他更加精神起来，而眉心的一点忧愁，几丝微皱，使他更添几分成熟男子的魅力。

"哎呀，不用这么客气了，叫如月就好了。"我笑着拍了拍他的肩膀，掌心在触碰到他的瞬间轻颤，他的身体，好冷。

他的脸孔微震，半晌，嘴角勾出了一抹微笑："嗯，好久不见，如月。"

"咳咳咳咳咳咳。"身后的月痕和江祁风有默契似的大咳起来。

我满脑黑线地转过头："我说，你们都被岩松传染了吗？"

"什么什么？"门口马车上的岩松一听到他的名字，立刻把头探了进来，"什么事啊？"

看着好事的他，又看看屋中的两个无聊男，我摇了摇头："没事，你家公子可能伤风了，有些咳嗽，要你去买些药来。"

"哦，那我马上去。"信以为真的岩松利索地跳下马车，往不远处的药铺跑去。

"对了，良药才苦口，记得买些苦点的药啊。"看着岩松的背影，我不解气地大喊着，全然不理江祁风脸上的黑线。

看到他旁边的月痕笑嘻嘻地落井下石，一向同情弱者的我毅然站了出来："对了，我家月痕也有些被传染了，记得也给他带一份药啊。"

"知道了。"岩松头也不回地大叫着，"我会多买点的。"

"我说，月月，我们真的要吃药吗？"月痕绕着手指，可怜兮兮地看着我。

"哼。"我不领情地看向别处，无视他伪装的天真表情。

接下来的一段时间，两个无耻的小男人不断地哀求着我，我倒是没什么，只是门口无数看了《江湖月报》而聚集到这里的少女的心破碎了，刹那间，香铺门口哀号连片，一幅惨绝人寰的景象。

看着这滑稽的一幕，我忍不住大笑，眼角的余光看着唯一保持形象的温染雪，他，身不动，心亦不动。

疑云从我的心中升起，我冒着被少女的眼光杀害的危险，一把将大门锁上，在月痕和江祁风诧异的目光下，走到温染雪的面前。

"温染雪，出什么事了吗？"

"是这样吗，染雪？"江祁风恢复了严肃的表情，目光直视着温染雪，"怪不得

第四章 寒冰山庄

你今日如此不对劲。"

"对不起。"沉默了半天,温染雪突然开口,"其实,我这次是有事相求。"

"哦?"月痕高高地挑起了眉,但表情并不十分吃惊。

"怪不得你今日刚到就赶到了香铺。"江祁风一副恍然大悟的表情,"我还以为你那么想他们呢。"

"对不起。"温染雪的表情充满了愧疚。

"你又没做什么对不起我们的事情,干吗一直说对不起啊。"我无语地看着他。他,也太客气了吧。

"还不懂吗?"月痕突地冷笑起来,"能让寒冰山庄少庄主、三大公子的温染雪亲自来拜托的,必然是关系到寒冰山庄的大事。"

"然后呢?"我看着月痕,他说的我也知道,可是,这又有什么关系呢?

"寒冰山庄既然是天下三大庄之一,自然在武林中有着举足轻重的地位,这件要求助的事情,想必是对外保密的吧。"说完这句话,月痕似笑非笑地看着温染雪,瞳孔有些微变。

"不错。"温染雪低首答道。

"所以说,我们没有拒绝的权力,是吗?"我接过话茬,镇定自若地看着温染雪,"因为,从你踏入香铺的一瞬间开始,我们都已经牵涉其中了,是吗?"

看着我镇定的神色,温染雪眼中闪过一丝诧异,给了我一个肯定的答案:"不错。"

"那如果我们拒绝呢?"还没等我再次开口,月痕一把拉过我,拦在身后,"你要杀了我们吗?"

虽然看不见月痕的表情,但能感觉得到,他瞬间暴涨的杀气,蔓延了整个香铺,一片寂静中,只能听见自己的心跳,我的心脏仿佛要蹦出来一般。

月痕,你真的要杀了他们吗?

02 ✦ 寒冰山庄

"月痕,不要。"看着剑拔弩张的他们,我大步踏了出来,站到了他们的中间。

"月月,你?"看着我焦急的眼神,月痕的杀气稍稍收敛,但仍防备地看着他们。

在月痕松懈的瞬间,江祁风迅猛地推出了双掌,大喝一声:"我投降。"

"什么?"我深深地被他的没节操打动了。

"哎呀,我现在才知道——"江祁风颇为钦佩地拍了拍月痕的肩膀,"什么是人外有人天外有天,月兄你不出手则已,一出手真是惊人,枉我习了二十年的武艺,在你面前就如不会武功的小孩儿一般,完全使不上了。"

那当然,你才练了二十多年,人家可是练了几千年的老妖怪了。

"我们去吧。"一把拉住月痕的手,我浅笑着看向温染雪。

"如月?"温染雪的目光中,半是诧异,半是感激。

"月痕,我们去吧。"我再次拉拉月痕的手,"反正有人包伙食费,不去白不去,就当去旅游嘛。"

"洗发水,护发素——还有这个也要带。"我大包小包地装着东西,一边考虑着还遗落了哪些东西。

"为什么要答应他呢?"月痕在我身后闷声闷气地开口,并不急于收拾他那一堆堆的保养品。

"月痕。"我转过头去,认真地看着他,"因为他是我们的朋友啊。"

"朋友?"

"嗯。"我点了点头,"你也注意到了吧,他的身上一直没有杀气,就算在你要动手的时候都没有,所以,我要帮他。"

"只是这样吗?"

狠狠地给了他一个爆栗:"你又在胡思乱想些什么啊,他在我心目中,就和江小弟一样,是我们的朋友,仅此而已。"

"我们的朋友吗?"

"嗯。"我用力地点了点头,"还有就是我很在意。"

"在意?"月痕诧异地看着我,"什么?"

"温染雪的功力虽然比起你差远了,但在江湖上也应该是出类拔萃的,连他都感到棘手要求助的事情,难道你没有一点兴趣吗?"

"那倒是。"月痕点了点头,"不过,只怕——"

"又是那个世界的事情吗?"我看着月痕,问道。

"你怎么知道?"

我耸耸肩:"我注意到了,刚进屋的时候,你的鼻子动了一下,而且他说有事相求的时候你并没有很吃惊。"

"原来如此。"月痕浅笑着,摸了摸我的头,"我说过的吧,女人还是不要太聪明了,会找不到好男人的哦。"

"不是你叫我不要爱上男人的吗?"

"也是哦。"月痕摸了摸鼻子,快速地转过身去,"好,开始收拾东西,洁面乳、面膜,哦,还有防晒霜——"

江府的豪华马车上,看着我们大包小包,不对,是月痕大包小包的行李,见怪不怪的两人并没有很吃惊。

"江祁风,你连自家的马车都捐出来了,好大方啊。"我拍着江小弟的肩膀,对他的行为给予嘉奖。

"错了,不是捐出来,我也要去。"江祁风单手拎起我刚抓过糕点的油巴巴的爪子,纠正我的错误。

"你也要去吗?"月痕斜倚车中,惬意地看着他。

江祁风认真地点了点头:"那是自然,我和染雪本来就是好哥们儿嘛,是不是啊?"

温染雪沉默地避开了江祁风伸过去的魔爪,半天才凉飕飕地答道:"我可从来没承认过。"

"呜呜呜,染雪你好冷淡啊。"江祁风咬起我的手绢,一副怨妇的模样。

顿时,车中的人头上一片黑线。

"公子,你怎么了?咳嗽很厉害吗?"岩松适时地冲了回来,"没关系,我这里有熬好的药,快点来喝一口。"

接过岩松手中的药,我不怀好意地向江祁风靠近着:"来,江公子,我来服侍你用药。"

"不要啊。"

"说起来,公子,您的运气还真是好啊,刚好药铺老板也伤风了,听说您病了,他二话不说就拿出了刚熬好的准备自己喝的药,真是够义气啊。"

"我以后再也不要去那家药铺了。"

"哈哈哈哈哈哈。"看着我们乱七八糟的表情和动作,温染雪露出了今天的第一个笑容。

这是,第二次看见他笑吧,不过,没关系,只要和我们在一起,他,一定会展露出更美丽的笑容的,因为,是朋友啊。

第四章 寒冰山庄

"小江,寒冰山庄在哪里啊?"虽然江祁风一直强调要我叫他祁风,但是,还是叫他小江和江小弟比较习惯啊。

"你居然不知道吗?江湖上鼎鼎大名的寒冰山庄?"外面赶着马车的岩松吃惊加鄙视地看着我(本来他是不该来的,但为了他家公子的伤风早日康复,毅然地踢掉马车夫跟了上来)。

江祁风笑笑地答道:"她本来就对这些事情不太在意,我记得最初见到染雪的时候,染雪在她的心中还不如王二麻子出名呢!"

"貌似她开始也不知道什么剑风公子吧!"温染雪凉飕飕地回击道,他吐槽的功夫真是越来越好了,不知道是不是因为和我们在一起的缘故。

"哦,呵呵呵呵。"江祁风无语地摸着后脑勺傻笑着,眼中却充满了邪恶的含义(臭小子,你要是有把柄落到我手里就死定了)。

"寒冰山庄是江湖三大山庄之一。"岩松及时地替他家公子解了围,真不愧是忠仆,"而温公子正是寒冰山庄的少主人。"

"这个我刚才在报纸上看过了。"我点点头,继续问道,"那么那个山庄在哪里呢?"

"在玉壶山上。"温染雪说道,"玉壶山中寒冰庄,鼎剑湖锻冷雪剑。"

看着我一头雾水的样子,江祁风笑道:"这是江湖上流传的关于寒冰山庄的一句话,意思是寒冰山庄隐藏在玉壶山上。"

"那,那个冷雪剑是怎么回事呢?"

"就是这个。"话音刚落,龙吟乍响,一柄剑赫然出现在温染雪的手中,清丽脱俗,淡白透明的色彩,如同初冬降下的雪花。

"这个就是——冷雪剑吗?"

"原来如此。"月痕突然笑出声来。

"怎么了?"我好奇地看着他。

月痕轻轻出手,两指夹住剑尖:"你看,这柄剑原是软剑,缠在他的腰间。"

"这样的啊。"怪不得会突然出现呢。

"但是,一旦这样。"月痕的手突地用力,指尖发出淡蓝色的光华,仿佛与之呼应似的,刹那间,原本颤动的软剑突地静止起来,剑身慢慢变红,不仅如此,它,好像——厚了?

"月兄不愧为人中龙凤。"从月痕动手起没说过话的温染雪突地开口,"能第一眼就看出冷雪的正体并使用它的人,你是第一个。"

耸耸肩,月痕轻轻放开冷雪剑,也在同时,那柄剑恢复了原样:"这也没什么,不过是因为这柄剑有了灵魂而已,灵魂啊,只会屈服于比它更强大的灵魂。"

"灵魂?"

"不对它注入气,它就是普通的锋利的剑,但是一旦注入了气,它就会释放出被封印的灵魂的力量,剑身变为红色,我看,叫它冷血剑似乎更为合适。"月痕浅浅笑道,这江湖闻名的宝剑在他眼中似乎还不如烤鸡有吸引力。

"不过啊。"月痕似笑非笑地看着温染雪,"往剑中注入的气越多,剑本身就会得到更多的力量,这对使用者来说,可不是什么好事哦。"

听了月痕的话,温染雪沉默不语,半天才似有所悟地点了点头:"多谢月兄提醒,在下会小心使用。"

"哦?"月痕挑了挑眉,随后说了一句莫名其妙的话,"出了长安城了吧。"

温染雪嘴角微勾:"最起码,现在用不着。"

话音刚落,他右手已出,掌风震开马车帘门,没入车边的一丛矮树之中。

03 · 半路遇袭

"岩松,停车。"几乎在同时,江祁风下达了命令。

"吁——"岩松拉紧手中的缰绳,两匹训练有素的马适时地停止了脚步,平稳地站立在路中间。

一队黑衣人从树丛中跳出,围成一个圆罩住马车,四方受堵。

江祁风和温染雪跳出马车,分别立在岩松的左右边,剑半出鞘,露出森然的寒气,这种感觉,是杀气吗?

"月痕。"我不知所措地看着月痕。

微微一笑,月痕一把拉我入怀:"我们就在这里,外面交给他们两个对付就可以了。"

"嗯。"相信月痕的我点了点头,但还是担心地看着外面的三人。

"岩松,驾好马车。"江祁风冷冷地下令,眼前的他,很陌生,现在的他是出鞘的锋利宝剑,锐不可当,如果有谁想阻拦他,结局,只有,死。

"是,公子,温公子,你们小心。"岩松握紧缰绳,稳稳地坐在驾驶座上,给我和月痕展现了一个坚定的背影。

月痕微笑,挽起车帘:"不介意我观战吧?"

江祁风微微侧过头:"介意也没用,你还不是会看。"

"聪明。"月痕掩嘴轻笑,眼睛微微眯起,看了一眼车正面的黑衣人。

果不其然,除了看起来是首领的黑衣人之外,其他黑衣人的身影微微颤动,蒙面的黑布上有可疑的液体渗出。

我不禁大为摇头,什么时候了,月痕你还在这里搞什么迷死人不偿命。

看着黑衣人站不稳的情景,江祁风大为感叹:"月兄果然功力深厚。"

晕,这马屁拍得,瞬间,我心中对江小弟的鄙视不由又加深了几分。

"你们是谁派来的?"温染雪左手举剑,横在胸前,直视着为首之人的眼睛。

黑衣首领冷冷地回视着他，眼中没有半分恐惧，不，不仅是恐惧，其他的表情也都没有在这双眼睛中出现，就好像是，人偶？

我抓紧月痕的衣服："月痕，这群人看起来很奇怪。"

月痕低头看着我，展眉一笑："这样啊，和我签订契约的你也看得见啊。"

"那他们？"我疑惑地看着月痕，又看看那群行为木讷的黑衣人。

"开始了。"月痕轻轻环紧我，看戏似的看向外面。

一抬手，为首的黑衣人抢先冲起，其余的人在他的手势下，也都相继跟了上来，妄图采取人海战术。

冷冷一哼，温染雪凌厉的剑气闪过，劈中了最靠近他的人挥刀的手臂，一只发青的手掉落在地上。

捂住嘴的我，在心中大叫出声，这只手，居然在掉落的瞬间变为青色，随后慢慢变黑。而手的主人仿佛根本没有注意到手掉了，也不在意手中有没有武器，继续冲了上来。

"丧尸？"温染雪的脸上第一次对他们露出了惊讶的表情，"居然跟到这里来了？"

"丧尸，那是什么？"江祁风一边挡开砍向他的刀，一面还不忘好奇的本性。

月痕的眼睛微眯："看来，这就是他求助的原因了。"

"月痕，他们是僵尸吗？"从小受电影教育的我，聪慧地一眼就看出了他们的本体，"是吸血鬼，还是唐朝版僵尸道长？"

月痕无奈地捂住额头："很不幸，貌似都不是。"

"啊？"

"先别管他们是什么，这个东西该怎么打啊，就算砍了他的头还是会扑上来。"江祁风在外面对我们不满地大叫，一面还不忘割葱般地割掉面前丧尸的头颅。

"慢慢砍，把他们分尸就可以了。"月痕悠闲地答道，很满意地看着江祁风的白衣上沾满了丧尸那绿色的血液，"不过你最好不要再穿白色的衣服了。"

"还有你也是。"即使剑气如风的温染雪，身上也不免沾染上了点点血迹。

"就没有更好的办法了吗？"江祁风大叫着，大叹倒霉地看着越涌越多的丧尸，这样砍下去，他受得了，他的鼻子都受不了了。

"谁知道呢？"月痕挠了挠耳朵，心不在焉地答道。

"月兄。"温染雪突然出口，"你若是出手，我和祁风这一路上都不会再穿白衣了。"

"你确定？"月痕的眼睛突然亮了起来。

"确定确定,非常确定。"江祁风连忙接道。

所以说,有多少自恋的狐狸精,就有多少拍马屁的白痴。

"嗯,可以考虑了。"月痕松开了抱我的手臂,捏了捏手指,指节间发出清脆的响声。

"到山庄后我请你吃最好的鸡。"晕,温染雪,你什么时候也变得这么没有节操了。

"成交。"月痕精神十足地跳出马车,落到不远处的一片平地上。

"你们,都给我过来。"月痕心满意足地勾了勾手指,仿佛带着魔力似的,所有攻击马车的丧尸开始向他聚集。

"不行,回来。"黑衣首领终于开口,声音干涩如铁锈一般。

"哦？居然还保有一定的意识。"月痕微挑眉,盯着首领。

"我和他们可不一样。"虽然是一起的,但黑衣首领似乎对同伴充满了鄙视的感情。

"看来确实如此。"月痕缓缓伸出右手,蓝色的火焰在手心燃起,"那么,你对于疼痛一定也有很深刻的体验咯。"

"你？"黑衣首领后退一步,仿佛对那火焰存在着畏惧。

"太晚了。"月痕轻轻挥手,火焰落在了首领面前的地上,落地成圈,包围住他。

"刚才你就是这么围住我们的吧,现在自己尝尝滋味吧。"月痕微笑着,与平时的笑容不同,那笑容中包含的是彻底的冷漠。

月痕的话音刚落,靠近地面的火焰蓦地涨到如人高,紧紧地围住首领,却并不急于吞噬他,只是渐渐地靠近他,就如玩弄耗子的猫一样。

"好了,你就先感受一下吧。"月痕转过头,不再看他,似乎笃定他逃不出自己的火焰。

出乎意料,丧尸们在靠近月痕后便不再动弹,只是静静地站在那里,就像静止了上千年的石像般。

"你们差不多可以消失了吧。"

注视着他们,月痕的瞳孔发出淡淡的银光,与之相对的丧尸身上开始流出深绿色的液体,慢慢融化在阳光中,这么说,刚才那个看到月痕的丧尸并不是在流口水？

"如月，他这是什么功夫，只是看着他们，他们就化了。"江祁风一面换着衣服，一面好奇地看着我，那把刚才还在砍杀的沾满了污秽的剑，被他嫌弃地扔了老远。

"你们看不到吗？"难道，只有签订契约的我才能看到月痕眼中的银色光芒吗？

"看到什么？"用外套擦拭剑身的温染雪抬起头问我。

"我是说，看到他那么恐怖的目光。"我东拉西扯，"就是我恐怕都受不了，呵呵呵呵。"

"化剑气于无形，杀人以眼色，没想到，月兄的功力已经高深到了这个地步。"慢慢地将冷雪剑插入腰身，温染雪看月痕的目光中有了些许敬佩。

"的确，真是厉害啊。"江祁风系好腰带，一手推开车厢的暗格，从中掏出了一把剑。

"这把剑？"无论外形还是内涵，都和被他扔的那把一模一样。

"你该不会告诉我，你铸造了无数把一样的剑吧？"我无语地看着江祁风，发现说月痕自恋真是冤枉了他。

"哈哈哈哈。"江祁风毫无愧色地大笑着，"出门在外，难免折损宝剑，所以我就多带了几把，此等好剑，实在是居家旅行、杀人灭口之必备良品，也只有它，才配得上我这个江湖有名的剑风公子，哈哈哈哈。"

我擦了一把头上的汗，决定不再在这个问题上和他纠缠下去，他已经，没救了。

04·继续上路

看着身边的同伙一个个地化为液体，被围住的黑衣首领脸上露出仓皇的神情："你到底是谁？"

"这个嘛。"满意地看着自己的战果，月痕单手挑起一缕长发，"你不配知道。"

"你？"

眯起眼睛，月痕伸出右掌，微微收缩，蓝焰慢慢向中间推进，首领经不住燃烧，发出撕心裂肺的惨叫。

"说，你的主人是谁？"月痕微微张开手掌，让他得到一点喘息的机会。

"呵呵呵呵。"黑衣首领看向月痕，眼中毫不掩饰地露出仇恨的光芒，"主人会替我报仇的，他会让你生不如死的，哈哈哈哈哈。"

"哦？是吗？"月痕柳眉一挑，"我再给你最后一次机会，谁——是你们的主人？"

"他会让你生不如死，生不如死，哈哈哈——"

"是吗？"月痕微微摇头，嘴角勾出残酷的冷笑，"那么，太遗憾了。"

握紧手心，蓝焰最终吞噬了黑衣人，包裹在火焰中的他还妄图向我们靠近，但是，最终放弃了努力，倒在地上，随着火焰挥发在空气中，好像，从未存在过。

"月痕。"我跑上去握住他发出火焰的右手，好热，但还是握紧，那一刻的月痕，是陌生的，仿佛和我之间隔了长长的一条河，跨过河，抓住他，是我下意识的举动，害怕失去吗？

"没事。"月痕握紧我的手，对我浅笑。

太好了，还是平常的月痕，我微微松了一口气。

"那个，是怎么回事啊？"我轻声问他。

"我说过的吧。"月痕重重地弹我的额头，"灵魂，只会屈服于比它更强大的灵魂。"

"不过，他们已经算不上有灵魂了，只是残留着本性而已吧。"月痕冷冷笑着，"他们的主人还真是恶趣味啊。"

"他们的主人——是人类吗？"我微微颤抖，想起迭罗之花时的黑衣老人。

月痕摇了摇头："谁知道呢？有的时候，妖怪比人更接近人类，而有的时候，人类——"

"外表形式并不重要，重要的是灵魂，对吧？"我不由说道。

月痕用惊异的目光看着我，随后伸出左手摸了摸我的头："是哦。"

"那么，你想做人类还是想做妖怪？"他突然问我。

"嗯。"我装做考虑了一下，随后说出答案，"做什么都无所谓。"

"这样吗？"

"嗯。"我点点头，真的是这样啊，做什么都无所谓，我只是想，做接近你的存在而已。

"你们在干什么？"江祁风挥手叫着我们，"该走了哦。"

"来了。"我拉着月痕的手，向马车跑去。

"那个就是寒冰山庄的难题吗？"我坐在飞驰的马车上，心有余悸地看着后方路面上那一摊摊绿色的稀泥。

"没错。"

"看来真是一个大难题啊。"月痕仰头一笑，放松地靠在马车内的软被上。

温染雪看向月痕，眼中是复杂的光芒："看到月兄的出手，我不再认为它是大难题。"

"哦？"月痕掩嘴轻笑，"不过有一点，你要记住。"

"请赐教。"

"虽然我来了，但并不代表我一定帮你。"月痕眼睛一眯，瞳孔中是与玩笑表情不同的严肃。

"这是什么意思啊？"江祁风大叫出声，表达心中的疑问。

"有因才有果。"月痕揽过我，轻轻拨弄我的发丝，"既然你们遭遇了这样的事情，一定有相对的原因，如果——"

"如果错的是寒冰山庄，你便不会出手，是吗？"温染雪问道，紧皱的眉头显示了他现在的心情。

"不错。"月痕点了点头。

"啊？怎么这样？"江祁风坦率地表示自己的不满，"如月，你也说说他嘛。"

我仰头看着月痕，选择了沉默不语。

月痕的表情很认真，有着不容侵犯的严肃。

月痕，你到底发现了什么？

"那个，继续刚才的话题吧。"打破气氛的沉闷，我开始提问，"那句话叫什么来着，'玉壶山中寒冰庄，鼎剑湖锻冷雪剑'是吧？"

"不错。"江祁风配合地答道。

"那么说，玉壶山上还有一个鼎剑湖咯？"

"嗯。"温染雪点了点头，脸上露出向往的神情，"那是我寒冰山庄的圣地，冷雪剑当年就是在那里锻造的，我们山庄历代的庄主也都是在那里进行即位仪式的。"

"真的吗？好想去看啊。"传说中的武林圣地啊，可不是经常能看见的，不去凑热闹怎么行。

"鼎剑湖终年如春，旁边开满了鲜花，我平时总是在那里练剑，有的时候，风会把花瓣吹到我的衣领和袖中，回去一抖，满屋子都是。"提到喜欢的地方，温染雪的表情如同说到秘密基地的小孩子。

"好神奇哦。"听到他说的美好，我不禁向往起来，"是吧？月痕。"

"嗯。"月痕看着我期待的表情，扯起嘴角微微笑着。

他，不开心？

"公子，照这个速度，三天后我们就能赶到玉壶山了。"驾车的岩松回首叫道。

"嗯。"江祁风点点头，对我和月痕说道，"为了快点赶到山庄，我们走的是捷径，不过我们这几天恐怕只能在野外休息了。"

"我看你的表情倒是很开心嘛。"

"还是如月了解我。"江祁风笑着伸伸懒腰，"说起来，我还从来没在野外住宿过呢，好期待啊。"

"你个娇生惯养的大少爷。"我毫不客气地攻击起他。

"那你在野外住过？"江祁风侧起头问我。

"这个——"我挠起脑袋想了半天，"貌似也没有过。"

"谁说没有？"抱住我的月痕突然插话，将下巴磕在我的肩窝上。

"有吗？"我歪头看着他。

"你忘了吗？"月痕有些不满地看着我，"我们第一次见面的时候，你就睡在我的花坛里啊。"

"哦。"我恍然大悟地说道，"我说，你不会一直在旁边看着我吧。"

"是啊。"月痕颇为坦率地点了点头，"不过我从来没有看过睡风像你那么差的，居然还会磨牙，跟老鼠一样。"

"等等，你的意思是，你看着我一个女孩子躺在那里，却只是在旁边看着？"

"嗯。"

"都没有想过把我背进房间？"

"哎？"

"哎什么哎？"我重重地敲了敲月痕的头，"你不知道吗？不懂得怜香惜玉的

第四章 寒冰山庄

男人是没有存在价值的。"

"可是——可是人家看你睡得那么香,实在不忍心打扰你嘛。"月痕转着手指,一副无限委屈的样子。

"哼。"忽视他。

"我说。"从我们开口以来一直沉默的江小弟好学生样子地举起手来,"你们到底是怎么认识的啊?"

"秘密。"和月痕对视一眼,我们同时吐出这个词语。

"好小气啊,说来听听嘛。"

"不要。"

"闪开。"

"公子,你怎么出来了?"

一片喧喧闹闹的环境中,我们开始向寒冰山庄进军,四季如春的鼎剑湖,有灵魂的冷雪剑,还有那些不知来头的丧尸,当然,最牵挂我心的还是月痕与以往不同的认真,这一切,到底是怎么回事?

05 · 到达山庄

经过几个日夜的赶路,我们终于来到了寒冰山庄,说是终于,是因为我们的路途实在是艰难无比,先不说那些丧尸三番五次的骚扰,最主要的还是拜江小弟的无知所致。

比如说:

"小江,这个汤很好喝,你用什么弄的啊?"

"这可是我秘制的蘑菇汤哦,怎么样,好喝吧!"

"等等,这个蘑菇怎么这么鲜艳,该不会?"

"哎哟,我的肚子。"

再比如说:

"岩松，我刚刚找到一个可以栖身的好地方，把马车赶进去吧。"

"是，公子。"

"祁风，这个山洞何以如此寒冷？"

"江祁风，这个是蛇窝啦，快跑。"

此类的状况层出不穷，最后由我建议，温染雪赞同，月痕动手，才用一根麻绳阻止了相关的惨剧再次发生。

"岩松，快点给我松绑。"

"对不起，公子。"岩松满眼的眼泪，"我也想，但是——"

"别说了，我都理解。"江祁风也开始动情。

"我实在不想再拉肚子了。"

"什么？"一个掉下巴的声音华丽地传来。

等到赶到寒冰山庄的时候，除了月痕，我们所有人的脸色都相当不好看，对于这一点，温染雪倒是不怎么诧异。

"月兄不愧是人中龙凤。"

什么跟什么嘛，他一只狐狸精，能有事才怪。

掀开帘布的前一刹那，我解开了江祁风的绳索，并再次警告他不准碰任何食物和做任何决策。

"恭迎少主回庄。"一阵整齐的声音在车外响起。

"嗯。"跳下马车，温染雪对外面迎接的众人点了点头，表情是一如既往的酷。

果然不愧是天下三大庄的架势，门口迎接的人就有近百，一律穿着蓝底白领的袍子，为首的一男一女穿着更是不同。

男子着青衣，三十岁左右，温文尔雅，手持折扇，颇有几分翩翩公子的韵味，只是那满是老茧的手以及毫无破绽的架势展现出他深厚的武功功底。

女子着黑衣，二十出头，冷颜冰目，腰盘长鞭，粗看上去倒是颇像女版的温染雪，不过在我看来，两人气质并不相同，温染雪的冷与生俱来，而她的冷倒有几分伪装的感觉，一个女人在江湖上飘荡，非如此不可吗？

想到这里，我看她的目光倒有了几分同情和怜惜。

似乎注意到了我的目光，她抬起头看我一眼，好犀利的目光，似乎在诉说着"不要多管闲事"，不禁想起月痕的话，心中越是自卑的人外表看起来便越是自信，她，也是这样吗？

"碧涵,庄内这几日如何?"温染雪满意地看着这对男女,那是信任的目光,但却和他看我们的不同,因为其中还包含着距离。

"回少庄主的话,庄内这几日谨遵您的吩咐,闭门等您回来,丧尸的几次强攻也尽被击退。"青衣儒士弯腰答道。

"嗯。"温染雪点点头,看向女子,"玄冰,伤亡情况如何?"

"回少主,共有3名庄内弟子死亡,14名弟子受伤。"黑衣女子低头答道,对温染雪甚是恭敬。

"那些死掉弟子的尸体,你们最好烧掉。"月痕先我一步跳下车,伸手扶我下车。

"他们?"碧涵疑惑地看向温染雪。

温染雪点了点头走到车边,伸出另一只手帮我下车,回头对他说道:"他们是我请来帮忙的。"

"原来如此。"碧涵点了点头,用若有所思的目光看着我和月痕,最后将眼神落在了我的身上。

"还有我呢。"江祁风再次登场添乱。

"原来是剑风公子——江祁风江少侠,失敬失敬。"碧涵恭敬地给江祁风行了个礼,礼数十分周到。

"不必客气了,我和你们家少主是朋友,来帮忙是应该的。"江祁风摆了摆手,拍拍温染雪的肩,一副要帮忙就说话的义气模样。

躲过江祁风的魔爪,温染雪引领我们进入山庄:"玄冰,将那些尸体按照月兄的吩咐烧掉。"

"是。"

"碧涵,给祁风、月兄和如月安排好住处。"

"是,属下这就去安排。"碧涵鞠躬退下,可那如影随形的目光实在弄得我很不舒服。

我禁不住拉紧月痕的手,低声向他说道:"月痕,不如我们先去看看那些受伤的人吧。"

看着我恳求的目光,月痕笑着点点头:"知道了,麻烦精。"

得到他的同意,我叫住温染雪:"那个,温公子,能不能先带我们去看看伤者啊?"

温染雪回头看我,点了点头:"可以。玄冰,我先去拜见父亲,你给他们带路。"

"是。"玄冰深深地看了我们一眼，往旁边的路上一指，"这边请。"

"还有——"走了几步，身后的温染雪突然开口，倒把我吓了一跳。

"什么？"我回头看他。

"叫我染雪就可以了。"他貌似还很不好意思，说完话连忙回头向正厅走去。

"知道了，染雪。"在这一点上，他倒是和江祁风有几分相似，哎，可怜的江小弟，好怀念他当年还会害羞的时光啊。

"喂，你们一个见父亲，一个见伤者，我去哪里啊？"江祁风在岔路口大叫着。

可是回应他的，只有两排越去越远的背影。

"公子，我看我们还是去客房休息吧。"同样被忽视的岩松摇了摇头，替不受欢迎的公子哀悼。

"那，也行，走吧。"甩甩长发，江祁风大摇大摆地带着岩松走开。

"那个，公子，你认识路吗？"岩松停在原地，无语地看着江祁风。

江祁风停住脚步，挠了挠头："那个，貌似，不认识。"

"染雪，染雪，你等等我，别丢下我啊！"

甩掉一头的汗珠，我苦笑着说道："不知道他是怎么混上少侠的名号的。"

月痕摸了摸下巴，替江祁风辩解道："他也只是人不怎么帅，比较容易脱线，武功差了点而已，也没你想的那么差啦。"

"我说，那个，你说的比我想的还要坏也。"

"哦？是吗？"月痕浅浅一笑，"不过，总体说来，人还不错。"

"两位好大的口气啊。"在我们前面一直沉默不语，如冰山般移动的玄冰突然开口，语气竟是呛死人的不屑。

"哪里哪里，"月痕轻轻摇头，"只是实话实说罢了。"

"好一个实话实说。"玄冰冷笑道，"说剑风公子武功不济、浪得虚名，那与他齐名的我家公子又如何？"

"好一个忠心为主的护卫啊，你该不会是喜欢他吧？"看着满面寒霜的玄冰，月痕的语气倒是很轻松，甚至带了几分调笑的味道。

"怎么样？要不要我替你跟你家少主说说？"月痕交抱双臂，表情甚是困扰，"温染雪那小子有哪点好？真是想不出来。"

"你？"

第四章 寒冰山庄

冰山美女原来有着火暴的性子,抽身,后退,执鞭,一连串动作在瞬间完成。

如蛇芯般灵活的鞭节在月痕的身边闪烁,却没有一鞭能打到月痕。准确地说,是每一鞭都在要接近月痕的瞬间,被一股不知名的力量给弹开了。

看着月痕近乎挑衅的表情,玄冰咬紧嘴唇,粉唇顿时失去了血色。

"月痕。"我连忙出口阻止月痕,再这样下去,后果绝对会很严重。

听到我叫他,月痕有一瞬间的分神,就在这一刹那,长鞭突然转变了方向,向我袭来。

"啊——"我连忙抱住头,不敢再看。

这是一朵高傲的玫瑰,只肯为心爱的人绽放,如果你伤害到她的自尊,那么,她会刺伤你,竭尽全力。

06·尸毒作祟

"咦?"居然没有事,身上也没有疼痛的感觉。

抬起头,月痕两指捏住了鞭尖,任玄冰如何拉扯,都无法收回鞭子。

"我警告你。"月痕脸上的寒冷比起她有过之而无不及,"生气找我没关系,如果你伤她一根手指,我会让你后悔终生。"

月痕身上再次散发出压倒性的杀气,玄冰想扔鞭躲开,可是,我却看到,从月痕的手中发出微微的蓝光,通过鞭子延伸到玄冰的手上,将她牢牢地吸在其上,让她放不了也逃不脱。

"月痕。"我大叫出来,走到了两人中间。

掰开月痕的手指,我看着玄冰收回了长鞭,弯腰鞠了个躬:"对不起。"

"如月?"

"你也给我说对不起。"我按住月痕的头,凶巴巴地对他说道,"干吗一来就惹事啊?"

"可是,我是看她瞪你才逗她的,人家也是想替你报仇嘛。"月痕咬着手绢,一脸的哀怨。

晕,刚才他还说江祁风丢脸,现在看来,他和江小弟也差不了多少。

"拜托,你也给我留点面子吧。"我一手捂住头,颇为无语。

"玄姑娘,玄姑娘。"在这僵持的时候,一个寒冰山庄的下人飞奔而来。

"什么事?"冷静地将长鞭挂回腰间,玄冰的脸孔恢复了平常的冷漠,丝毫看不出刚才因力量差距而产生的惶恐。

"受伤的弟子,有几个变成了丧尸,正在发狂——"来人上气不接下气地说道。

没等她说完,玄冰已经越过她朝事发地点跑去:"那里我去解决,你速去通知少主。"

"是。"

"月痕。"看着她远去的背影,我拉拉月痕的衣袖,"我们也去吧。"

"你想帮她?"

"不是帮她,是帮我们自己。那个丧尸是会传染的吧,我可不想住在僵尸窝里。"抚平满手臂的鸡皮疙瘩,我拉起月痕的手追了上去。

刚追随玄冰进入别院,喧闹声便阵阵传来,院子中乱糟糟的,无数弟子围上去又退下来,根本看不清楚情况。

我着急地看向月痕,他点点头,一把抓起我,跳到院中大树的树枝上。

"哇,好高。"我一把抱住树干,稳住摇晃的身体。

身边的月痕坐了下来,伸出手扶住我,一副看好戏的表情。

靠着他坐下来:"你是不是还准备了小吃啊?"

他居然还真的从口袋里掏出了一袋栗子:"吃吗?"

恨恨地看了他一会儿,终于抵不过小吃的诱惑,我一把抓过袋子,不客气地吃了起来。

弟子们围绕的中心便是变成丧尸的受伤弟子,他们浑身已经发青,头发披散,衣服也被自己撕破了,露出绿色的皮肤,眼睛在发狂的状态下渐渐发红,甚是恐怖。

一旁围着他们的弟子因为有前车之鉴,不敢轻易靠近他们,只是围着不让他们踏出别院。

"好奇怪啊,丧尸也有意识吗?"我看着下面的场景,奇怪地问道。

月痕挑起眉梢:"何以见得?"

我手指着院中的丧尸："你看他们,和围截我们的完全不同。"

"怎么个不同法？"

"嗯。"我低头想了想,"真要分的话,围截我们的是有组织地进攻,而现在的这群是无意识地防守。"

"那些攻击我们的丧尸不顾一切地向我们进攻,根本不管自身的安危,可现在的这些好像还有着保护自己的欲望,不敢轻易以身犯险。"我分析着。

月痕满意地点点头,伸手拍拍我的头："孺子可教。"

随手一指,月痕的食指发出淡蓝色的丝线,居然活活地将一个丧尸吊了起来,挂在半空中。

我看着离我两手之隔的丧尸,顿时头皮发麻,怯怯地拉拉月痕的长发："那个,你是什么意思？"

月痕笑嘻嘻地看着我,勾勾食指,丧尸也随着晃了几晃,像一个黑色的木乃伊："给你讲解讲解啊。"

"啊？"我瞪着他,一时不知道该说些什么。

院中顿时安静了,下面的人也都往我们看来,丧尸们也渐渐安静下来,用畏惧的眼神看着月痕。

"听好了啊,这种不是你口中所谓的僵尸,因为他不是吸血鬼或者什么僵尸道长造就的,造就他的是——人类。"

"人类？制作出这种东西？"我惊异地看着月痕。

月痕耸肩一笑："人类这种生物,做出什么事情都不值得惊奇。"

"而他。"月痕勾勾食指,"是尸毒的受害者。"

"尸毒？"提问的不是我,而是下面的玄冰,她看着被吊在空中无法动弹的丧尸,又看看月痕指上晶亮的丝线,似乎有几分信服。

"没错。"月痕倒没有再和她抬杠,只是继续说道,"用四十九具死了百天的老人尸体,四十九具死了百天的中年人、四十九具死了百天的年轻女子和四十九具死了百天的婴儿的尸体,练就四十九颗丹丸。"

"什么？"我捂着嘴,顿时失去了食欲。

"还没完呢。"月痕的嘴角勾起嘲讽的微笑,"接着将这些丹丸喂四十九个孕妇吃下,等她们生下这些小孩后,把这些小孩和各种毒草炼制成这世上独一无二的尸毒丸。"

"这世上怎么会有如此荒谬的事情?"我看看手中黑色的栗子,立刻把它扔还给月痕,再也提不起吃它的欲望了。

"所以说,人类的想象力本就十分丰富。"月痕嘴角的笑容渐渐扩大,"所以本来没有多少力量的他们却可以占领整个世界。"

"练就尸毒丸之后又如何?"下面的玄冰看起来甚是着急,不断追问着。

"然后?"月痕摇摇头,"然后术者会吃了它。"

"那么恶心的东西,吃了?"我对人类的食欲顿时充满了怀疑。

月痕点点头:"吃了,吃了它之后,术者会浑身带毒。如果别人流血的伤口接触到他,那个人也会感染上尸毒,然后一传十,十传百……"

"竟会如此可怕?"玄冰皱紧眉头,仿佛碰到了棘手的问题。

"然后。"月痕扯扯食指,那个僵尸被拽到了我们的面前。

"啊!"我立刻缩到了月痕的身后,心有余悸地看着他。

"别怕。"月痕轻声说道,"我把他的手绑起来了。"

"中了尸毒的受害者,就是这个样子。"月痕把丧尸甩了甩,"只要他见过术者一次,便会终生被术者使用,再也变不回原样。"

"而且会永远失去意识,变成一个只知道服从命令的活死人。"

"那,那天的首领呢?"我好奇地看着眼前的丧尸,"他好像和这个不一样。"

月痕点点头,松手把丧尸放了下去:"术者可以选择自己看重的人给他一定程度上的意识,但充其量也就是懂得说话的木偶而已。"

说完,他摸了摸头,看着差点被丧尸砸到的玄冰,笑嘻嘻地说道:"啊,不小心失手了,抱歉抱歉。"

看着面带寒霜的玄冰,我无奈地摇摇头,揪起月痕的耳朵:"他们还没有见过术者,也是刚变成的丧尸,还有救吗?"

听到这句话,原本怒不可遏的玄冰也恢复了冷静,所有人都充满希冀地看着月痕。

"不可能。"月痕干脆地摇摇头。

看着众人失望的眼神,月痕甩了甩头发:"那是别人。"

"对本大爷来说,没有什么不可以。"

沉默半晌,恼羞成怒的我一把将他推了下去:"你去死吧。"

"啊——"

07 · 心有芥蒂

神啊,早知道会那么狼狈,打死我也不敢推月痕下去了。

虽然把月痕推下去的是我,但是发出那声凄厉至极的惨叫的也是——我。

推他下去的时候我忘记了,我另一只手正紧紧地抓着他的衣服。

所以直接导致了,他掉下去的时候,展现出优美的复仇笑容的我,也跟着他一块儿掉了下去。

空中的我在吃惊中放开了他的衣袖,眼睁睁地看着他做着优美的慢动作着地,轻衫生风,带走一片惊羡的眼球。

与之对比的是我的狼狈落地,匆忙地砸到地上,却发现月痕并没有急着接我,而是报复性地向我眨了眨眼,仿佛恶作剧得逞的孩子似的。

"啊——"我连忙捂住眼睛,却发现没有着陆的疼痛感,睁开眼睛,发现身上居然覆盖着和月痕一样的蓝色气息。

那个契约?我顿时知道了月痕并不担心的原因,正准备找他算账,谁知冲击的力量太大,充当软垫的气息在接触地面后弹簧似的反弹起来,将我再次带飞了起来。

"啊——"

连续弹了几遭后,我发现所有鄙夷的目光都投射在了我的身上。

捂住脸,我顿时连想死的心都有了,却发现这次居然没有奇迹般地掉落,抬起头一看,一根突出的树枝挂住了我的衣带,天哪,我欲哭无泪。

"月痕,快把我弄下来。"我张牙舞爪地叫他。

"嗯。"月痕点点头,朝我走来。

走了几步,忽又好像突然想起了什么似的拍拍头:"哎呀,差点忘了,你不是要我救他们吗?我看还是先救了他们再说吧。"

"喂,别走,等等我。"我拼命折腾着,可又害怕再次掉下去导致不断反弹,只好在远处大声叫着。

月痕头也不回,指上弹出几缕丝线,绑住那几个中了尸毒的弟子,朝一间屋子走去,并顺手关上屋门。

跟在他身后的玄冰想了想,也跟了进去,屋子在她的身后关了起来,阻绝了一众弟子和我的目光。

突然有几分心酸,不过是开个玩笑嘛,至于这么耍我嘛,而且,陪他的怎么能是那个玄冰,应该是,是——

抹抹眼睛,竟然湿润了,我不禁看着手指上透明的液体发起呆来,为什么?我居然会哭,我在吃醋吗?

不,不,不可能,一定是因为不甘心,对,不甘心,因为他耍我,因为他不带我一起治病,一定只是这样而已。

我安慰着自己,这个世界上,最不可信的就是——爱情,犯过一次错误,绝对不会再犯第二次。

一面这么想着,我一面不由自主地晃了起来,不知不觉,衣带居然离开了树枝,身体再次开始了垂直向下运动。

"啊——"我捂住眼睛,天哪,你就放过我吧,虽然我吃得很多,但也不至于胖到像皮球一样吧。

奇迹终于发生了,苦命的我没有和地面做亲密接触,而是和一个冰冷却又温暖的怀抱做了零距离靠近。

冰冷却温暖?很矛盾吗?也许吧,但这两个相反意义的词用在温染雪的身上却十分恰当。

他的身体很凉很凉,像千年寒冰一般,但一旦跌落到这个怀抱中,一旦触及到清薄的体温,一旦吸嗅到那淡淡的体香,心中油然生出的感觉是——温暖。

我睁开眼睛,正好对上他低头看我的双眼,平日冷漠的眼中充满了关心的神色,让我不由有几分感动。

"染雪,谢谢。"我眯起眼睛,给了他一个甜甜的笑容。

他的脸有些发红,忙放开我的身体,扶我站好:"你没事吧?"

"嗯,多亏你来了,不然我肯定要晕死。"我摸摸头,刚才过度弹跳的后遗症还在这里呢。

"我说——你刚才是在干什么啊?"江小弟发挥了好奇的特色,"吊在树上跟蜘蛛似的。"

"练功。"瞪了他一眼,我咬牙切齿地给了他一个答案。

"啊？天下竟有如此奇功？"江祁风摸摸头,一副好奇的样子。

院中的弟子听到我的回答后皆窃窃私语起来,不时发出低低的笑声,提醒我刚才那丢脸的一幕。

我两手叉腰:"咳咳咳、咳咳咳——"

挨个地瞪视了他们一遍,直到院中全无声响,我才满意地放下手,面对温染雪和江祁风,这才发现,除了他们,岩松和碧涵也在。

"月兄呢？"温染雪看着院子。

我指指关着的屋子:"在那里救人呢。"

"和玄冰一起。"想了想,我又加上了一句,仿佛在证明着什么,我根本不在乎？

温染雪听了这句话,神情略微诧异,但还是点点头:"这样啊。"

"你呢？见过父亲了？"反正也无事可做,我倒拉起家常来。

温染雪点了点头:"嗯,你们的事情我已经禀告过父亲了。"

"哦。"我点点头,又看向江祁风,"那你呢？干了些什么,不会是游手好闲吧。"

不理我。

"喂。"

居然还是不理我,直到我叫了他第三声,并附送给他一个巨大的毛栗作为礼物之后,他才渐渐开始回魂,冒出了一句让我哭笑不得的话。

"如月,现在我确定你是在练功了,你那杀人于无形的眼神简直就是得月兄真传。"

"她还差得远呢。"就在我无语的时候,一阵嘲讽的声音落入我的耳中。

回过头,月痕正打开门出来,玄冰,居然紧紧地靠在他的身侧。

准备上前迎接的我定在了原地,手足无措,明明恨死了这种不爽的感觉,却无能为力。

"月兄,如何？"不知是有意还是无意,温染雪站在了我和月痕的中间。

月痕点点头,嘴角勾起若有若无的微笑:"已经没有事了,让他们静养一段时间便是。"

"果然不愧是少主请来的人,真是身手非凡。"碧涵明里夸奖月痕,却更加衬托出了温染雪的明智。

摇摇头,我们又何曾在乎过这些虚名。

可是,现在的我们,还是我们吗?

月痕待在玄冰的身边,不肯过来。

我躲在温染雪的身后,不愿前进。

咫尺之距,却仿若天涯。

我的心顿时被无与伦比的悲哀掩盖了,要提前来到了吗?离别的日子。

"江少侠,月公子,水姑娘,我已设下酒席,为三位接风洗尘。"碧涵一鞠躬,礼数做得十足。

月痕摆摆手,没有给他面子:"我就不必了,刚才有些累了,先去休息了。"

"那,我让下人给你带路。"

"不必了,我来带路吧。"一直沉默的玄冰突然开口。

碧涵略微惊异地看了她一眼,倒也没有提出异议,只是让开道路,等他们离去。

"那水姑娘?"碧涵看着我,眼中若有若无的试探刺激了我所剩无几的自尊心。

"我去酒席。"我一仰头,说出了违心的决定。

"如月。"江祁风和温染雪突然同时开口叫我。

看着他们怜悯的目光,又看看月痕若无其事地离去的背影,我深吸一口气,笑着说道:"赶快去吧,我饿了呢。"

08·误会消除

"早知道就不逞强来酒席了。"我深叹了口气,托着双颊。

心中一直担忧着月痕和玄冰,本来好吃的食物到了嘴里也完全没有了味道,吃了两口,索性丢下了筷子。

"哎?水姑娘不是饿了吗?怎么吃得这么少,难道庄内的东西不合你的胃口?"好事的碧涵看着我,眼中露出了然的神色。

厌恶地看了他一眼，我答道："没什么，只是我最近在减肥而已。"

"哦，原来如此。"碧涵点点头，笑容覆盖了他的整个脸庞，却让我顿时觉得身处冰窖。

"哎？水姑娘你什么时候在减肥啊？"站在一旁看我们吃东西看得心理不平衡的岩松插起嘴来，"昨天还没听说呢。"

"臭小子，闭上嘴。"江祁风一个爆栗砸在岩松的头上。

一直默默注视着我的温染雪说话了："碧涵，月兄还没吃东西，准备些酒菜。"

"是。"碧涵点头应答。

"如月，既然你吃饱了，那就给月兄送去吧。"温染雪向我点头。

"为什么是我啊？"自尊心微微受挫的我又开始言不由衷。

江祁风笑嘻嘻地凑了上来："我还没吃饱，染雪要陪我，不是你去是谁去啊。"

"那还有岩松啊。"我努努嘴，看着被刚才一拳砸得冒星星的岩松。

江祁风轻轻一推岩松，可怜的岩松立刻倒在了地上，四肢抽搐："你看，他也不行了，还是你去吧。"

看着可怜的岩松，我冒了一身冷汗，觉得笑眯眯的江祁风才是比丧尸更加危险的生物，于是点了点头："我知道了啦。"

"我不是去看他们两个在干什么，只是去送东西，只是去送东西。"提着东西，跟在下人的身后，我在嘴里不停地念念叨叨。

"水姑娘，到了。"下人把我送到了忘忧院的门口。

"哦，谢谢。"

还没等我说出谢字，那人已经慌不迭地跑了，边跑还边揉捏着耳朵，仿佛受到了什么的折磨，难道是我？

站在月痕的门口，我辗转踌躇，想进去却没有敲门的勇气，难道要等他发现我？死狐狸，平时鼻子那么尖，怎么今天都闻不到味道呢？

突然一声响动从里面传了出来，虽然不大，却也吓了我一跳，我立刻推了门闯了进去。

"月痕，你怎么了？"

里面的情境却让我愣在了原地，月痕他居然压在玄冰的身上，两个人，在床上。

看着他们，我讪讪地笑着，不知道该说些什么，只是提起食盒走到桌旁，放下：

"这是温染雪让我送来的,不打扰你们了,再见。"

麻木地走出去,却完全没有注意到,食盒在我开门的瞬间已然倾倒,汤水尽数倒在了我的裙上,我放在桌上的,不过是个空盒。

走着走着,衣袖突地就捂在了嘴上,走路的速度却是越来越快,到最后已经跑了起来。

不知道走了多久,终于停了下来,却发现自己在一个小石林中,抱住自己的躯体蹲下来,我摸摸脸,不知什么时候已经湿润了,真讨厌啊,最近好像特别容易流泪呢,是不是身体排汗功能变差了,所以汗全跑到脸上来了。

低下头,将头埋入膝中,我小声地抽泣起来。

"臭月痕,你喜欢她就喜欢嘛,干吗要躲着我?"骂来骂去,不过就这一句。

不知过了多久,却突然灵光一现。

月痕,在躲我。

先是把我丢在树上不让我去看他救人,然后又是不参加晚宴,随后又是闭门不让我进,这也太不符合他的风格了。

难道,他?

越想越不对劲的我立刻提起裙角往回跑去,本来就是路痴的我却再也找不到回去的路了,兜兜转转,直到将近凌晨,才回到忘忧院。

"回来了?"顾不上整理凌乱的头发,我直奔月痕的房间去的时候听到了熟悉的声音。

回头一看,玄冰靠在院门后等我。

"月痕,到底出了什么事?"我直视着她,眼中是毫不掩饰的焦虑。

"现在才想起来担心他吗?"看着我,玄冰微微冷笑。

"他出了什么事?"没有解释我的迷路,我重复地问着同一个问题。

"哼。"她冷哼一声,并不回答我的问题。

没有再看她一眼,我朝月痕的门口直奔而去。

"别怪我没警告你,你可能并不想看见现在的他。"冰冷的声音从我身后传来,直刺我的脊背。

站住,回头,眼中的冰冷让玄冰的脸上露出惊讶的神色:"想不想看,是由我决定的。"

"而且,不管他变成什么样子,他都是月痕,我的月痕。"

说完，我毅然推开了房门，走了进去。

却没有听见身后低低的叹息："不管变成什么样子都是你的吗？真是自信得——让人讨厌。"

"月痕。"推开门，我低低地叫道。

屋中一片漆黑，连灯都没有点，让我的心不由得又增加了几分担忧。

"月痕，你在哪儿？别吓我。"我叫着，四处摸索。

"不要过来。"在我摸索到床边的时候，月痕的声音低低地传来，制止了我的动作。

毫不理会地揭开了床纱，借着黎明的曙光，我看向月痕。

他的脸上和手上，居然长满了点点的青斑，如同丧尸皮肤的颜色。

看到我惊异地看着他，月痕立刻把被子蒙在了脸上："不要看我，不要看我。"

扯开被子，我一把揪住他的耳朵，指着他的脸："这算什么？怨我一晚上没回来，装鬼吓我吗？拜托你装也装得像点，居然和丧尸的角色重复了，太没有创新能力了。"

"你——不害怕吗？"听着我的话，月痕放弃了挣扎，抬头看着我，眼中的小心翼翼让我忍不住想笑。

"拜托，"大大咧咧地坐到他的身边，"自从认识你之后，不是妖怪就是鬼怪，早就习惯了，有什么可怕的。"

"这样吗？"月痕怯怯地看我，确定我的眼神中没有欺骗才松了一口气似的放下了心。

我却再次用力地拧他的耳朵："说，为什么治病要躲着我？"

"我没有。"月痕一边大叫一边挣扎着。

"没有吗？"我加大力度，"说，你招还是不招？"

"我招，我招还不行吗？"月痕扯着我的手，毫无节操地投了降。

"治病的方法究竟是什么？"提着他的耳朵，我凑近问道。

"就是把尸毒引到自己的体内。"

"那你？"我担心地看着月痕，一时放开了他的耳朵。

月痕揉揉耳朵，笑嘻嘻地说道："怎么说我也有千年修行，只要运功一阵，就可以把毒化解，不用担心。"

"为什么不让我看你治病？"我再次提出了问题。

月痕尴尬地绕着手指："那个时候尸毒流入我的体内，我会变得很难看。"

"什么？"只是因为这样的理由，就不让我进去吗？难道他以为我跟随着他就只是在乎他那张脸吗？虽然他的脸的确是很好看没错啦，但是，外在形式并不重要，重要的是灵魂，不是吗？

"让她扶你回来是想尽快解毒吗？"

"嗯，不快点解毒它就会覆盖全身。"

"那昨天晚上是怎么回事？"兜兜转转，我终于问到了重点，果然，还是在意。

月痕吸吸鼻子："昨天我在屋子里闻到了你的味道，就想躲起来，然后，不小心踩到了床纱，她来扶我，结果——"

"是这样吗？"我眯起眼睛，怀疑地看向他。

"绝对真实。"月痕的眼神中充满了认真的神情，丝毫没有平时的戏谑，反而让我有些不自在。

咳嗽一声，我再次问道："那你化毒化了一个晚上，怎么还是这个样子啊？"

"因为——"月痕张张口，却并没有说出口。

我看着他的脸和身体，想起门口的玄冰，难道，他在担心我，以至于没有办法专心化毒吗？

开玩笑的吧，我有——那么重要吗？

"你最怕黑，却在外面待了一夜。"月痕突然间开口，"看，头发都乱了。"

以手做梳，月痕轻轻梳理着我的头发，温柔的眼神和气息包裹着我，让我感觉无比安心。

轻笑一声，我抱住他的头："现在我回来了，你可以安心化毒了吧？"

"嗯。"月痕点点头，眼神无比眷念地看着我，仿佛一眨眼我就会不见。

"快点吧，虽然我不在意你这个样子，不过吓坏其他人就不好了呢。"我略微转过身，不敢直视他的目光。

月痕点点头，慢慢倒了下去，将头枕在我的腿上，仰头看着我，缓缓闭上了眼睛，蓝色的光芒从体内游离而出，包裹住他的身体。

09 · 小指约定

低头看着月痕俊美的容颜，我伸出手慢慢梳理着他的长发，心中却充满了复杂的情绪。

从什么时候起，在张府的时候，还是在七侠镇的时候，或是更早之前，月痕在我心中不只是主人那么简单，或者，我从来没有把他当做自己的主人，而是当做一个依靠，这世上唯一的依靠。

只是感激吗？在我最无助的时候收留我，给我希望，带我穿越，陪我开店。

还是说，我再次犯了错误？

不，绝对不会，再次爱上人类也就算了，我怎么会爱上一只狐狸精呢？

还是一只随时可能离开我的，世上少有的，绝美无比的狐狸精。

蓝光的流动越来越快，月痕的发色渐渐变成了银色，一如最初的相见，顺滑的银丝在我的手上穿梭，如星汉间那一段银河，隔断的，岂不是那牛郎与织女？

想些什么呢？我拼命摇了摇头，得之我幸，失之我命，就算结局是悲剧，只要，抓住现在，就好了。没错，我要的只是现在，绝对，不可以，贪心。

"又是点头，又是摇头的，你在干什么啊？"腿上的月痕发出了嗤笑声。

惊讶地低下头，恰巧看见月痕睁眼，银色的瞳孔从蒙胧到深刻，渐渐地映入我的眼中，如同漆黑夜晚的一弯明月，明亮却又遥远。

"该不会在是否非礼我这个问题上天人交战吧。"戏谑的笑声再次传来，强行把我从深沉的意识中叫醒，回到现实中来。

真是的，总是这么任性。

给了他一个白白的眼球："我还没饥不择食到这种程度。"

"哎？"月痕如恍然大悟地点了点头，"这样啊，也不知道是谁第一次见到我就流口水呢。"

"反正不是我。"高高地仰起头，我一副不承认你又奈我何的赖皮样。

"是——吗？"一个长长的拖音传入我的耳中。

不好，我连忙闪开，可是已经太晚，原本躺着的月痕翻身抓住我，华丽地将我推倒在床上。

"喂，你推人推习惯了是不是？"潜意识地，我又想起那晚他和玄冰的动作。

"你很在意吗？"月痕的脸慢慢地凑近我，直到与我鼻尖相凑，调皮地眨了眨眼。

"谁会在意啊。"我慌张地转过头，他的鼻尖落到了我的脸颊上，我的脸立刻红了起来。

"是吗？"月痕的嘴唇凑近我的耳朵，轻言低语，还不忘吹一口气，我的头皮顿时一片发麻，耳朵上充满了酥软的感觉。

"你走开啦。"我为了抵开他的嘴唇，无奈之下只好和他回到最初的动作，鼻尖相对，大眼瞪小眼，"毒化解了就有劲了是不是，就可以欺负人了是不是？"

"是。"想都没想，他就立刻给了我一个肯定的答案。

"你真是——"

与往常一样，我大喊出口，却再也叫不出"无可救药"这四个字，月痕的眼神，和平时不太一样，虽然是嬉笑的表情，却是无比认真的眼神，那银色的瞳孔中所包含的那深邃的情感是什么？为什么会让我的心如此颤抖，我再也说不出任何话来。

深深地注视着他的眼睛，不知不觉中，我被吸入其中，月痕银色的长发与我的黑发纠结在一起，我们的脸相距不到一厘米。我能感受到他的呼吸，淡淡的苹果清香；能感受到他的体温，温暖的舒适，更能感受到我内心那汹涌的情感。

不，不要，求求你，不要。

过去的记忆在下一刻回到了我的脑海中，断断续续的碎片在我的脑中翻腾、拼接，雨季，漆黑的楼道，门口滴水的雨伞，散乱的客厅——

"不要——"我的头剧烈地疼痛起来，拼命地想推开月痕。

"你怎么了？"月痕连忙松开我的手，慌张地坐起身，把我的头按入怀中。

"月月，月月，你怎么了？怎么了？"手足无措的月痕慌张地把我的头翻来覆去地摸着，完全乱了方寸。

紧紧靠着他的胸膛，熟悉的温度和气息让我的精神慢慢恢复了，但断断续续的头痛还是折磨得我够呛。

果然，还是忘不了。

"月月,月月?你回答我,到底是怎么了?"月痕还在慌张地叫着,"对不起啊,我不知道你会这样,你回答我啊,我以后再也不这样闹了,月月,月月。"

轻叹口气,我一把扯住月痕的耳朵,拉下来直视。

"月月?"那眼中所包含的歉疚和担心,几乎让我卸下了所有的防备,如果是月痕的话,可以信任。

但是,现在还不行。

对视了半晌,我突然眯起了眼睛,挤出一个狡诈的笑容:"骗你的。"

"哦。"月痕点了点头,"什么?"

趁着他出神的机会我一步跳下了床,在床边大笑着看着他。

"你?"月痕的瞳孔猛地收缩,银色的水晶上凝聚出丝丝怒气,旋涡般地席卷过来,吹起我的发丝和衣角,瞬间向后飘去。

"生气啦?好小气啊。"我跳回床边,再次坐到他的身边,伸手摸了摸他的头,"你昨天还不是骗我啊,看我多大方,马上就原谅了你。"

"哼。"月痕板着脸不理我,冰冷的脸上覆盖着能将整个寒冰山庄的人冻死的霜雪。

"我错了啦,原谅我,好不好?"看着他难看的脸色,我没有节操地挽起他的手,撒起了娇。

还是没有反应,我鼓鼓嘴,赌咒似的举起右手:"大不了我发誓,以后再也不这样骗你啦。"

看着他丝毫不为之所动的神情,我无奈地摇摇头,准备放弃,可是一根纤细的小指头却飞到了我的面前。

"约定了啊。"

"嗯?"

"再也不会这样骗我。"

"嗯。"我用力点点头,与他的小指勾在一起,"约定了。"

对不起呢,月痕,现在的我还是没有办法忘怀曾经受到的伤害,那个时候,掉落悬崖的那个时候,其实我的心里是轻松的吧,终于可以解脱了。虽然一直坚强地活着,但在众叛亲离的那一瞬间,我的心就已经死了,对于苏文,我并不是完全不在乎的,只是,哀莫大于心死,在我放弃心灵的一瞬间,就已经放弃了整个生命和灵魂。

直到，遇见你，我的心再次活了过来，只是，在它复活的一瞬间，过去的感情和伤害也再次地复苏过来，常常会在午夜梦回的时候缠绕着我，我并不如自己想象中的那般洒脱。现在的我，一味沉浸在过去中，是没有资格谈喜欢和爱的。

"我会一直等待。"月痕的声音从身后低低地传来。

"什么？"他在等待什么，难道我内心的想法早已被他全部洞悉，我表现的，有那么明显吗？

回头的瞬间，我被紧紧地纳入一个香气四溢的怀中，十指紧紧地环绕着我，我的心中顿时溢出了小小的幸福感，几乎使我忘记了一切，果然，我是个花痴。

"我说，我一直在等待这个机会。"松开我，月痕伸出右手食指勾起我的下巴，坏笑起来。

"啊？"还没等我反应过来，他的左手已经狠狠地拽住我的长发，右手向我的胳肢窝进军。

"看你还敢不敢骗我。"

"啊，哈哈哈哈，啊，哈哈，我错了，主人，放过我吧，放过我吧。"我一边大笑着逃避他的魔爪，一边摇尾乞怜。

果然，月痕这个粗神经的笨蛋怎么可能了解我的想法呢，错觉，刚才一定是错觉。想着想着，我安心地点点头，继续求饶的游戏。

"月痕，我错了，放过我吧。"

"不可能。"

"为什么？"

"敢叫主人笨蛋的奴隶绝对不可原谅。"

"放过我吧，我错了。"

等等，我什么时候叫过他笨蛋了，老天，我冤枉死了啊！

10·生者何辜

清晨是美好的,我浅笑着站在园中,抬首看着天边初升的日头,那半透明的云伴在它身边如影随形,清淡缥缈中自有一番韵味。

低首轻巧触摸一枝染露的鲜花,露珠却在瞬间滴落,一只修长的手指伸了出来,接住那晶莹小巧的水珠。

浅笑回眸,月痕就在身后,专注地注视着我,忽又将指上的露珠轻轻送入口中,眼中现出满足的神色。

"果然还是清晨的露水最好喝。"舔了舔唇,月痕从心中发出感慨,殊不知那一瞬散发出的绝世风情,足以让半个世界的女人变成花痴。

"是吗?"我点起一滴,用舌尖轻触,却尝不出任何味道来。

"笨蛋。"轻轻拍了拍我的头,月痕不客气地让打击从清晨开始。

"笨蛋就笨蛋,只要你聪明就好了嘛。"被打击习惯的我对他的话倒是没有多大的反应,只是咕咕叫的肚子唱的空城计让我有些受不了。

"吃饭去吧。"好笑地看着我摸着肚子的可怜样子,月痕一手拉着我,离开园子,往饭厅进军。

"奇怪,你昨天又没去饭厅,怎么认识路的啊?"指尖缩在月痕的手心,我调皮地踏着他踩出的脚印跳跃前进。

半侧过头,月痕伸出另一只手点了点鼻尖,狡黠地笑着。

"原来如此。"我配合地以佩服的表情点了点头。

"月痕。"半跳到月痕的身边,我的指尖滑出他的手心,与他十指交握。

"什么?"配合着我走路的步调,月痕适时地放慢了脚步。

"关于那个凶手你有线索吗?"脑中浮现出尸毒恐怖的样子,不禁身上起了一片鸡皮疙瘩,我握紧月痕的手,抬头以询问的目光看着他。

"嗯,这个嘛。"月痕低头望向我,眼中的神色十分复杂。

"怎么了？"我好奇地看着他。

"在月月的心中，是怎么看那个凶手的。"没有正面回答我的问题，月痕倒是向我提了一个问题。

低头想了一阵，重又抬起头："他是一个可怜可悲的人。"

"可怜可悲？"月痕重复着我的话，带着疑问的口气。

"嗯。"停住脚步，我伸出手指，轻点身旁花坛中伸出的枝条。

"有些植物为了保护自己，会长出刺或者变得有毒，但是，正因为如此，不会有任何生物会主动靠近他，这样不是很可悲吗？"

"保护自己吗？"月痕伸手夹住那翠绿的枝条，轻轻玩弄，白皙的指尖和碧绿的枝叶，有一种相得益彰的美。

"你说过的吧，因为那个人的身体沾满了尸毒，所以所有靠近他的生物都会死去，他这样不是很孤独吗？"我握住月痕的指尖，阻止他摧残那可怜的植物，再这样下去它会直接变成藤蔓植物了。

"孤独吗？"月痕凝视着被我抓住的手，掌心平整细腻，却因为没有掌纹，而包含了些许无力的沧桑感。

翻过手将手塞入他的掌心，任性地妄图填补他手中的空白，我的嘴唇不由得高高地嘟了起来。

月痕眉心的微皱在我握住他掌心的刹那，似乎被什么抹平了，仿佛从未存在过，只是用力握住我的手，属于他的体温源源不断地从他的手心传来，温暖着我微凉的手。

"但是，付出这样的代价他究竟能得到什么呢？"我伸出另一只手继续揩着月痕的油，不解地看着月痕。

"你认为人类付出这样的代价是为了什么呢？"月痕反问我，仿佛今天我才是无所不知的大贤者。

"嗯——"我收回手托着下巴努力地想着，"人类付出代价不过是为了几种东西，爱情，名利还有仇恨。"

"他变成这样，谈恋爱是不太可能啦，名利貌似也不是，难道，他是为了报仇？"

月痕苦笑着摇摇头："人类的感情太过丰富，这也注定了他们总是能做出种种妖精想也想不到的疯狂举动。"

"不过值得吗？"我理顺被风吹乱的刘海儿，手指按在那暗红色的月牙上，"为

第四章 寒冰山庄

了复仇放弃自己的整个人生，从此与死亡和罪恶为伍，再也不会有亲人和朋友，只能一个人背负着永恒的寂寞。"

"值得吗？还是不值得。"月痕侧头想了想，然后摇了摇头，"不行，身为人类的你都无法回答的问题，我更是没法了解。"

"还是，不值得的吧。至少我是绝对不会这么做的。"

"是吗？"月痕微笑着抚抚我的额，提醒我再不去饭厅就赶不上早膳了。

点点头，任月痕拉着我继续前进："嗯，我不会这么做的，如果因为对一个人的恨就做出这种事来的话，我就和我恨的人没有什么区别了。"

"那个时候，我还有什么资格恨别人呢？因为我自己都是这样了，而且恨一个人就是拿别人的错误来惩罚自己，这从本身上来说就是错误的。"

"不过——"

"什么？"

"如果你今天再偷吃我的早饭，说不定我就会恨你了哦。"说完，我大笑着甩开月痕的手，超过他的步伐，跑向近在咫尺的饭厅。

回头给他做了个丑丑的鬼脸："比你快哦，笨——蛋。"

两人的身影消失后，院中恢复了往日的平静，那横出的枝条随着微风摇曳，在背光的另一面，却有着我们不知道的场景，一只黑色的蜘蛛辛勤地织着网，背上绿色的斑点若隐若现，在日光下渐渐失去了踪迹。

远处的山洞中，滴答的水声远远近近地传出，溅落在地上打破一片平静，沙哑的嗓音在其中低低回响，使原本湿暗的山洞更加增添了几分神秘。

"没有区别吗？"

"我已经不能回头了。"

快要到达目的地的时候，眼前却是一花，一道白色的身影闪了过去，再次看向厅中，月痕已经大摇大摆地坐在我的位置上，两手端起包子盘，还不忘乘机偷喝我的小粥。

"啊，月痕，你还我吃的来。"张牙舞爪地扑了上去，我开始与月痕争夺着他手中的包子。

"先到先得。"优雅地一个转身，月痕跳上房梁，潇洒地在上面大啃包子，包子屑如雪花般撒落，最可恨的是他的脸上还带着"吃吧吃吧"的施舍表情。

"你再这样小心我报复你。"双手叉腰，我瞪视着他，眼中的目光将他一遍遍地凌迟再腰斩。

"你想怎么样？"停下口中的动作，月痕最终叼着一个包子，含含糊糊地问道，眼中充满了好奇的光芒。

"我要下毒毒死全国的鸡，让你永远没得吃。"

"扑哧——"

"哧哧——"

一片喷饭声在我身边传出，桌上仅存的食物也在这轮攻击中被玷污了。

"对，对，对不起。"两手捂住嘴的江祁风和岩松站在我身后，手中的粥碗倒扣在桌上，筷子折断在脚旁。

看着白粥从他们指缝中冒出的样子，我的食欲顿时全无。

"有没有别的什么可吃啊？"扭过头，我到处搜索温染雪的踪迹。

终于在一个大椅后找到他，低垂的头耷拉到胸前，一抽一搐的，似乎在忍受着巨大的痛苦。

"染雪，你没事吧？"我关心地问着他。

"嗤嗤嗤嗤。"温染雪缓缓地转过头。

在那一瞬间，我看到了他笑得抽筋的脸，并听到一种专属于某种啮齿类动物的叫声。

"少主，您没事吧？"刚进屋的碧涵慌张地看着温染雪失常的举动。

"你们去死吧。"毫不犹豫地举起桌上剩余的粥盆，我狠狠地向他们发起了攻击。

不出一刻，外面围满了看热闹的人，他们惊异地看着屋中飞舞的各种武器：碗、盘子、包子以及被月痕和江祁风甩来甩去的岩松小弟，他发出的那惊天地泣鬼神的惨叫，使他成为了日后整个山庄出名的"被 K"歌之王。

11·冷漠壁障

气氛很奇怪，从刚才开始气氛就很奇怪。

穿着新换的衣衫，我趴在厅中的桌上，等待着剩余的几人。

月痕沐浴穿衣一向挑剔，大概会最后一个到。江祁风这个臭美鬼，肯定是倒数第二个，岩松小弟和他一起，这么说，最快的应该是温染雪了，可是，他怎么还没来？

仰天长叹，我在心中无限地祈求，染雪大哥，你快点来吧。

来干什么？当然是来解救可怜的我了，坐在空荡荡的大厅中，被碧涵和玄冰紧紧地盯着，感觉自然是不那么好受。最让我感慨的还是外面那一群围观的人，寒冰山庄的秩序自早上的那一场混战后仿佛就消失了，所有的下人都围在门口，注视着敢往少主身上泼粥的传奇人物。

"就是那个女人吗？往少主身上泼粥的。"

"没错，就是她，泼粥算什么？他还让少主笑了呢。"

"不会吧？我有整整十年没见少主笑过了。"

"谁说不是呢，还记得吗？当年老爷世交家的小花姑娘为了让咱们少主笑一笑，居然用爆竹给自己做了爆炸头，还说叫什么波斯卷，结果她在少主面前晃了三天，愣是换来一句'去看看哪家是否走失了病人'。"

……

强烈抑制住想笑的欲望，我双手抱头，背过身去，用背影抵挡那些灼热的目光。

躲过门口众人的目光，却躲不过身旁两人专注的眼神。

碧涵的眼神热中带冷，在别人看来也许是温暖的，但只有当事人的我才知道，其中包含了很多负面的情感：探究、嘲讽、不屑，仿佛我是只被关在笼子里的鹌鹑，而他是即将解剖我的实验者,在他的注视下我不寒而栗,充满危机感。

玄冰的眼神冷中带热,她的表情虽是冰冷的,但眼神却是炙热的,虽然没有包含多少恶意,但女人就是这样一种生物,总是拿其他的同类担当参照物,非友即敌,永远没有第三种关系。

夹在这两道目光中,我忽冷忽热,冷汗与热汗交替流动,都快要达到内功的极致境界了。

"你们在看什么?"冰冷的嗓音从屋外传来,在我听来却是那么温暖怡人。

为了遵守和月痕的诺言,温染雪没有穿上平时所着的白衣,而换上了一袭潋蓝色的长袍,灵动的海波在他的身上却是静的,没有所谓的潮涨潮落,只有那任沧海桑田时空转换却始终不变的静默。

看到今天的他,我才确定,原来,不是他适合白色,而是白色适合他,那些颜色只不过是陪衬,经过他灵魂与气质的洗礼,一袭潋蓝也呈现出淡淡的寒气。

冰山的震撼力是巨大的,一句话,使得嘈杂了半个早上的大厅安静了下来,害怕被冻僵的下人如鸟兽状地迅速离开,顿时,整个世界,清净了。

"染雪,你来了啊。"懒洋洋地趴在桌上,我的身体终于得到了片刻的轻松。

两道目光的主人迎向温染雪,眼神转换,只剩下恭敬,和丝丝的询问。

"少主。"标准的90度弧度,碧涵的礼节好得没话说。

"不必多礼。"

转过头,温染雪看着我:"只有如月你吗,月兄呢?"

我衬着桌子托起下巴:"他洗澡太慢了,所以我就先来了。"

"饿吗?"呜呜呜,还是小雪有良心,记得我一大早还没吃过饭就从事了巨大的体力劳动。

有气无力地举起几个被我吃空的点心盘:"一般般吧。"

"碧涵,吩咐厨房多送些小菜来。"温染雪回头吩咐着。

"是。"碧涵点点头,退了出去。

"等等。"看着碧涵的背影,温染雪忽而开口,"有桂花糕的话多送些来,还有鸡也多送些。"

"鸡没有问题,但是——"碧涵迟疑了一下,"没有桂花糕。"

"哦?"温染雪微微挑眉。

碧涵上前一步,低声解释着:"您忘了吗?老庄主不喜欢甜食,尤其不喜欢桂

第四章 寒冰山庄

花糕,所以府中无人敢做。"

"哦。"温染雪拍拍头,"我险些忘了,玄冰,你出庄去买些吧。"

又来了,温染雪的话音刚落,两道目光再次闪来,我的汗珠点点滴落。

连连摆手,我为自己的身体健康做着最后的挣扎:"不用那么麻烦,一天不吃也没什么关系的。"

"我去。"撂下句话,玄冰已出了屋门,把我们甩在了背后。

"她——心情不好吗?"半晌,温染雪才冒出一句,听话音相当不解。

抚着额,无奈地看着迟钝到极点的他,我翻了个白眼:"谁知道。"

脑中却闪现出玄冰刚才的眼神,不同于以往,那是一层障壁,她在她的空间里,洋溢着满满的心碎,却用厚壁阻止我们去探知,她,喜欢温染雪吗?也是因为这样的原因才讨厌我的吗?女人,真是一种不可救药的动物,不过,在这一点上,我可没有说她的资格。

玄冰直到送来桂花糕,都始终没有再看我一眼,只是用沉默和冷漠刺激着我脆弱的神经,使我食之无味。

"屋里好冷啊,开空调了吗?"果然不愧是感觉灵敏的狐狸精大人,一进来就感觉到了屋中气氛的不同,这是他说上半句话的时候我心中的想法,他说出后半句后,在我心中立刻堕落成为一个顶着绝美面孔的可怜白痴。

"空调,那是什么东西?"江小弟随后而来,进门时还不忘甩甩头发,抖抖衣角,将身上银底灰边团鹤暗纹的新衣展示给我们看。

"吃的。"随手抓过一盘烤鸡,我迅速扔过去堵住月痕的嘴。

"吃的?吃的也可以开的吗?"江祁风抚抚脸颊,对我忽视他的行为和莫名其妙的言辞表示没办法理解,但眼前的鸡爪使他快速地投入到美食的怀抱。

"岩松呢?"我诧异地看着江祁风的身后。

江祁风嘴里塞满食物,支支吾吾含糊地说道:"他头晕,在屋里休息。"

我的头上顿时再次冒出了汗(话说夏天还没到,这汗流量怎么就呈全开局势呢),想起早上岩松的经历无异于坐了十几趟过山车,要是不晕,才奇怪呢!

温染雪在我身边坐下,挥手示意碧涵和玄冰退下,看着他们离开后,才端起小盘静静地吃了起来。

月痕没有形象的大嚼,江祁风饿死鬼般的速度,还有温染雪的安静,看着各人各异的吃相，我不禁心中暗笑，还真是一家人，吃相都可以互补的。

捏起一块软软的桂花糕，入口即化，伴随着嘴中浓浓桂花味的是心中浅浅的幸福感，这一刻，我是极幸福的，如果可以的话，真想固定住时间。

如果相遇是缘分的话，那相识相知无疑是羁绊，即使已经深陷网中，仍然乐此不疲，毕竟，所有的生物都是害怕孤独的啊。

12·竹院小楼

经过月痕的治理，府中受伤的下人基本恢复了健康，只是那段恐怖的记忆将一直埋在他们的记忆深处，如一条潜藏的毒蛇般偶尔带来疼痛的噬咬，活着本身就是一件不太容易的事情，生命短暂而美好，经过这件事，想必他们会更加珍惜自己的生命，比普通人更加懂得利用自己有限的时间，也算是因祸得福吧。

商议过后，温染雪按照月痕给的线索开始在山庄附近进行拉网式的搜索，寻找幕后真凶；江祁风替他镇守在府内，与碧涵和玄冰一起提防着丧尸的再次进攻；岩松小弟在昏睡了三天后，醒来看到粥的那一瞬间再次陷入了昏迷状态；月痕天天在府中的厨房坐镇，仿佛已经忘了来这里的根本目的，至于他在路上所表现出的凝重，是我的错觉吧。

将装满桂花糕的布袋绑在手上，我优哉游哉地逛着花园，享受难得的安静时光。

午后的花园也别有一番韵味，光线照射后的地面有着微微的温度，漫步其上，暖意从脚心蔓延到心窝，暗黄的颜色照耀在花草之上，替它们染上了一层彩色，整个园子仿若黄金的国度。伸出手掌，那色彩就洒落在我的手心，耀眼而温暖。

美好是美好，有韵味也是有韵味，不过我貌似犯了一个巨大的错误，那就是再次迷路。

擦擦脑门上巨大的汗珠，我开始盘算自己现在的处境，上次迷路时虽然大致把整个山庄踩了一遍，但身为路痴的我已经完全忘记了方向以及现在身处的位置。

看来只好重新踏遍山庄了,不过幸好现在是白天,过世的奶奶也常常告诫我:"路在鼻子下面。"——应该还是找人问路吧。

转了半个时辰,跨越三四个院子,我终于在山庄中找到了人烟。

这是一个竹园,园子的中心是一间竹屋,掩映在一片竹林中,只能看见那青色的檐角。

走到屋子前面,我才发现这间竹屋原来是两层的,具体来说是在空中的,八根巨大的竹柱撑起了屋子,二楼的窗口打开,轻纱随风飘舞。

这是哪位小姐的闺房?我不由得围着屋子打起转转,希望能找到上楼的路,可是围了一圈也没看见任何阶梯,这是怎么回事呢?

"谁?"一个苍老的声音从我背后传来。

回头看去,一位穿着简陋衣衫的老爷爷正立在我的身后,五十岁左右,容颜虽有些苍老却精神十足,手中提着一个巨大的水桶,衣服的下摆滴水未沾,足见他的身体尚好。

"老爷爷,你是这里的下人吗?"走上去,我主动从他手中接过水桶,"我帮你吧。"

他看着我,眼中闪耀出诧异的神色,但随即恢复了正常,松手任我拿走水桶,慢悠悠地走在我的前面。

"小姑娘你是新来的吗?"

"嗯。"看着他笔直的背影,我晃晃悠悠地拎着水桶,开始后悔自己那该死的同情心,这个水桶怎么会这么重。

"怪不得不知道这里是不能随便进来的。"

"哎?"我顿了顿,"是吗?"

在他的引导下,我将水桶中的水倒入小楼下的一个水缸中。

"那个,老爷爷,你知道怎么去忘忧院吗?"我放下水桶,揉揉腰问道。

"忘忧院?原来如此。"老爷爷点点头,仿佛知晓了什么。

"小姑娘,你看这个水缸还要多少才满?"沉默半天,我以为他要回答,他却问了我一个无厘头的问题。

"啊?哦,这个——"我低头看看水桶,"大概七八桶吧。"

"走吧。"我话音刚落,一个熟悉的物体再次落入我的手中。

什么?水桶?

老爷爷从水缸后面翻出了另一个水桶,又看看我手中的水桶,对我眨了眨眼,露出可怜兮兮的表情:"你不会忍心看我一个老人这么大把年纪了还一个人拎水吧?"

"喂,我说,我是来问路的,喂——"跟在老爷爷的身后,我大声叫着,可是却得不到半点反应,只得认命地拎起水桶,我怎么到哪里都是个奴隶命啊。

他不会是月痕的亲戚吧!

"这个该死的老狐狸。"我趴在竹楼的柱子上,上气不接下气地喃喃骂道。

八桶水他以我要尊老爱幼为由只拎了两桶,完事之后居然没事人似的拎着空桶跟在我身后替我加油,看我变成了个落汤鸡也不伸出援手。

"你说什么?"单手插在耳朵上,他侧起头看着我。

"没什么。"

"什么?"

看着他装蒜的表情,我火上心头,大步跳到他的面前,对着他的耳朵,鼓足中气,大喊道:"没什么。"

"哦。"他点点头,貌似丝毫没有受到惊吓。

"老爷爷,水也拎完了,现在你可以告诉我怎么回忘忧院了吧?"我揉揉肩膀和腰,再次提出了要求。

"不想上去看看吗?"再次忽略我的问题,老爷爷手指竹楼,眼中闪现出狡黠的光芒。

"哎?可以吗?"我抬头看着竹楼,好奇感再次被挑拨了起来。

"可以的哦。"老爷爷点点头,"这边来。"

我跟着他走到大柱前,好奇地看他怎么上去。

只见他忽地弯下腰去,捡起几个小石子,朝大柱扔去,发出一片噼里啪啦的响声。他该不会是想把竹楼砸塌了给我看吧。

就在这时,奇妙的事情发生了,被石子击中的地方先后陷落下去,随着这些陷落的木块的响声,一个大大的竹制阶梯出现在八个柱子的中心。

"好厉害。"我跳到老爷爷的身边,用崇拜的目光看着他。

"哦?说说看,厉害在哪里?"老爷爷貌似对我的夸奖很受用,摸摸胡子大笑着走上阶梯。

"嗯,同时用八个石子打中了八根柱子的同一个地方。"我赶着走了上去,"当然,最厉害的是打中的顺序,同时扔出的石子却按先后的顺序有条不紊地打在柱子上,我想,如果打错了一个,这个阶梯都不会出现的,对吧?"

"哦?"老爷爷再次惊异地看着我,随即慈祥地笑了起来,"小姑娘很识货嘛。"

"呵呵,没吃过猪肉也见过猪跑嘛。"开玩笑,我身边最差的江小弟可都是武林有名的人物哦。

"到了。"

阶梯的顶端是一个方形的出口,跟随老爷爷爬上去,立刻进入了屋中。

屋中的场景出乎我的意料,不是我想象中的女儿闺房,倒像是一个男子的居室,屋中的家具简单实用,床也只是普通的硬板,唯有靠近窗的书桌和书架显现出几分儒雅。

我走到书桌旁,上面有一幅画,仔细看去是一个女子,白衫裹身,身材窈窕匀称,可是却看不清面容,清风袭过,吹起窗上的轻纱,拂过画上女子的面容,仿若给她戴上了一层薄薄的面罩,似梦如仙,让我这个女子也不由为之沉醉。

"好漂亮。"我忍不住赞叹,"老爷爷,这是谁啊?"

仿佛意料不到我会问这个问题,老爷爷微微愣住,脸色突变,不再是刚才看起来的那么慈祥,仿佛正在忍受着巨大的痛苦。

完了,我又闯祸了。

慢慢走到老爷爷的面前,我岔开着话题:"老爷爷,为了谢谢你带我上来,我请你吃东西好不好?"

"那你要请我吃什么啊?"听了我的话,老爷爷的脸色稍微好转了些,看来他也在极力地逃避着我的问题。

"这个。"我从怀中掏出布袋,还好在拎水之前我把它收了起来,不然肯定会被弄湿,"桂花糕。"

"桂花糕?"看着我拎至他面前的美食,老爷爷的表情出乎我的意料,那不是兴奋,也不是生气,而是悲哀,对,痛彻心扉的悲哀,从他的心中蔓延开来,直至湮没了整间屋子。

13 · 缘起缘落

看着他面对桂花糕的奇怪表情，我不由得蹦出了一句话："你是——染雪的父亲？"

我的话仿佛惊醒了他，他抬起头，略微诧异地看着我："你是怎么知道的？"

"那个——"我绞起手指，"我听他们说过你不喜欢甜食，尤其讨厌桂花糕，所以都不准府里的人做。"

"既然府里没人做，那你这些糕点是从哪里来的啊？"温老庄主看着我，脸上看不出喜怒。

"这个——"总不能告诉他是他的儿子派人从外面买回来的吧。

"罢了罢了。"在我低头沉思的时候，他忽地甩了甩衣袖，不再问我。

"对不起。"我突然觉得应该向他道歉，只是有种感觉，我刺痛了他心中最深的伤口，现在它正在流血。

"不用道歉，这本也与你们无关。"温老庄主挥了挥手，挤出一个笑容，却渗满了无奈与谎言。

"这里是您住的地方吗？"我走到窗边，看向窗外，转移着尴尬的气氛。

透过窗子，可以清晰地看到竹林的全景，高高低低的竹子在院中错落有致，枝节高耸，多而不乱，一股挺拔的浩然之气从中透出，常住这里，必然可以修身养性。

要不然回去以后在香铺也种些？夏天的时候，在竹林下摆上一张竹制的卧榻，必定别有一番意味。

"喜欢吗？"

"嗯，喜欢哟。"我回头笑道。

回头的瞬间，轻纱被风吹起，盖在我的面上，老庄主看我的目光在瞬间变得模糊起来，那目光，已经穿透了我，他在寻找些什么？

"阿萝——"喃喃的声音从他的口中发出，他的眼神是那么温柔，声音是那么缱绻,像一个多情的少年在呼唤爱人。

"什么?"我下意识地问道。

"啊?"在听到我话的瞬间,他的眼睛再次变得清晰,"没,没什么。"

"哦。"我点点头,不知该说些什么,他究竟透过我,看到了谁,阿萝吗?

"那个,小姑娘,你出来这么久,不怕朋友着急吗?"

"他才不会管我呢。"想起那只见鸡忘义的臭狐狸,我不禁大摇起头。

"你刚才不是问我去忘忧院的路吗?来,我告诉你。"

话音刚落,他的身影已经出现在来时的阶梯上。

这么明显的逐客令,聪明如我又怎么会听不出,点点头,我跟上了他的步伐。

"你跑到哪里去了?"

出乎意料,月痕居然等候在忘忧院的门口,手中提着一篮东西。

"嗯。"我点点头从他的身边穿过,完全没有听到他在说些什么,脑海中不断回想着那个竹林和竹楼中的那幅画。

"你在想些什么啊?"被我忽视的月痕,气哼哼地拉住我的头发,把我固定在原地。

"庄主。"我回答了一句,继续沉思着。

"温染雪才离开了几天,你就这么想他吗?"月痕的手锁紧,周围的气场开始转为愤怒型。

"不是他啦。"注意到气氛的我连忙解释着,"是染雪的老爸温老庄主啦。"

"哎?原来你喜欢这一型的啊。"

狠狠地给了他一个爆栗,从他手中夺过我的秀发,我恶狠狠地说道:"我才不是大叔控呢。"

听到我的话,月痕的表情瞬间变得很轻松,自袖中取出小镜左顾右盼:"也是哈,有我这个超级美男在你身边,你怎么会看上其他人呢。"

"你差不多得了。"我忍住呕吐的欲望,努力地抑制住嘴角的抽动。

"嗯嗯,你见到了温染雪他老爸,然后呢?"月痕好整以暇地看着我,表情和缓得不正常。

"那个,怎么说呢?"我努力在脑海中搜刮着词语,试图能表达出心中的感受,"他,看起来——很悲伤。"

"悲伤吗？"月痕微微一笑，摸了摸我的头，"人类总是喜欢因为一些事情而感到悲伤和痛苦，但是，有时候这些完全是可以避免的，人啊，总是在失去之后才知道珍惜。"

"得不到的总是最好的，是吧？"我抬头看着月痕，似有所悟。

"也对也不对。"月痕浅笑，拉起我的手往院中的亭子走去。

"那何为对何为不对？"

"人类确实喜欢仰慕那些本来不属于自己的东西，但多数在得到之后就不再喜爱，但是，也有这样的例子，就是原本不在意的人或事物，在他们（它们）离开之后才觉得重要，甚至是无可取代。"

"失去了才知道重要吗？"

"没错。"

亭子中，月痕将我按坐在石凳上，从篮子中拿出几碟菜摆在桌上，顿时菜香袭来，让我因忙碌了一下午而饥肠辘辘的肚腹立刻食欲大动，发出咕噜噜的响动。

"这些是这里厨房做的最好的小菜，你若是错过了也会觉得后悔的。"坐到我的对面，月痕将筷子塞入我的手中。

"把握现在，不要留下遗憾，是吧？"我举起筷子，拈起笋丝细细品味，嗯，好吃。

"说得没错。"拍拍我的头，月痕的脸上露出温暖的笑容。

建在水中的亭子清秀挺拔，碧水微漾，浮萍中，几只金鱼在亭边跃跃欲试，鼓起红红的腮帮，煞是可爱。

将袋中的桂花糕捏碎扔入，轻松地看着鱼群聚来又散去，我的心缩紧又放松，一切缘分的起源和终结，原来，冥冥之中自有定数。

"月痕。"

"什么？"

"我看，以后还是不要在这里吃桂花糕了。"

"为什么？"

"在哭泣。"

"什么？"

"那片竹林，那间小楼，还有一个痴心的老人，他的心在哭泣。"

"这样啊。"

"嗯。"

那天的下午,我们出乎意料地很少说话,也没有吵闹,只是对坐在亭中,静静地吃着美食,看那动荡的池水吹来又拂去,珍惜现在,不过如此吧。

"月痕。"

"什么?"

"不会伤心的。"我不会让自己伤心的,就算伤心,也不会让自己因为后悔而伤心。

"嗯,我知道。"月痕点点头,在对面微笑地看着我,眼中的神色是了然与理解,还有丝丝的悲哀和愧疚,那眼神是如此复杂,复杂到直到我了解了一切后仍然理解不了。

沁有微微水湿的风拂过月痕的长发,吹动了他发丝上白色的飘带,衣袂生风,光影明明暗暗地照耀其上,流光溢彩。这一刻的月痕,飘然若仙,与竹楼上的女子倒是有几分相似,只是,月痕的美是不能用画来表达的,他的美是流动的,要用一个名叫思念的凿子将其深刻在心中,才能铭记。

14·诱惑之声

隔天的早上,温染雪率领一部分人回到了山庄,虽然没有抓到凶手,但也找到了一些线索。最起码,他找到了犯人曾经藏身的山洞,他回来,便是接月痕和我去看看那里,看是否能找到什么可以证明凶手是谁的关键性证据。

随便收拾了几样东西,我和月痕便坐上马车上了路,因为那山洞本也不远,只需一个多时辰便可赶到。

"染雪,那个山洞是怎么样的?"曾经见识过养育迭罗之花的山洞,不知道现在这个是什么样子的。

温染雪低头想了片刻:"怎么说呢,很湿,很阴,还有怨恨。"

"山洞也会怨恨吗?"我不禁轻笑,小雪的想象力真是越来越出色了呢。

可是到达了目的地之后,我才发现,可笑的人原来是我。

深邃阴暗的山洞,曲曲折折的路径,进去和出来,都只有这一条狭窄的路。岩洞中气温很低,滴滴答答的滴水声四处响起,地面很湿,我的绣鞋在进去不久就已经湿透,寒气透过凉水渗入脚心,让我感到片刻的寒冷,却在瞬间又恢复了温暖,我拎起裙角,看到脚上微微的蓝光,原来,是月痕的契约在保护我。

抬头看着月痕,他也正回头看我,用口型低低地告诉我:"自己小心,这里很奇怪。"

点点头,我继续观察着山洞。

"好奇怪。"

"什么?"温染雪问我。

"一般这种山洞里都会有蝙蝠之类的东西吧,可是这里什么都没有,真的是很怪也。"我观察着崖壁,的确没有。

"原来如此。"月痕的笑声低低传来。

"什么?"

"没有蝙蝠,是因为有这个。"抬起手,月痕自洞顶抓住了一个黑色的东西。

"蜘蛛?"我叫道。

"没错。"月痕点点头,"这里已经是这些家伙的地盘,蝙蝠自然来不了。"

"可是——"我的心中充满疑问,蜘蛛会跟蝙蝠抢地盘吗?

"到了。"温染雪突然停住脚步,指着前面漆黑的地方,"就在那里。"

屏住呼吸,我跟随月痕的脚步迈入其中,一股潮湿的空气袭面而来,随即就是——铺天盖地的恨意。

温染雪说的没错,这是怨恨,可是,这股惊世骇俗的恨究竟是从何而来,又该如何消除,我深陷其中,理不出任何头绪,找不到任何办法,只能感觉到自己的渺小和无力。

席卷的怨恨包裹住我,让我无处脱身,顿时我的呼吸困难起来,心中未愈合的伤口仿佛得到了巨大的养料,开始蔓延起来,一股恨意和悲伤侵蚀着我的心灵。

"你很恨对吧?"一个邪魅的声音传入我的耳中,听不出是男是女,却用那诡异的氛围瞬间控制住了我的思想。

望向四周,我发现自己不知何时已经处在一个巨大的虚空中,四周都是黑暗,没有一丝光线,阴暗得让人窒息。

"你很恨对吧?"那声音再次向我提问。

第四章 寒冰山庄

"不，我不恨。"

"不对，你在怨恨，你的爱人背叛了你，害死了你，却没有丝毫愧疚地活得逍遥自在。"

"不，不是的，他没有害死我。"

"是他，罪魁祸首就是他，他害死了你，让你遭受了那么多的痛苦，你不想报复吗？"

"报复？"

"对，报复，报复他，让他求生不得求死不能。"

"报复苏文？"

"没错，不要逃避了，其实在你的心中是怨恨着的，你想报复，你想杀人，来，不要再压抑自己了，解放自己的欲望，按照自己想做的自由地去做吧。"

"自由？"

"对，只有这样，你才不会后悔。"

"我不会后悔？"

"对。"

"我不会后悔，我不会后悔。"我在口中喃喃念道，好熟悉的话语，我说过吗？还是说——

脑海中开始翻腾起来，我抱住头，回想起，那天坠崖以为死定了，却遇到了月痕，穿越，开店，破案，抓鬼，一直在一起——

我不会贪心，我会把握住现在，以后才不会后悔。

"是的，我不会后悔。"我的声音坚定起来。

"是吗？那么，来，接受这怨恨的力量吧。"邪魅的声音有丝丝的兴奋，有种跃跃欲试的感觉。

"我拒绝。"站稳身体，我往虚空中看去，用坚定的目光直视着他（她）。

"你不想报仇吗？"声音有了些许的迟疑，但并没有放弃，还在继续逼问着我。

"我没有仇恨，哪来的报仇之说？"

"你不用骗我，呵呵呵呵。"他（她）蓦然笑了起来，"我能看到，你的内心，那个叫苏文的男人抛弃了你，不是吗？"

"是的。"我点点头，没有任何慌张和隐瞒。

"你不想报仇吗？"

"为什么要报仇？"

"为什么？你不恨他吗？"

"只是有点伤心,但,如果不是他,我也不会遇上月痕,遇上祁风和染雪,还有其他人,比起这些,那点事情根本算不上什么。"相遇就是一种恩赐,所以,我只有心存感激,又怎么可以怨恨？

"原来如此。"声音低沉下去,却又突地发出一阵笑声,"原来背叛的人是你。"

"你说什么？"我皱皱眉,他(她)又换什么花样？

"不是吗？"他(她)继续说道,"因为最先背叛的人是你,所以你才不会伤心。那个可怜的男人啊,被你背叛了还包含着愧疚,真是太可怜了。"

"拜托,你刚才不是还说他毫无愧疚地逍遥自在吗？怎么现在他又成了受害者了。说来说去,你就是希望我软弱下去,好被你控制吧？"既然已经弄清楚原委,我索性把事情挑开,不再接受他(她)的挑拨。

"哎呀,被看穿了吗？"他(她)低低地笑了起来,笑声渐渐变大,震痛了我的耳膜。

"你真的很有趣,怪不得他会留你在身边。"好一会儿,他(她)才停住笑,冒出这样一句话。

"什么意思？"我有些不解。

"这个嘛,想知道吗？乖乖听我的话我就告诉你。"他(她)的声音再次转低,诱惑着我。

"我拒绝。"后退一步,我再次拒绝了他(她)的提案。

"这样吗？"他(她)大大地叹了口气,"那就太遗憾了。"

"月月,月月。"正等待着他(她)的下一步动作,月痕的声音忽然透过虚空,传到我的耳边。

"月痕,你在哪儿？"

"哎呀,我才借了你这么一会儿,他就舍不得了吗？"听他(她)的声音倒是甚是惋惜,"也罢,这次就玩到这里,我们下次再来玩啊,月儿。"

"谁要和你玩,还有,我和你不是很熟,拜托你不要这么叫我。"我丝毫不给面子地驳回了他(她)的话。

"那还真是可惜呢。"他(她)再次笑了起来,这笑声让我不寒而栗,就像一个骄纵的小孩找到了新的玩具。

"那么,下次再见咯,月儿。"

他(她)完全没有听我的话,继续叫着让我肉麻的称呼。

正准备再次反驳,意识却一窒,再次清醒时,我发现自己还站在山洞中,仿佛从来没有移动过?

这是怎么回事?

15·离别之时

"月月,月月。"月痕的声音由远及近,从恍恍惚惚直到近在耳旁。

眼神渐渐有了焦距,我看清了眼前的人影:"月——痕。"

"月月,你怎么了?"月痕的双手紧紧陷入我的肩窝,抓得我生疼。

"痛——"我低喊出声。

"哦,对不起。"月痕连忙松手,却没有放开我的肩膀,"发生了什么事?刚才有一瞬我感觉到你的魂魄不在这里。"

"我好像到了另一个地方,然后有一个人一直跟我说话。"我摸着前额,回想着刚才的经历。

"谁?"月痕的表情在听到我话的瞬间变得十分凝重,常有的戏谑表情也随之不见,留下的只有深深的担忧。

"不知道。"我摇摇头。

"是一个什么样子的人?"月痕接连问道,原本放松的手再次握紧。

"我看不到,那个地方一片漆黑,我什么都看不到。"我顿了顿,接着说道,"那个声音——很邪魅,我连是男是女都听不出来。"

"听不出是男是女吗?"月痕的手再次加重了力度,眼神中是慢慢积聚的忧虑。

"嗯。"我点了点头,忍住肩上的疼痛,"月痕,怎么了?"

摇摇头,月痕猛地放开了双手,肩一松,失去平衡的我险些跌倒在地,还好身后的染雪接住了我。

"如月,怎么了?"温染雪一直观察着洞内,所以没有注意到我的失常以及我们的对话。

"没事。"我摇摇头,担忧地看着沉默的月痕。

这沉默保持了很久,直到回到山庄,他也没有再次说话,只是皱紧眉头,静静地在一旁发呆,晚饭也没有吃多少。

"如月,他怎么了?"看到这一情景的江祁风,拉了拉我的衣袖,好奇地问道。

给了他一个白眼,我没好气地说道:"我要是知道就好了。"

"哎?你都不知道吗?"江祁风挠挠头,一副难以置信的表情。

这种情况一直持续到了第二天的早上,无故消失一晚的月痕在我们用早膳的时候突然闯了进来,衣角沾满了露水,衣衫上的湿气顿时使得屋内的空气变得湿润起来。

"月痕,你昨晚到哪里去了?怎么现在才回来?"推开椅子站起身,我跑到月痕的身边。

月痕看了我一眼,但随即立刻看向了温染雪:"温染雪,我改变主意了。"

温染雪站直身子,直视月痕:"不知月兄是何意思?"

"这件事情我会帮你解决。"

"哦?"温染雪的眼神瞬间跳跃了一下,似乎有些不可思议,"是什么使你改变主意的?"

月痕摇摇头:"这个你不需要知道。"

"你太无礼了。"一旁站立的玄冰忍不住出口,"虽然我敬佩你救了众弟子,但是你若是再这样跟少主说话,我——"

"闭嘴。"月痕冷冷出口,眼中的寒色愈烈,直直地洒落在玄冰身上,"我的事用不着你插嘴。"

"月痕。"我不由出口,这样是不是太过分了。

"你也闭嘴。"月痕没有看我,眼神继续注视着温染雪,没有丝毫的移动。

半晌,温染雪点了点头:"本来我就是请月兄来帮忙的,既然你肯自然是最好。"

"不过我有条件。"月痕再次开口,说出的话更是惊世骇俗。

"什么?"温染雪略微吃惊地看着月痕,想不出他除了鸡之外还有什么更高质量的要求。

"我要——"月痕的手直指温染雪的腰间,"你的冷雪剑。"

这句话过后,大片的沉默在屋中渲染开来,惊讶、气愤、不解,各种情绪在屋中蔓延开来,浓墨重彩地画出大片的窒息。

"你给我适可而止。"开口的还是玄冰,她上前一步,站到了月痕的前面,"不管怎么样,你的要求也太过分了。"

"我说过的吧,你闭嘴,这不是你可以插嘴的问题。"月痕看着她,脸上没有丝毫的表情,玄冰在他眼里如同落入陷阱的动物,只是冷冷地注视着它被猎杀,他的眼中除了冷漠,还是冷漠。

"你——"玄冰震撼于他眼中的冰冷,却还是上前,右手再次握上了环绕在腰上的长鞭。

"玄冰,退下。"温染雪终于开口,语气也凉薄了下来。

"可是,少主。"玄冰回头看着温染雪,眼中的表情是诧异和不解。

"退下。"温染雪加重了语气,身上的寒气也浓烈起来,瞬时,整间屋子被两股冷气充斥了。

"是。"不得已地收回握鞭的手,玄冰瞪了月痕一眼,才退回温染雪的身后。

"月兄。"温染雪直视着月痕,"对于你的条件,我拒绝。"

"拒绝吗?"月痕的脸上并没有十分吃惊,反而露出了丝丝的微笑,"原来如此。"

"没错,我拒绝。"温染雪再次重复自己的话,"那么,月兄,你会如何?"

月痕笑着摇摇头:"那么,寒冰山庄的事与我再无干系。"

"月痕。"我忍不住再次开口,却忘记了他叫我闭嘴的事情。

好在月痕也没有多么在意,只是背过身走向门口,却在门槛前停住了脚步:"月月,你是跟他们在一起还是跟我走?"

清晨的阳光照耀过来,把月痕的背影投射在他身后的地上,好模糊,就像马上就要消失了一样,那光给月痕的白衣镀上了一层金边,使他如同降临尘世的神祇,又如颠倒众生的精灵,给我一种不真实的感觉。

地上的影子仿若给我和他之间画上了一条长长的分割线,强行把我们的生命和世界分开,不,我不要。

跑上前,狠狠地踏过地上的影,我抓紧月痕的手,好冷,平时总是充满温暖的手现在是冰凉的,这难道是说,他也在害怕?

"我跟着你,我要跟着你。"握紧月痕的手,我抬头仰望着他的脸庞。

他回头看着我,逆光使他的脸在那一瞬间模糊起来,蒙眬之间,一朵微笑在他的脸上盛开,暗香怡人,灼灼其华。

"我们走。"与我十指交叉紧握,月痕拉着我的手大步走开。

"如月。"后面是江祁风的呼喊声。

我没有回头,我不害怕自己会忍不住留下,却害怕看到那离别的色彩。早就知道会有离别的一天,所以一直都做着心理准备,可是当这一天真正到来的时候,却发现再多的准备都是没用的,真正面临时我一样手足无措。

但是,我没有后悔,在这个世界上,只有月痕和我是一起的,我们都只有彼此。

是吧,月痕?

但是,为什么你的眼神会是那么忧伤呢?

16·吾心所选

不回到古代,我永远也不会发现,没有被工业所污染的世界是如何美丽。

这样大片的草地在居住的城市里怕是再也找不到了,山顶向阳的坡上,大片的野草横铺而就,无数的花儿间杂其间,若地毯上织就的图案,繁复而自然。

坐在最高处,舒缓的清风轻轻抚过我的脸庞,调皮地弄乱了我的长发,使它们向后飘去,在空中纠结缠绕。不理会顽皮的风,我双手后撑,半仰着坐起,眼神滑过波浪般起伏的草地,最终落在月痕的身上。

与我不同,月痕规矩地站在半山腰,望向渺茫的远方,似在寻找些什么,又似在思考着什么,只给了我一个背影,挺直而纤细的背影。

即使深沉如他,也没有逃过风的调戏,看着他在空中飘舞的黑色长发,我不由眯起了双眼,若是这时的他脱去伪装,那飘荡的银白色长发又该是如何绝美的景象。吹扬的风使他的衣袂轻飘,鼓起的衣裳更衬托出他稍瘦的身躯,想到这里,我不由嫉妒地想起:这家伙平时吃的是我的十倍,怎么就是不长肥呢?他还真的是女性公敌呢!

似乎感觉到了我充满敌意的目光,月痕的背颤了颤,缓缓地转过身来。

我连忙转过头,假装在观察着身边的野花,脸颊微微发烧,是行坏事未果的后遗症。

"月月。"终于叫出我的名字,他的声音却虚弱得如同叹息。

"什么?"为他的语气所震惊的我大声叫了出来,不小心惊跑身边的几只小蚱蜢,猛地捂住嘴,我脸颊上的温度持续地升高。

看着脸红的我,月痕脸上的严肃略微好转,有了点点松动,却还是叹了口气,无奈地看着我:"你——不问我吗?"

"问什么?"我下意识地问道,随即又沉默下来。

月痕没有回答,只是依旧温和地看着我,风吹动野草,我的面前浮动着一片又一片绿色的波浪,大大的浪花溅起,使我的眼中产生了一种假象,月痕快要被此起彼伏的大浪淹没。

站起身,越过重重的波浪,我站到了月痕的身边,拉下他的衣领,踮起脚与之对视。

"你想听假话还是真话?"认真地注视着他的眼睛,其中的神情是我所不理解的,想理解,我想理解,不光是他的眼神,还有他的一切。

握住我拉他衣领的双手,月痕微微挑眉,眼中有了微微的笑意:"你说呢?"

深深吸了一口气,我直视着他:"如果我说不想问的话,那绝对是假话,我也不想说什么'等你想说的时候自然会告诉我'这样自欺欺人的话,只是,只是——"

突如其来的哽咽使我暂时失去了声音,原本直视着他的双眼也陷入了一片模糊,可恶,鼻子好酸,到底是为了什么。

"只是什么?"月痕没有动,眼中的怜惜愈烈。

"我只是——害怕。"吸了吸鼻子,我说出刚才吐不出的字眼。

"害怕?"月痕蓦然握紧我的手,似乎要给我以安全感。

但,只是这样是不够的,月痕,现在的我,很害怕,很害怕,却想要得更多。

"是的,害怕,我害怕问了你,你不会回答我,更害怕,你会生气,还害怕,你会丢下我一个人独自离开。"泪水,在眼眶中打了无数个圈,终于在话语出口的一瞬掉落,轻轻滴在月痕的手上,弹出无数个小水珠,每一个都映出我伤心的容颜,带着它落地无影。

"真是个傻瓜呢。"良久,月痕叹了口气。

松开右手,月痕的手指触摸上我的脸颊,指尖上是我晶莹的泪珠,月痕将它送到眼前细细注视:"总是这么爱哭,真是让我放不下心啊。"

"月痕。"你不放心我,这么说,是在保证吗?你不会丢下我。

月痕没有开口,专注地看着指尖的泪珠,观察良久,却将它送入了口中。

"你干什么啊?笨蛋,这可不是露珠啊。"我的脸迅速地红了起来,目瞪口呆地看着月痕的动作,几乎失去了语言的功能。

细细吮吸了手指,月痕沾着温度的指尖再次回到我的脸上,触摸着我未干的泪痕。

"真是不可思议呢,你的眼泪,刚触及舌头时又咸又苦,"月痕若有所思地看着我,指尖滑过我的脸颊,所经之处引起一片片的红晕,"可是,仔细回味的时候却又有丝丝的甜味,比清晨的露珠还要好喝,这,是为什么呢?"

"我怎么知道。"

躲过他的手指,我将脸转向一旁,并在同时放开抓他衣领的双手,但,只来得及放开右手,被他握住的左手却丝毫动不了。

"放开啦。"我瞪着他,使劲地抽出自己的左手。

努力半天,终于快要成功的时候,月痕的右手却扶上我的背,轻轻一按,将我带入了怀中。

"月月啊。"那叹息声再次响起,成功地让我停止了挣扎,停靠在他的怀中。

"什么?"我的背脊在他右手的触摸下僵直着,脸颊因为和他发丝的触碰而红透。

"你说,我究竟该拿你怎么办才好呢?"月痕的左手环上我的腰,与右手交叉,成功地将我锁在了怀中。

"我怎么知道。"没好气地抢白道,他那是什么语气啊,仿佛我是一个累赘一样。却不知道,因为这一刻的怒气,我僵直的背脊迅速地松软下来,变成整个人惬意地赖在他的怀中。

"月月,人都是自私的吧,狐狸也是一样哦。"半晌,月痕再次开口,却说出了一句莫名其妙的话语。

"月月,你告诉我,我自私一点也是可以的吧。"凑近我的耳旁,月痕近乎梦呓地吐出一句话。

瞬间,温暖的带着淡淡清香的风吹过我的耳垂,我的耳朵上闪现出可疑的红斑,意识在那一刻仿佛被剥夺了,只能不停地点着头:"嗯。"

"是吗?"仿佛得到了想要的答案,月痕满意地在我耳边轻笑,双手用力箍住了我,"那么,如你所愿,我会很自私的,你,可要做好心理准备哦。"

什么跟什么嘛,你自私关我什么事啊?不屑地扁了扁嘴,他什么时候不自私啊,吃饭的时候都只会抢我的。对于他的恶习,我早就做了充足的心理准备了好不好?

"那个——"

"什么?"

"你可不可以放开我啊?"

"不行。"

"为什么?"

"因为我不想。"

"你还真是——"

"自私是吧?不是你让我这样的吗?"

脑袋上滴下巨大的汗珠,果然,还是没变,这只又狡猾又自私的狐狸精。

咬咬牙,我狠狠地踩向他的脚,并成功地在他呼痛的惨叫声中挣脱了他的怀抱,交抱双臂好整以暇地看着他抱脚痛苦的样子。

怎么感觉凉飕飕的,还是月痕的怀里舒服啊,又温暖又舒适。等等,我怎么会有这么无耻的想法,花痴,一定是我犯花痴了,啊啊,水如月,你要控制住啊,再这样下去后果可是很严重的。

原本看着好戏的我在一瞬间陷入了天人交战的状况,以至于我没有看到身边月痕那贼兮兮的嘴脸以及那熟悉的看好戏的表情,否则——

呐,月月,我选择了自私呢,虽然是假借你的口说了出来,但实际上我就是这么想的吧,不管怎么样,我都不会反悔的,所以,你也不能反悔哦。

"我们约定了哦。"

"什么?"好不容易唤回意识的我却突然听到这么莫名其妙的话语,更是丈二和尚摸不着头脑。

"没什么。"月痕摇摇头,脸上露出习惯性的戏谑的笑容。

"走吧。"拉起我的手,月痕往山顶走去。

"去哪里啊？"我好奇地问道。

"寒冰山庄。"月痕头也不回地说道。

"什么？"

月痕，你不是说不会再管他们了吗？怎么这么快就改变了主意，还是说，这本来也是你计划的一部分呢？

17·孽障之缘

"你刚才不是说不再插手寒冰山庄的事情了吗？怎么又要去那里啊。"惬意地被月痕拉扯着前进，舒心之余我还不忘满足自己的好奇心。

月痕回过头看着我笑了笑："是啊，你说是为什么呢？"

"现在是我问你。"奇怪，太奇怪了，平时我问这种问题他一定会狠狠地讽刺我没有脑子，现在居然这么冷静，绝对有问题。

"我们来的路上，丧尸袭击了我们多少次？"月痕停下脚步，伸出右手食指在我面前晃了晃。

"大约，三四次吧。"我掰起手指细细地算着。

"那从什么时候起他们没有来袭击我们呢？"月痕用食指戳了戳我的额头。

"从我们到山庄之后。"

"那我们到达山庄之前呢？"月痕放开握住我手的左手，双手并用地扯起我的脸。

"哦。"暂时忘记了被他扯得乱七八糟的脸，我灵光一闪，"你的意思是说，因为有我们在山庄，所以丧尸们都不敢来了。"

月痕点点头，两手一挤，帮我弄出一个瘦骨嶙峋的造型："说得没错，尤其是知道了我们有治疗丧尸的能力后，他们就更不敢轻易来犯了。"

"所以你才说要离开？"我看着月痕，这是他的计策吗？若是如此，先前那深邃的忧伤也是虚假的吗？

"如果现在不说离开,不知道要和那个人僵持多久,他有时间,我可没有多余的时间陪他玩。"月痕耸耸肩,一副轻松而又无奈的表情。

"他只是一个人类,比时间怎么也比不过你。"我扯开月痕作恶的双手,充满正义感地纠正他的错误。

"说是这样说没错,不过若是真的再和他僵下去的话,恐怕要在寒冰山庄待个三到五年。"月痕摸摸自己的长发,无限自恋地说道,"我那些护发品都没带多少来呢,要是不经常护理的话,头发会分义的。"

"要那么久吗?"我连连咂舌,对自己听到的感到吃惊。

月痕点点我的头:"你以为我跟你开玩笑的啊,记得吧,我说过尸毒丸的制法吧。"

"嗯。"想起那阴毒的药丸,我的胃又是一阵猛烈的抽搐。

"你以为,收集那些尸体要多久,寻找那些孕妇又要多久,还有那些珍贵无比的药材,所以说,这次的犯人最大的优点恐怕就是有耐性了。"

"这样的吗?"我点点头,"那么?"

担心地望向山庄的方向,若真是如此,那么,从我们离开山庄的那一刻起,危险就已经袭向温染雪他们了。

"没错。"月痕点点头,"恐怕,在看到我们离开的时候,他就已经发起了总攻,因为,他也在害怕,害怕我们去而复返。"

"这么说,现在山庄已经有危险了?"我看着月痕,眼中充满了担忧。

"再次答对,现在的我们就是在和时间赛跑。"月痕点了点我的鼻尖,微笑地说道。

"可是,我们现在离山庄很远啊。"急火攻心,美丽的山坡在我眼中也立刻失去了色彩,我咬住下唇,唇瓣因为太过用力而变得苍白。

一只纤细的手指压住我的唇,撬开我的齿,轻抚着那苍白的下唇,月痕的眼中尽是怜惜:"笨蛋,怎么这么喜欢做傻事呢。"

"可是——"我抬头看月痕,他的眼中却是满满的淡定和从容。

"你忘了我们是怎么来这里的吗?"弹弹我的额头,月痕宠溺地看着我。

"走来的啊。"还说呢,路上也不跟我说话,害我跟着他走了一天,累都累死了。

"不是说这个地方啦,是说这个朝代。"

"哦。"我恍然大悟,"你有办法吗?迅速地回去。"

"那当然，本大爷可是狐仙大人啊。"月痕甩甩头发，尾巴几乎都翘了起来。

"是是是，英明神武、伟大无比的狐仙大人，现在请使用您那厉害的法术，把我们送回山庄好不好？"我一边没有节操地拍着马屁，一边鄙视地看着月痕越翘越高的大尾巴。

"既然你都这么说了，我就勉强答应你吧。"大笑着摸摸我的头，月痕突地一把揽住我的腰。

"啊——"

没有反应过来的时候，我已经身处于九天之上了，乳白透明的云层低低地飘在我的身下，伸手可触。汹涌的风涌了过来，吹得我发丝凌乱，我不由用力地抱住了月痕的腰肢，从中寻求着温暖和安全。

"因为赶时间，我们飞得有点快，所以风就比较大，你没事吧？"月痕低头把我的头按入怀中，低声在我耳边说道。

摇摇头，我在他怀中说道："没事，再快点也可以。"

"知道了。"月痕的声音在我耳边回响，伴随着那呼啸的风声。

许久，直到风速不是那么快，直到风的声音不再是咆哮，我慢慢地从月痕的怀中伸出头来，却看到一片熟悉的景色，回来了，玉壶山。

月痕抱紧我，降低高度，顺着山中的树梢飘移上山，直到能看到山庄，才停在一棵不显眼的树上。

站在这里，可以看见寒冰山庄的情况，我的心不由一揪，不出所料，山庄的外面围满了丧尸，不断有人砍杀，不断有人倒下，绿色的稠液四处飞溅，有的躲开了，有的人却不幸地成为了丧尸，与先前的伙伴相互砍杀着，这不仅仅是战争，更是摧残，是地狱。

一双手从身后轻轻地捂住了我的双眼，温柔的声音响在耳边："不想看就不要看了。"

"月痕，阻止他们，这——太悲伤了。"抓住月痕的衣袖，我低声哀求着，不要，这样的轮回太悲惨了，一刻前砍下同伴的头颅，却在一刻后被自己的同伴所砍杀。

"嗯，你就在这里待着，我去去就来。"安置好我，月痕飞向那散乱的战场。

月痕白色的衣襟在风中飘动着，宽大的长袖随风甩动，飘逸洒脱地如一只白色的精灵，看得到他灵动的身影，却抓不住他流浪的心。

"月兄。"看见月痕的身影，江祁风露出了欣喜的神色。

"你果然回来了啊。"温染雪看到月痕倒并不是十分吃惊,只是露出了浅浅的笑容,仿佛早已预料到了一切。

月痕挠了挠耳朵,似乎不太习惯这种重逢的场面:"还是先了解这里的情况再说吧。"

"嗯。"

情势,从月痕来的那一秒开始逆转,一方面,丧尸惧怕于月痕的法术,只敢远远地围着;另一方面,寒冰山庄的众人看见可以医治尸毒的月痕,自然信心倍增,也不见了起初的畏缩。

"太好了。"我拍着手,却差点因为维持不了平衡从树枝上掉落下去。

"啊——"

关键时刻,一只手抓住了我的衣襟,将我牢牢地拎在空中,阻止了我下坠的命运。

心有余悸地看着身下,我拍拍胸口,真心地说道:"谢谢。"

"不用客气。"一个低沉的声音在耳边响起,我的血液突然变得冰凉,不可思议地抬起头,那本来狂跳的心在瞬间暂停了跳动。

"月儿。"眼前的人蹲在方才我站立的树枝上,正眯起眼睛给我一个可爱无比的笑容,可从那眼中,我看到的是,抓到猎物的狂喜和残忍的暴虐。

其实一直在想,如果不相遇的话,也许一切都会变得很好,也不会有以后的伤痛,但,似乎避无可避,因为,我们的孽缘,不是上天造就的,而是人为的,从一开始,我就被玩弄于股掌之中,一只叫做仇恨的掌中。

18 · 陨星逐月

眼前的黑衣男子,有着超然出世的风姿和稀世罕有的容颜,漆黑如夜的长发,隐隐透出幽蓝的色彩,同样漆黑的丹凤眼,有着傲视天下的气魄。

但在我看来,最美的还是他的唇,月痕的唇是粉红的,从中吐出的淡淡的香气让人情不自禁地有着温馨幸福的感觉,这个男子的唇却是血红的,红得有些近黑,与他苍白的脸色相搭配,就有了一种极不和谐的美感。这唇仿佛有着一种魔力,从中吐出的言语,会让人无法拒绝,甘愿沉溺其中,哪怕到达的彼岸是地狱,却依旧甘之如饴,任由他摆布。

他是美的,和月痕一样,一种属于中性的美感,但我却在第一眼看出了他的性别,大约是因为那眼中不容于世的孤傲,抑或是因为那身上隐隐透出的残忍的气息,和月痕完全不同。

月痕是媚的,近乎妩媚,他也是魅的,却是邪魅;如果说月痕是飘扬在风中的光之灵,那他就是飘荡在月夜下的暗之魅;同样美丽却是那么地不相容。

"你想对月痕做什么?"不经细想,我的话语脱口而出。

"哦?"他挑挑眉,和月痕一样的动作,只不过月痕体现的是戏谑,而他的确是恶劣的兴趣,仿佛发现了玩具的新功能,情不自禁地想迅速弄懂它。

"一般人在这种时候不是应该问'你是谁'才对吗?"黑衣男子单手将我拎至面前,细细地观察着我的脸,仿佛看着外星生物一般。

用力推开那张距我不到一厘米的脸,我一脸嫌恶的表情:"那你是谁?"

"哎呀,你一次问我两个问题,叫我怎么回答啊?"他用另一只手托着腮,一副苦思的表情,"该怎么办好呢?"

翻了翻白眼,我一把抱住树枝,毫不信任地看着他:"随便你。"

看着我树袋熊般的样子,他兴趣索然地松开了手,坐了下来,双手托腮:"真是无趣。"

爬到离他最远的地方坐下,我方才抬头问他:"你就是在山洞中跟我说话的人吗?"

"哎呀,你知道。"听了我的话,他仿佛重新又提起了兴趣,顺着树枝又靠近了我几分。

"你在那里说话我听得见,用不着靠得那么近。"再次后退几厘米,我和他保持着安全距离。

"没错哦。"他仿佛听取了我的意见,没有再上前,"上次的人就是我。"

"为什么要这么做?"

"没什么。"他耸耸肩,一样的动作,他做起来却娇柔无比,媚骨三分,"只是——有趣而已。"

"有趣?"我看着他,做出那样的事情,只是因为有趣吗?

"嗯。"他毫不掩饰地点了点头,"只是,想看看他痛苦的样子而已,失去最喜欢的玩具时痛苦的样子。"

玩具?难道说的是我?

"我不是玩具。"我反驳着他,虽然我是长得很可爱没错,但也不能就因为这个说我是玩具啊!

"呵呵呵呵呵。"他突地掩起袖子笑了起来,黑色的绸缎滚绣滑润,穿过他的指尖滑下,死板的黑色在他的身上也有了几分春意,几丝魅惑。

"小月儿,我认识他千年了,你说——是你了解他,还是我了解他呢?"衣袖半遮着他的脸,我看不清他的表情,但,那犀利的眼神仿若刀子般刺入了我内心的最深处。

"你——"认识月痕千年,这么说,他也是妖?

"我叫星陨。"突地站起身,他低头俯视我,说出了这句话,"告诉月痕,我对他的玩具很感兴趣。"

"我说过了,我不是——"

话音未落,他的身影已自我眼前消失,再也找不到踪迹,只是,空气中那淡淡的曼陀罗的香味提醒着我,那个叫星陨的男子曾经来过。

"月痕。"想起星陨的话,我的心不由一紧,朝月痕所在的方向看去。

就在我与星陨交谈的时候,山庄前的形势发生了大逆转,原本围绕山庄的丧尸,只剩下了几十人,被众人紧紧地围了起来,在圈中碍于月痕的威势,做着困兽之斗。

主使者还没有出现吗?我注视着场内,并没有看到类似首领的人存在,难道,是星陨?不不,不可能,我随即又摇了摇头,如果是他的话,月痕就不会说犯人是人类了吧。

"到底在哪里呢?"我注视着场内,细心地观察着每一个人的神情,在这种关键时刻,主使者一定藏在哪里。

"有了。"

功夫不负有心人,终于被我找到了,在众人都注视着场内的丧尸的时候,一个弟子正悄悄地向温染雪靠近。

"染雪,小心。"看到这一幕,我猛地站起,朝山庄的方向大声地叫了起来。

几乎在同时,那个弟子靠到了温染雪的身边,瘦得只剩指节的手伸向温染雪的腰间。听到我叫声的温染雪立即反应过来,感应到他的异动,一个转身,拔出冷雪剑,压到了来人的脖上。

那弟子一见奇袭失败,眼中寒芒一闪,立即力蹬右脚,朝后退去十几丈,才站稳了脚步,饶是如此,项上也因冷雪剑的剑气而流出血来,碧绿的血液。

"好一个温染雪,好一柄冷雪剑。"扒去身上的蓝色袍子,那只是一个老人,满面皱纹的老人,只有那一双怨毒的眼和那一声怨毒的音,才能证明,他是犯人。

"太好了。"我看着自己的示警起了作用,拍拍心口,无比欣慰地说道。

"小丫头,居然坏我好事。"黑衣老人抬起左手,朝我挥出。

"月月。"一旁的江祁风大叫出口,可是却来不及阻拦黑衣老人的出手。

一件黑色的物事朝我飞了过来,还隐隐带着些腥臭。我呆呆地看着它,已经失去了应变的能力,毕竟来唐朝这么久,还是第一次面对攻击。

一阵香风袭过,不是曼陀罗那奢靡颓废的味道,而是淡淡的苹果的清香。

安心地依偎在这个怀抱中,我抬起头:"月痕。"

月痕右手揽着我,片刻之间,再次回到了场中,左手食中二指还夹着方才黑衣老人扔出的暗器,那是一只黑色的小蛇,在月痕的手中还在径自挣扎,试图噬咬他,无奈月痕手上有着那淡淡的蓝色气膜,无论它做什么努力,都伤不了月痕分毫。

"居然拿毒蛇当暗器,还真是有创意。"月痕眯起眼,将蛇平举至老人的面前,"还是说,你将灵魂都卖给蛇了?"

"哈哈哈哈哈。"看着动作如此敏捷的月痕,黑衣老人似乎放弃了希望,"今日我既是技不如人,遇上了你,也该是我命,要杀要剐,都随你便,但是,自然有人会替我报仇的。"

"哦?"月痕挑挑眉,"自己不行,就寄希望于别人吗?"

"哼。"老人发出一声冷哼,不再说话。

"还是说,那个人也是这么拜托你,要你报仇的。"甩开手中的小蛇,将它丢至一旁的树丛中,月痕好整以暇地看着老人。

"你——"似乎受到了惊吓,老人伸出颤抖的手指,指着月痕。

"我说错了吗,方希?"

"你——都知道了?"不可思议地看着月痕,黑衣老人的脸上第一次露出了惊恐的神情。

"他叫方希？"一旁的温染雪突地开口，指着黑衣老人，"月兄，他究竟和我寒冰山庄有何仇怨？竟做出如此之事。"

"这个。"月痕点点额头，一副费解的表情，"就有点复杂了，具体来说，他和你还有点关系呢。"

"我？"温染雪看看黑衣老人，又难以置信地看着月痕。

"阿希，果然是你吗？"正在此时，一个声音突然传入我们的耳畔，而映入我们眼帘的是——

19·染血之剑

"父亲？"

"老庄主？"

"温老庄主？"

几道不同的声音几乎在同时响起，所有人的目光都集中到了突然出现的老人身上。

"阿希。"温老庄主缓缓地走到了人前，看着眼前的黑衣老人，"果然是你吗？"

"温落尘，果然是你个老匹夫。"方希突地冷笑，用恶毒的目光注视着温老庄主。

"阿希，是我的记性不好了，怎么你和以前不一样了？"温落尘盯着方希看了一会儿，突地冒出了这么一句。

"呵呵呵呵。"方希听了话却大笑起来，边笑边摇着头，"这些年，我千算万算，没想到，你见到我最先说的居然是这个。"

"也罢也罢。"方希渐渐停住笑，站直背脊，"我就让你看看吧，我为复仇，究竟付出了多少。"

方希瘦骨嶙峋的手伸向自己的脸庞，却从发边撕下了一层面具，在那层面具下的，应该就是他的真实面目了吧。

可是，事实远远出乎我的预料，面具下的脸上，铺满了斑驳的刀痕，那错综复杂的凌乱下,掩盖的是怎样一张脸?又是怎样一种仇恨?

"你的脸?"温落尘后退半步,仿佛受到了巨大的惊吓。

"是我自己毁掉的。"方希咬牙切齿地说道,"你知不知道,每当照镜子看到这张脸的时候,我就会想起另外一张脸,当初要不是我,她也不会认识你这个混蛋,不认识你这个混蛋,她也就不会死,我恨啊,这二十年来无时不刻不在恨。"

"是啊,你应该恨我的。"温落尘苦笑着看着方希,目光中充满了苦楚和愧疚,"因为她,阿萝——"

"住口。"那个读作"阿萝"的名字仿佛一剂猛药,给了方希猛烈的刺激,"你没有资格喊这个名字。"

温落尘看着方希的神情,黯然点头:"没错,我没有资格,可是,这么多年来,我一直都忘不了她。"

"你没有资格,你没有这个资格,你这个无耻的混蛋。"方希似已脱力,猛地冲上前,抓住温落尘的衣领,却被山庄的众人扯拉开来,半跪在地上抽泣。

"阿希,以前的你一直很善良,连鸟儿受伤了你都会为它哭泣。"温落尘慢慢地弯下身来,直到跪在方希的身旁,"是我害了你,害了你们。"

"没错,是你害了我们。"方希狠狠地捶打着地面,随后又扯住自己的头发,"可是,害死她的是我,是我啊。"

"如果不是我救了受伤的你,她就不会遇见你,如果她没有遇见你,她就不会死。"方希突地抬起头,怨毒地瞪着温落尘,"呵呵呵呵,她哪里知道,她哪里知道,她救治的那个人,本来的目的就是为了取她的性命,她又哪里知道,她亲手救活的人,竟然是她的死神。

"这二十年来,我处心积虑,寻找报仇的机会,终于让我练成了尸毒丸,可是今天居然还是报不了仇——"

"你若是想要我的命,取了便是,何苦如此麻烦,害了那么多的人。"温落尘低垂着头,苍老的身躯在风中颤抖,似乎是一具失去了生命力的残骸。

"哈哈哈哈哈。"方希抬起了头,盯着温落尘,大笑着摇头,"没想到,时至今日,你居然如此自负,你以为,我复仇的对象只是你吗?你错了,我恨的,不仅是你,还包括整个寒冰山庄。"

"为什么?"

"你还有脸问我为什么吗?姐姐真实的死因,你以为我真的不知道吗?"方希的头突然转向了温染雪,眼中怨毒的神色不减。

"难道,你?"温落尘仿佛醒悟了过来。

"父亲,这到底是怎么回事?"温染雪握紧腰间的剑,直视着温落尘。

"雪儿。"温落尘神色复杂地看着温染雪,沉默许久,才再次开口,"他,是你母亲的弟弟,也就是你的舅舅。"

"舅舅?"温染雪握剑的手一松,惊异地看着自己的父亲,又转头看向方希。

"住口,我的姐姐没有嫁给你这个畜生,这个有着你一半肮脏血脉的小子也不是我的外甥。"方希伸出手,颤抖地指向温落尘,眼中没有半分的亲情,而是充满了厌恶和仇恨。

"阿希。"听到方希的话,温落尘眼中的苦痛无限加剧,"你恨我没关系,可雪儿是无辜的,他毕竟是阿萝的孩子啊。"

"哼,你们温家这肮脏的血脉,根本就没有延续下去的必要。"方希冷笑着看向温氏父子,"免得祸害他人。"

"住口。"温染雪剑眉深锁,"我们寒冰山庄自创庄之日起,虽不敢说除暴安良,但也管尽不平,何时做过半点伤天害理之事?"

"你——该不会是还不知道吧?"方希看向温染雪,脸上露出了残酷的神情。

"什么事情我不知道?"温染雪看向温落尘,眼中充满了疑问,"父亲,你不敢看我,到底有什么事情是你瞒着我的?"

"不是我不告诉你,只是——"

"只是什么?只是太罪恶了,你不敢说出口吧。"方希接过他的话,恶毒地看着温落尘,"除暴安良?管尽不平?亏你们敢说出口,殊不知,最大的罪,最大的恶,是你们自己才对。"

"这到底是怎么回事,父亲?"温染雪握剑的手完全地垂了下来,用询问的目光看向温落尘。

可回答他的只有沉默,温落尘只是低头不语,方希也只是用包含着无穷恨意的目光瞪视着温落尘,两人即是世界,一个只属于他们和过去的世界,外人无从插足,更无从评论。

"这种事还是早说的好。"终于月痕开口了,打破这惊人的窒息,也打破那以仇恨为结界的世界,"不然后果会很严重,比如像你们这样。"

"你——知道?"温落尘迟疑地看着月痕。

月痕浅浅一笑，突地伸手，夺过缠在温染雪腰间的冷雪剑，蓝光自月痕的指尖投入，剑身在日光下发出暗红色的光彩，一种不祥的感觉笼罩着我的心口，这感觉是如此强烈，以致我不由得后退半步，缩到月痕的身后。

"就是这妖剑，夺去了姐姐的性命。"看到冷雪剑的光华，方希的手不由颤抖起来，伸出手想触摸剑。

月痕后退一步，摇了摇手指："不行哦，比起主人的灵力，它可是更喜欢灵魂和你这样强烈的负面感情。"

"他摸了会怎么样？"扯了扯月痕的衣袖，我怯怯地问道，不敢直视他手中的剑。

月痕甩了甩剑身，收回灵力，剑身的红光渐渐消失："谁知道呢？也许会被剑控制，也许会被吸取魂魄而死。"

"这柄剑如此可怕吗？"我盯着月痕手中的剑，心中的寒意更甚。

"咦？还不满足吗？"没有回答我的话，月痕看着手中的剑，突然笑了出来。

我看向月痕的手，惊异地看见，被撤去法力的剑并没有像往常那样恢复原样，剑柄处连接月痕手的地方，它在吸食？吸食月痕手中的蓝光，剑身的红光又渐渐地强盛了起来。

"月痕。"我抓住月痕的衣角，担忧地看着他。

摇摇头示意我不用担心，月痕的手蓦然用力，艳丽的蓝色光圈自他的手中发出，猛烈地注入剑中，而剑本身在接收了巨大的能量后，不断地膨胀起来，红光愈烈。

"不，月公子，快收手，再这样下去你也会出事的。"温落尘目瞪口呆地看着这一场景，大叫出声阻止月痕。

斜睨着看向温落尘，月痕的嘴角挑起戏谑的弧度："我会出事？就凭它？别开玩笑了。"

随着月痕果断的口音，他手中的剑发出了一声巨大的爆裂声，红光在到达最大时突然消失，随着这爆裂，剑身从上而下出现了无数的裂痕，斑斓惨烈。

"这是，这是怎么回事？"目瞪口呆地看着冷雪剑的惨像，温落尘的手抖了起来。

勾起嘴角，月痕将手中的剑甩落在他的面前："因为受不了啊，真是愚蠢啊，为了获得力量，居然招惹不该招惹的事物。"

"结果就是这样。"无情地看着地上的剑,"因为承受不了巨大的力量而连赖以寄身的形体都失去。"

"怎么会这样？怎么会这样？"看到这一情景,温落尘手脚冰凉,手足无措地拾起地上的剑,不断用手抚摸着它,似乎已经疯癫。

"哈哈哈哈哈。"一旁的方希却是另一番景象,他盯着参差斑驳的剑身,突地爆发出一阵阵笑声,边指着剑边含糊地叫道,"哈哈哈哈,它碎了,它碎了,哈哈哈哈它碎了啊,姐姐,你看,它碎了。"

20·鼎剑之湖

"父亲,父亲。"温染雪看着走火入魔、已听不到他话的老庄主,转头看向月痕,"月兄,这到底是怎么回事,你做了什么？"

月痕摇摇头,冷笑着看向痴痴呆呆的温落尘和狂笑不已的方希:"我并没有做什么,只是,一直支撑着他们的信念倒塌了而已,居然把这种卑劣而邪恶的东西当做信仰,人类真是可悲啊。"

"信念倒塌了吗？"我握住月痕的手,看着跪坐在地上的两人,真的只是这样吗？

"这个男人。"月痕指向地上的温落尘,"在信念和责任的名义下,害死了自己的妻子。"

"还有这个男人。"月痕的手指移动了方向,指向方希,"同样在所谓信念和复仇的名义下,试图杀死自己的姐夫和外甥,还连累了一群无辜之人。"

"这到底是怎么回事？母亲她不是病死的吗？"温染雪后退半步,看着已经失常的两个亲人,再也无法保持平素的冷静。

"所以说,你上次听我的话,把冷雪剑交给我,让我替你解决不就好了吗？弄得现在这么麻烦。"月痕大摇其头,开始进入说教模式。

"月痕,这到底是怎么回事啊？"我一把扯住月痕的发丝,阻止了他的说教,冒汗地看着温染雪越来越差的脸色,"别卖关子了,我也想知道。"

"哎?真无聊。"面对我的极其不配合,月痕的嘴立即嘟了起来,但还是乖乖地开始进入讲解模式。

"快说吧,我也想知道。"江祁风也开始和我紧密配合起来。

"等一下,在这之前,还是要这两个当事人讲解细节吧。"月痕斜瞄了江祁风一眼,又看向委顿在地上的两人,眼中流露出的是极端的恶劣。

看着他不怀好意的眼神,我一哆嗦,冷汗冒了出来,后退半步,捂住耳朵,做好了全套准备工作,开始隔岸观火。

果然,随着一声"你们差不多也该醒了吧"的暴喝,两道蓝色的闪电炸在了温落尘和方希的头上,随着他们的发型天差地别的改变,他们的痴呆和狂躁也有了明显的改善。

温落尘看看自己紧抱在手中的剑,又看向月痕,眼神由混沌渐渐变为清明:"这到底是怎么回事?"

"这件事,应该从你们寒冰山庄建庄之初开始说,对吧,温庄主?"月痕看着被扶起的温落尘,眼中的神色渐渐变为冰冷。

"没错。"温落尘点点头,神色再次转为黯然,似乎羞于启齿。

了然的月痕将头转向方希:"阿希是吧,这里不太适合说话,我们换个地方如何?"

对于毁了剑的月痕,方希看他的目光中多出了一丝钦佩和感激,倒也没有太多的反对:"反正我现在也只是一个俘虏而已,有选择的权力吗?"

"很好。"月痕点点头,对于方希的小小反抗倒是没有多少反应,"那我们去鼎剑湖吧。"

"鼎剑湖?那可是山庄的禁地,闲杂人等是不允许进入的。"玄冰不知什么时候靠了过来,和碧涵紧紧跟在两位庄主身边,用防备的目光看着我们。

"不妨。"温落尘挥了挥手,突地又苦笑出声,"什么禁地,也只不过是掩人耳目而已,罢了罢了,你们随我来吧。"

月痕浅浅一笑,似乎早已料到温落尘的反应,只是牵起我的手跟在众人的身后。走了两步,突又回头,自袖中甩了样东西给玄冰和碧涵:"你们两个,把受伤的人集合在一起,用这红绳把他们围起来,等我回来再给他们医治。"

"可是——"玄冰看向温染雪,眼中满是犹豫。

"你们就按他说的办吧。"温落尘叹了口气,吩咐下去,"不必跟来了。"

"那么,我也留在这里帮他们吧。"江祁风自告奋勇地留在原地护卫山庄。

"祁风,多谢。"温染雪看向江祁风,半晌,才冒出了这么一句。

"自家兄弟,道什么谢?"江祁风拍拍温染雪的肩,脸上的笑容如此闪耀,在我看来那笑容明媚过整个阳光。

大概是由于这件事不便于公开的缘故,最终聚在鼎剑湖的也只有温家父子、方希以及月痕和我。

"鼎剑湖终年如春,旁边开满了鲜花,我平时总是在那里练剑,有的时候,风会把花瓣吹到我的衣领和袖中,回去一抖,满屋子都是。"

脑海中不由想起温染雪先前说过的话语,在他的形容下,鼎剑湖是个宛若人间仙境的所在。

可是,"什么禁地,也只不过是掩人耳目而已",温老庄主话中有话,难道如同那迷乱之林一样,这美丽的地方实际上是个甜蜜到腻人的陷阱?

真的到了实地,我才发现温染雪真是只知道练剑的呆子,因为他所说的话语不能形容这美景的十分之一。

杂乱的石后,视线豁然开朗,面对着我们的是个淡蓝色的湖泊,湖水在日光的照耀下发出丝丝的粼光,丝丝的波浪在光线的照射下给它增添了几分生命的气息,在这闪烁的光线下,湖面时而透出一个又一个的暗影,是鱼吗?

湖边长满了一人粗的大树,树上,是五彩缤纷的花朵。当风吹过,芬芳的落英掉落在地上,给地面铺上了一层厚厚的彩垫,偶尔也有几片花瓣落入湖中,在湖面上打着小转,又缓缓沉没,留下一个又一个溢满香气的旋涡。

"好美。"走至树下,我仰头看着枝上那绚丽的色彩,不禁心醉神迷。

"的确很美。"月痕走到我的身边,轻抚衣袖,树上的花顺着他的袖风纷纷飘落到我们的脸上和身上,芳香沁人。

"那柄剑就是在这里打造的。"月痕看向怀抱冷雪剑的温落尘。

迟疑地看着月痕,温落尘抱紧手中的剑,点了点头:"没错。"

"那又如何?"温染雪看着他父亲迟疑的表情和月痕嘴角的冷笑,终于忍不住插话。

"这柄剑。"月痕手指冷雪剑,"里面寄存了不该属于人类的东西,妖魔。"

"妖魔？"这句话似乎震惊了在场的所有人，除了月痕之外的众人都异口同声地喊了出来。

"没错。"月痕点了点头，继续说道，"虽然只是很低级的妖魔，但对于人类而言它的力量已算强大。"

"所以。"月痕看向温染雪，"你的祖先和它签订了契约，借助它的力量，达到自己的目的。"

"契约？"这是我第二次听到这个词，我和月痕也有契约，这有什么不同吗？

似乎感受到了我的心声，月痕看着我微微摇头："妖魔和妖怪不同，在妖的世界中它是最低级的存在，所以它的契约也是最低级的，虽然形式各有不同，但主要都是以人类的灵魂为代价帮助契约者完成愿望。"

"灵魂？"温染雪看着月痕，眼中满是震惊，仿佛意识到了什么。

"没错。"月痕点点头，"根据契约，寒冰山庄每一代庄主传位给下一代庄主的时候，都会以一个人的灵魂作为代价，使它可以为人类所用。"

"难道说？"温染雪后退半步，不可思议地看向自己的父亲。

温落尘握紧手中的剑，沉默半晌，默默地点了点头："没错，我的父亲，也就是你的爷爷，在传位给我的时候，用的就是你母亲的灵魂。"

"不，这不可能。"温染雪继续后退，扶住身边的大树，几乎站不稳脚，"父亲，这不是真的，你怎么会杀死母亲。"

"果然，果然是你，我就知道是这样。"方希听了温落尘的话，眼眶眦裂，愤恨地看向温落尘。

"那天晚上，姐姐给我喝了杯茶，喝完之后我就不省人事了，迷迷糊糊之间听到她向我告别。"方希握紧拳头，"当时我就觉得奇怪，为什么姐姐会告别，我想起来，却浑身酸软，根本起不来，等我第二天醒来，却再也找不到姐姐，我就知道，她出事了。"

"所以你就离开了山庄吗？"温落尘看着方希，指尖由于激动而灰白。

"没错，本来我找不到姐姐想找你商量，却不想听到了你和你那个该死的爹的话，我这才知道，姐姐是被你们带到这里来害死的。"方希冲向温落尘，直直揪住温落尘的衣襟，愤恨地看着他和他手中的剑。

"从此以后，我费尽心机只想找你们报复，费尽千辛万苦，终于让我找到可以把你们杀个净光的方法，于是我花了十年的工夫练就了尸毒丸。"方希狠狠地用右拳将温落尘打倒在地,看他毫无反应后又再次从地上揪起他的衣领,"没想到,却功亏一篑。"

"也不算功亏一篑。"听了他的话,月痕自温落尘手中抽出冷雪剑,"总算把它给毁了不是吗?"

"可是,即使毁了它,姐姐也回不来了。"方希盯着月痕手中的剑,手指慢慢放松,温落尘自他的手中掉落。

"这也不一定。"

21·幻灭之景

在我失去一切之前,最大的幸福就是在忙碌了一天之后,和父母一边坐在饭桌边,一边品尝家常便饭一边聊天,每当那时,一天所堆积的所有疲惫都通通地被抛落,眼中的父母和父母眼中的自己都是在欢笑着,平淡即是真实,而这真实也是许多人即使追寻一生也追寻不到的幸福。

失去一切之后,午夜梦回时,常常会回想起那些日子,会将头缩进被中哭泣,但最多的,还是感激,感谢老天爷给了那么多年幸福的日子,没有让我自一出生便失去所有。想到这里,我不禁怜惜起温染雪,他自小失去母亲,父亲又是江湖闻名的寒冰山庄庄主,以至于他必须时时刻刻背负着所谓的少庄主的义务,没有快乐的童年,也没有投缘的玩伴,只有那些名叫侠义和武功的责任。

在他熬过了一切有了今天的成就之后,却又残忍地告知他,原来害他失去母亲和童年的凶手居然是他的父亲,这让他,情何以堪?

"染雪。"我不禁走到他的身边,握住他苍白颤抖的指尖,如同月痕给我温暖一般,想把温暖传递给他,直到他的心间。

在我握住他手的瞬间,他仿佛突然解脱了一般,扶树的手迅速地掉落下来,使得他整个人一个踉跄,几乎栽倒在地。我连忙上前接住他的身躯,抱住他的腰撑起他的身体。

"染雪,染雪,你没事吧?"手足无措地将他扶起,我一时不知道该说些什么好。

单手揽过我的肩,温染雪半靠在我的身上,仰头吐了口气,脸色苍白地对我笑了笑:"烦劳你了,我没事。"

"哦。"我点点头,抓住他搭在我肩上的手,好凉。

却听到月痕的那一句"这也不一定",本已平静下来的温染雪的手再次猛烈地颤抖起来,几乎是拖着我向前冲去。

抱着他的腰,我们几乎一头栽进了月痕的视线范围,温染雪一把抓住月痕的衣袖,如同抓住最后一根救命的稻草:"真的吗?母亲可以回来吗?"

月痕挑挑眉,看着我们极其不雅观的样子,紧抿着唇,不发一词。

被月痕的话所刺激的远不止温染雪,半弯着腰的方希和呆坐在地上的温落尘也几乎在第一时间反应过来,分别抓住了月痕的衣襟和袍角。

"真的吗?阿萝(姐姐)可以再回来吗?"

看着三人同声同气的架势,月痕的眉头开始抽搐,终于长叹出声:"我终于明白为什么你们是一家人了。"

尴尬地对视了一眼,三人放开了月痕的衣服,各自后退了一步,但还是用焦急的眼神看着月痕。

"月痕,温夫人的灵魂真的可以再回来吗?"看着那三人尴尬的神情,我心软地替他们询问起来。

深叹口气,月痕横起手中的剑:"说是吞噬灵魂,但其实那些灵魂并没有消失,只是被禁锢。"

"禁锢?"我看着月痕手中的剑,疑惑地问道。

月痕点点头:"嗯,它们被永久地封锁起来,不能往生也不可消失,只能存在于那黑暗的空间中,为妖魑所驱使,给它提供能量。"

"妖魑?是这柄剑真实的名字吗?"我继续问道。

"不错。"月痕将剑递至我的手中,却看见我害怕的表情,"别怕,刚才与我一番交战,它早已脱离了剑身,逃回老家了。"

"老家?难道是?"我一回头,看向鼎剑湖,如若我没有看错,刚才那一闪而过的暗影就是?

"它的老家,就是那儿。"揽过我的腰,月痕带着我瞬间闪到了湖边。

湖在月痕到达它旁边的瞬间开始波动起来,湖中的水不断翻滚,由清澈变为浑浊,原本浅蓝的湖面变成了深灰色,一阵又一阵巨大的波浪化作巨大的手掌向我们的方向铺天盖地地袭来。

"定,破。"月痕单手一指,袭来的灰浪即定在了原地,随即破裂开来,重新回到了水中。

"哼,美丽的景色啊。"月痕左手指天,薄唇轻抿,"幻,灭。"

风,浑浊起来了。一朵花自风中坠落在地,映在我的瞳孔中的景象慢慢蜕变。翠绿的大树渐渐枯萎,枝叶萎缩起,组成一个枯瘦的形象,那五彩的花儿纷纷谢下,在空中变为褐色,如同——人血干涸后的颜色。原本那五彩缤纷柔软芬芳的花垫,变为深褐色的干枯的血河,一路延伸着,穿越过我们的脚下,蔓延至目光的尽头,最终流入灰黑的湖中,湖面上冒出无数的水泡,仿佛被煮沸了一般,浓重的血腥味自湖中飘散开来。

"唔——"我捂住嘴,胃中开始翻江倒海。

"没事的。"月痕伸出右手捂住我的嘴鼻,凑在我的耳边轻轻开口,"好点了吗?"

月痕的衣袖上淡淡的熏香味围绕在我的身畔,让我的不适略微好转,我回头给他一个大大的笑容:"嗯,我好多了。"

湖面上的水泡越涨越烈,直到蔓延了整个湖面,在湖的中心渐渐划开了一条裂痕,黑色的身躯自其中上升起来,那,就是妖魖?

眼中的怪物全黑的躯体,头仿佛传说中的龙首,只是那两根龙角被两根黑色的触须所替代,身体却似蜈蚣,无数的腿脚在身躯上晃动,带着无数的倒刺和夹钳。尖利的尾巴竖在湖中,直达湖底,支撑着它的身体。

张开大嘴,明晃的利齿闪烁起来,它对我们发出威胁的叫声,黑色的触须向我们袭来,随着那腥风的接近,我能感觉到,充满死亡和绝望的气息,死亡只是开始,绝望才是结果。

"真是丑陋啊,抛弃妖类的自尊,为人类所驱使,最终得到的力量只有这么点吗?"看着妖魖气势汹汹的进攻,月痕只是冷笑,却让我感到无比地安心,能感觉到,月痕的力量正从他的体内涌现出来,一部分涌进了我的体内,化为勇气,只要月痕在,我什么都不惧怕。

"闭嘴。"仿佛被月痕所激怒,妖魖发出愤怒的暴喝,触须的力度仿佛也加重了几分,快速地向我们击来。

"也罢。"月痕自我手中抽过剑,眉梢轻扬,好整以暇地看向妖魈,"我就让你看看,真正的力量到底是什么样子的。"

轻抖剑身,月痕的手发出淡淡的蓝色光华,随着这光华的注入,剑上的裂痕渐渐地消失,剑身发出浅浅的白光。

迎向妖魈的黑色触须,月痕右手举剑,猛地劈了下去。黑色和白色在空中交会,在空中撞出一个又一个灰色的旋涡。妖魈大喝,用力挥起盘绕在湖底的巨尾,黑光猛烈起来,一时压制住了月痕手中的剑,向我们疾速地撞来。

"拼尽力量也只是这种实力吗?真无聊。"月痕发出无聊的喟叹,右手微微用力,身边的气场瞬间扩大。

白光在瞬间强盛起来,顿时包裹住了整个湖面,随着亮度的加强,我看到月痕手中的剑在光中化为了灰,渐渐消逝在空中。随之耀眼的光彩使我的眼睛在一瞬间失去了视觉,回过神来的时候,湖面上只剩下一个白色的圆球,仔细看去,妖魈的黑色躯体正被包裹其中。

"放开我,放开我。"妖魈不断撞击着球壁,发出愤怒的吼声。

不过月痕已经完全忽视了它的存在,只是回头看着温落尘:"这个就是你牺牲妻子也要侍奉的妖魔吗?真是不堪一击啊。"

温落尘低垂下头,喉结艰涩地移动,终于发出了苦涩的笑声:"哈哈哈哈,如果我真的认同你的说法,那么,我们温家几代人的牺牲,究竟是为了什么呢?为了什么呢?"

没有人能回答他,因为这个问题,恐怕连他自己也无法回答,巨大的牺牲却得不到任何的回报,只带来了痛苦的回忆和无尽的怨恨,这就是所谓的人类的贪念吗?

"为了什么?这种事情我怎么会知道。"月痕走到温落尘的身边,俯视着他,"我只知道,与其不断地哭泣后悔,不如站起来,挺直胸膛正视自己的错误,尽力去弥补自己犯下的过错,请求别人的原谅。"

温落尘抬起头,看看跪坐在一旁的儿子,又看向痴痴望着湖面的方希,半响,低头又点头:"谢谢。"

"真是。"月痕一把扯住我的发丝,把我揪了过来,小声抱怨着,"和你在一起待久了,害得我都染上人类的习气了。"

看着月痕望向别处的侧脸,我如金丝鼠般偷偷笑着,这家伙,一定是害羞了。

大约是听到了我的笑声，月痕的脸色变得更加不自然，松开了我的发丝，咳嗽了几声："咳咳咳，事情还没办完呢，我们继续吧。"

"是，母亲吗？"温染雪听到月痕的话立马抬起了头，满含希望地看向月痕，眼中的光芒让我不忍再看，那种眼神，如同流浪多年的孩子终于找到了回家的路。

22·琉璃结界

看着温染雪渴求的眼神，月痕微点下头："如果我推算得没错的话，你母亲的灵魂并没有消失，而是被这妖魑囚禁在某处。"

"可是月痕，你不是说妖魑以灵魂作为食物吗？为什么染雪母亲的灵魂还在呢？你该不会告诉我是它不忍心吧？"我看向湖上那黑色的生物，敏感地感觉到那种家伙才不会存着什么善心之类的东西。

摸摸我的头，月痕看向湖面，妖魑在接触到他目光的瞬间又开始剧烈地挣扎起来，可惜，月痕执意要忽视的东西是不会再在他的焦距中出现的。

"它的确没有什么好心，这只是这种生物卑劣的习性而已。"月痕解释着，"我说过了吧，比起灵力，它更喜欢灵魂和负面的感情，其中尤以负面感情为甚，所以它们一般只是将灵魂囚禁起来，让他们不能往生也不得自由，在重生和死亡中不断徘徊，从而产生出它最爱的食物——绝望。"

"以绝望作为食物吗？"我看向妖魑，认识月痕之前，从来没有想到，这世上居然存在着这种生物，以绝望作为美食，折磨着人类的灵魂。

"不可原谅。"温染雪看向圆球中的妖魑，嘴角紧抿，从齿内挤出了四个字，那本充满希望的眼神被仇恨所覆盖。

月痕耸耸肩，终于看向妖魑："这只是它的天性而已，说到底，犯罪的还是人类，如果没有人和它签下契约，以它的实力根本不可能伤人类分毫。"

"听好了，我给你个机会，如若你肯告诉我你囚禁的灵魂在哪儿，并解除和温家的契约的话，我就放了你。"月痕轻轻挥手，白球自湖面漂移过来，直至我们的面前。

"怎么能放了它？应该将它千刀万剐才对。"看着被囚的妖魑，方希咬牙切齿地说道。

"我说过了吧，它只是被本能所引导，真正犯下罪恶的是人类，难道你想把所有的过错都推给妖类吗？"月痕的语气有一丝不耐烦。

"为什么你会帮着这妖魔？还是说你和它有什么关系？"方希红着眼看着月痕，已经开始迁怒。

"如果月痕真的和它有什么关系的话，你认为他还会帮你们吗？"我愤愤不平地开始替月痕辩解，"你以为就凭你，可以摆平妖魔吗？少自以为是了，明明依靠着月痕，还怀疑他，恩将仇报，我看你比妖魔还可恶。"

"够了。"月痕伸手捂住我因激动而滔滔不绝开始喷话的嘴，"和他不必多言。"

将我挡入身后，月痕重又低头，冷冷地注视着方希："既然它是被我抓住的，怎么处置它也就是我的事情，与你毫无关系。"

"你——"

"够了。"温染雪抬起头，看向妖魑又看向月痕，眼中的仇恨中透出无奈，"如果月兄一定要这么做，我也无法阻止，只是，我要母亲得到解放。"

"这个自然。"月痕点点头，又看向温落尘和方希，"你们呢？"

温落尘颓然地点点头："由雪儿吧。"

方希看着这父子两人，咬咬牙，头也点下："只要姐姐可以解放，其他的，我都可以不管。"

"你都听到了吧？想死还是想活，给我回个话。"月痕轻抬手指，空中的圆球也随之上下弹动，似一个巨大的白色气球，煞是可爱，只是苦了其中的妖魑——张牙舞爪地想抓住球壁保持平衡，却无奈球内太光滑而随着球不断地滚来滚去，如同一个黑色的肉球。

"喂，你考虑好了没有啊？"月痕百无聊赖地拍着大皮球，伸手打了个哈哈。

"混蛋，你根本没给我考虑的机会吧？"滚来滚去的妖魑在反胃的状态下，好不容易说出一句完整的话。

"哎？是吗？"听了它的话，月痕索性用脚踢起球来，双手放在嘴边呈喇叭状，看着在空中摇晃的它，"现在呢？有时间考虑了吗？"

"好了，月痕。"我一把拉住月痕，这样的严刑拷打确实很轻松，可是使用过头了可就不好了,"你看它要晕了。"

"切。"月痕停下了动作,单手托住巨大的圆球,"真是无聊。"

圆球稳稳地停在月痕的手中,开始慢慢变小,终于缩到了一个正常皮球的大小,困在其中的妖魑也随之变小,看起来像一条小黑龙,原本的狰狞相貌此刻却显得无比可爱。

"你干什么?快把我变回来。"用力敲着球壁,妖魑不满地发泄着。

完全忽视了它的反应,月痕俯视着手中的它:"怎么样?是要死还是要活?"

"别开玩笑了,为什么我要听你的话选择啊?"妖魑甚是不满地看着月痕,虽然失败被俘,仍然保持了不羁的个性。

月痕握紧圆球,凑近妖魑,嘴角勾出一个邪恶的弧度:"因为你别无选择,怎么,舒服太久所以忘了吗?妖类签订的契约虽然与肉体无关,但是,如果我毁了你的灵魂,你的契约自然就会失去效用,而你那些因契约而得到的灵魂也会被释放。"

"所以说,你别无选择。"伸出一个手指,月痕在妖魑的面前晃了晃,轻松的神色仿佛在诉说着:如果你想死的话我也不嫌麻烦哦。

"好,我答应。"看样子,妖魑的识时务状况远远超出我的想象,看向月痕,他也略微惊异地挑起了眉。

"很好。"找不到理由进一步折磨它的月痕,呆了呆,还是松开了手中的圆球,"告诉我,她们的灵魂被你囚禁在哪里?"

"我在湖底有一个巢穴,她们就被我关在那里。"很老实的回答,完全没有任何供我们想象的成分。

"母亲,就在这里吗?"听了它的话,温染雪即时跑至了湖边,盯着那因妖魑现身而变得灰黑的湖水,突地纵身跳起。

无奈地拍着额头,月痕一把揪住跳湖未遂的温染雪:"喂,你疯了吗?"

"别管我,我要去救母亲。"温染雪头也不回地往前冲去,一副不达目的誓不罢休的架势。

"按照你这个救法,就算找个十年也找不到。"毫不客气地给了温染雪一个打击,月痕随后一甩,把他丢在了身后的地上。

"听好了,它所谓的住所并不是随便挖个洞就算了。"月痕回头看着温染雪,脸上俱是头痛的表情,殊不知,现在的他倒像是教训小朋友的幼儿园老师,"这种低等妖魔的住所一般都是它们自己创造的异空间,只不过出入口在湖底而已。"

我连忙上前一把扶住被甩开的温染雪,却惊觉,短短几刻,他就似瘦削了不少,冰山般的外壳仿佛被打破了,此刻的他,是被迫脱壳而出的孩子,需要的是,温暖的关怀和亲情的安慰。

我抬头求助地看着月痕:"月痕,你可以打开那个入口吧?"

没有像平常一样闹别扭,月痕只是点点头:"嗯。"

说完他转过身去,走至湖边,右手伸出平举在湖面上,气场以它为中心扩散开来,湖水也随着气场的张开而沸腾起来,渐渐自中间分开,露出有着焦黑色泥土的湖底,挪开的湖水在湖底两旁形成两道巨大的瀑布,那水却是静止不动,仿佛被冰冻了一般,立在两旁。

"幻,解。"随着月痕的话语,湖底焦黑色的泥土慢慢地移开,露出了一个大约一米宽的黑色洞穴,上面却仿佛笼罩着一层玻璃似的东西,在阳光下幻化出五彩的光芒。

"这个就是。"扶着温染雪站到湖边,我目瞪口呆地看着这一景象。

"结界吗?"月痕伸出右手食指指着洞穴,唇瓣微动:"结,破。"

仿佛在响应着月痕的呼唤,笼罩着洞穴的琉璃结界随之破碎,碎片四处飞散,有些溅到了月痕面前,却被强烈的气流吹开。

无数黑色的气体自洞中飘出,却仿佛经不起阳光的照射和风的拉扯,不断地飘开又靠拢,终于勉强地凝聚成为人形。月痕勾勾食指,那些黑色的人形便向他飘来,在他面前一字排开。

人类的灵魂,是黑色的吗?还是说,是由于长久的痛苦的洗礼,才使得他们变成了这代表绝望的黑色呢?我看着这些状似气体的生物,心中不禁百感交集,悲伤,同情,怜惜,厌恶……

人类,究竟是一种怎样的生物,那么伟大,却又是那么渺小,那么无私,却又是那么卑劣,真的可以,为了自己的欲望,去囚禁他人的灵魂吗?或者可以这样说,当他这么做时,他还可以算得上是人类吗?

我,不明白,也,不想明白。

23 · 萝香依旧

"这些就是被你囚禁的灵魂吗?"数着面前的魂魄,月痕敲敲手中的球,"还真是不少呢,怪不得你长得那么胖,平时一定吃得很饱吧。"

"切。"妖魑别过头,发出一声冷哼,小爪子在胸前搭着,活像一个龙形玩偶。

"好可爱啊。"我小声地吐出心中的想法,却招来月痕戏谑的一瞥。

"阿萝,你是阿萝吗?"旁边的温落尘痴痴地望着一个黑影,边喊着边一把抱上去,却一个扑空,踉跄地险些跌倒。

"姐姐?"

"母亲?"

几乎是同时,方希和温染雪也发出了惊呼。可是被他们呼唤的黑影只是呆呆地立着,对他们的声音没有丝毫的反应,蒙眬的面目上写满了麻木,那,不是人类应该有的表情。

"她,怎么了?"我迟疑地问向月痕,黑影身上的烟雾形影不定,有几丝绕过了我的指尖,滑出了我的手心,接触的瞬间,尽是阴暗的感觉。

月痕摇摇头,右手伸出:"他们被囚禁太久,已经完全被绝望侵蚀,这样下去,别说往生,连意识都会失去。"

"那应该怎么办?"方希焦急地看着黑影,近乎责备地说道,"你答应过,会让姐姐获得解放的。"

"我又没说没有办法。"月痕撇撇嘴角,右手轻轻地搭在黑影上,月痕手上那温和的蓝光在黑影身上化为白色的光华,而黑影本身的黑色在与白光的接触中慢慢褪去,如同被漂白了一般,渐渐地洁净起来。

终于,黑影完全变成了白色,虽然面目依旧模糊,但形体却固定了很多,白影逐渐安定下来,她的身影也慢慢地清晰起来。

那一身素白的身影,与我在竹楼上看到的画像极像,虽然画上的女子是看不清脸颊的,但在我看清这张面孔的第一眼时,我就确定了,就是她,面容和身材也许可以模仿,但这如春风般超尘脱俗的气质是无论如何也造假不来的。

原来温染雪适合白色是遗传自母亲,只不过,那一袭白衫,在温染雪的身上是高贵的寒冰,在他的母亲身上,却是脱俗的亲切。让人一见如故,怨不得温落尘为之倾心,念了二十年。只是,这样美好的女子,他又如何忍心舍弃?

"阿萝?真的是你?"温落尘再次靠前,只是再也不敢伸出手去,他也在害怕吗?等待了二十年的美梦会破灭?

"落尘。"阿萝轻轻点头,檀口微张,吐出了深深印刻在心中的两个字。

"阿萝,你好吗?"哽咽地看着阿萝,温落尘不知该说些什么,只好如此说道,却在出口后后悔不迭地捂住嘴,再也说不出半句话来。

"姐姐被你害成这个样子,怎么可能好?"方希一把推开温落尘,布满刀疤的脸上尽是愤恨。

"阿希,你是阿希吗?"阿萝看着眼前的老者,眉头微皱,如同被搅乱的一池春水,却又瞬间展开,露出了如花的笑靥。

"姐姐。"如同被流水浇熄的火堆,方希的愤怒在接触到阿萝的笑颜的一瞬被熄灭了,只能喃喃地唤出这个二十年来呼唤了无数遍的称呼。

阿萝侧起头微微靠近方希,在看到他脸庞上刀疤的瞬间却再次皱起眉:"阿希,你的脸怎么成了这个样子?"

方希摇了摇头:"姐姐,是他们害了你,是寒冰山庄那群浑蛋害了你,也是我,害了你。如果我当初不救他,你就不会认识他,就不会被他们害死。这些年来,我每想起一次,心就疼一次,我就在脸上划一刀,我要自己记得,是谁害得你成了这样。"

阿萝摇摇头,轻轻地抚上方希的脸,蹙紧娥眉:"傻瓜,为什么要这样呢?我从来没有怪过你啊。"

"姐姐,你还是和以前一样地美。可我——"方希看不够似的紧盯着阿萝的脸,仿佛害怕再次失去。

"谁说的?阿希不管外表变成什么样子在我心中都是一样地美好。"揪揪方希的脸,阿萝的脸上绽放出素雅的笑颜。

仿佛看痴了一般,方希脸上的褶皱展开,狰狞的脸上绽出了一个笑容,他们姐弟真的很像,即使毁了容颜,方希的笑容仍是如此地动人,似经历重重辛苦而重生的太阳之花,灿烂而美丽。

抬起手来,方希想握住姐姐的手,却穿过白影触到了自己的脸上,他的头一垂,一滴泪便自眼角滴了下来,蔓延过斑斓的疤痕,触目惊心地掉落。

"可是,姐姐,一切都太晚了。"后退半步,方希和阿萝划开了距离。

"阿希?"不解地侧首,阿萝奇怪地看着方希。

"不,不要叫我,也不要靠近我,现在的我,很肮脏。"不断地摇头退后,方希和阿萝之间的距离越拉越大。

"不,我知道的,阿希是很善良的。"阿萝轻轻靠前,眼中尽是不解,"你是那么善良,连看到鸟儿受伤都会哭,怎么会是肮脏的呢?我不信。"

"是真的,姐姐,是真的。"方希看着自己灰绿的手心,用力抱住自己的头,身体由于痛苦而佝偻了起来,"现在的我,只要碰到别人流血的伤口就会害死他们,我是毒药,我是妖魔,我根本不该存在在这个世界上。"

"阿希?"阿萝停住脚步,迟疑地看着方希,"你在说些什么啊?我听不懂,是,因为我吗?"

"不,不是姐姐的错,错的是我,是温落尘,是寒冰山庄,是这个不公正的老天。"更加用力地勾起腰,方希的痛苦蔓延开来,直袭我的心。

"不,不怪他们,这,是我自愿的。"再次上前,虚幻地抱住方希,阿萝轻轻开口,却吐出一句惊人的话语。

"姐姐?"猛然抬起头,方希诧异地看着阿萝,"你不用替温落尘那个浑蛋掩饰,他所做的错事我绝对不会原谅的。"

"不。"阿萝摇了摇头,"我说的是真话,当年落尘并不知道献上灵魂的人是我,否则他也不会接任庄主的。"

"阿萝,这么说,当年是你?"温落尘听了她的话,乍然惊道。

温和地看着两人,阿萝点了点头:"没错,是我。"

"姐姐,这到底是怎么回事?"一头雾水的方希一把抓住阿萝想问个清楚,却抓了个空,看着手中虚纱的白色烟雾,他眼中探究的神色愈深。

我想,我是了解他的想法的,如若当初的一切不是温落尘的错的话,那么,他这么多年的仇恨是缘何而来?如果那仇恨是无谓的,那么,那些因为这仇恨而死去的人,他们的生命,又该如何偿还呢?他,还得起吗?

24 · 深爱亦过

"当年,害死我的的确不是落尘。"阿萝走至温落尘的身边,微笑地看着他,两人的目光纠结起来,诉说着这二十年来的思念。

"是我自己,选择献上灵魂的。"阿萝回头看着湖边站的那一排黑影,"本来我死后想托梦告诉你的,但没想到,就那么被关了起来,直到今天。"

"害得你成了这样,也害得落尘伤心了许久。"阿萝轻蹙的眉头,在看到温染雪后舒展开来,"还有,对不起,雪儿。"

"娘亲?"温染雪终于呼唤了出来,只是语气是那么不确定,又是那么犹豫,如幼小的孩童触碰一个玻璃方樽般,满心欢喜却又小心翼翼。

阿萝哽咽许久,终于含泪点点头,向温染雪伸出双手:"雪儿。"

"娘亲。"再次喊出声来,已不再是犹豫的语气,温染雪绽出笑颜,大步向阿萝奔去,直至她的面前,任她用虚幻的双手抚摸着他的头、他的脸、他的肩。

"雪儿,娘亲对不起你,离开的时候,你才那么小。"阿萝手比至自己的腰间,又摸向温染雪的头,"现在你都这么大了,这么多年,娘都没有照顾过你。"

"娘亲,当年到底是怎么回事?"温染雪看着湖边的黑影,又看着月痕手中的小球,目光最终落在了阿萝身上。

"是啊,姐姐,究竟是怎么回事?"方希也开口问道。

"当年,我嫁给落尘已经六年,雪儿也满了五岁,公公想让落尘继承庄主之位。"阿萝看着温落尘,目光渺茫如水,似乎穿过了时空回到了更早的过去。

"本来应该是一件很好的事情,可是,落尘自从在书房见过公公后便长吁短叹,就连做梦都很不安稳,一直喊着'不对'、'不应该'什么的。"阿萝牵袖掩唇,微微笑了起来,"那时我还总笑他,说他这么大人了还做噩梦,准是做了什么亏心事。"

"你那只是开玩笑。"看着阿萝美好的笑脸,温落尘接过她的话语,"可你哪里知道,却说中了我的心事。"

"我知道。"阿萝放下衣袖,"因为你的状况持续了很久,而且越来越严重,我暗暗地担心了起来,便去问公公,可是他的神色也很奇怪,含糊其辞,似乎并不想告诉我。"

"后来呢?你是如何知道的?"温落尘接着问道,急切地想知道是什么从他身边夺去了妻子二十年之久。

"后来,我躲在书房的暗阁中偷听你们说话,才知道的。"听到这里,我狂汗了一下,连偷听的方法也一样,真不愧是姐弟。

阿萝的目光黯淡下来:"我没想到,继承庄主之位居然是要以牺牲一个无辜之人的性命为代价的,怪不得你宁愿放弃继承权也不愿接受。"

"成亲后,你总是告诉我,生命都是平等的,要珍惜你触碰到的每个生命。听惯了这些的我,怎么可能做出那种事情呢?"温落尘上前半步,痴痴地看着阿萝,似在回忆那些一生中最美好的时光。

"我知道,我一直都知道。"阿萝低下头,柔肩微微颤抖,"所以我才决定装做不知道这件事情,宁愿看着你做噩梦,也不愿意让你去做什么庄主。"

"既然如此,那娘亲你怎么会死?"听出眉目的温染雪问道。

"嗯,是我自己选择的。"阿萝抬头望天,语中尽是诸多无奈,"其实公公一直都是知道我偷听的事情,他也曾私下跟我说过,如果你执意不肯接任庄主,他便散了寒冰山庄,宁愿一无所有也不愿再做坏事,只是,天意弄人。"

"你还记得吗?你接任庄主不久前出了一件大事。"阿萝看向温落尘,眼中包含着内疚和心痛。

"你是说?"温落尘的表情亦惊亦乍,似想出了什么,"漠北黑狼真君和我决斗的事情?"

"没错。"

"可是那只是一场决斗,与庄主之位何干?"

阿萝摇了摇头:"有件事,你始终不知道。他的战帖中,除了决斗还写明了,和他决斗的必须是庄主,而且如若输了,寒冰山庄的所有人,都必须与之为奴。"

"可恨。"温染雪听了她的话,冷冷地开口,眼中对那个黑狼真君甚是不屑。

"的确可恨,只是,公公年事已高,对决斗并无十分把握,而落尘又迟迟不肯接任庄主,寒冰山庄一时进退维谷。"阿萝兰指撩过鬓边的发丝,无意识地发出一声轻叹。

"然后呢？你做了什么？"温落尘紧紧盯着阿萝，即使已经明晓，却还是不甘心地想听到阿萝亲口说出。

"那个死老头就让你去死吗？"方希看着阿萝，眼中再次出现愤恨的神色，"让你做寒冰山庄的替罪羊？"

"不是的，不是这样的。"阿萝连连摇头，似要阻止他眼中泛出的愤恨，"公公确实求了我一件事情，但不是让我去死，而是让我做祭祀。"

"父亲他？"温落尘后退半步，不可思议地看着阿萝，仿佛受到了巨大的惊吓。

"是的，公公想祭献自己的灵魂，我不答应，他却给我跪下了。"阿萝的眼角流出了晶亮的液体，虚幻地闪着白光，自眼角缓缓流下。

"于是，你答应了他，却在仪式进行的时候替他去死，是吗？"不等他说完，温落尘便开口，似乎对自己妻子的性格甚是了解。

微微地皱眉，阿萝无奈地叹气："你总是那么了解我。"

"然后你就丢下了我，丢下了你弟弟，丢下了雪儿，是吗？"温落尘眉头紧皱，怒气缓缓地积聚。

"不就是一个黑狼真君吗？何足惧哉？如若父亲不想去决斗，我去就是，那些江湖上的人要说什么随他们说就是，反正父亲都决定闭庄了，又何必管这些劳什子。你可知道，在我心中，十个山庄都及不上你分毫，你又可知道，从看见你尸体的那一刻起，我的心就整个地死了。"温落尘白首之年一气喊出这些话，没有丝毫停顿，可见其之激动。

"落尘。"阿萝点点头，又摇摇头，泪珠不断掉落，却在沾地的瞬间化为虚无，如烟般散去，"是我的错，我太傻了，只是，在我心中，十个阿萝也比不上你，比不上我们的家啊。"

"是，你是傻。"温染雪站稳身体，立在两人的中间，眼角有泪，颤抖的手指向阿萝，"你不该认为父亲爱山庄胜过你，而去选择死亡。"

"你也是一样。"温染雪的手指向温落尘，"明知道一切却不肯跟自己的妻子商量。"

"如果你们当初不是各有心事，肯说出来商量的话，便不会有今天的一切，母亲也不会死，舅舅也不会恨我们入骨，爷爷——他也不会一直躲在经阁中不肯出来见人，终日抄写佛经。"

"公公他？"听了他的话，阿萝一惊，脸色更是黯淡，"他是内疚吗？这，也是我的错,是吧？"

即使听到了她的疑问,我却无法回答,一直以为只要替别人着想,做的事情就不会错误,但是,没想到,太过深沉的爱也会造就错误,我也犯过错误让月痕不开心吗？想了解他,也想让他更深地了解我,为了,不会因为误会而错过。

25·一日美好

"我不知道这是不是你的错。"看着僵持的三人,我沉默半晌,终于忍不住开口,"只是,今天这样的结局,是每一个人都不愿意看到的,既然已经成了这样,那再怎么后悔也没有用了,只能尽己所能去弥补,仅此而已。"

"弥补吗？"阿萝长长地舒出一口气,却又轻叹,"只是,我恐怕没有这个时间了。"

"阿萝。"忍不住上前,温落尘虚幻地握住阿萝的手,苍老的身体微微颤抖,写满了不舍和悲哀。

"月痕。"我牵住月痕的衣袖,抬头恳求他,"能帮帮他们吗？"

"哎。"大叹口气,月痕摇摇头,伸出大手按住我的头,"你还真是麻烦。"

"月痕。"一看他的反应,我索性赖在他的身上撒起娇来,一副不达目的誓不罢休的泼皮样子。

"我知道啦。"无奈地抱住无尾熊般挂在他身上的我,月痕叹息不断,似乎得了间歇性叹息症。

伸出右手,月痕轻轻地按住阿萝的额头,他的手却穿过去,稳稳地停在她的肌肤之上,随着月痕的施法,阿萝的身影渐渐地固定起来,白烟雾状慢慢变为实体。

"以我之名,赐尔实体。"月痕轻轻念完这句话,垂下了手指,满意地看着阿萝的躯体,"好了。"

"阿萝。"温落尘惊觉自己手中阿萝的躯体触手可及,不可思议地喊了出来。

"不要高兴得太早。"看着他激动的表情,月痕给他泼了盆冷水,"我的法术只能让她实体化十二个时辰,也就是一天,一天之后,她就会去往生。"

"什么?"听了月痕的话,温落尘的手猛然用力,紧紧地抓住阿萝的手,似乎怕她瞬间消失。

"好好珍惜吧,虽然只有一天,但要是好好使用的话,也会很美好的。"月痕轻撩秀发,走至湖边剩余的黑影旁。

看着月痕净化黑影的背影,温染雪皱了皱眉,随即舒展开来:"没错,月兄说得对,时间虽短,但也可好好珍惜。娘亲,不要耽误时间了,我们去见爷爷,好吗?"

"好,好。"阿萝连连点头,伸出手握住温染雪的手,又回头看着方希,"阿希,我们一起去,好吗?"

"嗯。"看着阿萝渴求的眼神,方希点了点头,眼神闪烁间似乎下了什么决定,"我也要去道歉。"

看着他们四人离去的背影,我不由回头看向月痕。

那些黑影正在渐渐变白,化为白光,自月痕的指缝中飘浮出去,远远看去,如同月痕的指尖在发光一般,那一个一个白色的圆形光圈上升的轨迹,画出了难得的美景,我却不想再看见,因为,这美,是以生命为代价的。

"染雪的娘亲,也会变成这样吗?"走至月痕身边,我握住他冰凉的指尖,开口问道。

微笑地看着我,月痕点点头:"嗯,其实,不光是她,所有的人类死后都会变成这样,脱去一切的罪恶,化为最干净的白色离去。"

"我死了也会这样吗?"痴迷地看着飘荡的白光,我不由得问道。

"我,不会让你死的。"握紧我的手,月痕起誓似的开口。

却遭我嗤笑地一打:"笨蛋,我是人类哦,再怎么样都会死,不是吗?"

"我不管,总之我不会让你死的。"月痕任性地嘟起嘴唇,语气中有了几分撒娇,却也有几分认真的意味。

我连忙把话题从危险的边缘引开:"月痕,这次的事情你是不是有什么瞒着我?"

"没,没有。"果不其然,月痕的手指开始绕圈圈,绝对有鬼。

"是吗?"我揪住他的头发,开始严刑逼供。

"哎哟,好痛,快点放开啦。"月痕一手丢开手中的圆球,不顾其中妖魈的咒骂,和我开始了头发争夺战。

"那个星陨是怎么回事?"看着他不打算承认的样子,我提前翻出了底牌,问出了在心中盘旋许久的疑问。

听到我的话,月痕不由得松开了握发的手,表情也在瞬间变得严肃起来:"你,见过他了?"

不解他的严肃,我只是点了点头:"嗯。"

"是什么时候的事情?"月痕抓住我的手,紧紧地盯着我的眼睛,让我有些许的不自然。

"就是那天你去帮寒冰山庄的时候,我在树上见过他。"老老实实地说了出来,因为我没有面对月痕的双瞳说谎的实力。

"他说了什么?"月痕的手持续地增加着力度,握得我生疼。

我摇摇头:"也没说什么,只是让我和你打个招呼。"

"就这样?"月痕挑挑眉,似乎并不相信我的话。

"就这样。"我点点头,却情不自禁地隐去了星陨说我是月痕玩具的话,不知怎么,我害怕得到肯定的答案,虽然只是月痕的奴隶,但……

看着我镇定的表情,月痕似放下了心,握着的手也略微松动,却被我反抓起来,"好了,你问完了,现在该我了吧。"

"你想知道什么?"月痕揉了揉鼻子,脸上恢复了往常的戏谑表情,没有了刚才的严肃和紧张。

"你早就知道是不是?"我开始提出疑问,"这件事与那个星陨有关。"

"不知道你的那个'早'指的是什么时候?"揪揪我的鼻子,月痕轻松地问道。

"就是很早。"我反抓住他的头发,满意地看着他痛得哇哇叫,"一开始我就觉得很奇怪,为什么你明明答应来帮忙,却又对染雪说他是正确的才肯帮他,还有就是,那天晚上,你消失了一夜,第二天回来就说要离开,那个晚上,你到底干了些什么?"

"从那么早起就开始怀疑了吗?"月痕微微笑着,半是欣赏半是叹息地看着我,"其实刚开始我并不知道,否则我也不会带你来蹚这趟浑水了。"

月痕摸摸我的头:"那个家伙,以让我痛苦为乐。所以,刚才我真的害怕,他会把你当成目标,借助伤害你来使我痛苦。"

听了月痕的话,我不禁深深地屏住呼吸,几乎让自己透不过气来,借助我,伤害他？这种事,可能吗？我受到伤害,月痕会为我难过吗？真的,好开心。可是,为什么我会这么开心——果然,是因为身为奴隶却被主人关心的缘故吧。

26·鸟与风筝

短暂的沉默,却又无比地漫长,月痕的气息近在身旁,我甚至能感觉到,他溢满清香的呼吸洒落在我的脸上,温暖而湿润,还有一点浅浅的酥麻感,如火星一般,点燃了我脸颊上的熊熊火焰。

"你怎么了？"月痕看着失常的我,温润的手抚上了我的额,"好烫啊,被吓到了吗？放心吧,只要我还活着,就不会让你有事的。"

又来了,拜托你,不要再说这些会让我误会的话好不好？这样的话,会让我,会让我,很不好意思啦。

不知道是怎么回事,真的是太过害怕的关系吗？心跳特别地快,不,这不是害怕,而是,窃喜？如同平凡的人中了五百万大奖似的,我的心跳也处于极端兴奋的阶段。如打鼓一样,没有节奏地狂乱跳动,似乎快要从口中跳出来。可是,这种感觉,并不讨厌。

"谁,谁说我吓到了。"完了完了,我居然连说话都开始结巴起来了,这也太丢脸了吧,现在的我恨不得立刻找个地洞把自己藏起来,再也不在阳光下出现。

"还说没被吓到,连说话都不利索了。"月痕好笑地揪起我的鼻子,直视着我的眼,"放心啦,有本大爷在,没人可以动你的。"

慌乱的眼神却对上他认真的瞳孔,它如同主人一样,不争气地选择了逃避,开始向左右两边进行漂移运动。

"好啦好啦,别扯开话题,说,你是怎么发现这件事情和那个星陨有关系的。"我僵硬地扯开话题,又粗鲁地拍开了月痕的手,后退半步,离开了这让人心跳不已的距离。

"了解。"月痕上前半步,揪住我的发丝,制止了我的逃跑,把我锁在他认为安全的距离里,"现在我就开始讲解,不过——"

"什么?"我捂住心口,怒怒地瞪视着他,这只坏狐狸,又想干什么?

月痕环视四周:"貌似这里有点太煞风景了。"

我看着这里深褐色的地面和灰黑色的湖面,还有身边这些干枯的残树,带着几分赞同地点了点头:"确实如此,那怎么办?"

"怎么办好呢?"月痕伸出单手撑住额头,一副深思的样子,倒是很有几分大儒的风范,可惜啊,金玉其外败絮其中,我不禁大摇其头。

却没有注意到月痕在我失神时那一闪而过的诡异目光,这真是我人生中的重大失误啊(不过貌似认识月痕以来,我就经常失误)。只是一瞬间的工夫,月痕居然揽住了我的腰肢,并在我逃脱之前,断绝了我的后路。

"啊——"紧紧地环绕住他的腰,我发出惊天地泣鬼神的大叫,风自我的耳边呼啸而过,震荡着我的耳膜。这只死狐狸,居然把我带上了天!

"你干什么啊?"好不容易偷出一只手来捶他的胸,我的另一只手却不得不紧紧地抱住他的身体,以防止自己变为肉酱。

"哎,你不是很喜欢飞的吗?上次就很高兴的样子。"月痕抱紧我的腰肢,把我固定在怀中,丝毫不在意我那软绵绵的拳头(之所以这么软,完全是因为我被吓到,绝对没有别的原因,千万别乱想哦)。

"可是,你也太突然了吧。"虽然我是很喜欢飞没错,可是,你也不该选择这种时候啊,总之,时机不对啦。

"嘘。"突然用手指堵住我将要喋喋不休的唇,月痕给了我一个倾城的微笑,随即转过头去,"你看。"

顺着他看的方向,我看了过去,却不禁瞪大了眼睛,好美!上次因为太急着赶路,而没有好好地观赏这难得的美景,从天上俯视大地,原来是这个样子的,一层层葱绿的颜色在地上蔓延开来,直至铺满了我的整个视野,而点缀其间的花朵却是那偶尔有之的村庄和大地,错落有致地掺杂其中,让人有一种和谐的感觉。

偶尔有片颜色不一,便是那湖泊和小溪,夹杂在那绿色中,如同上了镏银的翠玉簪,华美自然,透露出生命的气息。

一片片的云自我的身边飘过,触手可及,头上是蓝蓝的天空,脚下是碧绿的波浪,张开双手,任由月痕手忙脚乱地抱着我,我闭上眼睛,呼吸着这最纯净自然的气息,一时沉浸其中,忘记了心中所有的忧虑。

"现在我终于明白。"好一会儿,我才缓缓睁开眼睛,却对上月痕含笑的眼,"为什么古人那么想飞了。"

"哦?"月痕挑了挑眉,似乎对我的答案很感兴趣。

"因为,飞翔原来是这么美好的事情,比想象的要更加更加地美好,超过一切的美好,让人——忘记所有的痛苦和烦恼。"收回双手,我扯扯月痕的发丝,对他眨了眨眼,"是吧?"

"其实,也不是那么地美好。"月痕听了我的话,先是微微地笑,随后摇了摇头,"比如这云。"

月痕纤细的指尖划过云际,一缕缕青烟自他手上飘起:"它可以永远地飞翔,却不能为任何事物停留,即使是它喜欢的也是一样,因为这风,总会吹开它。"

看着月痕手中的烟雾,我皱皱眉,随即又舒展开来,握着月痕的手:"那么,不做云就好了啊。"

"不做云?"月痕微微一愣,好奇地看着我。

握紧他的手,我给了他一个大大的笑容:"既然做云很寂寞,那就不要做云啊,做小鸟,做风筝,这样就可以了啊。"

听了我的话,月痕低下头短暂地沉默,再次抬头时,脸上又挂起了平常的笑脸:"嗯,你说得对,不做云了,我们做鸟,做风筝。"

"嗯。"我点点头,和他一起看向天边。

是的,选择不是别人给的,而是我们自己的,我们选择,不做云,而是做鸟和风筝,不仅是因为,它们都可以飞翔,也因为,它们的心中和身边,永远有着——一个枝头、一根丝线。

鸟儿不论如何翱翔,总要有一个枝头任它停留;风筝无论飞到哪儿,总有着一根丝线拴在它的中心——离心最近的位置。

我想做月痕的丝线,如果可以的话,月痕,做我的枝头好吗?

27·星陨真身

"月月,你在想什么?"月痕轻柔的嗓音打断了我深深的思绪,抬起头,却看见一张近在眼前的俊脸。

用力推开他的脸,还顺带摸了摸他顺滑的玉肤,我从那无主题的沉思中醒来。真是的,我在想些什么啊,啊——自从认识这只狐狸以来,我的脑袋就开始秀逗了,整天想些有的没的,真是烦死了。

"我在想,如果你再不告诉我是什么时候知道星陨干涉寒冰山庄的事件的话,我可能会把你从这里推下去。"一口气说完那长长的话语,我不禁佩服自己肺活量的巨大。

"哎?"月痕挑挑眉,看看身下,随即又戏谑地看着我,"月月,你忘记了吗?如果你把我从这里推下去,可就不会像上次在树上那么简单了哦,还是说,你已经喜欢我喜欢到想和我死在一起的地步了?"

"去死吧你。"月痕无心的话语,却激起了我心中层层的巨浪,不由得爆发出全部的野蛮基因,我开始不顾形象地乱扭起来。

"好了好了,我说,我说行了吧。"慌乱地抓住我的双手,不让我因为太激动而变成肉泥,月痕擦了擦额上的汗珠,终于败在了我的手下。

"快说。"停止了乱动,我满意地看到话题的转换,有了一种松了口气的感觉,却又有一丝失望涌上心头,错觉,一定是错觉。

"刚开始见到丧尸的时候,我已经知道有人在炼制尸毒丸。"月痕用他深柔的嗓音娓娓道来,让我的耳朵一阵享受,"那个时候我就知道,幕后黑手一定和寒冰山庄有着巨大的仇恨,才会用这种方法来报复,只是——"

"什么?"我连忙接道。

"只是我有些奇怪,人类知道尸毒丸的制法并不奇怪,只是其中有几种药草是只有我们妖类才认得出来的,他究竟是怎么得到的?"月痕边说边陷入了沉思,

"当时我也没太注意,只是以为他的运气比一般人好而已。"

"这么说你是从到山庄后才开始怀疑的?"我学月痕的样子揉揉鼻子,开始追根溯源起来。

月痕点了点头:"没错,从进山庄起,我就有一种被监视的感觉,这种感觉,在我帮他们治伤的时候更加明显了。那晚,你整夜未回,我的不安就更加强烈,幸好,他没有在那时对你出手。"

想起那晚的光景,我的脸不由红了红,不明白自己为什么会对月痕的事情那么上心,似乎是对他有了占有欲一般,看到他和别的女人在一起就会很难过,难过得想要毁掉全世界,宁愿让一切和我一起消失掉,也不愿意看见他身边的人不是我。

月痕没有注意我的异常,只是继续说道:"后来去山洞的时候,我确定了有人在监视着我们的一举一动,后来听到你对那个声音的描述的时候,我心中几乎有一半认定是星陨在搞鬼了。"

"然后那晚你出去就是调查那件事情?"我抬头看着他,不知为何,十分关心那晚发生的事情。

"嗯。"月痕点点头,"那晚我又去了山洞,招来一些低级的妖魔问了问,知道了事情的大致和寒冰山庄有妖魔的事情。原本还想私下解决的,没想到温染雪那小子太死脑筋,结果还是闹得那么大。"

看着月痕无奈地耸肩,我不禁轻笑:"你以为个个都像你一般,事事清楚的吗?对了,星陨是如何监视我们的?如若他亲自前来,你能感觉得到吧?"

"未必。"月痕摇摇头,"像我们这种可以化为人形的妖怪大多有很高的道行,若是不想让人感觉到自然可以隐藏住气息,只是他一向不喜欢麻烦,所以派了些手下来监视我们。"

"手下?"我惊异地叫道,随即问道,"可是若是他的手下来的话,你自然能感觉到气息的吧,毕竟那些小喽啰不可能有很高的道行啊。"

赞许地点了点头,月痕给了我一个答案:"他的手下不一定是妖怪和妖魔,也可能是别的什么。"

"别的什么?"我好奇地看着月痕,眼中满是求知的光芒。

"嗯。"月痕弹弹我的额头,宠溺地笑着,"如同我可以驱使狐狸、狸猫之类的动物一样,他也可以驱使同族。"

"哎,这么说,他找了只狐狸来偷看我们吗?"我惊讶地叫道,一只狐狸啊,好可爱,真想逮来养养啊。

看着我满眼冒星星的花痴模样,月痕无奈地摇摇头:"拜托,他虽然也是妖怪,可是我从来没说过他和我是同族啊。"

"哎?"我不禁吃惊地喊了出来,"不是吗?他不是狐狸精吗?可是,他长得那么漂亮,居然不是狐狸精,真是太可惜了,也不是说月痕你比不上他漂亮啦,可是他居然比你还要狐媚,比你还要像妖精,不可能,这绝对不可能,还有什么妖精能比狐狸精更妖的,没有了吧,不可能吧。"

听着我一番语无伦次的胡言乱语,月痕无语地捂住额头,却又眼中含笑:"好了好了,不用猜了,我来告诉你好了。"

"什么?"我立刻安静了下来,好学地看着月痕,眼中充满了好奇和八卦。

看着我好宝宝般的表情,月痕忍俊不禁:"我先告诉你他的手下,你来猜一猜。他的手下是,蟾蜍啊、蜈蚣啊、蝎子啊,还有蜘蛛什么的。"

"停止。"我大声喝止了月痕的话语,摸摸满身的鸡皮疙瘩,狂汗地看着他,"你该不会告诉我,他是只——蛇妖吧?"

"宾果。"月痕的手指轻点我的鼻尖,"恭喜你,答对了,奖励你什么好呢?他的手下一只如何?"

"哦,还是算了吧。"我低下头,额头上的汗珠一颗颗地往下滚去。

"是吗?"月痕好整以暇地看着我,眼中满是因捉弄我而满足的笑意,"五毒之中,以蛇为首,不过他的手下还不止这些,这么说吧,几乎所有的虫类都是他的手下。"

"这样的吗?"我刚刚平静下去的鸡皮疙瘩又竖立了起来,我双手搓着手臂,却还是满心疑惑,"一个蛇妖居然那么漂亮那么香,真是太没天理了。"

"他很香吗?"

"是啊。"我点点头,丝毫没有注意到月痕已经微微眯起的眼睛。

"哇,你干什么?"看着月痕突然松开的双手,我抱紧他的脖子,"想摔死我啊?快点抓住我啊。"

"哼。"月痕转过头,给了我一个优美的侧脸,"既然他那么香,你去找他抓住你吧。"

我这是招谁惹谁了?只不过说星陨香而已,他至于这么生气吗?这只狐狸精,真是——超——小——气!

28·相伴而坠

湛蓝的天空上悬挂点缀着朵朵白云,触手可及,袅袅的微风自我的发间缓缓穿过,吹得我衣袂生风,飘飘欲仙,嗯嗯,很有意境的场景。但,如果像这样被吊在半空中,可就谈不上什么意境了。

双手用力抱住月痕的脖子,我半吊在空中,俯身看看那遥不可及的地面,又抬头瞄瞄月痕那臭臭的脸色,在生存和尊严面前,我大义凛然、毫不犹豫地选择了——前者。

"是啊,他是很香。"我努力地保持住自身的平衡,开始溜须拍马,"但是,比起月痕你,差得远了。"

没反应?再来。

"他的香味的确很浓,但是太过俗气了,还是月痕你的香味更好,自然、纯净,挨了一刀闻一口,包你想挨第二刀,实在是居家旅行、杀人灭口必备良品。"被迫忽悠悠玩着秋千的我,语无伦次地大说一通,也不管什么盗版的问题了,先保住小命再说。

月痕终于有了点反应,可他的表情居然是——蔑视,只见他撇撇嘴,伸出空闲的手划过自己墨色的发丝,颇为不屑地看着我:"你确定你是在夸我?"

"是的是的。"我拼命点点头,险些因为速度过快而发晕,"月痕你的味道真的很好闻。"

"哦?"月痕挑挑眉,不置可否地看着我,纤指自发间滑至脖项,将因风而躲入衣襟中的乌丝撩出,白皙的肌肤和墨蓝的发丝交相辉映,让我不由呆了一呆,险些陷入其中,不可自拔。

"是啊,你的味道啊……"从诱惑中挺过来的我再接再厉,手舞足蹈地开始了夸人大计,却忘记了,我的手正握着我的小命,结果——我的身体在空中静止了一秒后，无可避免地坠落下去。

快速地掉落中，我不由高高地伸出手，试图抓住月痕的衣角，可那滑润的丝绸却无情地自我的指尖滑过，抛弃似的放开了我。过快的速度使我的发丝和衣袂高高地扬起，四散开来，宛如白色宣纸上浓墨重彩的一笔，我黛绿的发丝自衣衫上蔓延开来，延伸着，直到双手触碰不到的地方，构成了一抹白底黑纹的水彩，在空中缓缓绽放。

仰头看着如天神般矗立的月痕，他正低头注视着我，脸上的表情是如同神佛般的慈悲，却又似有着更深的悲哀，使路过他的清风都不由微微停顿，只是低下身躯，轻抚过他飘逸的衣衫，才依依不舍地离去，一句话鬼使神差般自我口中喃喃吐出："是我一辈子也闻不腻的味道。"

月痕的样貌渐渐刻在我的心上，可我眼中的他却渐渐地模糊起来，原来已有泪珠自我眼中溢出，在空气的舞动下四散开来，闪耀着微光滴滴坠落。很复杂的感觉，自我的心中升起，不由自主地想靠近他，从相识第一天开始，却又在害怕我们之间那段不可逾越的距离，人妖殊途，这四个字无时无刻不敲打着我的心坎，挣不脱，逃不掉，如同被漫天蛛丝缠绕的蝶，任那万丝纠结缠绕，慢慢堕入那无尽的深渊。

不由用手背擦去泪珠，再次看向月痕，却意外地发现他居然在我一分神的工夫中消失不见，四处张望间，不料却落入一个温暖的漫着苹果清香的怀抱，深深地呼吸，缓缓地回忆，这是，月痕的味道。

紧紧地自身后环抱着我，月痕的下巴磕在我的头上，温润的体温自额上注入我的体内，那墨蓝的发丝也和我黛绿的发丝纠结起来，千丝万缕，绵延缱绻。月痕芳香的气息近在鼻边，那淡粉的薄唇却又凑至我的耳旁："真是个，笨蛋。"

"对，我就是个笨蛋。"沉浸在月痕的气息中，我不由微微苦笑地答道，这倒是句真话，明明知晓一切，却还是甘之如饴，宁愿沉沦，不是笨蛋是什么？

"我的笨，不正能体现出你的聪明？"月痕啊，你修行千载，想必知晓良多，却为何要将普通如斯的我留在身边？是在考验我作为人类的定性，还是为了排遣你那千年的寂寞？

听了我的话，月痕摸摸下巴，沉吟片刻，终于轻笑出声："那倒也是。"

"只是……"本来轻笑的月痕，语气却突地低沉下来，喑哑的声线滑过我耳边的肌肤，激起了它一阵阵的颤抖。

"只是什么？"我有些好奇地问道，却发觉月痕加重了抱我的力度，那环抱着我的如玉的双手，绽出了丝丝的青筋，触目惊心，我的心，不由揪紧。

月痕深叹口气，清新的气息自口中吐出，拂在我的脸颊，我不由微微闪躲，他却轻巧地转过我的身体，强迫我面对着他："只是，我究竟该拿你这个笨蛋怎么办呢，月月？"

自遇到月痕起，他不知多少次叫过我的名字，却没有一次让我如此颤抖，不是身体的颤抖，而是心灵的，那声音仿若穿透了我的躯体，自耳边直渗入血管，穿过心脏，直达我的指尖，抖动了我的整个灵魂，似乎能听到，它低低的鸣叫。

"我——怎么知道？"我不自觉地开始移动眼神东张西望，却不由在心中厌恶起自己的胆怯。

"告诉你好了。"月痕的瞳孔蓦地收缩，我的心也随之一紧，身体几乎颤抖起来，"我们一起掉下去好了。"

我惊异地看向月痕，却对上他半戏谑半认真的神色，告知我他并不是在开玩笑，我不由暗自叫苦，这狐妖的思绪真的不是我们常人可以猜透的，前一刻还以为他要来个深情告白，下一刻却要拉着你一起去死，看来，我的修行，还不够啊。

突地收回妖力，那使我们滞留在空中的力量顿时消失，月痕抱紧我，自空中掉落下去，我不由紧紧闭眼，把头埋入月痕的怀中，体会着这失重的滋味。空中急坠的感觉，不是每个人都能体会的，而体会到的，大部分都已经转世投胎了。此刻的我，正在体会，只是，我并不恐惧，也不心慌，也许是因为知道月痕不会伤害我，也许是，觉得和他一起坠落——也是一种幸福。

有人说，濒临死亡的时候，你脑中想到的那个人便是你在这世上最重要的人。此刻的我，心无杂念，那些一直纠缠着我的过去都被那呼啸的大风撕扯而去，不留半丝痕迹，只有一个影子，在我的心中，越映越深，终于无法抹去。

29·妖魑噩梦

再次睁开眼眸,我们已经回到了最初的地方,也是寒冰山庄一切悲剧开始的地方——鼎剑湖。如今的这里已经没有了往日的美景,也没有了我最初所见的惊艳,残破的大地,漆黑的湖水,颓废的老树,如同沉寂了千年的悲哀,之前所见的一切死后都源于一个不真实的梦,梦醒了,美也就碎了。

"哎,真是难看啊。"我看着周遭,不由叹了口气,人类总是失去后才知道珍惜,说的也许就是我现在的心情,"我还是比较喜欢这里之前的样子。"

月痕大手按住我的头,用力地揉了揉我的发,满意地看着那被风吹乱的青丝变得乱七八糟,才浅浅笑着:"放心吧,人类善于遗忘,自然也是,只要好好处理,过不了多久,这里就会重新变得美丽起来的。"

"和原来一样美丽吗?"我抬头看着月痕,眼中满是期待。

可月痕只是看向湖边,浅浅地笑了:"不是,不是原来那畸形的美丽,而是真正自然的美丽。"

"自然的美丽?"我不禁问道。

"是的,自然的美丽,如蓝天白云和微风,并没有妖异夺目的光彩,却让人如此舒适,只要身处其中,就会觉得它们和你的身体完全相融,不会突兀,不会崇拜,和你的灵魂完美地结合在一起,你就是它的一部分,而它,就是包容你的母亲。"月痕抬头望向天空,眼中满是眷恋和喜爱。

"嗯,一定会的,这里会变得很美丽,自然的美丽。"无端地充满信心,我给了月痕一个大大的笑容,眼前的残景在我的眼中似乎也涂上了一抹亮丽的色彩。

"好了,现在来办最后一件事情吧。"月痕伸了个大大的懒腰,手却向湖面触去,那发出月般光华的细指所到之处,那污秽似乎自惭形秽似的退了开来,只剩下一道洁白的痕迹,如月的痕迹。

我好奇地站到月痕的身边,却看见他原来正在捞东西,这个,应该算是东西吧，被囚禁的妖魑，正捂着嘴巴躺在玻璃球中，忍受着湖水激荡下翻江倒海的痛。

"你们居然把我一个人扔在这里，浑蛋。"看见月痕捞起了自己，妖魑立刻放开了捂嘴的手，跳起来大骂，小尾巴还随着骂声一抽一抽，上下摆动。

"哎，貌似你还没有享受够。"月痕挑挑眉，粉唇再次勾起诡异的弧度，手也开始不老实起来，将小球上下抛动，甚是享受。

"你——你——给我——等着。"妖魑连忙捂住嘴，却还不忘从爪缝中透出几个断断续续的字，小尾巴也因为球体的抖动而缩成了一团。

"月痕，不要这样，好可怜。"我扯扯月痕的衣袖，冒出了几个星星眼以及几朵晶莹的泪花，嘻嘻，对付月痕，这个最管用。

看着我可怜兮兮的表情，月痕果然停止了那"残暴"的举动，握住球看着我："你喜欢这个脏兮兮的东西？"

"什么叫脏兮兮的，本大爷可是天天都有洗澡的。"一听到这貌似诽谤的话语，妖魑又跳了起来，真是不吸取教训。

"在这样的湖水中吗？"月痕皱眉看看那灰黑的湖水，突然将玻璃球丢在一旁，用力地擦着握球的右手，还边喊着"好脏好脏"。

我无语地看着这只干净过头到白痴的狐狸，额头上的井字不断扩大："月痕，第一，你是抓住玻璃球，不是抓着他，不用擦手；第二，你要擦也可以，但是不要在我的头发上擦，可以吗？"

最后三个字我几乎是咬着牙说出来的，这只狐狸精，把我的头发当成抹布了吗？虽然被他摸头是很舒服没错，但是，这样的动机，果然，不可原谅。

"嗯？貌似是的哦。"月痕再次捡起玻璃球，敲了敲球壁，又看看其中怒火中烧的妖魑，指尖一点，其中却冒出了许多泡泡，妖魑先是屏住呼吸，最终坚持不住，张开了嘴巴，呼噜噜地在那泡泡水中漂荡起来。

"这是什么啊？"我满头大汗地看着很有成就感的月痕，不知道他又想出了什么方法来折磨这只可怜的小妖魑。

"泡泡浴啊，你不是很喜欢吗？"月痕看着五彩的泡泡，欣喜地将球颠来倒去地看，如同拿到新玩具的小孩，看到这样的月痕，我不由得想起了星陨看我时的神情，唯一不同的是，月痕眼中的是戏谑，而星陨眼中的——则是残忍。

"这个，我是很喜欢，不过貌似他不怎么受得了。"我无比同情地看着玻璃球中吐着泡泡的妖魑，果然一直以来对月痕实施吹捧政策是个超正确的选择。

"好了,现在差不多了。"半个时辰后,月痕满意地拎着妖魑的尾巴将它自球中取出,凑近鼻子闻了闻,才高兴地将它转到我的面前,"香多了,你要闻闻不?"

　　"还是算了吧。"我看着两眼冒着圈圈的妖魑,头上再次挂起瀑布般的汗珠,伸出双手捧平它,果然,很可爱。

　　"你就这么喜欢这东西吗?"看着我专注的神情,月痕揉揉鼻子,凑近过来,一股清香扑鼻而来,比我手中妖魑的味道更甚,我不禁满意地吸吸鼻子。

　　"嗯,很喜欢。"

　　"哎?"月痕低下头,看着我手中的黑色小妖,沉吟片刻,嘴角却勾起了坏笑,顿时让我有了一种不好的预感。

　　自我手中扯过妖魑,月痕猛地左右晃荡起它小小的身体:"你差不多给我醒醒。"

　　在月痕猛烈的动作下,可怜的妖魑终于醒了过来,可片刻,它的眼中又布满了圈圈:"好,好多星星,晚上了吗?"

　　"喂,小妖魔,你走运了。"月痕另一只手抓住妖魑的头,两手将妖魑的身体弯成弧形,眼中是恶作剧的光芒,"修炼很辛苦吧,我帮你如何?"

　　"你,要怎么帮他啊。"我心疼地看着月痕手中那黑色的圆圈,一面替妖魑的命运担心,一面,又想着看好戏,呵呵,貌似我真的变坏了呢。

　　"月月,伸出手来。"哎?这场好戏还有我的份儿吗?看着月痕充满兴味的目光,我迟疑地伸出手去,一边暗暗祈祷着,希望不是什么坏事。

30·暗之守护

　　"你要干什么?告诉你,本大爷可是不会屈服的。"妖魑拼命扭动着小小的躯体,几只小爪子费力地挣扎着,想掏到月痕的手上,却无论如何也无法伤他分毫。

　　"放心,我是在帮你。"月痕闭起一只眼,举起双手,将妖魑的头和尾巴对在一条线上,只要微微用力,它的尾巴就会被塞进嘴巴里。

　　我目瞪口呆地看着月痕的举动,他却微笑地看向我,将摆好造型的妖魑移动至我伸出的右手边,稍一迟疑,他已将妖魑的躯体环绕在我的手臂上,还没等我叫出,那纤指稍稍用力,妖魑的尾巴已经陷入了它的嘴中,形成了一个完整的臂环。

"以吾之名,赐尔此躯,从此之后你名为暗魑,为暗之守护。"月痕握紧臂环,将其顺着我白皙的手臂轻轻挪下,终于缩紧成为一个黑色的细环。

我抬起手看着这黑色的小镯,虽然细小,细微看去却能看出上面的图案是一条小龙,它的口和尾巴的链接处有一条小小的黑色丝线,发出淡淡的蓝色光华,链接着手镯的两端,格外相称。

"喜欢吗?"抬起头,在我一直注视着镯子的时候,月痕也正含笑注视着我,随着我的笑容,他纤长的眉线和眼角也淡淡展开,如山中度过一冬而回春的清泉,展开疲倦的躯体奔流而下,洒满一路的欢快和温暖。

"嗯。"我用力点点头,沉浸在月痕温暖的笑意中,随着又扯住手镯上那根蓝色的丝线,"这个,是什么啊?"

月痕左手握住我戴镯的手,右手轻轻地将镯子自我手上取下,递至我的眼前:"这个,是刚才那个小家伙,他因为是低等的妖魔,所以只能附在一些东西上,现在,我给了他一个固定的躯体,并且愿意用自己的灵力喂养它,龙和魑长得很像,可是只因为角和尾巴不一样,就相差甚多,有了我的灵力,自然可以助它早日修成正果。"

"哎?"我自月痕的手中接过镯子,仔细地翻来看去,怎么也想不出,月痕为什么这么好心,他这人确实不错啦,但是这种不求回报做好事的行为实在不是他能够做出来的,还是太阳从西边出来了?

看着我抻长脖子到处找太阳的傻模样,月痕的眼睛微微眯起,单手砸向我的头,成功地在我的头上种上一个大大的包,不知道秋天会不会成熟。

捂着头蹲在地上,那镯子触碰在我的包上,不知怎的,居然传来了丝丝的清凉感觉,我不禁讶异地放下手,注视着手中的镯子。

"这就是他的代价。"月痕看着我可怜兮兮的模样,无奈地摇摇头,自地上将我拽起,揉揉我的头,"他成为了我的奴仆,现在它的名字是暗魑。"

"奴仆?那不是和我一样?"我握紧手镯,低头看着那活灵活现,似要一飞冲天的小龙,心中有了一丝亲切感,嘻嘻,看来以后香铺的工作有人给我分担了。

"准确来说,他和你不一样。"似乎看透了我心中的小九九,月痕勾起了粉色的唇线,眼角微微眯起,双手环抱在胸前,轻轻摇头,垂落在他银白色绸袍上黑得幽蓝的发丝也随之轻轻甩动,摇曳无痕,勾勒出一笔动人的风姿。

第四章 寒冰山庄

"切。"被看破的我,因希望的破灭而备感不满,明明这么厉害,多收几个奴仆来干活会怎么样嘛,就会驱使我这个弱女子,哎,我的纤纤玉指,我那原本光滑白皙的肌肤,等等,我什么时候也这么自恋了,果然,物以类聚吗?不对,是被传染的,绝对,被这只死狐狸。

看着我眉眼挤成一团的小气模样,月痕浅浅一笑,露出洁白的贝齿,香唇微开,吐出的却是:"你,主管的是烧饭洗衣打扫撒气兼枕头,这么好的工作,你怎么舍得分给别人做呢?"

我一阵无语,果然,我连奴仆都不如。

"那他,是干什么的?"基本上香铺所有的工作都是我一个人包办的,那小子不会是吃白饭的吧,原本对他的亲切感,此刻大部分都化为了不平和嫉妒。

"他现在的职责是暗之守护。"月痕自我手中取过镯子,又抓住右手,将它戴了上去,"负责的是,保护你。"

"保护我?我有月痕你保护就够了啊,用不着这个啦。"听到"保护你"这三个字时,我的心跳也掉了一拍,语无伦次地开始乱说起来。

"不,我不放心。"月痕坚持地握紧手镯,用力一握,"现在取不下来了,我不可能时时刻刻都在你身边,上次我不在时,星陨就来找你,下次若还是这样,我害怕他会伤害你,暗魈在,我会放心些。"

抬头注视月痕坚持的神情,我的心中不由一暖,原来是在担心我啊。

"嗯。"我点点头,没有再反驳,接受了月痕的心意,左手抚上手镯,感受上面那丝丝的凉意,心中却是暖暖的,因为在最柔软的地方,有一只手正在温柔地触摸它。

"喂,你个笨女人,不要这么随意地摸本大爷。"正当气氛好好的时候,一个暴怒的声音却不合时宜地响了起来。

"笨女人是吧?"差点就能抱住月痕表示感谢的时候,居然搞破坏工作,我不由火大地用力晃起手来,"真是不好意思了,我这么笨。"

看着我大力的动作,听着暗魈大声的惨叫,一滴汗,自月痕的额角悄然冒出:"那个,月月,你确定你很喜欢它吗?"

"你有意见吗?"我抬头看着月痕,眼中赫然有火星迸出,女人的怨念,真是恐怖的东西。

火星在接触到月痕清凉的目光的时候已悄然熄灭,余下的,只是那习习的凉风和月痕身上那淡淡的清香,飘荡在我的身旁。

后记

当我按月痕的吩咐跟苏茉儿一起将他们全族人释放，再次回来的时刻，星陨已然不见了，那个银色的阵法也早已消失，只有那依旧飘香的漫天桂花，证明着这里刚才发生的一切。

微笑地看着他向我走来，自然地与他交握，我深深呼吸着他身上许久不曾闻到的苹果清香，什么也不想去问，既然他选择在我离开之时将事件全部解决。

只是，月痕，我变成了妖族，是不是意味着，与你又近了一步呢？

你的一切我都想了解，不过，时间还很多不是吗？

这一生，都别再想丢下我了哦，我的狐狸精主人。

真真正正地和喜欢的人白头偕老，我没有阻止她的理由。"

"那那个女孩呢？为什么你与她相见伊始就订立了契约？难道不是因为她有作为容器的潜质吗？"

月痕再次摇首，浅笑着说："星陨啊，你什么都好，只是凡事偏爱往复杂方面去想，为何我一定要为了利用才可以订立契约？"

"那为何？"星陨接连发问，目中满是不解。

"暖香最后这么跟我说过，如果遇到喜欢的人，就与她订立契约吧，我住在山谷中，终年寂寞，有一天，我对着老天发誓，如果他赐给我一个仙女，那么我一定会用全部的生命去爱护她。于是，月儿就出现了。"月痕似想起了最初见面时的场景，嘴角情不自禁地勾起了一抹温柔的笑。

"就是这样？"星陨不可置信地问道，"就因为这样你就和她订立了契约？如果她品行不好呢？如果她爱着别人呢？如果她不爱你，甚至因为契约讨厌你呢？"

月痕耸了耸肩，有些不负责任地说道："可是，这些都没有发生不是吗？"

"可是？"星陨再次说道。

却被月痕打断："星陨啊，人生哪有那么多可是。我期待着仙女的出现，于是月儿出现了，我与她订立契约，希望能一直相守，而她，恰好就是我想要的，而我，也一直努力要成为她想要的，这样，就足够了。"

"如果迟疑一点，也许结局就不会是今天这样了，重要的是，现在我们在一起，而将来，我们也会一直在一起。"

"但是……"

"最糟的结果，不过就是她不爱我，那样的话，我一定会给予她自由，哪怕耗尽所有。"

"你知道解除寂寞的办法吗？只有一个，就是毫无保留地去爱一个人，如果这样做的话，就一定，可以幸福。"月痕笃定的话语飘散在风中，伴随着的，是星陨有些沉重的呼吸。

握紧腕上的暗魃镯，我偷偷地微笑，偷听一点点的话，他不会生气吧，顶多是害羞，真是可爱的狐狸精啊，也是我最爱的狐狸精，只是他也许不知道，为了他，变成妖也是一种幸福，因为可以一直陪伴在他的身边，这样，就足够了。

毫无保留地去爱一个人，如果这样做的话，就一定，可以幸福。

是的，月痕，现在，我很幸福。

的记忆做代替,是为了什么呢?死亡确实很悲哀,但有的时候,留下的那个才是最难过的,你做了这么多,究竟是想让她复活,还是只想得到救赎?

"我知道自己没有资格说什么,但,救赎来源于自己,而不是别人,如果你不解放自己的心,就算做尽所有事情,也不会开心的。"

17·幸福秘密

"为什么将她调开?"星陨摇了摇头,摸了摸被锁链箍住而有些青紫的脖子,斜睨着月痕,"该不会是想杀了我,怕她看见血腥镜头吧?"

月痕摇了摇头,苦笑道:"你明知道我不会伤害你。只是,有些话想告诉你。"

"哦?什么话?"星陨打了个哈哈,似对月痕要说的话并不感兴趣。

"暖香,最后这么跟我说。

"我不后悔,即使将要失去生命也不会后悔,不要去伤害星陨,他只是被内心的欲望蒙蔽了眼睛,不小心做了错事而已。我虽然不后悔,但有两件遗憾,第一件是没有及时解决掉星陨的心结,害人害己,伤害了他,第二件,就是没有和夫君坦诚相待。

"直到最后才知道他早知晓我的正体,他是真的爱我,也是真的想和我在一起,所以我很遗憾,没有在认识他最初就和他订立契约,如果那样的话,也许可以一直在一起。我太贪心了对不对?呵呵,月痕,遗憾终究是遗憾,但我从来没后悔过,我认识了你和星陨,认识了夫君,我一直很幸福,所以,请你和星陨,都幸福地活下去吧。

"她是这么说的。"月痕说完,静静地看着星陨,不再说话。

银阵中,蓝色光链的束缚下,黑发黑衣的星陨不发一词,直到一阵香风吹过,他才缓过神似的望着眼前飘散的片片绒黄花瓣,脸上逐渐有了生动的表情。

"告诉我,你真的没有设法保存暖香的魂魄吗?"良久,他终于发问。

月痕摇摇头,笑道:"没有,她这一生已经很幸福了,她告诉我,来世她要做人,

"我可不是这么认为的哦。"我努力对他微笑,眼中却悄然聚集起烟雾,不知为何突然觉得悲哀,"直到最后,她还是让月痕答应不要伤害你吧,所以,她没有恨你,一定。"

"是这样的吗?"星陨的脸上第一次出现了不知所措的神情,那总是盛满寂寞的眸,也出现了彻底的迷惘。

"一定是这样的。"不知为何,我就是如此笃定。

月痕的指突地扣紧我的手心,转头看去,却发现他亦有恍然大悟的神情:"怪不得,她那么说。"

"什么?"我诧异地歪头,月痕却故作神秘地对我笑笑。

正准备追问间,星陨突然开口问我,他的表情已恢复正常,方才的迷惘似是个错觉:"原来你早知道一切皆是我设下的陷阱,不过这些日子你装得还真是像呢,说说看,是如何做到的?"

我的脸不由一红,抬起右手,露出腕上的暗魈镯:"其实这些日子我并非一个人,我一直都有和月痕联系,用这个。"

"原来如此,魈神啊,"星陨冷笑道,"被你身上渐渐散发出来的妖气所掩盖了吗?我失算了。那三天的时间里,你们就计划好了今天的一切吧?"

"嗯。"我缓缓点头,"其实,你的表演也并非有自己想象中那么完美无缺。"

"哦?"

"比如,你曾经说过'因为,他已经得到了更好的替代品了',那个时候这么说,应该就已经知道月痕会把苏茉儿当成新容器了吧,这样就和你对我叙述的事实冲突了,而且,我装做失忆的时候曾经试探过你,你明明说那个暗示是会使我忘记月痕,可那个时候我装做不记得自己的名字,你也并不吃惊,很容易就知道你是在骗我。"我缓缓述说着。

"真是聪明。"

"而且——"我顿了顿,不知是否该继续说下去。

"而且什么?"星陨挑挑眉,对我笑道,"要说就把话说完,吊别人的胃口,可不是好习惯哦,小月儿。"

"而且从头到尾,你除了让月痕选择的那次,为了动摇我而说出她的名字外,以后那么长的时间里,每次提到暖香,你总是用她来代替。"

"不愿意再次喊出她的名字,不愿意提及任何关于她的往事,只用那不甚牢靠

第八章 幸福密码

都是我一起多年的同伴,在我心中同样重要,只是她既然选择了那个人类,我便只能尊重她的选择,只是,我不该信你,信你真的可以放开。"

"哼,说的真是冠冕堂皇啊。"星陨哼道,"我问你,若是她再爱上别人,你可会真的放手?"

慢着啊,怎么话题又扯到了我身上了?

看着两道凝视着我若有所思的目光,我心中没来由的不舒服,为什么我一定要再爱上别人啊,我又不是淫妇。

"那个,月痕,你答应他的第一个条件是什么?"我轻咳了一声,算是跳过这个话题,"我记得他的第二个条件是让你在我们当中选一个,对吧?"

似乎注意到了我的心事,月痕顺利地遗忘了刚才的话题:"他的第一个条件吗?哼,无聊的事情,只是为了让我暂时离开。"

暂时离开?我心中豁然开朗,原来如此,怪不得月痕在事情发生时没有出现,原来早已被星陨调开。

"等我回去的时候,一切都晚了。"月痕接着说道,"害死暖香的人,是你。"

星陨嘴角无谓地勾起,用冷眼与月痕的愤怒对峙:"是吗?可为什么我觉得害死她的人是你呢?"

"如果想否认的话就先告诉我,就算我不去做那些事,她真的就可以幸福吗?别忘了我们是妖,十年二十年后,她的容貌一直没有衰老,他们的孩子显现出怪异的能力,你认为,那些蝼蚁们会放过她吗?"

面对星陨的责问,月痕怔住,似不知该如何回答,悲哀渐渐从他的眸中溢出,湮灭了整个脸。

我握紧他的手,不知道如何安慰,只是想将心中的话语诉说:"这些事情你想得到,暖香她自然也想到了,可是,她依然那么去做了,不是吗?"

月痕侧过来看我,我对他一笑:"虽然知道今后可能危险重重,可能受伤,可能死去,但她依然这么选择了,害死她的人是谁也许并不重要,重要的是,她坚持了自己的选择,而且,她曾经幸福过。"

"对你们来说可能不够,但对她来说,也许这样就足够了。"捂住自己的心口,心中有一个声音如是诉说着,也许,只要这样就足够了,总觉得,能理解她的感受。

"她幸福吗?"星陨脸上的冰霜渐渐散去,却留下了点点迷惘,"不,她最后一定是恨着我的吧。"

在这段时间内,我渐渐知晓了一切。

方才也终于证实,星陨给我看的那段记忆,只有暖香死时出现的那个月痕,是真实的。

那些旧事终于渐在心中浮出雏形,星陨自然是爱着暖香的,而设计那一切悲剧的人,也本是他,最后暖香死在月痕的怀中,这也是星陨认为月痕手中有暖香的魂魄,可以为她转魂的原因。

只是,那些事情发生的时候,月痕在哪里?

为什么他从头到尾都没有出现过,难道他就眼睁睁地看着一切发生而置之不理?

我不相信。

16·她亦不悔

"选择啊。"星陨忽地长叹出声,"不同的选择也许真的会导致截然相反的命运,但,我不悔。"

"可我后悔了。"

开口的是月痕,我讶异于第一次在他脸上看到了类似于恨的情感。

"哦?"星陨挑挑眉,似并不诧异。

月痕的眉间孕集着风暴,我不由双手紧抱住他的手,心里有了些慌张。

他低头看我,表情似无奈,却终于有了些许的松动,腾出手来摸了摸我的头。

"那个时候,我不该相信你。"月痕连连摇首,那些恨意中似带着无穷的悔,"我不该答应帮你做三件事,明明知道你可能另有所图,却仍然相信了你。"

星陨冷笑出声:"不,你一定会答应,因为你在同情我,不是吗?我对她的心意你一直都知道,却装做不知,眼睁睁地看着她爱上那个人类后,又虚情假意地答应会替我做三件事。这算什么?施舍?"

月痕眉头紧皱,唇有些泛白,半晌才回答他:"你明知道我不是么想的,你们似总爆发一般,我开始话多起来,从前不敢说的,不想说的,这几日心中的疼痛折磨,话匣子一打开就似关不住,我边哭边说,顺带将眼泪鼻涕一起狠狠地擦到他的身上。

第二天醒来时,我已记不清自己到底说了些什么,唯一记得的,只有那双一直抚摸着我额头的手的温度,和月痕低低浅浅的喃喃话语:"一定——不会放开你。"

我爱月痕,所以,只要他说,我就信。

那天清晨,紧紧地环抱着月痕的脖项,我心中一片静谧,什么也不愿去想了,只求时间一直静止下去。

也许是意识到我和月痕之间突然变缓的气氛,苏茉儿,这个聪明的女孩,终于对我们和盘托出。

似笃定以月痕的善良不会拒绝她的请求,全族人的性命啊,虽知道她的作为无可指责,但我仍对她心存芥蒂。

月痕终于答应了帮助她,可那时离星陨给她的时间,也只有一天而已,若她没有办到,星陨便要开始杀人,而最直接的解决方法,便是我的出走。

月痕自然不答应,可我……

想到这儿,我不禁有些羞愧,明知道月痕担心我,却依然固执地使用这个方法,原因自然不是因为我有多么善良,而是因为——一个交易。

和苏茉儿的交易,我会帮她,只是这件事了解后,今生今世,她都不能再在我们的面前出现。

并不是不信任月痕,只是,这个类似于暖香的女孩,在出现伊始就给了我巨大的威胁感。这次我怕是乘人之危了,可那又如何?

我不想用"爱都是自私的"这种拙劣的借口,卑鄙就是卑鄙,不需要粉饰,而且,这也只是个交易,我用可能危及到生命的冒险举动,换取所认为的幸福,与人无忧。

在达成那个交易后,我离开了香铺。

路途中,也曾有丝丝的悔恨,不愿离开月痕的身边,更不愿去面对未来的危险,虽知道星陨大约不会伤害我,但,心中总有种不情愿的感觉,恨不得立刻跑回去,拉着月痕找个没人的地方躲起来,从此再不管这些闲事。

只是,既然已答应,我不愿成为逃兵,也不愿月痕因没有救成人而心有愧疚。

所以,一切开始了。

"我哪里笨啦？"抬起头，我狠狠地瞪了他一眼，却对上他含笑的眸，不禁微愣，似乎很久，没有和他这么做了呢，自那次之后。

轻叹口气，我看向星陨："不可否认，你确实给我找了不少麻烦，自苏茉儿来了之后，我和月痕倒真的是矛盾重重，一方面他为过去的事而纠结，另一方面我心中因你在客栈的话和他反常的表现，起了怀疑。"

"嘿？"星陨勾起一个笑，戏谑道，"看来我并不是全盘失败啊？"

"可以这么说，只是，我们所选择的和你料想的不同。"

是啊，选择不同，天知道我有多么感激自己当时的选择。

如果不是这个选择，也许今日的结局也会大大不同。

不由得再次想起那个晚上，沉默多日的我，将自己关在房中，不愿见他们任何一人。

抱起从厨房偷来的酒坛，我大口大口地灌着，还断断续续地念叨着那些平日不屑的酸诗："酒——入——愁肠——愁更愁……"

灌了两口，胡乱塞入两颗花生米，却被呛得泪如雨下，狠狠地砸掉酒坛，我将屋中弄得一团乱，越想越觉得不甘，终于在烈酒的作用下，头脑不清地抱着从厨房找到的擀面杖，踹开了月痕的房门。

几日来因过去的事情纠结万千而不小心忽略我的月痕，被满身酒气红着个眼的我吓了个半死，上前欲问清原委，却被我没头没脑地乱打了一通，好不容易抢回我手中的凶器，我却又跟个癫皮狗似的吊到了他的身上，死活不松开。

月痕又好奇又好笑，只好任我吊着，我却还不老实，逮住了他的脖子，狠狠地一口咬了下去。

"啊——"

那声惨叫如今还回荡在我的脑海，我不自觉地偷笑起来。

抬头看月痕的脖，还有淡淡的紫色印痕，想必当时一定很痛吧。

注意到我的目光，月痕抚上了那个痕，对我展眉一笑，身边的空气似乎都温柔了起来，我情不自禁地想起那个时候我说的话。

"太不公平了，都是你给我弄个什么印记，我也要给你留个，等我吸了你的血，你就是我的人了。"

在那一阵猖狂的大笑中，我双臂一软，从月痕身上掉落，不意外地被一双手紧紧拥住，意识模糊地往前蹭蹭，我在感受到那个多日不曾碰触的体温后，泪如雨下。

陨摸了摸遍布血痕的手臂,抬首问道,眼神中有了些许的兴味。

"当然不是。"我对他摇首,"虽设计了这一切,但关于过去的一切,我了解得并不是很清楚,因你本就未给我很多时间,或者说,没有给苏茉儿很多时间。"

星陨舔舔唇,残忍地笑:"人类不还有句话叫做'有压力才有动力'吗?若不是我给她全族下了禁制,她也未必肯做这件事,若不给她限定点时间,她怎么能做得好呢?"

"所以说,你的计划还真是做得好。"我苦笑出声,"苏茉儿来的那天,月痕问了我一个有点奇怪的问题,本来我以为他是在戏耍我,后来才知,他本打算在那天告诉我一切。"

"说出一切?"星陨眼帘一跳,转头看向月痕。

"没错。"月痕上前握住我的手,直视着星陨,"因我已无法放开月月,自客栈之后,我便知今生今世都无法再放开她了,所以我想告诉她一切,将我的过去、现在和未来,都给予她。"

心头一暖,我的脸颊发起烧来,心跳声越来越大,几乎要跳出胸口来,我掩饰地咳了几声,却发现完全不起作用,手心已微微出汗,我轻扭着想挣开月痕的手,却被他握得越发紧了,半晌之间,只能低首无语。

今生今世啊,这是月痕的承诺吗?

如果是,当真是这世上最美的一句话了呢。

15 · 旧影渐浮

"不是和我讨论命运,难道是让我看你们的甜蜜吗?"星陨冷笑道,既挣不开束缚,便索性吊在蓝色光链上,看起来似乎舒服了不少。

我脸一红,头便要低下,月痕的手依然那么温暖,无形之中给了我许多勇气:"当然也不是。"

听着我宛若蚂蚁般细小的声线,月痕"扑哧"一笑:"笨月月。"

约,就是为了拿我当容器,关于这点,我有一个疑问。"

"什么疑问?"星陨挑眉问我,"你如此聪慧,还有什么问题能难倒你,需要我替你解答?"

无视他的嘲讽,我认真地问道:"你给我看的那个记忆,是做过手脚的吧?"

"知道还问?"星陨的语气有些不耐烦。

"但,全部都是假的吗?"我迟疑地继续问道,"你给我看的时候,我就隐约觉得不对劲,后来细想才知,那些记忆中,暖香从未叫过月痕的名字,而且月痕的神情也很奇怪,虽是同一张面孔,却似换了个人似的,所以那些月痕,应该都是假的吧?"

"不错。"星陨没有丝毫滞停,爽快地承认了,"那些记忆都做过手脚,而其中的人,是我。"

"果然如此。"我点点头,"将记忆中的自己化为月痕,真是极端的做法啊。"

"哼。"星陨冷哼一声,睐眼望我,"若是我能操控得更加具体,控制她说的话,而不是抹去她所呼喊的名字,恐怕你就不会发现了吧。"

摇摇头,我答道:"不,你错了,不管怎么做,你就是你,月痕就是月痕,你们不同。"

"哦?"星陨勾起一个笑,对我的话不予置评,却是满目的不信。

"最后的那个,是真正的月痕对不对?"终于问出了那个最想问的问题,我屏息等他回答。

星陨的表情瞬间变得惊愕,回复过来,他苦笑看我:"看来你真是出乎我的意料,你当真如此了解他吗?"

"因为我喜欢月痕。"仰起头,我坚定地注视着他,"所以才想拼命地了解他,了解他一颦一笑、一举一动背后的含义,之前看到片段时我并不肯定,直到方才你也嘶喊了一声,我才真正确定。"

"同样的举动,同样的声音,你们的表情却并不相同,月痕脸上是真正的悲恸,而你的脸上,却夹杂着疯狂,毁天灭地的疯狂。所以,你们不同。"

星陨大笑起来,身上的锁链发出金属摩擦的琐碎声:"你让我想起了人类中流传的一句话——性格决定命运,用在妖身上也未尝不可。"

我点点头,赞同他的看法:"也许真的是这样。"

"你问我最后那个是不是真的月痕,不会就是想和我讨论命运的问题吧。"星

第八章 幸福密码

14·生世相许

"其实你从一开始就错了。"深吸口气,我娓娓道来。

"你太小看我和月痕了。"

我扭过头,错过月痕的目光,脸颊有些发红,"你的一切计划看起来很完美,但其实都建立在一个不很牢固的基础上,那就是,我和月痕不互相信任。"

"你似乎笃定,月痕不愿与我提及那些过去,而我,对月痕的信任也不过点点而已。"

"苏茉儿,便是你离间我们的那张王牌。"回转身,我看着那个身着绒黄羽衣的女子,虽知道她是情非得已,但总难与她有亲切感,大约是天性不合吧。

苏茉儿看着我,脸上有几分羞愧,却瞬间转为坚定,别过头去。我摇头苦笑,每个人都有想守护的事物,她也不例外,说到底,我没有资格责怪她。

"我曾经见过那段记忆,苏茉儿与暖香很像,不是长相,而是气质,只在片段中看到的我都能明了,想必与她生活那么多年的你,应该更清楚才对,当然,这一点对月痕来说也是一样。"

"让苏茉儿介入我们的生活是第一步,明了一切却不愿诉说的月痕会因关注她而冷落我,不明了一切的我会因爱生嫉,这是第二,最后,你再出现,将我自月痕身边拉开。"

"哦?"星陨忍不住插口,眯起凤眸,他促狭地问道,"将你拉开?为何?玩具到处都是,我可不是非你不可。"

摇摇头,我语气尽是笃定:"即使你否认也没用,想来想去,你的目的只有一个,自那次客栈相遇,你见到我的血月印记便矢口否认以前说我是玩具的话,再联系到你后来所做的一切,答案就呼之欲出了。"

"容器。"我缓缓道出这个词,意料中地看见星陨脸色一变。

转头望向月痕,我的表情在不自觉中柔和了不少:"你认为月痕与我缔结契消散眼前,呆愣半晌,终于仰首,发出一声彻骨的嘶喊:"啊——"

不知何时,那声喊叫,与片段中月痕的那声嘶喊相重合,却,不同。

"为什么?"他转头看我,那么痛恨的表情,一时让我不知该如何自处。

"对不起。"咬咬唇,我不知道如何回答他的仇恨。

他冰凉的目光若万年的寒冰,却几乎将我灼伤,咬咬牙,我抬起头迎接他的目光:"对不起,可我不得不这么做。"

"不得不?"星陨挑挑眉,舔去腕上的血痕,眸中的暗黑愈深。

挣开月痕的手前进半步,我问他:"如果是你的话,一定能明白的对不对?若我们的位置互换,为了暖香,你会不会这么做?"

星陨怔住,半晌突然笑起,笑声越发大起,响彻四方,却又突地停歇,他正色答我:"不错,我会这么做,而且会做得比你决绝十倍。"

"即使这样,你依然不会原谅我,对不对?"我望着他,没来由地觉得心内一悲,"因我若是你,也不会原谅我自己。"

"哦?"星陨眸中一厉,问道。

深吸口气,我说道:"很显然,我触怒了你,因为我利用了你心内最疼痛的地方,将你那陈旧的伤口挑开,又再刺了一刀。"

"人最痛苦的不是失去,而是知道所失去的重要后,以为能再次得到,却希望落空。"

"所以,你现在,一定很愤怒,对不对?"

没有逃避,我紧盯着他,等待着他的回答。

从前我害怕他,厌恶他,现在,我却同情他。

因为我自认对月痕的爱从不输给任何一人,天崩地裂与我何干?我只要他好。但星陨的爱,虽不见得比我深沉,却远比我决绝暴烈,若得不到,便要它天崩地裂,红尘纷乱也只为一人。

失去,以为能得到,再次失去。

而我也是让他经历这一切的元凶之一,所以,果然我是不可原谅的吧?

"告诉我,你是怎么知道一切的?"沉默良久,他却问了一个不相干的问题。

若细碎的浅吻,点滴温柔。

夜风拂过,吹动那身纯白的长袍,随风舞动间带着沁骨的甜香,他轻抬纤指,按在女子的眉心,微笑地看着她闭目的模样,指尖轻压,一圈黄色的光晕出现在指端,缓缓渗入指下的眉心。

几乎是刹那,他的脚下银白的光点大盛,点线相连,最终交会成一个巨大的银色阵法,以桂树为中心,笼盖四周。螺旋形的蓝色光体盘旋而上,围绕着两人的身体,快速地旋转着。溅出的蓝色光点飞入树中,若得到了生命的滋润,枯萎已久的桂树在那一瞬颤抖起来,无数的嫩芽自枝上长出,渐渐地蜕化为花。

风,动了。

自阵中席卷而过,带动那一树的妖娆,无数的绒黄随风而舞,飘扬至那蓝色的旋涡中,扶摇直上,又铺天盖地地坠落开来,吹散到整个山坡,满地的馨香落英中,我似乎听到了一丝叹息。

"时候到了。"身边的星陨突然开口,不等我回话,尖指伸出划破面前的隐身结界,抓起我飞入阵中。

似乎看到了月痕愕然的神情,星陨勾起一个邪气的笑,一把抓住那差一点就全部渗入苏茉儿眉心的光点,往外扯出。

月痕伸手欲拦,星陨却一把将我推至身前,在月痕一瞬的愣神中,他得手了。

回转过身,星陨握紧手心的绒黄光点,大笑开来,酣畅淋漓地似做完了一个最美的梦。

直到眼角都笑出泪光,星陨才将目光看向我,却诧异地发现我已在他不注意的时候退出阵外。

他欲向我伸手,可那在他握住光点刹那就熄灭的阵法,却瞬间再次发动了。

褪去了虚伪的假面,那隐藏的真实是——封印法阵。

银色的光晕圈圈升起,其间隐藏的蓝色锁链快速地将他束缚,握紧手心,他惊讶地发现方才还若珍宝的光点居然微弱起来,慌忙伸至眼前,那光却越来越暗,最终化为碎小的光片,消散开去。

他眸中几乎满溢而出的巨大幸福点点退回,最终被层叠的墨黑所取代,暗黑的泥沼中,疼痛抽芽而出。

"对不起。"我不由俯下身去,口中喃喃低语,泪却不禁夺眶而出。

星陨拼命想抓住那空中的最后一点光片,却为锁链所束缚,眼睁睁地看着它

13 · 银阵蓝缚

我承认，自己是一个卑劣的骗子。

可如果是为了守护心中认为重要的东西，再卑劣无耻一点我也不会在乎，哪怕红尘颠倒、人世纷乱，只要他还存在，那便是幸福。

所以啊，星陨，对不起。

面对着他不可置信的表情，讶异中夹杂着点点的悲哀，我俯下身，只能说出那句："对不起。"

桂树下，乳石画出的银白法阵已然亮起，几条明蓝的符咒自法阵底端伸出，螺旋形地紧缚住星陨的肢体，交于他的脖项，融汇成一个蓝色的八卦。

"啊——"星陨发出愤怒的嘶喊，拼命地想挣脱这束缚，那链条却越来越紧，在他的身上划出条条血痕。

"不要挣扎了，这链条会越来越紧的。"我在法阵外对他叫道，手不由自主地要越过那道银色的边界，却被另一只手一把拉住。

回过神，月痕正紧握着我的手，目中尽是慌乱，摇摇头，他拉我后退："不要碰，会有危险。"

似明了他慌乱的原因，我抬首望他："虽然他设计了这一切，但他这些日子毕竟待我不薄，我不忍看他受苦。"

月痕听了我的话，有些羞赧似的，莞尔一笑，点头道："明白了。"

他伸出指尖，轻轻一点，那链条便略微松开，缚紧他的同时也使他不致太痛。

"为什么？"片刻后，星陨停止了挣扎，本已疯狂的目光渐渐平静下来，似在孕育着另一场风暴。

变化发生在一刻之前。

满月之夜，迷离万千，银色月碎透过桂树的枝干洒落，坠至树下的女子身上，那袭绒黄的羽衣顿时光华闪耀，若仙人的羽翼，千百的光点在她的眼角眉梢徘徊，明明是瞧不起那个种族的不是吗？为什么却会想拼命地去了解他们？得到了所谓的心之后，真的可以变得更加强大吗？

或者说，这只是一个陷阱。

不入情，怎出情，可如若真正得到心，又怎么肯轻易舍去？

于是悲剧发生了，从他们决心了解爱的那天起，恨也悄悄地衍生出来，并最终将他们以及那些美好的过往一同吞噬。

朝暮山啊，朝朝暮暮，也许只不过是一个美好的愿望。

命中注定，从他们离开那座隔绝人世的小山坡开始，便再也无法朝朝暮暮在一起了，因为，从沾染尘烟的那一刻起，他们的蜕变就开始了，与此相对的，是无穷的痛苦与折磨。

爱情，嫉妒，仇恨，背叛，死亡。

只不过是因为一点私心，便推动了这么多的变化，如蝶翼引起的那场旋风。

最初的愿望，也许只不过是想在一起，如最初一般，可这堪称美好的愿望却造就了最后的天人永隔。

看到那样的结局，你真的开心吗？

没有人知晓，因无人可以回答。

"你在想些什么？"沉吟间，星陨的声音在耳边响起。

忙抬起头，我悄然拉了拉衣袖，遮住手上的黑色小环，回头答道："没有想什么，只是觉得这儿很美。"

恰他也有些心不在焉，没有注意到我有些慌张的动作，我不由得长舒了口气。

"坡上的那棵桂树便是她的原形。"星陨望向我，"他若想转魂，一定要在这里效果才最好。"

"那里吗？"我抬头望去。

如茵的碧草间，那棵已然枯萎的桂树格外地显眼，转过头，星陨流连的目光间，我看到了一丝熟悉的情绪，不由长叹，果真如此啊。

但若是如此，那句让我几乎怔神的话又是从何而来？

星陨啊星陨，你究竟是无情还是多情？

到底还是后者吧，无情不似多情苦，这苦辣的情毒燃尽的不光是你，也还有着别人的血泪。

所以，必须阻止，哪怕是用那名为卑鄙的方法。

"咝咝——"

一阵喧闹的声音响起,桂树歪歪头,司空见惯似的撒落一地的黄色花朵,伴着那甜美清脆的银铃笑声。

这里曾居住了三只妖,不同的种族,不同的性格,不同的来历,却有着同样清澈美好的回忆。

耗尽气力制造的那个结界,也只不过希望这美好的生活能一直延续下去,不被打扰和伤害。

春雨,夏日,秋风,冬雪,每一个季节,每一种天气,每一个轮回,树枝上那条黑色的小蛇,树荫下那只纯白的灵狐,以及维系它们的那棵始终开满鲜花的桂树,似乎始终没有改变过。

明知道法力是多么难储存,几十年间不间断吞吐日月所获得的力量,在制造那结界中一次耗尽,多么可惜,可为什么又是那么欣喜?

明明不是一个种族,为什么会那么亲密?

阴雨是那么浓稠黏密,可只要看到它们似乎心情就会好转;

烈日是那么高温暴烈,可只要看到它们似乎热度也会退去;

秋风是那么萧瑟寒冷,可只要看到它们似乎身体就会温暖;

冬雪啊,应该冬眠的日子里,与它们一起在那银妆素裹的白图中画上一个又一个跳跃的足印,满足的情绪从心口蔓延开来,饥饿的感觉都被排除出去,余下的只有那满满的欣喜和快乐。

为什么会这么心满意足?

也许只有今后仰望星空时才会知晓,因为,能和所爱的人在一起,原本就是一种幸福。

直到修炼成人形的那一天,拥有人类形体的他们,似乎也有了人类的情感。

所以说造物才是真正奇妙的事物啊。

神,魔,妖,鬼,人。

所有的种族中,似乎只有人最脆弱,生命也最短暂,可人偏偏是数量最多的种族,短暂的生命,脆弱的身体,却背负了其余种族所有的视线。

街上的人流熙熙攘攘,不小心转身,也许你碰上的是只魔也说不定。

为爱叛仙,似乎已不是新闻。

妖为什么修炼到最后会化为人形?

第八章 幸福密码

"我究竟该拿你怎么办……"

月痕？

惊讶间我几乎唤出那个名字，却忙捂嘴，为什么，为什么星陨会说出这么相似的话语？

摇头苦笑，我究竟还在期待着什么，不合实际的期待，只会带来更大的绝望。这一点，我应该比谁都清楚才对。

再次摸上胸口的小册，我闭眼不语，再次睁开时，已是满目的坚定，既然已作出了选择，那便不要后悔，徘徊不定往往会造就真的无法回头的结局，让你真正后悔的结局。

我宁愿笑着伤悲，也不要哭着后悔，所以啊，月痕，等着我。

12 · 朝暮相守

朝暮山的真正名字是什么，无人知晓，因为从它得到这个名字开始，就再没有人能触摸到它，一块被隔绝的土地，或者说，一块遗失的地域。

也许它并不能称做山，这里甚至只有一块小小的山坡，但这并不影响它的神秘、美好。

被日光染成五彩的透明结界，将它紧紧地包裹起来，如最珍贵的宝物。

坡顶的那棵桂树下，一只有着纯白毛皮的狐狸曾在那里懒洋洋地晒太阳；无意间仰起首，银色的眸中倒映出一片黄色的落英，缤纷的花瓣间，某个暗黑的家伙打了个小小的喷嚏，随即缩缩脖，盘旋地缩到更里的树枝上，铃声般清脆的笑响起在每一片坠落的绒黄中，狐狸转过头，目中是毫不掩饰的戏谑笑容。

黑色的瞳孔眯起，缓缓松开缠紧枝干的身体，目标是下方的白色毛皮，进行了一个自由落体运动。

轻巧地别过身，看着那条滑溜的黑色小蛇落入身下设好的陷阱，白狐半坐着用后足掏起耳朵，毫不犹豫地嘲笑起某个第一百五十次上当的笨蛋。

布料摸上,那小册上似乎还带有这几晚烛火的温度,触手即暖,手与心。

若是三日后……

那这小册便是我唯一能留下的物事了。

微微苦笑,我熄灭了天亮前的最后一点烛火,摸索着指尖上因几日握笔留下的老茧,让我本就不甚修长的指有些变形,却无端地让我心安,似做完了一件大大的事,卸下了一项重大的包袱,从身到心都自由了。

但这自由感也只持续到见到他之前。

星陨来了,谨守着三日之期,灯光熄灭后不久,他悄然进屋。

背对着他,我笑道:"走路不出声音,你想吓唬谁?"

身后的他似乎怔了一下,随即也笑道:"你的耳朵倒是越来越厉害了啊。"

摇摇头,背转过身,我第一次对他促狭地笑道:"与其说我的耳朵厉害,不如你好好检讨一下自身吧,一个男人身上没事弄那么香,会天怒人怨的。"

星陨愣神地看着我的笑,半晌问道:"你的心情似乎不错。"

"你很吃惊?"我小指挑起桌上凝固的烛泪,轻轻把玩。

"你知道将要发生什么事情吗?"

又是沉默,他不开口,我亦如此。

终究承受不了这窒息的缄默,星陨拉起我的手嚷道:"你确定知道自己要发生什么事情吗?你的身体会成为别人的容器,你的灵魂可能会消逝,无法轮回,无法转世,你会彻彻底底地从这个世上消失,你明白吗?"

"那又如何?"我冷眼看他,心中却有丝丝的讶异。

"那又如何?"星陨重复着我的话,颓然地松开我的手,嘴角却是一个毫不掩饰的苦笑,"是啊,那又如何,你自己都不在乎,我何须多问。"

我看着他,不懂他为何如此激动又伤感,沉默间,居然有些许的伤感涌上心头,如初次看到他眸中那些海藻般的寂寞。

"你今天的话貌似很多啊,怎么,不舍得我死吗?"我挑眉调笑道,带着几分自嘲的语气,不自觉地想用尖锐的语气惹怒他。

"是吗?"星陨的眸子很平静,平静到我看不清其中波纹的流动,他接下来的话语却将我打入了恍惚,"也许吧。"

"时候不早了,我们走吧。"回过神来,他已再次开口,拉起我往门外走去。

"嗯。"我漠然回声,耳边却似乎出现了一声幻听。

第八章 幸福密码

我曾问过星陨，还有多少时间。

他似讶异于我的镇定，沉吟许久，终究回答了我，既然我已发生了变化，那转魂之日恐已迫在眉睫，三日后便是合适的日子，想必月痕不会错过。

星陨曾问我打算如何度过这三日，有无想见之人，想做之事，我却只是撇撇嘴，果断地给了他两个字："没有。"

开玩笑，我又不是准备去死，要不要立个遗嘱再弄个遗产受益人啊。

他貌似还知我在这唐朝有不少朋友，也曾询问我是否要去和他们再见一次，也被我摇头拒绝，若今后都不能再见，又何苦去告别？本来也许别人花十年就能忘记你，非要让他花上十年零一个月，做朋友的怎能如此不厚道。

何况……我摇头苦笑，一向都和月痕一起出现的我，此刻形单影只，难保别人不会有什么猜测，况且我向来都不是什么善于掩饰的人，万一弄得节外生枝，也只得害人害己，与其这般，不如不见。

可既然还有三日的时间，便不该也不可浪费，于是在星陨诧异的目光中，我开始了一段忙碌的时光。

记录，我用纸笔，铭刻那段非同寻常的日子。

从认识月痕的那天，直到三天之期的最后一天，所有的事实，所有的触动，以及所有的情感。

从前总以为，五年之期过后，我会以一生的时光来铭记这段岁月；不久以前，我甚至以为也许和他永远也不必分开；直到如今，我却只剩下三天的时间来做这本该用一生来做的事情。

仓促而紧迫，却让我无端地有了些归属感，想来，是因为自己缺乏安全感吧，就那样什么都不做，等待着三天后的到来，我——无法承受，等待的时光让我激动而心悸，光是想着便会让我心跳加速、手脚冰凉，时时地陷入恍惚，这并不是好的状态，所以我写字，用这种方式记录下自己的人生，记录月痕，也逃避那三日的折磨。

起先星陨对我做的事很好奇，也曾拿起我的稿子观看，不幸的是，他的好奇心并没有保持到把第一张纸的内容看完，拂袖而去。他给了我自由的三天，我不断地叙写，心也慢慢地静了下来，一切的思绪在笔端缓缓流动，最终融汇在那堆厚厚的纸张上。

垒叠好，我用针线将它们牢牢地装订起来，塞入胸口衣中的小袋，透过滑润的

"我也不知道，只是，那个女孩身上确实有她的味道。"星陨低声说道，似喃喃自语般，"也许是她的后代也说不定。"

"原来如此。"我摇头苦笑，"怪不得他那么轻易地就放弃了我。"

"可是我不甘心。"咬咬牙，我抬头望向星陨，"帮我，夺回来。"

星陨一愣，随即勾起一抹苦笑："你该不会以为我无所不能，能帮你夺回他的心吧？"

摇摇头，我眼中尽是苦涩："我即使再傻再笨，有些事情还是明白的，如果一颗心与你渐远，无论如何都是无法挽回的。只是，我不甘心，所以，帮我。"

"你想如何？"片刻沉寂后，星陨终于开口问我。

仰起头，我的眸被夜染黑："既然他本是要我做容器，那么我就做容器好了，帮我夺回做容器的资格吧。"

注视着星陨写满讶异的俊脸，我微微一笑："你救我也是因为这件事吧？暖香也是你所珍惜的人吧，想必你不希望她再次被他摆弄，如果是这样的话，帮我夺回吧，作为补偿，夺回之后，我的身体任你处置，杀了也好，烧了也好……"

低首交叉着指尖，我努力保持着镇定，身体却不由自主地轻颤，因我知晓，此刻的自己正在做一场豪赌，若是输，也许会造成无法估量的惨痛后果，只是既已走到这里，便是后悔，也唯有继续走下去。

直到路的尽头，那个身影所在的地方。

"好吧，我答应你。"

终于，一声长叹响彻屋内，我猛地一颤，紊乱的脉搏却渐渐恢复平静。

长舒口气。

低首处，一弯笑，挂上嘴角。

11·三日记录

"你还有三日。"

如果是这样,那么请你告诉我,那些曾让我感到无比幸福的日日夜夜,你所付出的一切,都是虚假的吗?

"为什么?"一声轻叹自我口中传出,万千个片段在我脑海中翻转往复,终于定格在他真正吻我的那天,那个时候,我说了什么?

对了,我说:"即使会被伤害,我也心甘情愿。"

对不起,月痕,我撒谎了。

"啊——"紧捂着头,我无端想起方才记忆中月痕的那一声嘶喊,大约就是我现在的感觉吧,凄然一笑,长歌当哭又如何?

无可奈何花落去。

"我是谁?"醒来后的我这么问着星陨。

一直坐在床边守候的星陨见我醒来,脸上带有几分欣喜的神色,似乎并不诧异我问这样的问题:"你是水如月。"

"这是哪儿?"我接着问道。

"这儿是夜殿……"星陨挑挑眉,继续着谎言。

我却"扑哧"地笑出声来,勉强起身望着目瞪口呆的星陨:"说谎的话一次就够了,第二次可是骗不到人的哦,星陨。"

"你?"星陨站起身,诧异地看着我,目中闪烁着复杂的光芒。

"我什么?"翻身下床,我与他对视,"你以为我会忘记一切?"

星陨看我一会儿,脸上的表情无比奇怪,终于忍俊不禁,捂着嘴笑出声来:"哈哈,哈哈,你果然和一般女子不一样啊。"

叹口气坐在床上,我仰头看他:"不是不一样,而是,我不甘心。"

"不甘心?"星陨收敛起笑容,露出一副古怪的神情。

"嗯,不甘心。"我点点头,拨弄着床纱上的穗子,低头说道,"我,从来都只是月痕选中的道具吧,或者说,是一个容器。"

"如果我没猜错的话,他想用我的身体承载那个人的灵魂,所以才与我订立了那个所谓的生命共用契约,以便更好地承载她的一切。"

"但是,那个女孩……"我顿了顿,继续说道,"是巧合吗?她身上有与暖香相同的味道,而且两个人的气质也是那么相像,甚至比我这个接受过月痕改造的人更像,这是为什么?"

10·灵魂容器

镜子这种东西究竟为何而存在？是为了展示人类的美丽？还是为了印证命运的残酷？

眼前的女子，真的是我吗？

虽知道头发在这段时间中长了不少，但没想到已快及地，杂乱地铺泻下来，如一弯荡着旋涡的墨河，容貌粗看倒是没有改变，只是额头的那弯血月，在血迹干涸后已然消失，只余下一弯银色的月牙，流光溢彩。

虽从前的身形已算窈窕，但现在看起更是纤细了不少，举手投足间有着连我自身都感到陌生的韵味，如同自己的灵魂进入了新的载体一般，尽是不惯。

指甲真的是很长了啊，尖利地伸出，闪耀着锐利的寒光，怎么看都像是凶器啊，我无奈地摇摇头。

只是这些我还可以忍受，为何？

为何我眉眼间展露出的气质，与那个叫暖香的女人如此相像？

也许一切情形与我最初认为的恰恰相反，不是我的灵魂进入新的载体，而是，我的肉体中进驻了什么别的东西。

紧捂住额心的银月，我头痛欲裂："月痕，你究竟在我的身上做了什么？"

那一抹淡淡的桂香再次传入鼻中，一声惊雷响彻我的脑海，我颓然倒地，一切，都明白了。

为什么月痕会与我结成契约；

为什么他见到苏茉儿会失态；

为什么，他会选择抛弃我……

一切，都已经有了合理的解释，月痕啊月痕，难道我们的相遇，都是你一手操控的游戏吗？

而我只是你可有可无的棋子，在找到更好的替代品后便可随手丢弃？

来,我一直都很后悔。"

星陨半蹲下身,手指慢慢用力,捏碎手中的明珠:"我现在让你看到实情,虽然只是片段,也足以让你明白了吧。"

伴随着那些飘散的珍珠粉末,周围的黑暗渐渐地退散开来,即使不看我也知道此刻的情境。这儿,根本不是什么夜殿,而是月痕与暖香曾经居住过的那个山庄。长廊外那些朽黑的枯木,依稀能看出当年的风姿,方才我偶然间闻到的,便是那至今仍存的淡淡桂香,只是,物是人非事事休。

星陨站起看着那早已荒芜的后园,身上盘旋着萧瑟的气息:"这里曾被他下了夜咒,随后他就离开了,再也没有回来过,而这儿发生的一切,也随着时间渐渐被埋葬掩盖,只是,有些记忆并不会随着时间的逝去而消散,反而会变得更加清晰。"

"星陨,你在暗示些什么?"我抬首望着星陨,周围虽暂时恢复了光明,我的眸中却仍是一片黑暗。

星陨摇头苦笑,低身抚上我的头:"月儿啊,以你的聪明,难道想不通一切吗?"

"想通什么?"我捂住脸颊,缓慢而嘶哑地笑出声来,"想通那一切,都是月痕的罪恶?是他因为嫉恨,所以安排了一切的悲剧?害死了暖香的夫君,只为了夺回她?还有什么需要我想通的?你不如直接告诉我,月痕从未忘记过她,而接近我,与我签订契约,只是为了,那些永远无法消逝的记忆。"

"你不愿意相信吗?"星陨勾起我的下巴,与我对视,"不相信我给你看的一切吗?"

"让我看。"我失神地注视着他,喃喃低语。

"什么?"星陨诧异地低首,更加靠近了我几分,似乎想听清我的话。

"让我看,我的样子,我想看。"

个有着英俊面孔的普通男子,于是在一个寂静的深冬,随他离开。

自从她走后,后院的桂花便再没有开过,那些从前挂满馥郁绒黄的枝头,渐渐枯萎下去,失去精灵元气的滋润,它们也皆失去了活力。

封印了自身的妖力,暖香为了喜欢的人努力地去适应人类的生活,脸上虽依旧挂满笑容,却再不是最初单纯的模样,这一切,让默默守候的他,心疼不已。

云淡风轻的他的脸上,再次回首时,竟带了丝丝狰狞。

悲剧终于到来,曾到过暖香夫家的人一一诡异身亡,几番查证后,暖香的妖身被发现,一场因人类的恐惧和自私而起的大屠杀不可避免地开始了。

"夫君,不——"伴随着那声嘶力竭的惨叫,暖香的封印因愤怒与悲哀而被冲破,她更是沉浸在理智与感情的冲突中,几近入魔。

总觉得我能体会她的感受,也许只有死,对她来说才是最好的解脱,因为即使杀死再多的人,她最爱的人,也永远都不会再回来了;可如若她选择追随爱人归去,那她腹中的孩儿呢?她没有剥夺自己孩子人生的勇气,更没有那么无情,唯有在生与死的隙缝中辗转挣扎,这痛使她几乎疯狂。

最后的时刻,月痕终于赶来,在慌乱的局势中救下了暖香,并带着已有身孕的她回到了山庄。

记忆到了这里,出现了短暂的空白,我不知道其中隔了多久,也不知道发生了什么事情,只是那如雪的渲白中,蔓延渗透的竟是窒息的忧伤,让我胸口疼痛得几乎裂开。

片段跳转到最后,在那片早已荒芜的桂林中,暖香终于闭上那双始终美丽的剪水双瞳。化为粉末的一瞬间,那些枯萎桂树的枝头鲜花如感应似的竞相开放,用自己的方式陪伴着那桂花精灵的最后一程,为她增添了几分动人的色彩,却也多了几分温暖的悲哀,馥郁的花瓣随风入土,伴着那些粉末一起,唯有香如故。

"啊——"捧着满手满身的淡黄粉末,月痕他仰首望天,发出了一声凌厉彻耳的嘶嚎,我的泪,终于在那刹那掉落,紧捂住心口,后退着连连摇头,谁带我逃开,我不想再看下去了,已经。

呆呆地跪坐在地上,被星陨从幻觉中拉回的我。

"我、月痕和暖香很久以前就认识了,三人一起修炼,一起化为人形,一起游历世间,我很珍惜与他们之间的情感,可却没能阻止一切悲剧的发生,所以这些年命运而激动？唯一知道的只有，这颗心，只为一个人跳动。

扭过头，我最后给了星陨一个微笑："你明明知道，我爱他，所以，只要是关于他的事情，我都想知道。"

"告诉我一切吧，星陨。"

09·桂园过往

漂移着，起伏着，随着时间的长河；嬉笑着，痛苦着，伴着主角的心声，而我，只是个观望者，近距离而又近乎卑劣地偷窥着一切的过往。

这是一个漫长到足以让我心碎的故事，故事的主角，是月痕和一位女子，而记录这一切的，是星陨的眼和心。

"暖香，你在哪儿？"漫天的桂树下，白袍若雪的月痕握着叶笛，轻轻唤着那女子的名，香风袭过，绒黄色的花瓣缀满他身，一个蹁跹的淡黄色身影自树上坠下。

慌张地张开双臂，月痕的脸上写满了慌张："小心。"

女子仰脸对着他笑，绝世的脸上挂着调皮的颜色，深深的酒窝儿荡漾着温暖的笑意："没关系，因为我知道你一定会接住我的啊，对不对？"

月痕挂上无奈的表情，眸中却是满满的宠溺："小坏蛋。"

是的，暖香，那个曾让我猜测万千的名字，原来它属于这样一个女子，绝代芳华的脸上，黛眉下那池水波光潋滟，呼吸间是芬芳的桂香，娇小玲珑的身躯似乎蕴藏了无穷的精力，永远是那么俏皮可爱，如晨星般让人情不自禁地去追逐，去保护。

"这是我做的桂花糕，给你吃。"

"又要到冬天了，好讨厌，花会谢掉。"

"明年的秋天，和我一起做桂花茶吧。"

春去秋来，不知过了多少个来回，月痕和暖香始终保持着最初的模样，居住在这座满是桂花的山庄中，直到，那一天的到来。

如一切小说的桥段，暖香不顾月痕的反对救回了一个人类，并最终爱上了这寂下去，方才的痛楚仿佛只是我的错觉。

星陨摇摇头，随手丢开手中的明珠，上前捏住我的下巴："月儿啊，我已经给了你足够的时间，你也该觉醒了吧。"

"觉醒？"我突地笑出声，抓住他捏住我下巴的手，尖锐的指甲几乎划破他的肌肤，"你是指这个吗？"

星陨眸中闪过一丝诧异，似乎对我的态度有些不解，皱皱眉，他一把扯下我的手："你也差不多该对他死心了吧。"

乘机摆脱了他的束缚，我后退两步，朝他笑道："对谁死心？"

片刻的沉寂中，我与星陨对峙着，气氛变得紧张起来，我的后背有些僵硬，握紧拳头，却被指尖传来的刺痛惊醒过来，现在的我，连握拳也做不到啊。

"还是这么倔犟啊。"星陨摇摇头，"如果你能乖一点的话该多好。"

"那还真是不好意思了。"松开手，我舔掉手心的血迹，微咸带苦，看来味道并没有怎么变啊。

"你……"星陨吸了口气，瞪我半响，终于叹气出声，"啊呀呀，和失恋的女人沟通就是困难，仿佛得了厌男症似的，全身上下都挂着生人勿近的字条呢。"

可恶的星陨，明明知道他是在挑衅我，我却还是看了看自己的身上，确定没有类似于字迹的物事才放下心来。

"扑哧。"对面的星陨似乎看到了什么了不得的事情，捂着肚子几乎笑翻。

笑笑笑，笑死你好了，边恶狠狠地诅咒着，边顺手捡起地上的明珠，查看着四周，这个地方真的是宫殿吗？

"刚才我说过吧，这里并不是什么夜殿，也不在什么天之尽头，因为，天本就是没有尽头的，有生命的地方便有天。这世界，哪儿没有生命孕育成长呢？"星陨不知何时贴近上来，对我说道。

"那这里又是什么地方？"方才，在星陨贴近以前，我似乎闻到一股很熟悉的味道，似乎在哪里闻过。

"你确定你想知道吗？"星陨凑近我的脸，"你做好准备了吗？如果没有对他死心的话，可能会痛苦到忘记哦，即使这样你也想知道吗？"

嘴角勾起一个苦笑，我回转身避开星陨的视线，良久才道："你早知道我不可能拒绝的吧，星陨啊，你总是这么算计重重，不累吗？"

心口好热，突然之间，是在为将要得知的一切而颤抖吗？还是因即将到来的星陨眉心微皱,似是有些担心,原本拉着我的手松开,想触摸我的喉,却被我躲开。

"无尽的黑暗,我看到了。"再次开口,声音较之刚才已好听很多。

我不着痕迹地后退半步,无视他脸上那茫然若失的神情,扭过头去。长廊内外,明珠光线以外的地方皆是一片黑暗。

"那你知道这里是什么地方吗?"

我讶异地看着星陨,怎么今天尽问些莫名其妙的问题?

"这里是夜殿,一座处于天之尽头,从来只有黑夜的宫殿。"我说。

"哦?你是怎么知道的?"又来了,又一个让人摸不着头脑的问题。

深吸口气,我尽量保持平和地说道:"你告诉我的,来的那天。"

"这样啊。"星陨对我温柔地微笑,"你的记性不错。"

又是一片沉寂,我有些无语,他将我带出来就是想说这些吗?还一副一本正经的样子,果然我被当猴子耍了吗?

"可是月儿——"

"什么?"我下意识地反问道。

星陨将手中的明珠举近我的脸,嘴角勾起一个熟悉的促狭笑容:"那是我骗你的。"

"哈?"彻底地无语了,此刻的我如冬眠中被惊醒的熊,心里只想用理性的榔头给这个无礼的惊扰者头上砸出几个带血的标点。

伸出手将我的下巴上推,合上因惊讶而张大的嘴巴,星陨凤眸眯得弯起:"终于有点像正常的月儿了。"

"什么?"过度的讶异使我无视那紧贴着我脸颊的凉瑟手指,直到它无耻地爬到我的唇角,我才惊醒似的将其拍打下去,"你干什么?"

挑逗似的舔了舔唇,星陨笑道:"这才是我认识的月儿啊,那种无表情的木偶形象,我已经看够了。"

"你直接说不好玩就可以了。"我冷漠地回应他的戏语,说到底,他只是把我当玩具吧。

"不不不。"星陨连连摇首,"我上次就说过吧,你不是玩具,而是,月痕曾经最重要的道具。"

"你到底想说什么?"本已沉寂的胸口突然抽痛了一下,再次捂上时,却又沉从前总是听人说一句话,爱一个人就要爱那个人的一切,当时觉得很容易,可要真正做到,真的好难啊。月痕,我能爱你爱到连对你的恨也一并包容吗?

我不知道,我只知道自己必须去做,已经失去你的我,不能连那些最宝贵的记忆都失去。

明明已经做好五年后就必须分离的准备,现在只不过是结局提前来临,我却是这么痛苦和悲哀,为什么会这么不满足?为什么会想得到更多?

也许,这就是对我贪心的惩罚。

08·冰心解封

夜殿长暗,无尽的黑夜中,一点光自长廊浮现,窸窣的锦绣摩擦声响起,深色幕布上,曼陀罗开出血色的艳丽。

"月儿、月儿……"连声的呼唤由远及近,固执地将我从那不甚美好的睡梦中拉出。

我揉揉眼,抬起头,星陨手中的明珠正发出耀眼的光华,侧过身半晌,眼睛才逐渐能适应那亮度。

"月儿,你醒了吗?"

点点头,我有些诧异地望着星陨,回夜殿这么久以来,他从没有主动在我清醒的时候出现过,此刻却刻意地将我唤醒,不知是为了什么。

似了解我的疑惑般,星陨垂身欲将我拉起,被他抓住的瞬间我有些退缩。星陨粲然一笑,凉瑟的指尖握紧我同样冰凉的手心:"月儿,有些事情我想让你知道,你跟我来。"

早已冷寂的好奇心一瞬被唤醒,我虽面无表情,却情不自禁地跟着他走了出去。

长廊上,星陨将手中的明珠于我面前举高,低首问我:"月儿,你看到了什么?"

"黑暗。"我脱口而出这句话,声音嘶哑而干涩,大约是因许久不曾说话。

你，知道我是谁吗？此刻。

滴答滴答，滴答滴答，时间不断流逝，春夏秋冬循环往复。人生就是一个不断重复的圆，如车轮般滚动前进，而推动其前进的链条，就是我们自身。

人总是很难察觉到时间的流逝，等意识到的时候，往往变化已经发生。

之前的我只是个普通的人类，所以犯了人类的通病，之所以说是之前，是因为，变化已然发生。

那深埋在我体内的种子，终于挣脱束缚，长出了最初的芽。

即使是睡梦中，我也能感觉到自身的变化，红色的血液时而自额头渗出，无论我绑着多厚的布条，它总能透过那些布襟滴到我的手上，带来满手的猩红与湿凉。

指甲渐渐地尖锐了起来，即使修理圆整，一晃眼的工夫又会再次长长，在如此两次后我便弃之不理，不过貌似它长到一定的长度就会停止生长。因为一直没有照过镜子，所以我不知道自己身体的其他部分有没有起变化，唯一确定的是，我现在不确定自己还是不是人类。

渐渐地，额头的印记不再有血流出，身上的不适感也逐步退去。余下的，便是无尽的空虚与落寞，也许我该恐惧，可当我抚着胸口的时候，它总是沉寂的，似乎缺失了什么，而随之衍生的一切情感，似乎也都消失了。

星陨曾在耳边低语询问："月儿，你恨吗？"

我却只是扭转过身，继续沉沉睡去，刻意地去无视或者逃避，恨，我该恨谁呢？变化是从血月开始的，那是月痕留给我的唯一印记，我该恨他吗？可是，如果我恨他的话，是不是就会忘了他？

如果恨他的结果是忘记他的话，那么我宁愿放弃那些无谓的仇恨，只要记得我爱他就好了。

扪心自问，我从来就不是什么圣人，也没有那些割肉喂鹰苦一人而救天下人的觉悟，一直以来的行动都是由心而发，任性地做着自己喜欢的事情，而之所以能这么做，大部分是因为我知道，就算不小心做错了，也会有一个温暖的臂膀任我依靠。月痕，离开你的我似乎失去了一切勇气，什么都做不到，什么都不想去做，没有明天，没有幸福，连自己都要失去了。

可是，即使是这样的我，也有能做的事情，也是我唯一能做的事情。

爱你，不停地爱你，努力地不去怨恨你。

芒,那光芒是妖冶而病态的,明亮却不温暖,如同刀尖的寒芒,初次见时便让我很不舒服。

如果非说这里有第三种颜色,那便是红了,但这红,只出现在星陨的唇角和衣襟上,但如非必要,我不想去观摩那色彩,因为,我并不想见到他。

星陨并没有如我想象的那般折磨我,相反,他对我很好,从何种意义上都可以这么说。在这里,一切衣食都很富足,而他也并没有强行消除我的记忆,只是给了我一个选择,那是一个暗示,下在我身上的暗示:如果有一天我的灵魂无法承受对月痕的爱与痛,那些关于月痕的记忆就会被清除,我也会忘记关于他的一切。

不过一切都无所谓了,窝在铺满锦绣的屋角,抱膝而坐,睡去与苏醒,如今便是我生活的全部。只是每次苏醒时,面前都会放着新鲜的食物与用水,似乎早已清楚我会何时醒来,补充身体需要的养分,以应付下一次的睡眠。我如倦怠的熊,一次次地冬眠,在这暗黑的寒冬里。

层层的锦衾也不能遮盖的寒冷,让我常常在睡梦中流泪不止。每当那时,我总能感觉到一个温暖的怀抱将我紧紧围绕,即使已然苏醒,我却不愿睁眼,笃定地继续沉浸入那并不美好的梦境中,只是因为,那酷似月痕的温暖怀抱,却带着奢靡的曼陀罗花香。

现在的星陨很奇怪,似乎是披着星陨外皮的另一个人,不再讥刺,不再暴虐,却总是用一种温柔到心碎的目光注视着我,明明是冷血动物,却提高着体温温暖我。多少次,我都想大声质问他:"为什么明明不爱我,却对我这么温柔?"

可现在的我早已没有探究的兴趣了,而且,一旦询问,现有的平衡就会崩溃,虽然星陨的态度让我很不习惯,但谁也不知道我打破平衡后,他会做出什么举动,明哲保身便是我现有的人生态度。所谓的追根究底、了解、拯救,都只是拥有者对自己眼中弱小者的施舍而已,一无所有的人,根本没资格施与,而我,是个真正意义上的穷人。

他总是自暗夜中到来,在我苏醒前离开,或者说,我永远是在他离开之后醒来。在孤单与疼痛的黑夜中,我与他玩着一个名为捉迷藏的游戏,乐此不疲。

有时我能听见他喃喃的呼唤声,悠远而绵延的深邃:"放心吧,我会保护你,不管发生什么事,这次一定保护好你。"

你想保护好谁,星陨?

你透过我看到了谁?

不会吧,那些已经融入骨髓深处的本能,即使血液流尽,生命竭尽,都不会轻易消逝,因为,一直以来我都是,用全部的身心去爱着他的啊。

啊,好温暖,这是谁的怀抱?星陨吗?

为什么?星陨是蛇妖啊,体温应该是凉的才对,为什么会这么温暖呢?这种感觉,就像是月痕的怀抱一样。

本已干涸的眼泪,再次肆无忌惮地滴落下来,打湿在紧贴着我面颊的黑色衣襟上,顺着那滑润的锦绣,滑落至那一朵朵血花的蕊心,如秋凉时分的夜露,从身到心,都那么冰凉。

神啊,既然有妖,那你也是真实存在的吧。之前的幸福对于一个人类而言,真的太过分了吗?所以此刻你才让我遭受到这样的惩罚。失去最想珍惜的人是一种痛苦,但被心爱的人放弃,更是会让人痛不欲生。尤其是,你越珍惜这个人,越要放手放得干脆,明明连心都被取出了放在炭火上烧烤,还要竭力微笑着目送他离开,因为爱他,所以相信他,相信他的一切,包括他的选择,他的选择一定会让他幸福的,一定。

如果,他能幸福,那么,我痛苦一点点,就不算什么了。

不能死去,在他的面前不能表现出痛苦,必须要微笑,微笑着告诉他,你可以放心地离开,即使没有你,我也会好好地活下去,一直一直活下去,我一定会幸福,所以,你也要幸福啊,月痕。

答应我,一定要比我幸福。

07·夜殿爱恨

那之后不知道过了多久,之所以这么说,不是因为过了很长时间,而是因为,我已经不清楚时间的流逝。

我现在居住的地方,叫做夜殿。一座处于天之尽头,从来只有黑夜的宫殿。在这里,只能看到两种颜色,暗与明,黑色的帷幕下,各类明珠争相发出耀眼的光

"可是,等他真正做出选择的时候,我却,像是松了一口气。

"这里。"我捂着心口,"本来一直在疼痛着的,可是当他选择了苏茉儿后,那痛却突然停止了,好凉好凉,似乎被什么冰冻住了一样,那一刻,我意识到,我不可以去死。"

"你害怕死亡吗?"星陨走近我身边,勾起我的下巴,直视着我的眸,"还是说,你之前说的那些爱,根本就是虚假的?"

"不。"我摇摇头,那晶莹的泪却从眼角不停地流了下来,为什么,会这么苦涩,"如果我在他的面前死去,他会伤心,因为,他是那么善良啊。

"我喜欢他,所以我不能让他痛苦,即使他选择的不是我,我也只能,就这样看着他离去,因为,谁让我爱他呢?没有办法啊。我也痛恨这样的自己,可是没办法啊,就是不能看着他痛苦,哪怕我难过得要死掉了,也只能笑着看他离去啊,呐,你告诉我,要怎么样才能不这么爱他啊?

"再这样下去,我觉得自己总有一天我会失去自我,变成讨厌的东西的。"

星陨的指尖完全变为了白色,可为什么,他握在我脸颊上的力度,还是那么轻柔,他在抑制着什么?

缓缓地松开自己的手,星陨突地抚上了我的发:"有办法的,只要你,爱上另一个人,就不会再这么痛苦了。"

嘴角勾起一个苦笑,我跪下身去,潮湿的脸深深地埋在自己的手中:"不可能的,因为,爱他已经成为本能了,不可能,再爱上其他人了。"

"有办法的。"星陨俯下身拥住我的肩,"只需要一个小小的遗忘咒,什么爱情,全部都可以忘记得干干净净。"

"真的吗?"我抬起头,揪住星陨的长袍。

"嗯,真的。"星陨双手扶住我的脸,用从未有过的认真表情对我诉说道。

摇摇头,我对他展露了一个灿烂的笑脸:"星陨啊,那么请你告诉我,如果记忆可以抹去的话,感觉呢?也会随之消失吗?"

如果爱情真的可以被遗忘的话,如果月痕真的可以被遗忘的话,如果我们的过往真的可以被遗忘的话,那么感觉呢?那些清新的嗅觉,温暖的触觉和心头萌动脸颊红透的恋爱感觉,真的会被遗忘吗?即便再试着去爱另一个人,我还可能这么去爱一个人吗?如果有一天我再遇到月痕,因为遗忘了一切,我就不会对他有感觉了吗?

06·比我幸福

"夕阳真的好美啊,对吧?

"很久很久以前,我就想像这样和你一起看夕阳。

"不光是夕阳,还有黎明,彩虹……所有所有的造物的奇迹,都想和你一起看呢。

"和你在一起,感觉时间似乎都静止住了,每一分每一秒风中的气息都是幸福的味道,所以我常常会害怕呢,感觉自己在提前透支人生和幸福,更害怕,猛然间回首,你就会消失。

"让我再也找不到你,直到这时,我才知道,已失去和从未失去,原来只是一瞬间的事情,对吧,月痕?"

"够了,不要再说了。"暴喝声响起,一双凉瑟的手握住我的双肩,用力摇晃着,"你给我清醒点。"

"我很清醒啊。"握住星陨的手,拨开,我对他笑,"只是单纯地想说这些话而已,你以为我疯了吗?"

"还是说,你以为我会去做什么傻事?"大大地伸了个懒腰,我回头对他笑道。

星陨皱皱眉,交抱双臂:"难道你没准备做?"

我往前踏出了几步,望着身下的黑色深洞,直到有一丝眩晕,才仰起头。

"说没准备做傻事,是骗人的。

"刚才,就在这里等你的时候,我就在想,如果月痕没有选择我,我就从这里跳下去,一了百了。

"让他看着我离开,这样,他就会永远记得我了吧。

"可笑吧,虽然口口声声地说想看他的选择,但其实心里早已经认输了,就像还没开始战斗却预先准备好坟墓一样。也许从一开始我就知道,他选择的不会是我,所以才会答应你那个赌约。

音,只能怔怔地待在这儿。

"哟,来得好快啊。"一只属于星陨的冰冷手掌握住我的后脖,另一只,在苏茉儿的脖上。

"放开茉儿。"

声音微顿,月痕迟疑地开口:"月月,你怎么也在这儿?"

"星陨,你想做什么?快放开茉儿和月月。"

"不想做什么啊。"星陨凑近我的耳旁,媚笑地望向月痕,"只是想跟你玩个游戏罢了。"

"我不想和你做什么游戏,快放开她们,不然我……"月痕激烈地大喊,却突然定住了,不再说话。

"你要干什么?"星陨大笑着,眸却如刀,"想杀了我吗?你忘了吗?和暖香的约定。"

暖香?是谁?

为什么提到她的片刻,星陨原就冰凉的手掌更加寒冷,如刀的寒气渗入我的脖中,让后背整个地僵了起来。

月痕的脸,在听到这个名字后,刹那黯淡了下来,眸中是我从未见过的伤感与疼痛。

直觉告诉我,这个暖香,与他们的敌对有很大的关系,也是,月痕从未提及的与星陨的过去。

"呐,月痕。"星陨突然开口,身上的寒气让我不禁一颤,"你曾经许诺给我三个愿望,貌似我只使用过一个,对吧?"

"那么,我的第二个愿望是,在她们两个中,选择一个。"

"你知道的吧……"

"如果死掉……"

"再不选择我就要扔她们下悬崖了哦……"

模糊的语言片段传入我的耳中,我却听不清任何其他的字句,满身心地等待着,月痕的回答。

"我——选择她。"

第八章 幸福密码

"喂。"一只凉瑟的手捉住我的脖项。

不是这个温度,别碰我。

下意识地躲开,身体却猛地一重,朝下倒去,慌忙间睁眼,一只手适时地抓住了我。

"你在干什么?"星陨将我拉上大石,略带讽刺地说道,"想不开玩自杀吗?"

"我没有。"我张口反驳,方才自己居然不知不觉踏到了大石的边缘,怪不得风声愈紧,若不是星陨,此刻我已经死了吧。

"没有吗?"星陨促狭地扬眉,细指在我颊上一挑,"这是什么?"

那是,泪?

我忙捂住自己的脸,真丢脸啊,居然哭了。

只是想着一切都是一场梦,居然会这么难过,不愿意否认这一切,即使拼命地想着,身体却本能地做出了反应,我希望一切都真实地存在着,月痕,我们的相遇,和他对我的那些温柔。

"伤心过度所以想自杀啊,真感人呢。"

拭干脸上的泪珠,我仿若没听见讽刺般的抬头看向星陨:"事情怎么样了?"

星陨错愕片刻,随后耸肩笑道:"你还真是放心我啊,不怕我害你吗?"

"不怕。"我站直身躯,双手朝天空比出落日的形状,今天的一切,我要好好记住,"因为,我已经没有什么可以失去的了。"

"呵呵,有趣。"星陨扳过我的身体,笑道,"不过比起陷害你,我倒是更想看看他现在的表情呢。"

星陨的身后,苏茉儿静静地躺在那片艳红花丛中,若熟睡的精灵,与自然美好的一切都那么契合。

"她没事吧?"我皱皱眉,望向星陨。

星陨略微粗鲁地一把抓起她,食指在她的额上一点:"放心吧,只是一点催眠术而已,倒是你,需要准备什么吗?不出意外的话,他将在三秒之内赶到。"

"三、二、一。"星陨缩下最后一根手指的同时,一阵风声呼啸而至。

红色的花瓣漫天飘扬,围着一卷白色的旋涡,风,渐渐停歇,扬起的花瓣掉落在我的眉梢眼角,我却已无知觉,眼中尽是——那个纯白的身影。

这个熟悉的味道,月痕,真的是你。

眼眶渐渐湿润,使我几乎看不清他的身影,轻颤的嘴角,使我发不出任何声回首望向那一片无尽的血红，我的心点点疼痛起来，为了那些纠结的情绪和那个不知现在何方的——笨蛋。

星陨总是像我此刻这样看风景吗？一直一直……

这一片末日的残景，除了残酷我什么都感觉不到，身后的斜阳虽来源于日光，我却感觉不到丝毫的温暖，好凄凉。

我捂住自己的心口，暗笑自己也是个傻瓜。

明明知道可能踏上了一条万劫不复的道路，却感觉不到任何的悔意，果然，我也是欲望的奴隶呢。

"你想怎么做？"

"很容易啊，把她也抓来，再问月痕他要救哪一个不就好了，就算是他，也不可能一次从我手里夺走两个人的。"

星陨的声音还旋绕在耳畔，果然是个简单的方法啊，可往往越简单越有效，越明了越残酷，月痕，对不起，擅自地使用这种卑鄙的方法，只是，已经，无法控制自己了。

"你，能把她带到那个地方去吗？就是我醒过来的那块大石头，我想在那里——看月痕的选择。"

"呵？女人果然是注重气氛的动物啊，打个赌还要选地方吗？"

"不可以吗？"

"不，乐意效劳。"

注重气氛啊，才不是呢，笨蛋，当妖怪的都是笨蛋。

这里的确很美，凄凉残酷的血艳之美，但我可不是因为这个才叫月痕来的。

而是，如果他选择了那个女人的话，我就从这里，跳下去。

记得第一次见到月痕也是因为跳崖啊，不对，是不小心掉下去，因为被诅咒了，这次如果我再跳下去，真有一种首尾呼应的感觉啊。

跳下去会是什么感觉呢？

会不会，这一切只是一场梦？只是我从悬崖坠落到底前做的一场美梦，梦醒了，这一切也都该消失了。

什么月痕，什么穿越，什么香铺，根本就是我虚构出来的，也许，它们从来就没有发生过，只是我一相情愿地沉浸其中不愿醒来。

可能真的是这样吧，身体好轻，风声越来越大了，感觉自己要飞起来了。

"你是什么意思？"我如被那双锐利的眼看穿般，心头一紧，顿时提起了几丝恐惧。

"哎？"星陨停住脚步，勾起我的下巴冷笑道，"难道你从来没有想过，如果只可以选择一个的话，他是会选择你，还是她？"

"那当然是——"我不假思索地要回答，却生生地定住了，没有办法回答，因为，我不知道答案。

如若是从前，我也许会毫不犹豫地说是自己，但现在，我不知道，不知道月痕会选择谁，为什么会这般的不肯定，难道我的内心深处，是不信任月痕的吗？

"无法回答吗？"星陨凑近我，微眯的幽黑眸子中跳跃着艳红的火光，"还是不敢回答？"

"别说了。"我用力地推开他，却引来一阵张扬的大笑。

"你难道，不想知道答案吗？"

又来了，和在那个山洞时一样的魅惑声音，只是，这次我再也无法抵抗这致命的诱惑，月痕，如果只能保护一个的话，你究竟会选择谁？

不知不觉走进星陨的圈套，我甚至还对他心含感激，明知道这可能是个无法挽回的错误决定，但却无法抑制自己的欲望和好奇。

欲望，我是中了星陨最擅长的夺魂术吗？

是与不是，我却已没有心情去考究了，紧咬着唇角，此刻却没有一只温暖的指去抚平那牙痕，心中一凛，我终于开口。

"你想怎么做？"

05·月之抉择

风，穿梭在我的发间，吹散又聚拢着几缕发丝，再肆意地飞扬离开。

足下那万丈的云海，乳白的色彩让人的心柔软起来，只是，美丽事物背后的真相，常常也最残酷，层层云海的下方，是深邃的悬崖。

"惹不惹麻烦是我的事,你放开我,我要去找月痕。"我手脚并用地想挣脱他的束缚,如同一只须毛皆竖龇牙咧嘴的野猫。

"既然你那么想见他,那我带你去好了。"一把握住我的手,星陨突然对我绽放了一个无比灿烂的笑容,我的心跳莫名地掉了一拍,一时竟忘记了反对,反应过来时,已被他抱带着前进。

陷入无尽追悔的我,没有注意到,星陨眸中那一闪而过的寒芒。

这时的情形,让我想起了在寒冰山庄时,月痕也是这样带着我飞翔的,那也是我第一次见到星陨,现在想来,莫名地有了一种宿命感,我连忙摇了摇头,今天的自己好奇怪,怎么总是胡思乱想。

"呐,月儿,我们来打个赌吧。"沉寂中,星陨突然开口。

"什么赌?"听闻他说话,我的脊背顿时僵硬了起来。

星陨耸了耸肩,掩袖轻笑道:"别这么紧张嘛,只是一个小小的游戏罢了,也顺便测试下,你在月痕心目中究竟重不重要。怎么,不敢?"

"谁说我不敢?"我下意识地回嘴,却立刻捂住嘴开始后悔,糟糕,中了他的激将法了,我是个傻瓜吗?

"现在月痕的身边,除了你,还有一个叫做苏茉儿的女人吧。"星陨悠悠然地说道,"别紧张,我可是一直在注意着你们哦,所以即使知道什么事情也不奇怪吧。"

"对不起,我忘记了,偷窥一向是你的兴趣爱好啊。"我讽刺地说道。

他却没有动怒,继续说道:"你这次所谓的任性行为,想必也和那个女人有关吧,啧啧啧,究竟是什么样的事情,让你这么伤心呢?"

"只是一点误会而已。"我别过头,无视他的挑衅语气。

"只是一点误会吗?他对你发怒了吗?因为那个女人。"

"水如月,我没想到你是这样的女人。"不觉中,那声怒喝又出现在我的耳畔。鼻头一酸,我几乎落下泪来。

不,不行,这个时候如果哭的话就真的认输了,不能,在这个人的眼前落泪,即使再难过也不能。

定了定心神,我反驳道:"他有没有对我发怒与你无关,即使是因为苏茉儿又如何,月痕不会抛弃我的,绝对。"

"也许吧。"星陨戏谑地笑道,"如果不需要放弃一个的话。"

第八章 幸福密码

04 · 所爱赌约

说到底,还是无法放弃吗?

明明一副心死神伤的模样,在见到星陨后还是爆发出来了,只是因为,看到他会情不自禁地想起月痕,想起在一起的那些开心的日子;想起他温暖的触摸;想起他用温柔的嗓音呼唤我:"月月。"

"不,没有。"我喃喃开口。

"什么?"星陨似乎没有听清,问道。

"我说没有。"我抬起头直视着他,"月痕,没有抛弃我。"

"哦?"星陨勾起一个残酷的笑容,"你说你没有被抛弃,那么告诉我,此刻你为什么会在这儿,而不是在他的身边?"

我的心蓦地揪紧,却努力保持着镇定:"是我的错,我太任性了,因为一点小事就乱跑。现在,我要回去了。"

慌张地跳下大石,我坠入了那片曼陀罗花丛中,不识方向地跑开,不顾那些丛生的枝条钩破了我的衣衫,刺痛了我的肌肤,只想逃出这片无边的血红,回到月痕的身边。

"你就那么想回到他的身边吗?"身后是星陨低低浅浅的细语,我却没空回头,只是不停地奔跑着,直到脱力,仍不停息。

"没用的,你已经被抛弃了。"

"即使你回去,也什么都得不到哦。他,已经不需要你了。"

"因为,他已经得到了更好的替代品了。"

一刹那的分心,我的脚被枝条绊住,止不住势的我惯性地往前倒去,匆忙中,我只来得及捂住眼。

关键时,一只手自身后伸出,捉住了我的衣襟,我便被拎到了空中。星陨踏在花梢上,有些无奈地看着我:"你总是这么容易惹麻烦吗?"

下的万丈悬崖，侧过身，我的瞳孔不由瞪大，身后的一切似被鲜血染红一般，仔细看才发现，那些是花，漫山遍野的艳红曼陀罗。

暗黄的落日，深黑的悬崖，大片的血色花朵，这里，是世界的尽头吗？如若不是，怎么会一幅末日的景象？

"我在问你话呢，小月儿？"星陨的怀抱愈加地紧，嘴角勾起了动人心魄的魅惑笑容。

微微地皱眉，我挣扎起来："没什么，只是在看夕阳。"

"夕阳有什么好看的，我比它可漂亮多了，不如看我，怎么样？"身后的星陨如无脊椎动物般缠了上来，轻轻地咬住我的耳垂。

扭过头挣脱了他的舌，我的怒气丝丝聚结："欺负我，就让你这么开心吗？"

"看到别人痛苦，就这么让你开心吗？"我一把甩开星陨的手，转过身瞪着他，"为什么要这么对我，我究竟做错了什么？你就这么愿意看到我痛苦吗？"

星陨起始有些错愕，在听到我的话后却肆意地笑了起来，单手挑起我的下巴，他促狭地看着我："月儿，这些话你是真心想对我说的，还是只是趁机发泄？"

"我——"我张口反驳，却发现自己什么也说不出，因为他说得没错，这些话，我最想询问的人，是月痕。

"怎么不说话了？"星陨松开我的下巴，挑起一缕我的发丝递至唇边，轻轻吮吸着，"是不知道怎么说，还是，根本就无话可说？"

我无语，沉默。

"因为，你，被抛弃了。"星陨甩开我的发，冷冰冰地丢下了这句话。

你被抛弃了，你被抛弃了……

如同魔咒般，这句话响彻我的脑海。我拼命地摇头，不，没有，我没有被抛弃，没有。月痕，你不会抛弃我的，对吧？

"不需要了。"已经没有力气将他的脸庞推开,我只是静静地与他对视,没有丝毫的恐慌,也没有丝毫的惧怕,这些由心而发的情绪,似乎都已经不存在了。

"咦?"星陨侧过头,颇为无趣地看着我,"你的反应很无聊也。"

"那真是不好意思了啊。"我重又闭目,固执地将关于他的影像抛诸脑后。

一阵冷风袭面而来,他的衣畔扫过我的眉梢,我的眼睫微微颤抖,真是没用啊,这个时候居然还会紧张。

没有意料之中的疼痛与折磨,我的身体突然一轻,惊讶间抬首,发现自己已落入星陨的怀中。

他脸上尽是促狭的神情,似乎一直在期待着我的反应:"怎么了,睡美人殿下,满意这个公主抱吗?"

"呵呵。"无意识地发出几声轻笑,我扭过头不再看他,"也许你说得对,我只是个灰姑娘而已。"

十二点一过,失去了那绚丽的魔法,便会恢复原形。可悲的是,我连水晶鞋也没有时间留下,我的王子,再也找不到我了吧。

"哈,原来是这样啊。"星陨突然大笑出声,抱着我的手又紧了几分,低头凑近我的耳畔,"那亲爱的灰姑娘,你还想要一次魔法吗?"

"不,我不再需要了。"轻轻地摇头,我仰首注视着湛蓝的天空,却被一片黑色的乌云遮住了双眼。这片充满颓靡香气的乌云,长满了大片大片血红色的鲜花,这艳丽的色彩灼伤了我的眼,烫伤了我的心,拉扯着我坠落,直到那最深的黑暗之中。

再次醒来时,又是黄昏。

从前看电视总抱怨主角伤心时为什么一定要下雨,现在才发现,原来真的会这么巧。就算我情场失意,也不用每次醒来都让我看见那西沉的夕阳吧,让本就郁结的心更加郁闷。还是老天爷嫉妒我这段时间过得太惬意了,提前透支了以后的人生,所以在提醒我,该去阎罗王那里报到了?

"在想什么?"一缕香气自身后传来,不经意间,星陨已环住我的腰,在我的耳边呵气。

听到他的话,我从思绪中回到了现实,这里是哪儿?

我身处一块高高的黑色大石上,石下是厚厚的云幕,偶尔的一瞥,便能看见其

03 · 血色魔咒

那袭绒黄色的长衫已成为我的噩梦，生活的空间渐渐地被侵占，不知从何时起，生活的每一刻都有了她的存在。而月痕，永远对她绽放着最温柔的笑容，他的双手，亦许久不曾触碰过我的额头，不知不觉间，我已经记不清它的温度了。

"水如月，我没想到你是这样的女人。"

那是什么东西破碎的声音，是那天掉落在地的瓷器？还是我破碎的心。

自睡梦中惊醒，我苦笑地抚上身后的树干，果然是瓷器的声音吧，已经消失的心，怎么可能还会破碎呢？

这是我离开香铺的第三天，麻木地走了许久，回过神来，已经身处这片林子之中。疲惫到居然靠着树木就睡着了，睡时还是正午，此刻却已是黄昏，我睡了多久，几个时辰抑或是十几个时辰？

我连明天都不知道在哪里，还管什么时辰呢？自嘲地笑笑，我重又靠在树上，倦怠地闭上眼睛，肚子已经饥饿到没有感觉，脱水让我的四肢没有一点力气，夕阳何时也变得如此刺眼？

原来这就是传说中的落井下石啊，老天爷，你真的是很没有良心，每次都是这样，失去一样就会失去一切，还是说，这次你给我安排了更好的妖精和更华丽的遇见？

"啊咧咧，真是狼狈啊。"一声戏谑的嗓音出现在我的耳畔，"乖月儿，你这是怎么了？"

深深地吸入那沁入心脾的曼陀罗香气，我嘴角勾起一抹苦笑，缓缓地睁开眼睛，黑锦血缎的绝美妖孽，微眯的凤眸中是毫不掩饰的促狭。"没听过睡美人的故事吗？我在等我的王子呢。"

"哦？"一张妖魅的面孔贴了上来，与我鼻尖相对，"我记得王子是用吻将公主唤醒的吧，可怜的灰姑娘，需要我友情客串一下吗？"

愈加深邃,渐渐变为了暗红,每当这时,我的心境也会变得很奇怪,那是一种,类似于恐惧的情感,可这恐惧中偏又夹杂着些许的兴奋,身体的每个细胞都随着这兴奋感低语呻吟,似乎期待着什么很久了。

我惧怕着这种感受,可它并不会随着我的惧怕而消失,我不想做那种因为一点点事情就号啕大哭的女子。何况,这印记本就因月痕而生,若是往日也许我会直言不讳地问他。可是,在苏茉儿在的今天,我不能去那么做,那样做,简直就像是在怀疑月痕一样,也许,会把站在中间的月痕,更推向她那边一点,无论如何,那样的结果不是我愿意看到的。

既然不能摆脱,也不愿惧怕,便只能接受。

当血月燃烧起来时,便紧紧地握住胸口的青铜钥匙,仿佛能感觉到,从另一把钥匙上传来的淡淡的苹果味的清香,将那印记上的灼热缓缓扑灭,使我的心恢复清明,努力地想着——月痕,在保护我。

似乎便真的能从那痛苦中摆脱出来。

只是,月痕真的不知道我的疼痛吗?虽然不知道他有多强,但以往每次我有危险时,他总能感应似的来到我的身边。此刻的他,却似乎被什么蒙住了眼遮住了耳,再也感受不到我的一切。已经,无法保护我了吗?

不,一定不是这样的,我在想些什么啊,从我选择传达自己心意的那天起,就决定了,无论何时,都要相信他,哪怕遍体鳞伤,也要信任他,因为,我是那么喜欢他啊。

努力地去相信,缘由却是无尽的怀疑,在紫竹客栈发生的一切,我由始至终都没有忘记过,只是盲目地企图用爱去掩盖一切,不能相信星陨的蛊惑,月痕不会利用我,一切都只是个谎言。

只是,现在回想起来,月痕看我时偶尔会有的那一闪而过的愧疚目光,究竟代表什么?无心的几句意义不明的低语,究竟有什么含义?

疑惑越来越多,高高地堆积起来,成为压在我心头的一座小山,直到我透不过气来。

而我也并不知道,这只是序幕拉开时,透露的冰山一角,而已。

现在的香铺中，貌似只有我是闲人了，做饭、打扫、买卖，一切工作都被这个新雇的员工抢去，而我，只能干坐在一旁，欣赏她利落的工作姿态。

如果只是这样也就罢了，我最不能忍受的是——自从她来后，月痕也变得奇怪起来。

看起来依然是整日待在卧榻上纳凉休息，但他总是凝视着苏茉儿，装做不经意的模样，即使是，抱着我的时候。

怀抱着我，却用那么专注的目光去凝视另一个女人，虽然我一直信任他，但，心口在那一刻总会莫名地疼痛起来，如同被一根尖锐的针缓缓刺入一般，一点点地在胸口注下炙热的毒，暴虐地燃烧着，在每个深夜和黎明。

我厌恶这样的自己，厌恶这个因为嫉妒而希望他人消失的自己，从来不知道自己的本性是这么丑恶。如果，如果拥有力量的话，我会做出不利的事情吧，对苏茉儿。

"如姐姐，我做了点桂花糕，你尝尝吧？"温柔的嗓音打断了我的沉思，抬起头，那个女孩正对我疏离而温暖地微笑。

"月月，你怎么了？"月痕自卧榻上走来，摸了摸我的额头。

握住月痕搭在我额头上的手，我微笑着对他摇头："没有，只是发了一小会儿呆而已。"

戳了戳我的鼻尖，月痕浅笑着："本来就这么笨，再发呆小心变成小白痴哦。"

"才不会呢。"我鼓了鼓嘴，佯作气呼呼的样子瞪着月痕。

"嘻嘻。"苏茉儿突然掩嘴笑了起来，"如姐姐和月痕的感情真好呢。"

又来了，这种不协调的感觉，明明叫月痕是名字，为什么我就是姐姐？

"是吗？"月痕注视着她的笑容，终于伸出手，按在了她的头上，轻轻地抚摸着，"茉儿也是很好的孩子呢。"

为什么，明明那么疏远我，却独独不拒绝月痕的接触？为什么，明明那么清冷的模样，此刻却带着这种温暖的笑容？又是为什么，苏茉儿，你出现在我们的面前，如同一截横生的枝，扰乱原本平静的池？

世上从来就没有偶然，一个个所谓的偶然链接而成的——便是"必然"。比如我和月痕的相遇，再比如苏茉儿的出现。一直以来我都对她心生防备，可能是女人的嫉妒心作祟，也可能，是那深埋在我体内的种子终于发芽的见证。

额头的血月，近来常常会无端地发热，临镜而照时，可以清楚地看到它的色彩月痕指尖一颤，不可思议似的看着苏茉儿，那一小包，竟是月痕平日最爱吃的桂花糕，而我，也是在他的感染下才变得爱吃起来。

"尝尝啊。"苏茉儿浅浅一笑，将糕点伸至月痕面前，稚嫩的面孔中却有着几丝魅惑的神态。

月痕缓缓伸出手，拈起一块放入口中，闭目间，似在品味，却半晌无语，眼睫轻扇间，我看见其中有晶亮一闪而过，是错觉吗？

"你——留下吧。"

02·冰山序幕

回来的这段时间，大家都来看过我们，撇开经常蹭吃蹭喝的祁风小弟不说，张昊日、温染雪和柳白絮也来过几次，月动人虽然没有亲自来，但也托人送过几封书信，她措辞很轻松，看来心情不错，虽然可能没有那么快从阴影中走出，但，那名为幸福的日光必然已射入那层层的悲哀幕帐中，日光那东西，只要感受过一次，就一定不会想放弃。

至于最不和我对盘的那位张大小姐，也来了几次，不过每次都是趁着其余单身汉在的时候，虽然她每次都是以买香料为借口，但我已然固执地将她归入结婚狂的行列之中。

也许是在人前笑得太过开心，江小弟他们最后都很有默契地尽量少来，但其实每次他们来的时候，便是我最开心的时刻，因为，不必和其他二人独处了。

现在的香铺，感觉被隔绝成了两个不同的空间，我的和他们的。

月痕依旧对我很好，只是，他的温柔并不是对我一个人的了。

我讨厌她，那个叫做苏茉儿的女孩。

或者不能叫做讨厌，那应该是一种类似于嫉妒的情绪。

嫉妒她能留在月痕身边，也嫉妒——她在不经意间夺走一切。

在厨房捣鼓了半天,却发现自己的肚子还是撑撑的,于是从后门偷偷溜出去买了点小吃,盛在盘中准备滥竽充数。

兴冲冲地准备端出去,却听见前厅有东西碎裂倒地的声音。

"怎么了?难道是那几个蹭吃蹭喝的又来了?"我怀着对江祁风等人极其不友好的想法,快步往前铺走去。

"月痕,我突然又不饿了,我们吃点心吧。"单手托着盘子,我走到了前厅,眼前的场景,让我突地安静了下来。

月痕赤足站在地上,脚边尽是些碎裂的杯片,冰桶全部东倒西歪,融化于其中的冰水流淌在地,一直蔓延到月痕的脚下,他却毫无感觉似的木在那里。

怔怔地看着,香铺里的陌生人。

一袭浅黄长裙,一提堇色竹篮,半分弱柳仙姿,余下的,却是自眉梢眼角流露出的倔犟神态。

这是我第一次见到苏茉儿,她并不美,或者说这是与她那超绝于世的姿态相比而言,但只是立在那儿,便能使人沉浸在她周身散发出的绒黄色光华中,不可自拔地被湮没。莫名地,我觉得眼前的女孩与我并不在一个世界中,那道淡黄色的光晕,隔绝了我与她,她在那个世界中独舞叹息,而我只能远远地观望。

看着她这既陌生又熟悉的神态,我不由想起了星陨,那个任由寂寞和疼痛长满自己世界的笨蛋,不是也带着这样的姿态,不断地造就灾难和厄运,为别人,为自己?

"请问,你要买什么吗?"我走至她身边,问道。

她不动声色地退后了几步,与我保持了一段距离:"我不买东西,请问,你们这里需要人吗?"

"对不起——"几乎是下意识地,我想说出拒绝的话,也许是因为月痕那不同以往的神态,也许是因为我心中瞬间生就的敌意,我,不想她留下。

"你会做些什么?"月痕突如其来地打断了我的话,踏着满地的冰水,赤足走至我与她之间。

苏茉儿似乎并不反感月痕的接近,对他粲然一笑:"打扫什么的都可以。在家的时候我就常常制造香料,而且,将香料加入食物中味道也很好,这个是我做的,你可以尝尝。"

言语间,她自堇色小篮中取出了一包物事,打开给月痕看。

月痕半坐起身,一把抓住我的手,将我拉过去抱住,下巴磕在我的头顶:"南极也可以啊,可是那些企鹅毛都好少,看起来很丑也。"

我翻了翻白眼,拜托,有这种审美观点吗?

"因为毛少所以丑,你怎么不去找只北极熊,找我做什么?"我鼓了鼓嘴,很不满地辩驳了他的歪门邪说。

月痕蹭了蹭我的头,重新将下巴磕到我的肩窝上,对着我的耳畔轻声呢喃:"因为你——比北极熊漂亮一点点啊。"

看着他做的"微妙"手势,我僵硬地咧了咧嘴:"那还真是谢谢你啊。"

说罢起身便走,却被他抱住不能动弹,我哼哼地说道:"你不是热吗,抱着我不是更热,放开啦。"

"才不要。"月痕又抱紧了我几分,"天很热,但抱着月月就不会热了,月月身上凉飕飕的,很舒服。"

"我又不是死人,才不会凉飕飕的。"虽然很享受月痕的拥抱,但出于矜持,还是咕噜着抗议了几句。

"月月。"月痕小指挑绕着我的发丝,喃喃唤我。

"嗯?"已经昏昏欲睡的我,勉强打起精神回应着月痕。

月痕沉默片刻,突然问道:"人类的恋人,是不是都会对对方很坦诚?"

"是啊。"我点点头,有些诧异地侧首看着月痕,"虽然双方都会保有一点小秘密,但重要的事情上,还是会开诚布公的。"

"这样吗?"月痕低下头,似乎在沉思着。

我歪歪头,有些疑惑,月痕这是怎么了?莫非他想告诉我什么事情?等等,他可是只狡猾的狐狸,说不定是在骗我。啊!难道我上次偷偷在他的洗面奶里放盐的事情被他知道了?还是他发现了我背着他偷偷加餐的事情?

我郁闷地摸摸脸,还是说我又长肥了,他开始嫌弃我了?

"那个,我饿了,吃饭吧。"我趁他出神,一下子逃离了卧榻,打着哈哈。

"饿?"月痕有些发愣地看着我,"不是才吃了午饭吗?怎么就饿了?"

我摇摇头:"我也不知道,就是饿了。"

"你先坐着,我去弄点吃的来。"抛下一句话,我一溜烟地往内屋跑去,生怕被那只小气狐狸打击报复。

第八章 幸福密码

01·陌生来客

午后的香铺,阳光透过玻璃折射出绚烂缤纷的七彩。半趴在柜台上,我高高伸出手,试图用指尖去触摸那些流溢的光影,一下一下,渐渐地有了些倦意,在温暖的日头下打起了瞌睡。

"月月,好热啊。"一声狐嚎打破了这份惬意的宁静,顺便给我光洁的额头画上了几个"井"字。

我无奈地起身,磨蹭蹭地走到了月痕的身边,生生地打了个寒噤。

月痕这厮不愧是白毛狐狸,怪不得身上随时都那么温暖,只是,才到初夏,就这么受不了,不知到了三伏天该如何自处。看着他那恨不得把全身的毛拔光的龇牙咧嘴模样,我总是情不自禁地想大笑,可迫于他的淫威,只有忍了再忍,差点憋成内伤。

看我走近,月痕翻了个身,趴在卧榻上可怜兮兮地盯着我:"月月,好热啊,我们去北极旅游吧。"

郁闷地叹了口气,我弯腰把几个冰桶又往卧榻移近了些:"北极?你怎么不说去南极?"

终于。

在月痕毫无气氛地嘀咕了一句"月月,你的脸怎么红得跟猴妖的屁股似的"后变为了铁青……

"给我滚开啦。"

"哎哟,你怎么无缘无故地打人啊。"

"别离我这么近,走开走开走开……"

"哈哈哈……两位走好啊。"

"不好意思,真的不好意思。"鼻头莫名地开始酸涩起来,我仓皇地转身跑开。

"啪"……

我的手腕被抓住,仓皇间回首,被带入了一个温暖的怀抱。

"真是个傻瓜。"月痕喃喃的低语回响在我的耳畔。

"我愿意做你的傻瓜。"我抬起头与他对视,望进他那双苍茫的银色眸子,在那片银雪中,找寻自己的身影。

直到他的温唇落下,千言万语,只化为模糊的一句轻叹:"即使会被伤害,我也心甘情愿。"

踮起脚尖,紧紧地搂住月痕的脖项,我微闭双眸,睫毛似蝶翼般轻颤,心情却无比坚定,已经什么都不想考虑了,已经不想被那些犹豫牵绊了,我只想要月痕,只要他。

客栈的事情解决得很顺利,月痕解开了老夫妻中的夺魂术,而我们也间接地了解到,老夫妻的女儿爱上了一个负心汉,最后伤心自杀而死。所以他们才会在潜意识里痛恨年轻男人。杀害小石头和张公子,也许潜意识里只是为了保护老板娘和王家小姐,不想让她们和自己的女儿一样。

但无论如何,他们杀了人,就必须受到惩罚。

天暗晶信誓旦旦地保证,会把老夫妻平安送到附近的县衙;而王小姐也不想再回到家中,于是顶替小石头在客栈里工作了下去,两个同样受伤的女人,也许可以弥补对方的伤口吧。

只是,大家看我和月痕的表情都有点怪,远远的,又有点——暧昧?可当我想问为什么的时候,他们却又都远远地跑开。尤其是天暗晶那厮,没事总喜欢抱着客栈的大门晃荡。

直到离开客栈的那一天。

我最后揪住老板娘的衣衫,逼问道:"崔老板,最近为什么你们看着我都是那么奇怪的表情?不要跟我说是错觉,你要再不说,我可真要生气了哦。"

崔老板"扑哧"一笑,环顾下四周,悄悄凑到我的耳旁:"其实啊,那天你把门给摔了,我们以为你遇到了危险,然后就都跑到楼上去了。"

"嗯嗯。"我点点头,以为我遇到危险跑上楼,很够义气嘛,等等……

我的脸开始缓慢加温,由白变粉,由粉及红……

"究竟是什么时候这么依赖你的呢？可能连我自己都不知道，但我很清楚地知道一点，就是，月痕你在我的心中是最特别的。

"我——喜欢你。"

月痕的背僵硬起来，我搂住腰的双手持续用力，明明那么靠近他温暖的身体，却还是这么冰凉。

"没错，我喜欢你，喜欢月痕你。"我将头埋进月痕的背中，"就算你觉得我无耻也好，可笑也好，我还是要说，我喜欢你。我都知道的，我只有五年的时间，五年过后我们就会分开，但是，我已经不想再隐藏自己的心意了。

"如果不是因为喜欢你，就不会那么矛盾了。明明知道的，你是妖我是人；明明知道的，五年之后就必须分开；明明都知道的，可是还是无可救药地喜欢上了你；如果不是因为喜欢你，就不会那么痛苦了，明明知道星陨可能是撒谎，但只要想到可能被你利用，心口就会疼痛起来，从来没有像现在这样喜欢过一个人。

"我真是个笨蛋，明明知道不说出来会更好，但是啊，刚才看到她，就是那个私奔的小姐，她对我说，'张郎，死了'。月痕你可能不懂人类死亡的意义吧，不是说你笨，只是，有些事情只有人类才明白，就如有些事情只有妖才明白一样。

"对人类来说，死就是一切的终结，也许还有些轮回啊什么的，但是即使转世投胎了，也不能挽回这一世的终结，因为转世的人是不会带着记忆的吧；就算能侥幸地保存了记忆，结果也只是让自己更痛苦而已，因为等他回来，可能已经找不到自己前世所珍惜的人了，就算找到，还能在一起的概率也是微乎其微，所以，才有一句话，叫有今生没来世。

"我也是人类，而且是个很自私的人呢。不知什么时候我就会死去，所以无论如何都不想再忍耐了，不想为自己的人生带来遗憾，不希望到死的时候都在后悔没有把自己的心意传达给你。

"所以我要说，我喜欢你，最喜欢你，比喜欢任何人都喜欢你。"

声嘶力竭地喊完最后一句话，我和月痕陷入了长久的默然。沉寂间，只能听见月痕绵长的呼吸和我紊乱的心跳。

缓缓地松开搂住他腰的手，月痕却没有背转过身。又是一段令人窒息的沉默，我缓缓后退，捂住嘴，直到此刻才意识到自己刚才说了些什么。

连连摇头，我苍白地解释道："我——我都说了些什么啊，那个，你别介意，真是的，我都在胡言乱语些什么啊。"

"你还好吗？哪里痛吗？"我俯下身问道。

她怔怔地望着我，半晌无语，终于，一滴泪自眼角滑落："张郎，死了。"

我的瞳孔猛地睁大，后退了几步，我捂住自己的嘴，几乎是立刻，朝着门口的方向飞奔而去，月痕……

16·传达心意

抓住门框，双手猛地用力，将它们拨了开来，不在意它们坠落在地发出的巨大响声，不在意它们擦身而过时带来的片刻痛楚，我的眼中，只有那个纯白的身影。

背门而立的月痕，在我制造出巨大响声时正准备回神，却被我阻止，用一个拥抱。

双手自背后拥住月痕，我将头深深地埋在月痕的背脊中。

"月月——"月痕喃喃叫道，挣扎着想回身。

"不要动，也别出声，听我说。"额头用力地蹭了蹭月痕的背，我吸着鼻子说道。

"刚才的我，真的非常痛苦。不是因为看到了客栈发生的这些事情，也不是因为星陨对我说的那些话，这些虽然也让我难过，但真正让我痛苦的是——我在怀疑你，我承认我对你不够信任，不管是以什么作为借口，我动摇了。"

"我——"月痕张了张口，再次被我鲁莽地打断。

"听我说完。"我大叫着阻止了月痕，"听我说完，如果现在不说，我害怕以后都没有勇气说了。其实我一直很感激你，非常非常，不只是因为你救了我，还因为你给了我新的人生，以前根本就不敢想象的人生，从来没有想过生活会变得如此美好：在古代开一家香铺，遇见那么多稀奇古怪的事情，遇见那么多有趣可爱的人。但是，这些虽然非常重要，但是，如果没有月痕，什么都不存在了。

"因为，对我来说，有你的地方才是家。

"任何地方，无论风景多么美丽，无论人们多么和善，但是，如果月痕你不在我的身边，一切就都没有意义了。

"月月。"身后是月痕的低语,我知道,只要转身,便是那个熟悉而温暖的怀抱,可偏偏动不了身,明明渴望万分却又无法转身。

无声间,一滴泪悄然滴落,视线也渐渐地模糊起来。

"月月。"月痕抓住我垂落的手,低低唤道。

"对不起,月痕。"我挣脱了他的掌心,低声说道,"我想一个人待会儿,你能不能出去?"

"我——"月痕再次开口,似乎想说些什么。

我猛地摇头,不想再听下去:"拜托了。"

"哎——"身后的月痕长叹一声,无声地走了出去,直至门旁,将那两扇横卧在地的门拾捡了起来,勉强拼上。

看着他白色的背影消失在门边,我捂住嘴,蹲下身,低低地抽泣了起来。

紧紧地捂住胸口,我不住地摇头,为什么,会这么疼,真的好疼,已经,无法抑制了。

就算流尽眼泪也只是在心口撒上一把又一把的盐,根本得不到半分的缓解,我明明是喜欢月痕的不是吗?为什么此刻想到他会这么痛苦?痛苦到想找个地方躲起来,从此忘记所有与他有关的一切⋯⋯

还是说,这是因为,我对他有了怀疑?

不可饶恕,果然不可饶恕。

是月痕救了我,延续了我的生命,点亮了我新的人生,可是我却在怀疑他,怀疑他救我另有目的,怀疑他一直在利用我,这样的自己,真的是太卑鄙了。

可是,一方面唾弃着怀疑月痕的自己,另一方面,我心中的疑虑却更加深沉,为什么会这么矛盾?

这样的自己,真是讨厌死了⋯⋯

跪在地上,双手紧捂住自己的脸庞,我沉浸在痛苦与挣扎的缝隙间,几近崩溃,直到听见,那低低的哭泣声。

惊疑间回首,我发现声音传自床间,低垂的帘幕下,一只手缓缓垂落,随着哭泣的节奏微微颤抖。

"王——小姐?"我缓步上前,直至床边。

床笫间,她眼中已恢复了清明,却多了些别的东西,如此熟悉却又想不起在哪儿见过。

"什么意思？"我向他跑去，双手扯住他的衣襟，目光被那大片的血色灼伤，"喂，这到底是怎么回事，告诉我。"

"哎呀，这样好吗？"星陨的表情恢复成那最初的戏谑，单手挑起我的下巴，"当着他的面扯我的衣服，啧啧啧，月痕，你就是这么教育她的吗？"

月痕？

我连忙转过身去，结界的那边，月痕正立在那里，两扇门躺倒在他的脚边，破裂不堪。他的呼吸尚未平复，胸口正剧烈地起伏，见我回首，月痕伸出双手，猛地撕裂了结界。

"啪"，黑色的碎片高高溅起，四散坠落在地，又瞬间化为无形。

我的身边刮起一阵风声，回过神来，月痕已经拦在了我和星陨之间，而我那双方才还抓着星陨的手，已被月痕紧紧地抓在背后。月痕的手，原来这么修长，直到足以包容我的双手。

"月痕——"我喃喃叫道。

"啊呀呀，好可怕啊。"星陨随意地拍了拍胸口，整了下衣襟，斜睨着月痕，"不要这么凶好不好，放心吧，我不会再动她了，至少——"

星陨顿了顿，贴近月痕的耳边，却用我刚好能听到的声音说道："至少，在你利用完她之前，不会。"

月痕的身体一震，握住我的手猛然松开，带着一声啸响朝星陨劈去。星陨后退半步，两指夹住月痕的掌背，笑道："真是粗暴呢，不知道小月儿是怎么受得了你的。"

"闭嘴。"月痕自喉间发出了一声低吼，听在我耳中却似受伤的兽。

"好吧，好吧。"星陨缓缓松开手，退至窗边，袖掩薄唇，"那么，小月儿，下次再见了哦。"

"等一下，不要走，我——"

我急忙冲向窗边，却只来得及挽留住一丝淡香。

"不要走，我还——"

还有很多问题想问，还有许多事情想知道，为什么，会突然承认我不是玩具？为什么，月痕会利用我？为什么，月痕在听到那样的话后，会做出如此激烈的反应？

呐，星陨，告诉我啊。

第七章 紫竹客栈

了我？

疑惑地起身回头望他，却发现星陨也正似痴如魔地紧盯着我不放。摊开的两手间，淡蓝色的光影一闪即逝，他口中喃喃："为什么，是这个契约？"

15 · 心有疑窦

"什么？"我猛地一怔，下意识地摸向额头的血月印记，触手间有淡淡的热度传至我的指尖。

方才是它保护了我吗？

我轻按着印记，仔细回想着刚才发生的事情，却是模糊不清，只在隐约间记得，印记中发出的那一片淡蓝，将笼罩眼前的深幽墨黑渐渐冲散。

"告诉我……"星陨向我伸出手，却又像是顾忌什么似的，在距我还有几厘米的地方停了下来，沉吟半晌，继续问道，"为什么，是这个契约？"

"这个契约，怎么了？"我诧异地看着他，心里尽是疑惑。

"你——"星陨略显诧异地挑了挑眉，"不懂得这个契约的含义吗？"

我缓缓放下按着额头的手，抬首问道："这个契约的含义？不就是保护我，让我不会受到伤害吗？"

"还有，就算受了伤也可以很快好转。"我仔细思索着月痕曾经说过的话。

"哈哈，哈哈哈哈。"星陨却突然掩嘴大笑起来。

我看着他肆意张扬的笑脸，心中没来由地一紧，层层的阴郁席卷而来："你笑什么？有什么好笑的？"

"没什么，没什么……"星陨笑得几乎直不起腰来，半趴在床笫间回首看我，眸中却冷漠如冰，"真是对不起啊。"

"对不起？"

"你确实……不是他的玩具呢。"星陨站起身来，整理好衣襟往窗边走去，"我为自己一直以来的误解道歉。"

"真的,什么都肯给我吗？"没有理会他语气中的讽刺与戏耍,我问道。

星陨微愣了愣,随即点头大笑道:"当然,告诉我,你想要什么？"

"不要再伤害任何人了。"

"啪",星陨手掌下的一截床栏化为了青灰。他抬起手,注视半晌,复又伸至我的面前,问道:"告诉我,你看到了什么？"

我望着他修长纤细的手,掌心的纹路杂乱而无序,却与那莹白的肤色一起,构成了最动人的美景,但就是这只柔若无骨的手,顷刻翻覆,无数生命便从此夭折,与明天和幸福绝缘。

"我看到了——美丽,力量,然后还有……"我停顿了下来,却不是因为心中的犹豫。

"还有什么？"星陨挑挑眉,似笑非笑地看着我,似乎对这答案并不满意。

我摇摇头,勾起一个薄薄的笑容:"还有那永无止境的凄凉与悲哀。"

"凄凉与悲哀……吗？"星陨低首缓缓重复着我的话,突又抬头,电光石火间,扼住了我的脖项,嘴角是如刀刃般冰冷的笑,"即将被我杀死的你,才能称得上凄凉与悲哀吧。我和你不一样,我拥有力量……"

"那又如何？"我忍不住出声打断他的话,"那又如何？即使你的手有力量又如何？你的力量只是毁灭罢了,你曾经,用它抓住过任何东西吗？"

"闭嘴。"星陨紧皱眉头,目中再无方才的冷漠淡定,而是如火的眸光,手劲也在不知不觉中加紧。

我几乎要喘不过气来,却还继续说道:"没有,对吧,哈哈,真可悲啊,你为妖千载又如何？这么漫长的时间里,你根本就没有用你的手留住过任何东西,最珍惜的东西。"

"闭嘴,给我闭嘴。"星陨双手齐齐掐上我的脖间,拼命摇晃着,"你这个人类懂什么？你懂什么？你这该死的人类,给我闭嘴,吵死了。"

摇摆间,我的意识开始模糊,那张近在咫尺的脸也渐渐不再能看清,若高若低的声音隐隐约约地徘徊在耳畔,却再也听不清这些喧嚣。唯一清晰的,只有那双幽黑色的眸中,如海藻般的寂寞,不断地蔓延开来,将他与这世界,紧紧缠绕……

"咳咳咳……咳咳咳……"肺中突然袭进了一缕新鲜的空气,带来生机的同时却让我的胸口剧烈地疼痛,捂住脖子,我不由自主地大声咳嗽了起来。

俯卧在床畔片刻,我缓缓地回过神来,他刚才是真的想杀了我,怎么会无故放就一直在想，凶手是谁？他的目的是什么？会不会有下一个受害者？如果有，那么他（她）将是谁？

后来猜测到小石头留在客栈的原因，我意识到，小石头与老板娘之间，有些被隐藏了的情愫，如果我能注意到，那么被施与了妖术的犯人也许也能够感觉到。人的欲望，说穿了，不过就是贪嗔痴，贪财与名，嗔怒与仇，痴情与爱。第一条，放在被害的小石头身上不适用，放在犯人的身上同样也不适用，至于第二、三条，我无法分辨，爱与恨，有的时候同样会导致严重的后果，因爱而生恨，无恨亦无爱。但无论如何，可以看出，犯人的喜憎非常强烈，并因为这些而杀人。

由此就产生了一个新的问题，如果他是因为感应到小石头与老板娘间那不一般的情感而杀人，那么，为什么他只杀了小石头？换句话说，为什么先死的是小石头而不是老板娘？

所以我下了一个判断，犯人的目标，从一开始就是男性，小石头之所以死很有可能是因为他与老板娘的情愫，由此，可以基本将犯人的目标确定下来。

接下来，就是犯人是谁的问题了。

客栈中，除了受害的小石头外，还有九人，其中六男三女，除去我和月痕，能将小石头杀死并分尸的，最有嫌疑的是那个大汉，其次是天暗晶与玄铁，然后是那对私奔男女，最后是老头夫妇以及老张头、老板娘。

当然，老张头与老板娘我一开始便排除了，因为老板娘悲伤的表情不像伪装，而老张头一个人，恐怕做不了这样的事情，而且小石头还是由于他才发现的。

天暗晶这个人虽然不可靠，但若是他想杀人，就不会做出什么凶手在客栈中的推断，那样只会给自己惹麻烦，而玄铁怎么看都是一个忠仆，对除了自己主子外的任何事情都不在乎，就算是中了夺魂术，也很难相信他会去杀一个毫无威胁的客栈伙计。

剩下的就是那位大汉、私奔男女以及老夫妻了。

那位大汉虽然看起来孔武有力，但却是外强中干，虽然也可能是他的伪装，但我一直不相信他是真正的凶手，直到方才，和月痕自房中跑出，我才想到了一丝端倪，我说不清楚那是什么，只是下意识地跑到这里。

"然后的，你都知道了，因为你一直在看。没错吧，星陨？"我抬头与他直视，紧紧地盯着他嘴角那一抹残酷的微笑。

"答对了。"星陨打了个响指，凑过头来，"告诉我，小月儿，你想要什么奖励？"

"呵呵,有趣。"星陨突然放开了揪住我发丝的手,捧腹大笑道,"有趣,你果然很有趣啊,怪不得月痕把你当做宝贝一样。"

"你——"突然停止了大笑,星陨猛地抬起头,伸出手紧紧地扣住我的下巴,脸在瞬间变得有些狰狞,"果然是很好的玩具。"

"我——不是玩具,更不会是你的玩具。"我斩钉截铁地说道,没有丝毫的犹豫与恐怖。

"这个待会儿再说。"星陨似乎是报复性地无视我的话,暂时松开了捏住我的手,问道,"先告诉我,你是怎么知道那对爬虫是犯人的?"

"爬虫?不是玩具吗?"我悄然地往后缩了缩身体,与他保持着距离,既知无法自他手中逃开,也就不做那多余的打算了。

星陨不屑地发出了一声冷哼:"玩具?他们配吗?"

"你对他们使用了夺魂术?"不想再继续讨论"玩具"的我,开始转移起话题。

"没错。"星陨点点头,嘴角勾起促狭的笑容,"想知道?和我交换吧,告诉我,你是怎么知道他们是犯人的?"

我微怔了下,随即苦笑道:"其实我也并不确定,只能说是运气好吧。"

"哦?什么意思?"星陨扬扬首,示意我继续说下去。

深吸了口气,我不知道月痕那边发生了什么,也不知道他此刻在做些什么,但是,我确定,他一定会来救我,一定。

14·墨色寂寞

很不对劲,这次的事件给我这样的感觉。

一切都太反常了,从小石头的死开始。经过天暗晶的调查,凶手被确定为客栈中的人。而小石头和所有客人都是第一次见面,并没有和任何人结怨,或者说,没有和这些人结怨的机会,可是,他死了。

直到月痕告诉我夺魂术的事情,才解释了小石头莫名的死,从那个时候起我的指,随手划了几下,那些紧绑的长绳顿时断裂开来。

随着绳子的断开,王小姐的身体颓然滑下,倒在了床上,我急忙跑上前去,想扶起她,却一骇。

她的眼中,没有焦距,留下的,只有浓浓的呆滞。

"你对她做了什么?"我一把揪住星陨的衣襟,他的长袍却一拽就落,我无语地立刻将其往上拉去。

"哎呀,真讨厌。"这妖孽却一副受了委屈的样子,半拉半扯地将衣襟弄至半开的模样,"你总是这么占月痕便宜的?"

明明是你自己扯开的好不好?我无奈地松开手:"你对她做了什么?为什么她会变成这个样子?"

星陨却无所谓地耸了耸肩,小指挑起一截发梢摆弄:"我没对她做什么,也没有兴趣对她做什么。我现在最感兴趣的,是你啊,小月儿。"

皱着眉,我一把推开那张突然扩大无数倍的俊脸,手无意间触到王小姐的脸上,却沾到一手的湿润,诧异间低首,她的泪已决堤,面却依旧是麻木模样。

"喂,小月儿,你来做我的玩具好不好?"似乎非常不满被无视,星陨一把揪住我的发,将我拉扯了过去。

发间的疼痛让我的泪几乎流出,我却依然倔犟地瞪着他,字句清晰地回答道:"我——不——要。"

星陨皱了皱眉,眼中闪过一丝凌厉的神色,片刻后却微微松开了他的手,托着下巴长吁短叹道:"真无聊。"

我连忙想逃开,发梢却依然被他抓住,若不是知道无效,我真想立刻找把剪刀把头发给剪了。挣扎间,我只能看到,他嘴角毫不掩饰的笑,以及那眼中愈演愈烈的冷。

下意识地停止了挣扎,我与他对视着,那些没来由的恐惧仿佛都躲藏了起来,留下的只有身为人的自尊和心中那丝不愿沦为玩具的倔犟。

"哎?"星陨拉扯了下我的头发,调笑着说道,"不打算跑了吗?"

"呵。"我摇头苦笑,直视他问道,"请问,我跑得掉吗?"

"这个嘛。"星陨单指敲了敲额头,似乎考虑了片刻,抬起头给了我一个迷人的微笑,"好像跑不掉,因为,我不想让你跑掉。"

我眉梢轻动,眼角尽是释然:"既然无论如何都跑不掉,我又何必要跑?"

13 · 再逢星陨

"是不是小白脸,你马上就能看见了。"两张笑眯眯的老脸皱成了诡异的菊花图案,粗糙的声线持续地折磨着我的耳朵,"等我们把他抓过来,你就知道了,哈哈哈哈。"

想抓月痕?你们下辈子都不可能抓得到。虽说如此,我脸上依旧保持着慌张的神情,心里盘算着,等到他们都出去,我应该有机会逃走的吧。

"小姑娘,你就在这里等着我们,我们待会儿就带着你的小情郎回来了哦。"那两个蹒跚的身影消失在门口,只留下了这句话。

"这个是,结界吗?"片刻后,直到听不到他们的脚步声,我才小心地往门摸去,手指却被什么东西阻隔住,接触的瞬间,有黑色的光华一闪而过。

"答对了,怎么,你见他用过?"几下掌声在我脑后响起,那悠闲的声线,妖娆的嗓音,昭示着,我们的重逢。

我的身体在那声音响起的刹那,僵硬了起来。挺直的后背上,有汗珠渗出,缓缓地回转过身,等待着我的是星陨,及我们的再次相遇。

盈雪的肤色,狭长的凤眸,眼角那淡黑的一抹墨痕,自那不画自红的唇中吐出的气息,带有颓靡的曼陀罗香气。

他坐在床笫间,黑色锦缎的包裹下,露出一截白皙的肩,如幻的光与影交会在那象牙般皎洁的肤上,抬首间,能看清他衣襟上有着大片的如血花朵。单指挑起王小姐的下巴,他却对我挑眉微笑:"好久不见了,小月儿。"

"你放开她。"我却没有半分再次相遇的欣喜,因为和他的相见,总是伴随着那无边的腥风血雨,若是如此,不若不再相见。

"啧啧啧。"另一只手托住自己的下巴,星陨啧啧有声地摇了摇头,"小月儿你还是那么无趣啊,月痕是怎么教你的?"

"放开就放开嘛,她一点也不好玩。"星陨边说着,边抽回自己挑着王小姐下巴的下巴,摩挲着展示给我看。

王家小姐紧闭的眼角,有泪珠连串滴下,那带着慈祥笑容的魔鬼,用尖利的指甲刮干了那些泪珠,几乎是贪婪地塞入自己的口中,含糊不清地喊道:"老头子,这个好吃呢,比人血好喝多了。"

"呕……"我顿时一阵恶心,双手捂住嘴,腰半弯了下来。

"小姑娘,你怎么了?身体不舒服吗?"一只冰凉的手搭上了我的肩头,我的鼻中尽是浓浓的腐臭味。

"别碰我。"我用力挣开他的手,往后跑去,却发现门不知何时已被关上,我大力地扯拽着,可它却不动分毫。

"没用的。"身后"沈大爷"背着双手,正对我"慈祥"地笑着。

床上的"沈大娘"松开抓着王小姐的脸的手,朝床下走来,口中发出干巴巴的笑声:"小姑娘,放心吧,我们不会伤害你的,只是要委屈你留在这里一段时间了,等我们把你的小情郎也给杀了,就会放了你的。"

"老太婆,我们把那小子抓来,在她面前杀掉,不是更好吗?""沈大爷"歪着头,献宝似的对妻子说道。

"沈大娘"的脸皱巴巴地笑成一团:"真是好主意啊,老头子,就像那个姓王的小姑娘一样,让她看看那个小白脸临死前的丑态。"

"月痕才不是小白脸。"我大声辩驳着,心中却略有不安。

如果是月痕的话,应该没问题的,他才不会轻易地被抓住,而且他们的目标是我和月痕的话,其余的人,就暂时不会被伤害吧。

但是,不可原谅。

星陨,你到底利用了这对老夫妇的什么欲望,使他们变成了现在这个样子,残忍地杀死同类,肆意地玩弄其他人的心灵。

告诉我,星陨,这就是你想要的玩乐吗?

这种残忍的游戏会让你觉得开心吗?如果这些能让你感觉开心、满足,那又为什么,在你的眼中,总有着那么多如海藻般肆虐蔓延的孤寂呢?

"呵呵……呵呵……"机械的笑声响起在屋内,他的身体,居然慢慢地立了起来,再次直立在我的面前。

他在笑,用整张嘴来笑,如果那已撕裂到耳根的物事还能算得上嘴的话。

"张公子"没有再次靠近我,只是与我对面而视,我知道,他在等待,等待着我的崩溃,而我,却慢慢地镇定了下来。

"竟然用人的身体来玩,不觉得过分吗?"那张大笑的脸在我看来,早已没有令人恐惧的力量,自那些眼角眉梢里,我能看到的,只有浓浓的悲哀与仇恨。

"哎呀,居然被发现了。""张公子"的嘴角上下蠕动,造成了一种很不好笑的喜剧效果。

"张公子"的身体缓缓地偏了过去,而我也看到了,那张一直被身体所掩盖的脸,他手中握着的那些黑色丝线,另一端还在"张公子"的口中,正是它将其嘴角撕裂。握紧,用力,多么轻松的方法,这些锋利的丝线,可以轻易地将一个人原本完整的身体分割开来。

"好玩吗?"我直视着他,眼中是毫不掩藏的厌恶。

他咧嘴一笑,右手轻轻松开,"张公子"的身体缓缓地坠落到地上,他踩上躯体看着我:"好玩。"

那些原本杂乱的皱纹,在他的笑间,形成一块块怪异的图案,昭示的是张扬的罪恶。

"你的妻子呢?"我环视着房中,并没有看见她的身影,"不要告诉我一切都是你一个人做的,我不是白痴,不会相信的。"

"有趣。"这位犯人,或者我应该称呼他沈大爷,给了我一个赞赏意义的笑容,"好像你一开始就认准是我们干的似的,说说看,你是怎么猜到的?"

"你的妻子呢?"我重复着自己的问题,"不要告诉我她已经在准备另一个瓮了,你知道,这并不好笑。"

"哈哈。"沈家大爷仰头大笑,朝身后叫道,"老婆子,出来吧,这个小姑娘很有趣啊。"

"老头子,干什么?我事情还没做完呢。"床的幕帐被一只干瘪的手掀开,露出了一张同样丑恶的脸。

帷帐摇晃中,我看到,被绑在床柱子上的是——王家小姐?

"嘿嘿、嘿嘿。"似乎看到我很开心,床上的婆婆撩开了幕帐,单手捏住王小姐

12 · 真凶现身

夺魂术？欲望？

因为痛恨男女之情而杀戮，那么，此刻危险的不应该是老板娘，而是……

想到这儿，我毅然返过身，朝相反的方向飞奔了过去。

"笃笃笃、咚咚咚"，我大力地敲着那扇紧闭的房门，大叫道："有人吗？请问有人吗？"

"吱呀——"原本紧闭的屋门突然滑开了一条小缝，我一个拳头落空，身体一个踉跄，碰开了那两扇门，跌了下去。

一双手适时地接住了我，挽救了我坠落到地的命运。

"谢谢你。"我感激地抬起头，接住我的正是那位张家少爷。

他没事吗？我长舒了一口气，暗笑自己原来太多心，不由转头看向门外，不知月痕那边怎么样了？

"不——用——客——气。"

我的脸色又是一变，耳畔传来的声音，字字如同锯齿般的粗糙干燥，那一声声如锯木般的拖音，敲打在我的神经上。我下意识地看着那双握着我臂的手，冰凉而苍白的手上，能清晰地看到根根的青筋，在我的注视下，那手居然显现出了点点的斑迹，灰褐色的斑点迅速蔓延至他的整双手。

我吞了口唾沫，缓缓地抬起头，"张公子"正咧着嘴对我笑着，那些斑点同样在吞噬着他的脸，他的笑容却越来越大，直到，嘴角边缓缓裂开，一条黑色的舌头自他破裂的口中拖出来，突然，他的身体直直地倒了下来，那张裂开的笑容也离我越来越近。

"不要。"我大叫一声，双手用力地推开了他。

"张公子"的身体在我的大力推搡下，惯性地往后仰去，却在后弯九十度的时候蓦地停了下来。

"你的意思是？"天暗晶扇尖轻点额头，恍然大悟似的看着我，"这里有什么让他留下来的东西？"

"聪明。"千穿万穿，马屁不穿。我满是崇拜之意的一句话加上一根表示佩服的大拇指，立刻使得天暗晶充满了年轻人的活力，冲出门口找人重新了解情况。

"终于走了。"看着在原地不停打转的大门，我无奈地叹了口气，上前把门关紧，又紧紧地抵上几把椅子，才放心地靠到桌上，回头苦笑地望着月痕，"终于把他弄走了，我从来没见过一个男人这么啰唆的。"

月痕笑着摸摸我的头："不过他做得也不错了，而且你糊弄他的话也不是没有道理。"

"哦？"我立刻端起了好宝宝的样子，专心致志地盯着月痕。

月痕伸出一只手指："或许我们可以这样想，犯人看透了小石头一直隐瞒的感情纠葛，而这些情感引起了犯人内心厌恶的本能，所以，他将小石头杀害。"

"嗯，有道理。"我点点头，边想边说道，"按这种说法，如果小石头是因为什么人留下的话，那么最大的可能性是？"

"不好……"几乎是同时，我和月痕七手八脚地推开了拦在门前的椅子，冲到了门外。

"如果，如果小石头是因为某人留下的话，那么最大的可能性就是——老板娘。"如果我们的推测成立，那么，犯人既然杀死了小石头，那么，他（她）的下一个目标，也应该是老板娘才对。

不好，老板娘危险了。

我跟随着月痕一路狂飙，脑中的千弦万线也在不断地回转着、纠结着，杂乱中终于显示出了一丝端倪。

我却猛地停住了脚步，那一团乱麻的线头，终于被我紧紧地攥在了手中。

"对不起。"耳边传来一声单薄的喟叹，月痕在向我叙说着歉意。

我摇摇头："又不是你的错，你用不着道歉啊。"

"只是……"

"都说了不是你的错啦，话说你刚才说'本能'是吧？"我僵硬地岔开了话题，尽管那好奇心已经扩张到一个几乎无法压抑的高度，但比起月痕的疼痛，这些都不算什么了，比起月痕的过去，我更在意的是，有他的现在和有限的将来。

"这么说，犯人因为心中有着想杀死小石头的欲望，所以才会杀害他的？"

月痕点了点头："可以这么说。"

"可是杀人的动机是什么？难道是以前结下的仇恨？"我不断地做着各种猜测。

可猜想只是猜想，根据天暗晶主动上门提供的各种线索，我的思绪也陷入了一团乱麻之中。

根据老板娘的证词，这次借宿的客人全部都是新面孔，而小石头初见到他们的时候也没有什么吃惊或者相识的神情，那么动机是旧恨这种情况基本可以排除。

我伸出手指头，仔细思索着，"一般杀人只有三个理由：金钱、名利、感情。"

天暗晶附和地点了点头："没错，可是小石头只是一个伙计，肯定没什么钱，而且我在他的房中也没有发现任何来路可疑的钱财，金钱这点几乎可以排除。"

"名利？这个貌似就更不可能了。"我继续说道，"根据老板娘的证词，小石头出身贫寒，父母都死得早，身份上没有什么可疑的地方，有谁会为了名利去杀害一个普通人呢？"

"前面两点都排除，那么只剩下感情纠葛了。"天暗晶猛地拍扇，可那表情，我怎么看怎么像长安菜市口总是借着买菜之机闲扯的大妈们。

鄙视地看了他一眼，我低首为自己倒了一杯清茶："嗯，感情纠葛，然后？"

"然后……"天暗晶张张嘴，又猛地闭上，此类动作重复了四五遍之后，终于认输般地对我说道，"我不知道了。"

我轻啜了口茶，抬首说道："有一点我倒是觉得很奇怪，小石头那么年轻，且人也灵活聪明，为什么甘愿在这个偏远隐蔽的小客栈里做活，而且一做就是几年？年轻人不是都很喜欢热闹吗？是什么使得他甘愿留在这有些冷清寂寞的客栈里？按照他的条件，在镇里找个活计应该不是什么难事吧？"

11·万丝初始

"等那个犯人再次下手，然后我们就……哼哼……"我学着月痕的样子摸摸下巴，刻意眯起的眼睛里闪烁着狡诈的蓝光。

月痕微笑着摸摸我的头："嗯。"

"不过月痕，你认为谁的嫌疑最大？"我低头沉思道，"小石头应该是死后才被……然后塞进瓮中的，那凶手的力气应该很大才对，客栈里唯一符合条件的只有那个大汉而已，难道是他？"

月痕点点头，又摇摇头："可能是，但我不确定。按照目前的线索，星陨应该对犯人使用了一定程度的夺魂术，使得其失去自己的判断能力，肆意杀戮。但是，星陨的夺魂术发动也是需要条件的。"

"条件？"我抬起头望向月痕，"什么条件？"

"欲望。"月痕突地望向窗外，深邃的目光中包含的是我看不懂的东西，"他的夺魂术不是使人完全失去意识，而是将人内心的欲望无限地扩大，使得他们失去判断好恶的能力，只按照本能行事。"

"本能？"我的眉头不由皱紧，身为人类的我，当然知道本能这东西有多么可怕，如果没有道德和感情的约束，那么，人间将成地狱。

月痕伸出手指试图抚平我眉间的波纹，长叹口气："没错，本能，而且，他常常会故意使被夺魂的人还持有一部分意识，一方面按照本能肆意活动，另一方面却拥有着罪恶感，在恐惧和仇恨的边缘徘徊，最终走向毁灭。他说过，人类是最低劣的存在，但在毁灭的一瞬间却会爆发出无与伦比的耀眼光华。"

"所以他便去毁灭人类吗？"刚被抚平的额头，再次皱了起来，我咬咬唇，心中满是不甘，只是没有力量而已，为何会被这般玩弄？星陨，你到底在想些什么？即使无知无觉，想到这个世界上有无数的生命因为你而受伤或毁灭，难道你的心，不会痛吗？

"你的样子很不对,脸色也很差。"月痕满是狐疑,不肯轻易相信我没有事情。

"我,只是被吓到了。"我勉强笑道,"他说要杀人,我有点害怕。他有没有说想杀谁?"

"没有。"月痕摇了摇头,语气坚定下来,"无论如何,我不会让他伤害你的。"

"那么其他人呢?"我抬头看着月痕,在他的眸中寻到了一丝不着痕迹的悲哀,心中不由一片刺痛,"你能眼睁睁地看着无辜的人被操控,杀害那些同样无辜的受害者?"

"你不能,不是吗?"看着他的表情,我叹了口气。

月痕和我,虽人妖有别,但其实一样矛盾。我虽为人,为了他可以罔顾其他人的性命,却不愿看到他杀害人;他既为妖,对人类却存有一颗善心,为救人可与妖为敌。我不明白和他的缘分是好是坏,只知道,对和他的相遇我从无悔意,如果这注定是一场孽缘,那我也甘之如饴。

"有什么办法可以查出被控制的人吗?"我握紧月痕的手,问道。

月痕皱了皱眉,似乎颇为难办:"恐怕查不出来,他,对于这些很感兴趣,在这一方面,我没有胜过他的把握。"

"他"吗?相识千年,却终究成仇。月痕,你和他之间究竟发生过什么?星陨来之前,这是我一直想问的事情,但……

嘴角勾起一抹苦笑,我终究还是压下了心中的重重疑问,我的确想更加了解和接近月痕,可这不应该加之在月痕的伤痛之上。无法愈合的伤口,重新割开也许可以治好,但我不希望自己是割月痕一刀的人,我宁愿只是那疗伤的药,仅此,足矣。

"那么,只有一个办法了,对吧?"重新打起精神,我跳起来拍了拍月痕的肩。

月痕挑了挑眉,眉间的郁结淡去了不少,浅笑地看着我:"聪明的月月也是这么认为的?"

"没错。"我点点头,"只有等犯人再次下手了。"

"是的，星陨。"月痕苦笑摇头，"要你记得的你不记，不该记得的你倒记得很清楚。"

"他恨你。"我取下月痕手中已空空如也的杯子，起身道，"我能感觉得到，他不会那么轻易地放过你，他——想让你痛苦。"

"是的，他想让我痛苦，因为我曾经让他痛过。"月痕也站起身，袖摆猛地一扬，那紧闭的窗儿瞬时被掀开，大颗的雨点被疾迅的风儿赶了进来，狠狠地砸至屋中，溅到了我的脸上。

"你干什么？"我赶紧捂上脸，发丝衣襟皆被这突如其来的狂风暴雨打湿。

"不是吗，星陨？"月痕没有回答我，只是在窗边喃喃自语。

刹那，那些雨点消逝不见，只余下几缕微风在房中穿梭不止，风中携染的是——曼陀罗的花香。

"这个味道？"我连忙跑至窗边，外面的雨早已停歇，地上哪里有半分湿润。回头望向月痕，我不确定地问道，"他来过了？"

"嗯，来过了。"月痕点点头，背转过身去不再看我。

星陨来过了，可是什么也没做就走了？不，我不信。

看着我诧异的眼神，月痕长叹了口气："他是来给我预告的。"

"预告？什么预告？"我的心顿时揪紧。

"杀人预告。"月痕的口中说出了我最不想听到的话，果然，这件事是他做的。

"他还想杀人？"

月痕摇了摇头："不，他不会杀人，以他的傲慢，是绝对不会纡尊降贵，去亲手杀死一个人类的。"

"那么？"我有些不解，既然他不会杀人，又怎么下杀人预告，难道？

"没错。"月痕苦笑地摇了摇头，"拿人做自己的玩具，是他一直以来的兴趣，而看着玩具们自相残杀，更是他的乐趣。"

"我们不是玩具。"我不禁大吼了出来，却对上了月痕惊异的眼神，我也不知道自己为什么会有这么大的反应，只是脑中有一句话一直在回响着，"你——是月痕的玩具。"

"月月，你怎么了？"月痕捂上我的头，我发现他一直温暖的手心，此刻却是凉瑟的。

"不，没什么。"我摇了摇头，抓住他的手放在手心温暖着。

10 · 星陨再现

"笃笃笃、笃笃笃……"木桌在我的指尖下发出清脆的响声,脆响愈加密集,我的心也愈加慌乱。

"别敲啦。"月痕悠悠然地关上窗,走到了我的身边,握住我微红的指尖,"敲痛了我可不管你哦。"

单指戳了戳我的眉心,月痕摇摇头:"你这鲁莽冲动、爱胡思乱想的毛病,怎么一点都没改呢?"

我咬咬唇,抬头道:"不是我要胡思乱想,只是这事实由不得我不想。"

"哦?"月痕挑挑眉,在我身旁坐下,一副仔细聆听的模样。

我的心中更有几分焦躁,为什么每次都是这样,我不问,他便什么都不说,一副瞒得一点是一点的样子。

好,月痕,既然你要我问,我便问个彻彻底底。

"第一,为什么有人被杀时你不知道?"我伸出一个手指在月痕的面前晃了晃,"不要告诉我你大意了什么的,就算你没听到响动,也必然能闻到味道吧?"

"第二,为什么你不知道凶手是谁?"我继续说道,"按天暗晶所说,凶手就在客栈中,可是你却察觉不到,这不正常吧。"

月痕微微一笑,右手端起桌上的小杯,转头看了我一眼:"嗯,不错,还有什么?"

"第三,"我咬咬牙,"这件事和他,有没有关系?"

"哪个他?"月痕低头饮茶,并不看我,但我却敏感地注意到,他握杯的指尖在方才猛地一白。

"你知道的。"我长叹口气,"我不知道你和他是什么关系,也不知道你们之间有什么仇恨,但我认识你这么久以来,能在你面前杀人而不露半分马脚的,只有他——星陨,是这个名字吧。"

你身边的公子一定明白,轻功是需要借力物的。"

"何解?"我歪头问道,没有细究他语气中的微微讽刺。

"再好的轻功,也不能在空中停留很长时间,而客栈附近的竹子也被砍伐尽了,最近的竹枝也在十几丈开外,且不说那竹枝上毫无痕迹,一般人自客栈内用轻功也做不到飞蹿十几丈那么远吧。"天暗晶解释道。

"你的意思是?"我心中一沉,最后的一丝希望也被掐灭。

"没错。"天暗晶点点头,下起结论,"凶手,就在这个客栈中,或者说,杀人魔,就在我们之间。"

一句话激起千层浪,本就仓皇的众人脸色变得愈加难看起来,大汉一把推开桌子站起,往二楼走去:"直娘贼,什么狗屁监察,我看是胡说八道,你们就听他胡说吧,我回房睡觉去了。"

玄铁脸色一变,便要发怒,天暗晶一手拦在他的身前,淡淡地对大汉说道:"这位兄台想回房间自然可以,只是,你能不能离开客栈,还是我说了算。"

大汉背影一顿,片刻便头也不回地上楼去了。我摇摇头,说什么不相信,到底他也是相信了吧,听说杀人魔就在我们中间,所以不愿意和大家待在一起,谁也不相信,谁也不敢相信,宁肯自己缩在房间中,也不愿寻求别人的帮助,真是可悲。不过,这也是他的生活方式,我无权插手,正如我也有着自己的生活方式一样。

"月痕,我们也回去吧。"我扯了扯月痕的袖口,抬头说道。

没错,我的方式就是依赖月痕,虽然有一点点无赖,但是很美好很安全。

月痕揉揉我的头,点头道:"嗯,我们回去。"

"各位愿意回房的就回房吧,我和玄铁会守着客栈四周的,大家请放心。"天暗晶站起身,对众人说道。

我撇撇嘴,他那与其说是保护,还不如说是威胁,你们守着四周,就算侥幸离开,也要冒着得罪监察御史的风险,傻子才干呢。

不过现在的我对追究他的做法毫无兴趣,当务之急是回到房间,然后,月痕,我想问你事情。

识时务的人,松开月痕的手,我无奈地趴向桌子,没成想刚触碰到桌面,那方才还存在着的物事便散了架,"哗"的往下倒去,若不是月痕及时拉住我,此刻我已是狼狈无比。

虽然我此刻的情景也好不了多少。因被月痕提着后领,那衣襟便紧紧地勒住我的脖子,我险些喘不过气来,月痕将我纳入怀中,小心地帮我揉着脖上的红痕,笑道:"早叫你减肥了你不听,看,把桌子压坏了吧。"

我无语地瞪着月痕,白痴也知道那是玄铁拍坏的,怎么又成我压的了?呜呜,我不就是下午把你喜欢的点心给抢吃光了吗?你至于这么败坏我的名声吗?

"玄铁,"天暗晶看着我吃瘪的样子,嘴角莫名勾起了坏坏的笑容,转头对玄铁道,"记得赔钱。"

"是。"玄铁点头,自怀中掏出一锭银子递与崔老板,老板娘不知是害怕还是没上心,并没有理会玄铁,还是老张头颤巍巍地接过了银子道,"客官您再打坏几样东西,我们客栈就可以重修啦。"

这到底是夸玄铁大方,还是讽刺他拍坏东西,我不得而知。我只知道,玄铁脸上的表情是——面无表情……

"方才我说让诸位留下,诸位似乎很不满啊。"天暗晶手摇折扇,环视下四周,确定吊足了所有人的胃口后,才道:"就是方才,大家回来的时候,我去客栈四周打探了一下,大家猜我发现了什么?"

"什么?"我连忙接道,却看见他狡黠的目光,忍不住鼓鼓嘴,转过头去不再看他。

耳边传来他愉悦的笑声,说道:"客栈的前后门以及周围,没有发现任何脚印,大家知道这意味着什么吗?"

我捂住嘴,抬头看看了眉头紧锁的月痕,喃喃说道:"客栈没有人进出?"

"不错。"天暗晶"刷"地合上折扇。

"那会不会是凶手有武功什么的。"我猜测道,"就像你们这样的,飞进来又飞出去的。"

"请问这位姑娘如何称呼?"

这时我才想起,这位被我骂过打过的仁兄,还不算和我们正式认识呢。

"我叫水如月,叫我如月就好,他是月痕。"我说道。

"嗯,水姑娘是吧。"天暗晶点点头,一副深思的模样,"你不懂武功没关系,但头,"瞧我这记性,不好意思,真是不好意思啊。"

"不过,那小石头可死得真够惨哟。"天暗晶看着月痕毫无变化的脸,突然开口说道,伴随着他的话的,是一阵倒吸声和两声心痛的哭泣声。

09 · 暗藏杀机

"那情景,啧啧啧,你是没看见……"天暗晶见月痕没反应,微微一笑,摇开折扇摇头晃脑地说道。

我抱月痕的手不由一紧,他低头看着我苍白的脸色,眉头微皱,语气便是不善:"天公子,我没有进去自是不想看见,你又何苦多说?况且逝者已矣,你这么说话,是否有些不妥?"

天暗晶话语一室,片刻微微轻咳:"这位公子说得是,我唐突了。"

又回首对身旁的老板娘等人道:"不好意思,我失言了。"

大约是因他的话,客栈其余人的脸色均不太好,有几位更是一副作呕的神情,气氛亦是诡异至极,众人一方面因惧怕而想接近天暗晶,另一方面却又害怕他再说出类似的话,一瞬间陷入僵局,本有的那些窃窃私语声此刻全无,客栈陷入了久久的寂静。

"咳咳咳。"咳嗽的人是我,我打破了此刻的僵局,问道,"那个,如果没有什么要问的,我们可以回房间了吗?"

天暗晶用折扇敲了敲额头,随即笑道:"诸位自然可以回去,但二楼那条通往后院的阶梯,还是封了吧,而且在案子明了之前,我希望大家能一直留在客栈中不要离开。"

这算什么?变相的软禁?

我狐疑地看向他,其余的客人也或多或少地表示了不满,只是慑于玄铁的武力,没有太敢出格。

"砰"的一声,玄铁不动声色地拍了下桌子,那一片嗡嗡声顿时止住,真是一群能扶着墙干呕；大汉看见他们的举动，大骂一声"直娘贼"，忙转过身不再看，似乎怕自己也受不了会吐；那对老年夫妻相搀着出来，腿脚发软，口中高喊着"阿弥陀佛"，一个踉跄险些摔倒。

剩下的几人，还留在仓库中，我看不清楚其中的景象，只能听见老板娘断断续续的呜咽声和老张头若有若无的安慰声。狠心肠的天暗晶还时不时地盘问他们两句，虽然，虽然我知道案发现场和证人证词很重要，但是，比起给死了的人洗冤报恨，活着的人的心情也很重要，不是吗？而且，这件事情似乎并没有那么简单，可能涉及到——他。

众人终于又聚在大堂之中，只是早已没了什么吃饭的心情，一片沉寂当中，本就昏暗的大堂变得更加阴郁。

没有人再坐到什么角落里，而是都围到了天暗晶所坐的桌子旁边，拼命寻找着那虚缈的安全感，也难怪，一个我们身边的人死了，而且还是被别人杀死的，心里不受到触动的，便不能称为人了。

一桌四方，天暗晶和玄铁分坐两方，我却与月痕挤在一条长凳上，我紧紧地抱住他的手臂，桌下的手悄悄地摸了摸暗魑镯，万不得已之时还可以用它来防身，但是，果然还是月痕让我更加有安全感。

月痕用另一只手摸了摸我的头，望向我的眸中尽是抚慰，我蹭蹭他的手，给了他一个看上去安心的笑容，告诉他，不用担心，如月只要在你的身边，就不害怕。

"咳咳咳。"天暗晶装模作样地咳嗽起来，我怒气冲冲地看着月痕离开我头的那只手，随后恶狠狠地瞪向天暗晶，就知道老天爷和我有仇，每次气氛正好的时候便会找人来破坏，而且找谁不好，居然找这厮，喂喂喂，别咳了，再咳小心你的嗓子整个地爆掉。

"不知天公子有何指教？"月痕望向天暗晶，脸上恢复了一贯的不经意神情，嘴角甚至还衔着抹浅笑，但眼中却是清晰的冷漠。

"咳咳咳。"天暗晶似乎成了习惯，咳嗽两声才开口问道，"方才没有看到这位公子进屋，不知是为何？难道，你早知道屋中的情景？"

月痕的眉微微皱起，但瞬间展开，迅速得仿若那抹微波从未存在过，"我方才说过了吧，我的鼻子很灵，没进屋之前我就闻到了浓重的血腥味，故没有进去。"

"哦，原来如此。"天暗晶一手拍着扇子，恍然大悟般地说道，又敲了敲自己的方,虽然这些菜不值钱,但从前没锁的时候总有些小叫花子半夜翻墙进来偷食,一次两次就算了,后来越发厉害起来,我便把它锁起来了。"

"原来如此。"天暗晶点点头,退开半步让老张头上前,"那您能打开屋子让我们瞧瞧吗?"

"没问题。"老张头点点头,上前开锁,"你们都是大人物,总不会偷吃我的菜,打开给你们看看当然可以。"

我有些忍俊不禁,这老张头不知是真糊涂还是假糊涂,说话颠三倒四间却又有几分道理,却看天暗晶也是一副哭笑不得的神情,果然姜还是老的辣。

"吱呀"一声,老张头推开了门,最先走了进去,天暗晶连忙跟上,玄铁紧随其后,我也赶忙上前,却被身后的月痕猛地一拉,带入了他怀中。

"月痕?"我的腰自背后被他紧紧搂住,动不得分毫,他的心跳有些快,气息中充满了不安的气氛,我的心不由揪紧,定在原地看着其余人陆续进去,我才低声地问道。

"别进去,我不想你看到。"月痕在我耳边低声说道,只是,你究竟不想让我看到什么呢?

老天似乎不愿让我等待太久,沉默片刻,仓库中传来物事掉落地面的脆响,随后便是一阵撕锦裂帛的惨叫声,那不是一个人的叫声,而是几乎所有人,此起彼伏,连绵不绝,我的眼前顿时一片血红,似乎看见了一场屠杀。

使劲地摇摇头,把那些没来由的无聊想法抛开,我努力地想听清仓库中的动静,却只听见一阵低低的抽泣声,这声音,是老板娘的。如此说来,小石头他……

我低下头,握紧月痕环绕在我腰间的手:"月痕,小石头他死了吗?"

"嗯。"耳边是月痕低低的叹息声。

"他——死得很惨吗?"我的声线变得颤抖起来,一个大胆而残酷的想象自我脑中冒出,"他被杀了,然后被塞进卤瓮中?"

"别问了。"一只温暖而湿润的手捂住我的眼睛,似乎想阻绝我眼前的一切,但我的思绪却更加繁杂起来。

"月痕,很奇怪。"纷杂的思绪中一缕光线闪过,那一团杂乱的线团似乎被我抓住了线头,我欲转身告诉月痕,却被人打断。

方才进去的众人纷纷跑了出来,脸色或苍白或发青,皆捂着口鼻,出来才放开大口喘气,那一对青年男女刚出来便吐了,泪水鼻涕齐流也顾不上擦拭,到最后只我东张西望,结果发现那对青年男女正在梯口旁窃窃私语,我听到的,该不会……

"我也没看太清,不过看那样子,应该是朝廷钦赐的监察御史令。"我边注视着他们边专注地听着耳边的话语,果然,是他们。

"监察御史?很大的官吗?"那位王小姐似乎涉世不深,正在询问着情郎,眼中含着的,是满满的崇拜与骄傲。

"监察御史啊。"我低头想道。对监察御史我似乎知道点,这个官职虽然级别不高,但是权限很广,怪不得这些人一副噤若寒蝉的模样,但是,天暗晶那副德行,真的是监察御史吗?该不会是从哪里偷来的令牌吧。

"既然各位都已做了决定,那么,我们一起去吧。"天暗晶不知何时已将桌上的折扇全部收拾起,高举着手中的令牌,大声号召。

几乎是同时,所有人背转过看他的方向,朝后院走去。一阵冷风袭过,吹得地上那两把扇子的碎片"哗哗"作响,随后又是一段漫长的沉寂。

打破这沉寂的是——"喂,我说,你们等等我啊。"

08 · 暗夜血仓

撩开那浅灰色的布帘,外面是明亮的月光,使得我们可以清晰地看见后院的情形。

院子不大,正中是一口小井,井口未盖,可以清晰地看到水中的月。井的左边是一间小屋,门口还有些青菜绿叶,挂在檐上的尽是些熏菜之类,屋顶上的烟囱旁还飘浮着些烟,想必就是厨房了。井的前方也有一间房,甚是简陋,门大开着,可以清晰地看到其中堆满了柴火。如此看去,井右边的密封小屋,便是仓库了吧。

天暗晶走出人群,手中拿着一盏油灯,往右边的小屋迈去,走至门前,看着其上挂着的小锁,皱了皱眉,问道:"这间屋子平日里上锁吗?"

"上啊,怎么不上。"老张头颤巍巍地走了出来,自怀中掏出一把钥匙,"乡野地我。无奈我已然发力,天暗晶也没有闪躲,于是乎,我潇洒地砸到了他的头上,折断了他的第十九把扇子。

"玄铁。"天暗晶一把按住玄铁将要出鞘的刀,问道,"我的那个东西呢?你记得我放在哪里了吗?"

在玄铁拔刀的刹那,月痕已然站到我的面前,右臂微张,将我拦在身后。因他的身影而带起的风,复又将他乌黑的发丝扬起,一瞬间挡住了我的视线,锦缎般掠过我的脸颊,留下几缕淡淡的香气。

我小心地抓住月痕的衣角,刚才因惊吓而变快的心跳因那熟悉的温度和味道而渐渐平复下来,却又想到刚才那冲动的举止,不由握紧手心,小声说道:"对不起。"

"哎。"月痕看天暗晶阻止了玄铁,便也放下了防备,回头狠狠地用拳头招呼我的头,"你就不能别让我担心。"

双手抱着头,我的眼眶中有水珠晃动,撇撇嘴:"我也是担心小石头嘛。"

"哎。"月痕再次仰天长叹(貌似他认识我之后叹气的指数大大提高了),抚上我的头,轻轻揉着,"疼吗?"

"不疼了。"我惬意地眯着眼睛,被月痕摸得好舒服。

与此同时,在玄铁协助下的天暗晶,也找到了他本来要寻找的物事,那是一方小小的铜制令牌,上面刻印着繁复的花案,我是完全看不懂的,但方才无视天暗晶的那些人,脸色却大变起来,踌躇片刻,便纷纷加入了我们的队列之中。

"月痕,那个是什么啊?"我扯扯月痕的衣角,好奇地问道。

月痕捏捏下巴,一副深思熟虑的表情,半晌才答道:"我也不知道。"

你不知道就直说嘛,干吗考虑那么久,简直是浪费我的感情。我略微不满地瞪着月痕,却看他对我做了个"嘘"的动作。

诧异间,他的右手捂到了我的耳朵上,一阵喧哗声自他的手心传来,我缩脖皱眉,幸好这喧闹声没有持续很久,不久一切杂音沉淀,余下的——是两个人的交谈声。

"我们不回房吗?"

"怕是不能,你没见那位公子手里拿的令牌?"

"那是什么令牌啊?"

这声音是?

第七章 紫竹客栈

月痕在撒谎，这是我的第一反应。他的眼中满是怜悯，他的手心微微潮湿，他……

以月痕的嗅觉，如何闻不出来，既然他这么说，恐怕，小石头已凶多吉少了。

"老人家，方才我好像听你说道，这碟豆腐是你从卤瓮中取出来的？"天暗晶打破了气氛的沉寂，扇尖指向那桌上的碟子。

老张头似乎还不明白发生了什么，茫然地看了碟子一眼，答道："是从卤瓮中取出来的啊，臭豆腐就是在那里做的嘛。"

"如此说来。"天暗晶手摇折扇，缓缓说道，"你最后见到小石头的时候是让他去仓库里取臭豆腐的吧，随后他便失踪不见，而臭豆腐中有血的味道……"

"刷"的一声收起折扇，下一刻天暗晶用其直指后院的方向："看来，这关键就藏在仓库之中了。"

"那我们快去仓库看看吧。"本该早想到这点的老板娘，此刻才醒悟过来，恨不得立刻去看。

"等一下，崔老板。"天暗晶却叫住了她，回首看着继续回桌大吃的大汉、颤抖着缩在一起的老夫妻以及正准备上楼的那对男女，"我希望各位也与我们一起去仓库。"

被叫住的那几个人，脸上的表情或诧异或不满，但慑于方才玄铁所展示的气势，没有人敢发表异议，但也没有按照天暗晶说的来做，只是沉默不语地待在原地，似乎在做着无声的抗议。

"列位看起来有诸多不满呢。"天暗晶用扇尖戳了戳额头，似乎相当伤脑筋，但他嘴角勾起的恶劣笑容，让一阵凉风吹过了所有人的后背。

"真是难办呢。"天暗晶突然在袖中大掏了起来，拿出来的是——一把扇子，他看了扇子一眼，随手丢到了旁边的桌上，嘴里还嚷道，"啊呀呀，拿错了。"

我无语地看着他堆出一座高高的扇子山，嘴角不断地抽搐，不在沉默中爆发，就在沉默中变态，我的行为再一次证明了这个真理。

在月痕没注意到的时候，我突然大步上前，带着和煦的笑容站到了天暗晶的面前，随手从那一堆扇子山中抽出了一把，然后——狠狠地砸到了天暗晶的头上："你给我适可而止吧，现在是人命关天，不是你玩的时候。"

我果然是个冲动的傻瓜，事实上，刚刚砸下去的时候我就后悔了，怎么会那么冲动呢？天暗晶是个白痴没错，可是他身后的玄铁好可怕啊，瞪着我，他在瞪着是因为，听到了月痕小声的下半句话："作为一个人类而言。"

作为一个人类他不错，反而言之，在妖怪的眼里他就是不入流的啦。看到这个臭屁大王被月痕教训，我心里说不出的兴奋，可是事后月痕却告诉我，我这是赤裸裸的嫉妒，嫉妒他的脸皮比我的厚，直直叫我郁闷了许久。

与月痕相较一番，他似乎对我们有了改观，说话也客气了不少，不待我们再次发问，主动解释道："那位老张头端菜进屋时，我便看兄台你的脸色有些不正常，直到老张头将碟子扔至你的桌上时，你眉头紧皱，后来，这位姑娘想一品美味，却被你接二连三地阻止了，仅仅看了几眼，就知道这豆腐是有问题，我想兄台你必定是知道真实原因的吧？"

"你的观察很仔细。"听了他的话，月痕的嘴角勾起了若有若无的笑容，直看得我火大，这厮看月痕看得这么仔细，不是有同性恋倾向吧，怪不得看他和玄铁那么暧昧。

"不敢当，只是兄台鹤立鸡群，太过惹眼，你不怪罪我多事才好啊，哈哈哈。"天暗晶摇扇笑道。

不怪罪才怪呢！我嘟起嘴，你说月痕鹤立鸡群，难道我就是那只可怜的被逼陪衬月痕的鸡吗？果然，这个天暗晶很让人火大。

"我不是眼力好，而是嗅觉灵敏。"月痕微微摇首，单手用力，将我拉近他几分，"自那碟臭豆腐入内时我就闻到了，那上面——有血的味道。"

07 · 监察之令

"血的味道？"一语既出，四座皆惊。

"没错。"月痕摸了摸鼻子，随后握紧我有些微颤抖的手，"让人很不舒服的——血——的——味——道。"

沉默片刻，老板娘推开众人，走上前来，声线颤抖而惊慌："是人血吗？"

月痕注视着她，许久，才摇了摇头："我不知道。"

似乎被玄铁的气势所压迫，纷纷退散开去。

"好了，玄铁。"天暗晶不知从哪里又掏出了一把扇子，往玄铁的肩上敲去。

似乎想起了方才的事情，玄铁一抖，连忙将身上的功力卸去，好让公子的扇子可以安全地敲到自己的身上。随着他的松懈，屋中的气氛也开始缓解，只是无人再敢与他们造次，当然，月痕和我除外。

"刚才听几位的意思似乎是有人失踪了，此事可大可小，所以我们别废话，把事情摊开来说明白吧。"天暗晶展开扇子似模似样地扇了几下，把我给弄得一身恶寒。此刻正值初春，且外面还下着小雨，虽说不冷却也绝对谈不上热，这厮居然弄把扇子摇着，真是不伦不类；听到他的后半句话我更加鄙视起他来，到底是谁废话了半天，不说正事的。

纵使有千般不满，我也暂时按捺了下来，毕竟事关一个人的生命安全，不得不慎重。

"敢问这位公子，您知道小石头去了哪里吗？"老板娘第一个上前问道，目中满是关怀的神情。

天暗晶摇了摇头："我不知道，但是……有人知道。"

看着他卖关子的样子，一向笑脸迎人的老板娘也有些火大，说话不甚客气起来："这位公子您既然说要摊开来说，何必卖关子，难道还要我们小老百姓给您磕头下跪，您才肯说吗？"

天暗晶被这一阵抢白弄得面红耳赤，他低头抓了抓头发，再次抬起头时给了我们一个羞涩的笑容："不是我不想说，我确实不知道，但是这位仁兄似乎知道臭豆腐变味的原因呢。"

他扇子所指的方向正是月痕，月痕扬了扬眉，并没感到惊讶，只是缓缓问道："你如何得知我知道原因呢？"

月痕的声音清凛低沉，出声间，似乎有一阵阵波纹自他口中散开，以他为中心，呈扇形向天暗晶扩散而去。我狡黠一笑，月痕这是在耍他玩吗？

天暗晶眉头一皱，折扇展开，飞速地在面前扇了五六下，扇面挥出的气波与月痕发出的声波一一相抵，但他仍退后半米开外才停下步来，眉头一舒，朗声道："兄台好俊的功夫。"

月痕耸耸肩，单手按到我的头上轻轻揉着："没什么，你也不错啊。"

天暗晶嘴角勾起了一抹浅笑，我也在笑，不是为他得到月痕的肯定而高兴，而

06 · 血味豆腐

正在我目瞪口呆的时候,身旁的月痕将衣袖伸至我的嘴边,用力地蹭蹭,还附带着一句不甚友好的言辞:"别流口水了,赶紧擦擦。"

我顿时满头黑线,当着这么多人的面说这种话,他真的是一点都不顾及我的形象啊。偷偷张望了下,我舒心地发现,大部分人的目光都是注视在天暗晶和玄铁的身上,毕竟他们的戏码比较突出,淘气少主和冷面忠仆,原来古代人也爱这口啊。

再仔细看去,我终于无奈地发现,天暗晶这厮的皮,真的是厚到了一定的境界。当着这么多人的面,他居然伸出手去摸了摸玄铁的头,口中还道:"知道错就好,下次要注意了哈。"

看着他够不到头踮起脚尖的样子,我的脸连连抽搐,眉眼都挤成了一团,实在不明白他怎么能那么旁若无人地丢脸,而玄铁的表现则更加让人气结,他居然配合地蹲下身去,好让自家公子可以便利地摸到自己的头,眼中满是被驯服的神情:"是,公子。"

"他娘的,你要说就快点说,别再搞那些有的没的,老子看了恶心。"终于有人说出了我的心里话,虽然方式有些粗鲁,但我仍感激地看向那位大汉。

几乎是同时,玄铁立起身来,脸上的笑容早已收敛,冷冷地注视着大汉:"不许你对公子无礼,道歉。"

"你,你要我道歉我就道歉啊,那我不是很没面子。"大汉的嘴抽搐了几下,嘴硬地说出了几句硬气话,可我清晰地看到了他额角流落的汗珠。

玄铁不语,左手缓缓平举,直立刀于身前,一字一句缓缓说道:"我说让你道歉。"

每个自他口中砸出的字,似都有千斤重,带着一股杀伐之气,大汉在他的面前如矮了半截似的,一点点地退缩起来,背脊已被汗渍渗透。而旁边其余的客人也

"直娘贼,刚才不是要说那豆腐什么的,怎么又晃来这么一堆废话呢？"那方才埋头苦吃的大汉不知何时走到了我们的身边,我这才发现,其余的客人陆陆续续地都聚齐了起来。

"是啊,这位小哥,你方才不是说知道豆腐变坏的原因吗？"老张头上前一步,似乎十分关心豆腐的问题,玄衣男子默默地上前半步,拦在了自家公子与老张头之间,无意中释放出的巨大气势,让老张头的脸有些抽搐,连忙后退开来。

"玄铁,你不要总是这么凶嘛,会吓坏老人家的。"天暗晶不知从哪里掏出了一把折扇,敲打在玄衣男子的肩膀上。

原来他叫玄铁,还真是适合他的名字呢。他那么冷冰冰地站在那里,不就是一块会动的铁疙瘩吗？仔细打量他的脸孔,我发现他的肤色有些暗红,可能是练功造成的吧。比起身旁的天暗晶,他长得算是平常,但无意中透出的英气和气势以及那壮硕的身躯,让他充满了男人味。

呃,我错了,他接下来的一个举动彻底破坏了我对于他有男人味的理解。

天暗晶的扇子敲打在玄铁的肩头,不知是扇子过于劣质还是玄铁过于结实,那扇子"啪"的一声断裂了,天暗晶大叹口气,嚷道:"玄铁,你能不能别那么用功啊,把身体练得那么硬干什么啊？这是你这个月弄坏的第十八把扇子了。"

听到这里,我看天暗晶的眼神中充满了鄙视的神情,拜托你有没有搞错,明明是你自己主动去敲人家的好不好,人家连手都没还,看玄铁那么老实的样子,那前十七把扇子八成是你自己折腾坏的,还去怪人家,你这分明是虐待啊。

可玄铁的举动更出乎我的预料,他捡起地上断裂的扇子,望向自己的公子,居然露出了一个生涩而可爱的笑容:"公子,我错了。"

看见玄铁那因笑容而露出的满口洁白的牙齿,以及他看向天暗晶时那满是崇拜和敬佩,如同看见自己父亲一般的目光,我深刻地被震撼了:天哪,这世界还让不让人活了,连一个冷硬大汉也可以笑得这么可爱！

成这样了。"

"变成怎么样了？"我诧异地问道。

"你……"老张头被我问得火上心头，手指着我连连摇头，"你，你是外行，我懒得说，你自己尝尝就知道了。"

我好奇地回头看向桌子，身旁的月痕却先一步地移动，拦在我与桌子中间，恰好拦住我的视线，我不满地瞪着他，低声抗议："我又不是小馋猫，你说不吃，我不吃就是了，也不用挡着不让人家看吧。"

月痕苦笑地摸摸我的头，与我耳语："我是为了你好，若是不拦着你，等你知道那豆腐变味的原因，就会怪我为什么让你看了。"

"那你告诉我啊，为什么会这样？"我抱住月痕的手臂，轻轻晃着撒起娇来，好奇心膨胀到可观的大小。

"恕我直言，这位兄台似乎知道那豆腐变味的原因呢。"一声悠闲的嗓音传入我们的耳畔，成功地吸引了所有人的注意。

旁边几桌本在吃饭的人，也停止了进食的动作，望向那灰衣男子的方向。

见到众人诧异的目光，灰衣男子微微一笑，推凳起身，那玄衣男子忙放下手中的竹筷，跟着起身，紧随其后。我这才发现，那玄衣男子的凳旁，原来一直靠着一把厚重的刀，虽仍在鞘中，但它和主人一起散发的气势，让人不可小觑。能让这样的人为仆，那灰衣人究竟是何身份？

直到他走至我们身旁，我才初初看清了他的长相，剑眉入鬓，目如朗星，肤色虽有些黝黑，却让他看起来充满了阳光的气息，只是，那眉梢眼角忽而一闪而过的戏谑，让他有了几丝调皮的意味，只怕也是个顶着俊美皮囊的游戏少年。

"列位好，小可名唤天暗晶，天下的天，暗夜的暗，晶亮的晶，年方二十，尚未婚嫁……"这位仁兄居然刚出场就来了个五百字的自我介绍，从一岁时暗恋的邻家小妹，到去年遇到的绝色美女，他说得是口若悬河，滔滔不绝，我只觉得自己的耳朵被几十只苍蝇联合攻击了。

眉头越皱越紧，越紧越躁，我终于无法忍受，大吼一声："天暗晶，你有完没完？"

"咳咳咳……"似乎被我的吼声给惊吓到的天暗晶，眨了眨眼，确定他的可爱表情对我无用后，嬉笑着挠了挠耳朵，"说完了。"

第七章　紫竹客栈

"你干什么啊？"我瞪了瞪他，重新捡起筷子，再次往碟子伸去。

"啪"，月痕再次打掉了我的筷子，我恶狠狠地拍了下桌子，站起身准备直接用手抓着吃，他却先一步抓住我的手，我用力地想扯回手，他却丝毫不放松。

挣扎半天，我抬头与他瞪视，却惊讶地发现，他眸中没有半分戏谑之色，而是包含着满满的坚忍和关怀："月月，别吃这个。"

"月痕？"我诧异地张了张口，却被接下来老板娘的惊呼声打断。

"什么？你说小石头不见了？"

05 · 暗晶玄铁

被老板娘的惊呼所打断，我和月痕交换了一下眼神，挪开凳子走到了老板娘身边，我低声问道："崔老板，怎么了？"

老板娘的脸色有些苍白，手中的绢帕几近被她慌乱地扯烂，却还勉强笑着对我说道："老张头说他也是来找小石头的。"

"这么说，小石头也没有跟他说什么？"莫名失踪，却没有跟任何一个人说，我无意中皱起了眉。

"这小石头，找到了我要好好教训他一顿。"老张头怒火冲天地嚷道，"又不是小孩子了，这么点事情都办不好。"

"这位老人家，到底发生了什么事情？"我走到老张头面前，问道，"我们也在找小石头，您知道他去哪儿了吗？"

老张头瞥了我一眼，看我并无什么恶意，脸上的怒意稍稍缓解："刚才晚饭前，我让他去仓库的卤瓮里取点臭豆腐，想晚饭时给大家弄点小吃，他答应得倒是好好的，却一去不回，结果我老头子只好亲自去，谁知道……"

说到这儿，老张头原本缓和的脸色又一次难看起来，他颤抖地举起手，指着桌上的那碟臭豆腐："我见他平时肯吃苦能做事，所以把腌制菜的活儿都交给他，可是他居然把这个给做变了味，整整一瓮啊，前几日我看的时候还好好的，今天就变几年,每次要做什么事,都会事先跟我或老张头说,从来没有不打招呼就消失,可是今天……跟你说句实话,我心里也很担心。"

"那你问老张头了吗?"我见她如此神情,心中的忧虑更重了几分。

老板娘摇了摇头:"没有,平日我不在的时候他才会跟老张头打招呼,可是我今天一天都在啊。"

"可能是事出突然,当时他没空跟你说,所以直接跟老张头说了呢?"我提出了假设,并在心中暗暗祈祷,这假设是真的,可同时,那疑虑的黑影也更加深沉,厚厚地压坠向我的心头。

"嗯,也有可能。"老板娘脸上显现出恍然大悟的神色,随即感激地看向我,"我怎么就没想到呢,真是谢谢你了,如月姑娘。"

我连忙摆了摆手:"没什么,旁观者清嘛。"

"那我现在就去找老张头。"老板娘也是风风火火的性子,刚听说了我的假设便立即起身,就要往后院走去。

一切仿佛是凑巧,老板娘站起来的瞬间,柜台旁的布帘被人掀起,方看到脚我还以为是小石头回来了,可再仔细一看,原来是位老人。

来人大约五六十岁年纪,脸上被岁月腐蚀得沟壑纵横,只有那双手依然骨节分明,显现出几分力度,与小石头一样穿着浅灰的粗布衣衫,头戴一顶怪异的毡帽,手中端着一盘东西,自柜台向我们走了过来,看他腰间的围裙上油迹斑斑,这人想必就是客栈唯一的厨子——老张头了。

"老张头年纪大了,身体不好,尤其是头有些怕凉,所以平日里都戴着帽子。"老板娘在我身边低声解释道。

"老张头,你不是在后院,怎么跑这儿来了?"老板娘迎向老张头,口中喊道,"不过来得正好,我正好有件事要问你呢。"

那老张头偏偏还有几分脾气,眼一瞪,把手中的碟子往我们桌上一掷:"崔老板,我没什么要跟你说的,小石头呢?让他出来,我有话问他。"

"他怎么了?"老板娘心中慌忙一时失言,没有问老张头小石头的去向,反而问起他闯了什么祸。

我端详着那碟掷到我们桌上的物事,原来是臭豆腐啊,我最喜欢吃了,悄悄抬头看看老张头,他正和老板娘说话,没注意我,很好。我以光速捏起筷子往臭豆腐伸去,可对面的月痕却以超光速打掉了我的筷子。

廓分明,虽看起来有几分瘦削,却也儒雅得体,尤其是看向身边的人儿时,目中的温柔几近漫出;那位王小姐也是长得清秀可人,与张家公子真的是郎才女貌,只是过于瘦弱,有点发育不良的意味,若放在现代,那书生可能会被说成是罗莉控吧。

想到这儿,我不禁掩鼻轻笑,月痕用筷子轻轻地敲了下我的头,故意板着脸问道:"笑什么笑,又在想什么坏主意了?"

"谁说的,才没有呢。"我撇撇嘴,一副不屑的模样,暗地里却咂舌不已,月痕还真是了解我啊,我才刚想到坏事他就猜到了。

"你不知道吗?"似乎知晓了我心中的想法,月痕凑过头,示意我贴过去,与我耳语,"你每次想那些坏事情的时候,都会两眼放光,还会——流口水。"

听了他的话,我习惯性地摸向自己的嘴角,干干的,什么?居然耍我,我一把揪住月痕还没来得及撤走的耳朵,气哼哼地嚷道:"你骗人,我哪有流口水嘛。"

"咳咳咳。"月痕这家伙却老神在在地咳嗽了几声,小声说道,"形象,注意形象。"

我这才发现,旁边几桌的注意力已经全部转移了过来,或者说,从我和月痕坐下开始,他们就没有放弃过盯梢。真是的,我们有这么显眼吗?我颇为郁闷地瞪了瞪月痕,绝对是他的错,只要有他在,不管在哪里,我们都是众人关注的目标。虽然郁闷,但却不讨厌呢,因为,大家看着月痕的时候,也能顺便看到他身边的我吧。这也是,用另一种方式来储存关于我们的记忆;这也是,我和月痕曾在一起的证明啊。

我的嘴角不由得挂起温暖的笑容,眼眶却有些许的湿润,月痕的手适时地按在我的头顶,用力地揉了揉:"饿了吧,饭菜来了哦。"

送菜上桌的却是老板娘本人,我诧异地问道:"崔老板,怎么是你上菜,小石头呢?"

老板娘把手中的饭菜放下,捋了捋鬓边的发,笑骂道:"那石头疙瘩不知道野哪里去了,从下午就不见人影,到现在都没回来。"

"哎?"怪异的感觉涌上了我的心头,那小石头我虽然只见过一次,但他给我的印象很好,不像是那种会在客栈忙碌时刻跑出去玩的人,于是我小心翼翼地问道,"我看他不像是会跑出去玩半天不回家的人,会不会是被什么事耽搁了?"

老板娘听了我的话,微皱起眉,一直掩饰的担忧之色浮现在脸上,她轻叹口气,扶着桌沿坐了下来:"你这个第一次见他的人都这么想吗?小石头来我客栈这月痕跑了出来,可是为什么,她还自后堂掀开帘布进来。

"你是人是鬼?"我惊悚地一下子抱住了月痕的手臂,用力地蹭蹭,阴暗的客栈中突然出现的本该在楼上的老板娘,让我的心里毛毛的。

"我当然是人咯。"老板娘笑得灿烂,手中的绢帕甩得像朵花,却故作不知我的疑问,就是不告诉我缘故。

月痕却浅笑出声,抬头间我看见他的耳朵动了一下:"想必是客栈二楼有楼梯直达后院吧。"

崔老板眼中诧异的神色一闪,嫣然笑道:"月公子真是博学多闻,我才站在这儿,您就知道是怎么回事了。"

"那当然。"我自豪地挽紧月痕的手臂,做个鬼脸回敬给她,哼,你不告诉我,还有月痕呢,他可是什么都知道。

"不知道两位晚上想吃些什么啊?"崔老板掩帕别过脸去,似是在笑,可我在她眼角的余光中却看见了几丝苦闷,这是为何,她,不开心吗?

"呃,你看着办吧,好吃的就成。"我不免有些尴尬,于是随口说道,见月痕也没有什么意见,便拉着他往左边走去。

只是,方才崔老板的声音有些过大,导致现在那些本在用食的人,目光全部转移到了我们的身上,我略微尴尬地松开了月痕的臂,他却一把抓住了我的手,抬首间,一弯含笑的眸正注视着我。

千言万语,抵不过此刻盈盈一视。

04·失踪少年

月痕拉着我一路走过,无视那些落在他身上或惊艳或好奇或猜疑的目光。虽然方才说我八卦,但他还是带着我坐到距那对男女最近的桌子旁,让我可以满足那小小的好奇心。

我感激地看了月痕一眼,然后迅速地将目光向那对男女射去,那书生俊脸轮也正是由于我们午间的偷懒,故一直没有见到过别的客人,正好趁这个机会认识一下。

自楼梯上往下看去,大堂显得有些昏暗,横在右边壁旁的柜台上,点燃了一盏油灯,摇晃的灯影附在算盘上和周围的酒瓶上,墙上的布帘随着夜风微微摆起,光影徘徊其上,却有几分诡异的感觉,让人害怕其后会突然钻出什么怪物来。

左边墙上固定着几盏灯,空处摆着几张桌子,每张桌子或多或少地坐着几个人,想必就是其余的客人了。

我看了看,其中四张桌子坐了人。门边靠墙角的桌子上,坐着一对五六十岁的老夫妻,正互相夹着菜,虽只是青菜豆腐,却看起来温馨从容;距门最近的桌子上是一位中年大汉,正背对着门一个人吃得热火朝天,看他身体魁梧,尤其是那漆黑的肤色和一脸的络腮胡子,让他看起来更似土匪之流,再看他那满桌的肉菜和紧抱怀中的酒坛,怨不得没人敢坐在他旁边;与大汉相对间隔两张桌子的位置,一对青年男子正在进食,刚看上去我还以为是那对我要找的男女,细看却发觉不是,他们皆不算瘦弱,而且看起来更像是主仆关系,灰暗的灯火让我看不清他们的脸,但想必不会太差,那灰衣男子气质挺拔,虽食之却不仓促,咀嚼间皆有大家风范,而他身边的玄衣男子,虽亦在吃,但时不时停下来帮同桌的人斟酒,态度也甚为恭谨;那么,剩下来的,便是我寻找的那对男女了,我饱含兴趣地看了过去,结果却让我大失所望。

他们正缩坐在客栈最里的角落里,让我本就不清晰的视野更加模糊,只能隐约看到两个书生打扮的人正在埋头用食,其余一概不清。

我恨得牙痒痒,早知道中午就不偷懒,下来吃饭了嘛,哦,不对,他们中午还没来才对,不知道他们什么时候走呢,明早?那我可要起早了。

"你个八卦的小东西。"身边的月痕听着我的嘀咕细语,哭笑不得地敲了敲我的头。

"可是人家好奇嘛。"我嘟起嘴,索性撒起娇来,要不让月痕施个催眠术,让他们睡着,我半夜去偷看?

"你啊你。"月痕无奈地戳了戳我的额头,摇头不语。

"哟,两位可真慢啊。"呃,老板娘,我和你有仇吗?每次都在最有气氛的时候打断我。

不过我现在可不敢这么说,因为我有满心的疑问,我记得听完她的话就拉着

03 · 客栈宿客

一听到有问题,身为八卦女的我立即大爆发,拉起月痕就往楼下冲去,只想马上见见那对传说中的私奔男女。

月痕被我拉得东倒西歪,苦笑着道:"不过是两个人,你至于这么激动吗?"

我紧急刹车,回头单指戳着月痕因惯性砸向我的额头:"你错了,他们不是普通人哦,是私奔的人。"

我一字一顿地说了最后四个字,刻意加重了发音:"我以前只在书和电视里见过,现实生活中的,从来没见到过哦,你说我怎么能不激动嘛。"

月痕被我说得无语,摇摇头,拉着我往楼下走去,口中碎碎念道:"你可不要一直盯着人家看,知道的是你在看一对男女,不知道的还以为你是色女呢。"

"知道了。"我满口答应,顺便油嘴滑舌一番,"再说了,有您这么英俊的主人做范本,我的品位早就大大提高了,怎么可能一直盯着别人看嘛。"

"这还差不多。"千穿万穿,马屁不穿,月痕果然很满意我的话,脸上再次挂起了臭屁的自恋表情。

笑闹着走至梯口,我却突然停了下来,许是因为我们和那对男女来时鞋底沾了泥的关系,楼梯已被擦洗过,只是还未干透,怕有几分打滑,我有些犯难地皱了皱眉,月痕微微一笑,很自然地牵起我的手,半扶着我一步步走了下去。

我反握住月痕的手,心中尽是暖意,却不忘用目光搜索着想见的那两人。

午饭时是小石头前来叫我们的,只因我和月痕那时刚沐浴更衣过,懒得起身,且刚从现代吃了过来,便没有去楼下用餐。说到这里,我不免要夸赞起崔老板来,这客栈不大,房间里的摆设也甚是简单,不过一张床一张桌几条长凳罢了,但却整洁干净,连一向有洁癖的月痕也没有多说什么,桌上她遣人送来的几样小吃虽简单,却精致清淡,带着几分乡野味道,吃起来很爽口,在这里住着,倒是真有点现代的"农家乐"的感觉呢。

安排在一个房间,真不知道是好心还是好事。

经我一问,老板娘的脸红了红,道:"所以我说是巧了嘛,昨儿个听说那两个人私奔,今天就见到了你们……"

"叫我如月吧。"我拉拉身后月痕的衣角,"这是月痕,我们是出来游玩的,可不是私奔哦。"

崔老板被我说得扑哧一笑:"看两位的模样,肯定是新婚夫妻出来游山玩水的,怎么会是私奔呢?都怪我当时一下子懵了眼,误会了两位,真是该打。"

"您也别打了,不如就告诉我,你是如何得知我们不是那对私奔的男女的呢?"我笑着答道,这老板娘真是百密一疏,既然说我们是新婚夫妻出来游玩,又怎么开始问我们要不要再开间房,看来她是特意来找我们解释的,看来她知道的比说给我们听的要多。

"呃。"她愣了下,随即摇头笑道:"如月姑娘真是聪明伶俐,我瞒不过你,也只好直说了。"

"实际上,今天除了你们还有别的客人,是黄昏时分来的。"崔老板绘声绘色地描述着,"你是没看见那样子,两个人衣服鞋子全部透湿,就这么互相搀扶着进的客栈。虽然那小姐着的是男装,但我一眼就看出来,她是女的。"

说到这里,她顿了一下,我知道,她这是在等待我的疑问,于是我配合地问道:"哦?为何你一看便知?"

得到了满足的她得意地一笑,点点自己的眼睛:"不是我自满,经营这小客栈这么多年,别的没学到,眼力还是有的。哪有男的那么弱小的身材,还细皮嫩肉的,姑且不说这些,他们鞋上尽是泥巴,所以进门时提了下衣摆,我一看,男人哪有那么小的脚啊,肯定是女人。"

"还不止呢。"她似怕我不信,接着说道,"光看他们二人的神态也有问题,那高个子的男的对那矮小的百般呵护,又是擦汗又是什么的,而且我问他们开几间房的时候,那小个子居然脸红,你说两个男人脸红个什么劲啊。"

最后,她斩钉截铁地下了个结论:"所以,绝对有问题。"

晚饭时间,来房间叫我们的却是崔老板本人,看着我不解的神情,她笑着解释道:"老张头在厨房忙活,小石头在给他打下手,所以这叫人的活就是我来了。"

"哦,原来如此。"我点点头,心中却有几分怀疑。

"那个。"不出我所料,她唤完我们后却没有立刻走开,思索半会儿,终于再次开口,"不知道两位还要不要另开一间房?"

我诧异地看着她,这女人怎么一会儿一个主意。

"哦?为什么这么问?"月痕挑了挑眉,开口问道,却在她回答之前摇了摇头,"如果是撒谎的话那就不必说了,只不过,我们也不是任人宰割的肥羊哦。"

"您这是说哪儿的话呢。"崔老板尴尬一笑,面色有几分不自然,"我怎么会把客官当肥羊呢,只是……"

说到这里,她顿了下,小心翼翼地查看着我们的表情,见我们面色无异,于是咬咬牙继续说了下去:"说起来也真是巧了,昨日是小石头娘的忌日,于是我放他回去拜祭,没成想,他晚上回来,还带来一个大消息——说是,镇上王老爷家的闺女和张举人家的少爷跑了。"

虽然她没明说,但粗想也知,她把我和月痕当成那对私奔的苦命鸳鸯了,只是她又如何知道我们不是,来给我们换房呢?

"一个老爷,一个举人,不是挺门当户对的吗?怎么会弄到私奔的地步。"强忍住笑,我继续问道。

"这您就不知道了。"伙计精明,老板娘也不逊色,听见我问的话,便知我没有怪罪的意思,说起话来也顺溜了许多,"这王老爷家呢,有钱,可是几代都出不了个读书人,张举人家倒是世代书香,可惜日子就有点紧巴巴。"

"如此不是正好互补?"某某人曾经说过,女人都是八卦的生物,事实再次证明了这一点,在月痕目瞪口呆的目光中,我以光速拉着老板娘坐下来,端起茶水两眼闪光地听她大侃。

"这位小姐说得是啊。"崔老板见我爱听,终于将最后一丝不自在也抛诸脑后,竹筒倒豆子般地说了起来,"三里镇上的哪家不是这么想的呢?可偏偏这两家的老爷都是死心眼,看不惯别人比自己强,老死不相往来,把那小两口给折磨得啊,这可倒好,私奔了,真是要脸面没脸面,要身份没身份,何苦来呢?"

"然后你就把我和月痕当成了那对私奔的男女?"我笑着问道,被人当成私奔真让我哭笑不得,只是这崔老板倒还真有成人之美,知道人家是私奔还二话不说

第七章　紫竹客栈

"客官过奖了。"

短短的一段路,便在我们客气而有礼的话语中落下帷幕,这时的我并不知道,这个带着阳光笑容的少年,几个时辰后便永远地消失于这世上,杳然无踪。

02·私奔男女

淅淅沥沥的雨落了近整天,时已黄昏,天色因乌云而显得更加惨淡,黑压压地笼罩下来,若一张大网般覆盖在客栈顶上,窒息而阴霾。

我单手撑在窗上,另一只手接着天间洒落的雨珠,复又甩出,如此往复。心中不知为何浮起几分烦躁,不安的情绪上下徘徊,勉强闭上眼,却得不到想要的明静,我恼怒地摇摇头,狠狠地咬住下唇。

"再咬下去你的嘴就要变香肠啦。"月痕调侃的声音在我耳旁响起,他已站在我的身后,纤指自背后伸来按住我的唇。

我吸吸鼻子转过头,却看见月痕那一脸戏谑的表情,于是赌气似的一口咬住他的指头,模模糊糊地嚷道:"香肠就香肠。"

月痕任我叼着他的指头,微微笑着用另一只手摸了摸我的头:"怎么了?心情不好?"

"嗯。"我点点头,松开口,握住他方才被我咬着的手,"不知道怎么了,心里总是乱乱的,感觉有什么不好的事情要发生一样。"

"不好的事情吗?"月痕用力揉揉我的头,似要让我安心般说,"没关系的,有我在,没人可以伤害你的,放心吧。"

"嗯。"我顺从地点点头,心中的慌乱却不减分毫,山雨欲来风满楼,便如我此刻心情的写照。

无意间抬头,看那顶上的乌云,因天色渐暗而更加阴沉起来,不觉中似又压低了几分,那张大网缓缓坠下,让人心有所惧却又无所遁形。

只是她那抢白似的口气,让我略有些不自在:"呃,不好意思,我们是来投宿的,请问还有客房吗?"

"乡野小店,平日里没什么人来,空房多的是。"那女子放开手上的算盘,自柜台后向我们走来,目光上下打量着我和月痕,嘴角的笑容愈加暧昧起来,"只是不知两位是要住一间房还是两间房啊?"

"咳咳咳。"我一口被呛住,没想到这老板娘这么热辣,问得如此直接,都说唐朝民风开放,我今天算是见识到了。

"当然是一间了。"月痕一把搂住我的腰,习惯性地将下巴磕在我的头上(自从上次之后,这个动作已经成为他的习惯,可是我一直害怕再这么被他磨蹭下去会变成秃顶)。

"月痕——"我抬起头瞪了他一眼,却发现他故意不看我,于是我狠狠地给了他一脚,满意地看着他吃痛的模样,哼,谁让你居然和老板娘一起闹起来了。

挣脱开他的怀抱,我正准备解释,可那老板娘居然先下手为强,朝着柜台方向喊道:"小石头,快出来,带这两位客官去他们的房间。"

听着她刻意咬重的"他们"的喊声,我无奈地苦笑,这女人真是唯恐天下不乱啊。

"来啦,掌柜的。"随着叫声,柜台连着的墙边,有人自一挂灰色布帘后穿了进来,满口喊着,"二位客官,请跟着我小石头来。"

来人不过十七八岁,粗布衣衫,腰间围着一白色围兜,上面还挂着些菜叶边,原来他这小二还兼着厨房的工作。

这小石头长得倒很俊秀,迎人三分笑,虽只是个小伙计却颇为精明能干,方才看我一眼,便慌忙拍掉兜上沾着的东西,解释道:"本店位置偏远,平日里客人不多,所以整个客栈只有一个厨子,老张头年纪大了,所以我平时无事就去厨房帮忙干些杂活。"

"哦。"我点头笑道,"你倒是很敬老,这客栈里除了你们三个,还有其他人吗?"

小石头边引着我们往楼上走,边回头道:"除了我们,还有几个歇脚的客人,住店的人不多,我们的事情也就不多,崔老板负责算账,老张头负责做饭,我就扫扫地擦擦桌子,一日里也就混过去了,两位可别嫌弃我们客栈简陋啊。"

"哪儿的话,麻雀虽小五脏俱全嘛。"原来客栈的老板姓崔,我暗自忖道,接着含笑与他寒暄,"这客栈虽然不大,却干净整洁,别有几分雅致,怎么能说简陋呢?"

第七章 紫竹客栈

·311·

等到跑进客栈,我已气喘吁吁,扶着门柱几乎站不起来,身边的月痕倒是毫无倦态,长发飘散,白衣胜雪,流落其上的雨珠似珍珠一般,转圜坠落,带着点点银白的光华。

抖落一身的水珠,月痕一把抓起我,让我靠在他的身上,用他的话说,是怕我会把门柱压断,导致客栈坍塌。

无语地对他翻翻白眼,我恨恨地说:"都怪你那么慢,害得我跑了一身汗。"

月痕耸耸肩,单手捏捏我的脸颊:"出汗好啊,心情不好的时候运动一下,烦心事情也会随着汗一起跑掉的。"

是这样啊,准备去拍掉他手的我停止了动作,心里一阵暖流涌过,原来他是怕我心里不开心,不过确实,一路小跑过来,那些偶尔会想的烦心事,也都随之抛诸脑后了。

"而且你这么胖,确实该运动下。"死狐狸,你就不能让我的感动超过三秒钟吗?每次都这么杀风景……

狠狠地拍掉他的手,我毫不客气地扯起他那头为防止麻烦已变黑的发:"我哪胖,而且我吃得还没你多,没立场说我要运动。"

"本大爷天赋异禀,吃什么都不会胖,哪像你喝水都肥。"月痕努努嘴,不屑地戳戳我的酒窝儿。

我也愤恨地揉捏起他的脸:"你哪只眼看见我喝水变肥了……"

"哟,这位公子和姑娘是来住宿的呢,还是来打情骂俏的。"直到我们的嬉闹被打断,我才发现我和月痕已经完全忽视了周围的环境,以及客栈里那道满是兴味与暧昧的目光。

我连忙松开揪着月痕的手,有些不好意思地挠挠头,往客栈里面看去,打断我们的是一个女子,正站在柜台之后随手拨弄着算盘子儿,带着几分兴味地看着我们。她看起来二十七八的样子,虽不可谓绝美,却有着与大家闺秀截然不同的别样风情,站于那角落里,倒是真替这因空无一人而显得有些凄凉的客栈,增添了几分鲜活的色彩。

只见她上着一件粉色榴花染短襦,配着淡紫映桃长裙,身披一领粉色披帛,头上花髻,眉间贴着金色花钿,看起来颇有几分贵气,只是和江祁风在一起待久了,也有了几分眼力,一下便看出,她所着的衣料并非上品,发饰之类也非上选之作。

看她出声口气,所穿衣着,以及所站位置,怕就是这间客栈的老板娘了。

第七章　紫竹客栈

01 · 竹间客栈

　　绿竹半含箨，新梢才出墙。雨洗娟娟净，风吹细细香。

　　手持折扇漫步竹林间，吟咏几句名家诗篇，的确是一件雅事。环境很好，杜甫大人的诗句也很符合意境，只是月痕，我现在需要的不是什么优雅，而是要一个能躲雨的地方啊。

　　无语地扯着这只不停吟诗的笨狐狸，我拉着他在竹林间奔跑，雨越下越大，打落在地面发出沙沙的响声，泥泞渐重，我的裙角沾染上了不少淤泥。

　　说起来都怪这只坏狐狸，回来就回来嘛，还心血来潮地说要旅游回家，结果自己又不认得路，直直地把人带到这竹林间，摸不清东南西北，都说屋漏偏逢连夜雨，这可真的下起了雨来，要不是我逼他闻闻哪个方向有人的味道，恐怕他现在还在原地说什么意境好适合他美貌的问题。

　　"你还大珠小珠落玉盘，小心我把你打成猪头。"火大地拉着他一路狂奔，我颇为郁闷地看着自己快要湿透的衣物和沾满泥巴的衣角。

　　终于，在我绝望抓狂到认真考虑是否把月痕变为猪头的时候，看到了希望，一座二层的竹制小楼矗立在竹林的尽头，门口的长竹竿上挂着一长幡——紫竹客栈。

"月痕。"进入睡眠的前一秒,我突然唤出他的名字。

"什么?"月痕的下巴再次磕在我的头顶心,轻轻摩挲着,我不由得发出舒适的"呼呼"声。

"我想回家了。"

"家?"

"嗯,回我们的香铺,我们的家。"

"好,我带你回去,我们回家。"

"嗯。"我点点头，寻找到一个舒服的姿势缩在月痕的怀中，瞌睡虫也接二连三地爬来。

"月月你又是何苦呢？"

迷迷糊糊间，传来月痕的问话，我不明所以地回了一声："嗯？"

"其实苏文想杀死的人，是他那个未婚妻吧。"月痕的下巴磕在我的发间，一下两下三四下，把我从寻梦的惬意之旅中拉扯回来，我火大无比地准备攻击，却在听清他的话语后，安静了下来。

"嗯。"沉默半响，我终于开口，"大概。"

"他很喜欢你。"月痕突然加大了下巴的力度，狠狠地撞在我的头上，我皱皱眉，手肘毫不客气地攻击他的腹部，满意地看着他发出一丝吃痛的声音。

"他喜不喜欢我，已经不重要了。"我揉揉头，狠狠地瞪了他一眼，"他已经有希隐了，而且她也为他做了那么多。"

"小笨蛋啊。"月痕捏住我的鼻子，嘴角勾起一抹微笑，"你挑破了他们身上那虚伪的外衣，却选择让自己披上吗？"

眯起眼睛，我不满地瞪着月痕："我只是做个了结而已，难道要我说，希隐，其实苏文当时错把你收藏在家里的我的头发当成了你的，趁我出去旅游，去找大鼠下诅咒杀人，结果没想到杀错人了。"

"没什么不可以啊，这本来就是事实嘛。"月痕耸耸肩，一副毫不在乎的样子。

"可是，我不想那样。"我皱皱眉，"我回来本来也只是想告诉他们我没死，让他们不用内疚，如果反而引起了麻烦，那不是我愿意看到的。"

"可是你有没有想过，就算你隐瞒了一时，也许将来他们还是会知道真相，那个时候，他们也许会恨你。"月痕放开捏我鼻子的手，揉了揉我的头，虽仍是不经意的表情，但目中却尽是柔软的关怀。

我却笑道："我不在乎他们恨我，真的，我只是想做个了结，让他们得到解脱，也解放自己的心，从此之后，我与他们再无纠葛，互不相欠，他们无论再发生什么事情，也与我毫无关系了。"

"毫无关系吗？"月痕浅笑着点点我的额头，"真是个狠心的小东西，但是，我喜欢。"

"喜欢就好。"我笑着缩进月痕怀中，闭上眼睛摆好姿势，再次寻找方才被惊散的美梦。

死狐狸,就算你不说,我也知道,八成是在想怎么折磨我。

"答对了。"呀,不好,我居然不小心说出了心里的话,难道天要亡我?

"那个,这个。"我双手合十,泪花在眸中闪烁,不断地低头认错,"主人,你是这么英明神武……(以下省略五百字)是不会惩罚我的,对不对?"

"没错,我不会惩罚你。"月痕回答得倒是很爽快,奇怪,这死狐狸转性了?

"我会狠狠地惩罚你的。"抬头望去,月痕正笑得惬意,凤眸中满是寒光,直把我的心刺得发凉,谁来救救我?

17·我们的家

"放过我吧,我错了,月痕。"我凄凄惨惨地哀号着,试图引起小气狐狸的同情。

但显然,我的行动失败了,月痕缓缓摇头,双手用力揉搓着我的双颊:"不行,绝对不行。"

"月痕……"

"坏孩子是要受到惩罚的。"月痕突然身体一转,抱着我往床上倾去,晕乎间,我的后背接触到柔软的床面,忙碌半天能躺在床上睡觉是件很幸福的事情,可问题是如果你的身上压着一只美到勾魂帅到掉渣的狐狸精,那就不怎么"美好"了。

"那个,月痕……"我撇过头,不敢去注视面前这张能让我失魂的脸,嗫嚅半天,却不知道该说些什么。

"哎——"上方的月痕发出一声长长的叹息,身体突然翻转,躺到了我的旁边,"月月啊,你真是个小笨蛋。"

"月痕?"我不知所以地望向他,眼中尽是不解。

他无语地看着我怯怯的模样,松开搂住我腰间的手,扯过我的脑袋,紧紧地按在了他的胸膛上。

"呜,好紧,我要喘不过气了。"我拍打着月痕的手臂,模糊喊道。

月痕微微松开了手臂,摸了摸我的头:"好点了没?"

"你居然用拖鞋砸我的脸。"月痕单手抓着我砸出去的拖鞋,咬牙切齿地说道,开口间,那口白牙森森发寒。

我挤出个抽筋的笑容,双手撑着沙发,趁他没注意一下子逃离开来,朝卧室跑去,边跑边回头做着鬼脸:"被砸到的才是笨蛋呢。"

"哦,是吗?"一阵凉飕飕的嗓音传来,咦?怎么声音是从前面传来的,我连忙抬起头,却发现月痕已经站在了门前,交抱双臂,好整以暇地看着跑得气喘吁吁险些撞上他的我。

"你这是作弊。"我停下脚步,叉着腰愤愤不平地看着月痕,可恶,忘记我挑衅的是个妖怪了。

"哦?作弊啊。"月痕挑挑眉,向我走来,嘴角挂起戏谑的笑容,"作弊什么的是针对人类的规则而言的,本大爷可是妖怪,那些规则对我可没约束力,而且说到作弊,你可没资格说我。"

月痕高扬着手中的拖鞋,邪笑地向我走来,我几乎可以预想到,这只小气的狐狸一定会用那只拖鞋,在我身上留下难忘的印记。反正一次是死,两次也是死,拼了。我咬了咬牙,痛下决心,飞快地脱下脚上那只残余的拖鞋,用力甩向月痕的脸,趁他愣神间,从他身旁绕了过去,关门,上锁,推桌子。

一系列动作一气呵成,我背靠着那一堆高高的家具山,长长地舒了口气,快步往床扑去,凌空跳起,扑倒,等等,为什么月痕会坐在我的床上,还张开了双臂,浅笑着准备接住我,那微微启开的薄唇间,闪烁着森冷的光芒。

我不要啊!

我错了,真的错了,居然天真到和狐狸精作对,呜呜,谁来救救我。

不知道是我乞讨的时间太短,还是太不诚心,奇迹并没有发生,而我的身躯也经过一场曲线运动砸入了月痕的怀中,好香好舒服,可是也好紧。

死月痕,我要喘不过气来啦!我的两只手胡乱扒拉着,却听见月痕的笑声从头顶低低传来:"可惜你只有两只脚,这回你没有第三只拖鞋了吧。"

"哇啦哇啦哇啦啦。"我发出一阵语义不明的话语。

月痕皱皱眉,微微松开手,低头看向我:"你刚才说什么?该不会是在骂我吧。"

看着他作势又要收紧的双手,我连忙挤出一个谄媚的笑容:"哪有?我怎么敢呢,我是在求主人大人放过我呢。"

"要我放过你啊。"月痕撇撇嘴,一副深思的模样。

"如果我没说错的话,你曾经使用过吧?"

"文?"希隐捂住嘴,吃惊地看着苏文,"不会吧,你也?"

"没错哦,希隐,他使用过。"我仰头叹了口气,"如果我没说错的话,我的坠崖根本不是意外,而是某人精心策划的结果,不是吗?"

"如果你那么想离开我的话,自可以离开,我是不会缠着你不放的,苏文你又何苦,用这么极端的方式。"

"不,我,如月,不是的……"苏文不断摇头,上前试图拉住我。

我毫不客气地打开他的手:"够了,我不想听你解释,你是凶手,是曾经想害死我的凶手。"

"你也一样。"我指着希隐,"所以我才说你们相配,一个人没杀死我,另外一个来继续,而且,居然找的是同一个人。"

"大鼠,你出来。"

"真是累死我了。"大字形地倒在沙发上,我长长地舒了一口气,用力地蹭蹭身下的软垫,妄图彻底地融入其中。

费了九牛二虎之力,才把不听话的暗魃变回镯子,顺便以把那天偷到的全部金钱送给大鼠为代价,将泪汪汪满是不舍的它赶回家,现在终于可以好好休息了。

"小骗子。"清晰的声线在我的耳边响起,把我拉回了现实世界。

不满地睁开眼,呈现在眼前的是一张放大的脸庞,月痕双手撑在沙发靠背上,低头与我对视,大眼瞪小眼,一分钟,两分钟……

"扑哧……"我终于受不了笑了出来,"不行了,月痕,你倒过来的样子,好奇怪好难看啊。"

"少来。"月痕一把捏住我的鼻子,另一只手报复性地揉搓着我的脸,"本大爷的美貌天下无双,就算倒过来也是一样的出色,你的脸才难看呢,跟包子似的。"

"你胡说。"伸出手一把拽住他垂落的银发,我毫不客气地回击,"你在哪儿见过这么可爱漂亮的包子?"

"面前就有一个啊,来,让我咬一口。"月痕贼兮兮地笑道,银眸眯成了一条缝,露出利齿朝我靠近。

"才不要被臭美狐狸咬呢。"我胆怯地后退,右手突然摸到了一个硬物,我二话不说,砸了上去。

早已离开。注视着依旧杂乱的客厅,我的眼中一片茫然,目中的场景变为一片雪白,等我再次清醒过来的时候,又是晚上。

费力地自地上爬起,我摇摇晃晃地靠着沙发坐下,习惯性地抱起抱枕,却发现肚子有些微的疼痛,皱紧眉头,绞尽脑汁地想了半天,我才发现,原来自己已经将近一天没有吃东西了,怪不得肚子会痛,打开冰箱门,没有,什么也没有,厨房里也是冷冰冰的,这才想起,这段时间一向都是苏文带饭给我,每天如是。

背靠着冰箱坐下,我茫然地看着屋顶,肚子更加剧烈地疼痛了起来。

"好饿啊。"我捂着肚子,突然觉得眼眶有些湿润,"真是的,只是饿了,怎么会哭呢?可是,真的好痛啊。"

于是在这一天,我第一次也是最后一次,抱着冰箱大哭了起来,直到所有的眼泪都流尽,我打点起简单的行装,去赴那一场华丽的约会,在那个开满鲜花的山谷。

邂逅月痕。

16 · 断裂蛛丝

从遇见月痕的那一刻起,我渐渐地开始改变,到后来,我终于明白,既然已经知晓命运的结局,就更应该完美它的过程,而我的过程,因月痕而完美。

一旦想通了这一点,我的眼前豁然开朗,那些放不开的往事,也渐渐地化解开来,终于我回到了这里,我的家。既然我已经得到想要的幸福,那么,也应该给予被名为"如月"的蛛丝缠绕的苏文和希隐解脱。

有些事情,说清楚永远比不说要好。即使会带来一时的伤害,也不会比欺骗给予的伤害更加持久。那些所谓的善意的谎言,也是建立在欺骗的基础上的,如果当事人知道事实又会如何?

"苏文,你也没有资格说希隐。"虚伪的隐瞒是没有意义的,说我恶趣味也好,说我狠心也好,今天我便要撕扯掉那些欺骗的外衣。

"那束头发你应该很熟悉吧。"我侧过首,刻意不再去看苏文愈加苍白的脸色,西。"

我每次都会勾起娇憨的傻笑，顺从地跟随着他们，却清晰地知道，自己已经离他们越来越远，渐渐地，我不爱说话，也不喜欢出门，只是整天窝在屋中，或在窗边看书，或在阳台上晒太阳，却总不肯融入外面的世界，固执地认为，只要我一直这样待着，那外面的事物，其余的蛛丝，也就不会影响到我。却不知道，该改变的始终会改变，如同命运书写的那样，我在他们心中，愈加地古怪起来。

直到，父母的离去，我才意识到，我错了，无论如何闪躲，我的蛛丝都会被其他人影响着，因为，我是用真心实意去爱的，爱爸爸妈妈，爱我们的家，也因此会受到伤害。

直到那个雨季的夜晚，本来应该留宿外省的我，因为一些莫名其妙的缘由鬼使神差地赶回了家中，在楼下，我看到了灯光，让我想起了父母还在的夜晚，也是这样，点亮着灯光，等待着我的归来。

心中顿时涌起的暖意让我的嘴角勾起了几月不见的笑容，我甩掉手中的伞，大步地跑了上去，那平素害怕的漆黑楼道也似乎可亲起来，气喘吁吁地跑到门口，我掏出钥匙，手指因紧张而有微微的颤抖。深吸了一口气，我仍然在笑着，如果苏文他给我一个微笑，一个像爸爸妈妈迎接我回家时一样的微笑，我就答应他的求婚，嫁给他，做他的妻子，每天都用我最美的微笑迎接他，给他一个，全世界最温暖的家。

所以说命运是无常的。在我终于下定决心要回应苏文的时候，却给予了我他的背叛，开门的瞬间，电光闪起，我微笑的唇角在随后的巨大雷声中僵硬起来，凌乱的客厅中，苏文和希隐，搂抱在一起，在闪电雷光的照耀下，显得那么紧密，紧密到让我觉得自己无比肮脏。原来是这样啊，怪不得希隐最近对我冷淡了不少，原来是我的错，利用了自己那所谓的悲哀博取了苏文的同情，否则，他们早就应该名正言顺地在一起了吧。

再次勾了勾唇角，我走进屋内，随后带上了门锁。目不斜视地飘过他们的身边，我只留下一句"对不起，打扰了"。直到回到房中，我仍有条不紊地换上睡衣，打开电脑，在常上的论坛上不断地灌水，说些有的没的无聊话，十一点半，准时关掉电脑，上床睡觉，没忘记关掉床边的灯，也没忘记，吞下几颗久已不用的安眠药。

第二天我睡到了中午才醒来，伸出手臂横在脸上，我眯起眼看着属于白天的明亮，我竟有些许的不适应，惰性地爬起床，习惯地拉开门，走入客厅，却发现他们

15 · 邂逅前奏

小的时候，最爱偷偷地翻阅父母的大书柜，看那些比语文老师酒瓶底镜片还厚的大部头书籍。常常会看到这样的语句："人生就是一场悲哀的戏剧。"

那个时候的我会笑，怎么会悲哀呢？世界明明那么美好，窗台的花儿刚开了，是那么香，路旁的大树越来越茂盛，走在其下就不怕被阳光晒伤了，学校的大叔人很好，每次迟到都会偷偷地放我进去，即使忘记做作业也没关系，苏文和希隐的成绩可是一级棒的，还有爸爸，每次回家的时候口袋里会装满我爱吃的糖，妈妈虽然一脸严厉的样子，却会在半夜起床帮我盖好掉落的被褥。

那个时候的我，眼中的一切都是美好的，却忘记了最重要的一点——人都是会长大的。

越来越大的我，也越来越知晓生活的无奈，却无力挣扎。不是所谓的乐天知命，而是不知如何是好，人生就是一场悲剧，每个人都在其中担负着角色，无论过程是喜是悲，那结局却从不变更，可即使知道结局，每个人却仍是深陷其中，甘之如饴地编织着，编织自己的人生，也编织出一张包裹他人的大网，所有人的经纬交汇起来，最终的那张网，名叫"命运"。每个人都顺着属于自己的那根蛛丝运行，或多或少地被旁边的蛛丝牵绊，触动，影响，过程也许不同，那最终的目的地却是一样，在网的尽头，随风陨落，什么也留不下。或许那人类的历史能涂抹上那浓墨重彩的一笔，但是谁又知道，这记录一切的人类，能生活多久？而那铭刻的勾画，是否也会随时间的流逝，渐渐消散于那名为过去的灰尘当中。

每当我尝试着跟苏文说这些的时候，他总会宠溺地揉我的头，告诉我："傻如月，人生哪有你说的那么悲哀，你的生命还长着呢，别整天想这些深沉的事情，会变老的哦。"

偶尔我也会找希隐，她总是强势地扔给我一堆堆的杂志，驱散我的骚扰："人生的确苦短，所以我们就更应该好好利用这有限的时间，来，帮我看看有什么好东

"不,苏文,你听我说。"希隐拼命辩解着,那尖利的指甲在挣扎间重重地划在了苏文的手背上,刮出了道道血痕。苏文抽回头,重重地皱了皱眉头。

希隐连忙捧住苏文的手,方才因愤恨而瞪大的眼眶此刻已然发红:"对不起,文,痛不痛?"

苏文自希隐手中撤出自己的手,摇了摇头:"我没事。"

希隐的手中一落空,焦急的她连忙抬头望向苏文,却对上一张冰冷的脸孔,她伸在半空中的手不由僵了起来,就这么定格下来,一滴泪,终于自她的眼角滑落。

即使被我说破一切也不肯轻易认输的希隐,即使背负杀害我的阴影也毅然选择罪恶的希隐,即使背叛了十几年姐妹情谊也要夺取自己所爱的希隐,就是这样倔犟的希隐,面对自己的罪恶都不肯妥协的她,居然因为自己不小心带给苏文的伤口而落泪,原来我的生命在她的心中,还抵不过爱人手背的几道红痕。

真是讨厌,明明决定了要坚强的,怎么会突然感觉心酸酸的,不好,鼻子也变酸了,不行,这样怎么行,今天的我可是要做大恶人的,怎么反而眼泪要出来了?你给我倒回去,倒回去。

"真是个小笨蛋。"踌躇纠结间,背后却兀地一暖,一缕暖洋洋的气息飘散在我的耳旁,如日光般驱散了我脸上的阴霾。

"是啊,我就是个笨蛋呢。"我没有回头,只是微微后倾,将身体的重心移到月痕的身上,其实,我也没有资格说希隐吧,方才还无比伤心,只要靠近月痕身边,就觉得一切的心痛都渐渐无踪。有的时候,我甚至会想,被背叛也许是件很好的事情,若非如此,我也不会遇见月痕,也不会,和他一起度过那么多美好的日子。

"现在我这个笨蛋要做坏事了。"我用手肘轻轻地撞了撞月痕的小腹,用调皮的语气说道,"无论如何,你要在我的身后哦,防止我被别人暴打。"

月痕的浅笑声在我耳边低低响起,伸出手指弹了弹我的额头,他说:"放心吧,我一定会保护你的。"

大大地深吸口气,月痕的话给了我勇气,无论如何,月痕他在我的身后,他会保护我,我和他之间,只有,一个转身的距离。都道咫尺天涯,谁说天涯不是咫尺?

"够了。"我摆摆头,不耐烦地打断了他的话,"你在为什么道歉呢?为你们背叛我的事情?"

抢白似的打破了他虚伪的谎言,我连连摇头,难道直到现在,他们还想把我当傻子般欺骗吗?

"难道你不是为了这个生气吗?"苏文略微诧异地问道,却没有注意到,他身旁的人,脸色早已变得古怪无比。

"这个,你们知道是什么吗?"我自衣袋中掏出黑色人形,在他们面前晃了晃,看着他们迥然不同的神情,我摇摇头,自另一只衣袋中取出一束乌黑的发丝,"那这个呢?你们应该知道吧。"

不出所料,希隐的脸色愈加难看,而苏文的神色,也自懵懂不知变为微微发白,眉头紧锁,似乎想起了很不好的事情。

"所以说,你们还真是相配啊。"我将手中的东西甩落在他们的脚边,嘴角勾起一抹嘲讽的微笑,只有我知道,那笑容中包含着多少无奈。

"你们一起背叛,一起算计,却又一起隐瞒。"我微微摇头,"所以说,你们有缘分啊,怨不得你说我是第三者。"

"你是什么意思?我不明白。"

"够了,希隐,不觉得无聊吗?"我不自觉地提高了音量,"从前是这样,现在也是这样,罢了,既然你愿意装无知,那么就由我来做恶人吧。"

"昨天晚上,我遇到了袭击。"说到这里,我顿了顿,回头看了看卧室的方向,"袭击我的人告诉我,是被人所雇。"

我指向地上的人形:"而这个,也是它卖给那个人的。"

我微笑地看着两人:"真是谨慎啊,即使买了人形诅咒还是不放心,非要让它亲自来捅我一刀。不过也多亏这一刀,我才知道,原来我是这么碍眼,不是吗?希隐。"

语音方落,苏文似被惊吓到,后退半步却又强行定神,单手按上希隐的肩,低声追问道:"如月说的是真的吗?嗯?希隐。"

"不,她,她撒谎,她想诬陷我。"那一声"希隐"似乎将她本人从呆愣中叫醒,她双手紧紧地扯住苏文的领口,大声辩解道。

"够了,如月是不会说谎的。"苏文打断了她的话,抓住她的双手,自衣襟上扯落了下来,"为什么,为什么你要这么做?"

顿时两道凶猛的目光照射了过来,我的背脊一会儿火辣一会儿冰凉,交替循环,其势愈烈。却看那苏文还只是抓着我的手,对四周环境毫无注意。

"咳咳咳。"我轻咳两声,自苏文手中缩回了手,悄悄地抬头看去,身旁的希隐,目光如冰锥般刺入我身,而身后的月痕,目光也从烧鸡上转移了过来,似火焰般炙热地照射向我。

我不由得轻叹口气,这可真是水深火热了。

14 · 转身天涯

"咳咳咳。"

听闻了我的咳声,苏文呆呆地看着我缩回手去,片刻终于知晓自己的处境,也咳嗽了几声,坐回到椅上:"不好意思。"

我浅浅一笑,目中却有寒芒绽出:"你是在为什么道歉呢?刚才的事情,还是更早之前?"

"你这句话什么意思?"先于苏文,希隐猛地站了起来,身下的藤椅随着她的站立而倒下,却不存在于她的眼中,她的目中此刻尽是惊惧与愤恨,"我和文是真心相爱的,你才是第三者,才是破坏我们感情的人。"

我与她对视半晌,突地笑了起来,直笑得她脸色发青,莫名其妙,我却连连摇头,这都是什么跟什么啊?她莫非以为,我今日请他们吃饭,是为了要回一个男人吗?

"我们之间的账,也要好好清一下了。"我连连苦笑,这恶人真是不好当啊。

"什么账,我不明白。"希隐激烈地驳斥道,甩手间,小几上的茶水也被她带倒,淡绿色的液体泼满一桌,连成条线往桌下滴去。

"希隐?"苏文抓住她的手,制止了她过激的举动,对她摇了摇头。

推了推鼻上的镜架,苏文看向我,镜片遮挡住了他眼中真实的神情:"我知道从前的事,是我对不起你,我也不敢奢求你的原谅,只是——"

举动,用同情的目光扫了我一眼又一眼,似乎理解了我办这桌全鸡宴的原因。

"记得从前,我们关系虽然好,但是从来没有在一起吃过年夜饭,对吧?"饭既已罢,我便邀他们坐至一边,屋子虽然不大,但从前父母心思奇巧,买了几个藤蔓编织椅放在靠阳台的窗边,饭后品茶,也别有一番风味。

"嗯,是啊。"苏文接过我手中的茶,轻声道谢,"我们别的节日都一起过过,唯有这年夜饭,今天是第一回在一起吃。"

"没错。"我点点头,复又递了一杯茶至希隐面前,却见她防备地看着我不肯接过,我轻叹口气,将茶放在她身旁的小几上。

"今天是我们第一回一起吃,不过恐怕也是最后一回了。"我也坐了下来,端起手中的茶,双手握紧,好暖和,像月痕的手一样,忍不住抬头看他,却见他还只是在饭桌旁埋头痛吃,完全没有注意到我的目光。

苏文听了我的话,手中的茶杯抖了抖,抬头对我笑道:"何必说得这么严重呢?人生还有那么长,总会有机会的。"

我摇摇头,浅笑道:"怕是没有机会了。"

"为何?"苏文诧异地看着我,"你这次走难道就不回来了吗?"

"也许会回来吧。"我握紧茶杯,浅笑,这里毕竟是我的家,偶尔回来一趟,月痕是不会拒绝我的吧,而且五年之后,我终究还是要回这里来的。在夏末的黄昏,倚在阳台的靠椅上,眯起眼睛,昏昏欲睡,偶尔想起那些幸福的日子,不经意间泪水流过脸颊,惊碎一地的美梦。

"那为何说没机会再一起吃饭?"苏文开口问道。

我的手一松,那杯儿险些坠落在地,我连忙握紧,腾出手来拍了下自己的脸颊,在想些什么啊,不是早就决定了吗?就算结局是悲哀,也要笑到最后的那一刻。

我的嘴角不由得勾起了一抹微笑,温和地说出句伤人的话:"只是——我不想再见到你们了。"

"吧嗒……"一声脆响响起,苏文手中的杯子坠落在地,顿时化为无数碎片。

"对,对不起。"苏文连忙弯身,手忙脚乱地想要拾捡碎片。

我一把拉住他,笑着道:"罢了罢了,碎碎平安嘛,待会儿我来吧,你小心扎了手。"

"为什么,为什么说不想再看见——"苏文一把抓住我的手,眼中尽是焦急和不解。

月痕伸出左手晃了晃,算是打了招呼,奇怪,怎么是左手?我诧异地看向月痕,却发现他的右手正被我紧紧攥在手中,我连忙放开,他的指因我方才的力度已变为深红,我歉疚地看向月痕,一定很痛吧。

忍不住启唇,我喃喃地想要道歉,他却单指压在我的唇上,微笑地摇摇头,用唇语告诉我:"不要感到愧疚。"

我会意地点头,眼中却还是有几分愧疚之色,他却只是笑着摸摸我的头,我不由得微微地眯起眼睛,每次他摸我的头时,我就像只受宠的猫咪般眯起眸,就差发出"呼噜噜"的声音了。

"咳咳咳。"

好熟悉的咳嗽声,我不由得挂满黑线,每次别人看到我和月痕的相处情形时,总是喜欢发出那不合时宜的声音,连苏文也不例外。

将月痕的手拉下,我隐藏住心中的不满,回头笑道:"大家都坐吧,饭菜都要凉了。"

"嗯,好。"苏文随和地笑笑,却立刻被那满桌的菜给惊呆了,他颤抖的手指着桌子,"这个是——"

"哦,今天我们吃全鸡宴。"我给了他一个抽筋的笑容,该死的,忘记换菜了,直接把月痕的品位展露人前,阿弥陀佛,老天爷原谅我的错误。

"全鸡宴啊。"苏文咽了口唾沫,目瞪口呆地看着这满桌子的鸡。

希隐盯着那盆有着三只鸡的鸡汤,面上尽是嫌恶的神态,一副敬而远之的样子。

"呵呵呵呵,鸡好啊,大补。"我的脸持续抽筋中,"来来来,大家别客气,尝尝这菜。"

这一顿饭不过持续了一个钟头,苏文勉强地吃了几筷子,希隐则干脆地没怎么吃,我叹了口气,也放下了手中的竹筷,人家鸿门宴好歹也会弄点好菜,可我这年夜饭,直接是没让人吃饱,看来明年又不是个好年头啊!

"嗯,你们怎么都不吃了啊。"唯一对这桌菜感兴趣的就只有月痕了,它双手捧着只鸡,正啃得不亦乐乎。

大叹了口气,我强行掰过他的脸,掏出手绢替他擦拭干净,却看他一副可怜的模样,也只有松手由他继续去吃。一旁的苏文和希隐呆愣地看着月痕毫无形象的那对被吵了一晚上刚刚在补觉的夫妻,则是再次拿起拖把之类的物事,狠狠地砸着墙:"要死啦,要死回家死去,别大过年的哭丧。"

"扑哧……"我突然大笑了起来,倒弄得屋中的众人莫名其妙,希隐的叫声也被我的笑掩盖住了,她诧异地回头看我,我边笑边擦拭着眼角的泪,"要再这样,我们的邻居就要搬家了。"

"希隐,你怎么了?"苏文走至希隐身边,皱眉不解地问着。

"我,我没事。"希隐不由靠近了他身边,看着月痕的目光也变得怯怯的,一副受惊过度的楚楚可怜模样。

天色渐暗,屋内的灯已全部打开,照耀得满屋明亮,那阴影都纷纷躲进了不见光的角落,只是,光越亮的地方,影也就越黑,那光越是照耀得影无处闪躲,那影便越是躲进——人们的心灵深处,不断地渗透……

13 · 最末相见

"都别愣着了,坐吧。"我越过那二人,走到月痕的身边,一把抓住他再次蠢蠢欲动的手指,按到桌下,阻止他继续丢人现眼。

"好。"苏文微笑着上前,身边的希隐有片刻的迟疑,可看见苏文已经上前的背影,连忙几步上前,挽住他的手臂。

苏文诧异地侧头看她,希隐抬头对他一笑,冰凉的唇角也有了丝丝的暖意,似是在他身边甚是安心,我的心不由抽紧,泛起些莫可名状的悲哀,鼻尖不由微酸,面上却还是笑容,只是桌下的手不经意间缓缓握紧。

"我来介绍吧,希隐,这是月痕,月痕,她就是苏文的未婚妻,希隐。"我保持着虚伪的笑容,直到自己都鄙视自己。

"你好。"希隐注视着月痕,眼中的恐惧愈深,随后看向我,眼中俱是防备之态,如一只皮毛倒竖的母豹,举手投足皆有几分暴虐之态,可惜她自己本人也未必知晓。

似乎感觉到我在看他，月痕转过头，凤眸氤氲雾绕，那两只小爪子在胸前绞成了一朵麻花，我不由满头黑线，果然，白痴是会传染的，暗魈就不用说了，那大鼠才待了多久，也和月痕一个毛病了。

　　"好了，乖，等我去开门再吃啊。"我摸摸月痕的头，哄小孩子般地哄道，心中却不由得有丝丝的甜意，月痕在对我撒娇呢，所谓的撒娇，果然是只对身边最信任的人吧，就像我也只是对月痕撒娇一样。

　　"嗯嗯，你快点回来，别去太久了。"月痕忙不迭地点头，嘴角的口水都快流了出来。

　　我满头大汗地帮他擦了擦嘴角，急忙向门边走去，什么叫别去太久了，我就是开个门，还快点回来，这只狐狸绝对是傻的。可是该死的，为什么我情不自禁地加快脚步啊，果然，我也被他传染了。

　　"来了来了。"我一把拉开大门，正巧碰上苏文再次敲门的手，连忙把头往后缩了缩，却看见他呆愣地不知如何是好。

　　苏文过耳的短发捋至耳后，随意间带着几分飘逸，薄薄镜片后是一双带着温柔笑意的眼眸，却是穿着一套纯黑色的西装，一副来赴宴会的模样，让我有些忍俊不禁，却看见他身后的希隐，许是过年的关系，她换了一套红色的正装，看着她单薄的衣着，我险些将她和月痕归入同一类型，不过看着她冻得微微发紫的唇，我不由得摇摇头，女为悦己者容，可这悦己过了头，可真不是好受的。

　　裹了裹厚厚的羽绒服，我继续将自己包得像头狗熊，笑着对他们点了点头："还愣着干吗？进来啊。"

　　我侧身让开一条路，示意他们进来，苏文对我一笑，走了进去，后面跟着的是——希隐，我与她面面相觑，有些无措，却见她还是一副恐惧的神情，似是见了什么洪水猛兽般，不禁抖了抖唇，可终究还是低声说道："外面凉，快点进来吧。"

　　我转入门后，直到她看不见我的身影，才见她缓缓走了进来，却是脚步轻浮，可见她心中极是不安，苦笑着摇头，我这桌年夜饭，怕也是一场不祥的鸿门宴吧。

　　"月先生，你好。"我才关上门，那边的苏文已经和月痕寒暄起来，可惜月痕完全没答理他，只是把注意力放在满桌子的菜上。

　　苏文伸出的手僵摆在那里，一时气氛有些尴尬，我连忙走上前准备解围，却看见希隐那苍白的脸色和瞪大的眼睛，惊觉不好，迅速地堵上了耳朵。

　　果然，一声尖利的叫声再次回响在屋内，荡气回肠到直逼人类的极限，而隔壁夜饭啊,不是你让我弄丰盛点的吗?"

我无语地揉着剧痛无比的头颅:"我是让你办丰盛点没错,但是你这,你这简直就是给黄鼠狼吃的年夜饭。"

"我家年夜饭才不是这么没品位呢。"偏偏某只大鼠还好死不死地冒出这么一句,似乎在质疑着我说话的正确性和月痕的品位。

当然,这句话换来了我和月痕同时的愤恨:"闭嘴,给我到一边蹲着去。"

抱着头,大鼠无比郁闷地跑到月痕对面的墙角蹲下,嘴里嘟嘟囔囔:"也不用两个人同时让我闭嘴嘛,这年头说实话都不让人说啦。"

"大鼠,这就是你的不对了。"暗魍这小子貌似很不想恢复原形,在屋中飘来飘去,终于落在了大鼠的上空,幸灾乐祸地说道,"你看,这桌子菜多好啊,一下子就能显现出布置的人的品位啊。"

还是品位,又是品位。我拍拍头,单指指向暗魍:"你也给我蹲墙角去,再敢顶嘴,我就把你炖了加菜。"

不大的屋子,四个屋角却蹲了三个人,哦,不对,是一只狐狸精,一只黄鼠狼,还有一只长着龙形的魍。难道就没有正常一点的东西吗?我无语地捂着头,要是被那些道士知道了,不知道会不会连我一起给劈了。

似乎在回应着我的思绪,大门当下笃笃笃地响了起来,我吓得一跳,却听到门外的人声,是苏文的声音。不禁摇头笑道:"我什么时候胆子变得这么小了?"

低头看着不停画圈圈的月痕,我忍俊不禁,摇头无奈地拍了拍他的肩,说道:"好了,起来吧,别让人家看笑话了。不然还以为我虐待你呢。"

帮月痕整理好衣服的褶皱,我往暗魍和大鼠望去:"你们到卧室里躲着去,等我叫你们再出来。"

"哎?"不知道它们什么时候这么有默契了,居然异口同声地质疑起我的话。

我怀疑地看着它们,是什么时候勾搭在一起的?却看见它们的目光都死死地定在那一桌子的菜上。我好奇又好笑地把它们踢进卧室,顺手甩了两盘烤鸡进去:"你们要是不听话给我乱跑,发出声音,我就把你们关进厕所,明白了吗?"

那两只兽哪儿还有空理我,早就抱着烧鸡开始大啃了,无奈地回头想向月痕诉苦,却发现他已经在桌子旁打起了圈圈,目光炯炯地盯着那些菜,伸出个手指左戳戳右摸摸,又害怕挨骂似的依依不舍地把手缩回来,看看指尖,不由得放入口中舔了舔。

毕竟有你的生辰八字和头发,和你息息相关,必须好好处理才行,不然——"

"嗯。"我点点头,"怪不得我白天遇到希隐的时候会有被窥测的感觉呢,是这个法术在作怪吧。"

"没错。"月痕点点头,无奈地叹气,"白天你碰到的时候应该还没有刻上这些字,不然以你现在的灵力,立刻就会发现。"

"我现在有这么厉害吗?"我抬头笑着问月痕。

月痕低头勾了勾我的鼻子:"是啊,很厉害了,但是,灵力越强,受到伤害时的反应也就会越大,一荣俱荣,一损俱损。"

"那你还在等什么?"叉起腰,我瞪着月痕。

月痕摸摸头,莫名其妙地看着我:"什么?"

"你还不赶紧把这个东西处理掉。"我推起月痕往卧室走去,"快去快去,只要想起还有这个东西我就浑身起鸡皮疙瘩。不行不行,你得赶紧把事情搞定,不然我就再也睡不着觉了。"

迅速地把还来不及说话的月痕推进卧室,我潇洒地把门摔上,趴在门上停了一会儿,确定月痕在施法后,我点点头,回到了客厅中。

一度被我们的忽略的两只兽,正蹲在那里无聊地下着不知从何处找来的棋,在听到我的脚步声后抬头看我,"吧嗒"、"吧嗒",两声响动,他们手中的棋子先后掉落,是被我的表情所震慑吗?

我苦笑摇头,直视着大鼠:"我有件事要问你。"

12·鸿门年宴

红烧鸡,清蒸鸡,油炸鸡,鸡翅,鸡爪,鸡腿,再加上一盆放了整整三只鸡的炖鸡汤。我捂着头,无语地看着被我吓到墙角画圈圈的月痕,颤抖的手指向桌子:"告诉我,这些是什么?"

月痕双手捏住耳朵,双眸再次溢满泪光地看向我,似乎受了天大的委屈:"年蜜,自心间渗上嘴角,不自觉地化为一抹笑。

"这到底是什么啊?"我好奇地打开手中的红布包裹,刚才那个大鼠好像说这是它的得意之作,方揭开红布,我不由倒吸了一口冷气。那黑色的东西赫然是一个人形,身上黑亮闪耀,不知是什么材质做的。

"别看了,这有什么好看的。"月痕伸出手,欲从我的手中拿过人形,却被我躲了过去。

翻过人形,看着它的背面,我才意识到月痕的用意,这背面,用刀刻上去的——是我的生辰八字,我不禁摇头苦笑:"这里面还有我的头发吧?"

我和希隐,本就是多年的好友,每次剪了头发,都会互相保留对方的发丝,她有我的头发岂不是很自然的事?若是用这个来杀我,恐怕我能死万次都不止。

拿起人形旁边的针,它正发出金属般寒冷的光芒,原来希隐不是要学针线,而是要学习杀人啊,这么长这么粗的针,若是刺进人形,不知我会如何。我不禁拿起针,在人形的右臂上微微刺了一下,我的右膀顿时一阵抽痛,手上的东西也全部掉到了地上。

"你在干什么?"月痕的语气变得严肃起来,其间还包含着不少责罚的味道。

我抬头对他笑,轻轻地摸着右臂被刺痛的地方:"没什么,只是想试试看会有多疼而已,果然,很疼呢,很疼很疼。"

"不是这里。"我指着心脏的所在地,"而是这里,很痛。"

"月月。"月痕紧紧地抱住我,却只是喃喃地不停呼唤着我的名字,似乎不知道该说些什么才好。

"我没事。"抬起头给了他一个微笑,我紧紧地按住心口,"呐,月痕,所有的事情都必须解决是吧?"

"嗯。"月痕在我的耳边轻声呢喃,那声音中却多少包含着些无奈。

"没错,必须要解决。"我嘴角的弧度略微抬高,好痛啊,眼泪都要出来了,不行,我可是宇宙第一坚强的水如月啊,怎么可以因为这点小事就哭呢?因为这么点事……

"月痕,你刚才是从哪里夺回人形的,希隐家吗?"我侧首看着月痕问道,努力挤出一个笑容。

"嗯,我顺着味道找到那个屋子,然后打晕了她把这个拿回来的。"月痕接过我手中的人形,"虽然人形和那儿所有有你味道的东西都被我夺了回来,但是这上面

第六章 前尘旧事

呀,你在说什么啊,我不明白呢。"

纤指轻点我的鼻尖,月痕好笑地看着我:"总是这么不听话,现在还学会狡辩了,看来是太久没让你干活了。"

"我错了,放过我吧,主人大人。"右手轻轻挽起月痕的几缕银发,我编起了辫子,果然,月痕的头发摸起来好舒服啊。

"别跟我东拉西扯的,想糊弄过我,再修炼一百年吧。"月痕也挑起一缕我的发丝,绞入了我正编织的小辫中,使得它银黑相间,也别有一番美丽。

我摇摇头,侧首对他笑道:"如果到了最后我还被蒙在鼓里,什么都不知道的话,那样对我对她都太悲哀了,不是吗?"

"悲哀?"月痕摇了摇头,有些不解:"我不明白,有些人一生坎坷,只因为他难以忘记过去的伤害,可是你却拼命地想知道,月月,你很特别。"

"其实你是想说奇怪、怪异之类的吧。"嘟起嘴,我戳戳月痕的脸颊,细腻而有弹性,让我不禁有些手不释"颊",反复地在月痕的脸上画起圈圈,我笑道,"说我特别也好,说我奇怪也好,总之我不喜欢那样,总是我一个人开心,把什么都抛给月痕,那样太狡猾了,我不要。"

"不要一个人开心吗?"月痕挽起我的发丝,凑近我的脖项,深深地吸了一口气,笑道,"真是任性啊,但是,就是喜欢你这种任性呢。"

"说我任性,你还不是一样?"我鼓起腮帮,恶狠狠地瞪着月痕,在它的身上东摸摸,西掏掏,咳咳咳,别误会,我不是在占他的便宜,只是在找东西,不过,摸起来很过瘾就是啦。

翻检了没一会儿,我便在月痕的裤袋中找到了我想要的东西,一把将其掏出来,果然是那个红布包裹没错。

我抬头看着任我占便宜,哦,不对,是任我翻检的月痕,扬扬手中的物事:"果然,你是去处理这个的,居然半夜偷偷摸摸地去,太没有道德了。"

月痕摇摇头,苦笑地看着我:"这东西半夜作法妖力最大,我当然只有半夜去了,和我的道德有什么关系啊?"

"去都不叫我,当然没道德。"我颇为憋气地看着他,还害得我掉到床下,还害得我胡思乱想,都是这只死狐狸的错。

"可是我看你睡得那么香,不舍得吵醒你啊。"月痕捏捏我的脸,浅笑着看我,心中的几丝杂乱都在他那如二月春风般温暖和煦的笑容中消散,只余下几丝甜

"我——"我抱着脑袋仔细回想,我起床,客厅,然后遇袭,然后——希隐……

不知何时,抱着头的手已捂在嘴上,我微微地苦笑,还是不能相信吗?其实也很正常吧,我的回归,给了她多大的威胁。我们的心里,都很清楚,果然我不应该怪她吗?可是,这心中纠结交错不断萌生的恨意,又是从何而来?

"月月——"月痕伸出手,搭在我的头上,温柔地抚摸着我的发丝,我不禁微微地眯起眼睛,享受这份舒适的惬意。

随后抓住月痕的手,握在掌心,我深吸了一口气,看向大鼠:"如果我没说错,你家是住在一个漆黑的小巷子里吧?"

"是的,大人真是神机妙算。"大鼠连连点头,一副甚为佩服的样子。

我嘴角的苦笑更甚,继续问道:"我不光知道这个,我还知道那个委托你的人,叫希隐。告诉我,你是不是给了她一个红布包裹?"

"没错没错。"大鼠连连点头,"那里面装的可是我的得意之作,一个诅咒人偶,只要拿到被诅咒的人的生辰八字和头发,保证让他生不如死饱受折磨,那东西的销路可真是好,可惜是最近才研究出来的,不然我以前也不用那么辛苦地对人下诅咒让他们出意外了,又容易出错,上次不小心出了错害得我差点搬家,那可真是耗费灵力又耗费体力啊……"

一字不漏地听着大鼠的话,无论内容让我多么伤心,我都没有再次晕厥过去,可能是因为,月痕在我的身边。自身后环绕住我,月痕低声地在我耳边呢喃:"月月,都交给我不好吗?何必让自己这么伤心呢?"

我微微摇头,不是的,因为重视你的存在,所以才不想什么都让你来替我承担,却又因为自己的自私,需要你的支撑,月痕,不管多大的事情,我们一起来承担,好不好?

11 · 黑色人形

惬意地被月痕包裹在怀中,我微微地眯起眼睛,露出狐狸般狡黠的微笑:"哎月痕,为什么是月痕?

"月痕——"随着一声低低的叫喊,我自梦魇中醒了过来,睁眼的瞬间对上一双温暖的银眸。

"真漂亮,就像晨星一样闪耀。"我禁不住伸出手,轻轻抚上那双银眸,那眸的主人没有阻止我近乎突兀的举动,只是其中的关怀愈深。

"月月,月月,你怎么了?别吓我。"

我皱皱眉,为什么会这么吵,再看看近在指尖的晨星,忍不住凑上前,伸出舌头舔了舔,舔完我满意地抿了抿唇,星星原来是甜的啊?

奇怪,这星星好眼熟啊!我不由得放开自己的手,啊,弄错了,是一张脸,这张脸是?

"哎哟。"还没等我想出个究竟,那张略微抽筋的脸的主人手臂一松,我居然掉到了地上。

"好痛。"我摸着背,最后一丝迷糊也被驱散,抬起头,却意外地看见了月痕,"月痕,你怎么在这里?"

"月痕?"却发现他的脸呆呆的,我不由站起身,走到他面前诧异地问道。

伸出手在他的面前摆了摆,还是没有反应,真是奇怪啊!等等,貌似我刚才做了什么事情。我的视线,自月痕的手滑向了月痕的唇,再往上,直到月痕的眼眸,头却剧烈地痛了起来,似乎,我做了什么很不好的事情。

"他,该不会是因为我才变成这样的吧?"侧过头,我才发现屋中还有两个目击证人,奇怪,为什么他们的头上都满是大包,大鼠也就罢了,怎么暗魑也是这样?

几乎是同时,保持着呆痴表情的暗魑和大鼠点了点头,证明着我的推断。

我悔恨无比地抚上头,用手戳戳月痕石化的脸颊:"喂喂喂,回魂啦!"

反复做了五六遍,月痕才渐渐地缓过神来,我的心中却是火冒三丈,什么跟什么嘛,才不小心非礼了他一下,他就被吓成这样,他还不是非礼过我啊,而且,而且比我的严重许多,我都没有……

"月月,你没事了吧?"月痕回过神的第一句话,是问我有没有事,看着他诚挚而温暖的神情,我心中的无名之火,几乎是瞬间熄灭,只留下一丝淡淡的温暖。

"嗯,没事,刚才,我怎么了?"我走到月痕身边,问道。

月痕摇摇头:"我也不知道,方才我在外面感觉到你身上的结界起了作用,随后你又唤出了暗魑,所以就急忙赶回来,就看见你倒了下去。"

10 · 暗夜晨星

终于问出了心中一直想问的话,我不禁微微苦笑,用暴力手段威胁一只低等妖怪屈服,真的是丑恶啊。因为我掌握了力量吗?看到这样的我,不知道月痕会不会感到厌恶,这也算是狐假虎威吧。

可是月痕,即使你会讨厌我,我也要这样做,因为如果这件事情是因我而起,我就必须对它负起责任。如果再让你来帮我解决,惩罚那可能是我熟识的真凶,未免太过于悲哀了。如果这仇恨针对的是我,那么就让我来面对这恨,或者说,我需要你站在我的身后,当我受尽创伤、精疲力竭的时候,扶我一把,用你那温暖的怀抱包容我受伤的心,只要这样,我就很满足了。

"我,我也不知道。"听见我问委托人的名字,大鼠这样说道,随后害怕地抱住自己的头,"但是我记得他(她)的样子。"

我不动声色地看着它,示意它继续说下去。

"她长得挺漂亮的,一头披肩的卷发,眼睛很大,穿着黑色的衣物……"听到这里,我的脑袋"嗡"的一声,后面的话便一句也没听下去了,只觉得眼前迷茫一片,为什么我的头会这么晕?

我在漆黑中行走着,找不到来时的路,也摸不着前进的方向,只是不断地行走,到处都是黑暗,渐渐地我失去了方向感,在原地打着圈圈,直到天旋地转,直到站不稳摔倒在地,抱紧双膝缩在原地,却发现,原来连嘶喊的能力也被剥夺,只是不断地流着泪,任凭那黑暗一点点地侵蚀着我的身体。

"月月,月月……"是谁,在呼唤我的名字,黑暗中出现了一丝亮光,似乎在指引着我回家的方向。

"月月,到这里来。"一只散发着白色光华的手伸到我的面前,没有丝毫的犹豫,我握住了它,这个温度,我记得,它属于——月痕。

月痕?眉心突然一皱,我觉得自己似乎忘记了很重要的事情,头好痛,月痕,低下头:"是的。"

"很好,帮我逼问出它的名字,不管用什么方法。"我往后站了站,挪出位置,一副看好戏的模样。

"了解。"暗魈颇为兴奋地答应了,似乎对这项工作相当感兴趣。

"该从哪里开始呢?"暗魈不怀好意地上下注视着黄鼠狼精,龙须甚至飞舞到了它的脸上,引得它一阵战栗,"嗯,先暴打一顿好了。"

"哪有这么麻烦。"我一把揪住暗魈的龙须,"给我先挑断手筋脚筋,再给我一块块地把肉给吃了,我就不信它不说。"

暗魈的额头滴下了一颗巨大的汗珠,呆愣半天才喃喃开口:"这样它会死的。"

"死了怕什么?"我冷笑道,"囚禁住它的灵魂,再严刑拷打,直到它无比绝望,说出来为止,这个你不是很擅长吗?"

"是,我知道了。"暗魈低下头,不敢再看我的眼睛。

我的心情不知为何无比烦躁,心中甚至燃起了嗜血的火光,冷静冷静,我不禁微微闭起双眼,想让自己的空中恢复清明,却对心中的阴影无能为力,眉头也在无意间深深地皱起,却不知在暗魈和黄鼠狼看来无比可怕。

"我,我说。"在我睁开眼的同时,黄鼠狼不争气地再次跪了下来,"我全说,求您饶了我一条小命。"

看到它的举动,我心中长舒了口气,若它真是坚持不说,怕我也不忍心施以重手,到时就真的是无比麻烦了。我心中的想法并未表现在脸上,只是挑挑眉:"嗯?"

"我叫大鼠,今年一百零一岁,光棍一条,本来住在离这里三百里的……"不过两分钟工夫,他几乎把祖宗十八代都数给我听了。

挂着满头黑线,我不耐烦地打断他的话:"你不是还有家人等你吃饭吗?怎么又光棍一条了?"

大鼠抓抓头,尴尬地笑道:"呵呵,那是因为……"

没等它说完,我再次打断了它的话:"我不想听这些废话,告诉我,是谁委托你来杀我的?"

"咳咳咳。"暗魖煞有其事地再次咳了几声,点点头,"这就对了嘛。"

"那个,大人?"小黄鼠狼缓缓地抬起头,可怜兮兮地看着空中的暗魖。

"什么?"暗魖低下头,问道。

黄鼠狼合起两只手,眼中冒着星星地望着暗魖:"能见到传说中的龙神真是我一生的荣幸,但是您看,时间也不早了,小人的家人也都在等着我回家吃饭,您看是不是——?"

"嗯嗯,你走吧。"暗魖满意地点点头,似乎对它的马屁相当满意,"让家人等是不好的,去吧去吧。"

"那小人就告退了。"黄鼠狼爬起身,边鞠躬边往后退去。

一切事情都进展得很顺利,但是,这仅仅存在于那两只兽之间,该死的暗魖,说什么男人打架女人别插嘴,这明明就是单方面的拍马屁和单方面的无耻接受嘛,受不了,真是受不了。

"暗魖,给我拦住它。"月痕曾经说过,我对暗魖的命令也是绝对的,好,我就来试试看。

跟随着我的话语,暗魖的身体蓦地冲到了黄鼠狼的背后,拦住了它退去的身影,好半天,它才反应过来,不耐烦地看着我:"女人,你干什么啊?它家里人还等着它回家吃饭呢。"

"凌晨一点吃饭?"我指指墙上的挂钟,慢慢地走到黄鼠狼的面前,"晚饭还是早饭?还是说吃夜宵啊?"

"那个晚饭,不不不,是夜宵。"黄鼠狼点头哈腰地回答道,根本不敢抬头看我。

"别跟我顾左右而言他。"我一把揪住它的尾巴,"我和你有仇吗?"

"不不不,当然没有。"听见我这么说,黄鼠狼慌忙抬起头,连连摆动着手,"我在今晚之前,从未见过大人。"

"那你为什么来袭击我?"我终于问到了重点,"你说过是靠这个赚钱吃饭的吧,既然你和我并不认识,那么肯定是有人花钱雇你来杀我的,说,那个人是谁?"

"那个,我是有职业道德的。"黄鼠狼抱着头,还拼死反抗着。

"职业道德吗?好,很好。"不知为何我怒上心头,嘴角在自己都不知道的情况下挂起了一丝若有若无的笑容,"我曾经听月痕说过,低等的妖怪,只要别人知道了它的名字,它的生死就由别人掌控了,是吧,暗魖?"

"啊?"暗魖不耐烦地抬头看我,却在看到我眼神的瞬间略微抖了抖,恭谨地

09·嗜血微光

目瞪口呆地看着空中飞腾的暗魖，我发现它的样子已经改变了不少，属于魖的特征已经逐渐消失，它的外表已经完全地接近于龙了，这就是月痕许诺给它的报酬吗？

"暗魖？"我试探性地叫道。

巨龙很不耐烦地回头看了我一眼："叫什么叫？男人打架女人别插嘴，给我在旁边乖乖看着就好。哼，要不是主人的命令，我才不想保护你这种笨女人呢。"

"果然是你骂我笨女人的。"我抚着额头，打死也不明白月痕怎么给我找了个脾气如此暴躁的守护者，动不动就骂我笨女人，果然有其主就有其仆。

"龙的守护？"再看那只不明生物早已腿软如泥，手中的刀不知道被它甩到哪里去了，半跪在地上，给我们鞠躬磕头，"我错了，大人，我不知道您有条龙的守护神，我错了，我再也不敢了，我上有八十老母，下有三个嗷嗷待哺的孩子，您就大人有大量，放过我吧。"

"切，不过是只狸猫精，还敢在本大爷面前撒野。"暗魖大吼一声，吓得小狸猫趴在地上软绵绵很久，可半晌又抬起头来，"那个，大人，我是黄鼠狼精，不是狸猫啊。"

"什么？"暗魖张大了嘴，头立刻转向了后面，只有我听见了它嘴边的低语，"该死的，刚变成妖怪没多久，不认得这么多啊！"

"噗——"我笑得喷了出来，却又在暗魖威胁性的目光下收敛了笑容，东张西望，我不看我不看。

"哼。"暗魖瞪完了我，才转头去看着那只可怜的小黄鼠狼，"咳咳咳，我知道你是黄鼠狼精，可是你一个黄鼠狼干吗长得像狸猫一样，故意找我的碴儿吗？"

"不敢不敢。""狸猫"赶紧趴倒在地，黄色的大尾巴在身后晃荡，"是小人的错，不该身为黄鼠狼，还长得像狸猫，小人错了。"

"杀人可是犯法的。"我再次踏着凌乱的步伐向后退去,却发现靠在了身后的香案上,看着它接近的身影,我的心中也有了丝丝的寒意,难道我真的要死在这里吗?

却看见背后自己的灵位,不由火上心头,都是这个东西惹的祸,好好地竖我的灵位干什么?还嫌我不够倒霉吗?拿起灵位我狠狠地往它砸去,却被它轻轻躲开。

"哼,臭人类,这次可没那么容易被你打了。"它尖利地笑道,手中的刀发出锐利的光芒,屋中的灯光也随着它的靠近而开始闪烁起来,几盏灯经受不住而爆碎开来,我能清晰地听到那玻璃碎片掉落在地的清脆声音。

"笨女人。"一声嗤笑声自我耳边响起。

"你才是笨妖怪呢。"我赌气地回骂,却惹来它的一阵白眼。

"好好地骂什么人?"它鄙视地看着我,摇了摇头,"人类果然是肮脏的生物啊。"

看着他大失所望的表情,我气不打一处来:"明明是你先骂我笨女人的。"

它抬头瞪了我一眼:"我才没那么无聊呢!还是说,你怕死?没关系,我不会让你痛苦太久的,只要在你的动脉上来上这么一小刀……"

此刻的我并没有听它的犯罪声明,而是在努力思索着,它没有骂我,是谁骂我呢?忍不住抱紧抱枕,却发现右手的一圈红印,难道是?

我将抱枕用力地向那矮小妖怪砸了过去,正说得唾沫横飞的它没来得及闪躲,被砸了个正着,可惜,我砸它用的是抱枕,如果是另一个花瓶,我不禁惋惜地摇摇头。

它愤怒地把抱枕自头上取下,双手将其撕烂,棉花抖落了一地,眼睛慢慢变成了红色:"人类,你的偷袭对我没用,去死吧。"

"这是我最喜欢的抱枕了,你居然……"看着那被撕烂的抱枕,我伤心欲绝,那是妈妈在世时亲手为我做的,居然被它给撕烂了,咬咬牙,我勾起右手暗魉镯上的黑线,"你,你也给我去死吧。"

"总算解放了——"一声巨大的吼叫蔓延了屋子,随着黑线的断落,环绕在我手上的细镯飞到了半空中,慢慢化为一条黑色的巨龙,伸脖仰首,龙须在空中飞舞,四只龙爪锐利纤长,发出类似金属的光芒,周身笼罩着淡淡幽蓝的神采。

听了它的话,我手中的花瓶慢慢放了下来,心中不由得有几分心酸:"你不是妖怪吗?为什么不找个偏僻的地方,比如山谷什么的住下来?"

"我倒是想呢。"它再次无奈地摇头摆手,苦笑的嘴角似乎在嘲讽我的无知,"可是人类过度开发,我们从前居住的地方早已变成了废墟,剩下的好地方也基本都被大妖怪给占了,我们这些小杂碎只能在城市的阴暗处靠本领生活。"

"好可怜。"我不禁放下了手中的花瓶,摸了摸它毛茸茸的大尾巴,没办法,它那头光秃秃的,摸起来实在是不舒服啊。

"嗯嗯。"它发出低低的呜咽声,尾巴在我手里晃来晃去。

"好可爱。"我欣喜地看着手中的大尾巴,"我说,你——"

低头间,恰逢它抬头,我看见他脸上的一丝狞笑,暗叫不好,却发现手中的花瓶早已自己放下。

"去死吧,人类。"刹那间,它的脸上长出无数的黄毛,鼻子变得尖利且长,耳朵也长长起来,诡异地一笑,它张开血盆大口,向我的脖子咬来。

我害怕地闭上双眼,死定了,月痕,你跑哪里去了?再不回来就再也看不见我了。

"啊——"一声惨叫响起,这当然不是我的,试问一个脖子被咬住的人怎么可能发出这么惊天地泣鬼神的惨叫呢?既然不是我,大家就可以猜到,这声惨叫又是那个该死的不明生物发出来的。

睁开眼睛,听了它杀人于无形的惨叫,我不由火上心头,捡起地上的花瓶,再次往它的头上招呼了下去,一下,两下,三四下,看你还叫我再补一下。

"吧嗒"一声,瓶子在我的手中变为了碎片,我才停住手,也记不清自己砸了多少下,只看见它趴在地上一动不动,光光的头上有血液渗出。

我站起身,抱紧手中的抱枕,回想刚才发生的事情,睁眼的瞬间我看到了蓝光一闪,那是?哦,月痕的保护契约,我不由摸向眉心的那个血印,原来是月痕在保护我啊。想着不由得甜甜一笑,却发现当前的场景由不得我笑。

无论如何,我很佩服它的生命力,被砸了那么多次,还坚强地站了起来,手里拿的是?刀子?

"你,你要干什么?"我朝后退去,四处张望看有没有可以抵御的武器。

它狰狞地笑着:"没想到你身上还有可以阻挡妖怪攻击的结界,但是,如果我用人类制造的工具攻击的话,你就没有办法闪躲了吧?"

这个低声是相对而言，以它的音度，再低的声音我都听得清清楚楚。

"那你现在可以告诉我你是什么东西了吗？"用力地捏捏它金黄色的尾巴，我满意地看着它发出一连串的哀号，顺便在它的身上实验我的严刑逼供是否有效。

"你才是要说清楚——"它不断扭动着尾巴，却又畏惧地看着我手中的花瓶，"你才不像人类呢。"

08·暗魑显形

"我不像人类？"听了它的话我微微地眯起眼睛，用警告的眼神瞪着它，一副你不给我解释清楚就死定的模样。

"本来就是。"它的火倒是很大，"其他人看见我这个样子早就吓晕吓傻了，你怎么还能砸人啊。"

"哎呀，那真是不好意思啦，我和贞子小姐呢，有点交情，平时常常一起吃饭呢。"我掂掂手中的花瓶，满意地看着它惊惧的模样，暗暗偷笑，贞子什么的我可不认识，不过我还是有点常识的，哪有贞子从电视里爬出来却发出狼嚎的？

"哎？好厉害，她都喜欢吃些什么啊？"听了我的话，它放下抱着头的手，满眼崇拜地看着我。

我不由得满头黑线，这只不明生物的反应怎么也是这么不正常："你问这个干什么？"

它不好意思地抓抓头，说道："我是个有职业操守的人，既然要模仿贞子小姐，当然要从她的日常生活模仿起啦。"

"然后再到处吓人？"终于明了它话中的意思，我不客气地揪起它的尾巴，恶狠狠地瞪着它。

"没办法，我靠这个生活嘛。"它无奈地摆摆手，一副凄惨可怜的模样，"像我这种妖力不高的妖怪，白天都没法出去，也没办法长时间地隐藏起自己的尾巴，只有靠这种方法谋生啊。"

在电视柜下,而它,也缓缓地自电视中爬了出来。

我当机立断,转身——举起桌上的花瓶,狠狠地往那颗头上砸了下去。

"哎哟——"一声惨叫响彻屋内,我不禁堵起了耳朵,才能抵挡住这撼世魔音的侵袭,而隔壁那对被折磨得要死的夫妻早已敲打起相邻的那堵墙壁,"有点公德心好不好?大半夜的还让不让人睡觉啊?"

我可是不缺德的人,意思就是我不缺少社会良好道德规范,乐于助人一向是我的美德,所以我再次当机立断,举起花瓶二度砸向那颗顶着乱糟糟黑发的头。

"哎哟——"

还叫?我再砸。

"哎哟——"

嗯,声音是小点了,不过还是吵人。

连续砸了七八下,那叫声终于停了下来,确切地说,是那颗头的主人被我砸得七荤八素,早已失去了喊叫的能力,而屋中的灯光也恢复了正常,我抱起地上的抱枕,踢踢那颗头。

"喂,起床了,要睡回家睡,别睡在我家客厅。"

"哎哟。"它双手抱着头,习惯性地发出惨叫,却在我威胁的目光中乖乖地闭上了嘴,凄凉地摸着头上的大包,却不小心将那头黑发,哦,是假发弄掉了。

看着它光秃秃的脑袋上碗大的巨包,我忍俊不禁,抱起肚子大声笑了起来,直到隔壁夫妻再次怒火冲冲地警告出声,我才略微收敛,不断平复着因大笑而紊乱的气息,开始盘问起地上的不明生物。

之所以说它是不明生物,是因为它,实在是不明啊。虽然脑袋是属于人类的,还知道戴假发,看来也不至于太笨,只是它的身体太过矮小了,才到我的腰间,当然,我并不是歧视个儿矮的人,只是个子矮屁股后面还拖着条黄澄澄的尾巴,那就不能说是人类了吧。

"你是什么东西啊?"我左手抱着抱枕,右手扬扬花瓶,一副不良的模样。

"我,我当然是人。"它转了转漆黑而圆溜的眼睛,眨巴眨巴,开始说话,声音十分尖利,怪不得叫起来如此震撼。

"人?"我翻了翻白眼,它该不会以为我是白痴吧,我放下抱枕,单手抓住它说话间还在背后摇来摇去的蓬松大尾,"人什么时候长出尾巴了?变异品种吗?"

"该死,忘记施法藏起来了。"它看着被我拎在手中的大尾巴,低声叫道,其实会因为这个而郁闷,疯了疯了,我一定是疯了。

"可能是睡迷糊了。"我自我安慰地总结出最后的结论,却发现自己还抱着枕头坐在地上,房里空空的,没有月痕的身影,外屋也没有任何声响,我摸黑走了出去,打开灯光,却发现月痕也不在这里,怎么会凭空消失了呢?

我诧异地坐在沙发上,看着空空荡荡的屋子,少了月痕似乎都变得死气沉沉的。最让我纳闷的还是月痕在哪里?以前他从来不会一声不响地就出去,可是现在居然趁晚上偷跑,难道是出去约会女狐狸了?哼,幸好我半夜醒了过来,不然就被他瞒了过去。越想越郁闷的我,索性缩起脚坐在沙发上,抱着大大的抱枕,紧盯着门口,考虑着给他来个严刑拷打,嗯,记得储藏室还有个搓衣板,等下也拿出来好了。

我在心中虐待月痕正爽,不时发出"吱吱吱"的奸笑声,害得隔壁的那对夫妻半夜起床到处找老鼠,宣称将灭鼠进行到底。此时,屋中的灯光却闪了起来,日光灯忽明忽暗,不断地闪烁着,刺得我的眼睛难受不已,我不禁略微闭起眼睛,却发现不仅是外屋,连内房的灯光也在闪烁,有点奇怪。

我站起身来,抱着抱枕试着打开屋中其他的灯,发现情况都是一样,正诧异间,发现背后传来吱吱喳喳的声音,惊骇得猛然回首,却发现电视居然自己打开了,没有画面,只有一片模糊的雪花飞舞其上。

我缓缓走近,伸出手关上电视,紧张地注视着它,半响,它没有反应,我略微舒了口气,转身准备回房补眠。

"刺啦啦刺啦啦……"一阵模糊的响声再次在我背后响起,我惊悚地回头,发现电视在我转身的瞬间居然再次自动打开了,仍然没有画面,可是那不断重复的雪花间,我似乎看到了一双眼,深黑色的眼瞳带着血丝,死死地紧盯着我。

我不由向后退去,却靠上了厅中的桌子,我手中的抱枕掉落在地,双手搭在了桌上。没过多久,吱吱喳喳的声音愈演愈烈,电视的屏幕居然向外突了出来,一张脸覆在其上,似被囚禁了千百年的恶魔,不断渴求着自由和鲜血。

那张脸将屏幕越顶越凸,那屏幕也似乎越来越薄,眼看着它就要突围而出,我也渐渐看清楚那张脸庞,或者说,我只看得清它那双眼,乌黑的发丝遮挡住了他的样子,只有那双眼,充满了怨恨和痛愤,敌视地看着我,我几乎能数得清,它眼中的血丝。

"嗷——"它大声叫了起来,奋力地一顶,屏幕被它弹了开来,四碎成片,掉落负气地再给了月痕一脚,我回头怒视着他:"还敢装鬼吓我,想挨打了是不是? 明天不准吃饭了。"

"这样就不准吃饭啊?"月痕颇为委屈地嘟起嘴,又开始在墙上画圈圈,一圈一圈又一圈,直到我的眼睛都花了,忍不住喃喃说道,"谁让你都不去追我的,也不怕我丢了。"

"那个,月月啊。"

"什么?"

"刚才你跑的方向,错了啊。"月痕"扑哧"一声笑了出来,抱着肚子靠在墙边,凤眸眯成了一条狭长的圆弧,"哎呀,笨月月,你果然是路痴。"

"你去死吧。"狠狠地再次招呼了月痕的脚背,我昂首挺胸、气势汹汹地跑了出去,自己回家,哎?等等,这条路好陌生啊,不会吧,我——又迷路了。

月痕,快来救我啊!

07·夜半偷袭

棉花摸起来好舒服,云彩靠起来好舒服,但是,月痕抱起来更舒服,手感真是好啊!我惬意地翻了个身,一个熊抱,扑向身边的月痕,却扑了个空,一下子滚落在地上,顿时从迷糊中惊醒过来。

奇怪,月痕呢?

事情要从晚饭时说起,月痕这厮以没买到枕头为由,向我提出了强烈的抗议,天知道他怎么把这个错误归结在我的身上,但是暴力即强权,最终还是他获得了胜利,并成功地霸占了我的床,并把我作为枕头,呼呼大睡。

真是郁闷啊!居然被月痕当了枕头,虽然从前他也把我当过枕头,但基本上他都是自带枕头的,也没怎么占我便宜,哼,这次居然说我骨头太多,硌得他头疼。一个男人,不对,应该是男狐狸精,居然抱起来比我还舒服,老天爷真是太不公平了,最郁闷的是他居然半夜偷跑,难道我抱起来就那么不舒服吗?等等,为什么我

"嗯？什么意思？"我敏感地嗅出了问题所在，等等，为什么是嗅出了，阿弥陀佛，老天原谅我，我不是自愿被狐狸传染的。

"我是说，女人就是多嘴，连让人闭嘴的法术都对你不起作用了。"月痕挠挠鼻子，戏谑地笑道，而聪明如我居然也被他掩饰了过去。

"你为什么让我不能说话啊？"我的注意力仍然在希隐的身上，"她手里拿的是什么？那个黑色的东西，让我有不好的感觉。"

"不好的感觉？"月痕挑挑眉，问道。

"嗯。"我点点头，"有一种，怎么说呢？嗯，被窥测的感觉，像是自己的一切都被别人给看透了，很不好的感觉。"

"哦？这样啊。"月痕咬咬唇，脸上闪过一抹阴郁，但迅速消逝无形，依旧笑着对我说，"我们回去吧。"

"可是希隐？"我望着希隐离去的方向，心中隐约有着几分担忧。

"这件事就交给我吧。"月痕捏了捏我的鼻子，保证似的说，"你看，太阳都快下山了，我们也吃饱肚子了，该回家睡觉了。"

我抬头看看正值正午的日头，虽然冬日的阳光稀微薄弱，但也不至于快要下山吧，而且他那说话的语气："月痕，你确定你不是猪精吗？"

回答我的果然是他那自恋无比的表情，月痕抚过几缕被风吹乱的发丝，将长发挑起一个银白的弧度："你见过这么美貌的猪吗？"

"见过。"看着他欠揍的表情，忍不住就想捉弄他，果然，月痕挂起了疑问的神情，"我眼前就有一个。"

说完，我大步跑了起来，才不要被小气狐狸精报复呢！得意地给他做了个鬼脸，我迅速地将他抛在了身后。

有古怪。跑了几步我不由得停了下来，为什么月痕不来追我呢？我不由得慢慢后退了几步，又上前一步，最终还是反转身，向后走去。

可是却一直看不见月痕的身影，阴暗的小巷中滴答滴答的水声络绎不绝，高大的建筑物压顶而下，一大片一大片的阴影洒落在我的身上，我不禁裹紧衣物，汗毛也根根竖立了起来。

走至拐角，一只手捂住我的嘴巴，将我拖进路边的小巷，我心中一骇，下意识地一脚踩落，顿时听见一声惊天地泣鬼神的惨叫，我却不再害怕，任那只手捂着我，因为这个温度，我记得。

给封印了。"

似乎听懂了月痕的话,暗魑低低地发出几声不满的吼叫,随后缓缓地变回了原本的黑色,那灼热感也渐渐消失,我的手腕处因为刚才的热感而变得有些暗红,倒是不怎么疼痛,只是经过这一番闹腾,心中不免有些疑惑。

"月痕,这是怎么回事?"我注视着希隐走进了一户小屋,低声询问着月痕,"这里,有什么不好的东西吗?"

"嘘。"月痕单指按上我的唇,注视着希隐身影消失的小屋,眼神复杂,眉心被风吹起了丝丝的波浪,让我忍不住想伸出手去将它们抚平。

等了大约半个小时,希隐才自那里走了出来,手中方才拎着的东西已消失不见,却多出了一个小小的包裹,外面由红布包着,不知是什么东西。

"希隐?"看着她急速离去的背影,我不由伸出手去,口中喃喃喊道。

"啊——"没想到我细微的叫声会引起这么大的反应,希隐发出了巨大的尖叫声,手中的红布包裹也在惊恐间滑落了下来,她没有急着去捡,却见鬼似的朝我的方向看了过来。

月痕一把将我推至身后,挡住了我的身躯,与希隐直视:"小姐,请问你怎么了?"

我疑惑地趴在月痕的背上,不解地想要问他,却发现无法发出声音,更无法动弹,这是怎么回事?

"没,没事。"在月痕的身后,我看不到希隐的样子,却能听出她话语间的颤抖,心中一急,我发现脖项略微能动了,连忙看向希隐。

只见她的目光早已转向地下,慌张地拾起掉落的包裹,抬手间,那红色布巾中的物事也展露了一角,暴露的地方似一个黑色的小球,那球边的是——针?难道希隐开始学针线了吗?正疑惑间,希隐已再度将其包起,抱在怀中转首离去,脚步比起方才更为凌乱,似乎在躲避着什么。

望着她离去的背影,我想追却不能动,想喊却叫不出声,心中乱七八糟五味杂陈,终于化为一声大吼:"月痕,你干了什么?"

我的大喊换来月痕急促的转身,我捂着被撞痛的鼻子,狠狠地瞪着他:"好痛,你想谋杀吗?"

月痕没有回答我的话,却眼神复杂地看着我,眼中尽是不解:"对人的封印法术已经对你不管用了吗?"

狐狸给带坏了,没错,都是月痕的错。

月痕靠在墙上,低头看着边点钞票边天人交战的我,不时发出几声轻笑,我不满地抬头瞪他,却无意中看见巷中匆忙掠过的人影,如此之熟悉,呼之欲出却又百转千折,终究在唇齿间汇成一个词。

"希隐?"

06 · 红布包裹

眼前的女子,卷发披肩,一身得体的黑色正装,瘦削的脸上大大的眼睛依旧亮若星辰,大约是因为未施脂粉,脸色多少显得有些苍白,神色也颇为慌张,似乎害怕被别人看到似的,低头迅速地自巷中掠过,以至于没有看到近在咫尺的月痕和我。

百般迟疑后,我终究叫出了那个名字,与和苏文聊天时不同,真人相见,反而难以出口,似乎我的心在抗拒着她的名字,这也难怪,最好的朋友却给了自己最大的伤害,任何人都难以释怀吧。

"她就是那个希隐?"月痕明显地对我的话提起了兴趣,朝希隐离去的方向张望起来,又看看我,"要跟去看看吗?"

"不好吧。"我迟疑地看着月痕,可心中却满是狐疑,为什么她走得那么匆忙。

"走吧。"似乎看出了我的踌躇,月痕一把抓起我的手,跟了上去。

我象征性地挣扎了两下,便顺从地跟着月痕的步伐小跑前进了,不多久便跟上了希隐,只见她双手提满东西,三转九弯地绕进了一个更深的窄巷,她走得颇为仓促,似乎极为熟悉这里的道路。

跟着她走进深巷,我的身上泛起了丝丝凉意,是因为巷道中的满地积水吗?我握紧月痕的手,却惊觉手上的暗魈镯灼热得惊人,我不禁抬起右手,那黑色的镯身已变得接近赤红,发出了"嗡嗡"的低吼,似急着觅食的恶龙。

月痕注意到了我的失常,皱皱眉,伸出细指轻弹镯子:"给我闭嘴,再叫就把你

"什么?"月痕掏掏耳朵,一副慵懒的模样。

"我们身上有钱吗?"我迟疑地问道,上次坠崖时穿的衣服里倒是有钱,但是现在是冬天,那套衣服早就丢在了月痕的山谷中,所以我可以说是身无分文。

"没有。"月痕爽快地回答我。

"没有?"果然,我再次揪住他的耳朵,"没有你给我吃霸王——鸡?万一被逮到了就死定了,很丢脸的你知不知道?"

"不会的。"月痕笃定地回答道,"你没看见他们都被我的美貌迷得七荤八素吗?而且,就算被发现了,我们也可以一不做二不休……"

"停停停停停。"我一把捂住月痕的嘴,"你想干什么?还想杀人灭口吗?"

扯下我捂他嘴的手,月痕单指压住我哇哇大叫的唇,自口袋里掏出一件物事:"我是说,我们可以去取钱啊。"

满眼星星地看着他手中的那张金卡,用卡取钱的狐狸精,我的认知一时不能接受,差点因为脑淤血而晕倒。

"月月。"月痕慌忙地一把接住我,手忙脚乱间还不忘叫道,"就算你喜欢钱,也别看见金卡就晕过去啊,我都爱你,都给你还不成吗?"

"给我闭嘴。"有气无力地吼出声,我的头像抽风似的疼痛不止,迟早,迟早我会被这只狐狸精给逼疯。

"你身上没有钱吗?"终于镇定下来,我看着月痕,"那我们拿什么去买东西啊?"

听了我的话,月痕突然变得贼笑兮兮,让我瞬间有不好的预感:"不就是钱吗?我们找人借点就好了嘛。"

呆呆地看着月痕手中以堆增长的钞票,我一把扯住他跑进支巷,看看四周没有人,才略微地放心,却看见月痕还在那里变钞票,忍不住一手盖在了他的头上:"够了,你想让我们背着麻袋逛街吗?"

"哦。"月痕随手抓起钞票塞入我羽绒服的口袋中,把我本就臃肿的形象变得更加臃肿,死狐狸,小心我教训你,不过,是用钱塞的,嗯,还是算了吧。

"我们拿了别人的钱?会不会惹麻烦啊?"我边数着钞票,边问月痕。

"不会的。"月痕笃定地笑道,"我一个人就拿一张,只有十元,没人会在意的。"

"嗯,也是。"我看着满口袋的十元钞票,呜呜,要是全都是百元的该有多好,我就发财了。等等,我怎么会有这么不良的思想,偷窃是不对的。嗯,肯定是被那只你下次出现时,它还存在的。"

"这个嘛,有吗?"月痕撑着额头,似乎在努力回想。

"一定有的。"我拉起月痕向前走去,一定有的哦,月痕,即使我不在了,也会让别人替我记住你,这样的话,等你下次出现的时候,如果你找一个叫做水如月的女子,就会有人来告诉你,她一直记得你,从来不曾忘记,直到停止呼吸。

"嗯。"月痕点点头,看我的目光中又多了几丝温和,害得我差点以为他有读心术,却听见他的下半句话,"闻到了,烤鸡的味道,我们去吃吧。"

我挂满黑线,无语地被食欲大动的月痕拉着狂奔,却不由得挂起轻笑,只要是在他的身边,怎么样都好,哪怕是跑得筋疲力尽,我也知道,那只手,一直拉着我,不会放开。

"嗯,好吃。"月痕不顾其他人惊异的目光,抱着只鸡大快朵颐,塞满了东西的嘴还嘟囔嘟囔地叫道,"月月,你也吃啊。"

看着月痕没形象的吃样,我叹了口气,亏他这个时候还记得我:"嗯。"

再看其余桌上的人,早已忘记了吃喝,全部注视着月痕超凡脱尘的美貌和那不怎么好看的吃相。咦?那个黑心的老板,趁客人发呆的时候,拼命地往他们的桌子上加菜,趁火打劫,真是奸商。不过,以后我卖香料的时候要不要也让月痕坐在门口……

"嗯,好吃。"啃完三只鸡后,月痕心满意足地长舒了一口气,舔舐着手指,似乎还在回味,却不知道他这无意的动作,已经让不少客人流出了鼻血,一时之间店中的废纸量急速上升,看着老板心疼的样子,我不由轻笑,你个小奸商,扫地就够你扫的,嗯,下次来香铺的客人要让他们自带丝帕。

拿出手绢擦拭干净月痕的嘴角,我又拉过他的两只小爪子揩干净,看着他整洁的样子,才满意地点了点头:"我们走吧。"

"嗯。"吃饱了的月痕倒是很听话,只是仍旧一遍遍地舔舐着唇瓣,惹得店中一遍遍地掀起用纸高峰,胖老板今晚怕是睡不着觉了。

拉着月痕走出店门,直到拐了两个弯,我突然停了下来,问了月痕一个问题:"月痕,我们付账了吗?"

月痕挠挠头,打了个哈哈,吃饱就睡的懒惰模样显露无遗:"我怎么知道,这些事不是向来都是你做的吗?"

"那个,月痕——"听了他的话,我突然全身暴冷,想起了另外一个严重的问题。

"当然确定。"月痕肯定地对我摇了摇头,"我从前都是在这里买东西的,上次那批货我很满意,还多给了他几十两银子呢。"

听了他前半句话略微放心的我,在听完他的后半句话后,一把揪住他的衣襟:"你告诉我,你上次买东西是什么时候?"

"这个嘛。"月痕掰起手指细细地算了起来,大约算了一分钟,才给了我一个确切的答案,"正好是二百五十七年前。"

"月痕。"

"什么?"

"你可以去死了。"

05 · 窄巷故人

若不是嫌巷道过于窄小,我险些给这只该死的狐狸来了个过肩摔,憋气地揪起月痕的耳朵,我颇为郁闷地瞪着他:"亏你记得清楚啊,二百五十七年前。"

"那是,我的记性向来很好。"月痕挠挠头,貌似还不知道自己犯了什么错,死狐狸,你给我装。

故意地加大手劲,把小狐狸精揪得哇哇叫:"别跟我扯东扯西,你确定这里有吗?"

"这里有我留下的味道,所以我记得啦。"月痕手忙脚乱地拨开我的手,一双水雾缭绕的眼眸再次出现在我的面前,眨巴眨巴,好像手中玉米被抢走的小土拨鼠。

"我就知道……"我颇为无语地看着一闯祸就撒娇的他,"二百多年了,你找的绸缎庄恐怕早已不在了吧?"

月痕扬扬头,牵起我的手:"我也不知道,每次我入世时,那些过去常去的地方往往都消失或者变成别的地方,我只好再找别的地方,等下次再来时,它们又都消失不见,似乎是一个重复的圈。"

听了月痕的话,我半晌无语,不禁握紧他的手:"一定还有例外的对不对?等

总是离他远远的,现在想起来,还真是任性呢。

　　我轻轻笑着,放开了他的手,这双手的温度,我已经无法适应,因为现在牵着我的,是那一双永远温暖的手啊。忍不住侧首看向月痕,他也正紧张地看着我,注意到我的目光,似乎害羞地立刻转过头去,我不由得"扑哧"一声笑了起来。

　　注视着苏文离去的孤单背影,我不由得有几分为他心疼,这半年来,我过得轻松快乐,他却承受着害死我的痛苦度日,幸好此刻我及时回来,不然不知他要愧疚到几时,如若他和希隐因我而无缘,我岂不是又背负了罪恶。

　　"果然,回来是正确的决定,对吧,月痕?"我对身边的月痕笑道。

　　"那当然。"月痕浅笑着看我,随后一甩他那飘逸的长发,"我的那些护发素啊,面膜啊,都快用完了,也该回来补充货源了。"

　　"哎!我这出众的美貌,如果不好好保养,上天都会为我哭泣的——(省略三千字)"我翻翻白眼,捂起耳朵,努力不让那些无耻的言辞侵袭进我的脑海,终于在他吐出第三千零一个字的时候彻底爆发。

　　"再吵就给我面壁去。"

　　事实证明,自恋狂就是自恋狂,无论我如何打压,他永远能从地狱的底层爬回来,继续自恋。

　　月痕拉着我的手,兴高采烈地逛起街来,理由仅仅是——要找一个适合他美貌的枕头,在香铺的时候,他睡的枕头是内塞百花的,外面的枕套也是在瑞祥绸缎庄订做的,还一次订了七个不同的款式,每天换一次,可怜我天天打扫香铺还得帮他洗衣服洗枕套,他还美其名曰嫌别人洗得不干净,简直就是变相地压榨廉价劳动力。

　　"走,我们去这里看看。"月痕拉着我走街串巷,原本是买枕头的,却逛到了一条偏僻的小巷中。

　　我们走的是一条细窄的巷道,路旁连接的似乎是人家的后门,一滴滴的积水自空调和电线杆上掉落,在路边形成一个又一个的水坑,蔓延成这一条细小蜿蜒的道路。

　　我听着"滴答滴答"的水声,不由握紧月痕的手:"月痕,你确定这里会有你想要的东西吗?"

第六章　前尘旧事

论，即使受了委屈也只是闷在家里，每次都是我来找你，带你去学校呢。"

"是这样吗？"我揉揉头，好像是有这回事，但现在回想起来，似乎是很久以前的事情了，那些脑海中的记忆已经模糊不清，或者说，是被在长安的半年所替代，一时提起，让我不由得有些恍惚。

"你——不记得了吗？"看着我这样的表情，苏文的脸上不由浮现出丝丝失望的神情，却瞬间收敛，回复平和。

"哦，我想起来了，你和希隐那个时候常常帮我出头呢。"费尽力气，我总算找到了那部分被我压在箱底的记忆，不由轻叹，我的记性何时变得如此之差，还是说，这个死狐狸精的魅力如此之大，认识他半年抵得上我的前半生了？

我和苏文都没有注意到，面对墙边的月痕，嘴角流露出的笑容，或者说，即使看到了，我们也不会注意，也不会明白，他究竟为何而笑。

"对了，你和希隐什么时候结婚？"不想念旧的我不由得转移起话题，开始反客为主，问起苏文。

苏文微微一愣，随后配合地回答起来："没多久了。"

"没多久是多久啊？"我水如月是何许人，怎么会被他轻易地糊弄过去呢？

苏文腼腆地笑笑，略微不好意思地答道："我们打算初八结婚。"

"初八？"我掰起手指算了起来，"那不就只有十天了？"

"嗯。"苏文点点头。

我扭头看着月痕，勾勾手指示意他过来："你看，来得早不如来得巧，不如我们参加完苏文的婚礼再回去，好吗？"

月痕走到我身边，听了我的话扬扬眉，嘴角却无意地挂出一个浅笑，用力地揉揉我的头："嗯，随便你。"

"你们——要走吗？"听了我的话，苏文诧异地看着我。

"嗯，等参加完你的婚礼，我们就回家。"想起那长安大街上的香铺，我不由眯起了眼睛，高兴地笑着，我的家，等着我，我马上就回来了，和月痕一起。

"那就说定了。"不等苏文反应过来，我对着他伸出右手，"一定要请我喝你们的喜酒哦。"

看着我伸出的手，苏文微微呆愣，随即笑了出来，也伸出手来与我交握："嗯，说定了，你一定要来啊。"

苏文的手，凉凉的，从前的夏天我总是喜欢一路握着他的手回家，到了冬天却再有想象力也想象不出呢。

"我们在一起很久了。"我正沉思着该如何回答,月痕却已走到我的身边,揽住我的腰肢,将我紧紧地锁在他的怀中,挑衅似的看着苏文。

"月痕——"我无语地侧首看向他,这个狐狸精,除了添乱就没有别的本事了吗?

转头的瞬间,我只来得及看到他嘴边熟悉的戏谑神情,心中暗觉不妙,却来不及回首,一张薄唇精准无比地印了下来,我瞪大眼睛,大脑"轰"的一声,第二次当机。

04 · 终究释然

狠狠地跟月痕的脚来了个亲密接触,我再用手肘给他来了个腹间按摩,满意地看着他缩脚抱腹的狼狈模样,适时地一把揪住他的耳朵,凑近他的耳旁:"臭小子,占我便宜,你想死啊?"

"不想。"月痕抬起头,凤眸中居然氤氲雾绕,一副被欺辱了的泫然欲泣的模样,我不由一头黑线,拜托你,被轻薄的是我不是你啊,怎么弄得好像是我在非礼你啊。

"给我去面壁。"看着他眨巴眨巴眼睛的可怜模样,我无语地松开手,一把将他推开,天哪,我迟早会被这只狐狸给弄疯的。

"面壁就面壁嘛,月月好凶哦。"偏偏他面壁还不老实,单手在墙上绕着圈圈,还时不时地向我张望着,那完美的唇形此刻撅成了一个大大的圆,唇?该死的,又想到不好的事情了,驱散驱散,坏事驱散。

看着我手忙脚乱、擦汗诅咒的多样表情,面前的苏文轻轻地笑了起来:"如月,你开朗了许多。"

我无语地看看他,这叫开朗吗?明显的是郁闷啊!

仿佛怕我不相信,苏文继续说道:"我是说真的,从前的你从来不会和别人争看着他熟练地打开冰箱，将冰淇淋塞了进去，又将里面过期的食物取出来准备丢掉，我的心中有了丝丝的颤抖，他，总是这样吗？

苏文回过头，看着我呆愣的神情，略微羞赧地笑笑："虽然他们都说你死了，但是我一直觉得你还活着，还会回到这里，所以，我每隔一段时间——"

"所以你每隔一段时间就来打扫屋子，更换冰箱里的食物吗？"我打断了他的话，不知为何，一丝火气自体内渗出，直透发梢，似要将一切都燃尽，"你以为，这么做，就能证明我还活着？或者说，这样做你就不会觉得罪恶吗？还是说，你心中那可笑的同情心还在作祟，即使我死了仍不愿意放过我，还想继续虚假地同情我下去？"

"不，我不是这个意思。"苏文惊讶地看着我过度旺盛的火气。

"那你是什么意思？"我一把上前打开冰箱，将里面的东西全部扔出，扔还到他的身上，"苏文，面对现实吧！如果我今天不出现呢？你打算一直这样做下去吗？"

"我——"

"我什么我？难道你觉得这样做，我就会原谅你吗？你不知道这样做，会伤害希隐吗？"终于喊出了心中最后的疑问，我却惊觉，原来这火气，是来源于对他和希隐的心疼，一个是我最好的朋友，一个是我曾经的依靠，在我离去后，他们心中不知是何感受。

我曾经恶意地想过，我死了会让他们开心，但是一想到他们最后见我的神色，想到这么多年来他们对我的照顾，一直包容着我的任性和孤僻，一直陪伴在我的身边。这样的他们，不会因为我的离去而受伤吗？

"希隐。"似乎明白了我的意思，苏文吞了口唾沫，费力地吐出这两个字，"她很支持我这样做，偶尔还会和我一起来。我们，快结婚了。"

"哦？"我的心中五味杂陈，曾经背叛我的两人如今已成为未婚夫妻，即使我已笃定要豁达，但仍有丝丝痛楚蔓延心间，摇摇头，努力将这些心酸远远地抛至脑后，我笑道，"这样吗？很好啊，恭喜你们。"

"嗯。"听了我的话，苏文镜片后的目光一闪，尽是我看不懂的神色，却又转瞬即逝，对我展现了一个依旧温和的笑容。

"那你们呢？"苏文看看沙发上的月痕，试探地问道。

"啊？"即使心中百般滋味，此刻的我却是只想大笑，和一个狐狸精结婚，即使了一丝丝的不确定,飘荡在我的耳旁。

掌心一阵生疼,啊,破了,有液体沾湿指尖的触觉。

"什么味道?"月痕的鼻尖轻轻缩动,慌忙间放开了我的身体,抓起我紧握的双手,皱起眉轻责,"月月,你在干什么?你的手破了,赶紧把手松开,我给你治。"

转过头看着紧张的月痕,我缓缓松开双手,颇为惬意地看着他紧张的神情,眉梢也随之轻扬,那眉心的轻皱也随着这一弯细微的波浪而远去,半仰起头,抑制住那一直盘旋在眼眶中的泪水,我的嘴角缓缓勾起笑容。

时光,永远不会倒流。我,不再是我,而苏文,即使没变,也不再是我的苏文了。

淡定的微笑出现在我的唇边,一如在香铺的每个日间对待客人的笑容,我轻轻开口:"苏文,好久不见,你好吗?"

似乎被我的淡定所感染,苏文的眼中开始有了波动,他弯腰拾起掉落的东西,想走近却又略微尴尬地看着月痕和我,一时站在原地,不知何去何从:"哦,很好,我很好,那位是?"

"他叫月痕。"看到他目瞪口呆的神情我不禁觉得有些好笑,被紧紧握在月痕掌心的手已差不多治好,我推开月痕站起身来,直至苏文的面前,自他的手中接过东西,"别站了,进来吧。"

"哦,哦,好。"向来淡定从容的苏文似乎受到了过度的惊吓,完全失去了往日的风范,只是呆呆地点头,跟着我往内走去。

我无语地回头,看着他:"你忘记关门了。"

"哦。"苏文连忙去将大门关上,仔细地连门缝都检查了一遍,才走了过来。

无奈地叹了口气,我再次指指门:"你还没把钥匙拔下来。"

"嗯?哦。"

我颇为无语地看着他恍然大悟的神情,我错了,他不仅变了,而且变得超级白痴了。难道我就这么恐怖吗?让一个大难临头仍临危不惧的社会主义三好青年,变成了个呆呆愣愣的大傻瓜。

"别光站着,坐下吧。"我在桌上打开手中的口袋,不禁有些呆愣,里面装的是冰淇淋,往年的冬天,我最喜欢开着空调在家边看电视边吃冰淇淋,可是,他既然立了我的灵位,为什么还要买这些东西呢?

沉思间,一双手接过我手中的袋子,抬起头,却是苏文,他温和地对我笑笑:"还是我来吧。"

我抱紧，我抬起头准备问他搞什么飞机，他却侧首靠近，飞快地吻上了我的唇。

我的大脑"轰"的一声，瞬间全部当机。只能呆呆地看着月痕因为过于接近而放大的脸，果然，皮肤好好。等等，这是怎么回事，该死的月痕，你给我闪开。我手忙脚乱地想要推开月痕，他却先一步离开我的唇，挑衅似的舔了舔自己的唇瓣。我的脸红得要滴出水来，狠狠地瞪着他，却发现他的注意力并不在我的身上。

对了，门响声，是谁？我不由得也向门边望去，却看见一个熟悉的身影，我不由得紧紧地握紧自己的手心，本就不长的指尖险些将掌心刺破。

"苏文？"我喃喃开口，却是干涩的嗓音，我无意地舔舔自己的唇，没有发现自己的举动与方才月痕的举动，是多么暧昧。

却原来，大脑当机的并不止我一个，苏文站在门旁，手中的东西散落一地，只是呆呆地看着我，那镜片后的眼，是我无法意会的神情，为什么他的眼中会泛出泪光？因为我没死？还是说，我的存在治愈了他心中那点滴的罪恶感？

看着呆愣的他，我突然有种时光倒流的感觉，他还在那里，永远得体的衣着，依旧温和的笑容，和那温柔的嗓音："如月。"

03·时光荏苒

"如月。"在我失去父母后无数次轻柔安慰我的嗓音，再次在耳边响起，让我恍然间有了一种时光倒流的感觉，似乎时光还在半年之前，他没有背叛过我，我也没有遇上过月痕，而是在一个午后百无聊赖地坐在家中的沙发上，等待着他的到来，等待着他给我做饭，等待着他给我收拾房屋，告诉我要爱护身体，告诉我会照顾我，告诉……

不眨眼地注视着苏文，是的，他没有变，如同一滴水般，不突兀地随时准备融入身边的社会，看起来如此平凡，却拥有海的宽容，就是这样的他，给了我生命中最初的感动。

"月月，你怎么了？"月痕再次抱紧我，勒得我生疼，那向来淡定的语气居然有上,却突然手脚一软,险些倒下。

身后的月痕连忙张开双手欲接住我,我却扶住香案自己站了起来,颤抖的手伸向父母灵位后面的一个漆黑物件,将它拿入手中,我不由得摇头苦笑,这是何苦,何苦。

"爱妻——水如月之灵位。"喃喃念出其上的字句,我大笑着回头看向月痕,"呐,月痕,你说可笑吗?我还活在这里的时候他背叛了我要娶别的女人,可是我离开之后却成为了他的妻子,很可笑,是不是?"

月痕注视着我,半晌不动,千万话语,终化为一丝长叹,那温暖的指尖却抚上我的脸颊,从上采撷了一滴晶莹的泪珠,含入口中:"月月,这次,你的泪是苦的。"

终于忍受不了心上的煎熬,我猛地扑入月痕的怀中,紧紧搂住他的脖子,大声地哭泣起来。月痕手足无措地呆愣了片刻,却在我哭泣的瞬间轻轻一颤,用力抱紧我,他抱得如此之紧,似要将我揉入他的骨中去,我闭上双眸,继续抽泣起来,将这半年的忧郁和心伤,一次性地发泄出来,那手中的牌位,在不知不觉间,坠到地上,无人理睬。

半卧在沙发上,我的头搭在月痕的腿上,仰头望着月痕魅惑众生的脸庞,忍不住伸出手去,轻轻抚摸他的脸颊,他微笑地伸出手来,抚上我的手,他掌心的温暖和脸颊的凉瑟给了我的手奇妙的触感,我惬意地打了个哈欠,无数个疲惫席卷而来,急切地想将我扯进梦乡中。

月痕浅笑地看着我几乎眯成细缝却还不断挣扎的眼眸,伸出纤指轻点我的鼻尖:"睡吧,月月,睡醒了一切不好的事情就都过去了。"

"嗯。"我眯着眼,将月痕的样子印入心中,缓缓地闭上眼,手指却握紧月痕的衣角,就算睡醒了会忘记一切不好的事情,如果月痕不见了,那人世间所有的事情,都不再是美好的了。

也许是我丢掉神像的行为过于暴虐,也许是神祇肆意捉弄,总之,这该死的天就是不想让我得到片刻的轻松。刚刚进入浅眠,我却听见一阵门声;随后是钥匙的叮当声,到了最后门锁被轻轻转动。在门推开的瞬间,我猛地惊醒过来,睁开眼惊异地望向月痕,却发现他也正看向门边,脸上挂着不可捉摸的神色。

我不由得撑着月痕的腿半坐起来,却一时脱力,倒在了月痕的怀中,月痕诧异地低头看着怀中的我,嘴角却蓦然勾起一个坏坏的笑容,在我脸红的瞬间猛地将

02 · 怨愧纠葛

熟悉的气息，熟悉的布局，不同的，却是屋中的人儿。这大概就是人们常说的物是人非吧，我眯起眼睛，深深地吸了一口气，这独有的，属于家的温馨气息，却不想，其中却含有一丝凄凉，透过呼吸渗入我的心内，泛起层层巨波，不得安宁。

"看来有人常常来打扫这间屋子啊。"月痕挑起眉梢，注视这屋中的景象，的确，屋中一尘不染，天花板上也未见蛛丝，窗台上的几株花草，虽在寒气的侵袭下略微无神，却也还活着。

"叮叮叮叮……"一阵风铃声传入我的耳中，我心内一颤，匆忙中到处追寻声音的来源，终于跑至阳台，仰头望去，我不禁捂住嘴……

"很漂亮的风铃。"月痕的声音突然出现在耳畔，我不由得后退，险些坠落到楼下，月痕连忙一把抓住我，把我拉回原地，眉心微皱，"小心点，我可不想在大庭广众下演出英雄救美，不过，你就算掉下去，也是像上次那样，弹来弹去吧。"

"嗯。"看着月痕戏谑的表情，我的心毫无往日的轻松，也不似往日般回击，只因，我心中满是疑问。

这串风铃，是第一次约会他送我的礼物，出门旅游那天，我将它和其他东西丢入了垃圾桶，此刻怎么会在这里？而且上面清洁干净，明显是有人常常擦拭，再看看屋中，的确是有人帮我照料屋子。可是，这个人，是谁呢？

"你心中的疑问。"沉寂之间，月痕再次侧首靠近我的耳畔，不过他这次有先见之明地用双臂锁住了我的动向，"那里，应该可以解答。"

顺着月痕手指的方向，我看到了——香案。父母在世时，这张香案是他们用来祭神的，在他们去世后，这里便成为了他们的归宿，而那些从来不保佑人的天神的雕像，被我丢在了垃圾桶里，现在不知道存在于哪个遥远的垃圾场中。

缓缓地走近香案，上面的香炉中，插着几炷未燃尽就已熄灭的香。后面摆放的是，父母的灵位，我抽起台上剩下的香烛，点燃举起，深深拜下，抬起头将它们插物,不过,这样也很好。"

我的头上顿时挂满了黑线,问道:"不知主人大人这句话何解？"

月痕伸出一只手指,在我面前摆来摆去:"大部分的人看到我都觉得奇怪,但是基本上都会认为我是染发或者戴了假发和隐形眼镜吧,所以,绝对不会有问题的。"

"这倒也是。"我点了点头,就算再是奇装异服,顶多就是遭几个白眼,不至于像古代那样被当做妖怪对待。

"而且——"月痕左手轻轻挑起长发,蓦地一甩,任那寒冷的冬风挽起它轻吻,自信地笑道,"以我这出众的美貌,即使改变了头发的颜色,也是一样地出类拔萃,是不是,月月？"

"是啊是啊是啊。"我连连点头,一把拉起搔首弄姿的他,大步迈了开来,如果你不小心看到,一个巨大的皮球在马路上拖着个美男大踏步前进,别怀疑,也别惊异,那就是我,哦,还有我那臭美的狐狸精主人。

"我们现在去哪儿？"月痕跟在我的身后,被我拖着前进,颇为轻松惬意地问道。

听了他的话,我的身体不由一震,脚步停住,低头吸了吸鼻子:"回我家。"

说完,我拉着他继续走了起来,没有注意到,自己的脚步越走越快,几乎到了跑的地步,而月痕,似乎没有注意到这些,只是一直跟随着我快得惊人的脚步,不经意间,他已在我的身边,与我并行。

忍不住握紧月痕的手,从中汲取更多的温暖,我低着头,再次吸了吸鼻子,该死的,感冒了吗？

虽已离去半年,但我回家的步伐还是轻车熟路,也难怪,毕竟我走了二十多年了,熟门熟路地带着月痕拐了几个弯,上了几层楼,我的脚步终于停下,门牌401,我的家,亦是我的噩梦。

有一个人,曾无数次地在这里等待我,也曾无数次地在这里拥抱我,更曾无数次地向我承诺,那人类常说的——天长地久,还曾一次在这里,握着另一个女人的手,一次与无数次？我不由得苦笑,人类的感情就是这么脆弱的东西啊,漫长的积累禁不起一时的破碎。

现在的家里,想必是灰尘满地,漫天蛛网吧。

我伸出手,推开门,可迎接我的,却是满目的惊异。

"你看过我开门用钥匙的吗?"这小气的狐狸精似乎不准备放过我,还在一个劲地抽风,不过,确实,他貌似是不用钥匙的。

看着他嘴角似笑非笑的戏谑表情,我不由脸红心跳兼气闷,粗鲁地对他伸出手去:"你不想要就还给我。"

月痕单指戳上我的额头,把我抵在了原地,那只小爪子却将青铜钥匙看了又看:"嗯,不错,挺好看的,看在你这么诚恳的分上,我就留下它吧。"

听了他的话,我心中一喜,却依旧嘴硬:"谁也没求你留下。"

月痕似乎看透了我似的,浅笑着揉揉我的头,缩回手去,却将两颊边的发丝向后捋去,松松地打了个结,用我给它的红线绑起,那把青铜钥匙轻轻吊挂在发髻上。月痕收回手,左右转头地向我展示着:"怎么样?好看不?"

"好看,好看。"我连连点头,却头冒黑线,才几分钟,他的自恋又上了一个高度了,不过,最让人气闷的是,为什么他无论怎么弄都是这么漂亮。

"那,我们走吧。"月痕拉住我的手,往最初来时的长安郊外走去,从那里,我们可以再次回去,月痕的山谷,现代的时空。

"嗯。"回握住月痕的手,我的眼眶不由略微湿润,再次回头,看着我们的香铺,停业告示墨迹未干,我一定会回来,亲手揭掉它的。

实在不懂得,为什么21世纪的冬天会是那么冷,我将双手插入羽绒服的口袋中。费力地缩成一个团,颇为郁闷地看着眼前的月痕。

回到现代,我们做的第一件事,就是找两件符合环境的衣服穿上,也许是月痕给我的那件狐裘太温暖的缘故,导致我穿上羽绒服,无论如何都是冷。可月痕那家伙,却还在刺激我,只是穿了套薄薄的白色西装,纽扣未锁,露出里面白色的衬衣和那白皙细腻的锁骨,似乎季节在他那里毫无概念。

月痕看着我吃瘪的郁闷模样,浅笑地拉出我的左手握紧,向前走去,月痕的手,好温暖,只是,我们现在的模样,怎么看都是一个美男拉着一个皮球在散步。我颇为郁闷地看着他的背影,突然意识到一个问题。

"月痕,你怎么没有把头发和瞳孔变成黑色啊?"他披散着长可及地的银色长发,我送他的红色丝线和青铜钥匙还在上面飘荡,一路上引来无数眼球,尽是些有色的光芒。

月痕回过头,银眸微眯,颇为狡诈地看着我:"所以说,人类是没有想象力的动

第六章 前尘旧事

01·前缘难断

依依不舍地摸着香铺的大门，在这儿虽只待了半年，但我却早已把这里当成了自己的家，此刻突然离开，心中自有万般不舍，只是，现代那里，有我必须要做的事情，缠绕盘旋许久，终究，还是要有一个了解的。

将大门锁上，我看看身边沉默不语的月痕，不由轻叹，这厮又在和我闹别扭。握紧手心，却被手中的钥匙硌到了手，张开手心，我不由得灵光一现，甩开月痕，自街上的小贩那里买了两根红绳，将两把钥匙分别穿起。

一把同心结，一丝月老线，心如磐石坚，情同日月长。

我不由脸一红，直接将一把钥匙扔到了月痕的身上，那鲜红的丝线与古铜色的钥匙坠落在他纯白的衣裳上，月痕单指挑起，扬扬眉看我："这是什么意思？"

我将手中的钥匙挂上脖项，举起钥匙在他的眼前左右晃动："香铺的钥匙啊，我们一人一把，这样就不会弄丢了。"

"哦？"月痕凤眸微眯，突然凑近我的脸前，"是这样吗？"

我的眼睛开始左右摇摆，手指也绕起了圈圈："当然是这样，不然，你以为还有什么？"

"喂,月痕。"我坐在月痕的身边,侧首浅笑地看着他,"生活,还是很美好的是不是?虽然也有些不如意。"

"大概吧。"月痕继续吃着点心,可眼角的余光还是在关照着我,那眼中掩藏不住的是宠溺的光芒。

"我觉得很美好。"扬扬头,我大笑起来,"最起码,我看见的都是美好的事情。不过,月痕?"

"什么?"月痕嘴里塞着点心,含糊不清地问道。

"快要过年了,你有没有想好要给我什么新年礼物?"我抓住月痕的手,夺过他手中的点心盘,一副赖皮的模样。

"哦,礼物啊,"月痕照旧在我的头发上擦了擦手,边掏耳朵边问道,"那你想要什么呢?"

"哎,不管我要什么,你都会给我吗?"终于说到这里了,我的心有了丝丝的颤抖,可是脸上却保持着镇定,不想让月痕看出来。

月痕沉默地看着我半晌,那深邃的眸让我在一瞬间觉得被看穿,可是下一刻,他的脸上又恢复了慵懒的表情:"只要不是要我的命,你随便说吧。"

"嗯,那我说了。"我双手握紧,终于说出了考虑良久的话语,"我想回家。"

"家?"月痕挑挑眉以示惊讶,可那脸上分明没有半丝讶异的神情,"哪里的家?这里不是你的家吗?"

"这里当然是。"就算我忘记一切,也不会忘记,在长安的大街上,有着一间属于我们的香铺,"可是,我想回的,是我在现代的家。"

"哦,你想回现代啊。"月痕坐立起身,捏住我的下巴,与我直视,发丝与瞳孔在一瞬间变回银白,一如最初的相见,那银白的发丝高高地扬起在他身后,如同一抹银色的月光,眯起银瞳,月痕喃喃开口。

"原来这就是你的愿望。"

"女人也是一样,心爱的人一句不经意的话都会将她刺伤,让她日思夜想,痛彻心扉,但是,比起其他人,她们更愿意被心爱的人伤害。

"因为,是爱着的人啊,就算受伤,也希望第一个伤害自己的人是他。"说到这儿,我不禁眼眶有些湿润,那些很久以前的事情再次涌入脑海,被他伤害后我是如此地不甘,甚至想狠狠地报复,那种反应,果然,我对他的爱……

"那我要如何做呢?"柳白絮听了我的话,沉默半晌,终于抬头,眼中的愧疚和温暖让我动容,"事情已经发生了,我要如何做才能挽回呢?"

"不需要挽回了。"我轻轻摇头,对他笑道,"有些事情一旦发生便无可挽回,就像有些伤口即使疤痕消除也会隐隐作痛一样,如果,你真的想赎罪的话——"

"请——给她自由。"

是的,给月动人自由,她在你的温柔中沉沦了十年,也爱了你十年,太过于依赖你,太过于重视你,这份感情,差点让她认为所有为爱所做的事情,哪怕罪恶,都是美好的。如果真的想拯救她,就给她自由吧,在没有你的世界里,也许她开始会痛苦,但是最后总会坚强。

挣脱束缚的鸟儿,可以飞得更高。

快要过年了,街上四处张灯结彩,平时冷清的人家也有了鼎沸的人声,门口卖各种小吃的小贩的吆喝声也更加大,似乎要喊出新一年的红火和好运。唯一不变的,是我们的香铺——天雪香铺。

擦完桌子,我微笑地看着在卧榻上大嚼点心的月痕,每天都是同样的动作,可从来不会让人觉得厌烦。

"看我干什么?"月痕注意到我的目光,高高举起手中的点心盘,"你也想吃吗?"

"是啊。"我扔掉抹布,洗干净手,向月痕走了过去。

嘴角噙着的,是掩不住的笑容。江小弟前不久回来了,带来不少的好消息呢。寒冰山庄的一切事物都很好,祖孙三代也恢复了和谐,温染雪脸上的笑容也渐渐增多,一个月可以笑一次了;而最大的消息莫过于月冥山庄和絮谷的婚事告吹,据说是月动人主动休了柳白絮,许多路见不平的好汉想要去替白絮公子讨公道,却都在他动人的微笑下卸甲而去,还恭祝他和月动人早日各自找到如意的人,请他们吃喜酒。

16 · 内心之愿

也许我真的是个坏女人,不然也不会在刺伤一个女人之后,去再度刺伤她所爱的男人,也许是性格使然,也许是被月痕宠溺太久,我已经养成了藏不住话的坏习惯,既然知道,就不愿意深埋心中,哪怕会让人难堪,哪怕会让人痛苦,我也坚信,有些事情,说出比不说要好,有些话,说明白比深藏心中要好。

"为什么你会这么问?"柳白絮捂住左肩,那方才被雪积压的地方。是那融化的雪水打湿了他的肩头吗?

我摇摇头,嘴边尽是苦笑:"因为你太过温柔,其实以你的智慧又何尝想不通全部的事情,可是你不说,你装做不知道,你甚至愿意陪她去演这场可笑的戏,宁愿让别人来揭露她,也要扮演好温柔的角色,不觉得可笑吗?"

柳白絮垂首,半晌终于答话:"那你认为我应该如何?她为我如此,让我揭穿她让她难堪,最后再离开她吗?她的自尊心太强,这么做无疑于逼死她。"

"那么,你对现在的结果很满意吗?"我再次摇头,说了许久,偏偏他却不了解我的意思,是我的情商太高,还是他那心海太无尘,或者说,是造化弄人?

"我——"柳白絮张了张口,终是无语。

"或者说,你永远不揭穿她,看着她被诅咒反噬而死,这样的结果就是你想要的?"我继续说道,语气残忍而淡薄,让我不由得都有些讨厌自己了。

"不是的,我不想。"终于激起了他的表情,我不由得舒了口气,看来这无尘的公子也并非毫无感情。

我伸出手,高高地扬起,对准他的脸打了过去,他条件反射似的闭起眼,我的手却轻轻地落在他的脸上,柳白絮惊异地睁开眼睛,看着我,似乎不知道该说些什么好。

"你认为自己会被打吗?"我收回手,对他浅笑道,"可是实际上我根本没想打你,看,不是你预料的每件事情都是正确的。

"他没事,没事的,你放心。"我反握住她的手,轻声安慰着她。

"那就好。"听了我的话,月动人舒了口气,脸色略微好转,"那就好,很奇怪吧?那个时候,明明应该轻松,可是心里却在叫着,既然不能在一起了,那就一起去死吧。可是我真傻呢,即使是死,我也是下地狱的那个吧,他那么好,不会和我一起的。"

"你不要这么想。"我握紧她的手,"你现在能这么说,就说明你心中仍有善念,现在开始放手、弥补,也不晚。"

"我知道,只是,因为我的一时执念,伤害了自己,也伤害了他人,这让我,如何弥补?"月动人的视线透过我,穿越到更远的地方,让我感觉无法触摸。

"没事的,你不用担心,一切都会好的。"我顿了顿,似乎明白了她如此伤感的原因,"柳白絮的伤会好,而你施咒的后遗症,月痕应该也可以帮忙的。"

自月动人房中出来,我始终忘不了她听到我话后激动的神情,看着她几乎给我跪下的动作,和脸上抑制不住的欣喜,我心中也有了丝丝的轻松。果然对于女人来说,孩子是很重要的事情吧,没有婚姻和孩子的女人是不完整的,说的大概就是这个意思吧。

"水姑娘。"抬起头,却看见柳白絮站在廊柱旁等我,肩的一侧落满了积雪,想必是靠在那里等了很久吧。

"柳公子,你有伤在身,怎么不去休息呢?"我迎上前去,拍去他肩上的雪花,拉他往里面站了站。

"我——不知道月姑——动人怎么样了?"柳白絮嗫嚅地问道,脸色因失血而显得无比苍白。

我似笑非笑地看着他:"叫不习惯就不要这么叫了。"

"啊?"他略微惊异地看着我,"水姑娘?"

"其实,你早已明了一切了吧,柳白絮?"

听了我的话,月动人不由叹了口气,略微无奈地看着我:"看来,你的优点又要加上一条了——很会看人。我认识他十年了,从不熟悉,到被他的温柔所打动,爱上他,直到发现原来他的温柔是对每个人都一样的。那没有区别的温柔,其实是一种残忍,你明白吗?

"其实我本来也想就这么过下去的,他对别人温柔我也无所谓,成亲后我便是他的妻子,他也会对我好的。可是,见到张湮月后,我才知道,这世上出色的女子原来如此之多,而且,她与我不同,她可以肆意地和柳大哥谈笑,我害怕,她会抢走柳大哥。"

"这只是个人性格不同,张姑娘性格较为开朗,又自小帮家中打理生意,自然要豪爽些。"我不禁摇头,难道这狠毒的诅咒就来源于那几句话吗?可细细一想,张湮月确实对柳白絮有意,而且,即使不是张湮月,也会有别的王湮月、李湮月出现,说到底,这悲剧是避免不了的。

"水姑娘果然看得通透。"听了我的话,月动人点了点头,看我的眼中满是真挚。

"这没什么。"我挠挠头,平时被月痕打击惯了,突然地被大夸特夸,我反而有点不习惯,这个该不会就是别人常说的犯贱吧……

"对你来说很简单吧。"月动人轻轻摇头,嘴角勾起了一抹苦笑,"可为了看清这件简单的事情,我却花费了整整十年的时间。"

"你?"我看着她凄苦的表情,不知道该说些什么,心中第一次对自己所做的事情有了否定,如果,如果我们不接手这个事件,现在的她不会这么难过吧!

"对不起。"忍不住轻声开口,我的心一点点地揪紧,不由得想起月痕,这个时候他在干吗,该不会又在吃东西恢复体力吧。

"你没有错。"月动人摇了摇头,微笑着看我,"其实被诅咒和施咒真的是件奇妙的事情,在那双重痛苦的折磨下,有些原本看不清楚的事情,我反而能清楚地看透,只是,看透与做到又不同,即使我想离开他,以我的身体状况,也只有他能照顾我,于是,我就以这诅咒为借口,自私地留在了他的身边。"

"嗯。"我点点头,此刻不知该说些什么,只能静静地倾听她的诉说。

"人真的很奇怪,比如我,虽然早就知道他不爱我,也抱有离开的念头,却始终下不了决心,明明在被揭露时应该轻松,可是那轻松前的却是巨大的惶恐感,以至于,又做了傻事呢。"说到这里,月动人脸色突变,一把抓住我的手,"柳大哥,柳大哥没事吧?我记得,我好像刺伤了他。"

有的时候,人为了知道一点事情,可以绞尽脑汁,千方百计,却不知道,从来都有最轻松的一个办法,那就是,直接问当事人,我是个懒人,所以毅然地选择了轻松的方法——"那你呢?你恨——张湮月吗?"

听了我的话,她又有了片刻的沉默,不过这次是被我惊的,回过神来掩袖轻笑,月动人抬头看我:"水姑娘你真是快言快语,怪不得,怪不得他们都如此关心你。"

"呵呵,这样吗?"我挠挠头,倒有了几分不好意思,心中却惊觉,这小丫头,险些让她绕过去了,"你还没回答我呢?为什么选择张府?"

"哦?"月动人听了我的话,眼中闪过一丝惊讶的神情,可随即又镇定下来,"什么意思?"

她这样的表情,明显是告诉我有事,还死鸭子嘴硬,我不禁摇了摇头:"第一,你施咒诅咒自己是在自张府回去之后;第二,你选择的替罪羊是张湮月;第三,很明显,她也喜欢柳白絮。"

听到柳白絮的名字,月动人本已平静的身躯又有了微微的颤抖,我连忙扶住她:"你没事吧?"

"没事。"她看着我,眼中有了丝丝的暖意,表情也不似方才在厅中的哀怨,只是眉心仍有那轻易化不开的愁,需要相当的时间,才能平复吧。

"我也知道那些理由有些牵强,但是,我总是觉得——"月动人本就是聪明之人,与之交谈也不必炫耀自己的智力,还不如摊开来说,还容易沟通。

果然,月动人听后微微一笑:"水姑娘,你不仅聪明直爽,还很谦虚呢!不错,我的确有些恨张湮月。"

虽然我一直在求证,但真的听到,我的心中还是有些讶异:"哦?"

"你也见到了柳大哥,你觉得他人如何?"没有正面回答我的问题,月动人倒是后发制人,开始向我提问。

我歪着头,努力地想了想,踌躇地开口:"他,是个好人,很温柔,很宽容,心地也不错,但是——"

"什么?"

"但是,这样的男子,比起做丈夫,也许更适合当哥哥或者朋友。"我终于说了出来,其实我倒是更想让他当我弟弟,在香铺中他偶尔可爱的表情,我可是记得一清二楚,这么好的孩子,不拐来当弟弟,实在是太可惜了。

样物事对自己很重要，总比麻木不仁、呆呆痴痴要好得多。只是，明明做出了选择，还纠结于这样的事情，真是个，笨蛋。

用力地掰开她的手，我大口地喘息着新鲜空气，她却不泄气地卷土重来，我打开她畸形乱抓的手，右手狠狠地挥上她的脸颊，"啪"，清脆的声音在房中响起，我举着手掌喘着粗气，月动人呆呆地抚着脸庞，似被镇住，一时也没有了动作。

"笨蛋。"半晌过去，我的气息也渐渐平稳，忍不住出声骂道，却看她低头不语，楚楚可怜的模样，开了开口，终究也骂不下去。

"你说得对，我是笨蛋。"又是片刻过去，月动人突然开口，说出了今日的第一句清醒话，"你现在一定在心里偷偷笑我是不是？"

"我没那么无聊。"第一次与她相对而视，我就很没有形象地给了她一个白眼，完全没有顾及自己的形象。

"你——不恨我吗？"又是一阵沉默，她再次开口问我。

"恨你什么？"我挑了挑眉，却又释然笑道，"我不是还没死吗，而且，香铺修葺的费用，张昊日全包哦，呵呵，反正我也没什么损失，也就不需要恨你了。"

"你——很豁达，怪不得……"月动人低头说道。

"怪不得什么？"她怎么和月痕一个毛病，说话说半截的，弄得我的心痒痒，真是好人没几个，要坏坏一窝。

"没什么。"月动人却完全不顾及我的感受，打定了主意，不说就是不说。

我翻翻白眼，无语地摇了摇头，却又问出了心中的疑问："那你呢？你恨——张湮月吗？"

15·温柔伤人

自从接受他们的委托后，我的直觉就一直在提醒我，事件与张府有关，直到来到张府，遭到袭击，张湮月被冤枉，揭出真相，才惊觉原来一切与张府似无关系，可是，若是真的无关，我心中那有关张湮月与月动人之间的千丝万缕又是从何而来？

说完我接着向她伸出手去,她却惊恐地挥舞着手臂,尖利的指尖在我的手上留下了道道血痕,我缩回手去,却看见她的眼睛一直注视着我的右手,我低头看去,终于明了,她害怕的是,我手上的暗魖镯。

是诅咒反噬的后遗症吗?看着她害怕的表情,我收回右手,伸出左手,抚摸着她海藻般顺滑而凌乱的长发,轻声安慰着她:"没事了,诅咒已经解除了,你不用再害怕了。"

"诅咒?解除?"月动人呆呆地重复着我的话语,似乎一时难以理解我的话,只能歪起头反复思考。

"是啊,解除了,你再也不会被折磨了。"我不断地抚摸着她的发丝,试图安慰她受伤的心情和内心的忧伤。暗魖比起灵魂,更喜欢负面的情绪,现在的月动人,心中充满的到底是什么呢?

不理会我的话语,月动人不断喃喃低语:"诅咒,解除,诅咒,解除……"

我无奈地摇摇头,她的诅咒虽然被月痕所解,但是中咒太深,看来不是一天两天可以恢复的,想到这里,我不由得对她又多了几分怜惜,挽起她的长发:"你的头发乱了,我给你梳梳好吗?"

"头发——"继续重复着我的话,月动人死水般的眸子在听到这个词后有了异样的神采,几乎是立刻,她摸向了自己的发髻,反复翻找撕扯着,几乎扯落自己的发丝。

"月姑娘,你在干什么?"我连忙扯住她的手,想制止她的举动,却想不到她的力气如此之大,撕扯间,我的手上又挂了几道彩,不禁摇头苦笑,这个事件真的接不得,毁了香铺不说,自己还有这无妄之灾。

月动人仍然不断翻找着自己的发丝,动作却越来越轻,终于定了下来,只是一下一下地摸索着:"我的发簪,我的发簪呢?"

原来,她在找那订立婚约的发簪,我的心不由一酸,抓住她的手:"别找了,那金钗是施咒的物事,为了解你的诅咒,只能毁去它了。"

"你说什么?"本来毫无知觉的她在听到这句话后勃然大怒,用力地扑向我,双手掐向了我的脖子,那尖利的指甲戳在我的喉间,一时让我的呼吸有些困难。

"凶手,坏人,你还我的簪子,你还我的簪子。"幸好她没有进一步伤害我的打算,只是不断地前后摇动着我的脖项,试图从我这里得到那已经失去的金钗。

看着她狰狞的表情,我的心反而有了丝丝的轻松,会生气,会激动,会知道某

14 · 恨亦何苦

有的时候，我真的在想，女人是傻瓜，当然，这只是针对我见过的女人，以及，好吧，包括我。要是让我把所见的女人按照痴傻排号的话，月动人，无疑是前几位。但若是按我的爱恶排号的号，月动人，她还是前几位，不是讨厌的，而是欣赏的。

她也许不是我见过的最善良可爱的女人，但绝对是最决绝狠毒的女人，她的决绝和狠毒，不光是对别人，更是对自己。试问有几个人敢向自己施下诅咒，而目的只是为了一个男人，为了让他的眼中只有自己，为了他能永远留在自己的身边，却在最后达成所愿的时候，选择了放弃，宁愿一无所有，也不要那被施舍的怜悯。

我不明白，是什么让她在最后选择了放弃，是那身负两重禁忌，半身踏入地狱的折磨让她看清了人世琐事，还是一开始她就是这么想的？我不明白，也不想明白，因为即使明白，这也不是我能使用的方法，若是我如此，月痕怕也只是狠狠地敲打我的脑瓜儿，骂我几声"笨月月"吧。

而那施咒的物品，也选择得让人哭笑不得，竟是那代表着婚约的金钗。无时无刻不诅咒着自己的金钗，却插在那厚厚的青发乌丝间，一半是甜蜜，一半是痛苦，这样的心境，这样的女人，怎不让人印象深刻，又怎能计人厌恶呢？

翌日清晨。

我半坐在床边，看着月动人熟睡的脸，清瘦憔悴，那即使在睡梦中仍时不时传来的几句呢喃，和眉心那始终解不开的结，让我的心不由点点纠结，她，即使做了那么多事，也终究不过是个可怜的孩子啊。

忍不住伸出右手，想抚摸那苍白清瘦的脸庞，却猛然惊醒了她，她惶恐地睁开双眼，下意识地弹开，缩在了床的一角，略微畏惧地看着我，纤细的指紧紧地抓着被的边缘，满面惊恐，似乎害怕我会伤害她。

我轻轻对她笑着："别怕，我不是来害你的。"

麻麻的)。张小弟也回来告知月动人已经安置好,大约不久会醒来,却又被张湮月拉去当抹布,哦,不对,是丝帕。

看着忙碌的众人,我半靠在月痕坐着的椅上,看着月痕慵懒的侧脸,突然地意识到,距离。我们和其他人,只隔了几尺,可是其中的距离却是我无法想象的,就像是隔了一面镜子,我们在这边望向他们,而他们,不一定能看见我们。我和月痕,是观望者,观望着他们的喜怒哀乐,却不参与干扰。就这样,踏过那千百春秋,蹚过时间的长河,再回首时,曾经的笑容,也是那累累的白骨,或者灰烬。

等等,我在想些什么啊?连忙摇了摇头,我拍拍自己的脑瓜,不明白,为什么最近总是有这种想法,似乎自己已经不是人类了一样,真是的,肯定是和这个狐狸精在一起待久了,所以变得呆呆傻傻的。

想到这儿,我不禁瞪了月痕一眼,并在他转过来看我的同时,高高地仰起头去,一副忽视他的表情。却没有听到,他唇边的低喃:"已经开始了吗?"

"月痕,你打算怎么帮月动人啊?"闲着也是无事,我开始探究起诅咒。

"你说呢?"月痕抬头望着我,一副考你没商量的表情。

我低头很努力地想了再想:"本来还可以返咒,但是,施咒者就是她自己,好像没有办法啊。"

"小笨蛋。"月痕轻轻地敲了敲我的脑袋,"忘记了吗?方法可不止这一个啊?"

"你是说?"我恍然大悟,是啊,既然已经知道了施咒者,那就可以去咒,"只是,那施咒的物品是什么呢?我看那位月姑娘一心求死,怕是不肯轻易告诉我们吧!"

月痕摇了摇头:"这个不是问题,我已然知道了那物品是什么,待会儿取来便是。"

话音刚落,月痕便看见我不解的神情,他再次摇摇头:"笨月月,还不明白吗?我问你,她为何施咒?"

"为了柳白絮啊。"虽然智商也许不如他,但是我的情商可是很高的,在这点上,我可是有着充足的自信的。

"还不明白吗?"月痕话就至此,给了我个"自己去想"的坏坏表情,便低头喝茶去了,留下我咬牙切齿,恨天怨地,绞尽脑汁地努力去想,喂,谁能告诉我啊?

"嗯。"柳白絮点点头，似乎并不在意腹部的伤口，而那冰凉的指和苍白的唇，却让我明了，他不是不在意，而是，另一个地方的疼痛使他忘记了腹部的伤，如果说哀莫大于心死，那么痛也莫过于心伤了。

"她，会没事的。"阴霾的表情很不适合他，我不由斟酌着字句想安慰他，"对吧，月痕？"

回过头，我对月痕眨了眨眼，似乎明白了我的暗示，月痕耸耸肩："确实没什么事，依我看，只是因为太过哀恸而晕过去而已，休息一阵便会无事。"

"嗯嗯。"我连连点头，对柳白絮笑道，"你看，我说了没事的吧，哈哈哈哈。"

可惜事与愿违，那只大尾巴狐狸，永远只会杀我的风景，老天爷，赐我一个无敌封口条吧，我一定马上把他的嘴巴给封上，免得他再打击人。

"不过这没事也只是暂时的。"月痕丝毫不顾我发青的脸色，继续说道，"她身中诅咒，而这诅咒却是她自己所施，虽然我暂时压制住了她的黑气，但现在诅咒的反噬已经开始了，被诅咒与诅咒的反噬，身为人类却承担着咒者和被咒者的双重身份，她的身体也快到极限了。"

"如果到达极限，那她——会如何？"我有些迟疑地问道。

月痕凤眸微眯，突地对我笑了起来，那笑中却有丝丝的嘲讽："月月啊，你何时变得如此谦虚了？你的心中，不是已经知道答案了吗？还是说，你觉得我会给你更好的答案？"

确实该被嘲讽，明明月动人是差点杀了我们、毁了香铺的凶手，可是我却对她心生怜悯，甚至想帮助她。可是，不管她，真的好吗？就因为她曾经对我动过杀念，甚至动了手，就因为她做错了事情，我就要冷漠地看着她去死吗？我不明白，真的不明白，如果我这么做的话，那我和她又有什么区别呢？

"月痕。"我迟疑地开口，"帮帮她吧，我总觉得，如果我们就这么看着她去死的话，就和她没有区别了，她怎么对待我们是她的事情，而我们怎么对待她，也是我们自己所决定的啊，而且……"

而且，月痕你是那么地善良，这么想的话，又有一点点靠近你了吧？

"真是个傻瓜。"月痕走过来，用力地揉了揉我的头，可我却从他的眼中，看到了一抹转瞬即逝的光芒，是欣喜吗？

不久，张湮月带着大夫冲了进来，我也被推到了一旁，看着她泪眼蒙蒙地抢救柳白絮（不过确实有点不吉利，人家又没死，你哭得那么伤心干什么，弄得我头皮

"好,好,当然好。"月动人在他脖项间点头,却又低声不知说了什么话,我没来由地心上一紧,一股血腥味便传入我的鼻间。

我忙跑上前,却刚巧接住被月动人推开的柳白絮,他紧捂腹间,脸上尽是不解,喃喃地道着:"动人,为什么?你不喜欢那样的生活吗?"

月动人发髻上的琉璃金钗不知何时少了一支,却握在了手中,从钗尖直到手掌,其上覆满了鲜血。心上人的鲜血,她举起金钗,用舌尖轻轻舔舐,如同亲吻爱人的眉心,吮吸间,有那模糊的歌声渐渐传来:"长相思,摧心肝,不若相忘……"

13 · 蝶舞动人

长相思,摧心肝。

听了这两句词,不知为何,眼眶湿润了,看看半靠在我怀中的柳白絮,也是一脸哀痛的神情,眼神中却还是迷惘,似乎不明白何以至此。我的心中却不由贴近了月动人几分,这样的女子,这样的性子,明知不应喜欢,却还是忍不住暗自欣赏,若我处于她的位置,只怕我也是,第二个月动人了。

月动人的发丝半边披散,衣衫略微凌乱,却在屋中舞了起来,身影旋动,鸾回凤翥,翩跹如蝶,那衣袂边缘的波浪,似要将她带走,飞翔到我们触摸不到的地方,她不断旋转着,仿佛不愿停下,就这么转着,转着,直到沧海桑田,地老天荒。

一声脆响,蝶翼断裂,月动人厚密的乌丝半遮住脸庞,藕臂半露在外,那手中还紧紧地握着那枚血红的金钗,即使已经失去知觉,晕倒在地,也不愿放手,是因为那上面有爱人的血吗?

"那套金钗,是我们的婚约信物。"怀中的柳白絮突地开口,伸长手臂,想要触碰月动人,却触碰到了腹部的伤口,我连忙制止他,他却不听,直到张昊日抱起了月动人,才舒了口气似的安静下来。

"怪不得她如此重视呢?"看着张湮月去请大夫的身影,我略松了一口气,继续和柳白絮说着话,引开他的注意力。

"我——"柳白絮后退半步,却忘记了月动人正抓着他的下襟,踉跄间,险些摔倒,却还是站稳,看着月动人,那本来阳光温柔的俊脸上,此刻也是阴云密布,悲哀绝伦,似乎一直以来的信念都已倒塌。

"你又知不知道——"没有理会他的模样,月动人继续说道,仿佛要把心中的不满全部宣泄出来,"你的温柔,过分的温柔,对每个人都一样地温柔,其实,也是一种残忍。"

"也是一种残忍",这句话,月动人是喊出来的,喊得人撕心裂肺,怨得人胆战心寒,无法想象,她那单薄的身躯中竟隐藏了这么多的不满,隐藏了这么大的怨恨,我不由看向柳白絮,作为被怨恨的对象,他的心中,不知是何想法?

"月——动人。"柳白絮半蹲下身,与她直视,嘴角再次勾起那纯洁慈悲的笑容,青衫蓦动,他温暖的手缓缓抚上月动人的脸庞,"动人,是我的错,我们回去吧,回去之后我们就成亲,反正你身上的黑气对我也没有害处,就算——没有孩子我也不会在乎,跟我回去吧。"

"白絮。"月动人直视着柳白絮的脸孔,似乎想从中看出真与假,却还是低头浅笑出来,伸出右手,也向柳白絮的脸伸了过去。

我不由得松了口气,却看见月动人手腕翻动,却是打了柳白絮一个重重的耳光,她自己也因为用力而半趴在地,她撑起身体,反转头看向柳白絮,"我说过的吧,我不需要你的怜悯,你不要再对我温柔,我现在恨透了你那该死的温柔。"

"不是,动人,我——"柳白絮连忙上前,想要扶起月动人,却再次被她一手推开。

月动人倔犟地站立起身,单手伸出,指向柳白絮的鼻尖:"不是?好,那你告诉我,你为什么想要娶我?"

听了她的问题,柳白絮微微一愣,但随即说道:"因为,你是我的未婚妻不是吗?而且,而且,你是因为我才变成这样的。"

"我想听的不是这个。"月动人猛地捂住耳朵,大声地叫道,沉默片刻,又放下双手,直视着柳白絮,双唇因方才的紧咬而渗出血丝,面容几近崩溃,"我想知道,你有没有爱过我?哪怕一点点,有没有?"

柳白絮略一迟疑,再次靠前,将月动人拥入了怀中:"你是我的未婚妻啊,我当然爱你,不光爱你,我还会娶你,以后我会一直陪伴在你的身边,不再见别的女人,不再到处忙碌,你说,好不好?"

到最后,还不过一个圆,伤害的,却不止她一人。

仰头用力合合眼,我再次低下头来,硬起心肠:"你狡辩也是没用的,昨晚你见过那个黑衣人吧,他之前已经被我们抓住过,你只要见过他,我们就有办法证明你是真凶。所以,别再硬撑了。"

"硬撑?"听了这个字眼,跪坐在地的月动人似乎有些呆愣,她不由得抬头望我,我回望过去,却大惊失色,那双剪水秋瞳早已失去了焦距,随时看向我,但却是一片茫然,我不由后退半步,却见她蓦然笑了出来,眼眸中也慢慢有了神采,瞳孔也变得暗黑无比。

不停地冷笑复冷笑,月动人左右摆动着身躯,身上的裘袍滚落在地,她却看也不看,却又突然定住,直直地瞪向我:"硬撑?没错,我是在硬撑,我一直在硬撑,一直都是。你不会知道的吧?一直喜欢一个人,那个人却不爱你,这种滋味你不会知道的吧,啊?告诉我,你知道吗?"

看着她狰狞的表情,我不由得再次后退,身后的月痕接住了我的身躯,从后半抱住我,让我稍稍地镇定了下来:"就因为这个,你给自己施咒吗?"

"没错,我是个傻瓜,看不得他和别的女人在一起,也不喜欢他总是忙碌而没有时间陪在我身边,所以我给自己施咒语,让他每时每刻都只能陪伴在我的身边,照顾我,永远不会离开我,可笑吧?觉得可笑就大声地笑我吧,哈哈哈哈哈。"月动人大笑着点点头,并看向柳白絮,而他也早已立在她的身边,低头俯视着月动人,眼中的情绪是慈悲和怜悯,却没有多余的东西,比如爱。

"其实你根本不喜欢我是不是?"月动人一把扯住柳白絮的下襟,仰头问道,脸上的表情执著而疯狂,"你早就厌烦了我是不是?要不是有婚约在身,你早就不要我了是不是?"

"月姑娘。"柳白絮听了月动人的话,眼眸闪动,似有触动,不由低头想拉月动人起身,却被她一手打开,他看着被打开的手,一脸惊愕。

"我不需要你的怜悯。"月动人几乎仇视地看着他,吼完这句话后,似是脱了力,喃喃说道,"你知道我最讨厌你哪一点吗?"

没有给柳白絮回答的机会,月动人继续低声说道:"我最讨厌你的温柔,是它让我沉沦,可是又是你那过分的温柔,让我永远无法接近到你的身边,因为你,对每个人都是一样地温柔。我是你的未婚妻啊,可是,你总是月姑娘月姑娘地叫我,你知不知道,你叫我的时候,我本该甜蜜的心有多疼?"

"纸条呢？"我左手一伸，早有张小弟将其递了过来，我展开读道，"你们不觉得奇怪吗？听这句话，'你别想有机会解除身上的诅咒'。"

"确实有些奇怪。"张小弟摸着下巴，低头琢磨着。

我点点头，继续说道："这个纸条，证明了犯人在我们中间，因为知道我和月痕要今天解咒的只有我们自己，若是有人偷听，以在座各位的功力，怕是不会不知道吧？而且，月姑娘，你犯的最大的错误是什么，你知道吗？"

"什么？"此刻的月动人早已失去了判断的能力，只是惧怕地看着我，似乎我如洪水猛兽般，大大打击了我的自尊心。

我长叹口气，说道："你忘记了，你身上是有诅咒的，这张纸条若是你亲笔伪造的，上面自然也会携有你身上的黑气，我们一看便知。"

听了我的话，厅中有长久的寂静，几乎所有人都沉浸在惊讶中，柳白絮握住月动人拉住自己的手，轻轻扯开，脸上是受伤的神情："月姑娘，真的是你？"

"不，不是我，她乱说……"月动人一把拉住柳白絮慢慢抽离的手，眼中都是哀求的神色，嘴唇也变得惨白，身体微微颤抖，似乎任何一个打击都能让她踏入地狱，或者说，她已经身在地狱，只是不愿意承认，而我们的话，无疑让她看清楚了事实。

"既然如此，你让我们返咒如何？"我摇摇头，实在不想看她狼狈的样子，"如果你不是真凶，就算返咒，对你也没有害处，不是吗？"

也许在现代待得太久，我一直是个女性主义者，坚信女人何苦为难女人，只是，眼前这女人为了自己的私怨而去伤害其他人，我虽非善良之辈，但既然碰上了，便不可不管，只是，对付这样一个可悲的女子，叫我情何以堪？

12·情伤怨痕

厅中的僵局，六人的纠结，在这沉寂和悲哀的气氛中，我俯视半跪在地的月动人，心中繁杂而凌乱，也许早就知道结果，可是却不忍相信，没有想到，兜兜转转，了。若这局也让她赢了,岂非太不公平?

"够了。"实在没有兴趣看两个女人为男人对峙的僵局,我冷冷喝道,"现在最重要的不是这个吧。"

"不是这个是什么?她可是险些害了大家的性命啊。"听了我的话,月动人后退半步,似乎想到了什么,脸上尽是惶恐的神情。

看着她因惊慌而有些扭曲的表情,我不由苦笑:"惩罚案犯固然是重要的事情,可是驱除你身上的诅咒,也很重要啊。既然月痕和我没有事情,我们就开始吧。"

说罢,我装模作样地自袖中掏出些符咒、朱砂、短剑之类(其实是早上来的时候现买的),井然有序地摆在地上(桌子被张昊日这厮给打烂了),嘴里念念有词的样子。看似低头念咒,却微抬额角,注视着月动人。

也是我作孽吧,那初见时温柔似水的绝色佳人此刻已慌张如兔,暴虐如虎,不管不顾,跑上前来踢开我面前的物品,还不忘把那些符咒给撕成碎片,哪里还有淑女的样子。我站起身,冷眼看着她疯乱的模样,不由回头看看月痕,却见他的眼角尽是讽刺,却使了个眼色给我,一副"交给你了"的神情,表明了不愿与疯女人打交道。

我大叹口气,皱皱眉头,只好继续那黑脸的角色:"你以为把东西弄乱,把符咒撕了,就可以解决一切了吗?这些东西随时都可以重做,只要——我们还活着。"

"你们?"月动人听了我的话,更是惶恐,往后退去,手习惯性地想撑在桌上,却忘记那桌子早已不在,踉跄间,险些跌倒。

眼神闪烁间,柳白絮已在她的身后,接住了她的身躯,眼神却是望向我,眼中尽是探究的神情。

看着他纯白的眼眸,我心中暗暗叫苦,罢了罢了,我这恶人就做到底了:"昨晚来香铺杀我们的人,是你找来的吧?"

月动人紧握住柳白絮的手,眼神闪烁地看向我:"你在说些什么?我不知道,而且,而且那字条上不是张湮月的字迹吗?与我何干?"

"你知道自己犯了什么错误吗?"我向前半步,贴近她的身躯,她本紧紧抱住的暖壶早已掉落,那黑气便又丝丝冒了出来,虽于厅中之人无害,却再次向我袭来。冷笑间,我伸出右手,那黑气便消散其中,给她看了个目瞪口呆。

"什么错?"随时呆滞,却还不忘提问,若不是恨她毁了我的香铺,还真想颁个最爱学习奖给她。

11·情何以堪

一言既出,语惊四座,张昊日呆愣半晌才讶异地看向自己的姐姐,眼中尽是不信,口中喃喃念道:"不,不可能,姐姐她是不可能做这种事情的。"

柳白絮听闻此消息,握杯的手微微一震,嘴角那总是隐约存在的笑容渐渐消散,却还是用若有所思的目光注视着我和月痕,似乎希望能找到什么线索,来反驳张昊日的发现,证明张湮月的清白。也许是他心性如此,凡事不到最后,绝对不轻言别人有错,但若发现此人罪无可恕,也绝不会手软心慈。

月动人却没有这般镇定,早已站了起来,指尖直指张湮月,眼中尽是狐疑的神情:"为什么,为什么你要这么做?"

张湮月冷眼看着月动人,嘴角却是一抹冷笑,直视着厅中众人,轻启香唇,说出了斩钉截铁的四个字:"我——没——做——过。"

听了她的话,月动人煞白的脸色瞬间变得通红,如同冬日的残雪被血染红般,妖异凄凉的神色:"字条上是你的字迹,你还说不是你?而且,而且——"

"而且什么?"张昊日看着月动人,又看看自己的姐姐,一副想知道却又害怕知道,犹豫失措的神情。

听了他的问话,月动人的眸不由望向柳白絮,却见他还是一副淡薄模样,终是咬咬牙,说了出来:"而且你也喜欢柳大哥,不是吗?"

听到月动人突如其来的话语,张湮月微愣,脸红了红,却还是镇定下来,反问道:"是又如何?不是又如何?就因为这个你就说我是下咒的人吗?"

"你不是吗?"月动人反问道,本来水波粼粼的眼眸中,充满了嫉妒和仇恨,我不由轻声叹息,在喜欢的男人面前展露自己丑陋的一面,真是个笨蛋,相较而下,还是张湮月较为聪明,即使被指证为凶手,依旧镇定从容,这一局,表面上是月动人赢了,其实,她已经输得很惨。

若要问我为什么,我只能说,因为月痕在凌晨,已经给过她生命中最后的惊喜终于决定不再看下去,伸手解除了隐身咒,拉着我出现在众人的面前。看看他们明显呆滞的表情,我摇摇头,咧开个不自然的笑容:"Hi,大家好吗?"

"好你个头啊?"可是迎接我的却是一声暴喝,张昊日看见我的瞬间眼中的惊喜展露无遗,可是在我说出招呼词后,他的表情便变为了暴怒,挥舞着拳头冲了上来,我不由抱头鼠窜,天哪,我这是招谁惹谁了,打招呼问好也有错吗?

抱住我的头按在怀中,月痕单手拦住张昊日:"张公子,昨晚我们确实遭到了袭击,险些丧命,费了好大的工夫才逃出生天。"

"是这样吗?"张昊日听了月痕的话,立刻安静了下来,用询问的眼神看着月痕怀中的我。

我点了点头,想起我那被毁掉的大门,和屋中被射得乱七八糟的香料,不由心疼得眼泪哗哗:"嗯,他们好过分……"

"对不起。"张小弟看着我伤心欲绝的神情,怒火似乎被浇熄了,只是手足无措地站在我的面前,一副乖乖的样子。

"没事啦。"我的母性因子泛滥,不由得想伸出手去,摸摸乖孩子的头,却被月痕一手拦住,他斜睨了张昊日一眼,又看看厅中的众人,薄唇轻启,"张公子,我看你还是先想想看,那张纸条上是谁的字吧。"

"嗯。"张昊日略微遗憾地看着我被抓住的手,轻轻地点了点头,冥思苦想,屋中人的目光也全部集中在他的身上。

我观察着每个人的神情,柳白絮只有在见到我的一瞬表现出吃惊,余下的,又是那淡定若水的神情,大约注意到我的目光,他对我微微一笑,顿时万树花开,我不由扭过头去看其他人。月动人的脸色有些发白,似乎是还没有从我们的出现中缓过神来,但脸上的表情还是比较镇定,与她想比,一旁站立的张湮月便有些慌张,眉头越皱越深,直到眼中有了慌乱的痕迹,不知道在想些什么。

"哦,我想起来了。"张昊日忽地大叫出声,一旁的张湮月似乎受到了惊吓,忙走到弟弟的身边,却没来得及阻止他说话,"我在家里的账本上见过这个字。"

"这个字,是——姐姐的?"

"没有勇气吗？"月痕微微一笑，握紧我的手，那温度自他的手中缓缓传来，"那我借给你好了。"

感受着手心的温度，我肯定地对月痕点了点头："我们进去吧。"

月痕再次浅笑，拉起我的手，将我领入了一场即将发生的悲剧，而我和月痕，是参与者，也是观望者。只是，我的心中仍然有着迷惘，即使惩罚了施咒者，这种事情还是会发生的吧，因为，嫉妒是人类的天性啊。

绕过张府的重岩叠嶂，平时觉得漫长的路程，今日仿佛特别短小。快到客厅，便听见一阵哭声，那是月动人的。我侧首看向月痕，他点了点头，唇微启，低声念了一段咒语："好，现在他们看不到我们了，我们进去吧。"

"都是我的错，如若不是我，他们便不会死。"月动人正趴在厅中的桌上，哭得梨花带雨，伤心欲绝，我身为女人都不由心生怜惜，想去好好呵护。

可惜，屋里的两个男人都是笨蛋。柳白絮眉心有着抹不开的愁绪，似乎也为月动人所感染，却只是温柔地自怀中掏出丝巾，让月动人自己擦拭，而张昊日此刻正暴怒，忙着捶桌子出气，根本没空答理梨花美人，只是任她在屋中凄凉地哭泣。

"我们是不是闹得太大了。"我歪头看着月痕，小声说道，虽然知道其他人听不见我的声音，但是，好尴尬。

月痕摇了摇头，浅笑地对我说："待会儿你可以给他们惊喜嘛，而且，好戏正好开始，嘘，快看。"

月痕话音刚落，屋中唯一镇定的人——张湮月开口了："动人，你一大清早就没头没脑地说他们出事了，不知道你有什么证据？"

月动人听了她的话，自桌上抬起头来，满面泪痕仍未干："是我的错，我忘记告诉你们了，今早起来，我在门口发现了这个。"

月动人自袖中掏出了一张小纸条，摆在桌上，张昊日忙一把抢了过去，展开读道："开香铺的两个人已经被我们解决了，你别想有机会解除身上的诅咒。"

"好恶毒的居心。"看了纸条，本来已经摇摇欲坠的桌子，在张昊日的一拳重击下，终于彻底地垮了下去，他还意犹未尽地砸了两下厅柱，我不由抬头看看屋子，害怕它随时倒下，送我去见马克思爷爷。

张湮月自弟弟手中接过纸条，展开看到，眉头轻蹙："这字迹似乎很眼熟。"

"是吗？"张昊日再次接了过去，"是啊，确实眼熟，到底在哪里见过的呢？"

"你们当然眼熟啦，因为，这可是你们中的一个人的杰作哦。"看到这里，月痕门,看谁最不正常,哼哼,谁就是凶手了。"

"没错,不过,也没那么麻烦,只要他(她)接触过我的木偶,便逃不出我的鼻子。"月痕浅笑着看我,似乎在等待着我的夸奖。

"果然不愧是主人大人,真是英明神武……。"别的我不会,溜须拍马可是我的特长,而且,我今天貌似犯了个不小的错误,低估了月痕对我的了解。

笑眯眯地看着被我夸得心花怒放的月痕,我转而仰头望着即将东升的太阳,深深地吸了口气,心中似乎也被洗涤得晴明,生活还是很美好的,这样的生活,一直继续下去就好了,和月痕一起。

10·厅中僵局

有句很俗的话叫做,女人的心如同秋天的云,说变就变。可是越俗气的话往往越有道理,现在,这句话运用在我的身上,就十分地相称。刚才还是阳光晴朗的心情,可是到了张府的门口便成为阴雨绵绵。

握紧身边月痕的手,我紧皱着眉头,接二连三地叹气,真是不想进去啊。

无语地侧过身,却发现月痕一直在饶有兴趣地观察着我:"怎么了?真凶就在这里哦,你不想知道是谁吗?"

我摇摇头:"其实我也猜到了六七分,只是,没有想到她会那么傻,只为了嫉妒,就下了这么恶毒的诅咒。"

"而且,一旦返咒,她的人生就会毁了吧?"我抬起头仰视着张府的匾额,却看见一片阴霾,又要下暴雪了吗?还是,我的心影响了我的眼睛?

"这种诅咒本来就不是人类应该使用的。"月痕摸摸我的头,"它的反作用也不是人类可以承受的,如果使用者不受到惩罚,那么,就还会有人不停地使用它来害人,你不想阻止吗?"

看着月痕认真的表情,我不由苦笑:"就是想阻止,所以我才来了这儿啊,可是,想到即将发生的一切,我,害怕自己没有勇气来面对。"

直到月痕抱着我下榻走到门前,我都紧紧地抓住他的衣襟,似乎在害怕一转眼他就会再次离开我的身边。握紧他的手,我跳下他的怀抱,拉着他一路向前,探究每个人的鼻息,才放心地舒了一口气。

"居然不相信我,哼,该罚。"看着我渐渐恢复如常的脸色,月痕狠狠地刮了刮我的鼻子,环抱双臂,转过头去不看我,脸色臭臭的,却无端地让我欣喜。

我扯扯他的衣角,见他不理又接着扯他的衣袖,心中笃定,这种程度的错误,月痕一定会原谅我的:"哎呀,我错了,原谅我,好不好?我也是怕你造杀孽啊。"

听了我的话,月痕回转过身,低头看着我,眼神变得严肃:"笨蛋,我生气是因为他们毁了你辛辛苦苦打理出来的香铺,教训他们一下就好了,我知道的哦,你不想看见我杀人是吧?"

"嗯。"我不由得点了点头,月痕对我的了解远远超出我的预料。

"而且——"看着月痕嘴边的一抹坏笑,我的冷汗不由得再次冒出,不好的预感,"这些人恐怕只是帮凶而已,我还要留着他们,给我指证真正的犯人呢。"

"指证吗?"我看着月痕,果然,他很奸诈。

月痕看着横躺在地上的众人,伸出手指慢慢清点:"三个射箭的,四个点火的,还有一个把风的,嗯,一共八个,一个都没少。"

"组织得很严密嘛,是专业的吗?"我看着地上的众人,看他们的组织和行动,不像是第一次做这种事。

"嗯。"月痕点了点头,"恐怕是传说中的杀手组织吧,不过居然找上我们,他们的职业生涯也可以结束了。"

"不过,想必那个主使,正在心急如焚地等待着他们的消息吧。"月痕摸摸下巴,又抓抓鼻尖,半晌,突地坏笑起来,"好吧,我就给她生命中最后的惊喜好了。"

"月痕,你该不会是?"我看着月痕,又看看地上被月痕选中的黑衣人,无语地摇了摇头,什么时候了,他还能玩游戏,不知道是应该佩服还是鄙视。

侧首四十五度给了我个优美的侧脸,月痕的嘴角勾起戏谑的弧度,伸手指向地面的黑衣人:"你负责通风报信的是吧,好,我给予你权力。"

看着那人像木偶似的跳着远去,我略微担忧地看着月痕:"这样,没问题吗?"

"嗯。"月痕点了点头,大手抚在我的头上,"我做了点手脚,他见到主使者的时候便会恢复正常,向他(她)报告工作的进展情况。"

"然后——"我有样学样地挑挑眉,坏坏笑道,"我们待会儿大模大样地找上身处结界中,我听不到月痕的声音,只能趴在结界上,眼睁睁地看着月痕,如同看着一场无声的默剧。凌晨的第一片雪花坠落在他幽蓝及地的乌丝上,融化成水顺着发丝滑落到地,几秒的时间,短暂无比。真的很短暂,不光是对我,也是对那些生命,只是一滴泪自眼角滴落到手背的时间,那些鲜活的生命便垂倒在月痕的脚边,没有任何生命的迹象。

我的泪不停地自眼角滴落,终于忍不住伸出双手捂住嘴,抽泣起来:"不要,月痕,不要……"

最后一个人的脖项被月痕握在手中,月痕白皙的指环绕在那黑色的布质上,有着寒雪的色彩。月痕的指渐渐握紧,一阵冷风袭过,黑衣人的面巾缓缓坠落,那是一张年轻的脸庞,可是此刻却因窒息而变得血红,他的双手无力地垂在身边,青筋却根根暴出,显现出他所承受的痛苦与挣扎。

月痕慢慢地抬高单手,直到那年轻人的脚渐渐离开地面,我在结界中看着月痕,看着他的侧脸,那双眼,都是我所不熟悉的神情,终于无法忍受所看到的一切,我环抱住身体,弯成半个弧形,几乎费劲全身的力气,大叫道:"不要——"

紧闭起双眼,我不敢再看眼前的场景,只是用力地环抱住自己,好冷,真的好冷,我用力地摇头,不要,我不要这样,月痕,你在哪儿?到我的身边来好吗?就像每一次那样,在我感到寒冷的时候,抱紧我,安慰我,是的,我太自私太任性,可是月痕……

"月月。"如同重复了千万次一般,那轻柔的叹息在我的耳边响起,那温暖的怀抱再次将我包容,他的手轻轻抚上我的长发,却因我的躲开而落空。

本已渐渐止住的泪,在看到这熟悉面容的瞬间蓦然滴落,我松开双手,紧紧地抓住月痕的衣襟:"不要,月痕,不要,不要在我的面前杀人。"

因为,因为,我也是人啊,看着同类被你杀死,我不知道以后该如何面对你,也许是我太过固执,我没有一天忘记过我们的差别,在你的面前,人类的生命是如此地脆弱,脆弱得让我心碎。我并不是那么地善良,如果不是你动手,就算他们死千次万次又如何?只是,我不愿意看到,你的手上染上人类的鲜血,再用这被染红的手来抚摸我的长发,这样,未免太凄凉,太悲哀了。

"他们没有死,只是晕过去了。"那叹息再次在我耳边响起,月痕温暖的手抚摸着我的发丝,这次,我没有躲开,只是瞪大含泪的双眼,看着屋外横躺在地的众人。

看着我呆愣的表情,月痕不由摇头,伸出单指:"以吾之名,解。"

垃圾了。

虽然月痕用结界挡住了箭,我仍旧被"噼里啪啦"的响声自梦中惊醒,坐起身,我颇为无语地看着几乎变成碎片的大门,终于明白为什么月痕要睡在卧榻上了,要是睡在里面,怕是整间香铺都得被拆了。

不过这帮人还真是胆大,在长安大街上公然放箭伤人,还拆了别人的屋子,究竟是什么给了他们如此大的胆子?或者说,怎样的利益使他们如此罔顾律法和人命?

可是事情远没有结束,箭声略小,我却闻到了浓浓的烟味,往门口看去,发现大雪早已停住,月光照耀下,一排排整齐的稻草码在门口,几个黑衣人正在弯腰点火,一副斩草除根的样子,我不由拉紧月痕的衣袖。

也许是我的错觉,月痕的脸,在火光的照耀下有瞬间的扭曲,我能感觉到,他在生气,本来温暖宜人的身体变得寒冷如冰,从他身上散发出的,是惊人的怒气,他的瞳孔中映照着焚烧的火光,似要燃尽眼前的一切事物。

"月痕——"我轻轻开口,想缓和一点他的怒气。

他却没有侧首看我,只是注视着门口井然有序的黑衣人:"居然敢来烧我和月月的香铺,很好。"

说"很好"时,月痕反倒笑了出来,粉唇轻张,那微微显露的白色贝齿,有着森冷的光芒,让我的心一阵揪紧,月痕,你想做什么?

09·无声默剧

没有理会我的话语,也没有回眸注视我的表情,月痕在瞬间离我而去,白色的衣袂翩翩飞舞,飘过我的脸颊,我伸出手,却抓不住,只留下那流光溢彩的纯白结界,阻碍在我与他之间,成为一条不可越过的界限。

"月痕——"忍不住再次喊出他的名字,明明知道,此刻的他听不见,他的眼中只有愤怒,没有我。

似乎被我突如其来的举动惊吓到，月痕有片刻的手足无措，却在我问出问题的瞬间镇定下来，笑着摸摸我的头："我的笨月月真聪明，说说看，你发现了什么？"

我单手勾住月痕的发丝，轻轻勾绕："你今天说话的时候一直很奇怪，似乎在刻意针对什么人似的，我一直担心你会打草惊蛇，直到你最后说出返咒的时候，我才知道你的用心，果然，你也在怀疑吗？"

月痕挑了挑眉，细长的眼角是夸赞的神情，他伸出双手狠狠地捏捏我的脸蛋："看来你也在怀疑呢。"

"嗯。"我费力地从他的魔爪下抢夺回我那肤质好好的脸颊，才继续说道，"不知怎么回事，在香铺听他们说了半年前去过张府的事情后，我就觉得这件事情与张府有关，没有缘由也没有证据，只是——直觉。"

"直觉吗？"月痕突地扒开我的发丝，仔细看我的耳朵，"你直觉变得这么灵敏，我来看看，你是不是要基因变异，变成狐狸精了。"

无语地扯开他不断摧残着我的手，我认真地注视着他的眸，问道："月痕，他（她）会来吗？"

双手放开我的耳朵，却又覆上我的青丝，月痕浅笑地低头看我："你说呢？"

看着他笃定而自信的表情，我不由长叹口气："有几个人在生死关头还能镇定自若呢？怕是他（她）正如坐针毡，想着怎么把我们置之死地了吧。"

"置之死地吗？"月痕挑挑眉，惬意地半躺下身，单手撑住下颌，嘴角的笑颜捉摸不定，"我活了这么久，还不知道死字该怎么写，也罢，让他（她）教教我好了。"

因他躺下，我的头便挪移到了月痕的怀中，天气正凉，我不由又贴近了他几分，打了个哈欠："那就交给你了，我今天累了一天，困死了。"

"交给我吧。"月痕单手覆住我的眼睛，"乖乖休息，说不定还要早起呢。"

"嗯。"我点点头，放心地眯起了眼睛，在这充满苹果味清香的怀抱中闭上双眼，在月痕的喃喃低语中渐渐睡熟，享受着梦乡的温暖和惬意。

事实证明，天总是不遂人愿的。或者说，月痕比起做狐狸精，做乌鸦精更为合适。因为我刚入睡没多久，便有人来叫我起床了，而且用的是一种很特别的方式，纵观我一生，也没有比这个更特别的了。

也许我们真的不该接这档子生意，不光打扰睡眠，影响美容，也给我们自己直接造成了经济损失，这不，我引以为傲的香铺大门，在一分钟不到的时间里，变成了烂窟窿，还附带不少箭尾，要在现在，活脱脱一个艺术精品，可是在古代，只能是

08 · 命运前夜

夜间的香铺，我趴在柜台上，仰起头透过玻璃望着那复又纷飞的雪花，眉心的倦怠也渐渐消去，转过头，看着躺在卧榻上大吃的月痕，不由得嘴角勾起一抹笑靥，那丝阴霾却也涌上我的心头，终究忍不住，我长叹一声。

"你怎么了？"月痕望着我，眼中是千年不变的笃定和自信，似乎没有什么事情能难倒他。

我离开柜台，坐到月痕的身边，与他平视："你和我说实话，月痕，月动人身上的黑气究竟是什么东西？"

"诅咒啊，我不是说过了吗？"月痕放下点心盘，顺带在我的头发上擦了擦手，似乎早已知道我要问他似的。

"可是，暗魑在吃那个东西。"我抬起右手，暗魑镯因为白天的吸食而发出淡淡的黑色光芒，"那个黑气到底是什么东西？"

月痕单手抚上我的头，浅笑着看我，眸中尽是宠溺的光芒："什么时候变得这么多疑了，我的笨月月？"

我不由伸出手，搭在月痕抚我头的手上，顿了顿，接着问道："我不是多疑，我只是，只是……"

"我知道。"月痕修长的指抵上我的唇，"你在担心我，是吧？"

愣愣地看着月痕洞悉一切的神情，我思绪万千，到了嘴边，终究也只化为一声轻叹，却见他拈起一块桂花糕送入我的口中，入口即化，馥郁甜香。

"我说过的吧。"月痕含笑看着我眯眼享受美食的馋样，"暗魑喜欢吃负面情感，那诅咒如要施行成功，必须要有很大的执念和巨大的怨恨，所以月动人身上的黑气也有着这些负面情感，暗魑吃它们也是很正常的。"

我点点头，忽觉有些倦乏，便一头靠在月痕的腿上，抬首望着他："你还有事情瞒着我，对吧？"

人类的无知和愚蠢，我似乎能够体会，又不能完全领会，一时万般纠结，只能无语。

"好恶毒的诅咒。"开口的是月动人，她本就苍白的脸色现在几乎发青，原本动人的脸颊因这脸色而有微微的诡异感，似是刚从地狱之门逃回来的香魂，还带着死亡的气息。

"的确狠毒。"张湮月终又开口，只是那水波婉转的眸中含着的究竟是怎样的心思，我无法探知，也无从知晓。

"但如若不这么做，这位月姑娘只怕就要香消玉殒了。"月痕勾住我的肩，望着其余的人浅笑，一副事不关己、任由选择的模样。

我不由轻叹口气，把话说到了这个份儿上，谁还会拒绝月痕提案呢？为了救自己身边的人，哪怕这方法会伤害到其他人，人类也会义无反顾，对于这点，我深有体会，若是月痕有难，只怕我也不会顾及其他人的死活，只是不知，这究竟是人类的优点，还是弱点。

不出所料，屋中的人先后点头，同意使用第二种方法解救月动人。

"都决定了是吗？"月痕凤眸微眯，环视众人，"好，那我明天就施法，帮你们把咒术给返回去，也让那个施咒者得到应有的惩罚。"

听了他的话，张昊日与柳白絮微微点头，脸上是不寻常的严肃，一旁的张湮月，眼中有了微微焦急的神情，她身旁坐着的月动人，也似乎在担心着明天的施法，苍白的指尖几乎将手中的茶杯给握碎。

在这样诡异与不安的气氛中，我和月痕踏出了张府的大门，回首望着出来相送的张氏姐弟，我心中不安的感觉愈盛，再回首时，发现自己下意识地拉住了月痕的衣角，习惯性地在寻找安全感。

"你在害怕吗？"月痕握住我有些凉瑟的手，微微笑道，脸上戏谑的表情散布开去，只余下一抹认真与温和。

"别害怕，不管发生什么事情，我都会保护你的。"拉着我前行，月痕像以往一般说着保护我的承诺，给我的心中带来一片温暖，却不知，自始至终，我担心的都不是自己的安全，而是那，深不可测的人心啊。

在同时还伤害了父母授予自己的东西,真是枉为人。"

居然是为了这个生气,我的眼睛不由冒起了圈圈,正义之士的话语就是难懂,不过无论怎样,不能再让无辜的人为之受到伤害了。

"月痕,有什么办法可以解除诅咒吗?"我开口问道。

月痕浅笑着看我,一副早就知道你要这么问的神情:"有两种方法。"

看着他伸出的两根细指,我凑上前,好学地问道:"这么多啊,说说看。"

月痕笑着弯下一根手指:"第一种,是去咒,意思就是找出诅咒的根源,并去掉诅咒,因为诅咒者需要有被诅咒者的物品,比如头发啊、丝帕之类的才可以下咒,只要找出这些根源,就可以去掉诅咒了。"

"可是——"我不由皱眉,现在连元凶都没有找出,到哪里去找到根源,况且若是施咒者毁去了那物品,又该如何是好。

抬头看向屋中诸人,皆是一脸难色,似乎和我考虑的一样,我忍不住看向月痕,却见他对我眨了眨眼,甚是调皮:"所以,这次我要用第二种。"

"那是什么方法?"我的心中冒起不祥的预感,右手的镯子也在微微颤动,似乎在嗤笑着人类的无趣。

月痕环视众人,轻轻开口:"第二种便是返咒。"

"返咒?"我惊奇地叫道,"月痕,这个的意思,该不会是要把诅咒返回到施咒者身上吧。"

月痕点头轻笑:"答对了。"

"可是……"本来就已经失去了东西,还要再背负诅咒的反噬,这惩罚是否太严重了些。

"一点也不严重哦。"仿佛已经知晓我的心思,月痕单指挑起我的发丝,轻轻环绕戏耍,"本来就是他(她)想害人,结果被害也没什么好奇怪的,而且,事情并不是你所说的那么简单。"

"还有什么?"我不由轻轻颤抖,这诅咒到底会严重到何种程度?

月痕掏了掏耳朵,懒懒地道来:"其实也没什么,就是被返咒的人不光会黑气压顶,而且那黑气还会蔓延至他(她)身上的每一寸肌肤,从脚跟直至头顶,当然,也包括脸。"

月痕说着这番话时,虽还是一脸慵懒的神情,但我清楚地看到,一缕寒光自他的眼中渗出,他嘴角的笑也愈加冷艳,似乎在看一个了不得的笑话,又似乎在嘲笑

07 · 双刃之剑

听了月痕的话,我口中的茶水险些喷了出来,忙捂住口,却不由惊叹,剥夺别人性命与人生的同时,连自己的人生和幸福也一并剥夺了去,好个诅咒,好个美人劫。

感慨万千间,却听见扑通一声,月动人自椅上向后倒去,幸好柳白絮就在旁边,一手接了去,才挽救了美人倒地的命运。

"她没事吧?"我忙走上前,却看见月动人面色苍白,嘴唇毫无血色,冰凉的指尖轻轻颤抖,如秋后残留的蜻蜓,楚楚可怜。

柳白絮摸了摸她的额头,又探了探她的脉,对我摇了摇头:"只是惊吓过度,并无什么大碍。"

我点点头,忙倒了杯热茶递了过去:"那就好。"

柳白絮单手将月动人扶稳,另一只手缓缓地喂她喝起茶来,月动人似乎也略微镇定了些,只是深深地看了柳白絮一眼,顺从地张口吞咽。

"月姑娘为何如此惊讶?"我的眼角余光看着张湮月,相对于她,似乎月动人要更加紧张,而张湮月的嘴角却是一抹冷笑,冰凉透彻。

月动人握紧茶杯,蹙眉低首,半晌,轻轻喘出口气,才说道:"我只是想到,有人为了害我,居然付出了那么严重的代价,心里有些不舒服。"

"害人终害己。"月痕不知什么时候走了过来,看着面色苍白的月动人,嘴角还是那戏谑笑容,"想让别人付出代价,自身就得先付出代价,若是连这点道理都不懂,真是白为人了。"

"月痕——"我忍不住轻声制止,无论如何,月痕的言辞太过犀利,似乎一直在针对某人,不知会否打草惊蛇。

"月公子说得没错。"支持月痕的却是柳白絮,月动人恢复正常后他便放开了手,仍旧坐在旁边,紧皱眉头,"人之身体受之父母,居然去伤害别人的生命,而且动的表情，柳白絮倒是先于她开口了。

月痕浅笑着点头，那笑容中却有着戏谑："自然，因为，这根本就不是什么病。"

"不是病？"月痕的话再次造成了震撼的效果，在座诸人皆是一震，先后问道。

"是的，这不是病，而是诅咒。"月痕浅浅笑道，"而且这诅咒有个美丽的名字，叫做——美人劫。"

"美人劫？"我哭笑不得地听着这个名字，"不知何解？"

月痕单手按住我的头，用力地揉了揉："自然是字面解释啦，这种诅咒的对象大多都是美人，被诅咒的人终身不能靠近别人，只能孤独老死。"

"真是恶毒的诅咒。"柳白絮听了话，不由轻声出口，无波的眼中终于有了一抹表情，那是厌恶，慈悲温和，疾恶如仇，正是因为这个，他才成为武林三公子之一的吧。

"不过，月痕，害人必害己，施行这个诅咒，术者本身不会有损伤吗？"我不由得想起寒冰山庄的方希，为了施行那个尸毒丸，变成了那番模样，这个诅咒不知会有什么可怕的后果。

月痕听了我的话，点点头，微微一笑："诅咒是把双刃剑，以诅咒伤人，诅咒者自然也会付出代价，只是，我看这个施行者是个半吊子，恐怕还不知道后果如何严重吧。"

"不知月公子何意？"月动人不由开口问道，看样子十分想知道自己身上的诅咒到底为何物。

"这种诅咒，如果是我来施，绝对不会让那黑气展露得如此明显，试想一下，一个美人，身边的人却屡遭不幸，旁人自然对她惧怕有加，甚者还有可能怀疑她是妖魔作怪，这不是比看到黑气要严重得多吗？由此可见，施行者功力不深。"月痕开口说道，"还有就是，柳公子没有事情的问题，一般来说，施术者只会让自己不会受到黑气反噬，可是这位术者却让柳公子不遭侵袭，却不知道这会让术者自身被反噬，这究竟是怎么回事？也可让人反复推敲啊。"

"那究竟施行诅咒的后果是什么呢？"我继续问道，如此恶毒的诅咒，只怕付出的代价也相当严重吧。

"此咒，施行者大多为女子，但不论男女，付出的代价都是一样。"月痕端起我面前的茶，唇瓣浅尝，随即轻笑，"他们将失去——为人父母的资格。"

怕只能抽丝剥茧，慢慢问来。

"是这样的吗？"我一句疑问，各人也是不同表情，有惊讶，有疑惑，还有的若有所思。

倒是张湮月最先反应过来："不知水姑娘是什么意思，难道你以为我们张府会谋害月家的人吗？"

到底太嫩，一激动她唤出的便不是动人，而是月家的人了，只是这也算不得什么，初看她们的时候我就知道她们关系不好，不知月痕看出了什么。想到这儿，侧首看看月痕，却见他凤眼一扬，倒是一抹赞赏的神情，看到我询问的眼神后，他只是微微点头，示意我继续下去。

我点点头，微微笑道："张小姐别激动，我也只是想问清楚，毕竟月姑娘是从这里离开后染病的，什么都问清楚，对你对大家都好。"

"是啊，姐姐，我们本来就没做什么，也不怕问的。"张昊日打破了这僵局的气氛，示意我可以继续问下去。

我笑着对他表示感谢，目光却转向柳白絮："柳公子，你是江湖中人，看事情自然比我们常人看得要深要远，不知你在那几天发现什么奇怪的事情了吗？"

柳白絮看着我，眼中不知闪过了怎样的神色，却露出一个微笑："如张姑娘所说，那几天月姑娘的身体因为长途跋涉不是很舒服，所以我们一直待在张府内，没有出去过，也没有发生过什么奇怪的事情。"

"哦，原来如此。"我注视着他的眼睛，可他眼中的纯白丝毫不改，没有半点的罪恶和隐瞒，若他的话语是欺骗，那么，他也太可怕了，居然能顶着这么诚实的眼神诉说这弥天大谎。

周转一圈，却没有问出什么实质性的重要内容，难道是我的预感错误了？这事情本与张府没有什么关系？

正思忖着，月痕的双手却搭在了我的肩上，弯腰侧首，粉唇已贴近我的耳畔，轻轻开口："小笨蛋，这样就放弃了吗？"

我不禁回头对上他的眸，想知道月痕究竟看出了什么，他却轻轻向我摇首，给了我个笃定的眼神，示意我不用担心。

"其实弄清原委还是其次，最重要的还是治好这位月姑娘的怪症。"月痕直起身，语惊四座。

"真的可以治好吗？太好了。"听了月痕的话，月动人娇躯一颤，还没表露出激

第五章　染尘白絮

"这个应该不会。"张湮月回答着我的问题,"那几天,是我接待他们的,他们除了和张府的人接触外,基本没有外出过,动人的性格本就内向,柳公子为了陪她也就没有出去了。"

"是这样的吗?"我点点头,却暗暗看着三人的脸色。

月动人在听到张湮月唤她动人时娇躯微微一震,接下来的却是鼻尖微微一缩,具化成音,恐怕就是一声轻哼了;而张湮月虽说的是两人,却一直注视着柳白絮;我们这位柳公子却一直微笑地看着桌上的茶壶,这茶就如此香醇吗?我忍不住低头轻尝,想着屋中几人各怀心思,不禁苦笑,这事只怕不能善了了吧。

06 · 美人劫难

自古以来,男女情事便是一难,不知多少少年男女因此情事,魂不守舍,日思夜想,但其中获得美好结局的,怕只十之一二。但直至今日,情海风波,仍不少分毫,反而越涌越盛,淹没天下。只是,我怕也是没有资格说这话的。

出生以来,可能是性格的关系,虽喜与人欢颜笑语,但实际上也只是保持观望的状态,看着别人的辛酸苦辣,偶尔也伤感几回,但大多是抱着事不关己的态度。但如今,自从认识月痕之后,我的性格也渐渐地起了些变化,倒不是变得多善良,只是觉得有些不太似人,看人间诸事时也比以前看得更多更远,有些事情稍露端倪,我便可推知大概,虽然不是百分之百的清楚,但也大致正确。偶尔我也会觉得奇怪,思虑间,也只觉是和月痕接触太久的关系。

眼前屋中各人,关系亦是纠结复杂,且不说月痕与张昊日,就说张湮月、月动人与柳白絮,这两位女子皆是绝世之姿,若放在旁家就是一场好斗,只可惜这位白絮公子,心绪无尘,说到底,也只是两个女人的战争而已。

只是,月动人这黑气来得着实奇怪,自张府离开便染得,只怕与张府脱不了关系,可是张湮月虽略有刁蛮,心性却还不错,不至于干出此等作孽之事,而且她刚看见月动人时皆是惊异之色,觉察不出半点奇怪,到底她是无辜,还是隐藏太深,脑,不就是摸摸孩子的头吗?我那是看他傻了才发善心的呀,这么善良的行为都不被允许吗?这个世界疯狂了。

不过奇怪啊,这孩子的头怎么光滑滑的呢,刚才还是滑溜溜的乌丝呢,瞬间变和尚了?我诧异地往手边看去,却发现张小弟不知什么时候站起身来,握着我的手跟土拨鼠抱着玉米似的,眯起眼笑着。

这是什么状况?我费力地抽出手,却看见张小弟眼中狡黠的神色:"水大姐说话要算话哦,不然可不是好孩子。"

好孩子?我差点咬着自己的舌头,却听见他偷偷地低语:"祁风说的办法就是有用,等他回来还要向他请教请教才好。"

江祁风——我不禁仰天长啸,臭小子,害煞我也。

"好了好了,既然你吃完了,我们开始办事吧,香铺还没打扫干净呢。"忽视了这两个魔王,我往月动人身边走去。

"可以。"柳白絮看见我上前,站起身来,替我斟上一杯热茶。

我点头表示谢意,回头看着还直直站着的那两位:"你们是要一直站着,还是坐下一起听?"

话音刚落,张小弟便很识趣地跑了过来,月痕也很配合地给了我一个秋后算账的眼神,也慢悠悠地走到了我身边,顺手抢走了我的热茶,小气的狐狸精。

"我们这次来其实是想弄清楚一件事情。"我看着众人,开口说道,"半年前,月姑娘和柳公子曾经来府上住过一段时间,是吧?"

"嗯,因为家父和月冥山庄有点交情,所以月姑娘是代替月伯父来给家父祝寿的。"张湮月眼光转向柳白絮,浅浅笑道,"而柳公子是护送月姑娘来的,他们在这里住了大约五天就离开了。"

月冥山庄?怪不得她姓月,如果我没记错的话,那是和寒冰山庄并列的武林三大山庄之一,倾城的容貌,显赫的出身,却交上这种厄运,想来,这应该算命运的不公,还是太公平?

"五天吗?"我低头沉思,"那这五天中发生过什么奇怪的事情吗?"

"不知水姑娘所指何事?"柳白絮拿起个空茶杯,再次倒了杯茶放在我的面前,开口问道。

"我是说——"我端起茶暖手,斟酌着词句,"这几天内,你们有没有得罪过什么人,或者做了什么特别的事情?"

正在沉思的时候,我的脖后却传来一片冰凉的触感,我不禁捂上脖子,却摸着一只凉瑟瑟的小爪,回头看去,一个调皮的笑容正在我面前绽放。

"水大姐,你骗人,上次走了就没来看过我。"单手抓着雪球的张昊日苦瓜着脸,愤愤地说道。

"这个,我出了趟远门,刚刚才回来。"我连忙放开脖上的小魔爪,用眼角的余光瞄了瞄月痕,幸好,他没注意。

"这样的啊?"单纯的张小弟不疑有诈,伸出手来,"我们去打雪仗好不好?"

"孩子,你多大了?"我不禁摸了摸他的额头,上次看见他的时候他也就自恋点,少爷脾气大点,也没现在这么白痴啊。

谁知他却一下子缩起身子蹲下,一副泫然欲泣的样子:"水大姐,你欺负我。"

我瞠目结舌地看着这个经不起打击的小子,侧首向其余人求救,却发现月痕还在与烧鸡做着斗争,根本没空理我,月动人只是好奇地看着我和张小弟的造型,脸色微微发红,不知想到了哪里,张湮月倒是对我眨了眨眼,可那眼中,除了促狭还是促狭,柳白絮还是一脸的呆笑,可那眼角的余光,明显是幸灾乐祸嘛。

这群没义气的人,我忍不住向天长叹,低头摸了摸张小弟的头:"乖,乖,姐姐错了,再也不欺负你了。"

这孩子,准是被小孩的鬼魂附身了,不然智力也不会后退那么多,我要同情他,嗯嗯,同情他。

"水大姐真的知道错了吗?"张昊日晃了晃脑袋,在我的手心过了个圈,才瓮声瓮气地问道。

"嗯,我错了错了。"无数滴汗自额头上掉落,天哪,你就别再丢我的脸了,那边的目光已经全部集中到这里了。

"那,水大姐以后要常常来看我哦。"

"嗯,一定一定。"我连连点头,只想快点结束这吓人的乌龙事件,却发现月痕已经擦了擦嘴,往这边看来。

"月痕,吃好了啊。"我扯起嘴角对他谄媚地笑着,却引来他不屑的神情。

双手环抱,月痕慢慢向我走来,那狭长的凤目也微微眯起:"怎么,你希望我别打扰你吗?"

"这怎么会呢?"我微微后退,脸因为保持笑容而一阵抽筋。

月痕却努了努嘴,示意我看看自己的手,一脸不爽的表情,我不禁摸不着头着未婚妻说起其他女人的白絮公子,如此纯良的男子,心中包含的也只是满腹的慈悲,众生在他眼中一视同仁,恨不得救了全部才好,这样的性格,不知是福是祸。

　　也许是注意到我的目光,他侧过头,对我微微一笑,头上青色的丝带随着他的侧身微微舞动,如一只翩跹的蝴蝶落在那几近着地的满头青丝上,跃跃欲飞。他在这里,是那么格格不入,不是与这略显脏乱的内屋,也不是与我们,而是与这世界,他的身旁仿佛有着一个结界,将他与他人隔绝起来,让人无法不注意到他,也让人无法进入他的世界。他的周围是白色的湖泊,他站在湖心,怜悯地看着世人,却也无情地看着试图偷渡的人在湖中溺死,也不肯伸出援手,将她安全带到自己的身边。这样的男子,到底是好是坏,一时之间,我真的无法辨别。

　　"烂好人。"心中思绪万千,却听见月痕在我耳边低语,不禁浅笑,是啊是啊,柳白絮是个烂好人,对于别人的要求总是无法拒绝吧,不过月痕也是个烂好妖,虽然总是嫌这个麻烦那个麻烦,到最后,最先伸出援手的还是他,就像现在,明明肚子饿得咕咕叫,还在努力听别人的话语。

　　"笨蛋狐狸。"我掩嘴偷笑,忍不住轻声开口,心中却是满满的幸福。

05 · 人心难测

　　扬手接住天空的最后一朵雪花时,我心中正在感慨贫富差距古今甚同,而月痕正在化悲愤为食欲,狠狠地消耗张家的粮食。

　　月动人坐在桌旁,手中抱着个紫铜镏金小暖壶,静静地看着外面的雪景,身旁的张湮月正熟络地和柳白絮交谈着,柳白絮的脸上,挂着千古不变的温柔笑容,却也如万年的古井,无波无痕。

　　轻叹口气,我不由想起这个奇怪的事件。据柳白絮所说,月动人从这回去不久就得了怪病,身上盘绕着黑气,而靠近她的活物都撑不过三天,若不是月痕在她手中的暖壶上施了法,此刻的张府怕也是一片死寂了,可偏偏作为她未婚夫的柳白絮却没有事情,这是意外?还是刻意?

"哦？"我挑了挑眉,恶意地看着柳白絮,又看了看身边的月动人,柳白絮倒是没有什么反应,倒是那位害羞的月姑娘,头都快低到怀里去了。

"这黑气是什么时候有的？"被我骚扰清醒的月痕不耐烦地掏了掏耳朵,开始问话,一副想速战速决的样子。

"半年前。"柳白絮肯定地说道。

我略微诧异地看着他:"记得很清楚啊。"

"嗯。"柳白絮肯定地点了点头,"半年前我受月伯父的托付,护送月姑娘进京城为友祝寿,回去之后没多久,月姑娘便得此怪病,我几番求药未果,幸好这次遇到了江兄和温兄。"

"探友吗？"听了他的话,月痕的嘴角勾起一抹玩味的笑,"不知你们探的是哪家啊？"

月动人点了点头,回答着月痕的话:"嗯,说起那家,在京城也算有名,瑞祥绸缎庄,不知月公子与水姑娘有没有听说过。"

"张府？"我不禁头晕晕,没这么巧吧,上次在张府被月痕欺负的惨样我现在还记忆犹新呢。

看着我激动的表情,月痕不满地撇撇嘴,给了我一个威胁的眼神——少给我想那个臭小子,而另外两位则是诧异地看着我:"水姑娘和张府很熟吗？"

"这个,也不是很熟。"我摸了摸头,极度注意言辞,"曾经,我们也接过张府的委托。"

"哦？"听到我的话,柳白絮柳眉一挑,身子自椅上站起,"不知是何事件？"

月痕扭头看了看他:"出于保护顾客的隐私,我们不能说,但是,与这位姑娘的症状无关。"

"是我太唐突了。"柳白絮轻轻坐下,"我还以为不止月姑娘,其余人也得上这种怪病,那可就不好了。"

"你是害怕那位张姑娘也染病吧？"半屋寂静,一直沉默温顺的月动人却冒出这么一句,真真叫人无法回答。

柳白絮略微惊异地看着月动人,不久便面色如常:"是啊,这种怪病,还是不要更多的人得好,月姑娘你的病也要早日治好,这样我便可放心了。"

我不禁大叹摇头,不知道他是迟钝还是老实,他这么一说,明显地把月动人摆在了和张湮月一样的位置上,这不是更加引起女人的妒忌吗？我侧头看着这位当不明所以的我揉揉头,也跟着她走了进去,没有深究她的失常,只是惋惜地看着她单薄的身子和略微迟缓的步伐,如此娇柔的女子,究竟是何种原因,使她变成这样。

因为天气的缘故,我把他们都带进了内室,也就是我和月痕平时吃饭玩乐的地方。入门便是一张铺着毛皮的卧榻(这是月痕的强烈要求,有他的地方就一定要有卧榻),月痕此刻正斜倚在上面,室中为一张圆桌,从前总是摆满了各色小吃,屋内还杂七杂八地摆了些矮椅高凳,地上和榻上凌乱地堆着些江湖月报,总体来说,很脏乱。

月动人目瞪口呆地看着这满地的报纸和杂物,一时找不到下脚的地方,我不好意思地咳嗽:"咳咳咳,这个,我们刚出了趟远门,很久没回来打扫过了,所以,有些乱。"

卧榻上的月痕无聊地打了个哈哈:"好困啊,有事快说,说了我还要吃饭睡觉呢。"

"你给我起来。"一把揪住月痕的耳朵,我无情地把他赶到卧榻的一角,回头对月动人笑着,"月姑娘,这里暖和些,来这里坐吧。"

"嗯。"月动人点了点头,顺从地坐到我的身边,垂首低眉,甚是端庄,我不禁赞叹起她优良的教养。

"那个,你。"我看着柳白絮,又看看这满屋的乱景,终究无奈地摇了摇头,"随便找个位置坐吧。"

他倒是没有嫌弃,随手搬过个小凳坐在我的面前,两手撑膝,活像个听讲的小学生,我忍不住偷笑,这传说中的武林三公子,怎么个个都如此奇怪,与名声皆不相符。

"好了,现在可以说了,你们想委托我们什么?"我扯着月痕的发丝,逼他坐好认真听他们讲话。

柳白絮看看垂头不语的月动人,又看向我:"想必你也看到了,月姑娘身上那黑气,凡是靠近的活物都活不过三天,我想求你们根治了它。"

"那你呢?"靠近的活物都撑不过三天,那柳白絮是如何抵御它的,看他的样子也不像有什么法术在身。

柳白絮点了点头,略微羞赧地说道:"说来也惭愧,我也不知道是怎么回事,除了我,任何人靠近月姑娘都会被那黑气侵袭。"

我的动作，并没有做出什么举动。

"我不叫姑娘，我叫水如月，你叫我如月，或者月月就好。"继续拖着美女，我开始介绍起自己和香铺，"刚才的那个帅哥叫月痕，是我的主人，也是香铺的老板，放心吧，你的事情，他一定会替你解决的。"

拖着她走进屋内，我掸开她头上的雪花，连忙把她往屋内推去："外面好冷啊，快点进去取暖。"

一转身，却看见柳白絮还站在原地，似刚才一般看着我们，哦，应该是看着月动人吧，眼中似有复杂的神情，可他的笑容却无比纯净，看着我看向他，他的笑容似乎变大了，露出嘴角一颗白白的虎牙，煞是可爱。

"看什么看，你想冻死吗？还不快点进来。"我叉起腰，没好气地叫道，呜呜，没办法，我天生对可爱的孩子没有抵抗力，为了不在他未婚妻面前变成花痴，我也只能以母老虎的模样来伪装自己了，我真是好人啊。

听了我的话，他并没有生气，甚至连吃惊的神情也没有，只是点了点头，快步地向香铺走来，银色的背景中，飘散纯白的雪花，青衫的男子缓步向我走来，一切都是如此地美好，以至于我差点忘记，有人得到一些的同时，就往往会有人付出代价，而这代价，有时是巨大到无法承受的。

04 · 白海结界

含笑看着柳白絮大步踏入香铺，我掩上香铺的门，阻隔住那漫天的飞雪和凉气，笑着对他说道："在外面冻了很久，进去暖和一下吧。"

"嗯。"听了我的话，柳白絮再次露出可爱而温柔的笑容，点了点头，向香铺内走去。

我反转过身，却看见月动人低头站在我身后，丝毫没有前进的迹象，不由问道："月姑娘，你怎么了？不进去吗？"

经我一问，她才如梦初醒般抬头看我，眼中满是水样的蒙眬："哦，好。"

颤抖着,那本就窈窕的身段显得更加瘦削,似乎马上就要倒下。

我连忙让开一条路,指着香铺的内屋:"外面好大的雪,你们先进来再说吧。"

听了我的话,月动人微微一愣,嘴角却勾起一抹苦笑,裹了裹身上的裘皮,摇了摇头:"动人是不祥之人,进去了只怕会连累公子和姑娘,我——还是不进去了。"

听了她的话,我这才注意到,自她离开马车后,那车上便再也没有散发出不祥的黑气,倒是眼前的这位月姑娘,身上盘绕着一股说不清道不明的诡异气氛,似乎是刚从深海地狱中走出一样,充满了死亡的冰冷气息。

"这是?"我侧过身看向月痕,"月痕,有办法吗?"

月痕的嘴角勾起熟悉的戏谑,摸了摸我的头,却独自一人走进了内屋,丢下了一句话:"看到不爽的东西,你赶了它便是,不必心软。"

听了月痕的话,月动人的身体猛地一颤,眼圈红了红,却终究没有溢出泪来,只是那贝齿却在唇上留下了几点白痕:"既然如此,我们便不麻烦姑娘了。"

愣愣地看着她行礼离去,我突然灵光一现:"等一下。"

成功地阻止了他们的步伐,我跑到他们的面前,仔细地看着月动人身上的黑气。

月动人略略歪过头,却不知这个动作何等可爱:"不知姑娘叫我何事?"

咬了咬牙,我伸出手去,触摸她身上散发的黑气,月动人却侧过身要闪躲开来:"姑娘不可,会伤到你的。"

"别动。"一把拉住她的手,我继续刚才的动作,月痕的意思应该是这个吧,既然我和他签订了契约,那么这种东西应该是不可能伤到我的,把它赶走就好。

看来我并没有猜错,那嚣张的黑气在我接近的瞬间还主动缠绕起我,却在接触到我的瞬间猛然后退,之后任我如何靠近,也不敢再接近我分毫,我的手在空中翻来覆去,左右挥舞,总算将她身上这些已经散发出的黑气赶得七七八八,却意外地发现,右手的那只暗魃,正在偷偷地食用它,还是晚上偷偷问下月痕吧。

"这是?"月动人的脸色在瞬间变得更加苍白,随后上面流露出妖异的红潮,似乎被我惊吓到。

我给了她一个大大的笑容,拉起她的手,就拖起她往香铺里面走去:"这样就好了,你别误会,月痕不是要赶你走,只是要我把这些黑气赶走而已,现在没事了,进来吧。"

"姑娘,姑娘?"月动人被我拖着,无奈地回头看着柳白絮,不过他似乎默许了柳白絮自车厢中取出伞来,温柔地为月动人撑起,挡住那凉气袭人的大雪,可在我的眼中,那把伞所给予的温暖只怕也是冰凉的,远不及月痕的手这般贴心安慰。

似乎已经习惯了他这样的温柔,月动人顺从地自车厢中踏出,身披雪白裘皮,青丝厚密滑顺,几只琉璃金钗一路将它们绾起,捧出别致的发髻,那只美丽的纤手握住柳白絮手中的伞把,却偏偏矜持地与他的手保持距离,那轻颤的指尖却暴露了她内心的颤抖。柳白絮温和地扬起嘴角,伸出另一只手握住她的手,那苍白的指尖猛地一红,伸了伸,却又柔软下去,如藤萝般半附在伞尖。

我暗自点点头,看来是我的估计错误了,这小子还是很会疼人的嘛,想到这里,我不由瞪了月痕一眼,哼,就没见你给我打过伞(虽然这是因为他总能预料到天气,没让我雨天出过门,但是,果然还是眼红),弄得月痕莫名其妙地挠挠头,一脸女人真难懂的表情。

再看去,却发现事情原来总不是按照人们所想的发展,就算亲眼看见也可能会有偏差。柳白絮握住她的手,却并不是为了包容那只玉手,而是将她的手自伞上拨开:"月姑娘,你身子不好,还是我来吧。"

温柔的男子,过于温柔的男子,听了他的话,月动人那单薄的身子猛地一颤,那手便自伞上滑落,原本因充血而红透的指尖也在瞬间变得煞白,却什么也没说,只是顺从走下马车,直到我们的面前,她微微推开柳白絮手中的伞,我才看到那一直被伞遮住的面容。

一顾便倾城。

已经习惯惊吓的我也不由微微呆愣,眼前的女子,仿佛分若轻云之蔽月,飘摇兮若流风之回雪。远而望之,皎若太阳升朝霞。迫而察之,灼若芙蕖出绿波。也只有这样的女子,才配得上那如同飞絮般的男子吧,只是,她明亮若日,明艳似火,他却皎洁如月,凉薄似雪,这样的两个人的命运纠结在一起,不知是福还是祸,抑或只是一个美丽的错误。

"这里便是'天雪香铺'吗?"月动人一开口,便问了一句同样的话,只不过不是对我,而是对着他身边的柳白絮。

"没错。"柳白絮温和地对她笑笑,抬起左手指着香铺的匾额,"你看。"

月动人点了点头,才侧过脸望向我和月痕:"不知公子和姑娘如何称呼?"

即使裹着厚厚的裘皮,她的脸色依旧无比苍白,身子也在雪花的侵袭下微微

"哦。"我点点头,这样的男子,不知怎样的女子才堪与之相配,"那我该怎么称呼她呢?"

该不会是叫柳夫人吧。我的嘴角勾起坏坏的笑,得意地看着眼前的男子的脸以光速变红,果然,欺负纯情美男是件快活的事。

"小女子名唤月动人,姑娘可以叫我动人。"正在这时,一声婉转黄莺自马车中传了出来,打断了我调戏美男的计划,我不由向马车看去。

那黑色的车帘被轻轻撩起,一只纤手伸了出来,搭在车门上,便是动人。我从来不知道,人类的手也可以柔腻纤细成这样,我见过的最美的手是月痕的,纤长的指,匀称白皙,可眼前女子的手,在那黑色帘布的衬托下,直堪与月痕的手一较高下,十指尖如笋,腕似白莲藕,光一只手就如此动人,不知道这位月姑娘究竟是何方神圣,究竟会美成何般?

"月姑娘,你醒了啊?"柳白絮看着车中的动静,连忙迎了上去,弯腰凑近车门,温和地问道。

月姑娘?他居然称呼自己的未婚妻是月姑娘?我不禁大惊失色,却看他面色如常,似乎没有什么好奇怪的。我这才明白,这白絮果然是无尘的,那纯白的心海中,有的怕也是漫天的慈悲和彻底的空明,没有一丝一点的灰尘,也没有任何人可以踏进那片宽博美好的纯白海洋。

白絮无尘,固然美好。只是,那位月姑娘,怕是这世上最痛苦的人了吧,守着这美好的男子,却终究无法踏入他的心。

这无尘的白絮,究竟是何样的女子,才可让他停留?

03 · 一人倾城

那漫天的雪似乎没有停止的欲望,而是越下越大,大瓣的雪花飞入了我的脖项,瞬时化为雪水,好凉,我不禁缩了缩脖子,身边的月痕及时地握住我的手,那片温暖及时地传递过来。

"请问你是？"我从那初见的震惊中清醒过来，好奇地看着这出众的男子和他身后的马车，却隐隐看到，一股不祥的气息，自马车顶上缓缓冒出，盘旋开来。

似乎是注意到我看马车的眼神，青衫男子的眼睛亮了一下："看来江兄和温兄果然没有介绍错人，你们也许真的能帮我。"

江兄和温兄？我顿时明了："是祁风和染雪吗？他们回来了啊，在哪里？"

回来也不说一声，鄙视之，我愤愤地想到，却看见眼前男子那动人的笑："不是的，我是两个月前听他说过'天雪香铺'的事情，我这次来还没找过他们，怎么？他们不在？"

"两个月前？"

青衣男子点了点头，跳下马车，走到我们的面前："嗯，那个时候我刚从关外求药回来，正巧遇到他们，闲聊的时候知道了你们，他们说你们开的香铺专门管些不可思议的事情。"

"哦。"我总算明白，却突然灵光一闪，看看身边的月痕，他也是同样的表情，"你，该不会是柳白絮吧？"

听到这个名字，青衣男子只是眨了眨眼，没有过多的惊讶，脸上的笑容不减，反而更加灿烂："怎么？他们跟你们说过我？"

"这个，算是吧。"我摸摸头，最近怎么总是流汗，记得是在迭罗花那个事件的时候，他们和我说过这个白絮公子，那时就他我还发表了一篇评论，只是没想到，原来这个世上真的存在着这种人，有着最最纯洁温柔的笑容，他的存在，就是上天最大的慈悲。

"那就好了。"听到我的话，他前进一步，居然弯下了腰，"请你们帮帮我。"

这样诚挚的语气，和那垂及腰间的青丝，让我如何也不能拒绝，我抬头看了看月痕，发现他正对着马车出神，嘴角挂着的是探求和明了。

"你，想让我们帮你什么呢？"我看着马车，车顶的黑气更盛，甚至还延伸到前排的马的身上，一经接触，那马儿似乎都少了几分精神。

"从絮谷到这里，我已换过无数次的马，可是每匹马都撑不过三天。"原来我的眼神早已出卖了我的想法，他敏锐地觉察了一切，并反客为主，开始解释。

"那马车里是什么？"事已至此，既然月痕也没有反对，便推脱不得了，我只好继续问道。

听了这个问题，他似乎略显羞赧，顿了顿，才回答道："是在下的未婚妻。"

02 · 飞絮无尘

虽见过那么多男子，与月痕的初见却最叫我难忘，不能忘怀，初见时，他那能让漫天白云逊色的纯白和那能令几树白花羞愧的浅笑，直让我认为他是天使，可细细看来，还是能看出，他身上蔓延出的那股属于狐妖的妩媚，自然的妩媚，让人不敢多视，只怕看多一眼，便无可自拔。

好吧，我承认我是花痴，因为眼前的男子给我的惊艳绝不亚于月痕。或者说，不应该是惊艳，而是一种说不清道不明的情愫，不是爱慕，而是……

他嘴角勾着的那抹笑，是我对他的第一印象。江祁风偶尔的一笑，是阳光的味道；温染雪的笑容是冰山的融解；月痕的笑如同清风，给人心以安慰。这个笑，和他们的都不同，这是怜悯的笑，慈悲的笑，宽容的笑，也是纯洁的笑。

也许是这抹笑容太过明亮，以至于我都看不清楚他的脸庞，很久之后都只是依稀记得，他有一张英俊的面孔。笑容是适合他的，如果说月痕是自然赐予的精灵，那么他，就是上天给予的慈悲，朴素的青衫，头上那随便一系的青色丝带，以及垂至腰间的乌黑发丝，均散发出温暖的气息，让人忍不住心生向往，向他诉说自己的委屈和不平，心中笃信着，无论自己做错过什么，他都会原谅你，指引你，永远也不会丢下你。

漫天飘扬的雪花，青色衣衫的男子，他轻轻拂落肩头的一点积雪，回眸时，眼中也尽是动人的怜惜，似乎害怕下手太重，会使得那雪花疼痛，一个连雪花都会怜惜的男子啊，这样的男子，这样的气质，如若还不能使人倾倒，我想不出，这个世上还有什么是美好的。

"没错，这里是'天雪香铺'。"我久久未回语，不耐烦的月痕只好亲自答话，顺便敲敲我可怜的脑袋。

"太好了。"青衣男子的笑容愈大，以至于眼睛都微微眯起，成了一道弯弯的月牙，皎洁可爱。

怨愤地看着美图被破坏,我给了他一个大大的白眼:"少自恋了,我是在看雪,看雪明白吗?"

"哦?"月痕挑挑眉,给了我一个"我早就看透你了"的眼神,自恋地甩了甩头发,拉着我走出门外,"无论如何,饭还是要吃的,边走边看吧。"

缩回被月痕拉着的手,我把门小心地锁起,瞥瞥他臭臭的脸色,我不由笑起,再握住他的手,装做严肃地对他说教:"看到没有?要养成出门关门的好习惯。"

"切。"月痕冷哼一声,沉吟半晌,不知道想出了什么来打击我。

所谓的缘分啊,就是正确的时间正确的人物正确的相遇。无论是我晚一步出门,还是月痕拒绝了出门吃饭的建议,可能都不会有这次相遇。虽然可能有别的相遇方式,但是,如同多米诺骨牌效应,改变了一点,就会改变全部,甚至是感情和生命。我曾经说过,我对每一次相遇都心存感激,那么我现在还可以说,我对每一次相遇引起的人与人之间那叫做缘分和羁绊的丝线,也心存感激,虽然,也心存恐惧。

就在我和月痕互握调笑的时候,一辆马车停在了我们的门口,那高而有力的马嘶声打断了我们最平常的吵闹,将我们引至另一场奇遇。

还没看到来人的时候,我还以为是江祁风回来了,但在看到马车的那一瞬,我知道,我错了。这马车主人的品味和爱好与江小弟相差可以说是十万八千里,不是孰好孰坏的问题,而是本质上的不同。

江祁风虽爱奢华,但却不是华而不实之辈,他的马是万里挑一的云南宝马,马车也是用上好的楠木所制,结实耐用,雕花虽然烦琐,但却暗合了里面内阁的构造,精巧实际。而眼前的马车并不豪华,却洋溢着一种贵气,那马也似源自北方,骨骼极大,精神抖擞,鼻中冒着粗气,似能将这车拉至天上去。车上也没有繁复的设计,轻巧便捷,若是比起功能,也许江祁风能胜,但若比起速度,江家的马车则输了一筹。

"请问这里便是'天雪香铺'吗?"一个声音自车上传来,我不由向声源看去,车上马夫的座位上,那人取下了头上的斗笠和身上的蓑衣,正向我看来。

我不由呆愣当地,顿时失去了判断的能力。

他收回纤指挠了挠脸颊,"这个,也是个问题啊。"

满意地听着他的答案,我又腰点头,活活成了一个茶壶:"没错没错,还有就是,因为快至新年,五湖楼推出了全鸡宴哦。"

果不其然,打出这张王牌,月痕还不乖乖束手就擒?

"那我们还不快点走。"死狐狸,跑那么快干什么,我又没踩着你的尾巴。

"等一下啦,我还没打扫干净,你给我站住。"费劲地拉住月痕,用仅剩的几盘点心将他安置在座椅上,我才舒了口气继续工作。

这冤家似乎吃定了我,时不时地往这边看一眼,眼中秋波流转,白雾氤氲,那晶莹的珠儿似是随时都可溢出,两只精美无双的玉手,更是似将那桌布当成了丝巾,反复地揉搓缱绻,若不是嫌它脏,怕是早含入口中用贝齿撕扯呢。

无奈地擦到额头上一片片的汗珠,我认命地甩掉手中的抹布,走至他的身旁,给他鞠了个大大的躬:"主人大人,我们还是先去吃饭吧。"

等我再抬起头,他的脸上早挂起奸诈的笑容:"哼哼,知道就好,走吧。"

早已习惯他那副黑面孔的我,认命地跟随着他准备出门,却不小心撞在了他瘦削却温暖的后背上,皱眉捂着额头:"月痕你干什么啊?"

站在门旁的月痕突地回头,那被他挡住的光蓦然射了进来,我的眼睛一时有些无法适应,终于,模糊渐渐褪去,再看去,那漫天的素白照亮了我的眸。

"你看,下雪了。"月痕伸出手去,小心地接住一朵五瓣的雪花,送到我的面前,嘴角勾起的是兴奋的笑容。

我小心翼翼地伸出指尖,唯恐一不小心会触痛那天赐的精灵,它却终究在我的指上融化,化为一滴晶莹的泪,滚滑开来。

小心地捧起雪珠,月痕伸出粉色的舌尖轻轻一舔,片刻嘴角挂起满足的笑容:"好吃。"

我呆呆地看着他,漫天飞散的雪花,白衣若雪的月痕,以及他指尖那一抹素白,光影照耀在他的侧脸上,或明或暗地描绘出他那绝美的轮廓,满头的乌丝飘散及地,光影在其上淘气地画出一段段影痕,极白,白至透明,极黑,黑至幽深,这两种色彩,既不融洽,却又水乳交融,完美地融汇在月痕的身上,这一幅飞雪玉人图,便深深地镂刻在我的心上,任我日后刀山火海,痛不欲生,也无可自拔。

"在想些什么?"月痕刚巧舔干指尖的雪水,便用那指点了点我的头,眼角满是暧昧的坏笑,"该不会是看我看呆了想非礼,在拼命压抑吧。"

第五章　染尘白絮

01 · 雪落絮飞

初至长安的时候还是夏末，一转眼便是深秋，自寒冰山庄一路游览回来，正好取了临走时托付给江家绸缎庄的冬衣，便是立冬了。

细来一想，这一趟门真的出了很久，回来的时候，也不似往常一般轻松热闹，而是只有我和月痕两人，如同最初来到这里一般，拂去柜台上的轻尘，我心中突然有了一丝小小的孤独感，人毕竟是不满足的动物，一旦拥有，便不忍随便松手。

"冷吗？"月痕悄无声息地来到我的身边，捧起我拿着抹布的凉手，眉头一皱，忙握紧它们呵了口气，才问道。

终究展眉一笑，我满足地看着月痕，摇了摇头："不冷，等抹完柜台，这里便算打扫完了，我们出去吃饭好不？"

浅笑地戳了戳我的额头，月痕低下头俯视着我，呼出的气息暖暖地洒在我的脸颊上，一片柔软又酥痒的感觉蔓延开来："好不容易回来，你怎么想到外面吃？"

我没有后退，反而前进了半步，也用指尖抵住了月痕的额头，刻意点在那红月的印记上："就是因为出去好久，家里都没有吃的了，不出去吃怎么办？"

"这样的吗？"似乎讶异于我的大胆，但月痕的表情比起惊异更接近于开心，也变得开朗,是月痕的影响,也是我内心的愿望,想更靠近他一点,想让他更加喜欢我一点,哪怕那喜欢近似于主人对奴仆。就是那么,近乎没有自尊地想靠近他,但他却总是适时地保护着我的尊严和骄傲,常常让我自惭形秽,不知如何是好。

不过幸好我也是个聪明的好孩子,虽然很痛苦,虽然很不甘,但是,最起码现在陪伴在月痕身边的是我,既然无法永久如此,那么,就用这五年,在他的心中狠狠地刻上一个印记,无法磨灭的属于我的印记,让他日后,偶然回首间,会突然想起,曾有个唤作如月的女子陪伴过他,她,也算可爱。

想到这里,我不由轻笑出声,却惹来月痕奇异的目光,那纤长的手指摸上我的额头,温柔的语气吹散在我的耳旁:"你怎么了?生病啦?"

"没有。"我很坚定地点了点头,给了他一个肯定的答复,只是,月痕,这五年,我可是会狠狠地骚扰你哦,绝对不会让你跑掉。

"怎么突然这么冷啊。"月痕缩缩脖,粉红的脸庞有些发白,四处张望周围的密林,觉得哪里有那么点寒意。

哼哼,你当然会冷啦,因为,你可是被这世上第一聪明的坏女子给算计了呢。

第四章 寒冰山庄

个人来说，最痛苦的不是失去，而是失而复得再失去，我不愿意看见受到双重打击的他的样子，但更重要的是，不想给月痕惹麻烦。

染雪固然是我的朋友，但若是因为他而伤害月痕，我是万万做不到的。再次失去家人，寒冰山庄的人未必不会再次请求他，到了那时，即使我不同意，素来心软的月痕恐怕也会勉强自己，从他牺牲自己给山庄的弟子医治的时候，我便意识到了这一点。而且，给染雪母亲一个固定的身躯和一天时间的时候，他脸上泛起的不正常的血色，更是没有逃过我的眼睛。

如若再来一次，或者施行什么还魂之类的妖术，我害怕会伤害到月痕，逆天而行本来就不是什么好玩的事情，何况若是受到惩罚，也只有月痕来背。

月痕曾经告诉过我，在这个世上只有我和他是一起的，其实我也一直想说，在这个世上，也只有他和我是一起的，如若他不在了，我又该如何自处？从来没有试过如此地依赖一个人，也许，就是因为他不是人吧，让我一直飘荡的心有了一丝安全感，也就疲惫地想要停留，然而，他是妖。以前是因为受到过的伤害让我不敢承认自己的心意，可是如今，却是因为太明白自己的心意而不敢承认自己的爱。

人妖殊途，这四个字如大石般时时刻刻压在我的心头，不是受了聊斋之类古书的影响，也不是遭了现代电视剧的熏陶，只是，经历过生离死别的我太清楚一点——我没有时间。

月痕是妖，而我是人，不是太过贪心，嫌这几十年太短，与蝼蚁相比这太长太长，但与妖相比，这又太短太短，或者说，我真的很贪心，固执地想一直像现在这样陪伴在月痕的身边，先和他一起活下去，但生死由命，我既然是人类，就应该安于这命运，而不是想些有的没的，让自己更加地不开心。

正因为不是同类，月痕的思想和感情我也不能很好地感受，他的感情，是近妖的，太热烈也太温柔。有时甚至让我有种错觉，他也是爱着我的，但经历过千百年潮起潮落、沧海桑田的月痕，怎么会做这种蠢事呢，明知道结局是悲哀，还义无反顾地跳下去，这不是月痕的风格，也不是我的。

好聚好散，我总是习惯想象，月痕挂着与我相见时的笑容和我说再见，我靠在山崖边看着他转身离去，然后颓然落地，潸然泪下，却依旧笑着出声："再见了，月痕，遇到你很开心，很幸福。"

我从来就不是一个乖孩子，喜欢折磨别人，更喜欢折磨自己，也正因为如此，苏文和希隐才会离我而去吧。月痕的温柔掩盖了我的颓唐，我变得不那么任性，

第四章　寒冰山庄

31 · 深邃烙印

　　低着头，任由月痕牵着我的手，一路前行，踏过黄褐的泥土，走过坎坷的石头，穿过凉瑟的青草，直到快回到山庄，也不愿松手，只是安静地听着他一路不停地唠叨，无端地觉得，被人唠叨也是舒服的事情。

　　"那根黑色的丝线，你一扯开它就会回复原形，明白吗？"月痕没有回头，黑至幽蓝的长发洒满他白色的长袍，其中有几丝调皮的还飘至我的鼻尖，让我的鼻子痒痒的。

　　"虽然是恢复了原形，但是他不会伤害你，因为我对它下了禁制，他要听我和你的命令。"走在前面的月痕微微地侧过脸，能看到他细长的眉梢，微挑的眼角，那瞳孔在光的照耀下，隐约显现出原来的模样，风吹过时，似乎都不忍划过他凝脂般的肌肤，只是温柔地亲吻，留下一点点粉红的印记，在双颊上。

　　"以后我不在你身边时，就由它来保护你，遇到危险就召唤出它，明白了吗？"似乎是感觉到我不同寻常的安静，月痕微微地放慢了脚步，回过头来看我，那几丝顽皮的发丝顿时消失，我倒有些不习惯了。

　　"是，主人大人。"用另一只手敬了个标准的礼，我歪歪头表示受教，一面扯起他的手大步向前跑去，这次，换我在前面。

　　回到山庄的门口，我从门缝中塞入了一封信，告知他们我和月痕的离开，这是和月痕商量后的决定，坚强冷傲若染雪，自然不愿让人看见狼狈的样子，而且对一

第七章　紫竹客栈　309

01・竹间客栈　309
02・私奔男女　312
03・客栈宿客　315
04・失踪少年　317
05・暗晶玄铁　320
06・血味豆腐　323
07・监察之令　325
08・暗夜血仓　328
09・暗藏杀机　331
10・星陨再现　334
11・万丝初始　337
12・真凶现身　340
13・再逢星陨　343
14・墨色寂寞　345
15・心有疑窦　348
16・传达心意　351

第八章　幸福密码　355

01・陌生来客　355
02・冰山序幕　358
03・血色魔咒　361
04・所爱赌约　364
05・月之抉择　366
06・比我幸福　370
07・夜殿爱恨　372
08・冰心解封　375
09・桂园过往　378
10・灵魂容器　381
11・三日记录　383
12・朝暮相守　386
13・银阵蓝缚　389
14・生世相许　392
15・旧影渐浮　394
16・她亦不悔　397
17・幸福秘密　400

后　记　402

目录

第四章　寒冰山庄　213

31 · 深邃烙印　213

第五章　染尘白絮　216

01 · 雪落絮飞　216
02 · 飞絮无尘　219
03 · 一人倾城　221
04 · 白海结界　224
05 · 人心难测　227
06 · 美人劫难　230
07 · 双刃之剑　233
08 · 命运前夜　236
09 · 无声默剧　238
10 · 厅中僵局　241
11 · 情何以堪　244
12 · 情伤怨痕　246
13 · 蝶舞动人　249
14 · 恨亦何苦　252
15 · 温柔伤人　254
16 · 内心之愿　258

第六章　前尘旧事　261

01 · 前缘难断　261
02 · 怨愧纠葛　264
03 · 时光荏苒　266
04 · 终究释然　269
05 · 窄巷故人　272
06 · 红布包裹　275
07 · 夜半偷袭　278
08 · 暗魈显形　281
09 · 嗜血微光　284
10 · 暗夜晨星　287
11 · 黑色人形　289
12 · 鸿门年宴　292
13 · 最末相见　295
14 · 转身天涯　298
15 · 邂逅前奏　301
16 · 断裂蛛丝　303
17 · 我们的家　306